《中国外国文学研究年鉴》学术委员会

◆ 国家社科基金项目资助（批准号：18ZDA284）

中国外国文学研究年鉴

聂珍钊　吴　笛　王　永　总主编

（2017）

ZHEJIANG UNIVERSITY PRESS
浙江大学出版社

《中国外国文学研究年鉴（2017）》
编辑委员会

浙江大学党委书记（时任浙江大学常务副校长）任少波为浙江大学世界文学跨学科研究中心授牌

浙江大学世界文学跨学科研究中心主任聂珍钊教授在工作会议上做"年鉴编纂方案报告"

《中国外国文学研究年鉴》第一次工作会议部分专家合影

《中国外国文学研究年鉴》第一次工作会议与会者合影（2018-01-13）

《中国外国文学研究年鉴》第一次工作会议大会讨论-1

《中国外国文学研究年鉴》第一次工作会议大会讨论-2

前　言

　　中国外国文学研究，对于中西文化的交流和中国文化的繁荣发展，一直起着无可替代的促进作用。目前，我国恰逢一个经济发达、文化繁荣、学术昌明、民族复兴的新时代，在这一新的历史语境下，总结我国外国文学研究成果，展现外国文学研究领域的辉煌成就，为进一步发展提供必备的研究资源，无疑显得十分重要。

（一）

　　正可谓"文明因交流而多彩，文明因互鉴而丰富"[①]，中国外国文学随着时代的发展而发展，随着时代的进步而进步。每当中国民族文化繁荣之时，中国外国文学便呈现繁荣；每当中国民族文化停滞不前之时，中国外国文学便停滞不前，甚至首当其冲。可见，中国外国文学事业与中国民族文化事业的建设休戚相关。所以，外国文学不仅是我们自己的学术家园，更是外国文学学者为祖国文化强国事业做出贡献的一个重要领域。

　　中国外国文学包括译介和研究两个部分。外国文学译介是外国文学事业的有机组成部分。正因为如此，中国外国文学研究的学术历程，与中外文化交流以及中国民族文学密不可分。

　　中外文化交流历史悠久，有据可考的汉译佛典，迄今已有近两千年的历史。尽管开始的时候只是东方文化圈之间的互补性交流，但这些交流拓展了文化的疆域，开启了中外文化交流的窗口，如公元7世纪玄奘的《大唐西域记》便是研究中古时期印度等国历史地理的重要著作。需要说明的是，我们这里所说的中国外国文学译介与研究，一般不包括佛典翻译和西方传教士以宣传基督教义为主要内涵的西学译介，而是指近代翻译文学兴起之后的中国外国文学译介与研究——只有从这时起，外国文学作品才不仅作为艺术样式被国人所接受，而且中外文化交流开始突破东方文化圈，逐步拓展到中西文化交流。可以说，中国外国文学译介与研究发展历程大体上经历了四个发展阶段。而作为中国民族文学组成部分的真正意义上的翻译文学，往前可以追溯到19世纪中下叶。因此，中国外国文学第一个发展阶段便是清末民初，大约从19世纪70年代到五四运动时期。

　　在中西文化交流史上，西方的一些文学经典在相当长的时期内不为我国学界和普通读者所知晓，仅在少数传教士的著作中偶有提及或者引用。如明清之际的意大利传教士利玛窦（Matteo Ricci，1552—1610）、西班牙传教士庞迪我（Didaco de Pantoja，1571—1618）等，都在自己的著作里引用了伊索寓言中的故事，但是，这些少量的引用不仅算不上纯粹的文学翻译，而且所发挥的中西文学交流的作用也是相当有限的。而1840年前后在广州出版的《意拾喻言》（即《伊

---

① 习近平：《在联合国教科文组织总部的演讲》，《人民日报》2014年3月28日03版。

索寓言》）、1852 年在广州出版的《金屋型仪》，以及 1853 年在厦门出版的彭衍（即班扬）的《天路历程》，则是相对完整的外国文学译著了，也是西方文学最早的中文译介。

　　然而，尽管有些学者对这些翻译作品大加赞赏，甚至有人认为《金屋型仪》是中国"第一部翻译小说"①，但是，因为是外国传教士所译，所以，根据学界对翻译文学约定俗成的定义，这些作品难以归于我国翻译文学之列。《意拾喻言》是古希腊的一部寓言集，该书的中文译者是英国人芒·穆伊（Mun Mooy）和其学生罗伯特·汤姆（Robert Thom）。《金屋型仪》是德国作家赫曼·鲍尔（Hermann Ball）的一部书信体长篇小说，出版于 1840 年，原文题为《十字架的魅力》（*Thirza, order die Anziehungskraft des Kreuzes*），译者则是传教士叶纳清（Ferdinand Genähr），而且，该中译本是从英译本转译的，英译本的译者是伊丽莎白·玛丽亚·劳埃德（Elizabeth Maria Lloyd）。英译本于 1842 年出版于伦敦，该译本书名仍遵循原著，名为《十字架的魅力》（*Thirza, or, the Attractive Power of the Cross*）。《天路历程》是英国文学史上的杰作之一，可是该中译本译者也是传教士，名为威廉·彭斯（William Burns，1815—1868）。

　　可见，这些译著出自传教士之手，而且，除了《意拾喻言》之外，《金屋型仪》和《天路历程》都在译本中突出其中浓郁的宗教色彩，是传教士用来传教的材料。如《金屋型仪》说的是一个犹太女孩信奉基督教的故事——讲述了她如何改变信仰，如何带领家人信主归真。而长篇小说《天路历程》尽管是一部严肃的文学经典，但是，传教士们崇尚这部作品，它主要是宣扬如何经历各种艰难险阻，最终获得灵魂拯救。

　　所以，这些被传教士翻译的作品，即使有些原著属于文学经典，也都不是严格意义上的翻译文学，难以归入我国的翻译文学的范畴，因为中国翻译文学是指"中国人在国内或国外用中文翻译的外国文学作品"②。于是，它们也同样难以归为中国外国文学。翻译文学是民族文学的一个有机组成部分，如王哲甫的《中国新文学运动史》、郭子展的《中国小说史》，以及中华人民共和国成立后王瑶的《中国新文学史稿》、唐弢的《中国现代文学史》等，书中都专门列有翻译文学专章，《中国近代文学大系》更是设有《翻译文学卷》。可见，翻译文学是民族文学的拓展。"翻译文学直接参与时代文学主题的建构，与创作文学形成互动、互文关系。"③没有翻译文学，我国现代文学的发展甚至无从谈起，正如陈平原所指出的那样："域外小说的输入，以及由此引起的中国文学结构内部的变迁，是 20 世纪中国小说发展的原动力。可以这样说，没有从晚清开始的对域外小说的积极介绍和借鉴，中国小说不可能产生如此脱胎换骨的变化。对于一个文学上的'泱泱大国'来说，走出自我封闭的怪圈，面对域外小说日新月异的发展，并进而参加到世界文学事业中去，并不是一件轻而易举的事情，特别是在关键性的头几步。"④

　　由于文化圈的缘由，按照学界的共识，我们论及的翻译文学，不仅有别于宗教层面的翻译（包括佛教），而且特别是就中西文化交流而言的。于是，学界认为："中国的翻译文学，滥觞于清末民初。"⑤翻译文学还在一定意义上有别于文学翻译，它是一种价值尺度，所强调的是与民族文学的关联，正如我国学者的论述："中国翻译文学是研究中外文学关系的媒介，它实际上已经属于中国文学的一个特殊而又重要的组成部分，成为具有异域色彩的中国民族文学。"⑥由此可见，翻译文学是沟通中外文学的桥梁。正是鉴于以上原因，可以被称为我国第一部翻译

---

①　Patrick Hanan. "The Missionary Novels of Nineteenth-Century China", *Harvard Journal of Asiatic Studies*, Vol. 60, No. 2 (Dec., 2000), p. 434.

②　郭延礼：《中国近代翻译文学概论》，武汉：湖北教育出版社，1998 年版，第 23 页。

③　谢天振、查明建主编：《中国现代翻译文学史》，上海：上海外语教育出版社，2004 年版，第 4 页。

④　陈平原：《二十世纪中国小说史》第 1 卷，北京：北京大学出版社，1989 年版，第 28 页。

⑤　孟昭毅、李载道主编：《中国翻译文学史》，北京：北京大学出版社，2005 年版，第 32 页。

⑥　孟昭毅、李载道主编：《中国翻译文学史》，北京：北京大学出版社，2005 年版，第 80 页。

小说的，是 1873 年初开始刊载的英国长篇小说《昕夕闲谈》（*Night and Morning*）。《昕夕闲谈》原著作者爱德华·布尔沃-利顿（Edward Bulwer-Lytton，1803—1873）在当时的英国文坛是与狄更斯齐名的作家，著有《庞贝城的末日》等多部长篇小说，而且在政界担任过议会议员及殖民地事务大臣。利顿在世时，其作品就被翻译成德语、法语、西班牙语、俄语等多种语言，1879年，他的作品被首次译成日语。利顿的政治小说《欧内斯特·马尔特拉夫斯》（*Ernest Maltravers*）由日本译者丹羽纯一郎译成《花柳春话》在日本出版。西方有学者认为，利顿的"《欧内斯特·马尔特拉夫斯》是第一部从西方翻译成日文的完整的长篇小说"[①]。《昕夕闲谈》原著 *Night and Morning* 是在 1841 年出版的，分为 5 卷（5 books），共 68 章（68 chapters）。该小说通过一个贵族私生子的生活经历，描写了法国波旁王朝后期伦敦和巴黎上流社会的光怪陆离的生活场景和种种丑恶现象，具有成长小说和现实批判等多种内涵。

　　《昕夕闲谈》的中文译本于 1873 年初开始刊载。当时，《昕夕闲谈》原著名以及原作者名都没有体现，译者也是署的笔名"蠡勺居士"。译者翻译这部小说的主要动机还是由于此书"务使富者不得沽名，善者不必钓誉，真君子神采如生，伪君子神情毕露"[②]，因而用传统的观念来肯定其思想和艺术的价值。《昕夕闲谈》分 26 期于 1873 年到 1875 年发表在上海的《瀛寰琐记》月刊上。1875 年的晚些时候，该作品以书的形式出版，编入"申报馆丛书"第 73 种。

　　翻译文学自清末民初开始真正呈现之后，在世纪转折之际，取得了突出的成就。一些以翻译为主体的机构纷纷成立。如文廷式、康有为在北京创立的"强学会"（1895），张元济在上海创立的"南洋公学译书院"（1896），梁启超创立的"大同译书局"（1897），以及同年创办的商务印书馆，都在出版翻译著作方面发挥了积极的作用。清末民初，严复在翻译《天演论》（1897）中提出的我国近代最为著名的"信、达、雅"这一翻译标准，被译家所认可。张元济等人就曾高度赞赏这一翻译标准。此外，蔡元培的"横译""纵译"与"一译"的基本主张，以及这一时期翻译文学界流传的"文言文意译"，都是在我国翻译文学开创时期的可贵探索。而且，这一时期的一些翻译家，已经开始形成自己的明确的翻译思想。林纾认为，只有发展翻译事业，才能"开民智"，才有可能抵抗欧洲列强，否则，就像"不习水而斗游者"一样愚蠢。[③] 张元济也强调，"取泰西种种学术，以与吾国之民质、俗尚、教宗、政体相为调剂，扫腐儒之陈说，而振新吾国民之精神"[④]。可见，当时的译学思想主流是极力主张"洋为中用"的。正是有了正确的指导思想，我国外国文学译介在开创时期，便成就斐然，尤其是林纾的文学翻译独树一帜。林译外国文学名著包括第一部译成中文的美国小说——美国作家斯托夫人的《黑奴吁天录》（即《汤姆叔叔的小屋》，1901），此外还有《吟边燕语》（即兰姆的《莎士比亚故事集》，1904）、《撒克逊劫后英雄略》（即司各特的《艾凡赫》，1905）、《孝女耐儿传》（即狄更斯的《老古玩店》，1907）、《块肉余生述》（即狄更斯的《大卫·科波菲尔》，1908）、《元代客卿马哥博罗游记》（1913）等一些重要作品。为了推动社会进步、启发民智，强调"翻译强国"[⑤]，梁启超则在政治小说翻译方面成就卓著。同样，沈祖芬为了借小说冒险进取之精神"以药吾国人"[⑥]，翻译了《绝岛漂流记》（即笛福的《鲁滨孙漂流记》，1902）等作品。在众多译家的努力下，莎士比亚、狄更斯、笛福这些外国著名作家和经典名著，开始被以文言文"意译"方式首次译介到

　　① Donald Keene. *Dawn to the West: Japanese Literature of the Modern Era*. New York: Holt, Rinehart and Winston, 1984, p. 62.
　　② 见阿英编：《晚清文学丛钞·小说戏曲研究卷》，北京：中华书局，1960 年版，第 195-196 页。
　　③ 陈福康：《中国译学理论史稿》，上海：上海外语教育出版社，2000 年版，第 122 页。
　　④ 陈福康：《中国译学理论史稿》，上海：上海外语教育出版社，2000 年版，第 131 页。
　　⑤ 孟昭毅、李载道主编：《中国翻译文学史》，北京：北京大学出版社，2005 年版，第 43 页。
　　⑥ 葛桂录：《中英文学关系编年史》，上海：上海三联书店，2004 年版，第 119 页。

我国。这些作品对我国文化界产生了深远的影响。

进入 20 世纪之后，尤其是到了五四运动时期，我国外国文学事业显得格外辉煌，是我国外国文学翻译与研究历程中达到的第一次高潮。茅盾、周作人、钱玄同等人发起的文学研究会，郁达夫参与发起的创造社，鲁迅等人组织的未名社，梁实秋、徐志摩等人组织的新月社等，既是新文学社团，又是翻译文学社团，特别是以茅盾为首的文学研究会和以鲁迅为首的未名社，在译介外国文学方面的贡献尤为突出。各文学团体竞相译介外国文学作品，译者队伍日益壮大。这时，以白话文"直译"占了上风，这在文学翻译的发展以及新文学运动中起了一定的积极作用。正是有了外国文学的译介，中国新文化运动才得以形成和发展。

中国外国文学的第二个发展阶段是 20 世纪 20 年代至 40 年代。"1919 年的五四运动是中国历史发展的转折，也是中国文化和文学发展的转折，并且迎来了它的转型期。经过晚清资产阶级改良派提出的'诗界革命''文界革命'和'小说界革命'运动，以及辛亥革命期间的近代文学变革，过渡到五四新文化运动的现代文学之实质性变革，这种变革始终同民族的解放和个人的解放交织在一起，即同反帝反封建以及那个时代对于科学民主的基本诉求紧密相连。"① 此外，由于十月革命的爆发，以及中国共产党的建立，文学革命运动深入发展，因而这一时期的外国文学译介与研究，具有一定的政治倾向性，尤其对俄国革命民主主义文学以及十月革命之后的新文学非常重视，同时，关注东欧、北欧等被压迫民族的文学，以及其他弱小民族的文学。以茅盾所主编的《小说月报》为例，"从 1921 年 1 月 10 日的第 12 卷第 1 期起，到 1925 年 9 月 10 日的第 16 卷第 9 期止，共发表了弱小民族的短篇小说、戏剧、诗歌计 80 余篇，约占翻译总数的百分之四十"②。

这一时期主要以鲁迅、李大钊、胡适、郑振铎、茅盾、巴金、林语堂、戴望舒、傅东华、朱生豪、夏衍、耿济之等学者和翻译家为代表。外国文学研究成就也是多方面的。其中，郑振铎主编的《世界文库》是我国最早有系统、有计划地介绍世界各国文学名著的大型文库，得到了蔡元培、鲁迅、茅盾等文化名人的支持。仅从 1934 年到 1936 年，该文库共刊出十多个国家的共百余部文学名著，对我国翻译文学的发展起了积极作用。与此同时，鲁迅在 20 世纪 30 年代创办的外国文学杂志《译文》，在外国文学的译介和研究方面做出了卓越的贡献，并为新中国成立之后的外国文学研究和期刊建设事业奠定了坚实的基础，尤其是现实主义、浪漫主义以及现代主义等各种思潮的文学译介和研究方面，为中国文学的发展以及批评模式的形成，提供了重要的借鉴。

五四运动后，随着翻译文学的蓬勃发展，翻译方法和翻译理论的探索也进入了新的阶段。在这一时期，关于翻译标准和翻译方法，各学派意见出现了严重的分歧。以鲁迅为代表的"直译"派的观点，相对于"文言文意译"，是一个有利于翻译文学健康发展的重要的进步。鲁迅主张直译是为了"形似"，为了保存原作的丰姿。他声称："我是不主张削鼻剜眼的，所以有些地方，仍然宁可译得不顺口。"③ 鲁迅倡导"直译"，还有一个目的，就是强调吸收外国语言文化的养分，他在《关于翻译的通信》中说，要通过翻译，让汉语"装进异样的句法"，从而可以"据为己有"。④ 郁达夫则坚持"信、达、雅"的翻译标准。1924 年 6 月，他在《晨报副刊》上发表了《读了珰生的译诗而论及于翻译》一文。文中写道："翻译比创作难，而翻译有声有色的抒

① 吴元迈：《中国外国文学研究的学术历程·总序》，见陈建华主编《中国外国文学研究的学术历程》第 1 卷，重庆：重庆出版社，2016 年版，第 3 页。

② 马祖毅等：《中国翻译通史·现当代部分》第 2 卷，武汉：湖北教育出版社，2006 年版，第 4 页。

③ 鲁迅：《且介亭杂文二集·"题未定"草》，见王锡荣主编《鲁迅文萃》第 4 卷，上海：百家出版社，2001 年版，第 372 页。

④ 鲁迅：《关于翻译的通信》，见王锡荣主编《鲁迅文萃》第 3 卷，上海：百家出版社，2001 年版，第 209 页。

情诗，比翻译科学书及其他的文学作品更难。信、达、雅三字，是翻译界的金科玉律，尽人皆知……不过，这三字是翻译的外的条件，我以为没有翻译之前，译者至少要对于原文有精深的研究、致密的思索和完全的了解，所以我在上述的信、达、雅三字之外，更想举出学、思、得三个字，作为翻译者的内的条件。"①

20 世纪三四十年代，在外国文学成果辉煌的同时，对翻译标准、翻译方法以及翻译理论的探讨和研究也达到了一个新的高度。郑振铎在 1935 年写的《〈世界文库〉编例》中，对"信、达、雅"三者之间的关系做了重新理解，认为"信"是第一信条，能"信"便没有不能"达"的，而不能"达"的译文，其"信"是值得怀疑的。而对于"雅"，他则认为不应当是译者首先考虑的问题。

这一时期，茅盾等人提出的"神韵"的翻译观，颇具代表性，也是一个重要的理论贡献。茅盾、朱生豪都提出了类似的观点。茅盾在赞同"信、达、雅"的同时，于 1921 年 2 月和 4 月的《小说月报》上两次发表文章，对翻译提出"神韵"的观点，认为"与其失'神韵'而留'形貌'，还不如'形貌'上有些差异而保留了'神韵'"②。

朱生豪也提出了翻译中要保持原作的"神味"和"神韵"的标准，在 1944 年所写的《〈莎士比亚戏剧全集〉译者自序》中，朱生豪认为"拘泥字句之结果，不仅原作神味荡然无存，甚至艰深晦涩"，并且明确表示："余译此书之宗旨，第一在求于最大可能之范围内，保持原作之神韵，必不得已而求其次，亦必以明白晓畅之字句，忠实传达原文之意趣；而于逐字逐句对照式之硬译，则未敢赞同。"③

在翻译文学的发展过程中，以上这些观点具有重要意义，驱使翻译艺术趋于成熟，也促使翻译标准趋于科学。

中国外国文学的第三个发展阶段是新中国成立至"文革"时期。中华人民共和国的成立，揭开了新中国外国文学发展历史的序幕，我国的外国文学事业从此进入了一个新的发展时期。这一时期内，中国外国文学翻译和研究者，都以新的姿态、新的热情投入这一工作，为繁荣外国文学事业做出了自己的贡献。在这一时期，许多著名外国作家的著名作品，开始较为系统地被译家译成中文出版，如梁实秋译莎士比亚《莎士比亚戏剧全集》（37 种）等。而在外国文学研究类著作中，如金克木的《梵语文学史》（1964 年）、杨周翰等学者所著的《欧洲文学史》（1964 年）等，都具有开拓性的价值。

从新中国成立到"文革"开始的十七年中，中国外国文学在理论上进一步探索，开创了一个新的局面。对翻译标准也出现了多元化的理解倾向。总体上说，与翻译文学的发展一样，翻译理论以及翻译研究的水平日渐提高。著名翻译家茅盾这一时期所体现的文学翻译观具有代表性。1954 年，在全国文学翻译工作会议上，茅盾做了题为"为发展文学翻译事业和提高翻译质量而奋斗"的报告。茅盾在总结新文学运动以来的翻译经验的基础上，提出必须把文学翻译工作提高到艺术创造的水平。茅盾认为，对于一般翻译的最低要求，至少应该是用明白畅达的译文，忠实地传达原作的内容；但对于文学翻译则还很不够，而是应该"用另一种语言，把原作的艺术意境传达出来，使读者在读译文的时候能够像读原作时一样得到启发、感动和美的感受"④。应该说，强调"艺术创造性的文学翻译"并且把"艺术创造性的文学翻译"作为衡量译本的价值尺度，对我国的翻译文学来说，是一个新的挑战、新的目标。

---

① 转引自姜治文、文军：《翻译标准论》，成都：四川人民出版社，2000 年版，第 15 页。
② 转引自姜治文、文军：《翻译标准论》，成都：四川人民出版社，2000 年版，第 19 页。
③ 中国翻译工作者协会《翻译通讯》编辑部编：《翻译研究论文集（1894—1948）》，北京：外语教学与研究出版社，1984 年版，第 365 页。
④ 陈福康：《中国译学理论史稿》，上海：上海外语教育出版社，2000 年版，第 375 页。

前十七年，外国文学研究尽管取得了很大的成就，但是也有过分地以苏联的学术观点和研究方法为参照的倾向。新中国成立以后，由于中苏经历了一个蜜月期，我国的外国文学研究是以俄苏文学研究为主体的，20世纪60年代，中苏蜜月期结束以后，在整个"文革"期间，外国文学研究几乎成了一片空白，仅有的译介和研究，也都是以批判苏联文学为主，尤其是批判肖洛霍夫。例如，肖洛霍夫的《静静的顿河》被视力"复辟资本主义、攻击无产阶级专政的大毒草"；《一个人的遭遇》是"为社会帝国主义效力的黑标本"。

中国外国文学的第四个发展阶段是改革开放以来的外国文学研究。"文革"结束之后，随着经济建设高潮的到来，文化建设高潮也出现了。特别是改革开放以来，我国的外国文学得到了空前的发展，出现了极为繁荣的局面。

以改革开放为标志，中国外国文学研究开创了一个崭新的时期。这一新时期，可以说是五四运动精神在新的历史条件下的复兴和发展。正是改革开放这一具有历史性的事件，使得外国文学学科真正得以建立。

自1978年改革开放四十多年来，外国文学研究突破了一系列禁区，不断拓展自身的研究范畴，向着全方位全领域方向发展。尤其是中华民族伟大复兴的新时代，以及"一带一路"倡议的提出，给外国文学学科提供了更为广阔的领域。在具体的研究参照中，外国文学学科不断突破国别文学的桎梏，逐渐形成世界文学意识。外国文学研究方法也从现实主义和浪漫主义开始，一步一步地形成了我国自己的特色，尤其是在文学跨学科研究方面，无疑走在世界的前列。这一切，也是与我国的教育同步发展的。四十多年前，大学的外语系，语种极为有限，大多只有英俄两个语种。如今，大学本科专业的外语语种大为增加，如北京外国语大学本科专业的外语语种已经达到百种之多，因而极大地拓展了我们的研究视野。

中国外国文学研究与改革开放同步发展，1978年改革开放，同在1978年，《外国文学研究》创刊。在改革开放的起始，外国文学还是以译介为主，批评方法的运用还十分有限。我们从《外国文学研究》的创刊号目录便可以看出自改革开放以来我国外国义学研究在研究范畴上的演变。1978年，中国外国文学学会等全国性和地方性学术社团和学术组织开始建立，中国的外国文学研究从此进入其发展的全新时期，逐步出现了一大批优秀的成果，为祖国的文化事业做出了卓越的贡献。2010年以来，国家社科基金外国文学类多项重大招标项目的立项，以及陆续面世的系列成果，更是代表了中国外国文学研究的辉煌。如果说百年之前中国外国文学译介是中国外国文学研究的根须和萌芽，那么，百年以来，她茁壮成长，如今已经长成枝繁叶茂的参天大树。

（二）

中国外国文学研究有着辉煌的发展历程，总结、归纳和运用这一资源，服务于我国的文化事业，就显得十分必要。而年鉴的编撰是发挥其学科学术资源的重要体现。年鉴通常按年度编撰出版，以全面、系统、准确地汇集一年之内的重要成果和事件为主要内容，分类编排，按年度连续出版。年鉴在形式上具有编年性、连续性和检索性的特征，从内容上看，具有科学性、资料性、全面性、权威性的特征。

迄今为止，国内出版的与外国文学研究相关的年鉴主要有《中国学术年鉴》（人文社科版）、《中国翻译年鉴》和《中国比较文学年鉴》。《中国学术年鉴》旨在推介优秀学术成果，总共出版了2004和2005两卷。就2005年卷（汝信、赵士林主编，中央编译出版社，2006）而言，其中的"外国文学"部分，仅占总篇幅的2.8%，包含了2005年的中国外国文学研究综述以及该年度的重要著作和论文等学术成果，并附有大事记。《中国翻译年鉴》由中国翻译协会编写，外文出版社出版，共出版了2005—2006、2007—2008、2009—2010、2011—2012四卷。《中国翻译年鉴》偏行业翻译，主要介绍这些年间我国译界重大活动、国际往来、理论研究、学术研究、学科建设、行业管理、翻译服务、人才培训等方面的基本情况。涉及文学翻译的成果非常少。《中国比较文学年鉴 1986》由北京大学比较文学研究所该书编委会编（杨周翰、乐黛云主编，张文定编纂），北京大学出版社 1987 年出版，设有评述专文、理论和方法、论文选介、科研机构、学术活动、学者简介、纪事、资料等 12 个栏目。此后，由于种种原因，该年鉴一直未能续编。直至《中国比较文学年鉴 2008》（曹顺庆主编，中国社会科学出版社，2010 年）出版。编者在该年鉴出版时指出，这是一部"旨在补齐 1987—2010 年来《年鉴》编纂空缺的先声之作"。

可见，目前我国文学领域已经出版的年鉴较为丰富，但唯独缺少《外国文学年鉴》。

正是鉴于外国文学年鉴的缺失，我们在有关部门的支持下，决定启动《中国外国文学研究年鉴》编撰工程。同时，这一工程作为主体部分，获得了国家社科基金重大项目立项，题为"中国外国文学研究索引（CFLSI）的研制与运用"（批准号：18ZDA284）。根据前述我国外国文学研究的学术历程，该项目分为 1949 年新中国建立之前的外国文学研究、新中国建立至改革开放之前的外国文学研究、1978 年改革开放至 2016 年的外国文学研究等若干子课题。而子课题"2017之后的中国外国文学研究"有别于其他子课题：前面的几个子课题主要以数据库的形式呈现，而后一个子课题在接续了本课题的其他子课题的研究阶段后，将我国最新的外国文学研究现状以及发展趋势，以最为直观的书的形式进行系统的汇集、整理与呈现。这项工作以 2017 年度为起点，在未来五年以及更长的时间将以每年一卷年鉴的形式，持续地追踪我国外国文学界日新月异的研究图景。

于是，这部《中国外国文学研究年鉴（2017）》就在国家社科基金规划办、中国外国文学学会，以及浙江大学等单位的领导和支持下，如期完成，即将面世。

我们编撰的《中国外国文学研究年鉴》，与现已出版的《中国文学年鉴》及其他年鉴相比，侧重点有所不同。它不是一部强调内容全面和系统的参考书，而是一部对年度研究成果进行总体评价的参考指南，旨在强调研究特点。具体而言，主要有以下几个方面的特征。

首先，《中国外国文学研究年鉴》以上一年度外国文学研究的成果为主要收录内容，不强调全面和系统，而强调研究成果的学术性及重要参考价值。

其次，《中国外国文学研究年鉴》的性质是学术评价工具书，是中国外国文学研究的年度评价指南，不是由概况综述和研究资料汇编而成的参考书。

最后，《中国外国文学研究年鉴》的功能是评价，是以收入年鉴的方式体现学术评价，而不是对上一年度外国文学研究的全部记述和介绍。在某种意义上说，它是对 C 刊论文及学术出版的质量评价索引。所收录的内容经各专题主编组织学者遴选，由编委会最终讨论决定。

《中国外国文学研究年鉴（2017）》聚焦于 2017 年度发表在我国境内的期刊及各主要出版社的外国文学译介与研究成果。基于该年度外国文学研究的全部数据之上，从中遴选出优秀的外国文学研究成果代表，汇编成由研究论文、专著、译著与外国文学大事记等部分构成的这部年鉴。

2017 年对于中国的外国文学译介与研究具有重大的历史意义。百年之前的 1917 的 1 月 1日，胡适先生在《新青年》上发表文章，主张破除旧的文学规范，创造一种全新的文学面貌。五四前夕不断蓄力的新文化运动，主要以《新青年》为革命阵地，通过大量翻译与引介国外重要并著名的作家作品，启发民众的民主与科学觉悟，推动中国社会向现代过渡，为马克思主义在中国的传播与五四爱国运动的爆发奠定了坚实的思想基础。

在 2016 年五四青年节前夕，中共中央总书记、国家主席、中央军委主席习近平向全中国的知识分子发出召唤，并在随后的哲学社会科学工作座谈会上发表重要讲话，明确指出："哲学社会科学是人们认识世界、改造世界的重要工具，是推动历史发展和社会进步的重要力量，其发展水平反映了一个民族的思维能力、精神品格、文明素质，体现了一个国家的综合国力和国际竞争力。一个国家的发展水平，既取决于自然科学发展水平，也取决于哲学社会科学发展水平。一个没有发达的自然科学的国家不可能走在世界前列，一个没有繁荣的哲学社会科学的国家也不可能走在世界前列。坚持和发展中国特色社会主义，需要不断在实践和理论上进行探索、用发展着的理论指导发展着的实践。在这个过程中，哲学社会科学具有不可替代的重要地位，哲学社会科学工作者具有不可替代的重要作用。"[①] 习近平的这番指示明确了哲学社会科学理论研究在实现中华民族伟大复兴的历史进程中的重大作用。

2017 年，是新文化运动百年纪念、五四运动即将百年之际。我们应当以此为契机，回顾一个世纪以来我国对于外国文学的译介与研究状况，通过全方位的回顾与总结、梳理与分析，厘清外国文学研究对我国现代化建设的影响与意义，以此推进我们下一个百年的外国文学研究工作。可以说，这项工作是一项功在当代、利在千秋的基础性工程。

在 2017 年度，我国的外国文学研究领域分别在译介、研究论文与专著三个大类上取得了突破性成果。其中，重要的外国文艺理论与批评专著超过 30 种，重要的译著超过 80 种，重要期刊发表的外国文学研究论文超过 700 篇。总体来看，研究现状呈现出以下四个特征。

一是研究范围的地理性前所未有地得到拓展。就目前我们掌握的 2017 年度我国外国文学研究成果汇总来看，西欧与美国文学研究作为传统的外国文学研究重镇地位依然稳固，但是亚洲、加拿大及其他美洲国家文学等以往较为弱势的洲域的外国文学研究有了明显的增加，而东欧、北欧文学，中欧、南欧文学，非洲文学与大洋洲文学的研究也有了迅猛的发展，这体现了我国外国文学在范围上有了横向的地理性拓展。这既是世界全球化进一步加深影响的结果，也是我国外国文学研究者立足本国、放眼世界的明证。

二是研究理论的国际化进一步提升。在过去一年发表与出版的外国文学研究论文与专著中，当代西方文论中的热点问题得到不断强化，特别是文学伦理学批评、空间理论、女性主义理论、后殖民主义理论等在国内学界的发展甚至有超越西方学界的势头。

三是研究成果的中国化程度不断增强。研究外国文学的最终目的是为我国文学研究的建设与发展提供更多前瞻性视野与材料。在目前收集与整理的 2017 年度研究成果中，外国文学研究非常显著地向我国国内文学的研究与创作迁移，特别是对我国青年作家的影响的聚焦。

四是研究视野的跨学科性收效显著。在 2017 年度的外国文学研究成果中，学科之间的交融与影响的趋势日渐彰显。法学、心理学、政治学、传媒学、教育学、民俗学、生物学、地理学等多种学科彼此交融，使得我国的外国文学研究拥有了更多不同的批评视角，文学跨学科研究呈现出良好的发展态势。

为便于统计与分析，《中国外国文学研究年鉴（2017）》分为"论文索引""专著索引""译著索引""外国文学大事记"等部分，同时，在"论文索引"中，以研究对象（作品）所归属的国家地区为基准，大致划分为亚洲文学，西欧文学，东欧、北欧文学，中欧、南欧文学，非洲文学，大洋洲文学，美国文学，加拿大及其他美洲国家文学，以及文艺理论与批评研究等九大版块。在充分搜集与整理归纳相关文献资料的基础上，本研究对 2017 年度我国外国文学研究的特点与趋势做出系统性的考察，制定出一个论文及学术出版的质量评价索引体系，作为我们面向未来制定外国文学研究发展战略的基石。

中国外国文学一百多年来的发展历程，是中华民族近代以来文化建设和发展的一个缩影。研究和总结中国外国文学的研究成就，总结中国外国文学学者和翻译家的学术贡献，对于探索

---

① 习近平：《习近平在哲学社会科学工作座谈会上的讲话》，《人民日报》2016 年 5 月 19 日 02 版。

中国文学走向世界文学的艺术足迹，以及探讨全球化语境下的地域文化与世界文化的相互关系和相互作用，都无疑有着相当重要的理论价值和现实意义。外国文学是中华文明与世界文明进行交流的重要平台。"交流互鉴是文明发展的本质要求。只有同其他文明交流互鉴、取长补短，才能保持旺盛生命活力……我们应该以海纳百川的宽广胸怀打破文化交往的壁垒，以兼收并蓄的态度汲取其他文明的养分……"[①] 可见，中国外国文学研究任重而道远。《中国外国文学研究年鉴》的编撰正是为了集中总结和汇集我国外国文学研究的优秀成果，同时为外国文学研究者提供学习与借鉴的学术资源。我们期待《中国外国文学研究年鉴》与我国外国文学学科相向而行、共同成熟，更期待学界各位同仁批评指正，使之不断完善。

聂珍钊　吴 笛　王 永

2019 年 5 月 15 日

[①] 习近平：《习近平在亚洲文明对话大会开幕式上的主旨演讲》，参见：http://m.people.cn/n4/2019/0515/c190-12707278.html（2019 年 5 月 15 日访问）。

目　录

一、论文索引

（一）亚洲文学研究论文索引

A Study of the Formation of Japanese Language Literature in Colonial Korea：Japanese Magazines，Japanese Translations of Joseon Literature，and Traditional Japanese Poetry

【作　者】Inkyung Um[1]；Byeongho Jung[2]；HyoSun Kim[3]

【单　位】Inkyung Um[1]，Global Institute for Japanese Studies of Korea University[①]

Byeongho Jung[2]，Department of Japanese Language & Literature of Korea University

HyoSun Kim[3]，Global Institute for Japanese Studies of Korea University

【期　刊】*Interdisciplinary Studies of Literature*，第 1 卷，第 1 期，2017 年，第 120—134 页

【内容摘要】This study aims to examine Japanese language literature in Korea from the early 1900s to mid 20th century through the relationship between Japanese language literature and Japanese magazines，Japanese translations of Joseon literature，traditional Japanese poetry，which were the major areas of Japanese literature during the Japanese colonial era. The literature analyzed in this research had not previously been included in the study of Japanese literature or even colonial Japanese language literature. Even before the Japanese annexation of Korea，Japanese language newspapers and magazines had already been launched in major Japanese communities in Joseon. It is apparent that Japanese language literature in the early 20th century was formed around the literary columns in these medias. These Japanese language literary activities in Joseon were carried out with a close connection with both domestic and international literary worlds. After the 1930s，the development of Japanese language literature became complex due to diverse literary and cultural phenomena，and because of its sensitive response to local issues.

【关键词】Japanese language literature in Korea；Japanese magazines；Japanese translations of Joseon literature；traditional Japanese poetry；border crossings

Beyond the Figure of the Husband：Television Serials and the Cultural Image of the Malayali

【作　者】Aju Aravind；M Abou Raihan Rinku

---

① 单位名称这一项，由于各书报刊在刊发时有些用了全称，有些用了简称，有些用了习惯性称呼，有些用了旧称，因此不尽相同。因为情况复杂，我们基本原样照录，不做更改。

【单　位】Department of Humanities and Social Sciences，Indian Institute of Technology (ISM)
【期　刊】*Forum for World Literature Studies*，第 9 卷，第 2 期，2017 年，第 317－332 页
【内容摘要】This paper tries to explore the marginality of women to public life in Kerala，an issue which is increasingly coming under critical scanner，the question of modernity and the representation of the popularly known Malayali women，in the popular televisions serials in Malayalam television channels and to trace the changes in the depiction of women characters in Malayalam television serials. Most of the television serials in Malayalam are best known for being melodramatic and for its sentimental plot revolving around trivial day to day life of the Malayali women，especially，the rift between the mother-in-law and the daughter-in-law，the adopted girl child and the step-mother，drift among sisters and so on and so forth. In this paper，we argue that though most of the television serials are based on trivial happenings and events，but some of these melodramatic serials subtly project and share the anxieties of lost innocence，traditions and try to retell the necessity to regain the lost Malayali values and ethics to the new generation. For the purpose of this we choose to discuss popular Malayalam serials like Bhaghyalakshi，Saaryu，Balamani，and Parasparam.
【关键词】Malayali；women；television serials；culture

Homi Bhabha and Iranian-American Literature of Diaspora：Is Firoozeh Dumas's *Funny in Farsi* Postcolonially Funny?

【作　者】Azra Ghandeharion；Shirin Sheikh Farshi
【单　位】Department of English Language and Literature，Ferdowsi University of Mashhad
【期　刊】*Forum for World Literature Studies*，第 9 卷，第 3 期，2017 年，第 489－504 页
【内容摘要】From late 20th century，a large number of Iranians have migrated to Western countries. Some of Iranian immigrants, especially women in diaspora, began writing memoirs which represent the questions of ethnics，identity，language and other problems they have grappled with. Living in Western countries with different cultures, positions emigrants in are a state of ambivalence. This ambivalence creates a metaphorical lesion in their identities. In such conditions，Iranian diaspora searches for new identities through different ways. This searching is represented in Dumas's *Funny in Farsi* (2003)，narrating the life of Firoozeh and her life-style in America. With its humorous tone，her memoir deals with social aspects of living in Western culture and dilutes political features of most memoirs written by Iranian women in diaspora. This article aims to analyze Firoozeh Dumas's *Funny in Farsi* through Homi Bhabha's postcolonial theories of hybridity，mimicry and stereotype in order to represent how the characters of *Funny in Farsi* in specific and the Iranian immigrants in general can obtain new identities in Western communities. It is concluded that the sense of superiority in Firoozeh is gained through celebrating her new，hybrid identity in the third space while her parents' reluctance is depicted as inferior and humorous.
【关键词】diaspora；*Funny in Farsi*；hybridity；mimicry；stereotype；third space

Japanese Ethical Changes and Literary Works after Disaster

【作　者】Yongwoo Pyun；Gahyung Choi
【单　位】Cheongsan MK Culture Center，Korea University

【期　刊】*Forum for World Literature Studies*，第 9 卷，第 4 期，2017 年，第 583－594 页

【内容摘要】The Japanese people have experienced many changes in their lives from frequent natural disasters，including earthquakes and tsunamis. These changes are reflected in the literary works after the occurrence of natural disasters，which touch on ethical changes ranging from individual reflection to sociopolitical change. This paper explores the ethical changes that have occurred in Japan after natural disasters from ancient times to the present，and examines their influence on relevant literary works. The emperor reflected on his lacking virtue and devoted himself to exemplary government after the occurrence of natural disasters in the Heian period or the last division of classical Japanese history. But authority moved to the warrior class and the social trend of linking disasters with the unethical nature of the emperor weakened in the Middle Ages. Disasters began to be considered not as a punishment by transcendent beings but as a natural phenomenon caused by the harmony of the elements in nature. The characteristics of disasters included humor and personal appearance in Edo era or early modern period. And then there was a movement to pass or shift the responsibilities of failure in disaster prevention on to specific subjects to overcome disastrous situations at the beginning of the modern era. A lot of disaster literary works were written after the 2011 Tohoko earthquake and tsunami. It means disaster literature has recalled the ethics and values that should not be forgotten by Japanese society.

【关键词】Japanese disaster literature；ethical changes；earthquakes；tsunami

Keeping or Breaking：Ethical Conflict and Ethical Choice in Shimazaki Toson's *The Broken Commandment*

【作　者】Yang Jian
【单　位】School of Chinese Language and Literature，Central China Normal University
【期　刊】*Forum for World Literature Studies*，第 9 卷，第 2 期，2017 年，第 271－277 页
【内容摘要】The main ethical line of Shimazaki Toson's *The Broken Commandment* is a conflicting process of keeping or breaking commandment for civilian intellectual Segawa Ushimatu who was born with *eta* background. Through the description of his mental anguish，the novel reveals an intense ethical conflict between the modern concept of eliminating class distinctions，advocating the equality of human rights and the traditional concept of remaining feudal hierarchy in a period of social transition after Meiji restoration. Under the influence of modern enlightenment，Ushimatu's self-consciousness was awakened and he finally chose to break the commandment. He exposed his real identity in public and repented his concealing in the past. Through his ethical choice，the novel shows a strong appeal for social justice and his consideration of individual moral transformation.

【关键词】Shimazaki Toson；*The Broken Commandment*；Segawa Ushimatu；ethical literary criticism

Marginality and Creative Energy：Reading the Prospect of Post-colonialism Through the Ibis Trilogy

【作　者】Rakes Sarkar
【单　位】Department of English，Kazi Nazrul University
【期　刊】*Forum for World Literature Studies*，第 9 卷，第 1 期，2017 年，第 156－163 页

【内容摘要】Post-colonial writing defines itself by seizing the language of the centre and by replacing it in a discourse fully adapted to the colonized place. It achieves its distinct definition through the processes of abrogation and appropriation. According to Bill Ashcroft, the act of appropriation in the post-colonial text issues in the embracing of the "marginality as the fabric of social experience" (*The Empire Writes Back* 103). Set against the Opium trade leading to the Opium wars, Amitav Ghosh's Ibis trilogy delves deep into multiple discourses of marginality in dealing with the shared fate and facts in the lives of the motley array of sailors and stowaways，coolies and convicts. Deeti's shrine (memory-temple) and Neel's journals (archive) provide Ghosh the sound blend of what Dipesh Chakrabarty has called the "affective" and "analytic" histories. By thus exploring the "unprecedented source of creative energy" (to quote from *The Empire Writes Back*) of the marginalized, the Ibis trilogy affirms what Bill Ashcroft in his book *Post-colonial Transformation* has described as the "constructiveness and dialogic energy of the post-colonial imagination" (5). The history of the Ibis connects people from Calcutta to Canton，from Hooghly to Hong Kong and eventually reminds us of the common burden of the past. Ghosh's fiction，due to the advantages open to it because of its very fictionality can imagine borderless blend of share and care，a blend which the material reality of our times demands so hungrily. If post-colonialism is "a language which grasps the global and the local by understanding of the complexities of imperial relationship" (to quote from *Literature for Our Times：Post-colonial Studies in the 21st Century*), a study of the issue of marginality in the Ibis trilogy is alone sufficient to show that this language of post-colonialism is ever alive as it can endearingly embrace fictionality，historicityand material reality by virtue of its inclusive interrogation，immaculate investigation and ingenious imagination.

【关键词】abrogation；appropriation；marginality；post-colonialism

Narrating the Chinese Dream：A Cultural Interpretation of "Chinese Dream Series" in Urban Public Service Advertising

【作　者】杨金才
【单　位】南京大学外国文学研究所
【期　刊】*Interdisciplinary Studies of Literature*，第 1 卷，第 4 期，2017 年，第 15－27 页
【内容摘要】Although many scholars have approached the Chinese Dream from various perspectives，there have been few attempts to explore how Chinese government at different levels visualizes the Chinese Dream in order to transmit its concept including its grand mission of constructing a harmonious society. From the "Three Representings" to the "Harmonious Society"，Chinese cities have long been fond of clunky political slogans which eventually turn out attractive thematic public service advertising posters around the country. As the Chinese Dream is exclusively associated with what President Xi Jinping talks about China's mission in the 21st century to rejuvenate the great Chinese nation，it is highly political and has been largely mediated in the expression of Chinese national culture. Chinese Dream posters in series titled "The Chinese Dream，My Dream" are now spreading around the urban areas in China，trying to blend both China's glorious tradition and its present achievements of reform and development. In so doing，the government can not only reclaim a linkage with traditional Chinese wisdom of political and ideological governance but seeks a kind of consensus in dream ideology as well so as to discipline the common masses. So politically and

ideologically oriented，the dream posters are unexceptionally following the government's efforts to seek solidarity and bureaucratic social management. Since China is huge and not easy to accommodate all from the satisfaction of basic requirements to more sophisticated needs，the evolving Chinese Dream is inevitably plural embodying a belief in values that are more spiritual，and sometimes to the extent of being utopian. It is argued that the greatest challenges China now faces are those of building a set of "national" values that can progressively be considered as "universal" rather than systematically trampling them to serve selfish interests. This paper will examine closely a cluster of these dream posters to analyze not only their visuality as a role player in transmitting the government's dream ideology but also their far-fetched and unrealistic high sounding spiritual nourishment that may give rise to ideological issues for further consideration.

【关键词】The Chinese Dream；ideology；cultural interpretation

Narration of the Displaced：A Study of Female Characters in the Novel *Island of a Thousand Mirrors*

【作　　者】Bibhuti Mary Kachhap；Aju Aravind
【单　　位】Department of Humanities and Social Sciences，Indian Institute of Technology
【期　　刊】*Forum for World Literature Studies*，第 9 卷，第 1 期，2017 年，第 164－177 页
【内容摘要】Identity crisis is the new affair down the literary mannerism. And to extenuate it further female characters portrayed as the one displaced from their location. A woman when marries goes to stay with the in-laws which itself is socially acknowledged dislocation of the female self. In the novel *Island of a Thousand Mirrors* there are prominent female characters that belong to war torn Sri Lankan society and their experiences during a certain time frame are implausible. Yashodhara，Saraswati and Lanka are the characters that draw attention because Yashodhara and Lanka are sisters of Sinhalese descent whereas Saraswati is a Tamil who later joins the Liberation Tigers of Tamil Eelam (LTTE). Consequently，this paper looks intensively into their lives and how they have evolved into some new identity and had cast away their previous lives. There is impact of violence as well，in their lives as they change their demeanor. Female dislocation is itself a transgression and the death of two female characters in Sri Lanka at the end of the novel relates to the journey and the affinity they have pulled through being apart.

【关键词】female；identity；dislocation；Sri Lanka and migration

Narrative Strategy and Cultural-Political Meaning of David Der-wei Wang's Lyrical Theory

【作　　者】Roh Jung-eun
【单　　位】Department of Chinese Language and Literature，Konkuk University
【期　　刊】*Forum for World Literature Studies*，第 9 卷，第 4 期，2017 年，第 643－662 页
【内容摘要】The author analyzes narrative strategy of lyrical discourse，referring to David Der-wei Wang's *The Lyrical in Epic Time*. Wang's lyrical discourse is critical to discussions of enlightenment and revolutionary traditions of 20th-century Chinese literature，and amplifies the logic of "getting beyond differences" to existing discourses on the lyrical. Overall，this paper reads the signification of the lyrical tradition as related to the "modernity" and "modern subjectification" of China，reconstructed by the

modern subject and shaped by ideological stances.

The Lyrical in Epic Time outlines Wang's own logic on lyricism，based on texts by three different authors. His central point is that all the texts of three authors bring revolutionary lyricism into lyrical discourse. For example，the revolutionary romanticism of the leftist narrative is described as revolutionary lyricism，while Red Poetics，instrumental in firing the national imagination，is rendered as Mao's lyricism of epic time.

This paper explores the cultural politics of Wang's lyrical discourse，with its aim of checking mainland-centered academic achievement. Wang invokes Bakhtin's dialogic sphere to support his discourse，culminating in the concept of "Sinophone literature". Described as an "imagined community"，his proposed "Sinophone literature" combines Sinophone (*Hua* 华) and Xenophone (*Yi* 夷) works，embracing mainland China. To explain the grounds for this Sinophone concept and nourish his discourse，he additionally proposes "Feng" (风)，or "mutual antagonism" comparable to Bakhtin's dialogic heteroglossia.

【关键词】David Der-wei Wang；*The Lyrical in Epic Time*；lyrical discourse；narrative strategy；Sinophone/Xenophone literature

Sangam Landscapes and Thing Theory：A Study with Reference to *Kurunthogai*

【作　者】M. John Britto
【单　位】PG & Research Department of English，St. Joseph's College (Autonomous)
【期　刊】*Forum for World Literature Studies*，第 9 卷，第 4 期，2017 年，第 704－723 页

【内容摘要】Sangam literature is a characteristic feature of Tamil literature. In the annals of Tamil Nadu，the Sangam Age is termed the golden period，and it is widely known for its five types of *thinais* (landscapes) namely Kurinji，Mullai，Marutham，Neithal and Paalai，each with its own flora and fauna，and other distinct traits that find a due place in the literary works. *Kurunthogai*，a Tamil literary classic，which is more than two thousand years old，forms a part of Sangam literature. This research paper seeks to trace a few aspects of thing theory in *Kurunthogai*. Introducing the classic with its historical context which specifically encompasses an account of the Sangam *thinais* and their poetic attributes，the paper examines the significance of things in the contemporary world，and presents a succinct portrayal of the focus of thing theory，followed by a short note on the key implication of the word "thing". Subsequently，it proceeds to analyse the aspects of thing theory in *Kurunthogai*，exploring how objects become things and how things form，transform and shape the human subjects. It also distinguishes between things and ideas，with an emphasis on the role and physicality of things in *Kurunthogai*. Finally，it explicates the concept of methodological fetishism，and highlights the need for looking through things.

【关键词】thing theory；Tamil；Sangam *thinais*；*Kurunthogai*；methodological fetishism

The Genesis and Evolution of Modern Turkish Drama

【作　者】Iryna Prushkovska
【单　位】Turkish Department，Taras Shevchenko National University of Kyiv
【期　刊】*Forum for World Literature Studies*，第 9 卷，第 4 期，2017 年，第 595－617 页

【内容摘要】 This statement refers to Turkish studies carried out in Ukraine in order to initiate a systematic analysis of artistic and literary phenomena in Turkey. The aim of the paper is to analyse historical periods of development of ancient Turks' drama，review the stages of Ottoman folk theatre evolution，investigate the preconditions of Turkish authors' drama appearance，define the influence of European dramatic tradition on Turkish drama，distinguish the periods of Turkish drama's development and point out the main trends of Turkish author's drama's evolution. The paper used such research methods as analysis and synthesis，functional，systematic，comparative，historical methods, etc. The research revealed that Turkish dramatic tradition traces back for many years as there are many references to ancient Turks' dramatic performances of pre-Ottoman period，that the tradition of dramatic performances enriched with the elements of Sufis' rituals originated at the times of the Ottoman Empire，displayed that the basics of Turkish author's drama had been formed between the second half of the 19th and the beginning of the 20th century under the influence of Ottoman rulers' reforms and gradual Westernization of Turkish culture. Having combined the achievements of folk drama and B. Brecht's "epic theatre"，Turkish drama managed to create its repertoire and gained fame abroad. At the end of the 20th century and at the beginning of the 21st century Turkish drama acquired a range of new themes and genre innovations，became really national and took its place in the world's dramaturgy.

【关键词】 literature of Turkey；dramaturgy；drama evolution；formation and gradual development

The Narrative Dynamics of Contemporary Chinese Ecoliterature：A Review of *A Study of Eco-narrative of Chinese Contemporary Novels from a Comparative Perspective*

【作　者】 Xu Bin
【单　位】 School of Foreign Languages，Central China Normal University
【期　刊】 *Forum for World Literature Studies*，第 9 卷，第 2 期，2017 年，第 341－345 页
【内容摘要】 Eco-narrative in literature is now understood as an effective way to examine the problematic relationship between our postmodern landscape and mindscape. A case in point is Ji Xiuming's *A Study of Eco-narrative of Chinese Contemporary Novels from a Comparative Perspective* which carries out a comparative analysis of both Western and Chinese views on ecocriticism and literary expressions.

【关键词】 Ji Xiuming；eco-narrative；Chinese contemporary novels；comparative perspective

The Tension in the Poetry of Malaysian-Chinese Poet Zhou Ruotao

【作　者】 Fan Pikwah；Chew Chinchong
【单　位】 Department of Chinese Studies，University of Malaya
【期　刊】 *Forum for World Literature Studies*，第 9 卷，第 4 期，2017 年，第 630－642 页
【内容摘要】 The development of the Malaysian Chinese Literature is the most vigorous among the other. The Malaysian Chinese literature becomes remarkable due to the outstanding performance of the travel writers living in Taiwan of China，but in the era of globalization，there are also many up-and-coming non-travel writers，one of whom is Zhou Ruotao. Zhou's poetry are dramatic，some of which are typical ones. When the reality becomes a virtual stage and dramas are staged every day，

Zhou's poetry turns out to be an emotional，intellectual，history-carrying，reality-interpreting and image-shaping virtual space (stage). Zhou's poetry also reveals social phenomena like the Malaysian political grimace，the costs of corruption，negligence of the historical ruins and undone justice that seem to be common in developing countries. The poet's writing allows us to see the tension in the dramatic poetry，not making common occurrence equivalence to insensitive. This article aims to discuss how the Malaysian young poet，Zhou's first collection of poetry *The Secret Songs* constructs a world full of dramatic properties and tension.

【关键词】Zhou Ruotao；*The Secret Songs*；Malaysian political grimace；dramatic property；tension in poetry

Tu Cham A and the Vietnamese Translator's Ethical Choice

【作　者】Dan Nguyen Anh

【单　位】Literature Department，University of Education，Hue University

【期　刊】*Interdisciplinary Studies of Literature*，第 1 卷，第 4 期，2017 年，第 44－60 页

【内容摘要】In the first half of the 20th century when Vietnam's literature was undergoing modernization，there was an introduction of a phenomenon of Tu Cham A. The phenomenon brought many social influences and conversely，contributed to the establishment and development of *quoc ngu* (Vietnam national language) literature. Translations of Tu Cham A (1889－1937) can be seen as literary issues and also as an ethical matter，which put the local translator into ethical backgrounds，ethical conditions，and ethical dilemmas to make their own choices－ethical choices. In light of the theory of Ethical Literary Criticism，this paper aims to provide a new approach to the Tu Cham A study in Vietnam.

【关键词】ethical choice；modernization；Tu Cham A；translation；Vietnam

Vision and Ethics in East Asian Science Fiction：Kobo Abe and Liu Cixin

【作　者】Sunyoon Lee[1]；Juyeon Son[2]

【单　位】Sunyoon Lee[1]，Department of Liberal Arts，Hongik University

　　　　　Juyeon Son[2]，Korea University

【期　刊】*Interdisciplinary Studies of Literature*，第 1 卷，第 3 期，2017 年，第 12－23 页

【内容摘要】This paper provides a comparative analysis of works by Kobo Abe (安部公房，1924－1993) and Liu Cixin (刘慈欣，1963－present). Both *The Three-Body Problem* and *Raccoon Dog of the Tower of Babel* revolve around the problem of sight. Human beings who lose their subjective sight and fall down to be seen only are depicted in two stories，on the levels of civilization and the unconscious. As Sartre writes in *Being and Nothingness*，"It is shame or pride which makes me live，not knowing the situation of being looked at." It is an abasement to an unethical dimension when human dignity and the perception of reality are abandoned，and these themes are explored in the two Asian works of science fiction analyzed in the present study.

【关键词】Kobo Abe；Liu Cixin；sight；Asian science fiction；perception of reality

When a Personal Narration Represents the Zainichi Korean Narrative：Lee Hoesung's *The Cloth-Fulling Woman*

【作　者】Kim Gaeja[1]；Lee Youngho[2]

【单　位】Kim Gaeja[1]，Global Institute for Japanese Studies，Korea University

Lee Youngho[2]，Department of Chinese and Japanese Language and Literature，Korea University

【期　刊】*Forum for World Literature Studies*，第 9 卷，第 2 期，2017 年，第 249－260 页

【内容摘要】This article considers the meaning of the Zainichi Korean narrative，focusing on *The Cloth-Fulling Woman*，written by Lee Hoesung. Lee won the Akutagawa prize for this novella，causing a sensation in Japanese society and abroad. The heroine，Chang Suri，is represented by the synthesis of three axes：her mother，her husband，and her son. The mother's narration of Suri recalls her active image against the background of colonial Chosun in the 1920s. The image of Suri in relation with her husband，however，shows the typical process of Koreans being driven away from their homeland to wander and suffer，reflecting the phases of the colonial period. Meanwhile，to her son，Suri as a mother remains in the realm of childhood，with constant flashbacks to that period. The narrator controls these three narrative viewpoints through the lens of postwar Japan. That is，the synthesized image of Chang Suri represents the very historicity of the lives of Zainichi Koreans. Ultimately，Chang Suri's narrative does not remain personal，but becomes representative of the common Zainichi Korean experience.

【关键词】Zainichi Korean narrative；Lee Hoesung；*The Cloth-Fulling Woman*；the Akutagawa prize；representation of Korean characteristics

When Adultery Meets Democracy：The Boom of Adultery Genres in Japan around 1950 and the Ethical Standards on the "*Fujinkaiho* (婦人解放)"

【作　者】Bokyoung KIM

【单　位】Global Institute for Japanese Studies，Korea University

【期　刊】*Forum for World Literature Studies*，第 9 卷，第 2 期，2017 年，第 261－270 页

【内容摘要】Around 1950，middlebrow novels and "adultery films" enjoyed enormous popularity in Japan. Primarily targeting female audiences，both genres became more common as various social and cultural changes occurred in postwar Japan. This growth in adultery-related storytelling is particularly interesting in light of the fact that Japan was under U.S. occupation and unethical themes such as adultery were discouraged by the Motion Picture Code of Ethics. Furthermore，these popular adultery genres were thought to represent the unspoken "inner minds" of the women they targeted. Focusing on "adultery films"，this paper argues that although they offered vicarious pleasure by pretending to deviate from oppressive social norms，they often reinforced the dominant ideology of the time. The majority of adultery films follow a similar plot pattern：1) The heroine is generally a victim of the feudalistic marriage system of old Japan；2) she meets a man who respects her as an independent individual；3) with his help，she "liberated" from a repressive husband and marriage life. Focusing on the above features，this paper examines how the theme of adultery was represented in cultural spaces under the ethical standards built upon postwar American democracy.

【关键词】adultery literature；literary cinema；adultery film；film censorship；emancipation of women (*fujinkaiho*)

"复归"后冲绳文学的"岛屿"主题与文化认同——以崎山多美《水上往还》为中心

【作　者】丁跃斌
【单　位】吉首大学
【期　刊】《文艺争鸣》，第 12 期，2017 年，第 172－176 页
【内容摘要】1972 年"复归"日本后，冲绳社会发生了剧烈的变化。基础设施得到改善，经济也有了一定的发展，但是日本本土对冲绳人的歧视和排斥并没有减少，美军基地依然存在，冲绳人在"同化"和"异化"中感到彷徨和迷茫。重新"回到"日本文学圈的冲绳文学，依然没有得到日本主流文学的青睐，一度被认为是文学的"荒原"。甚至部分日本人对冲绳文学持有偏见，认为冲绳文学基本上都是悼念冲绳战的文学。于是，冲绳文学在一片质疑声中，开启了"复归"后的追寻之旅。其中，在主题设定上更加多元化，既有挥之不去的"冲绳战""歧视"等主题，又有"女性形象""岛屿"等较新的主题。而"岛屿"作为"文化认同"的隐喻逐渐成为冲绳文学新范式。在众多当代冲绳作家中，崎山多美的创作始终贯穿着"岛屿"主题。她作为冲绳女性作家的佼佼者，肩负起历史使命，带着强烈的民族自尊心，将冲绳的创伤记忆和话语诉求通过"岛屿"主题在当代日本文坛扩展开来。其代表作《水上往还》更是将冲绳人在多种文化夹击下所展现的离散感和漂泊感表现得淋漓尽致。本文以"岛屿"主题为轴点，力图正面揭开"复归"后冲绳人灵魂深处与日本主流文化的隔阂，并将文本的解读幻化为现实的思考，同时在思考中诠释冲绳文化是如何在冲绳传统文化与日本现代文化基础上潜移默化地完成新文化的构建的。
【关键词】无

"科学"作为文学研究的方法——夏目漱石《文学评论》考论之一

【作　者】庄焰
【单　位】中国社会科学院外国文学研究所；清华大学中文系
【期　刊】《外国文学》，第 1 期，2017 年，第 101－110 页
【内容摘要】夏目漱石作为日本明治时期的代表性文人、明治日本"文明开化"运动的亲历者和思考者，在其文论著作中结合文学对现代文明的基本理论以及日本语境中的文明开化之路进行了大量深入的探讨，并表达了自己对日本文学发展的看法。本文以漱石在其早期英国文学批评著作《文学评论》一书中倡导的外国文学研究方法为引，探讨他对盛行于明治后期文坛的科学主义之看法。
【关键词】夏目漱石；《文学评论》；文明开化之路；科学主义

"他者"语境下的冲绳文学解读

【作　者】丁跃斌
【单　位】吉首大学

【期　刊】《外语学刊》，第 2 期，2017 年，第 121－126 页
【内容摘要】文学作为重现与消解历史的载体，被认为是再现历史的最佳媒介，因此冲绳文学带着民族的爱与恨，书写着独属于冲绳的"他者"之痛。从最初非主流的边缘文学，到如今日本文学独具特色的重要组成部分，冲绳文学越来越多地受到世界学者的关注。本文以日本纯文学最高奖项芥川奖的三部冲绳作品为研究对象，追逐历史的车辙，跨越三个时代的变迁，从后殖民主义视角诠释冲绳从"他者"到"自我"的蜕变与重生书写，进而揭示冲绳作家对冲绳命运所倾注的伦理关怀和对民族未来的深度思考。冲绳作家在思索之后，开始对冲绳的未来进行透彻的探寻与大胆的构想，并借助文学书写幻想琉球王国的重生梦。
【关键词】冲绳文学；芥川奖作品；后殖民；他者

"慰"论：日本文学功能理论及与中国古代文论之关联

【作　者】王向远
【单　位】北京师范大学文学院
【期　刊】《东岳论丛》，第 38 卷，第 9 期，2017 年，第 76－85 页
【内容摘要】日本古代文论先是模仿和套用中国的社会政治功用论，再逐渐发现自身文学传统中"慰"的功能，并对中国的功利主义文论加以否定批判，排斥文学的载道教化、劝善惩恶之类的政治社会与伦理观，最后确立起独特的"慰"论。"慰"论是对日本传统文学之功能的正确概括，根源于日本人独特的心理构造。从比较诗学的角度看，中国文论讲求"为"，为政道为教化；日本文论则"以慰为事"，讲求慰人慰心。只有在中日文论范畴的关联性研究中才能有效阐发"慰"的理论价值，并能见出中日两国文学传统的分歧与分野。
【关键词】中日古代文论；文学功能论；"慰"；"慰"论

"缘"：从印度到中国——一类文体的变迁

【作　者】范晶晶
【单　位】北京大学东方文学研究中心；北京大学南亚学系
【期　刊】《中国比较文学》，第 2 期，2017 年，第 26－40 页
【内容摘要】在印度佛教中，随着典籍数量的增加，根据经典在形式与内容上的不同，逐渐产生了"九分教"与"十二分教"的文献分类方法。"十二分教"中所包括的"因缘"与"譬喻"类文献，不仅对中国佛教，也对中国文学产生了深远的影响。在形式上，这类文体为后世的变文、话本、宝卷、弹词，甚至小说，提供了整体结构框架上的借鉴；在内容上，其三世因果的思想被许多通俗文学作品全盘接受，甚至成了作品的主旨所在。本文便致力于梳理"缘"这样一条从印度到中国的文体、思想流变之路。
【关键词】因缘；譬喻；变文；话本；弹词；宝卷

《暗夜行路》乱伦叙事的文学伦理学批评

【作　者】谭杉杉
【单　位】华中科技大学中文系
【期　刊】《外国文学研究》，第 39 卷，第 4 期，2017 年，第 36－42 页
【内容摘要】《暗夜行路》围绕时任谦作家庭中的三起乱伦事件展开，从文学伦理学批评的视角

看，其叙事的性质是伦理的。谦作与祖父小妾阿荣之间的乱伦倾向既是伦理混乱的产物，又使伦理混乱的状况进一步恶化；母亲与祖父姻亲乱伦使谦作陷入伦理身份危机之中；妻子和表兄阿要血亲乱伦导致伦理悲剧再次发生。乱伦破坏了社会正常的伦理秩序，时任谦作在伦理困境中自省、反思，最终回归自然并获得伦理救赎。

【关键词】志贺直哉；《暗夜行路》；乱伦叙事；伦理困境；伦理救赎

《长恨歌》的归异平衡与汉学家的上海想象

【作　者】朱振武[1]；杨赫怡[2]
【单　位】朱振武[1]，上海师范大学人文与传播学院
　　　　　杨赫怡[2]，上海大学外国语学院
【期　刊】《上海大学学报（社会科学版）》，第 34 卷，第 4 期，2017 年，第 81－92 页
【内容摘要】美国汉学家白睿文和陈毓贤合作翻译的《长恨歌》秉承对"他者"再现的宗旨，成功展现了王安忆小说的精微与宏达，展现了上海文学的力与美。面对广大英语读者，两位汉学家对源语文本审读细致且拿捏精准，既不游离源语，又不机械愚忠。虽然偶见瑕疵与不足，但总体来说其异化的翻译策略巧妙地还原和重现了原作中的上海元素，其归化的移译办法达到了生动传神地讲述上海故事的文本旨归。异化与归化的完美结合和巧妙平衡，是《长恨歌》在英语世界站稳脚跟的堂奥，也是中国文学文化"走出去"的正确门径之一。

【关键词】《长恨歌》；白睿文；汉学家；上海元素；归异平衡

《春梦琐言》为日本汉文小说辨

【作　者】施晔
【单　位】上海师范大学人文与传播学院
【期　刊】《中国比较文学》，第 4 期，2017 年，第 94－107 页
【内容摘要】《春梦琐言》是明代艳情说部还是日本汉文小说？这个问题学界向有争议，而且鲜有专文对此展开论证。本文立足于此说部的三个重要版本，从《春梦琐言》的"序"提及了中土向无著录之《游仙窟》，《春梦琐言》的作者、序者及创作缘由多属"贾雨村言"。小说文本从"和臭""和式""和习"三方面展开阐述，论证《春梦琐言》实为日人伪托明人所作之汉文小说。

【关键词】《春梦琐言》；日本汉文小说

《大阪每日新闻》的涉华报道战略与芥川龙之介的新型江南创作——以《江南游记》为中心

【作　者】宋武全
【单　位】湖州师范学院外国语学院
【期　刊】《东北师大学报（哲学社会科学版）》，第 3 期，2017 年，第 98－103 页
【内容摘要】芥川龙之介是日本文坛的代表作家，以娴熟的文学技艺著称于世。其记述中国之行的《江南游记》突破了传统游记文本的纪实属性，以独特的诗学技法颠覆了纪行文泾渭分明的"虚实分界"与"文体定式"，开创了新型纪行文本的先河。由此，芥川对以启蒙者自居，标榜帝国主义列强给中国带来"现代化恩惠"的《大阪每日新闻》的涉华报道战略进行了批判，在抒发对华善意与同情的同时，对日本和西方列强的对华殖民政策进行了反思。

【关键词】《大阪每日新闻》；涉华报道战略；芥川龙之介；纪行文

《摩诃婆罗多》《罗摩衍那》与荷马史诗中的爱情母题比较

【作　者】刘小菠[1]；王丹[2]
【单　位】刘小菠[1]，河南财政金融学院文学院
　　　　　王丹[2]，北京师范大学文学院
【期　刊】《郑州大学学报（哲学社会科学版）》，第 50 卷，第 4 期，2017 年，第 91－96 页
【内容摘要】荷马史诗与印度古代史诗的爱情母题有着相同的联姻方式，男女主人公无论是精神品质还是外貌风度，都体现了民族的审美诉求，爱情母题中的夫妻伦理则是不对等的两性关系。史诗对男女主人公之间的真挚情感进行了肯定与歌颂，表达了史诗时代人们的爱情理想。荷马史诗中主人公体现出"个人本位、喜欢冒险、崇尚智慧、追求现世幸福和价值"的民族精神内涵，印度古代史诗的主人公则体现出"遵循、维护正法，集体本位，向往天堂、追求梵的最高境界"的民族精神内涵。史诗爱情母题反映出各自民族历史文化之发展轨迹。
【关键词】荷马史诗；印度古代史诗；爱情；母题

《摩诃婆罗多》《罗摩衍那》与荷马史诗中的诅咒间性问题

【作　者】苏永旭
【单　位】河南财政金融学院文艺学美学研究所
【期　刊】《河南大学学报（社会科学版）》，第 57 卷，第 6 期，2017 年，第 102－114 页
【内容摘要】诅咒既是一种人文现象，又是一种艺术手法。诅咒作为一种人文现象和反制利器，在印度两大史诗和荷马史诗中具有很强的主体间性，即我们通常意义上所说的学术关联性。就其互文性或家族相似性而言，其主旨在于充分伸张社会正义和审美正义；就其互异性或差异性而言，荷马史诗中的诅咒是一种显性进程，印度两大史诗中的诅咒则是一种隐性进程。诅咒作为一种艺术手法在印度两大史诗和荷马史诗中也具有很强的主体间性，或学术关联性。就其互文性或家族相似性而言，具有现实主义和现代主义的双重意味；就其互异性或差异性而言，荷马史诗中的诅咒手法侧重于谋篇布局，印度两大史诗中的诅咒手法侧重于推动情节发展、增强情节的生动性和丰富性。诅咒主要是一种巫术残余，是新的历史条件下巫术的一种质的升华，是一种整个都被充分神化了的、极端主观化了的、刹那间就能"把主观等同于客观"的极端人文现象，夸张的意味很浓，以至于最后成了迎合公众审美趣味的艺术手法。其文化根源主要在于公众长期以来恒定的审美心理和根深蒂固的道德需求，其社会根源主要在于公众自古以来对巫术传统的潜意识认同和普遍接受的朴素心态。
【关键词】《摩诃婆罗多》；《罗摩衍那》；荷马史诗；诅咒间性

《三国演义》的英译比较与典籍外译的策略探索

【作　者】朱振武
【单　位】上海师范大学人文与传播学院
【期　刊】《上海师范大学学报（哲学社会科学版）》，第 46 卷，第 6 期，2017 年，第 85－92 页
【内容摘要】对《三国演义》两个英语全译本的译介策略进行比较研究，进而对典籍外译和中国文化"走出去"问题进行学理探讨。通过具体译例的对比分析，发现在翻译《三国演义》原

作中的特质文化词、宏大故事结构和典故文化时，面对不同时代的社会语境和目标读者不同的阅读期待，第一个全译者邓罗采取音译、改写和意译为主的翻译策略，而半个多世纪后的第二个全译者罗慕士则采用转译、直译和译释结合的翻译策略。这是两位翻译家从各自时代的目标读者出发，在忠实于原作的基础上，为保证译文可读性与可接受性所做的有益尝试，也是他们的译本被各自的目标读者接受的重要原因。处在不同时代的邓罗和罗慕士对《三国演义》的成功译介给人们的一个重要启示是，文化经典的外译既要考虑忠实性和准确性，也要兼顾差异性和目的性，同时还要兼顾市场原则。

【关键词】《三国演义》；典籍外译；翻译策略

《水死》中的神话原型与文化隐喻再探

【作　者】黄悦
【单　位】北京语言大学人文社会科学学部
【期　刊】《中国比较文学》，第 2 期，2017 年，第 191－203 页
【内容摘要】大江健三郎的《水死》以追溯父亲"水死"之谜为主线，讲述了三代人寻找和重建记忆与身份的故事。其核心意象"水死"既是对日本民俗传统的继承，同时具有现实指向，借助《金枝》中揭示的神话原型才能理解其核心内涵。仪式性的"水死"指向回归母体和新生，而非为天皇殉死。大江健三郎借用了神话的框架，将个体经验重新熔铸，创造出一系列具有代表性的隐喻体系，如"村庄－国家－宇宙"的同构关系，"森林－女性"作为生命源头象征，以"红皮箱－空信封"暗示记忆的开放性，在层层套嵌的叙事结构中，作者、主人公和民族共同体的命运融为一体，记忆和历史的权威性被重新拷问。"水死"作为一种跨文化神话原型在大江的笔下成了一个支点，不仅撬动了近代日本历史的军国主义外壳，更成为重建民族集体记忆的基点，凸显出神话仪式对于文化共同体的价值。

【关键词】大江健三郎；《水死》；神话原型；《金枝》；集体记忆

《天长地久》：基于佛教无常观的现实主义思想的创作

【作　者】吴圣杨
【单　位】广东外语外贸大学东语学院
【期　刊】《外国文学》，第 6 期，2017 年，第 33－40 页
【内容摘要】20 世纪泰国社会转型初期，文人们既坚持传统，又不同程度接受了西方的思想，文学创作体现了这种影响。马来·初皮尼的小说《天长地久》的情节属于故事嵌套模式，故事的内核讲述一段三角恋爱情悲剧；外壳故事则是内核故事的叙述者与聆听者对三角恋爱情悲剧的反应。小说主要人物性格凸显我执或无我，故事主题聚焦于我执或无我的人如何在迁流变动的现实世界终其一生。作者在小说中融入了西方现实主义思想，但仍以佛教无常思想为旨归。

【关键词】泰国；小说《天长地久》；无常；现实主义

15－18 世纪欧洲人视域下的土耳其形象

【作　者】贺敏
【单　位】陕西师范大学外国语学院

【期　刊】《西南大学学报（社会科学版）》，第 43 卷，第 6 期，2017 年，第 185－192 页
【内容摘要】土耳其形象因其复杂性和多元性的特点成为国外学者研究的一大热点。自 15 世纪至 17 世纪，欧洲人眼中的土耳其形象富于动态，呈现多元化；从 18 世纪开始，欧洲人眼中的土耳其形象渐趋僵硬、单一化。其形象的跌宕嬗变既源于欧洲与土耳其之间异若霄壤的宗教及文化的分野，又受二者之间现实政治利益及彼此权力强弱态势的牵制。与此同时，欧洲人对土耳其形象的考量既是奥斯曼帝国盛衰兴废的一种映射，又是欧洲人审视评判"自我"的一面镜子。
【关键词】欧洲人；土耳其形象；奥斯曼帝国；文艺复兴；人文精神

阿格农的《昨日未远》与第二次阿里亚

【作　者】钟志清
【单　位】中国社会科学院外国文学研究所
【期　刊】《外国文学评论》，第 4 期，2017 年，第 131－148 页
【内容摘要】希伯来语作家阿格农以自己的文学创作展示了 20 世纪初到 70 年代犹太社会与文化的剧变。国内学者基本上将阿格农定位为弘扬犹太传统的作家，但实际上阿格农并没有将自己禁锢在犹太文化传统的藩篱之内，而是时常以小说来参与犹太世界的现实变革。他在 1945 年发表的长篇小说《昨日未远》便呈现了第二次阿里亚这一现代犹太民族的重要历史进程，并敏锐地洞悉了其中蕴涵的矛盾与悖论。
【关键词】阿格农；《昨日未远》；第二次阿里亚；犹太复国主义

朝鲜《燕行录》中的"华夷"之辨

【作　者】王国彪
【单　位】中央民族大学；曲阜师范大学文学院
【期　刊】《外国文学评论》，第 1 期，2017 年，第 33－49 页
【内容摘要】朝鲜受儒学尤其理学思想的深刻影响，严于"华夷"之辨。作为明清时期朝鲜使臣在华期间的纪行之作，《燕行录》记录了他们对"华夷"问题的诸多思考。明代，朝鲜诚心慕华事大，倡明礼治，自称"小中华"。明清易代之后，朝鲜陷入伦理困境，秉承春秋大义的同时又违心事大。到了康乾时期，朝鲜的"华夷"观念逐渐发生了变化，其选择不再僵化，从原先的充满鄙夷逐渐变为主动学习。通过"燕行录"来审视朝鲜明清之时"华夷"观的变迁，可以重新审视近世东亚和中国的关系。
【关键词】《燕行录》；"华夷"观；朝鲜

朝鲜被殖民期间日本语文学的生成研究：日语杂志、朝鲜文学的日语翻译和日本传统诗歌（英文）

【作　者】严仁卿 [1]；郑炳浩 [2]；金孝顺 [3]
【单　位】严仁卿 [1] 金孝顺 [3]，韩国高丽大学 Global 日本研究院
　　　　　郑炳浩 [2]，韩国高丽大学日文系
【期　刊】《外国文学研究》，第 39 卷，第 2 期，2017 年，第 156－167 页
【内容摘要】本研究旨在通过日本殖民朝鲜时期日语文学与日语杂志、朝鲜文学的日语翻译和

日本传统诗歌之间的关系，考察 20 世纪早期至 20 世纪中叶的"朝鲜半岛日本语文学"的全貌。本研究所涉及文学作品未被收录进日本文学，甚至未被收录进殖民时期的日本语文学。早在此之前，日语报纸、杂志已在朝鲜日本语社区中广泛发行。显而易见，20 世纪初日本语文学已经通过上述媒体的相关栏目获得了发展。在朝鲜半岛形成的日本语文学活动与日本的"内地"文坛，以及邻近地区的所谓"外地"文坛均密切相连。20 世纪 30 年代之后，因多元文学、文化现象的出现和文学本身对地方问题敏感反应上的差异，日本语文学的发展日趋复杂化。

【关键词】朝鲜半岛日语文学；日语杂志；朝鲜文学的日语翻译；跨境

朝鲜后期文坛对明代唐宋派文论的接受

【作　者】韩东
【单　位】南昌大学人文学院中文系
【期　刊】《中国比较文学》，第 3 期，2017 年，第 120－136 页
【内容摘要】明代唐宋派文论在朝鲜后期文坛的兴起与盛行，体现了朝鲜后期文人对明清文学思潮的接受与反思。朝鲜后期文坛对唐宋派的接受历程经历了认识接受期、强化巩固期、影响深入期三个阶段；在前两个阶段，朝鲜文人对唐宋派的接受主要体现在理论批评与创作普及的层面上，而第三个时期的接受反映在朝鲜文人对唐宋派文论的吸收与活用上。朝鲜后期文人通过接受"重道不轻文"与"由唐宋上窥秦汉"的理念，解决了文坛上长久以来的模拟、俚俗风气，并打破了推崇秦汉古文抑或唐宋古文、相互抵牾的局面。

【关键词】朝鲜；唐宋派；文论；接受；文道合一；文统观

朝鲜日据时期"日本"文学的发明：殖民条件下文学活动何以无耻（英文）

【作　者】三原芳秋
【单　位】一桥大学大学院言语社会研究科
【期　刊】《文艺理论研究》，第 37 卷，第 3 期，2017 年，第 108－129 页
【内容摘要】本文基于 2017 年 3 月 17 日华东师范大学思勉讲座第 338 期的演讲，着重探讨朝鲜日据时期英国文学与批评著名学者、"亲日"知识分子崔载瑞无耻的文学行为。崔载瑞鼓动朝鲜作家用日文写作，以推动日本"民族文学"的发展。本文主旨并不在于贬斥崔氏的叛徒行为，而是要解决他的关于殖民条件下文学活动的理论迷茫所引发的后殖民时代的问题域，同时，分析其全球主义的、强调秩序的理论如何在逻辑上得出这一错误结论：反抗帝国秩序只会徒劳无功，而朝日融合则能提供殖民文学生存甚至繁荣的土壤。崔载瑞援引苏格兰之例以及 T. S.艾略特的"传统"说以从理论上为其"知识分子合作说"辩护，对此，本文在分析过程中予以特别关注。崔载瑞虽然是个案，但亦具代表性，他诠释了在殖民条件下（推而广之即现代性）知识分子在其公共生活中面临的种种困境。最后，论文简要呈现了作者对与帝国/现代性密切相关的"羞于为人"与莱维的"灰色地带"概念的思考。

【关键词】"民族"的发明；知识分子合作；全球主义与普遍性；传统（T. S.艾略特）；后殖民理论；羞耻

池泽夏树《双头船》的空间释读

【作　者】吕斌
【单　位】南京大学外国语学院
【期　刊】《湖南科技大学学报（社会科学版）》，第 20 卷，第 1 期，2017 年，第 39－43 页
【内容摘要】池泽夏树 2013 年出版的长篇小说《双头船》是东日本大地震灾难题材的反思现实力作，具有明显的空间特征。小说通过双头渡船"岛波 8 号"向"樱花号""樱花半岛"和"樱花海上共和国"的空间演替，着重对日本赈灾、生活重建和确定未来发展方向过程中的个人主体意识、国家社会责任、进路抉择等社会问题进行了思考，其反思现实、深省问题、面向未来的鲜明特征对感怀无常、深掘创伤等日本地震题材文学书写传统的更新具有积极意义。
【关键词】池泽夏树；《双头船》；叙事空间；震灾文学

从"反战"到"主战"——以与谢野晶子的"满蒙之旅"为中心

【作　者】李炜
【单　位】中央财经大学外国语学院
【期　刊】《外国文学评论》，第 3 期，2017 年，第 49－65 页
【内容摘要】1928 年与谢野晶子的"满蒙之旅"，被一些学者赋予了"晶子思想转变之契机"，的重要意义，认为旅行后晶子从反对战争变为支持战争。本文在分析晶子的来华原因、还原其在华经历的基础之上，剖析晶子思想转变的内在原因，认为在现实主义的生活态度、"思想"与"感想"混淆的思维模式、思想产生途径及方式等因素的综合影响下，晶子的思想表面呈现出不断变化的"流动性"特点，但其底层一直存在着"凝固"不变的天皇尊崇观，在"流动"与"凝固"的相互叠加与彼此影响下，晶子从"反战"变为"主战"是必然的结果。
【关键词】与谢野晶子；"满蒙之旅"；思想转变；契机论

大庭美奈子原爆文学代表作《浦岛草》镇魂特质论

【作　者】侯冬梅
【单　位】曲阜师范大学翻译学院日语系
【期　刊】《外国文学研究》，第 39 卷，第 4 期，2017 年，第 144－152 页
【内容摘要】大庭美奈子是经历过原爆灾难的日本战后"内向的一代"代表作家，其文学深受鲁迅《野草》影响，创作过"野草"系列作品。《浦岛草》是她对原爆体验的倾情书写，也是大庭"野草"系列创作中的重要篇章，被认为是日本原爆文学最重要的代表作之一。基于《浦岛草》的创作动机和小说主题均与作家的原爆体验密切相关，本文将在考察"浦岛草"意象丰富的传统文化内涵与镇魂表达的关联中，分析大庭以《浦岛草》为中心的原爆题材作品，从对广岛原爆中牺牲者的镇魂、对战后日本社会整体遗忘原爆灾难的不满来考察《浦岛草》的镇魂特质，揭示大庭《浦岛草》等原爆题材作品镇魂特质的现实意义，即真正的安魂需要永不遗忘，需要活在当下的我们每个人时时检讨当下的行为，警惕是否同样蕴含着某些可能再度引发原爆灾难的文化基因。
【关键词】大庭美奈子；《浦岛草》；原爆文学；镇魂特质；原爆体验

动物文学的伦理取向：沈石溪狼小说中的动物伦理之惑

【作　者】陈红
【单　位】上海师范大学人文与传播学院

【期　刊】*Interdisciplinary Studies of Literature*，第 1 卷，第 3 期，2017 年，第 24－33 页

【内容摘要】动物文学作品的优劣很大程度上取决于作家对人与动物的相似性及差异性的认识与表现，而诸如动物是否具有伦理道德，动物伦理的确切含义是什么等问题又构成了作家认知人与动物关系的核心。沈石溪动物小说中的动物时常身处类似于人类社会里的伦理困境，并做出人类所做的伦理选择。作家依照人类的道德标准，对动物的自然习性及行为规范进行有选择性的保留、改造或扭曲，以完成其在人性与兽性之间的伦理选择。其狼小说中频频出现的母兽抚育幼兽过程中的诸多情节更是严重违背动物自身的道德规范，反映出人性的恶劣，也暴露了作家的强权崇拜意识。

【关键词】狼小说；动物伦理；伦理选择；强权崇拜

都市的魅像与"呼愁"——解读帕慕克《我脑袋里的怪东西》的伊斯坦布尔街道

【作　者】杜莉莉
【单　位】中国人民大学外国语学院

【期　刊】《外国文学》，第 4 期，2017 年，第 126－135 页

【内容摘要】伊斯坦布尔是帕慕克小说永恒的主角。在其第九部作品《我脑袋里的怪东西》中，帕慕克首次抽离于自己擅长刻画的西化富裕阶层视角下的伊斯坦布尔，转向关注底层民众、特别是乡下移居者的城市经验。本文试图通过主人公，定居伊斯坦布尔的钵扎小贩麦夫鲁特一生寒来暑往的行走，分析街道是如何成为都市魅像衍射的舞台的：一个充满社会隐喻的言说空间、一个乡下移民与宿主城市之间互视共存的日常位所、一个助力个体实现自我认知的灵魂场域，从而进一步挖掘伊斯坦布尔"呼愁"的现实意义，探讨受困于现代转型的传统都市的发展要义。

【关键词】帕慕克；《我脑袋里的怪东西》；伊斯坦布尔；城市街道；魅像；"呼愁"

堕落还是回归？——《被嫌弃的松子的一生》中女性的伦理困境及其伦理解析

【作　者】肖洒；黄曼
【单　位】深圳大学外国语学院

【期　刊】《湖北大学学报（哲学社会科学版）》，第 44 卷，第 6 期，2017 年，第 35－41 页

【内容摘要】山田宗树的《被嫌弃的松子的一生》源于真实素材。从伦理的角度考察，表面上看，松子的悲剧源自父爱的缺失，及其导致的性格缺陷，亦即家庭伦理困境。然而，从深层次来看，导致松子悲剧的因素是多元的，既来自家庭，更来自社会，亦即社会伦理困境。这双重伦理困境相互交织、相互渗透，其根源则是影响日本数百年的男尊女卑的社会传统。《被嫌弃的松子的一生》是日本社会伦理道德在 20 世纪 70 年代这一特定历史环境下的具体表现。松子之死并非简单的杀人事件，其原因是多角度、多层次的，因此《被嫌弃的松子的一生》反映了特定社会中的多元伦理问题。病态的男权社会导致了松子"被嫌弃的""倒霉的"一生，更决定了其注定的、必然的悲剧结局。

【关键词】《被嫌弃的松子的一生》；女性意识；伦理困境；伦理解析

法国视阈中的中国当代文学

【作　者】陈曦
【单　位】山东大学文学院
【期　刊】《当代文坛》，第 5 期，2017 年，第 70－74 页
【内容摘要】新时期以来，中国当代文学以其强烈的批判精神和创新风格日益受到法国汉学界、出版界和某些读者群的关注。法国作为中国当代文学海外译介的重镇，对中国当代文学的海外译介起着重要的枢纽作用。从译介历程、翻译出版、译介特点和所获评论三个视角对中国当代文学在法国的译介和传播过程做一番梳理，能真实了解中国当代文学在法国的译介现状，并能为中法两国文学互动交流提供有益的参考。
【关键词】中国当代文学；法国；译介；评论

法国学者的中国人群体传记研究（1949－1979）

【作　者】唐玉清
【单　位】南京大学文学院
【期　刊】《南京大学学报（哲学・人文科学・社会科学）》，第 54 卷，第 5 期，2017 年，第 150－156 页
【内容摘要】中华人民共和国成立之后的三十年间，造访中国的法国学者在特殊的参观环境中留下了一些对那个时代的记录。他们笔下的中国人群像，带有现代传记的特征，同时又刻上了各自研究领域的印记。这些作品尽管在某种程度上延续了近代法国汉学的中国经验，但更重要的是对这种想象的背离，以及对现代中国人的传记关注。
【关键词】群体传记；《长征》；《中国行日记》；《中国妇女》

谷崎润一郎与湘籍现代戏剧家交往史考证

【作　者】张能泉
【单　位】湖南科技学院人文与社会科学学院
【期　刊】《湘潭大学学报（哲学社会科学版）》，第 41 卷，第 3 期，2017 年，第 102－105 页
【内容摘要】1926 年谷崎润一郎重返中国，与上海的中国现代文化名士进行了交往。其中，他与欧阳予倩和田汉两位湘籍戏剧家的交往更为密切，彼此建立了深厚的友谊，不仅成了中日现代文学交流史上的佳话，而且扩大了谷崎文学在中国现代文坛的影响力。
【关键词】谷崎润一郎；欧阳予倩；田汉；交往

汉学家韩斌的"创造性叛逆"——以《金陵十三钗》的英译为例

【作　者】朱振武 [1]；刘文杰 [2]
【单　位】朱振武 [1]，上海师范大学
　　　　　刘文杰 [2]，上海大学
【期　刊】《外文研究》，第 5 卷，第 2 期，2017 年，第 50－57、107 页

【内容摘要】英国汉学家和翻译家韩斌将大量的中国当代文学作品译介至英语世界，严歌苓的作品《金陵十三钗》是其译作的代表。本文以《金陵十三钗》的英译本为考察对象，从增译、删减、归化、意译等翻译策略入手，探究韩斌如何在深度忠实原作的基础上，创造性地英译原作。韩斌强调在尊重原作的基础上充分发挥译者的主体意识，这是其译介取得成功的根本之所在。
【关键词】创造性叛逆；韩斌；金陵十三钗；中国文学"走出去"

赫尔曼·黑塞的世界文学观念及其中国文学评论

【作　者】詹春花
【单　位】浙江财经大学人文学院
【期　刊】*Neohelicon*，第 45 卷，第 1 期，2017 年，第 1－20 页
【内容摘要】黑塞在 1927 年发表《世界文学图书馆》，提出世界文学的大纲，把中国文学视作世界文学的重要来源之一。1935 年，黑塞在评论《水浒传》的德译本时，对歌德的"世界文学"理念做出回应，并把它定义为"通过传神翻译来扩充和丰富自身语言文化"的最后一种共同精神。中国文学在黑塞的世界文学理念中起着里程碑的作用，这并非空穴来风，是跟他长达 30 年来对中国不同文学门类的恒久阅读与评论息息相关：他称赞中国古诗具有完美的形式，中国戏剧是舞台艺术的瑰宝，而中国短篇叙事文学则具有自由表达、打破现实与幻象界限的魔力，另外他还评论过《二度梅》《好逑传》《金瓶梅》《红楼梦》等小说。黑塞对中国古典文学的评论不仅提供了中西文学交流的景象，而且跟其对世界文学的观照紧密相连，这在很大程度上充盈了 20 世纪早期的"世界文学"建构。
【关键词】无

华校情结、代际区隔与国族意识——对新加坡华人国族意识建构历史的文学考察（1965－2015）

【作　者】金进
【单　位】浙江大学人文学院
【期　刊】《外国文学研究》，第 39 卷，第 3 期，2017 年，第 165－175 页
【内容摘要】新加坡自 1965 年建国以来，逐步确立了双语教育政策，这一政策的实质就是确立英语的优势地位，对华人教育和华人语言进行压缩和控制，政策上的强势和不合理的政府行为所造成的族群伤痕是巨大的，成为新加坡华人心中永远的痛。盛极一时的南洋大学于 1980 年被迫关闭，华文两大报《星洲日报》《南洋商报》于 1983 年强制合并，历史悠久的华校于 1987 年停办转型，凡此种种都展示着新加坡政府的实用主义执政理念。近 60 多年来，新加坡华人（简称"新华"）文学中的华校题材作品一直没有停止过创作，方方面面展示着新华作家的华校情结。从早期的南来师资的文化活动，到 20 世纪七八十年代前后的华校断根之痛，再到断根之后新加坡华人的现实处境与困惑，都有重要作家的作品与这些话题相对照。本文选择英培安、陈瑞献、郭宝崑、张曦娜、希尼尔、谢裕民、柯思仁、殷宋玮、陈志锐和黄浩威等重要的新华作家的华校题材作品为分析对象，同时在新加坡建国以来的文学发展史的大背景中，力图从官方历史和民间历史的缝隙中寻找新加坡华人国族意识的建构过程，从而重新审视当代新加坡华人文化的历史构成和特点。
【关键词】新华文学；国族意识；华校；李光耀；新加坡；新加坡华人

雷蒙德·钱德勒的侦探小说对村上春树都市物语的影响

【作　者】张小玲
【单　位】中国海洋大学外语学院日语系

【期　刊】《外国文学研究》，第 39 卷，第 2 期，2017 年，第 54－61 页

【内容摘要】首先，村上春树在早期对雷蒙德·钱德勒侦探小说的评论中鲜明地揭示了都市物语与国家意识形态的深刻联系（村上的初期作品也不乏对国家意识形态的批判）。评论界一般认为，村上早期作品对社会问题采取了"疏离"态度，这一观点是不全面的。其次，村上赞赏钱德勒侦探小说对主人公"自我"问题所采取的"搁置"态度，因为日本近代文学过于重视"自我"这一主题，但出于纯文学作家的社会责任感，村上在都市物语人物塑造中对"自我"问题的探索比钱德勒更为正面和积极。再次，钱德勒侦探小说中叙述者与主人公的关系设置、"寻找－找到"的故事情节模式、细节的真实等叙事技巧对村上春树的都市物语创作也有着深远的影响。
【关键词】村上春树；都市物语；雷蒙德·钱德勒；侦探小说；影响研究

论《开往中国的慢船》中作为"符号"的中国与美国形象

【作　者】张小玲
【单　位】中国海洋大学外国语学院日语系

【期　刊】《中国比较文学》，第 1 期，2017 年，第 146－159 页

【内容摘要】《开往中国的慢船》作为村上春树早期短篇小说，因为其中明显涉及中国因素，故被一些论者认为是与中国关系很深的一部作品。但通过对这部作品前后 3 个版本的对比以及与《作为记号的美国》　文的互文性比较，我们可以发现，这部作品里隐藏的美国文化符号和中国符号同等重要。两者互相呼应，共同构成文本中的"他者"形象。然而，这种"他者"形象却具有符号化的致命缺陷，这个文本也由此具有象征近代史上日本确立自身文化身份过程中所走过的偏执道路的强烈隐喻意义。
【关键词】村上春树；《开往中国的慢船》；中国形象；美国形象；符号化

论《我脑袋里的怪东西》中麦夫鲁特的街头漫游

【作　者】朱春发
【单　位】浙江传媒学院国际文化传播学院

【期　刊】《外国文学研究》，第 39 卷，第 3 期，2017 年，第 137－144 页

【内容摘要】奥尔罕·帕慕克所写小说《我脑袋里的怪东西》中的主人公麦夫鲁特，因其街头小贩身份以及他对身边城市世界的好奇和观察，具有本雅明所论述的都市漫游者的多重特征。他对伊斯坦布尔城近半个世纪的历时观察，以及相应的怀旧情感和行为，构成了对该城城市记忆的呼唤。此外，麦夫鲁特也十分执着于个人记忆和身份，其漫游成为抵抗现代时空概念、从而维持其身份统一的重要方式。这一人物的街头漫游和呼喊，究其本质，体现了作者帕慕克书写伊斯坦布尔城及其记忆的现代使命，还有他本人对记忆、时间和身份等问题的哲学思考。
【关键词】奥尔罕·帕慕克；《我脑袋里的怪东西》；都市漫游；记忆

论宫本百合子小说创作的伦理选择

【作　者】金周英
【单　位】建国大学亚洲与离散研究中心
【期　刊】*Interdisciplinary Studies of Literature*，第 1 卷，第 1 期，2017 年，第 135－143 页
【内容摘要】宫本百合子是日本极具代表性的无产阶级女性作家，虽出身资产阶级，却始终追求自由平等的伦理观。因此她自传体小说中的主人公也都是践行自由平等伦理观的理想形象。百合子的小说取材于自己的真实生活经历。虽然在实际生活中，她未能做出如小说主人公般如此极致的伦理选择，但这些人物形象也是她自身的投影。百合子经过不断蜕变，最终成长为一名坚定的无产阶级文学家。其实她在处女作中所选择的写作素材，就为她今后的文学方向奠定基础。作品中的人物始终都能做出坚持忠于本心的伦理选择，其内在动力便是追求自由平等的信念。百合子文学理念的实质正是努力缩小贫富差距、男女差距，同时也是一种要求打破思想性阶级差异的强力呐喊。正是经历一系列艰难的伦理选择，百合子从一名资产阶级富家女蜕变成坚定的无产阶级作家。从她的这种伦理选择中，我们也可以对无产阶级文学的表现形式进行分析。
【关键词】宫本百合子；伦理意识；伦理身份；伦理选择

论韩国诗话的史传叙事传统观念及其特殊性

【作　者】马金科
【单　位】延边大学汉语言文化学院
【期　刊】《中国比较文学》，第 3 期，2017 年，第 137－145 页
【内容摘要】韩国诗话产生之前的历史文化典籍《三国史记》《三国遗事》等，深受中国史书的影响而具有史传叙事传统；两种典籍记述的史实成为后世诗话的原典，两种典籍中的部分记述颇具诗话形态特点，可见韩国诗话也具有两部典籍直接影响的可能性；中国诗话书籍的引入触发韩国诗话文体观念的形成及创作，但是，两部韩国史书与韩国诗话具有很大的共同性，即韩国诗话具有不同于中国诗话的鲜明特色：史实性、国家功利性、比较文学视野。
【关键词】史传叙事；韩国诗话；影响

论迦梨陀娑抒情诗的女性特质建构

【作　者】于怀瑾
【单　位】中国社会科学院外国文学研究所
【期　刊】《国外文学》，第 4 期，2017 年，第 144－152、157 页
【内容摘要】迦梨陀娑在继承前代文学传统的基础上，将古典梵语诗歌艺术推向了高峰。其抒情诗在描写女性美、展现女性情感生活、刻画女性化的自然等方面皆达到了前所未有的高度，成功实现了文学话语的女性特质建构。这一建构过程不仅是古代诗歌传统和时代审美意趣共同作用的结果，也是对父权制社会下男性意识和男性声色欲望或直接或曲折的表达。
【关键词】迦梨陀娑；抒情诗；女性特质；父权制

论近世以来日本文人的中国通俗小说观念流变——以小说序跋为线索

【作　者】刘璇

【单　位】南京大学文学院

【期　刊】《中国比较文学》，第 4 期，2017 年，第 108－124 页

【内容摘要】江户时期以来，日人翻译中国通俗小说和创作汉文小说时，卷首常附有其以汉文创作的序跋。以时间为序对这些序跋分析可发现，江户时代前期日人写作小说序跋，思想观念和描写手法仍处在摸索、模仿阶段。江户时代中后期，日人带着学习目的阅读中国通俗小说，能够快速学习中国文人观念，并加以融会贯通，对小说的态度也更为宽容，很早便养成了细读文本、注意版本等习惯。此时日人在创作汉文小说序跋时，虽仍以中国小说为绝对权威，但也逐渐萌生出独立的创作意识。而明治维新之后，日人所撰汉文序跋强调小说创作要与现实生活产生联系，又深刻影响到了近代中国的小说变革。

【关键词】日本文人；中国通俗小说；汉文小说；译本小说；序跋

论中日古典文学作品中的"狐男"意象

【作　者】徐丽丽

【单　位】长春工业大学外国语学院

【期　刊】《东北师大学报（哲学社会科学版）》，第 4 期，2017 年，第 70－74 页

【内容摘要】中日两国古典文学作品中的"狐"，绝大部分是以"女性"形象，具体说来是以"狐妻（或狐女）"为主要叙述对象展开的。另外，还有一部分则是以自然界中的生态狐的形式登场，而只有极少一部分是以"男性"形象呈现出来的。然而，在对大量相关文献资料搜集、研读及归纳整理之后又意外地发现受中国影响至深的日本狐信仰在"狐男"意象方面却与中国的狐信仰产生了极大的差异。因此，笔者欲通过此文，以"狐男"意象为研究对象进行分类，并在此基础之上，逐一进行讨论。

【关键词】中日古典文学；狐信仰；"狐男"意象；胡博士；狐郎

论中亚东干文学的唐人村书写

【作　者】杨建军

【单　位】兰州大学文学院

【期　刊】《外国文学研究》，第 39 卷，第 3 期，2017 年，第 145－152 页

【内容摘要】唐人村书写是海外华人文学的一道独特文学景观，其中蕴含着华人对如何"居"问题的特殊回答。中亚东干作家唐人村书写的形成有文化地理方面的原因，作家在唐人村书写中建构了原乡与居乡张力组合的家乡空间，建构了循环时间、线性时间、自由时间等多元融合的时间状态。中亚东干作家的唐人村书写通过时空建构具有了"诗意栖居"的意味，海外的华人作家也可受其启发，通过语言、文化、时空建构三个层面通达"诗意栖居"之境。

【关键词】中亚东干文学；唐人村；空间建构；时间建构；"诗意栖居"；海外华人文学

民间叙事与国家在场——日本桃太郎故事研究

【作　者】毕雪飞
【单　位】浙江农林大学外国语学院
【期　刊】《外国文学研究》，第 39 卷，第 5 期，2017 年，第 156－164 页
【内容摘要】桃太郎故事在日本家喻户晓，是日本代表性的"民话"之一。明治二十年（1887），桃太郎故事出现在日本小学国语教科书中，直至昭和前期。在这期间，国家通过在民间叙事中在场，使之发生强烈转向：教科书文本桃太郎故事由"想象与娱乐"的单纯民间叙事被改写为国家叙事，桃太郎也由民间强者一跃成为"国民英雄"形象。当然，这不是国家与民间叙事互动的结果，而是由具有文化霸权的国家一方强行绑架民间叙事所致，改写后的叙事处于国家意识形态框架之内，成为当时日本培养良臣顺民的教材和对外扩张的舆论宣传工具。
【关键词】桃太郎故事；日本小学国语教科书；民间叙事；国家在场

民族文学外译的可信度透视——以徐穆实《额尔古纳河右岸》的英译为例

【作　者】朱振武[1]；黄天白[2]
【单　位】朱振武[1]，上海师范大学
　　　　　黄天白[2]，上海大学外国语学院
【期　刊】《亚太跨学科翻译研究》，第 1 期，2017 年
【内容摘要】不同于一般文学作品，民族文学有其独特性，这种独特性正是其译介出去的难点，也对译者提出了更高的要求。本文以徐穆实的代表译作 The Last Quarter of the Moon（《额尔古纳河右岸》）为研究对象，从对民族特有词语的翻译、对话形式转换和语段添减等方面入手，通过原文与译文的对比，来探究徐穆实的翻译策略和翻译思想。徐穆实充分尊重原文，尽可能保证对原文的准确翻译，同时他的翻译又有着独特的个人色彩，最大限度地保证了原文的可信度和可读性。徐穆实通过两方面的兼顾与平衡，证明中国文学"走出去"并不是非要削足适履以迎合西方人的价值观，而是要在充分尊重和保留原作的特色的基础上适当调整，以尽可能保证作品的可信度和真实性，以独特而又可信的方式走出国门，走向世界。
【关键词】徐穆实；翻译策略；《额尔古纳河右岸》；中国文学"走出去"；可信度

脑文本与"我"之存在及选择：村上春树《世界尽头与冷酷仙境》新论

【作　者】任洁
【单　位】华中师范大学文学院
【期　刊】Interdisciplinary Studies of Literature，第 1 卷，第 3 期，2017 年，第 47－63 页
【内容摘要】日本作家村上春树在小说《世界尽头与冷酷仙境》中首次采用了双线并行推进的叙事手法，然而奇数章与偶数章中看似是平行、独立的故事，实际却是同一时间轴上纵向发展的同一故事的两个阶段。小说独具特色的叙事结构，体现了作家力求实现脑文本间有效转化的意图，其作用是将读者的关注焦点引向小说关键词"心"。"心"是脑文本在文学文本中的艺术化呈现，它与脑文本的内涵基本一致，强调其对人之存在、之伦理选择的决定性作用。借由脑文本，我们理解了"心"，继而得以反思主人公"我"的非理性的第一次伦理选择及理性的第二次伦理选择，并得出结论：个人必须在坚守既有脑文本的前提下，发挥理性意志作用以合理吸

收外来脑文本，促进既有脑文本不断优化，并在与他人、与世界的感情共振中完成脑文本在时间维度及空间维度上的双重同一，在正确的脑文本的引导下做出符合理性的伦理选择。

【关键词】《世界尽头与冷酷仙境》；村上春树；文学伦理学批评；脑文本

评《文化研究在印度》

【作　者】张杰
【单　位】海南师范大学文学院
【期　刊】《外国文学》，第 6 期，2017 年，第 160－171 页
【内容摘要】顾名思义，论文集《文化研究在印度》展示了印度学界文化研究的发展现状。学者们从地方语言、印度文学（含民间文学）、通俗文化、大众传媒、戏剧表演等多角度入手，探讨印度性、种姓、原住民、身份政治、女性地位等主题，其间涉及后殖民理论、贱民研究、（后）马克思主义、（后）民族主义等理论论争，体现了文化研究与文学研究、语言学、历史学、人类学、政治学、大众传播学等学科之间展开对话的努力。印度学者意图通过文化研究来发现、确立印度性，渴望文化研究能在英语文学研究之外发展为一门独立学科。在全球化、数字化时代，印度文化研究未来的发展方向有待进一步探索。

【关键词】印度；文化研究；印度性；后殖民主义；贱民

全球化与后殖民状况：《微物之神》之解读

【作　者】赵建红
【单　位】东南大学外国语学院
【期　刊】《当代外国文学》，第 38 卷，第 2 期，2017 年，第 136－144 页
【内容摘要】不同于从种姓、性别、宗教、创伤和权力关系等角度对小说的解读，本文基于美国批评家保罗·杰伊对全球化与后殖民状况以及全球化研究与后殖民研究之关系的讨论，将印度女作家阿兰达蒂·罗伊的小说《微物之神》作为一部当代全球化英语小说来进行分析与解读，认为罗伊在该小说中阐明了后殖民状况本身是作为全球化历史的一部分而被书写这一观点以及全球化与后殖民状况之复杂关联，从而使人们认识到作为"反对全球化的公共知识分子"一员的罗伊在该小说中对全球化负面影响的批判，以及这种批判与对后殖民状况的考察之间的关联。

【关键词】阿兰达蒂·罗伊；《微物之神》；全球化；后殖民状况

让"影子部队"登上世界文学舞台的前台——谢天振、朱振武在上海书展上的对话

【作　者】谢天振；朱振武
【单　位】上海师范大学人文与传播学院
【期　刊】《东方翻译》，第 5 期，2017 年，第 4－9，2 页
【内容摘要】2017 年上海书展期间，在"名家对话：中华文化'走出去'，汉学家的功与'过'"活动暨《汉学家的中国文学英译历程》新书签售会上，翻译理论家和比较文学家谢天振教授指出，汉学家、翻译家一直被当成作家和诗人身后的影子。朱振武教授的《汉学家的中国文学英译历程》一书将这些有着卓越贡献的汉学家、翻译家推向幕前，朱教授的团队和出版社功不可没。两位教授谈论了中国文学和文化"走出去"过程中汉学家、翻译家的功劳，以及当前形势下"走出去"存在的一些问题。

【关键词】汉学家的功与"过"；翻译家；影子部队

日本近代文学中女性生存困境的突围与身份重建

【作　　者】彭旭
【单　　位】山东大学外国语学院；齐鲁工业大学外国语学院
【期　　刊】《山东社会科学》，第 6 期，2017 年，第 89－93 页
【内容摘要】近代日本奉行"良妻贤母主义"教育，将女性束缚在家庭中，使之成为有文化的高级保姆，深陷困境。从小便深受其害的女作家们，用自己的方式反抗着良妻贤母主义思想的渗透，追求着个性的自由。她们通过描写良妻贤母主义思想对女性的禁锢和愚化、女性的觉醒和抗争，建构了一个独特的女性文本世界。她们以自我和手中之笔褪去罩在"良妻贤母"头上的"光环"，成功地从困境中突围，凸显着女性作为人的真实姿态，构建了女性新的伦理身份和女性居于主体地位的新秩序。
【关键词】日本近代文学；女性；困境；突围；身份重建

日本近代咏史诗的三个文明世界

【作　　者】高平
【单　　位】台州学院天台山文化研究院
【期　　刊】《浙江大学学报（人文社会科学版）》，第 47 卷，第 6 期，2017 年，第 167－180 页
【内容摘要】日本近代咏史诗从吟咏对象看，可以分为日本、中国、西洋这三个不同的文明世界。吟咏本国史者高度重视敬祖忠君的主题，突出表现在讴歌勤王英雄楠木正成的诗歌上，而将传说中建立琉球王国的舜天王、收复台湾的郑成功纳入本国史吟咏范围，高度评价侵略朝鲜的丰臣秀吉，则彰显了近代日本崇尚武力、竭力海外扩张的国家思想。吟咏中国史者儒学色彩鲜明，具有强烈的道德倾向和对人生、历史的深刻洞察力。这以角田春策的《咏史绝句》为代表，其对君臣观念、人物命运与历史境遇的思索辩证深邃，在思想境界、艺术成就上并不逊色于中国诗家。吟咏西洋史者以河口宽的《海外咏史百绝》水平最高。该诗集批判性地审视西方文化，否定了排斥异己的宗教思想、诉诸武力的国际政治理念，赞美富有创新精神的科学发明，并在评价德国首相俾斯麦之时表达了走民族道路的独立精神。日本近代咏史诗对东西方历史文化的探索蕴含了独特的情感表达和价值判断，对考察日本的国民性和东亚汉文学新气象具有重要意义。
【关键词】咏史诗；日本汉诗；东亚汉文学

日本文学中"长安"意象的美学意蕴研究

【作　　者】董佳佳；任洪玲
【单　　位】燕山大学外国语学院
【期　　刊】《东北师大学报（哲学社会科学版）》，第 4 期，2017 年，第 64－69 页
【内容摘要】日本文学中的"长安"意象是一个颇受研究者关注的课题。对其相关问题的研究，既是探讨中日文化交流的例证，又是对其特定美学研究对象的深入说明。意象是中国传统美学研究的核心对象之一，它不仅影响读者的审美体验，而且影响读者对作品美学意蕴的把握与分析。日本文学中的"长安"意象，既是探讨唐代文学与日本文学相互影响的关键，又是追寻日

本遣唐使文学记忆的必经之路。因此，分析日本文学中"长安"意象的美学意蕴极具文学价值和现实意义。

【关键词】意象；"长安"意象；美学意蕴；个案分析

日本文学中泰山书写的思想建构

【作　者】寇淑婷
【单　位】北京师范大学文学院
【期　刊】《山东社会科学》，第 2 期，2017 年，第 84－90 页
【内容摘要】从跨文化研究的视角对日本文学的泰山书写进行思想层面的阐发与建构，可以发现在中国文学的参照系下，日本文学的泰山书写呈现出审美思想、宗教思想、生态伦理思想、"他者"思想的发展趋势，具体表现为审美思想的"雄、秀"之美与"物哀"之美的意象表达，宗教思想的"重层文化"特性：道教、佛教与神道教的融合，生态伦理思想所体现的与中国文学的共通性：山与人、神的合一，以及"他者"思想的断层与偏见并存的特点。
【关键词】涉外文学；日本文学；泰山书写；泰山府君；思想

日本先锋文学初探

【作　者】邱雅芬
【单　位】中国社会科学院外国文学研究所
【期　刊】《中国比较文学》，第 4 期，2017 年，第 11－17 页
【内容摘要】自未来派艺术理念进入日本之后，数代日本先锋艺术爱好者、先锋文学者进行了锲而不舍的探索与实践，终于诞生了安部公房等具有广泛国际声誉的作家，展示了日本先锋文学探索的硕果。日本文学史对日本先锋文学的系统性梳理较为滞后，相关内容仅散见于各类文献资料中。然而，日本近现代文学深受西方文学的影响，与西方文学具有明显的"共时性"特征，故而从"先锋文学"角度把握日本近现代文学发展脉络，将开启一扇认识日本近现代文学特征的新视窗。
【关键词】日本先锋文学；新感觉派；安部公房

日本现代文学中的"军人"形象研究——以山崎丰子的"战争三部曲"为例

【作　者】鲍同
【单　位】中国人民大学
【期　刊】《外语学刊》，第 5 期，2017 年，第 123－126 页
【内容摘要】战后日本文学的许多作品开始涉及现实，不少作家以"军人"为对象，运用写实主义详细记述他们的工作、生活，内容涉及战前、战时和战后。山崎丰子是代表作家之一，作品中尤以"战争三部曲"最具特色，其中对"军人"的描写在一定程度上能够揭示尘封历史，引发社会讨论。但是，作为日本作家，山崎仍不能摆脱"崇拜""史观"等思维定式，人为地将战后的"军人"色彩平淡化、命运悲情化，并通过非常化的故事结局进行文学创作，干扰读者的文学接受和历史认知，影响作品的国际传播，不利于日本与其他国家在文学、文化等方面的正常交流。
【关键词】"军人"形象；山崎丰子；"战争三部曲"；历史反省；作家责任

上海流亡犹太戏剧与文化身份建构

【作　者】高晓倩

【单　位】复旦大学中文系；上海应用技术大学外语学院

【期　刊】《中国比较文学》，第 1 期，2017 年，第 131－145 页

【内容摘要】20 世纪三四十年代，大批欧洲犹太人为逃避纳粹迫害而流亡上海。他们在艰难的生存环境下未放弃精神生活的追求，组织了丰富多彩的文化生活。戏剧作为其中重要的一项，不仅展现了上海犹太难民的精神世界，还是建构集体和个人身份的有效形式。本文拟从戏剧组织、戏剧演出、戏剧创作等方面来考察难民在戏剧中进行身份建构的努力以及由此引发的意识形态冲突。

【关键词】上海犹太人；流亡；戏剧；身份建构

神仙思想与《松浦宫物语》对长安郊外的山水想象

【作　者】郭雪妮

【单　位】陕西师范大学文学院；复旦大学文史研究院

【期　刊】《国外文学》，第 1 期，2017 年，第 143－151、160 页

【内容摘要】日本镰仓初期古文献《松浦宫物语》对长安郊外的构想，是以"海外－仙山"这样一种复合景观为主基调，将长安描述成一座海岸都市。这种构想的源头既可向上追溯至遣唐使时代日本的集体记忆，又可寻根于上代日本对中国神仙思想的摄取。物语作者对异域帝都的浪漫想象，折射了平安末至镰仓初期为战乱所笼罩的日本知识阶层将遥远的中国想象成政治乌托邦的思想史背景。

【关键词】神仙思想；《松浦宫物语》；长安；异国想象

石黑一雄《远山淡影》中的身份焦虑

【作　者】王飞

【单　位】湖南师范大学外国语学院；长沙学院外国语学院

【期　刊】《中南大学学报（社会科学版）》，第 23 卷，第 6 期，2017 年，第 152－157 页

【内容摘要】身份问题是移民小说难以逃避的母题，而作为身份问题负面表征的身份焦虑，更是广泛存在于移民小说之中。不像其他移民作家，2017 年度诺贝尔文学奖得主日裔英籍作家石黑一雄在其创作中，虽然也持续关注小说人物的身份问题，但很少直接处理移民经历。以移民为主人公的《远山淡影》则是特例。文章以《远山淡影》为研究文本，重点讨论移民身上表现出的身份焦虑，着重探究产生此种焦虑的原因，以及此种焦虑对人物本身所产生的影响。小说人物的身份焦虑要么造成他们的身份危机，要么为他们后来的身份建构埋下伏笔，从侧面体现了作为移民作家的石黑一雄本人对身份问题的关注与思考。

【关键词】石黑一雄；《远山淡影》；身份焦虑；身份危机

史迹评骘、雄主回望与"浪漫远征"

【作　者】王升远

【单　位】复旦大学外文学院
【期　刊】《外国文学评论》，第 1 期，2017 年，第 5－32 页
【内容摘要】日本作家保田与重郎的 1938 年之旅有着强烈的政治意味。在《蒙疆》中，他拒斥关于战争的客观报道，拒绝国际联盟对侵略战争的束缚，试图通过对日本古典价值的复活、对蒙古式"原始精神"以及"日本精神"的鼓吹等来实现对西方"19 世纪"伦理的否定，但最终其"日本主义"以玄言虚语的堆砌惨淡收场。保田推崇永乐、康熙、乾隆等明清雄主纵横亚洲的开疆拓土之业，呼吁日本对中国放弃"怀柔"而采取强硬态度。在种族根性和艺术品格上，他有意掩饰日本对所谓的"满蒙"的侵略而造成中国边疆危机的历史因由，将清民之际中国政府"移民实边"的应对措施扭曲、夸大为汉族对周边少数民族的侵略，以此强化日本与所谓的"满蒙"共进退的命运连带感；同时，在文化价值上，他又为东亚诸民族做出了"日＞鲜/满/蒙＞汉"的层级划分，贬低近代中国而抬高日本本土以及殖民地或亲日傀儡政权地区的文化价值。这种致力于建构"中心的塌陷和周边的隆起"的东亚文化层级的话语行为与战争时期日本"去中心的中心化"的思想建构以及所谓"大东亚新秩序"的政治战略构成了一种相互支撑的关系。
【关键词】保田与重郎；《蒙疆》；"去中心的中心化"

泰戈尔"东方—西方"观及"东方文化"论——基于东方学视角的分析

【作　者】王向远
【单　位】北京师范大学文学院
【期　刊】《同济大学学报（社会科学版）》，第 28 卷，第 5 期，2017 年，第 98－103 页
【内容摘要】泰戈尔在关于"东方－西方"的思考中，体现了鲜明的"印度本位"意识。为了应对"西方文化"的迫临，他意识到东方各国文化的分散性而提出了"东方文化"整合论，强调印度具有强大的宗教文化影响力和多文化融合的特性，因而有条件成为东方文化的中心。他还提出了"东方精神文明"与"西方物质文明"这两个对跱的概念，先是主张两者的融合，进而主张用前者来克服、矫正后者，但他并非一般地反对或否定西方物质文明，而是通过弘扬"东方文化"来强调代表了东方文化的印度文化在道义上的优越，体现出了殖民统治下印度人的一种文化防卫意识。
【关键词】东方学；泰戈尔；东方文化；西方文化；印度文化

泰戈尔情味诗学观

【作　者】罗铮
【单　位】同济大学外国语学院
【期　刊】《同济大学学报（社会科学版）》，第 28 卷，第 5 期，2017 年，第 104－109 页
【内容摘要】泰戈尔诗学观论及艺术的产生、艺术的功能以及艺术创作和外部世界、读者之间的关系等方面，并涉及人格等重要概念，但都以情味为核心。泰戈尔认为：正是情感的剩余产生了表达的需要，促成了文学的产生；文学创作则是将外部世界融入人的情感，从而形成人格的世界，并选用合适的艺术手段进行表达的过程；伟大的文学作品总是追求普世的情感，从而实现价值的永恒。泰戈尔诗学体现了对印度"味论"诗学传统的传承和对英国浪漫主义"表现论"诗学的借鉴。其诗学传入我国之后，更是对我国作家的文学创作产生了重大影响。
【关键词】情味；人格；味论

文学外译贵在灵活——威廉·莱尔译介鲁迅小说的当下启示

【作　者】朱振武；谢泽鹏
【单　位】上海大学
【期　刊】《当代外语研究》，第 4 期，2017 年，第 69－74，94 页
【内容摘要】美国著名翻译家和鲁迅研究专家威廉·莱尔的鲁迅小说译本既忠实顺畅，又追求"神似"，获得了广泛的赞誉。本文以威廉·莱尔英译本 *Diary of a Madman, and Other Stories*（《鲁迅的〈狂人日记〉及其他小说》）作为研究对象，从意译、归化等翻译策略入手，通过大量对比分析原文和译文，探讨威廉·莱尔的译介策略及其翻译自觉，分析和阐释该译本成功之道及其可资借鉴之处。
【关键词】鲁迅；威廉·莱尔；译介；中国文学"走出去"

文学外译的误读与阐释——以翟理斯的《聊斋志异》英译为例

【作　者】朱振武[1]；杨世祥[2]
【单　位】朱振武[1]，上海师范大学人文与传播学院
　　　　　杨世祥[2]，上海外国语大学英语学院
【期　刊】《东方翻译》，第 3 期，2017 年，第 56－63 页
【内容摘要】翟理斯的《聊斋志异》英译本因误读过多而长期受到国内翻译学者的诟病。但仔细研读其译本，我们发现翟理斯在整体忠实原著的同时，对目标读者不熟悉的部分中国语言文化现象进行整合和重构，通过有意误读打通了中英语言文化间的重重壁垒，从而做到了更深层次的忠实，极大地增强了译本的接受效果，也给后世的中国文学英译以一定启示。翟理斯的"误读"在彼时英国社会语境下具有合理性，其得失对当下中国文学"走出去"也具有借鉴意义。
【关键词】无

武田泰淳的自我认知与日本近代思想批判——以《司马迁——史记的世界》为中心

【作　者】周翔
【单　位】中国社会科学院研究生院
【期　刊】《外国文学评论》，第 4 期，2017 年，第 149－165 页
【内容摘要】发表于 1943 年的《司马迁》是后来成为日本战后派作家的武田泰淳的代表作。这部作品完整地展现了武田在赴华参战期间的所思所想，但是其中的批判意识表达得比较隐晦。与《司马迁》同时期构思的小说《女帝遗书》则比较明显地展现了武田对日本近代思想的批判。参战体验对武田批判思想的产生有决定性作用，一方面让武田看清中国在日本近代思想中的缺席，成为其实现批判的突破点，另一方面也让武田意识到知识分子保持自身独立的重要性，使其成为昭和时代少数没有在精神思想层面盲目支持大东亚战争的知识分子。
【关键词】武田泰淳；告白文学；战争体验；日本近代思想批判

物与词之间：《纯真博物馆》中的经验

【作　者】尹星

【单　位】中国人民大学外国语学院
【期　刊】《当代外国文学》，第 38 卷，第 4 期，2017 年，第 93－99 页
【内容摘要】本文认为奥尔罕·帕慕克在创作小说《纯真博物馆》和创建真实坐落于伊斯坦布尔街头的"纯真博物馆"以及编写藏品目录《物品的纯真》的过程中，兼具作家和收藏家的双重身份，在小说与收藏、虚构与真实、想象与记忆之间通过物与词的融汇，既表明了经验的保留、传递与交流，也实现了作家的跨域旅行。
【关键词】奥尔罕·帕慕克；《纯真博物馆》；伊斯坦布尔；经验

下南洋，返唐山——《南洋散文集》的移民史缩影

【作　者】钟怡雯
【单　位】元智大学中语系
【期　刊】《外国文学研究》，第 39 卷，第 6 期，2017 年，第 161－171 页
【内容摘要】韩萌主编的《南洋散文集》（1952）是马华文学大系出版前的重要选集。《南洋散文集》收入的散文反映了在战争与生活双重夹击下的时代，这本散文选具有为一个"动荡的大时代画像"的功能。它提供我们窥探那个时代的窗口，南洋如何与祖国（中国）产生对话，写实主义思潮的传承，以及在左翼思潮影响下的意识形态，乃至写作技术，都有助于我们还原和理解那个时代。南洋是指中国以外的异乡，不论他们出生于中国或马来亚，华人的祖国即是中国，华人下南洋的目的是返唐山，往南的目的最终是北返。过客心态让他们即使无法实现归根的愿望，仍然心系祖（中）国，《南洋散文集》的选文说明了这个事实。这些写在国家（中国）或家国之外的散文，为我们留下动荡时代的移民记事。
【关键词】东南亚；马华文学；移民史；南洋；散文

现世与净土之间——论《方丈记》的"闲居"世界

【作　者】田云明
【单　位】唐山学院外语系
【期　刊】《国外文学》，第 3 期，2017 年，第 145－153、160 页
【内容摘要】鸭长明所著的《方丈记》是日本三大随笔之一，也是中世隐者文学的代表作。其前半部分主要以佛教的无常观为基调描写了发生在都城京都的五大灾害，后半部分则主要依据老庄/隐逸思想描写了山中悠悠自得的"闲居"生活。以往的研究，往往倾向于将《方丈记》的"闲居"定性为老庄的产物，这种思维定式势必干扰对其本质的理解。为阐明《方丈记》中所创作的"闲居"这一文学世界的特殊性，本文通过更为综合性的视角，结合镰仓时代白居易诗文的受容情况，着重探讨了《方丈记》中"闲居"与净土的关系。
【关键词】闲居；净土；"世"；白居易闲适诗

印度古典诗学中的比喻观——以印度两大史诗为中心

【作　者】蔡晶
【单　位】河南理工大学
【期　刊】《外语学刊》，第 3 期，2017 年，第 121－126 页
【内容摘要】比喻是印度古典诗学"诗庄严论"中的重要内容，也是印度两大史诗中运用最为

广泛的修辞手法。各类比喻不仅凸显史诗的主题，而且还体现出印度诗学、美学的核心观念。史诗中比喻之喻体的选择奇谲丰富，且宗教意味浓郁、情味十足，比喻本身亦成为重要的意义"装饰物"，具有独特的美学价值和教诲功能。

【关键词】比喻；印度诗学；印度两大史诗

欲望的双重面孔——论阿兰达蒂·洛伊的《微物之神》

【作　者】尹晶
【单　位】外交学院
【期　刊】《外国文学》，第 2 期，2017 年，第 132－141 页
【内容摘要】《微物之神》中，阿慕和维鲁沙凄美的爱情故事隐藏着欲望的双重面孔，欲望两极之间的亘古之战。在南印度村庄喀拉拉，父权制、种姓制度、殖民主义、全球化等"庞大的事物"代表着偏执狂的欲望，全面有效地限制、疏导生命的欲望之流，形成和维持大民族身份和既定社会秩序。阿慕和维鲁沙等"微物"代表着精神分裂的欲望，将生命的欲望之流和大民族身份解域，创造出新的身份，颠覆既定社会秩序。通过这个爱情故事，洛伊探讨了"庞大的事物"对人们造成的种种影响，对之进行了批判，也探讨了"微物"如何进行反抗。同时，洛伊也通过阿慕与维鲁沙、瑞海尔与艾斯莎之间的联合，探讨了另一种可能的"集体"或"群体"形式，表现了小说所具有的"虚构"功能。

【关键词】《微物之神》；偏执狂的欲望；精神分裂的欲望；集体或群体；虚构

在艺术与道德之间游走：谷崎润一郎短篇小说的文学伦理解读

【作　者】张能泉
【单　位】湖南科技学院中文系
【期　刊】《社会科学》，第 3 期，2017 年，第 183－191 页
【内容摘要】作为日本耽美派代表作家，谷崎润一郎在其短篇小说创作中表现出鲜明的双重性，呈现出艺术与道德的种种冲突与矛盾。一方面，人物在自由意志的驱使下，漠视各种伦理禁忌，极力彰显其兽性因子，追求强烈的感官刺激，表达自我愚虐的快感和变态的肉欲享受，表现出浓厚的颓废气息和恶魔倾向；另一方面，人物在理性意志的驱动下，恢复其人性因子，以善恶为标准约束或指导自由意志，对其为所欲为的言行举止进行深入的反思。如此，谷崎力求以唯美理念来塑造的艺术形象在其创作实践中却无法摒弃伦理道德原则，其笔下的人物时常会在极度的痛苦与焦虑中承载和展现作为人所担负的道德重荷。当人物伦理身份发生转变，面临生与死的伦理选择时，他们通常会以一种歇斯底里的行为方式和一种撕心裂肺的情感体验，来传达内心的苦闷与绝望，并在情感宣泄之后义无反顾地选择死亡或者一种背德者的生存方式。这种嗜美成恶的艺术表现方式不仅成为谷崎艺术思想的独特呈现方式，而且还传递了文学的道德教诲功能。这些充分说明了谷崎"为艺术而艺术"的文学主张应该回归到伦理的艺术轨道之上，其笔下的人物才是一个个富有生命的人，而不是被任意图解和断裂的人。

【关键词】谷崎润一郎；短篇小说；文学伦理学批评；伦理内涵

翟里斯《中国文学史》的东方学阐释

【作　者】李群

【单　　位】湖南大学文学院

【期　　刊】*Interdisciplinary Studies of Literature*，第 1 卷，第 4 期，2017 年，第 154－165 页

【内容摘要】对于翟里斯的《中国文学史》，学界多从国别之学（汉学或中国学）的角度加以认识和研究，实际上该书超越了汉学研究的范畴，作者主要从亚洲区域文学或东方学的角度把握中国文学，并引入欧洲早期东方学的比较语言学和比较宗教学的研究方法，来认识中国古代文明和汉民族的历史起源；同时，体现在《中国文学史》中的大量的中国文学作品的归化式英译，也体现了早期中国文学英译中的西方主义文化强势。因而，突破以往作为国别研究的汉学视角，从东方学的角度对翟氏《中国文学史》加以观照和阐释，有助于全面认识和客观评价其研究特色与学术价值。

【关键词】翟里斯；区域文学史；东方学；"东方－西方"观

战败时空与记忆符号——林芙美子的"浮云"意识探析

【作　　者】周异夫；曾婷婷

【单　　位】吉林大学外国语学院

【期　　刊】《山东社会科学》，第 6 期，2017 年，第 83－88 页

【内容摘要】日本作家林芙美子的长篇小说《浮云》，短篇小说《浮草》《浮浪儿》《浮洲》《浮沉》等标题都冠以了"浮"字，表现出战后日本人精神与肉体的缺失感与游离感，整体呈现出"虚无""渺茫"等"浮云"的基本特征。这种"浮云"意识也暗示出林芙美子波澜起伏、漂移不定的人生轨迹，其深层蕴含着"天皇制国家"崩溃后日本人精神状态的实质。

【关键词】浮云；意象；战败；游移；文学诉求

中国当代文学在英语世界的反响

【作　　者】龚刚

【单　　位】澳门大学人文学院

【期　　刊】《外国语文》，第 33 卷，第 3 期，2017 年，第 157－160 页

【内容摘要】20 世纪 90 年代以来，中国当代文学研究在美国汉学界的地位有所提高，申请攻读这一学科的人数有所增长。这种情况的出现显然与中国当代文学自身的发展息息相关。诸如王安忆、莫言、苏童、残雪等当代中国作家的作品在英美等国的主流出版社出版英译本，也放大了中国当代文学在英语世界的"音量"。我们有必要通过中西方学者的跨文化对话以促使英语世界的评论者更为全面客观地看待中国当代文学与当代文化，同时也有必要在多种审美评价体系相互激荡的互动中，更为深入系统地总结中国当代文学的美学成就与中国的现代性文化成就。

【关键词】英语世界；中国当代文学；中国的现代性美学成就

中国斩蛇神话群与日本人岐大蛇斩杀神话

【作　　者】占才成

【单　　位】华中师范大学外国语学院

【期　　刊】《中国比较文学》，第 2 期，2017 年，第 178－190 页

【内容摘要】日本速须佐之男命斩杀八岐大蛇的神话与中国斩蛇神话群具有同一神话结构，是中国斩蛇神话东传日本并被消化吸收的典型范例。八岐大蛇斩杀神话不仅与中国斩蛇神话群具

有同一结构模式，而且在具体的情节设定、杀蛇的过程及其使用的道具等诸多方面，又与中国斩蛇神话的集大成之作——李寄斩蛇神话，有颇多相似之处，两者存在影响关系。

【关键词】中国斩蛇神话；速须佐之男命；八岐大蛇斩蛇神话；李寄斩蛇；日本神话

自由意志与理性意志的交锋——论《途中》杀妻行为的伦理阐释

【作　者】张能泉
【单　位】湖南科技学院
【期　刊】《当代外国文学》，第 38 卷，第 3 期，2017 年，第 135－140 页
【内容摘要】日本唯美派作家谷崎润一郎的小说《途中》讲述一个骇人听闻的伦理故事，表现了浓厚的伦理教诲。本文运用文学伦理学批评方法，从自由意志与杀妻缘起、理性意志与杀妻惩罚以及杀妻行为与伦理警示三个方面分析杀妻的伦理内涵，揭示谷崎短篇小说创作的特质，其中表现出鲜明的双重性，呈现出艺术与道德的冲突与矛盾。谷崎笔下的人物不是被任意图解和断裂的人，人物的杀妻行为对当下夫妻伦理关系的构建有着重要的道德警示作用。

【关键词】谷崎润一郎；杀妻；自由意志；理性意志

走出自由伦理之后——论史铁生后期作品中的宗教伦理思想

【作　者】叶立文[1]；杜娟[2]
【单　位】叶立文[1]，武汉大学文学院
　　　　　杜娟[2]，华中师范大学文学院
【期　刊】*Interdisciplinary Studies of Literature*，第 1 卷，第 1 期，2017 年，第 90－98 页
【内容摘要】在中国当代作家中，也许没有一位像史铁生那样受到宗教伦理思想的深刻影响。他后期创作的小说和随笔《我的丁一之旅》《昼信基督夜信佛》等作，皆以消泯自我主体意识、奉献个体生命迷途的方式，传递出了一种将自由伦理消融于神性价值的思想倾向。但由于史铁生是一个骨子里充满了启蒙情怀的知识分子，故而他所倡导的"救世"与"爱愿"，就并非一种宗教学意义上的伦理观念，而是一种自我实现的伦理观。就此而言，虽然说史铁生在《务虚笔记》之后告别了启蒙主义，但他仍无法摆脱对人的主体性力量的迷恋，由此所形成的功利主义的宗教伦理思想，充分体现了他与基督徒和佛教徒之间的思想分野。

【关键词】史铁生；《我的丁一之旅》；《昼信基督夜信佛》；宗教伦理；自由伦理

作为神话的读者：石原千秋的读者观

【作　者】韦玮[1]；王奕红[2]
【单　位】韦玮[1]，南京大学外国语学院
　　　　　王奕红[2]，南京晓庄学院外国语学院
【期　刊】《湖南科技大学学报（社会科学版）》，第 20 卷，第 4 期，2017 年，第 45－49 页
【内容摘要】日本当代著名文学评论家石原千秋的读者批评理论中，读者俨然是绝对正确、无所不能的神话式存在。石原千秋所论述的神话式读者是其进入 21 世纪后在读者批评理论上的重要阐释，也是 21 世纪外国文学批评理论的重要组成部分。石原千秋在"文本不会错"和"读者不会错"等问题上的阐释，赋予读者生成文本意义的主体性作用。此外，石原千秋从时态的角度出发，得出"叙述者即读者"的结论，其所论述的读者不仅能够生成文本意义，甚至能够生

成文本本身。石原千秋的读者观有着鲜明的日本特色，是日本学者进入 21 世纪后，对读者主体性功能所做的新的阐释。

【关键词】石原千秋；文本；叙述者；读者神话

（二）西欧文学研究论文索引

"Set upon a Golden Bough and Sing"：W. B. Yeats's Aesthetics of Sound

【作　者】罗良功（Lianggong Luo）

【单　位】华中师范大学外国语学院

【期　刊】*The Yeats Journal of Korea*，第53卷，冬季号，2017年，第97－112页

【内容摘要】The seemingly conventional form of W. B. Yeats's poetry usually goes side by side with his practice of sound. This paper demonstrates Yeats's aesthetics of sound of becoming closer to speech and ordinary humanity and rebellious against convention，explores the relationship between his sound practice and poetry sounding movement in the 19th and 20th centuries，believing that the former gives a response to the latter. This paper also examines Yeats's sound practice in poetry creation as a response to his poetics of culture，serving his cultural goal of writing Irishness and praising his motherland. This paper believes that Yeats's sound practice serves as an approach to modernism，and together with poets like Walt Whitman，Emily Dickinson and Robert Frost，Yeats contributes in his unique way to the modernist movement.

【关键词】W. B. Yeats；poetry；aesthetics of sound；sound practice；poetry sounding；culture；modernism

Dark Forces，Identity Crisis and Ethical Choice in Growing Up: An Ethical Literary Study of *I Was a Rat!* and *The Amber Spyglass*

【作　者】柏灵

【单　位】华中农业大学外国语学院

【期　刊】*Interdisciplinary Studies of Literature*，第1卷，第1期，2017年，第109－119页

【内容摘要】Philip Pullman's works present sharp observation and profound exploration of the problems children face in our time. Adopting a perspective of ethical literary criticism，of its theory on ethical identity and ethical choice in particular，this paper takes a close reading of *I Was a Rat!* (1999) and *His Dark Materials III：The Amber Spyglass* (2000)，with a focus on their children protagonists' identity crisis. It aims to navigate the dark forces behind—the media and the fundamentalist religion—and their operation of power. Based on this analysis，this paper elucidates the ethical orientation of Pullman's works to our own world penetrated with forces alike and to the new ethical problems children face in the new century. It argues that the two books have their ethical value in presenting to children the world with no simplification of its ethically complicated and questionable state，and thereby putting those unopposed "truth" under scrutiny and inviting serious reconsideration of humanity. Growing-up, as Pullman presents in his novels，entails constant choices through which children acquire ethical consciousness and realize their ethical existence.

【关键词】ethical literary criticism；Philip Pullman；dark forces；identity crisis；ethical choice

Disciplining the Devotees in *The Temple*：George Herbert as a Poet-Priest-Politician

【作　者】Reza Babagolzadeh[1]；Mahdi Shafieyan[2]

【单　位】Reza Babagolzadeh[1]，Faculty of Foreign Languages，Islamic Azad University (Central Tehran Branch)

Mahdi Shafieyan[2]，Imam Sadiq University

【期　刊】*Forum for World Literature Studies*，第 9 卷，第 3 期，2017 年，第 505－523 页

【内容摘要】George Herbert's *The Temple* is generally acknowledged and praised for its religious admiration of God and the spiritual journey the poet undertakes to reach closer to his Creator. The countless studies dedicated to Herbert's opus magnum have aimed at unraveling the various religious aspects while discarding or undermining the political influence behind his work. The accumulated scholarship has depicted a dedicated man of God who had turned his back on any political involvement in life. This paper peruses a different path projecting *The Temple*'s political participation in aiding the Anglican court and church by attempting to bring about docile bodies susceptible to control and domination. Within a Foucauldian perspective，the researcher exposes the dominant power's influence in the priest's poetry with the use of primary sources such as *Discipline and Punish*，*The Elizabethan World Picture* and *The Book of Homilies*. The study looks at the role of disciplinary power and its mechanisms in order to map out the anatomical structure of discipline through "the art of distribution" and "the control of activities"，before tracing the functions of hierarchical order and observation，normalizing judgment and finally the examination.

【关键词】George Herbert；Michel Foucault；disciplinary power；Jacobean Era；*The Book of Homilies*；Anglicanism

History，Myth，and Nationhood in A. S. Byatt's *Possession*

【作　者】Masoud Farahmandfar

【单　位】English Language and Literature Department，Shahid Beheshti University

【期　刊】*Forum for World Literature Studies*，第 9 卷，第 3 期，2017 年，第 475－488 页

【内容摘要】There is a gap in the current research on historiographic metafictional novels；previous efforts have mainly focused on the postmodern treatment of language and narration in these novels：the use of parody，language plays，slippage of meaning，etc. The focus has been mostly upon the formal features of these writings. This article however offers a fresh line of research，because the writer believes that historiographic metafictional novels necessarily reveal a connection to the discourse of nationhood since they evoke shared memories of the past. The present article examines the relationship between history and national identity in A. S. Byatt's neo-Victorian novel *Possession* (1990). In this novel，the past is retrieved through a collage of pseudo-historical documents and intertexts. *Possession* is written at a time Britain was involved in negotiating and redefining its post-imperial identity. Here Englishness is mainly reflected in the interaction between history and myth.

【关键词】Englishness；the nation；history；historiographic metafiction；*Possession*

How Can Literature Respond to a Global Age? From Globalization to Universality and the Poetics of Partial Connections with References to David Mitchell's *Cloud Atlas*

【作　者】Jean Bessière
【单　位】Comparative Literature，Université Sorbonne Nouvelle
【期　刊】*Forum for World Literature Studies*，第 9 卷，第 3 期，2017 年，第 424－442 页
【内容摘要】The duality of the local and the universal and its application to literary works in our age of globalization are likely to be deemed irrelevant because a global or multinational world is，*per se*，often identified to the universal. Consequently，it should be wise to avoid binary approaches to the duality of the local and the global，and to conflate the latter with the universal that is to be contrasted with the singular. Moreover，the local has no direct logic or semantic opposite—*global* is not the strict antonym of *local*. By substituting partial connections between historical，cultural，symbolic and anthropological facts to the prevailing designations of both dualities (local/universal，singular global)，contemporary novels respond to any universalism that these dualities invite to imagine. Rushdie，Mitchell，and Murakami exemplify this use of partial connections.

【关键词】universal；universalities；partial connections；Rushdie；Murakami

Mrs. Dalloway：Consciousness，"Social Homeostasis"，and Marxism

【作　者】Parvin Ghasemi；Samira Sasani；Jafar Abbaszadeh
【单　位】Faculty of Humanities，Department of Foreign Languages and Linguistics，Shiraz University
【期　刊】*Forum for World Literature Studies*，第 9 卷，第 4 期，2017 年，第 663－686 页
【内容摘要】The nurture/nature dualism inherent in Marxist theory would be modified and updated in this paper by linking it to the Antonio Damasio's notion of social homeostasis to clarify Septimus' suicide and Clarissa's will to live，despite their similar characteristics，in *Mrs. Dalloway*. The issues of consciousness，self，and "social homeostasis" proposed by Antonio Damasio would be joined to Marxist class distinction critique to update this Marxist theory in order to analyze *Mrs. Dalloway*. In this way of adjusting and updating，Damasio's notion of basic homeostasis，core and extended consciousness would be introduced because social homeostasis is provided by extended consciousness to expand the function of basic homeostasis (well-being and survival) into the realm of society. In the end，the revitalized and updated Marxist's cultural critique (invigorated by assimilating the neuroscientific notion of social homeostasis into it) would be utilized to depict how in *Mrs. Dalloway* social homeostasis，in the unhealthy culture with exclusiveness of power to a particular class，contributes to the survival and well-being of dominant class，to which Clarissa

belongs，and deprives Septimus of his freedom and of gaining optimal life situation.

【关键词】*Mrs. Dalloway*；Antonio Damasio；consciousness；social homeostasis；Marxism

Problematics of Multiculturalism：Exploring the Dynamics of Cultural Proximity in Hanif Kureishi's Trilogy：*The Buddha of Suburbia*，*The Black Album*，and *My Son the Fanatic*

【作　者】Sahel Md Delabul Hossain；Rajni Singh

【单　位】Department of Humanities and Social Sciences，Indian Institute of Technology

【期　刊】*Forum for World Literature Studies*，第 9 卷，第 2 期，2017 年，第 302－316 页

【内容摘要】To examine any social condition，it is essential to understand that subject-object equivalence of the society which lies "… [in] the denial of difference" (Mark Bahnisch). The article employs this critical approach to examine the situation that sprang-forth with the practice of conservatism in the postcolonial Britain. Cultural Nationalism is an intermediate point between ethnic and liberal nationalism. It is a byproduct of the dissociation of the immigrant population from the host society and acts as a motivating factor for separatist movements. The article attempts to analyze the discourse of Cultural Nationalism which is seminal in the works of Hanif Kureishi. Social theories such as Pierre Bourdieu's concept of the creation of "Cultural Capital"，and Derrida's notion of "Desire"，stand－useful in examining the political-literary narratives of post-World War Britain. This article argues human as a cultural product，and the process of thinking about their social recognition as a fulfilment of the generated "desire". The article also examines the problematic of cultural assimilation and how it cultivates，minorities' problems，social disintegration-degeneration，and cultural fundamentalism.

【关键词】Hanif Kureishi；immigrants；multiculturalism；otherness；in-betweenness

Reading Hanif Kureishi's Representation of the London Suburbs in *The Buddha of Suburbia*

【作　者】Cai Xiaoyan

【单　位】Faculty of English Language and Culture，Guangdong University of Foreign Studies

【期　刊】*Forum for World Literature Studies*，第 9 卷，第 1 期，2017 年，第 132－143 页

【内容摘要】This article reads the representation of the London suburbs in Hanif Kureishi's *The Buddha of Suburbia* against the tradition of English critical and literary engagement with suburbia. It argues that Kureishi gets beyond the stereotypes of the English suburb by representing it as a complex and meaningful cultural zone. He also highlights the suburb's performative nature to demonstrate identity as an anti-essentialist concept. The article concludes by suggesting that，by endowing the London suburbs with more complexity and possibilities，Kureishi's work contributes to the creation of new meanings and significations of the English suburb and participates in the reconfiguring of the English landscape.

【关键词】*The Buddha of Suburbia*；London suburbs；stereotype；performance；ethnic identity

The Madness of Freddie Montgomery of John Banville's *The Book of Evidence*

【作　者】Patricia Jones

【单　位】Faculty of the Institute of International Education，Kyung Hee University
【期　刊】*Forum for World Literature Studies*，第 9 卷，第 4 期，2017 年，第 687－703 页
【内容摘要】In *The Book of Evidence* (1989), John Banville makes apt use of his unreliable narrator，Freddie Montgomery to elicit a subtext on the inevitable "madness" of the colonizer trapped in an anachronistic identity of superiority in a changing post-colonial environment. This argument suggests two ways of interpreting the madness of the outdated superior colonizer as depicted by Banville. The anachronistic colonial discourse of the colonizer appears to become categorized as madness by the new dominating discourses of a changing society. Meanwhile，the inability to discard the identity of superiority in an environment in which the colonial structures of Manichean allegory and mimesis no longer prevail，leads to the colonizer's alienation and ultimate mental degeneration into a disorder akin to Fanon's descriptions of colonial psychosis in *The Wretched of the Earth* (1961).
【关键词】post-colonialism；Banville；madness；hybridity；Irish；narrative

World(s) in Balance in *Antony and Cleopatra*：Wole Soyinka's "Shakespeare and the Living Dramatist" Revisited

【作　者】Cindy Chopoidalo
【单　位】Comparative Literature Program，4－99 Humanities Centre，University of Alberta
【期　刊】*Forum for World Literature Studies*，第 9 卷，第 3 期，2017 年，第 461－474 页
【内容摘要】Shakespeare's plays stand as powerful examples of the simultaneous appeal to the local and the global：though he most immediately wrote for his local audiences in 16th-century London，his choice of subject matter often takes on an international and even global scope，and his representations of what to his immediate audience/readership would be considered exotic and unfamiliar have inspired numerous responses from a global and/or postcolonial perspective，by authors such as Wole Soyinka and many others. This paper takes Wole Soyinka's 1983 essay "Shakespeare and the Living Dramatist"，a reading of Shakespeare's *Antony and Cleopatra* and a discussion of responses to that play from the Arab world，as inspiration for an examination of *Antony and Cleopatra* as a literary work/world comprising many examples of opposing forces in balance with one another，and Soyinka's essay as an effort to bring a similar balance to postcolonial literary criticism. As Soyinka demonstrates in his essay，Shakespeare's portrayals in *Antony and Cleopatra* of the delicate balances between East and West，women and men，passion and reason，history and legend，and life，death，and immortality continue to make the play attractive to readers throughout the world.
【关键词】Shakespeare；Wole Soyinka；*Antony and Cleopatra*；postcolonial criticism；interculturation

"把那地图给我"：《李尔王》的女性空间生产与地图赝象

【作　者】郭方云
【单　位】西南大学外国语学院；西南大学莎士比亚研究中心、外国语言学与外语教育研究中心
【期　刊】《外国文学评论》，第 1 期，2017 年，第 103－121 页
【内容摘要】尽管《李尔王》对女性权力制图只字未提，但追求外在强权的高纳里尔和强调内心品性的考狄利娅分别以显性的巧取豪夺和隐性的叛逆行为表达了"把那地图给我"的权力诉求，生动地展现了女性国土化和疆域图示化之间的隐喻共性，而花言巧语中的失信和沉默寡言

中的失语则构成了早期现代女性主义的两大空间赝象。这些特殊的空间政治描绘不仅凸显了英格兰女性作为对象客体而非言说主体的社会再生产困境，臆造出象征性的感性他者与理性自我之间的逻辑鸿沟和科学主义认识论，也最终与盘根错节的民族主义情结一起建构了早期现代不列颠女性地图学隐喻。

【关键词】《李尔王》；女性空间；地图赝象

"边缘话语"与文化焦虑——拜厄特四部曲"精神障碍者"形象研究

【作　者】李涛
【单　位】北京科技大学外国语学院
【期　刊】《国外文学》，第 3 期，2017 年，第 86－93、158 页
【内容摘要】精神障碍者常常是人们嘲笑的对象，然而这表象背后也常隐藏着一个意义空间。A.S.拜厄特在其四部曲中塑造了多个精神障碍者的形象，通过他们的"边缘话语"揭示了 20 世纪 60 年代西方社会所存在的文化焦虑。四部曲精神障碍者的"边缘话语"透露出基督教世俗化带来的负面影响，同时还发出了对人类中心主义和崇尚工具理性及其造成的社会弊端的警示。精神障碍者体现的不仅是个人的精神危机，而且在一定程度上是某个社会与某个时代文化危机的反映。四部曲中的"疯癫者"用病态的人生表达了对病态社会的批判和对人性价值回归的呼唤。

【关键词】拜厄特；四部曲；精神障碍者；边缘话语；文化焦虑

"曾在的当下化"与现代主义小说的回顾叙述

【作　者】邵凌
【单　位】对外经济贸易大学英语学院
【期　刊】《国外文学》，第 2 期，2017 年，第 95－103、159 页
【内容摘要】现代主义小说的回顾叙述与它在现实主义小说中的表现相比，在表征方式上有明显的不同。本文从这种不同入手，聚焦英国现代主义小说的回顾叙述，结合小说文本细读，尝试把它与胡塞尔的"曾在的当下化"的论述关联起来，从现象学的角度对此叙述风格的发生和特点进行透视。本文认为，现代主义小说的回述承载了胡塞尔关于再回忆、特别是曾在的当下化的表述逻辑，对此的关注有助于更好地把握现代主义小说回述模式的转变。

【关键词】当下化；回述；再回忆；现代主义

"愤怒青年"文学思潮与英国左翼批评范式的文化转向

【作　者】陈礼珍
【单　位】杭州师范大学外国语学院
【期　刊】《国外文学》，第 1 期，2017 年，第 9－18、156 页
【内容摘要】英国左翼文化在 20 世纪 50 年代发生了一次批评范式的文化转向，其时恰逢"愤怒青年"文学思潮的勃兴。霍尔、汤普森、威廉斯和霍加特等第一代新左派批评家对"愤怒青年"文学思潮所表征的英国文化和政治氛围进行了深入思考与批判。新左派批评家把握了"愤怒青年"文学作品中所充盈的时代感，将公众的注意力转移到对工人阶层日常生活细节和社会文化机制的考察中，同时又扬弃了"愤怒青年"缺乏政治担当与行动力的缺陷，提出自己的文

化政治批评主张。"愤怒青年"文学思潮在一定程度上推动了英国新左派运动的崛起与兴盛,为英国文化在二战以后的分裂与变化提供了丰润的滋养力。

【关键词】愤怒青年;新左派;左翼;文化批评

"公平服务"与公平贸易:《红酋罗伯》中的自由贸易书写

【作　者】王卫新

【单　位】上海对外经贸大学国际商务外语学院

【期　刊】《外国文学评论》,第 1 期,2017 年,第 154－168 页

【内容摘要】本文结合 1707 年英苏联合至 1815 年间的历史语境,对司各特《红酋罗伯》中苏格兰草根费尔塞维斯的"自由贸易者"形象进行阐释。本文认为,在英格兰派往苏格兰的收税官帮助联合政府以英格兰税收模式在苏格兰征收名目繁多的税种这一历史语境中,费尔塞维斯的非法贸易被美化成公平贸易或者自由贸易,被视作一种对古老的苏格兰的自由的"忠诚",它表达了苏格兰民众对自由市场的渴望,费尔塞维斯的英文名 Fairservice(公平服务)也因此代表了当时苏格兰人心目中的公平贸易。

【关键词】费尔塞维斯;"自由贸易者";苏格兰;英苏联合;谷物法

"古今之争"与"离题话":被忽略的事件及文本

【作　者】历伟

【单　位】厦门大学嘉庚学院

【期　刊】《福建师范大学学报(哲学社会科学版)》,第 1 期,2017 年,第 101－110 页

【内容摘要】欧洲知识界于 18 世纪前后爆发的"古今之争",作为勾连文艺复兴与启蒙运动两大思潮的一股暗流,一直未能得到国内外学界的重视。斯威夫特作为突破英国"古今之争"僵局的重要作家,其作品及思想具有标本意义;但学界在展开研究时,却忽略或回避了《木桶的故事》中"离题话"部分,因此对其的探察有助于还原斯威夫特对"古今之争"的真实态度。

【关键词】"古今之争";斯威夫特;《木桶的故事》;"离题话";思想史

"旧贵族"与"新权贵"的政治博弈:《福根斯与鲁克丽丝》中的"高贵"问题

【作　者】郭晓霞

【单　位】浙江师范大学人文学院

【期　刊】《外国文学评论》,第 4 期,2017 年,第 166－177 页

【内容摘要】15 世纪 90 年代某个圣诞节期间上演的间插剧《福根斯与鲁克丽丝》以中世纪传统话题"何为高贵"为主题,引导和教育观众席中的众多达官显贵在新的时代背景下重新认识"高贵"的本质。作为一部早期世俗戏剧,该剧艺术地再现了英格兰都铎王朝早期逐渐兴起的"新权贵"与"旧贵族"在亨利七世新政权制度下的政治博弈。剧作者站在"新权贵"的立场上,积极回应和宣扬了亨利七世的政治策略,开启了戏剧参政的新气象。

【关键词】《福根斯与鲁克丽丝》;间插剧;政治博弈

"剧本戏剧"的盛衰与英国：国家剧院现场

【作　者】费春放
【单　位】华东师范大学外语学院
【期　刊】《戏剧艺术》，第 5 期，2017 年，第 22－29 页
【内容摘要】近年来，国内不少人拿着一些西方学者的理论专著宣称，时至 21 世纪，世界上多台词的文学性舞台戏剧早已落伍，理应淘汰，甚至已经被淘汰。事实并非如此。本文作者以英美剧坛的现状为依据，不仅否认了这种说法，深入剖析了造成这种误解的原因，而且指出，以英国"国家剧院现场"为代表的文学性戏剧经典在国内外的传播，将有助于戏剧人和观众识破"后戏剧"理论下所谓世界戏剧潮流"文学性不再"的误导。
【关键词】后戏剧理论；文学性；英国"国家戏剧现场"

"来吧，品尝教堂神秘的筵席"：乔治·赫伯特《圣殿》中的圣餐观

【作　者】邢锋萍
【单　位】中国矿业大学外国语言文化学院
【期　刊】《外国文学评论》，第 3 期，2017 年，第 85－104 页
【内容摘要】16 世纪欧洲天主教和新教各派之间围绕圣餐展开了激烈争论。威尔士宗教诗人乔治·赫伯特在圣餐和与此相关的味觉主题上花费大量笔墨，也对欧洲大陆激烈而复杂的圣餐之争给予了特有的回应。赫伯特的圣餐观有着从激进到温和的转变过程，呼应了当时英国国教反对争议的立场。本文认为赫伯特的圣餐观与新教改革派具有一致性，而且在当时英国国教越来越重视传统仪式的背景下，赫伯特的宗教立场更倾向于伊丽莎白一世时期的国教教义。
【关键词】赫伯特；《圣殿》；圣餐；新教；英国国教

"批评"之后的对话与和解——论艾丽丝·默多克的创作与海德格尔的真理思想

【作　者】段道余
【单　位】南京大学外国语学院
【期　刊】《外国文学》，第 2 期，2017 年，第 63－71 页
【内容摘要】尽管艾丽丝·默多克在她的哲学著作中对海德格尔颇有微词，但是默多克与海德格尔之间并非宿敌关系。实际上，默多克的创作与海德格尔的思想形成了对话。默多克在哲学著作和小说中探讨的"臆想""濒死经历"和"关注"分别呼应了海德格尔的"迷误""向死存在"和"让存在"。默多克对海德格尔的"批评"既是她抵制当代哲学中过分浪漫的哲学思想的产物，也是她早期误读海德格尔的结果。在默多克的著作中，海德格尔并非总是默多克的"批评"对象。在她最后一部哲学著作中，默多克最终与海德格尔"和解"。
【关键词】艾丽丝·默多克；海德格尔；《大海啊，大海》；真理

"身着花格呢的王子"：司各特的《威弗莱》与乔治四世的苏格兰之行

【作　者】陈礼珍
【单　位】杭州师范大学外国语学院

【期　　刊】《外国文学评论》，第 2 期，2017 年，第 27－43 页
【内容摘要】司各特于 1814 年发表的历史小说《威弗莱》描写了 1745 年斯图亚特王朝"摄政王"查尔斯·爱德华身着苏格兰花格呢服装在爱丁堡荷里路德宫同高地氏族首领举兵叛乱的场景。1822 年，司各特全程主管了大不列颠联合王国汉诺威王朝君主乔治四世爱丁堡巡访之旅的仪仗安排，当时乔治四世也穿上了花格呢服装在荷里路德宫召见苏格兰高地首领，这个场景与《威弗莱》所载"摄政王"在苏格兰历史上的辉煌时刻形成了穿越时空的呼应。野蛮与浪漫的历史记忆透过花格呢投射出来，映照了英格兰政治力量对苏格兰文化从压制到吸纳的转变过程，反转显影出苏格兰民族对英格兰的态度的历史轨迹。
【关键词】司各特；《威弗莱》；花格呢；历史记忆

"诗是理性化的梦"——《忽必烈汗》1816 年序言刍议

【作　　者】梅申友
【单　　位】北京大学外国语学院
【期　　刊】《外国文学评论》，第 2 期，2017 年，第 5－26 页
【内容摘要】对于柯勒律治《忽必烈汗》一诗，国内学界长期以来聚焦于诗歌正文的解读，而对其 1816 年序言未予重视。本文采用史料考辨和文本细读的方法，首先对序言与"克鲁手稿"的附言进行比照，质疑序言所述事实的真实性，并寻绎措辞变动的理由；然后比照序言与诗歌正文，阐释两个文本在人物形象和主题上的诸多暗合以及潜在的龃龉。鉴于浪漫主义时期"断章"体大为盛行，本文结合柯勒律治对灵感与想象力的看法，指出诗人迟迟未将此诗发表的缘由并不是其结构上的不完整，而是诗人并不认同纯灵感写作的方法。1816 年序言创造了一个从灵感中清醒过来的反思者形象，目的是要跟诗歌正文中那个狂热躁动的诗魔形象形成对比。
【关键词】《忽必烈汗》1816 年序言；断章；灵感；理性

"我把人造得公平正直"——谈《失乐园》中弥尔顿对人类堕落的再现

【作　　者】陈雷
【单　　位】上海外国语大学文学研究院
【期　　刊】《外国文学评论》，第 2 期，2017 年，第 151－166 页
【内容摘要】弥尔顿在《失乐园》中特别强调上帝把人造得"公平正直"（just and right），这意味着人在被造之初就获得了一种建立在理性基础之上的对正义与不公的感知以及对正义/正当的追求。然而，这种追求"正当"的自然倾向中也隐藏着一个陷阱：人对正当性的需求会引导人借助理性审视上帝的禁令本身，但由于上帝的禁令具有完全独断性，其正当性无法通过理性来解释，使得它迟早会与人的正当意识发生冲突。因此，《失乐园》暗示，导致夏娃与亚当背叛上帝的关键因素恰恰是上帝在两人心中植入的理性和正当感，上帝也最终成为人类公正意识最早挑战的对象。
【关键词】弥尔顿；《失乐园》；上帝的禁令；理性；堕落

"我的英雄是一个懦夫"——巴恩斯《时代的噪音》中的伦理选择

【作　　者】汤轶丽
【单　　位】上海交通大学外国语学院

【期　刊】《当代外国文学》，第 38 卷，第 3 期，2017 年，第 119－126 页
【内容摘要】朱利安·巴恩斯新作《时代的噪音》聚焦俄国著名作曲家德米特里·肖斯塔科维奇人生中的三个重要转折点，通过叙述主人公在强权重压下的困境与选择，成功再现了艺术家在集权社会中的生存图景。本文以文学伦理学批评为研究视角，沿着"向权力妥协"的伦理线，结合相应的伦理环境，逐一解构三个伦理结，即死亡与生存、音乐与尊严以及信仰与艺术的伦理选择，并在此基础上探究肖斯塔科维奇最终做出成为懦夫的伦理选择，希冀由此剖析作品深处的伦理特性。
【关键词】朱利安·巴恩斯；《时代的噪音》；文学伦理学批评；伦理选择

"我讲述的并非其真实所为"：论《大伟人江奈生·魏尔德传》对罪犯传记的改写

【作　者】贾彦艳；陈后亮
【单　位】华中科技大学外国语学院
【期　刊】*Interdisciplinary Studies of Literature*，第 1 卷，第 4 期，2017 年，第 145－153 页
【内容摘要】犯罪问题是菲尔丁小说中的一个常见主题。与一般罪犯传记作家不同，拥有法律知识背景的菲尔丁对犯罪问题的关注更深刻。在其代表作《大伟人江奈生·魏尔德传》中，他对以往的罪犯传记进行了改写。他既没有用现实主义的手法还原魏尔德的犯罪人生，也没有把他魅化成传奇英雄，而是运用强烈的夸张和讽刺手法，把魏尔德的犯罪过程当成反射整个英国社会罪恶的一面镜子，进而揭示犯罪的社会根源及其危害，使该作品成为最有社会批判意义的罪犯传记题材小说。
【关键词】亨利·菲尔丁；罪犯传记；江奈生·魏尔德；改写；讽刺

"想象的渴求"：《黑暗昭昭》中麦蒂的向善之旅

【作　者】肖霞
【单　位】南开大学文学院；江苏师范大学外国语学院
【期　刊】《当代外国文学》，第 38 卷，第 3 期，2017 年，第 127－134 页
【内容摘要】以麦蒂作为理解《黑暗昭昭》中人类生活状态的切入点，需要首先拂去麦蒂身上的基督教迷彩，厘清麦蒂之善的内涵，探讨他的向善之旅所经历的几个阶段的寓意，并以此观照小说中的其他人物，找到作者设置麦蒂之善的用心。麦蒂在纠结于"我是谁""我是什么"，试图从他人眼中观看自我的时候，始终无法在内心找到安宁；当麦蒂抛弃《圣经》言说，全心全意用自己的生活来回答"我有什么用"时，他通过践行境遇中的使命获得了实践的"内在利益"，担负起对他人的责任，进入了列维纳斯所定义的一种超越境地，完成了自己的精神向善之旅。麦蒂负载了作者乌托邦式圣徒幻想，成为一种约翰逊所说的"想象的渴求"中的创造，其中蕴含着人类在相互隔阂状态下，在后现代漂浮的能指荒原中艰难建构自我所需要的慰藉。
【关键词】威廉·戈尔丁；《黑暗昭昭》；善；"想象的渴求"

"阳光般的非个人化"——论莎士比亚对伍尔夫女性写作观的影响

【作　者】黄重凤
【单　位】北京航空航天大学外国语学院
【期　刊】《国外文学》，第 3 期，2017 年，第 43－51、157 页

【内容摘要】作为现代主义文学和女性主义文学的先锋人物之一，弗吉尼亚·伍尔夫在创作中受到了莎士比亚非个人化诗学的影响。本文将从雌雄同体观、匿名诗学理念这两方面讨论莎士比亚非个人化诗学对伍尔夫女性写作观的重要影响，同时指出伍尔夫在改写女性写作传统过程中对莎士比亚的批评。
【关键词】弗吉尼亚·伍尔夫；莎士比亚；雌雄同体；匿名诗学；非个人化诗学

"一个另类种群"：《雾都孤儿》中的犯罪阶级想象

【作　者】陈后亮
【单　位】华中科技大学外国语学院
【期　刊】《外国文学评论》，第 3 期，2017 年，第 141－156 页
【内容摘要】小说《雾都孤儿》中的贫民区景观描写透露了狄更斯在看待贫穷与犯罪问题上的矛盾性。他不仅展示贫民区的肮脏破败，更暗示其居民在道德和法律上的可疑。虽然他有意批判英国慈善制度对穷人的伪善，却在无意识中附和了中产阶级对穷人带有偏见的阶级想象，即把穷人整体想象成一个难以控制、不守道德、无视法律的犯罪阶级，这种想象表现在他对穷人和罪犯在相貌、习性甚至种族等方面的书写上。由于他把犯罪的根源依旧归结为日渐迷失的道德品质，因此他所关心的也就不是根本性的社会改革，而只能重提那些资产阶级学者经常给出的温柔却无用的建议。
【关键词】《雾都孤儿》；犯罪阶级；狄更斯；阶级想象

"一体性"原则、衰亡主题和叶芝式英雄的变迁

【作　者】周晓阳
【单　位】南京师范大学文学院
【期　刊】《国外文学》，第 2 期，2017 年，第 69－78、158 页
【内容摘要】本文通过分析叶芝早中晚三个创作阶段，面对现世衰亡问题时，对诗歌英雄的不同呈现来分析探索他的创作动力中最重要的原则之一，"一体性"原则也就是对强调神秘彼世的特殊生命观的坚持。对"一体性"原则的信奉，决定了叶芝毕生斡旋于现实与想象两个维度之间，也导致了他在不同的创作阶段对于衰亡问题的态度变化。
【关键词】"一体性"原则；衰亡主题；诗歌英雄

"有机体的腐朽"：《托诺-邦盖》中的精神共同体命运

【作　者】刘赛雄[1]；胡强[2]
【单　位】刘赛雄[1]，湘潭大学文学与新闻学院，长沙师范学院外语系
　　　　　胡强[2]，湘潭大学外国语学院
【期　刊】《求索》，第 6 期，2017 年，第 168－172 页
【内容摘要】《托诺-邦盖》是英国作家 H. G. 威尔斯的社会小说代表作。在这部作品中，威尔斯以主人公爱德华的名字做喻，再现了爱德华时代英国中产阶级的生活方式和精神面貌。小说标题是一种假药的名称，与文本中多次出现的"腐朽""癌症""荒芜"等字眼遥相呼应，烛照了岌岌可危的社会共同体，传达了威尔斯对商业病态与社会衰退的担忧。以共同体文化为切入视角，从失衡的乡村、失序的都市和荒诞的城郊三个层面分析《托诺-邦盖》，可以感受到威

尔斯对英国传统的地域共同体和精神共同体的质疑，体会到威氏对英国社会的精神共同体命运的担忧。

【关键词】威尔斯；《托诺-邦盖》；爱德华时代；精神共同体

"语言是思想的外衣"：《拼凑的裁缝》的激进艺术

【作　者】王松林
【单　位】宁波大学外国语学院
【期　刊】*Interdisciplinary Studies of Literature*，第 1 卷，第 3 期，2017 年，第 109－121 页
【内容摘要】本文论述卡莱尔《拼凑的裁缝》激进的创作艺术及其蕴含的文化批评思想。论文认为，《拼凑的裁缝》文类的杂糅性背后隐藏着丰富的互文信息。更重要的是，在作品的互文性中暗含了卡莱尔对其所处的"机械时代"的深刻批评。《拼凑的裁缝》极富艺术自觉性，这主要表现在作品语言风格和叙事方式的原创性上。卡莱尔试图从语言层面对陈腐的传统思想进行革命，相信"语言是思想的外衣"，这一理念是其激进的艺术实践的基础。如果不能领略作品的互文性特征以及卡莱尔关于语言与思想之间内在关系的看法，就难以准确全面地理解《拼凑的裁缝》的价值，也难以准确把握该作品反映的卡莱尔文化批评思想的锋芒。

【关键词】卡莱尔；《拼凑的裁缝》；互文性；语言与思想

"真实"与"虚构"之外——《法国中尉的女人》的可能世界真值

【作　者】梁晓晖
【单　位】国际关系学院外语学院
【期　刊】《当代外国文学》，第 38 卷，第 2 期，2017 年，第 112－121 页
【内容摘要】大量有关编史元小说的研究将作品中"真实"与"虚构"进行简单线性划分，难以展现此文类对小说虚构性的复杂呈现。而可能世界理论对小说虚构本质提出新观点。本文应用此理论对编史元小说经典《法国中尉的女人》进行重新解读后发现：作品以叙述者的自我宣称呈现现实世界本身的虚构界面，以语义密度强化虚构世界具备的本体真实性，以通达性展现虚构世界并入真实世界的可能性，从而达到对读者认知施加影响的语用效果。本文借此澄清编史元小说中真实与虚构间并非"非此即彼"的复杂关系，认为编史元小说具有明显的叙事规律性及虚构指向性，其可能世界真值在对读者的施事功效中得以实现。

【关键词】可能世界；编史元小说；《法国中尉的女人》；真值

"作为历史研究的文学研究"：修正主义、后修正主义与莎士比亚历史剧

【作　者】龚蓉
【单　位】中国社会科学院外国文学研究所
【期　刊】《外国文学评论》，第 3 期，2017 年，第 190－226 页
【内容摘要】本文通过评述早期现代英格兰历史研究领域自 20 世纪 70 年代以来经历的修正主义与后修正主义浪潮及相关的研究范式变化，关注范式变化如何促使某些历史研究者将以莎士比亚历史剧为代表的早期现代英格兰戏剧视为以政治交流及操控为目的的公共媒介，并将其纳入以撰写历史研究著述为目的而进行的跨学科研究中，讨论戏剧与后宗教改革英格兰社会中复杂的宗教与政治因素之间的互动。本文认为，通过学习与借鉴这种属于历史研究范畴的早期现

代英格兰戏剧研究，文学研究者可以反思如何在承认文学作品"文学性"的历史性的同时，打破文学研究与历史研究之间的界限，同历史研究者一起进一步丰富早期现代英格兰社会文化图景的复杂性。

【关键词】修正主义；后修正主义；莎士比亚历史剧

《奥鲁诺克》与阿芙拉·贝恩的托利主义

【作　者】张昕
【单　位】上海外国语大学国际工商管理学院
【期　刊】《外国文学》，第6期，2017年，第49—57页
【内容摘要】17世纪70年代末，近代英国两大政党——托利党与辉格党诞生。阿芙拉·贝恩终其一生都是坚定的托利党人、托利党的忠实捍卫者，效忠于复辟的斯图亚特王朝。贝恩于光荣革命前夕即兴创作的代表作《奥鲁诺克，或王奴：一段真实的历史》烙上了鲜明的托利党忠君保皇的色彩。1688年，一系列政治事件的发展直接导致了《奥鲁诺克》的创作。贝恩在小说中成功地刻画了奥鲁诺克的王者尊荣和崇高人格，旨在唤起民众对王权皇威的忠诚，进而达到维护王权的托利主义政治教化的目的。她的托利主义在小说中还集中体现在对非洲小国柯拉曼廷理想的君主政体社会的描述——贝恩以此说明要确保社会的和平与稳定必须赋予国王强大的权力。

【关键词】托利主义；阿芙拉·贝恩；《奥鲁诺克》；君主政体；王权

《包法利夫人》与福楼拜的现代性

【作　者】袁筱一
【单　位】华东师范大学
【期　刊】《小说界》，第4期，2017年，第181—187页
【内容摘要】在法国文学的历史上，福楼拜的地位的确有些奇怪。他的鼎盛时期是在19世纪的中叶，与法国小说的鼎盛时期恰巧吻合。他沿着从浪漫主义下来的现实主义脉络在写，因为还没有遭逢世纪末的危机，完全看不出是某段历史的终结者，进入20世纪之后，却始终被当作是所谓小说"现代性"的缔造者来看待。当自然主义之后的世纪孤儿们无所适从，当法国小说的魅力已经不复从前，当小说本身遭遇危机，他始终是一个不温不火的源泉，能够幻化出一些其他关于小说的形式与概念。

【关键词】无

《丹尼尔·德龙达》与《旧约》的互文研究

【作　者】徐颖
【单　位】国际关系学院外语学院英语系
【期　刊】《国外文学》，第3期，2017年，第69—77、158页
【内容摘要】乔治·爱略特的小说《丹尼尔·德龙达》，有与圣经《旧约》互文的主题和人物原型。小说文本中多处指涉《出埃及记》，描摹了道德堕落、信仰失却、非利士文化占据的英国基督教社会图景；小说又通过指涉《但以理书》塑造了犹太流亡先知的形象，小说主人公丹尼尔·德龙达在犹太先知的引领下，追寻在基督教社会消失殆尽的希伯来文化传统。通过对《丹尼尔·德

龙达》与《旧约》两卷的互文研究，本文揭示出《丹尼尔·德龙达》"流亡"与"复归福地"的主题。德龙达的"出埃及"是对英国基督教文化的反思，而其"复归福地"的意图，蕴含了爱略特促成希伯来道德情感回归基督教英国的努力。

【关键词】《丹尼尔·德龙达》；《出埃及记》；《但以理书》；流亡；复归福地

《果壳》：伦理困境的囚徒

【作　者】尚必武
【单　位】上海交通大学外国语学院
【期　刊】*Interdisciplinary Studies of Literature*，第 1 卷，第 1 期，2017 年，第 27－44 页
【内容摘要】麦克尤恩新作《果壳》以非自然叙事和听觉叙事为笔法，以重写莎士比亚《哈姆雷特》为噱头，生动刻绘了身处伦理困境的囚徒群像：他们或迷失固有的伦理身份或受困于现有的伦理身份，难以做出正确的伦理选择，由此导致了伦理悲剧的产生。论文从文学伦理学批评视角出发，重点解读"果壳"所蕴含的三重伦理隐喻，即"私欲的果壳""诗歌的果壳"以及"子宫的果壳"。"私欲的果壳"围绕胎儿叙述者"我"的叔父克劳德和母亲特鲁迪展开。他们片面追求物质的欲望和对性欲的满足，迷失了自己的伦理身份，合谋下药毒害了"我"的父亲，触犯了弑亲的伦理禁忌。"诗歌的果壳"围绕"我"的父亲约翰展开。针对妻子特鲁迪和弟弟克劳德之间的不伦关系，约翰试图用朗诵诗歌来挽回自己的婚姻，恢复错位的家庭伦理身份，而其努力的失败凸显了特鲁迪对伦理教诲的排斥。"子宫的果壳"围绕叙述者"我"展开，尽管"我"还是一名尚未出生的胎儿，但是"我"亲耳听到了母亲和叔父试图毒害父亲的图谋。在无力行动的胎儿身份与有心复仇的儿子身份之间，"我"在客观上无可奈何、未能拯救父亲于危难之际，同时"我"又受制于自己同母亲的亲情关系，在主观上导致了复仇时的犹豫与延宕。

【关键词】麦克尤恩；《果壳》；伦理身份；伦理选择；伦理两难

《荒原》中的社会转型焦虑

【作　者】赵晶
【单　位】东华大学外语学院
【期　刊】《外国文学》，第 3 期，2017 年，第 64－71 页
【内容摘要】20 世纪初，英国的社会转型使英国的文化共同体面临巨大冲击，导致了种种社会和文化问题。艾略特曾参与了 20 世纪 20 年代对英国文化共同体缺失现象的话语讨论，其代表性诗歌《荒原》的一个重要主题就是对英国文化共同体缺失现象的焦虑。《荒原》中对社会转型的焦虑主要包括对传统秩序和伦理道德破坏的焦虑以及对工业化与科技滥用造成的环境恶化的焦虑。研究《荒原》中的焦虑主题，有助于我们深入挖掘艾略特在 20 世纪上半叶英国文化共同体建构中的贡献，探讨诗歌所承载的深层次文化含义。

【关键词】社会转型焦虑；《荒原》；共同体；艾略特研究

《霍克斯默》伦敦书写中的幽灵式非理性主义

【作　者】许文茹[1]；申富英[2]
【单　位】许文茹[1]，山东大学外国语学院
　　　　　申富英[2]，山东财经大学外国语学院

【期 刊】《东岳论丛》，第 38 卷，第 1 期，2017 年，第 152－157 页
【内容摘要】英国当代作家彼得·阿克罗伊德在其代表作《霍克斯默》的伦敦书写中传达了一种植根于英国天主教传统的幽灵式的非理性主义思想。作品中的七座教堂隐喻着一种来自过去又超越过去，存在于城市骨髓之中的黑暗与隐秘的非理性力量，这是英国传统的本质体现。小说中呈现出多组二元对立，在这些二元对立中，作家强调的也是非理性主义的精神。《霍克斯默》伦敦书写中的非理性主义以一种幽灵的形式来破坏总体化体系，将被压制的声音释放出来，这是一种后现代主义的解构。同时，阿克罗伊德不断回望过去的文化保守主义态度不是简单地复制传统，而是重构传统。
【关键词】《霍克斯默》；伦敦书写；幽灵式非理性主义

《金钱——绝命书》：从超真实向真实回归

【作　者】王小会
【单　位】中国人民大学外国语学院
【期　刊】《当代外国文学》，第 38 卷，第 2 期，2017 年，第 167－173 页
【内容摘要】追问与反思消费主义文化是马丁·艾米斯创作的重要议题，他密切关注社会进步与人类命运之间的互动关系。其代表作《金钱——绝命书》生动书写了超真实的后现代社会现实，呈现出人类与自身、自然以及文化的疏离，并暗示向真实回归需要在恢复认知的身心、建立整体性生态社会意识形态、肯定传统文化的救赎力量三个层面进行。在文本寓言的象征性表达深层，作者传递出寄予人们打破消费主义神话、探索个体生存的意义进而缓解整个人类生存危机的期许。
【关键词】马丁·艾米斯；《金钱——绝命书》；超真实；真实

《牛虻》人物身份符号及角色关系：语义分析和叙述修辞

【作　者】谭学纯
【单　位】福建师范大学文学院
【期　刊】*Interdisciplinary Studies of Literature*，第 1 卷，第 3 期，2017 年，第 96－108 页
【内容摘要】整合语言学和文艺学理论资源和研究方法，以广义修辞观重释经典，分析《牛虻》人物身份符号及角色关系位移中的语义成分和叙述修辞。研究认为，作品人物的每一种身份都分别与"他者"构成特定的角色关系，并在其归属的角色关系中被定义。同一个体的不同身份，进入角色关系 A 或 B，产生角色关系位移，后者反过来影响或制约身份主体的言语行为。身份主体分化出的不同自我，以身份叠现和链接的方式，实现主体缺席的在场。《牛虻》的叙述不限于革命故事或伦理故事非此即彼的选项，而是融入了多种元素：文本的伦理表达、宗教表达、爱情表达、性表达，以及亚瑟／牛虻和两个女人性爱分离的表达，与革命的复杂纠葛及修辞处理，强化了叙述张力，也影响了跨文化传播意义上的文本间性和修辞选择。
【关键词】身份符号；角色关系位移；语义分析；叙述能量；广义修辞

《窍门是保持呼吸》的形式符号写作

【作　者】吕洪灵
【单　位】南京师范大学外国语学院

【期　刊】《当代外国文学》，第 38 卷，第 4 期，2017 年，第 52－59 页
【内容摘要】苏格兰女作家面对着民族问题和性别问题的双重裹挟，写作往往带有双重的边缘化特征，詹尼斯·加洛韦在代表作《窍门是保持呼吸》中则借助空白、数字和排版样式等各种形式符号建构了小说文本的多重意义维度，在书写女性边缘身份的同时对边缘与主流进行了动态化的关系重构。本文通过分析该小说中不同类型的形式符号，结合女主人公的创伤经历，探讨其中蕴含的话语策略和意义，指出加洛韦利用形式符号书写将性别问题提到和民族身份问题一样的高度，在表现当代苏格兰中下层女性的境遇的同时丰富了英语写作的既有框架。
【关键词】形式符号写作；詹尼斯·加洛韦；《窍门是保持呼吸》

《莎士比亚的文化资本》评介与思考

【作　者】刘江
【单　位】对外经济贸易大学英语学院；中国药科大学外语系
【期　刊】《外国文学》，第 4 期，2017 年，第 146－154 页
【内容摘要】《莎士比亚的文化资本》一改传统的文学研究范式，选择聚焦莎士比亚的经济影响，为莎士比亚和文化经济学研究提供了独特的视角。该书从出版编辑、影视改编、广告宣传、人文旅游、商业赞助等诸多方面描绘了一幅莎士比亚"产业帝国"的图景，立体地展现了莎士比亚的文化资本在市场语境下的历史传承和社会再生产机制。该书还将作为文化资本的文学引入国家文化话语体系的层面，在为文学研究开启一扇"资本"大门的同时，也将文学资本化的现实意义提升至宏大的国家软实力范畴。
【关键词】《莎士比亚的文化资本》；文化资本；软实力；文学资本化

《圣阿格尼丝之夜》的两种文学解读——兼论济慈诗歌文本阐释的边界

【作　者】卢炜
【单　位】北京大学外国语学院英语系
【期　刊】《外国文学》，第 3 期，2017 年，第 18－26 页
【内容摘要】《圣阿格尼丝之夜》是在当代济慈研究领域最具争议的一首长篇叙事诗，如何理解诗中波菲洛和玛德琳之间的关系成为西方针锋相对的两派学者的分水岭。以瓦瑟曼为首的学者认为两位主人公之间是纯真的爱情关系，而以斯蒂灵杰为首的另一派则认为两位主角并非传统意义上浪漫、纯洁的恋人，而是类似莎翁《辛白林》中的"亚西莫和伊墨琴"，体现了男性对女性的欺骗与凌辱。本文从两派学者的基本观点出发，联系半个多世纪以来西方学者基于两派观点衍生出的形形色色的文本解读，从历史的角度为这首诗的文本阐释勾勒出清晰的边界，并试图从中归纳出济慈诗歌文本阐释的一般规律。
【关键词】济慈；《圣阿格尼丝之夜》；文学解读；边界

《舒卜拉的埃及舞者》：舞动的艺格符换诗

【作　者】欧荣；韩斯斯
【单　位】杭州师范大学外国语学院
【期　刊】《当代外国文学》，第 38 卷，第 1 期，2017 年，第 46－51 页
【内容摘要】英国现代诗人伯纳德·斯宾塞的诗作《舒卜拉的埃及舞者》通过多元视角的转换，

透视埃及东方舞背后的文化寓意：作为埃及传统文化与西方殖民主义、帝国主义相杂糅的商业化产物，东方舞成为埃及现代城市书写的文化表征。本文借助跨艺术诗学的批评理论，探讨斯宾塞如何通过舞蹈与诗歌之间的"艺格符换"，即两种艺术媒介间的转化与融合，在诗歌中吸纳埃及东方舞的精髓与时代精神，立体呈现了 20 世纪上半叶埃及现代化、城市化进程中的日常生活场景和独特的城市文化景观，从而超越了萨义德所批判的"东方主义"樊篱。

【关键词】跨艺术诗学；艺格符换；埃及东方舞；城市书写

《苏菲·伯克利小姐的经历》：书信体、哥特美学与"美德有报"的政治寓言

【作　者】龚璇
【单　位】北京语言大学英语学院
【期　刊】《外国文学》，第 4 期，2017 年，第 3—13 页
【内容摘要】《苏菲·伯克利小姐的经历》是一部书信体的爱尔兰哥特小说，作者理查逊对选材与主题多有借鉴，更在写作技巧上尝试创新。这一创新体现了伯克美学的影响，有效地服务了"美德有报"的小说主题。将小说的形式美学与道德主题置于 18 世纪爱尔兰的政治语境中进行观照，可以看出这部早期的爱尔兰哥特小说以一种吊诡的方式暴露了"新教爱国主义"的内在矛盾。

【关键词】《苏菲·伯克利小姐的经历》；书信体哥特小说；伯克；"美德有报"

《苔丝》中的法律事件和法律行为分析

【作　者】魏军梅
【单　位】陕西师范大学外国语学院
【期　刊】《兰州学刊》，2017 年第 8 期，第 72—82 页
【内容摘要】对小说《苔丝》中的法律事件和法律行为进行分析会发现，苔丝的悲惨命运的每一个转折都和英国当时的法律制度密切相关。英国当时的侵权法实行的是过错责任原则。苔丝家的马被邮车撞死，而邮局和邮差不负赔偿责任，致使苔丝一家陷入经济困境；苔丝被亚雷克强奸，失去了维多利亚时代妇女幸福婚姻的基本条件；苔丝怀孕生子，当时禁止堕胎的法律规定使苔丝失身的事情被公之于众，这加重了苔丝被强奸的悲剧后果；出于对当时离婚法律制度的误解，苔丝同意与克莱尔结婚，导致她在新婚之夜被抛弃；当时英国的土地法律制度导致苔丝的父亲死后，全家人流离失所；苔丝杀死亚雷克后，不公正的刑事法律结束了苔丝的生命。可以说，正是英国维多利亚时期的法律把像苔丝这样的破产农民推入了悲剧的深渊。

【关键词】苔丝；法律事件；法律行为

《天使不敢涉足的地方》——社会变迁语境中的救赎之行

【作　者】文蓉
【单　位】嘉应学院外国语学院
【期　刊】《华南师范大学学报（社会科学版）》，第 3 期，2017 年，第 161—167 页
【内容摘要】《天使不敢涉足的地方》是福斯特的第一部"意大利小说"，亦是一部蕴含着丰富文化内涵和道德意蕴的作品。通过对小说文本的细读，本文解读福斯特如何在小说中再现英国爱德华时代的历史语境，并深入剖析社会变迁语境中人们的精神状况和心理特质，从而解读出这部作品的社会学意义。

【关键词】福斯特；《天使不敢涉足的地方》；救赎；社会变迁

《威弗利》的仪式书写与苏格兰文化记忆重塑

【作　者】张秀丽
【单　位】上海大学外国语学院
【期　刊】《外国文学》，第 4 期，2017 年，第 136－145 页
【内容摘要】本文以沃尔特·司各特的第一部苏格兰历史小说《威弗利》为例，从文化记忆的视角探讨司各特如何在仪式中展演苏格兰文化记忆，并以文字形式外化这些文化记忆，进而对其进行阐释和重塑，从而发出民族主义诉求。值得注意的是，司各特对仪式的"调整"与对文字的"翻译"，反映出其力图在反叛与妥协的平衡之中重塑苏格兰文化记忆。
【关键词】仪式；文化记忆；司各特；《威弗利》

《韦兹莱日记》中的罗曼·罗兰

【作　者】刘吉平
【期　刊】《读书》，第 7 期，2017 年，页码不详
【内容摘要】在 20 世纪 30 年代法国的文化版图中，罗兰与纪德围绕访苏的争论堪称一景。在罗曼·罗兰 1935 年访问苏联后不久，纪德于 1936 年受苏联官方的邀请，对该国进行了为期九周的参访。他返回法国后，不顾大批法国和欧洲左派人士的劝阻，出版了著名的《访苏归来》，公开了他访苏期间的种种见闻和思考。虽然书中介绍了苏联的巨大成就，但是作为法国青年一代的良心，奉"真诚"为处世圭臬的纪德对苏联的负面见闻并没有吝啬笔墨：他在书中直陈了在苏联盛行的个人崇拜、新生的特权阶层、社会批评精神的缺失等负面现象。
【关键词】无

《我们如今的生活方式》与英国文化流变中的伦理重构

【作　者】陈敏
【单　位】杭州师范大学外国语学院
【期　刊】*Interdisciplinary Studies of Literature*，第 1 卷，第 4 期，2017 年，第 97－107 页
【内容摘要】安东尼·特罗洛普以其特色鲜明的"道德现实主义"白描手法在长篇小说《我们如今的生活方式》中呈现了 19 世纪英国所经历的伦理维度嬗变。该作品诞生于英国文化转型语境中，对 19 世纪晚期英国文化观念流变中的伦理重构产生了积极的影响：特氏通过对伦理主体的细微观察，透露英国文化共同体中难以确定的群体共同性；通过对冒险投机与理性投资的对比性描摹来揭示经济伦理语境的历史流变；揭示婚恋性爱的伦理模式，告诫 19 世纪末年轻一代（也是即将进入 20 世纪的未来一代）在追求人生幸福时要洁身自好。本文在这幅"伦理风景"长卷中选择题眼中的"我们"的指代变化、人们对投机的态度转变、婚姻与性爱的道德危机等三个方面进行阐释，旨在揭示小说所体现的社会转型期中的伦理主体和经济伦理语境的重构，以及小说如何对年轻一代产生教诲作用。
【关键词】特罗洛普；共同体；伦理主体；伦理语境；教诲

《西北》中的后帝国忧郁症和欢快文化

【作　者】王卉
【单　位】大连外国语大学英语学院
【期　刊】《国外文学》，第 1 期，2017 年，第 133－142、160 页
【内容摘要】本文从多元文化的视角解读小说《西北》，重点关注故事中相互并置的人物菲利克斯和安妮。深受后帝国时期忧郁症影响的安妮生活状况困顿，同时陷入自恋情结的怪圈无法自拔，对有色移民的他者极度排斥，而作为她前男友的菲利克斯却是欢快文化的代表，他在日常生活中践行着共栖和互动的原则。安妮象征着身患后帝国时期忧郁症的英格兰，病态地沉浸在过去的辉煌中；菲利克斯则象征着从社会底层涌起的改变力量。因此以菲利克斯为代表的有色移民就是英国后帝国时期忧郁症的处方。
【关键词】《西北》；后殖民；忧郁症；欢快文化

《仙后》中的不列颠想象与欧洲普世主义

【作　者】丛晓明
【单　位】上海交通大学外国语学院
【期　刊】《国外文学》，第 4 期，2017 年，第 71－81、155 页
【内容摘要】埃德蒙·斯宾塞在《仙后》中通过对亚瑟、布里弢玛特和阿西高三个人物的塑造展开了对不列颠的想象。这三个人物关系密切，以亚瑟为核心，共同组成了代表英格兰、威尔士和爱尔兰联合的不列颠。他们都强大而正义，并且乐于主持正义。这种不列颠想象的本质是欧洲普世主义：斯宾塞诉诸自然法和新教为干涉侵占辩护，并且以双重标准对待相同的行为。现实中的受害者成了诗中三位骑士斩杀的僭主，与三位骑士交手的恶人多半有异教徒或天主教徒色彩，同时他们都以双重标准包庇纵容下属的暴行。
【关键词】埃德蒙·斯宾塞；《仙后》；欧洲普世主义；自然法；新教

《心之灵》：柏拉图式爱情的沉思

【作　者】曹山柯
【单　位】杭州师范大学
【期　刊】*Interdisciplinary Studies of Literature*，第 1 卷，第 2 期，2017 年，第 100－110 页
【内容摘要】《心之灵》是雪莱重要的长诗之一，是他关于柏拉图式爱情的沉思。"爱"这个字眼在雪莱的诗歌里提到很多，但与凡夫俗子所说的爱不同；雪莱在《心之灵》里所展示的爱是一种精神的爱或灵魂的爱。这样的爱能够使人的心灵焕发出善的力量，使人因此而过上颇具哲理的生活，并享受爱所赋予他的神圣之美。在这首诗里，艾米莉与"我"合二为一，是一个"包含着爱、生命、光和神性"的永恒整体，而这种被赋予了神性的爱是通过神话叙事呈现的。神话是湿润而肥沃的泥土，它像润滑剂，可以使文学作品变得鲜活起来，从而渗透着永恒魅力。
【关键词】《心之灵》；帕拉图式爱情；神话叙事；神圣之美

19世纪进化论的文化反思：以《众生之路》的回忆叙事为例

【作　者】张秋子

【单　位】云南师范大学文学院

【期　刊】《国外文学》，第4期，2017年，第100－109、156页

【内容摘要】19世纪的英国社会受到达尔文进化论的全面洗礼，但是反对与质疑的声浪也从未停歇。萨缪尔·巴特勒对达尔文主义的文化反思兼具科学思辨性与艺术审美性。在一系列生物学著作中，巴特勒提出了一种"遗传－记忆"理论，用以反驳达尔文的"自然选择"理论，"遗传－记忆"的核心即"生命即是记忆"，而他的一系列文学创作则将这些科学构想融入诗性语言。在自传性质的代表作《众生之路》中，巴特勒基于自己构建的"生命即是记忆"观，对自然选择及由其支撑的进步论的批判达到顶峰。这部作品融合了生物记忆机制与诗性回忆机制，呈现出对19世纪盛行的进化论的深度反思。

【关键词】萨缪尔·巴特勒；进化论；"遗传－记忆"理论；生物学记忆机制；回忆美学

2016重访《美妙的新世界》

【作　者】陈丽

【单　位】北京外国语大学英语学院

【期　刊】《外国文学》，第1期，2017年，第132－140年

【内容摘要】到2016年，《乌托邦》及其开创的乌托邦文学传统已有500周年。作为反乌托邦的经典著作之一，《美妙的新世界》对乌托邦愿景在20世纪的翻转影响巨大。既往评论对该作品的开创意义探讨颇多，但鲜有探讨其与英国文化批评传统的承继关系。19世纪以来，社会转型带来的文化焦虑和应对这种焦虑的文化努力便一直影响着英国的文化生产。将《美妙的新世界》置于这个框架内来看，该作品可被视为赫胥黎对英国文化批评传统的核心内涵"共同体形塑"和"愿景描述"的拓展，体现了20世纪初社会转型加速的新背景下，英国知识分子对其所秉承的文化价值观能否应对新挑战的反思和迷惘。

【关键词】赫胥黎；《美妙的新世界》；共同体形塑；乌托邦；反乌托邦

安德鲁·马弗尔《致他娇羞的情人》的结构与空间叙事

【作　者】谭君强

【单　位】云南大学文学院；云南大学叙事学研究中心

【期　刊】《学术论坛》，第40卷，第2期，2017年，第34－39页

【内容摘要】17世纪英国诗人安德鲁·马弗尔的名作《致他娇羞的情人》是一首独特的抒情诗。这首诗歌在结构上形成一个"假定－否定－肯定（行动）"的结构图式，三个局部的故事或场景构成一个连贯的整体。每一个局部由不相连贯的一个个意象构成为空间意象叙事，形成特殊的叙事动力，三个局部的场景合而为一，形成连贯、完整的逻辑叙事，空间叙事动力和逻辑叙事动力一同推动着文本叙事的进程；伴随这一叙事进程，通过与读者动力的结合，使诗歌的力量充分呈现出来，成为激发起历代读者共鸣的名篇。

【关键词】《致他娇羞的情人》；结构；空间叙事

巴黎·生命·仪式——论莫迪亚诺文学创作中的"记忆场所"

【作　　者】翁冰莹
【单　　位】厦门大学外文学院

【期　　刊】《当代外国文学》，第38卷，第4期，2017年，第100－108页

【内容摘要】借助法国历史学家皮埃尔·诺拉的概念——"记忆之场"的"实在性、象征性、功能性"的内涵，本文认为2014年度诺贝尔文学奖获得者莫迪亚诺的文学创作呈现出"实在性"的场所空间，即作为"记忆城市"的永恒巴黎；"象征性"的生命存在，即作为"生命载体"的记忆世界；"功能性"的记忆书写，即作为祭奠历史与生命的"记忆仪式"。由此，莫迪亚诺构建起可称之为"记忆场所"的独特的文学生态空间。

【关键词】莫迪亚诺；记忆场所；巴黎；生命；仪式

保罗·马尔登的空间想象

【作　　者】孙红卫
【单　　位】解放军理工大学理学院

【期　　刊】《外国文学》，第2期，2017年，第142－150页

【内容摘要】在北爱尔兰政治动乱和民族矛盾的背景之中，当代诗人马尔登的诗作探讨了根植于爱尔兰传统文化中的空间想象，反思了历经苦难的爱尔兰民族对政治未来的向往。本文考察了马尔登由此展开的空间构想与叶芝、希尼等老一辈爱尔兰诗人的不同之处，引入其关于"魔雾"等爱尔兰传统文化意象的讨论，指出空间在马尔登那里首先是一道向着未知开放的门槛，而他由此构建的诗学正是要将我们对政治的想象引向无限的可能。

【关键词】马尔登；北爱尔兰；空间；政治

贝克特对中国文化的挪用与对乔伊斯的扬弃

【作　　者】曹波
【单　　位】湖南师范大学外国语学院

【期　　刊】《外国文学》，第1期，2017年，第141－148页

【内容摘要】在早期创作中，贝克特深受乔伊斯"文字革命"的影响，倾心素材的铺陈和机巧的展示。其小说处女作《春梦》对中国文化的大肆挪用就体现了他对业师的膜拜和炫耀自身学识的冲动。随着自我意识的觉醒，在第二部小说《莫菲》的创作中，他竭力摆脱乔伊斯的影响，从"扩展"性艺术走向"收缩"性艺术，用典日趋简洁，中国文化的印记随之锐减。在其后续作品中，中国文化几乎销声匿迹，这一骤变取决于贝克特对乔伊斯创作手法的扬弃。中国文化从滥用到弃用，是贝克特自我意识迅速崛起的结果，与扬西贬东的"东方学"无关，体现了他创作方向的重大转变。

【关键词】贝克特；中国文化；乔伊斯；扬弃

被忽略的现代主义诗人斯托勒

【作　　者】李国辉

【单　位】台州学院人文学院
【期　刊】《外国文学》，第 4 期，2017 年，第 65－74 页
【内容摘要】斯托勒是一位被忽略的现代主义诗人，他 1908 年出版的《幻觉的镜子》含有英国最早的自由诗理论；他在休姆的"形象俱乐部"活动期间，曾经领导过意象的试验和讨论。在意象主义起源的争论中，弗林特出于斯托勒在自由诗和意象上的贡献，将其视为意象主义诗人的先驱。但弗林特的观点遭到了庞德的强烈反对。庞德依据精确美学以及意象主义的组织标准，认为斯托勒与意象主义没有关系。庞德对斯托勒的理解是片面的，他未能注意到斯托勒倡导的古典主义诗学的核心正是精确性；而且，这种诗学的立场在于反对浪漫主义的夸张和新奇的风格，尊重传统而非个性。综合来看，斯托勒的诗学确实与意象主义美学相近。当代批评家大多接受了弗林特的观点，将其视作意象主义诗人。但是这些批评家由于固守狭隘的成见，机械地用意象主义的原则来解释斯托勒，反倒重新模糊了斯托勒的诗学价值。在肯定斯托勒的先驱者地位之后，需要将斯托勒与意象主义再次分割开，以全面理解这位孤独的现代主义诗人。
【关键词】斯托勒；弗林特；庞德；意象主义；古典主义

臣民抑或国王：中世纪英格兰文学中的丹麦人

【作　者】张亚婷
【单　位】陕西师范大学外国语学院
【期　刊】《外国文学评论》，第 1 期，2017 年，第 181－193 页
【内容摘要】丹麦人在英格兰早期征服史上扮演着重要的角色，在英格兰 12 世纪至 14 世纪的"不列颠题材"故事、编年史和历史性传奇中，他们被刻画为臣民、抢劫者和虔诚国王，呈现出被边缘化、刻板化和神化的特点。这不仅同中世纪英格兰作家在书写历史连续性时显示出的民族主义、仇外心理和身份认同有着紧密联系，也与丹麦人本身的基督教化进程有关。
【关键词】中世纪；英格兰文学；丹麦人；历史叙事

成长、表演与伦理——论麦克尤恩《化装》的扮装表演及其伦理关照

【作　者】耿潇[1]；李增[2]
【单　位】耿潇[1]，中南民族大学外语学院
　　　　　李增[2]，东北师范大学外国语学院
【期　刊】《湖北大学学报（哲学社会科学版）》，第 44 卷，第 6 期，2017 年，第 28－34 页
【内容摘要】麦克尤恩的处女作《化装》是一则关于青少年自我成长的道德警示。《化装》这部小说的独特艺术魅力在于，它刻画并凸显了成长与表演之间微妙的辩证关系：一方面，儿童在成长的过程中可以通过生活中的表演不断地加深对自我的认识；另一方面，过度的表演反而会干扰甚至抑制个体性别身份的建构过程。小说通过小男孩亨利的成长故事，表现了儿童成长的道德困惑、表演对成长的影响以及其心理和道德成长的过程，其中无不包含着麦克尤恩对成长伦理的省思。
【关键词】伊恩·麦克尤恩；《化装》；文学伦理学；扮装表演

程抱一：跨文化身份的融合与超越

【作　者】刘成富

【单　位】浙江越秀外国语学院；南京大学外国语学院
【期　刊】《当代外国文学》，第38卷，第2期，2017年，第153－158页
【内容摘要】法国华裔作家程抱一通常被视为"中法文化摆渡人"。就文化身份而言，他也曾遭遇过精神上的撕裂和危机。然而，他最终跨越了文化边疆，不断地超越自己，创造了一种属于全人类的世界性文化财富。与其他知识分子相比，程抱一的伟大就在于，他不仅没有被东西方文化所左右，反而成功地实现了跨文化身份的融合与超越。
【关键词】程抱一；跨文化身份；融合；超越

重建婚姻秩序：《向西去啊！》的共同体寓意

【作　者】李靖
【单　位】上海海事大学外国语学院
【期　刊】《外语教学》，第38卷，第3期，2017年，第105－109页
【内容摘要】想象一个理想的共同体是任何时代优秀作家的伟大传统。19世纪英国文坛的共同体冲动针对的是机械文明及其滋生的无序的文化生态。这一时期重要作家查尔斯·金斯利的小说《向西去啊！》探索的便是共同体秩序的重建。小说的切入点是婚姻，平民英雄艾姆亚斯"英雄救美"的三次出海活动昭示着秩序的瓦解和重建，其中女主人公罗斯的婚恋悲剧勾勒出工业文明扩张后摇摇欲坠的传统婚姻秩序，女主人公阿萨卡诺拉作为英国淑女的重生预示着共同体秩序的重建。小说中的船既是英格兰民族的象征又是有机共同体的缩影，航行中激活的伦理道德、心智培育、民族良心、审美趣味、民族特性等等，都是维系理想共同体的纽带。
【关键词】《向西去啊！》；共同体；秩序；婚姻；查尔斯·金斯利

重建世界主义的精神根基：福斯特的《霍华兹庄园》

【作　者】张楠
【单　位】复旦大学外文学院英文系
【期　刊】《外国文学评论》，第1期，2017年，第207－220页
【内容摘要】近来，在欧美现代主义研究的跨国转向中，越来越多的学者着眼于现代主义文本与美学价值在跨国体系中的产生、流通、翻译和接受，并常借用世界主义理论来阐释文本。在这一研究范式中，现代作家E.M.福斯特往往处于一种被边缘化的地位。通过分析20世纪初"世界主义"的特有形态在《霍华兹庄园》的呈现，本文尝试揭示该小说如何展现了世界主义所必需的社会和精神根基，并以此探讨福斯特的自由世界主义人文理念与阿诺德、密尔及"新自由主义"思想的关联与异同。
【关键词】E.M.福斯特；《霍华兹庄园》；世界主义；社会有机体

创造性误读理论视域下的《枯叟》

【作　者】李兆前
【单　位】湖南师范大学外国语学院
【期　刊】《国外文学》，第2期，2017年，第79－86、158页
【内容摘要】哈罗德·布鲁姆认为T.S.艾略特的《枯叟》是威廉·华兹华斯的《丁登寺》的创造性误读产物。根据创造性误读理论，《枯叟》的7个诗节可以分成三部分，分别对应三对修正

比辩证组合（克里纳门/苔瑟拉；克诺西斯/魔鬼化；阿斯克西斯/阿波弗里达斯）以及各自相应的意象、比喻和心理防御机制。与《丁登寺》相比，除了在一些具体意象上的对抗性误读外，《枯叟》还从战争、回忆、反思和信仰等主题方面对《丁登寺》进行了创造性误读。

【关键词】T. S.艾略特；《枯叟》；威廉·华兹华斯；《丁登寺》；创造性误读

从"人性自然"到"神性自然"——华兹华斯的人生哲思与其自然观的嬗变

【作　者】王萍
【单　位】吉林大学外国语学院

【期　刊】《文艺争鸣》，第 1 期，2017 年，第 169－173 页

【内容摘要】华兹华斯，英国文学史上里程碑式的史诗级巨匠，不仅以"桂冠诗人"之名为诗坛增芳吐翠，更以"湖畔诗人"之称遁迹于山水的自然崇拜，在诗艺上亦是动摇了古典主义诗学的统治，成为英国"现代诗人"的不二领袖。华兹华斯一生与自然结缘，在思索自然的顿悟中思考人生，进而在文学书写中形成其独特的自然观。华兹华斯的自然观经历了释放"本我"情感寄托的"人性自然"，到突显"超我"价值沉思的"理性自然"，再到回归"自我"精神救赎的"神性自然"的三个阶段。其自然观的嬗变是一个从外在世界转向内心世界的过程。在此过程中，诗人将主体消融于自然中，又从对自然的感悟中重新认知自我的存在。华兹华斯充满自然哲思的诗歌创作与别出机杼的诗论相得益彰，成为浪漫主义诗苑的一道靓丽风景。作为其诗作核心的"自然观"更是具有划时代的研究价值，随着科学的发展，工业文明使人类日渐异化，人类与自然和谐的原初关系不断遭到挑战，"诗意地栖居"转为"技术地栖居"，科技为人类带来物质享受的同时也导致了道德的沦丧、思想的幻灭与精神的疏离，华兹华斯通过书写自然完成的不仅是对自我的心灵慰藉也是对人类社会的精神救赎，更为当代社会精神荒原的生命萌动提供了一定启示价值。

【关键词】无

从《苦柠檬》看劳伦斯·达雷尔的"恋岛癖"与政治旅居创作

【作　者】徐彬
【单　位】华中师范大学外国语学院英语文学研究中心

【期　刊】《国外文学》，第 3 期，2017 年，第 124－134、159－160 页

【内容摘要】现当代英国作家劳伦斯·达雷尔对塞浦路斯的"恋岛癖"是心理、经济和政治等三种因素作用下的结果。不同于"旅行叙事是谎言"的观点，本文认为达雷尔在游记《苦柠檬》中以塞浦路斯旅居经历为蓝本，分别从塞浦路斯岛民和英国殖民者两种身份出发，客观、真实地再现了 1953 年至 1956 年间塞浦路斯的民情与政治局势。在谴责"意诺希斯"运动的同时，达雷尔揭露了英国塞浦路斯殖民政治的失败。《苦柠檬》中"大英帝国中心论"的终结不仅意味着帝国神话的消失，还意味着达雷尔将塞浦路斯视为"亚特兰蒂斯"的个人神话梦想的破灭。

【关键词】劳伦斯·达雷尔；"恋岛癖"；政治旅居创作；"意诺希斯"；塞浦路斯

从《曼斯菲尔德庄园》看奥斯汀的幸福伦理观

【作　者】殷企平
【单　位】杭州师范大学外国语学院

【期　　刊】*Interdisciplinary Studies of Literature*，第 1 卷，第 4 期，2017 年，第 70－78 页
【内容摘要】温赖特博士揭示了《曼斯菲尔德庄园》的幸福伦理维度，但是她得出的具体结论却令人困惑——她认为女主人公范妮不配做伦理楷模。事实上，范妮的婚姻选择，恰恰体现了奥斯汀所提倡的幸福伦理观。责任、吃苦、自省和自知之明构成了奥斯汀幸福伦理观的要素，它们体现于《曼斯菲尔德庄园》的整体结构，以及它的故事情节和人物形象。奥斯汀通过小说叙事的形式介入了针对"幸福话语"的文化批评语境，用诗性语言阐发了她的幸福伦理思想。
【关键词】幸福伦理；启蒙现代性；责任；自省；奥斯汀；曼斯菲尔德庄园

从《游回家》探析利维笔下的幽默叙事

【作　　者】庞好农
【单　　位】上海大学外国语学院
【期　　刊】《当代外国文学》，第 38 卷，第 2 期，2017 年，第 97－103 页
【内容摘要】利维在《游回家》里描写了抑郁症和情爱创伤所引起的心理危机，揭示了现代人对亲情、友情和爱情的价值取向。利维笔下的言辞幽默、情境幽默和冷幽默，无不妙趣横生，意味深长，促人顿悟，对小说情节中的压抑语境起到了很好的消解作用。此外，利维凭借着其独到的情境幽默叙事技巧，以误会、失望和焦虑为视觉情境，展现人心百态和社会认知，洞烛了现代伦理的幽微。她还采用冷幽默的叙事策略，显现了现代社会的身份危机、情感危机和人际关系危机，展现了冷幽默的独特艺术功效，鞭笞了人性的阴暗面，表达了作家对社会问题和家庭问题的新感悟。
【关键词】黛博娜·利维；《游回家》；言辞幽默；情境幽默；冷幽默

从沉沦在世到自由存在——《大海啊，大海》与海德格尔的真理观

【作　　者】段道余；何宁
【单　　位】南京大学外国语学院
【期　　刊】《外语教学》，第 38 卷，第 6 期，2017 年，第 109－112 页
【内容摘要】以海德格尔的真理观来看，《大海啊，大海》中的查尔斯从伦敦剧院到"夏福海角屋"再到伦敦的空间穿梭是其从沉沦在世，历经迷误和死亡，最终领会自我，进入自由存在的寻真历程。查尔斯的寻真之旅并非一场从遮蔽到解蔽的有限旅程，而是从遮蔽到解蔽的不断运作。对《大海啊，大海》的海德格尔式解读契合了默多克对"善的真实"的思考。可以说，小说《大海啊，大海》构成了艾丽丝·默多克的真理思想与海德格尔的真理观进行对话的场所。
【关键词】《大海啊，大海》；真理；沉沦；领会；自由存在

从赤裸生命到世界公民——从《日光》看难民的身份重建

【作　　者】吴轶群
【单　　位】南京大学文学院
【期　　刊】《东北大学学报（社会科学版）》，第 19 卷，第 6 期，2017 年，第 650－656 页
【内容摘要】英国当代作家格雷厄姆·斯威夫特的作品大多探讨人在面对极大心理危机时的心理反应和行为表现。《日光》中的难民个体因为民族国家政治身份的丧失和心理秩序的坍塌，而成为被排除在一切法律和人类共同体之外的赤裸生命。面对存在的绝境，生存的本能使她想象

性自欺地将避难国优秀的他者形象当作自己生命的本质加以复制，以重建自己瓦解的主体性。而心理机能恢复的难民个体摆脱了他者的侵凌性占据，重生为兼具原在国和避难国特质的具有国际化身份和全人类视野的世界公民，重建了自己的政治身份与心理身份。

【关键词】《日光》；难民；赤裸生命；他者；公民

从居室厅堂走向百货商店的女性——从左拉文学世界看消费群体的一次迁变

【作　者】王涛
【单　位】中国社会科学院外国文学研究所
【期　刊】《山东社会科学》，第 4 期，2017 年，第 42－50 页
【内容摘要】本文从左拉文学世界中百货商店的成功谈起，以法国第二帝国时期的女性购物者为考察对象，借用凡勃伦的有闲阶级论和叶隽的侨易学理论，探讨了购物如何因"越位消费"的逻辑与她们的职责联系到了一起，奢侈的民主化如何经由她们开始得以实现，以服装为主的时尚又如何令女性在模仿中产生了种种观念上的质变。在这一过程中，百货商店作为拜物教的圣地和时尚的策源地，为女性提供了一个以消费的方式体验和创造现代性的场所，同时也正是资本语境的一个缩影，依靠推动变与常的交互流转，不断实现资本增值，更在衣食住行的小事上不断改变着世界。

【关键词】百货商店；有闲阶级；越位消费；侨易学；仿变

从马克思主义视角阐释伍尔夫的"天使"复归之路

【作　者】邱高；罗婷
【单　位】湘潭大学文学与新闻学院
【期　刊】《湘潭大学学报（哲学社会科学版）》，第 41 卷，第 6 期，2017 年，第 130－134 页
【内容摘要】弗吉尼亚·伍尔夫是英国 20 世纪女性主义先驱和女性主义文学理论的开创者，为西方女性主义诗学发展做出了卓越贡献。"天使"一词本源于宗教范畴，然而在以男性为主导的社会历史语境中发生了变异，在一定程度上巩固了维多利亚时期女性的劣势地位，为此伍尔夫首倡"杀死天使"，并于小说中多次强调。本文以马克思主义理论为基础，分析伍尔夫"杀死天使"背后的原因及意图，有益于进一步探讨天使在伍尔夫手中得以重塑和复归的历程，从而揭示伍尔夫两性伦理观的独特性和现实性。

【关键词】弗吉尼亚·伍尔夫；马克思主义；天使；女性主体意识；两性和谐

从私人话语到公共文体——论伏尔泰哲理小说文体的诗学价值

【作　者】吴康茹
【单　位】首都师范大学文学院比较文学系
【期　刊】《外国文学》，第 3 期，2017 年，第 37－46 页
【内容摘要】哲理小说最初作为私人话语的言说方式，因对 18 世纪法国诸多社会问题的深入探讨，最终获得了社会广泛的认同，从而演变成了一种公共文体。伏尔泰以历史学家和哲学家双重身份意识致力于这一体裁的创造。他既娴熟地掌握哲理故事的讲述艺术，又巧妙地运用符号编码，将哲理小说转变为智慧叙事，用这种独特的文体言说敏感话题，针砭时代弊端。他充分挖掘这种文体潜在的诗学价值，利用它道出"沉默的真理"，最终使得哲理小说成为法国百科全

书派作家思考民族性问题、表达知识界普遍诉求的最有效的方式。

【关键词】伏尔泰；哲理小说；哲学寓言；言语行为；公共文体

从雨果的浪漫主义文艺思想解读莎士比亚喜剧——以《皆大欢喜》为例

【作　者】姚晓盈
【单　位】河南工程学院外语学院
【期　刊】《郑州大学学报（哲学社会科学版）》，第50卷，第1期，2017年，第103－107页
【内容摘要】戏剧是时代的简史和缩影，莎士比亚的作品是人类文化艺术的瑰宝。他的喜剧创作富有前瞻性和开拓性，多重线索相互交织和对照，彰显了作者对现实世界的厌恶和控诉，对理想世界的赞美和追寻。雨果是浪漫主义文学思潮的领军人物，他从艺术真实、美丑对照和创作自由等视角展现了浪漫主义基本思想和表现手法。通过浪漫主义的理论解析，我们可以更深层次地解读莎士比亚喜剧，借鉴莎士比亚卓越的创作理念，把握文学创作规律，从根本上促进不同文化之间的沟通和交融，为国内莎剧学习者提供更开阔的思辨空间和研究参考。
【关键词】雨果；浪漫主义；莎士比亚；《皆大欢喜》

当代法国文学批评中的诗学途径

【作　者】曹丹红
【单　位】南京大学外国语学院
【期　刊】《文艺争鸣》，第12期，2017年，第84－89页
【内容摘要】近年来，中国文学与文论研究界的某一怪象已引起不少研究者注意：一方面，文论研究从未像今天这样热门，各类成果不断涌现；另一方面，研究者从未像今天这样深切感受到"文艺理论的缺席和失语"，在看似理论与方法泛滥的当今学界，文艺批评实践仍存在"力量不够，深度和高度不够，缺乏规律性的认识、本质化的把握"这样的旧问题，促使研究者呼唤理论介入批评实践，"渴求文艺理论提供先锋敏锐的视野方法"。在此种语境下，本文将目光转向了当代法国文学批评中的诗学途径，后者对批评方法的系统建构及其与批评实践的紧密结合或能为当前我国的文学批评提供理论与方法论上的启示。
【关键词】无

当生活沦为一个"苍凉的手势"——莫迪亚诺小说的时间书写

【作　者】史烨婷
【单　位】浙江大学外语学院
【期　刊】《文艺争鸣》，第12期，2017年，第80－84页
【内容摘要】莫迪亚诺获得诺奖是因为他的作品"唤起了对最不可捉摸的人类命运的记忆"。他的每一部小说看似是一再地自我重复，就如侯麦的电影，永远耐心地谈着爱情，分析着爱情关系之种种。莫迪亚诺专注的艺术则永远事关记忆、消失、寻觅——都是时间同人类开的残酷玩笑，因为"时间的本质就是它不断地流动……"；因为"在真实生活之旅的中途，我们被一缕绵长的愁绪包围……愁绪从那么多戏谑的和伤感的话语中流露出来"；更因为"我们在这里留下的踪迹早已荡然无存。时间已经荡涤了一切"。时间的力量颠覆一切，也为文学和艺术贡献了永恒的主题。所以塔可夫斯基执意于《雕刻时光》，贾木许用一周七天帮《帕特森》完成时间的轮回，而

张爱玲在《金锁记》里写下一句"苍凉的手势"就足以让人类在时间面前的尴尬与无奈暴露无遗。

【关键词】无

狄更斯和美国版权法之间的"恩怨情仇"

【作　者】托马斯·霍伦；刘清格
【单　位】无
【期　刊】《读书》，第 6 期，2017 年，第 44—49 页
【内容摘要】在狄更斯（1812—1870）生活的年代，英国版权法的实施情况处于世界领先水平。从中世纪起，英国就为作者提供法律上的保障。1709 年，英国采用了全世界第一部、不分作者国籍而予以保护的版权法——《安娜女王法》。当然，这部法规虽对外国作者提供保护，但要求作者必须首先在英国出版其作品。相较之下，19 世纪初的美国则没有任何关于调整跨国版权的法规。

【关键词】无

笛福《罗克珊娜》：英国"心理小说"的先驱之作

【作　者】费小平
【单　位】重庆师范大学外国语学院
【期　刊】*Interdisciplinary Studies of Literature*，第 1 卷，第 2 期，2017 年，第 89—99 页
【内容摘要】笛福于 1724 年创作的小说《罗克珊娜》是典型的心理小说，比学界早已公认的英国第一部心理小说——理查森的《帕米拉》（1740—1741）——要早 16 年，也仅比西方第一部心理小说——理法国女作家拉法耶特夫人的《克莱芙王妃》（1678）——晚 46 年。作品所呈现的内心独白、不同时间的交融模式、充满客观性的心理世界，启发了 18 世纪英国小说中的诸多心理描写。《罗克珊娜》是英国心理小说的先驱之作，因此笛福是一位杰出的心理小说家。

【关键词】《罗克珊娜》；心理小说；先驱之作；内心独白；不同时间的交融模式；充满客观性的心理世界；心理描写

读者、文学批评与华兹华斯"诗人公共形象"的自我形塑——以《抒情歌谣集序》《序补》和《芬尼克笔记》为例

【作　者】裴云
【单　位】北京外国语大学英语学院
【期　刊】《外国文学》，第 6 期，2017 年，第 23—32 页
【内容摘要】18、19 世纪文学的商业化在使写作成为职业的同时，也给了读者评判作者的权利和地位，促使作者更加需要考虑作品的市场接受。活跃在这一时期的诗人华兹华斯具有清晰的读者意识，并下意识地在创作与评论中进行着"诗学身份"和"诗人公共形象"的双重自我形塑。本文主要采用自我形塑以及作者功能的评论方法，解读华兹华斯在诗歌创作之外、非虚构文本中体现出的针对大众读者和评论家进行"诗人公共形象"的自我形塑，凸显为《抒情歌谣集》的命名波折、《序》中营造的作者与读者的对立关系，《序补》中对文学批评的矛盾心态，以及《芬尼克笔记》中的后世读者意识和选择性自我呈现。解读的意义在于通过华兹华斯的个案重新审视 18、19 世纪写作的职业化和作者功能等问题。

【关键词】文学市场；华兹华斯；自我形塑；他者；读者；文学批评

对经典的反叛与重构——论米歇尔·图尼埃作品中的互文性策略

【作　者】杨阳
【单　位】湖南师范大学外国语学院
【期　刊】《社会科学》，第 6 期，2017 年，第 171－178 页
【内容摘要】互文性写作是图尼埃作品的一个突出特色。他喜欢旁征博引、引经据典。他将文学经典、圣经故事、历史人物、神话传说、儿童寓言、哲学理论甚至音乐作品都收录其文学文本之中，并通过引用、指涉、改写、戏仿"他语"的方式来传情达意，使得他的作品与广阔的社会、历史、文化形成了一个广泛的互文性关系。正是在对经典的反派与重构中，图尼埃颠覆性地解构了原著，赋予旧题材、旧人物焕然一新的生命。
【关键词】米歇尔·图尼埃；互文性；经典；改写

多丽丝·莱辛小说的后现代性解构研究

【作　者】胡大芳
【单　位】牡丹江师范学院
【期　刊】《外语学刊》，第 4 期，2017 年，第 122－126 页
【内容摘要】多丽丝·莱辛强调小说创作的哲学性，强调语言文学通达至人类思想深处的必要性。身处 20 世纪现代向后现代过渡的浪潮之中，她的小说创作展现出基于解构的反思和批判力量。通过对命运与确定性、女权主义与两性关系、时间与历史概念，以及文明割裂与交融等主题的重审，莱辛检视并重塑小说创作的理念，在挑战语言和文本形式逻辑的同时，开辟出一个充满可能性的世界。
【关键词】多丽丝·莱辛；哲学性；解构

反叛的幽灵——马克思、本雅明与 1848 年法国革命中的小资产阶级知识分子

【作　者】梁展
【单　位】中国社会科学院外国文学研究所
【期　刊】《外国文学评论》，第 3 期，2017 年，第 5－34 页
【内容摘要】本文尝试从马克思和恩格斯对 1848 年法国革命中的小资产阶级知识分子的批判入手，将他们置于革命年代的政治交往和表征斗争的过程之中，并以本雅明对波德莱尔的解释为参照，探讨这个群体在生活态度、政治态度与文化选择上的同一性。
【关键词】马克思；本雅明；小资产阶级；密谋家；浪荡汉

犯罪文学发展的重要一环：19 世纪初英国新门派犯罪小说

【作　者】陈后亮
【单　位】华中科技大学外国语学院
【期　刊】《复旦外国语言文学论丛》，第 1 期，2017 年，第 21－26 页
【内容摘要】"新门派小说"是指在 19 世纪初风行于英国、以传奇化的犯罪描写为主要特征的

一类犯罪小说。它从 18 世纪的哥特式小说和历史传奇那里继承了很多"煽色腥"元素，又用悬疑和推理为后来侦探文学的兴起做了铺垫，成为犯罪文学发展过程中的重要一环。因其对犯罪行为的过度浪漫化虚构以及道德立场的含混性，新门派小说曾长期被评论家视为文学垃圾的代表。但随着犯罪文学研究的不断深入，有关它的艺术价值以及在英国文学史上的地位和贡献问题，也开始得到重新认识。

【关键词】新门派；犯罪小说；狄更斯；19 世纪英国文学

菲利普·拉金爱情诗的伦理诉求

【作　者】陈晞
【单　位】湖南大学外国语学院
【期　刊】*Interdisciplinary Studies of Literature*，第 1 卷，第 1 期，2017 年，第 74－89 页
【内容摘要】菲利普·拉金是 20 世纪英国杰出的诗人，而爱情是其诗歌讴歌的重要主题之一。本文从文学伦理学批评角度，重点分析了拉金的爱情诗从自然情感到道德情感的转化过程，解构其诗歌中隐含着的理性意志与自由意志之冲突以及诗人在爱情和婚姻之间做出的伦理选择。拉金爱情诗歌在其创作三个阶段的不同特点，折射出现代人的理性意志和自由意志在性与爱、心灵与身体方面的对抗与平衡，同时，拉金在爱情、婚姻方面的伦理焦虑的诗性表达，揭示了社会转型时期及伦理重构的过程中人们对爱情及两性关系方面的伦理诉求、思考和伦理选择。
【关键词】菲利普·拉金；爱情诗；自然情感；道德情感

浮士德迟来的成长与弗兰肯斯坦早到的觉醒

【作　者】苏耕欣
【单　位】复旦大学英文系
【期　刊】《外国文学》，第 1 期，2017 年，第 111－119 页
【内容摘要】马娄的《浮士德》和玛丽·雪莱的《弗兰肯斯坦》在主题上的相似显而易见，但两部作品之间也有一些耐人寻味的区别，其中之一就是：浮士德虽然很早与魔鬼签定协议，却到最后才意识到自身行为之实质及其严重后果；弗兰肯斯坦则早在怪物诞生之初即对上述问题有深刻认识。这看似纯粹表面性的、仅涉结构的差别，其实与两部作品背后各自的意识形态相关。马娄认同的新教阿米尼乌斯派教义需要拖延浮士德的认识过程，因此只能将其所受之惩罚高度浓缩于最后一小时，而玛丽·雪莱的浪漫主义思想则需要大篇幅、尽可能详细地展示弗兰肯斯坦造人行为的严重后果。
【关键词】马娄；《浮士德》；玛丽·雪莱；《弗兰肯斯坦》；基督教

感官地图上的灵魂朝圣之旅——中古英语长诗《珍珠》的空间结构

【作　者】包慧怡
【单　位】复旦大学英语系
【期　刊】《外国文学评论》，第 2 期，2017 年，第 128－150 页
【内容摘要】以中古英语西部方言写作的 14 世纪"珍珠"诗人是与同辈文人乔叟并肩的语言大师，凭借出色的架构能力和解经能力，他对拉丁文通行本圣经进行了极富创造性的文学演绎。本文将其头韵长诗《珍珠》放入同时期朝圣叙事传统中进行解读，并试图论证诗人将叙事主人

公的梦中旅程构建在典型的"T-O"中世纪地图的空间范式之上，通过对主人公感官体验的重点着墨，刻画了一场以身体、精神、神秘三种感知模式经历的天国之旅。

【关键词】《珍珠》；中古英语；"T-O"地图；朝圣

哈葛德《三千年艳尸记》中的非洲风景与帝国意识

【作　者】潘红
【单　位】福州大学外国语学院
【期　刊】《外国文学评论》，第 1 期，2017 年，第 122－135 页
【内容摘要】对小说中的风景描写，传统解读聚焦于其审美性，将风景视为展示叙事主体对环境审美感知的一种手段，为烘托叙事情节、人物个性、叙事主题等提供诗意背景。而以话语研究的视角观察风景描写，风景则成为叙事主体思想意识、特定社会语境和历史文化内涵的载体，成为建构小说主题的一种独特话语方式。哈葛德小说《三千年艳尸记》中的非洲风景作为叙事话语的一个重要组成部分，参与了小说主题和深层意义的建构——殖民与被殖民的关系、族群和族性认知以及主体身份认同。白人殖民主义者对非洲风景的凝视，表征了观看主体特有的意识形态，展示出特定历史语境下的权力政治。

【关键词】风景；哈葛德；《三千年艳尸记》；帝国意识

哈罗德·品特戏剧中"替身"的多重形式

【作　者】袁小华[1]；李婧睿[2]；杨晓华[3]
【单　位】袁小华[1]，南京理工大学外国语学院
　　　　　李婧睿[2]，南京航空航天大学国际教育学院
　　　　　杨晓华[3]，南京工程高等职业学校
【期　刊】《江苏社会科学》，第 38 卷，第 5 期，2017 年，第 188－194 页
【内容摘要】品特戏剧以其敏锐的洞察力直揭人性中美与丑的冲突。本文试图以"替身"理论为研究视角，选取《归家》《情人》《往日》《微痛》四部剧为代表，分析品特戏剧中不同人际关系下"替身"的多重表现形式，揭示剧中混乱而异化的人际关系及其背后的原因。"替身"为品特戏剧的荒诞性和模糊性提供了合理的解释，同时映射现实社会人们内心善与恶的斗争，并在一定程度上丰富了戏剧表现力。

【关键词】哈罗德·品特；"替身"理论；《归家》；《情人》；《往日》；《微痛》

哈姆莱特延宕之因的法律审视

【作　者】杨海英
【单　位】浙江越秀外国语学院中国语言文化学院
【期　刊】*Interdisciplinary Studies of Literature*，第 1 卷，第 2 期，2017 年，第 80－88 页
【内容摘要】莎士比亚是一个十分关注法律问题的作家。他的代表作《哈姆莱特》涉及诸多法律问题，其主人公哈姆莱特也具有强烈的法律意识。哈姆莱特内心潜在的强烈的法律意识与他的身份和其所接受的人文主义教育密切相关。正是这一法律意识极大地作用于他的行动，造成了哈姆莱特复仇行动中的延宕。哈姆莱特之所以这样做，主要是源自他内心对法律的尊重和敬畏，法律意识是个人复仇与"重整乾坤"的试金石。正是哈姆莱特所接受的人文主义思想以及

所具有的法律意识，阻碍了哈姆莱特个人复仇的实施，从而强化了重整乾坤的历史使命，也使得这一形象更为辉煌。

【关键词】莎士比亚；《哈姆莱特》；延宕；法律批评

哈尼夫·库雷西小说《身体》的老年叙事与伦理建构

【作　　者】王进

【单　　位】暨南大学外国语学院

【期　　刊】*Interdisciplinary Studies of Literature*，第 1 卷，第 3 期，2017 年，第 64－73 页

【内容摘要】哈尼夫·库雷西长期专注当代英国移民群体的婚姻关系、家庭生活与情感世界，被誉为新生代英国南亚裔作家的杰出代表。库雷西早期创作的小说作品《身体》，围绕男主人公亚当的老年叙事，以换身事件作为叙事焦点，聚焦叙述其本人的身体衰老焦虑与身份认同困惑。从文学伦理学批评视角来看，换身事件作为老年叙事的伦理结，认同悖论则是作为其伦理线，两者相互交织共同构成身体寓言的伦理结构和身份隐喻的伦理空间。这部小说的文学伦理学批评，可以揭示出从身体书写到身份叙事的诸多伦理问题，从灵肉寓言的维度加深理解老年叙事作为成长主题的伦理建构。

【关键词】哈尼夫·库雷西；《身体》；老年叙事；伦理建构；文学伦理学批评

和平反战、朴实无华——鲍里斯·维昂诗歌《逃兵》的主题及艺术特色

【作　　者】李万文[1]；张新木[2]

【单　　位】李万文[1]，南京航空航天大学外国语学院

　　　　　　张新木[2]，南京大学外国语学院

【期　　刊】《当代外国文学》，第 38 卷，第 1 期，2017 年，第 100－107 页

【内容摘要】作为 20 世纪才华独具的法国作家，鲍里斯·维昂最明显的标签就是反对战争、热爱和平。目睹了战争的残酷和荒谬，维昂有意用他的书写来反对和谴责战争，其中反战诗歌《逃兵》最具代表性，且影响最广。诗歌叙述了一个士兵及其家庭在战争中的悲惨遭遇，控诉了战争给普通百姓带来的伤痛和灾难。本文结合作家本人的坎坷经历和思想轨迹，探讨这首诗的创作背景、内容、风格及其影响，彰显维昂对人类生存危机的深切关怀。

【关键词】鲍里斯·维昂；《逃兵》；战争；和平

胡适的勃朗宁研究

【作　　者】何辉斌

【单　　位】浙江大学外语学院

【期　　刊】《上饶师范学院学报》，第 37 卷，第 2 期，2017 年，第 50－55 页

【内容摘要】在胡适 5 篇英文的外国文学论文中，最重要的两篇论述的是勃朗宁，目前尚未引起学界的注意。胡适深入地研究了勃朗宁的诗作，为他的乐观主义进行了辩护，批评了道德的悲观主义、知性的悲观主义、享乐派的悲观主义，充分肯定了人的价值和不断自我完善的可能性，突出了人格的不朽魅力，阐述了勃朗宁的爱的哲学。他积极地把儒家的乐观精神和奋斗的精神运用于这个诗人的研究，体现了中国人的独特视角，获得了西方人的高度评价。

【关键词】胡适；勃朗宁；儒家；乐观主义

互文性视角下路易丝·拉贝"歌集"的多声部意义

【作　者】马雪琨
【单　位】首都师范大学外国语学院
【期　刊】《南京师大学报（社会科学版）》，第 3 期，2017 年，第 153－160 页
【内容摘要】路易丝·拉贝，法国文艺复兴时期里昂著名女诗人，她的作品集中体现了 16 世纪里昂流行的各种思潮。本文以互文性视角来分析其诗歌，通过互文性解读尽量深入地挖掘其诗歌的多声部意义。虽然她的诗歌只围绕一个主要主题——爱情，但她用来编织诗歌文本空间的线多种多样，古希腊罗马文化、中世纪骑士文学和彼特拉克主义等都成为她的手中线。这些互文本共同构建了路易丝·拉贝的诗歌空间，将 16 世纪里昂社会写入了文本之中。
【关键词】路易丝·拉贝；互文性；古希腊罗马文化；骑士文学；彼特拉克主义

话语权与汉语世界的《法国文学史》

【作　者】冯欣
【单　位】中国人民大学文学院
【期　刊】《安徽大学学报（哲学社会科学版）》，第 41 卷，第 3 期，2017 年，第 59－66 页
【内容摘要】话语权会对文学史的发展与书写带来影响。从 1922 年 12 月李璜编著的《法国文学史》起，至今在中国出版的《法国文学史》已经超过五十部。汉语世界的《法国文学史》出版受到主流话语的制约与影响：文化差异使得我国学者"拒绝借用"法国学者所著的本国文学史；阶级话语理论对汉语世界的《法国文学史》出版及写作情况带来长时间的影响；《法国文学史》的编写在以读者需求为主的出版市场面前受到出版社选题策划的约束和影响，在写作风格上文学史写作者难免会在个人学术著作与面向教学的教材之间进行抉择。
【关键词】话语权；法国文学史；差异性；比较研究

吉卜林戏剧独白诗中的英国性

【作　者】陈兵
【单　位】南京大学外国语学院
【期　刊】《国外文学》，第 2 期，2017 年，第 121－128、159 页
【内容摘要】英国维多利亚晚期著名小说家鲁德亚德·吉卜林也是当时的重要诗人，其戏剧独白诗成就突出。吉卜林的戏剧独白诗兼具大诗人勃朗宁和丁尼生的特点，通过对维多利亚晚期不同价值观的评判传达了自己独特的英国性思想。吉卜林笔下的英国性本质上是"英格兰性"，但又强调超越阶级、性别和民族差异，宣扬民族和谐，是吉卜林为了维持大英帝国的辉煌所开出的药方，表现了他在大英帝国内忧外困之际所感到的焦虑和希望。
【关键词】吉卜林；勃朗宁；丁尼生；戏剧独白诗；英国性

纪念与忘却——论《哈姆莱特》中的生者与死者

【作　者】倪萍
【单　位】南京审计大学文学院

【期　刊】《国外文学》，第 3 期，2017 年，第 52－61、157 页

【内容摘要】在中世纪晚期的天主教文化语境中，《哈姆莱特》中鬼魂的要求重点不是为其复仇，而是记着它。该剧通过鬼魂的命运揭示出否定炼狱教义以及相关习俗和仪式的宗教改革运动对生者与死者之间的传统关系模式的破坏。与此同时，置身于新旧信仰之间的哈姆莱特的两难处境折射出试图重塑生者与死者之间的关系模式的早期现代英国的特殊宗教文化背景。

【关键词】《哈姆莱特》；生者；死者；天主教；宗教改革

继承与创新之间的平衡美学——法国当代作家让·艾什诺兹作品研究

【作　者】孙圣英
【单　位】国际关系学院外语学院
【期　刊】《外国文学》，第 6 期，2017 年，第 13－22 页

【内容摘要】法国当代著名小说家让·艾什诺兹擅长通过符号化写物来表现世界，并始终坚持从人性化的视角来观察和组织符号，实现了写物在主观与客观之间的平衡；他坚持对叙事的兴趣，部分重建和恢复了小说文本的可读性，同时又以留白、淡化冲突以及借鉴电影表现手法等个性化处理方式更新叙事；他运用巴洛克式体裁，创造了丰富多元的小说空间，提供了多重解读的可能性，从而塑造了一种融传统、现代、后现代于一体的独特的平衡美学，为何谓当代性以及如何构建当代性等问题提供了一种可能的解答。

【关键词】让·艾什诺兹；平衡式美学；符号化写物；可读性；巴洛克

简·奥斯汀影视改编研究路径及热点评析

【作　者】邱瑾
【单　位】北京外国语大学英语学院
【期　刊】《外国文学》，第 4 期，2017 年，第 112－125 页

【内容摘要】本文就当代西方学界关于简·奥斯汀影视改编的学术研究中主要路径和热点话题的争论进行归纳和评析。奥斯汀改编研究中的诸多疑惑和论争往往围绕影视媒介是否足以表现奥斯汀小说，即如何界定改编之于原著的关系和性质这一问题；同时，另一类研究则更多关注改编所折射出的"奥斯汀"与当代社会与文化的相关性。本文依照研究重点的不同，以两部分展开，分别概括为"奥斯汀与银幕"和"奥斯汀与我们"。前者就有关奥斯汀影视改编性质的争论，梳理了改编研究中较为流行的几种路径，如忠实论、阐释论、互文对话理论、增补论等，并对各种路径做了评价；后者主要以改编的女性主义研究为例来阐明奥斯汀改编所引发的当代文化争论。

【关键词】奥斯汀；改编研究；女性主义

进步与焦虑：曼特尔《巨人奥布莱恩》中的异化书写

【作　者】严春妹
【单　位】衢州学院外国语学院
【期　刊】《湖南科技大学学报（社会科学版）》，第 20 卷，第 3 期，2017 年，第 43－47 页

【内容摘要】希拉里·曼特尔的作品《巨人奥布莱恩》围绕"进步与异化"主题，展现历史人物奥布莱恩及其对手亨特在席卷以伦敦为代表的资本主义社会的进步浪潮中走向异化的过程。

通过对进步的代价，如非人文化、非个性化等异化现象的书写，曼特尔从"人"的视角记录了资本主义工业文明在发展进程中的种种矛盾与对立，既有力地反思维多利亚时代到来之前启蒙光环下的"进步"话语，又以史为鉴，书写对当下"进步"的焦虑与忧思。

【关键词】希拉里·曼特尔；《巨人奥布莱恩》；进步异化

近代英国中产阶级的出现与身份焦虑

【作　者】高晓玲
【单　位】郑州大学英美文学研究中心
【期　刊】《国外文学》，第 2 期，2017 年，第 41－50、157 页
【内容摘要】英国中产阶级产生于传统向现代的转型时期，其价值取向融合了上层贵族和下层平民的美德，通过文学作品得以强化和传播。绅士概念的变化揭示了中产阶级对身份认同的诉求，也展示出文学话语对主流意识形态的形塑作用；郊区住宅的兴起体现了中产阶级对城市问题的担忧，他们试图借助空间隔离摆脱城市贫民的不良影响，维持体面生活。

【关键词】近代英国；中产阶级；身份焦虑

经验、记忆与闲逛——本雅明眼中的狄更斯及其现代性诗学

【作　者】蔡熙
【单　位】嘉兴学院文法学院
【期　刊】《国外文学》，第 2 期，2017 年，第 9－15、156 页
【内容摘要】在本雅明之前，传统批评将狄更斯与现实主义联系在一起。本雅明的《拱廊街计划》用文学蒙太奇的方法探索狄更斯、城市化以及资本主义发展之间的关系，从经验、记忆、闲逛等维度发现了狄更斯的现代性，重铸了狄更斯的形象，即狄更斯的小说用具有碎片意义的话语表述了现代城市经验的非连续性、转瞬即逝性和记忆的空间化，洞悉了现代性的本质。

【关键词】本雅明；狄更斯；现代性

精神世界的地理图谱——司汤达小说中的高与低

【作　者】王斯秧
【单　位】北京大学外国语学院法语系
【期　刊】《国外文学》，第 4 期，2017 年，第 91－99、155－156 页
【内容摘要】高与低、上升与坠落是司汤达作品中常见的意象，地理位置不仅承载着小说情节的跌宕起伏、人物现实境遇的骤然变化，更呼应着精神境界与倾向：重大的事件，精神世界的震撼、领悟与转变，往往发生在高处或幽深之处。山顶、高塔、监狱、教堂、山洞、树木或群山环绕之地，都在以诗意的形式暗示不可言说、不可见之物。本文在浪漫主义的背景中，从精神分析、原型批评、现象学研究等角度分析司汤达作品中各种地理位置的深意，解读它们在主人公的精神冒险中起到的象征作用。

【关键词】司汤达；地理位置；高度；精神性

卡丽尔·丘吉尔剧作《优秀女子》中玛琳的身份选择

【作　者】刘红卫
【单　位】中南财经政法大学外语学院
【期　刊】*Interdisciplinary Studies of Literature*，第 1 卷，第 4 期，2017 年，第 87－96 页
【内容摘要】英国当代女剧作家卡丽尔·丘吉尔于 1979 年创作的《优秀女子》应时性展现了 20 世纪七八十年代英国职业女性工作和生活的伦理图景，被奉为西方女性主义戏剧的经典之作。剧中主要人物玛琳兼有职场"女强人"和未婚母亲的双重伦理身份，是其在不同的伦理环境之下选择的结果。一方面，职场中的玛琳积极进取、理性果断，成为勇于争取女性主体独立和通过自身努力寻求自身价值的励志形象；另一方面，事业上的功成名就并不能消减其未婚生女的难言之隐。玛琳极力隐瞒未婚母亲身份是其面对职场中残酷竞争所做出的权宜之计，也体现出作家对职场女性"男性化"倾向造成亲人疏离不良后果的关注。丘吉尔在该剧中采用清一色女性角色和虚实场景并置的戏剧策略，起到了强化职场"女强人"形象的作用。同时，借由玛琳双重身份选择的设置，也表达出对女性主义戏剧以解构性别男女二元项的方式达成建构一个"反男性中心"戏剧场域的激进艺术主张质疑。丘吉尔指出有必要认识到男女两性差异性的客观存在，警惕从"男性中心主义"的极端滑向"女性中心主义"的另一个极端的倾向。
【关键词】卡丽尔·丘吉尔；《优秀女子》；伦理身份；伦理选择；伦理环境

恺撒的事业——《安东尼与克里奥佩特拉》中的爱欲和政治

【作　者】张沛
【单　位】北京大学比较文学与比较文化研究所
【期　刊】《国外文学》，第 2 期，2017 年，第 59－68、158 页
【内容摘要】罗马建国的历史神话见证了"兄弟－夫妇"政治的出场。五百年后，罗马共和已是明日黄花，而罗马帝国方兴未艾。恺撒壮志未酬，屋大维、安东尼和雷必达三分天下；雷必达未几失势，恺撒的事业或者说罗马－帝国成为屋大维与安东尼的二人世界。世界虽大，却只能有一个"恺撒"。在莎士比亚笔下，这不仅是屋大维与安东尼之间的生死决斗，也是西方与东方（罗马－亚历山大）、"兄弟"（屋大维－安东尼）与"夫妇"（安东尼－克里奥佩特拉）之间的巅峰对决。最后的结局不仅是爱欲（夫妇之爱）对政治（恺撒事业）的胜利和超越，同时也是爱欲与政治的古老联姻（或者说"共和"）的终结，从此罗马－政治（共和）成为"恺撒·奥古斯都"帝国一人的无情事业。
【关键词】爱欲；政治（共和）；帝国；安东尼；克里奥佩特拉

柯林·克劳特：圈地运动中的"牧羊人"

【作　者】姚颖
【单　位】苏州大学外国语学院；南通大学外国语学院
【期　刊】《南通大学学报（社会科学版）》，第 33 卷，第 5 期，2017 年，第 96－103 页
【内容摘要】英国文艺复兴时期的"牧歌潮"以斯宾塞的《牧人月历》为始，锡德尼、马洛和格林等诗人纷纷撰写牧歌体诗歌和十四行诗，在延续中世纪"农夫皮尔斯"文学传统的同时，关注圈地运动中出现的各种社会问题，并隐射当时农村的民情民苦。斯宾塞塑造的柯林·克劳

特不仅是《牧人月历》中的核心人物，而且在他的《仙后》等后期诗歌中频繁出现，因此成为"牧歌潮"中最具代表性的"牧羊人"形象。英国文艺复兴时期的牧歌在讴歌世外桃源般的牧人生活、讽喻城市腐败的传统文学思想中体现了人文主义诗人的意识和转变，对圈地运动中出现的社会问题（如失地流民和贫富分化等）和暴露出的人类罪性根源（如贪婪和腐败等）进行了深刻的剖析与批评。

【关键词】英国文艺复兴；牧歌潮；牧羊人；圈地运动

克劳德·罗森访谈录

【作　者】玛乔瑞·帕洛夫
【单　位】斯坦福大学

【期　刊】*Interdisciplinary Studies of Literature*，第 1 卷，第 2 期，2017 年，第 1—23 页

【内容摘要】克劳德·罗森被誉为"18 世纪讽刺文学（尤其是英国讽刺文学）研究最杰出的当世学者"，被学界公认为"斯威夫特研究最富挑战、最激动人心和最博学的批评家"。罗伯特·奥尔特认为："克劳德·罗森的研究令人振奋，他向我们展示了人文研究依然是，而且也应该是实证领域的基础性研究。"从 1986 年至 2014 年退休，克劳德·罗森一直担任耶鲁大学梅纳德·麦克英文教授。在此之前，他在华威大学任教多年（1971—1986），曾任英文系主任，《现代语言评论》联合主编。罗森被世界多地聘为荣誉教授，其中包括他出生和成长地——中国。他著作颇丰，经典研究包括专著《上帝、格列佛和大屠杀》等，同时，他主持编辑了大量的学术系列图书，最负盛名的是《剑桥文学批评史》。目前，他担任剑桥大学即将出版的乔纳森·斯威夫特系列图书主编。20 世纪 80 年代，他为《伦敦书评》撰写了大量关于文学和文化的文章，如今，他依然为 *TLS*（《泰晤士文学周刊》）和其他期刊撰文。这篇访谈由玛乔瑞·帕洛夫在洛杉矶于 2016 年 7 月至 10 月间与在剑桥的罗森以电子邮件的形式完成。在访谈中，罗森讲述了他在中国上海的童年生活经历和回到英国后的教育经历，回忆了在剑桥大学的学习经历如何引导他日后走上了学术道路，成为斯威夫特研究专家。他欣喜地提到，他和中国的联系在最近的中国学术访问和教学中又重新得以建立。最后，作为国际文学伦理学批评学会副主席，他高度赞扬了由聂珍钊教授创立的中国文学伦理学批评，认为其发展势头锐不可当，是抵制目前文学批评界忽略文本阅读，只关注纯理论研究的有效武器。

【关键词】克劳德·罗森；文学伦理学批评；上海；剑桥；耶鲁

跨界接纳与谱系的更新

【作　者】宁一中
【单　位】北京语言大学外国语学院

【期　刊】《外国文学》，第 2 期，2017 年，第 14—22 页

【内容摘要】约瑟夫·康拉德是一位具有传奇色彩的作家，在他身上，"跨界"是一大特色。本文探讨了康拉德由波兰向法国、英国的物理性跨界和身份跨界，进而讨论了他作为一位具有世界影响的作家在西方，尤其是在美国产生的意识形态的跨界。文章认为，美国接受这种跨界，既是美国需要"他者"从而进行自我认知的需要，也是它在新的世界形势下更新认知谱系的必要；这种接纳与谱系更新，对我们同样有着借鉴作用。

【关键词】康拉德；跨界；谱系；更新

狂奔、停滞还是忧虑？——《历史人物》中的人与历史

【作　者】宋艳芳
【单　位】苏州大学外国语学院
【期　刊】《外国文学》，第 4 期，2017 年，第 46—55 页
【内容摘要】当代英国学院派作家布雷德伯里的小说《历史人物》以黑格尔的"历史人物"概念为切入点，探讨了人在历史洪流中的地位和作用问题：在自由人文主义思想不再流行的 20 世纪六七十年代的激进英国，人何以自处？像黑格尔的"历史人物"那样策马狂奔、创造历史？像"被沙子吞没的狗"一样故步自封，成为历史的牺牲品？还是像"忧郁天使"一样在追求"进步"的表象下深深疑虑和忧郁？小说通过刻画一组相互对照的人物，展现了不同类型的人在历史发展进程中所扮演的不同角色，隐含了作者对不同历史进步观的评判，这对当代社会的发展亦有借鉴意义。
【关键词】布雷德伯里；《历史人物》；进步；历史发展

拉伯雷：以消遣为名的写作

【作　者】周皓
【单　位】华南理工大学外国语学院
【期　刊】《外国文学评论》，第 1 期，2017 年，第 50—61 页
【内容摘要】当代读者对《巨人传》缺乏阅读冲动的原因，不仅像巴赫金指出的那样是因为小说根植于其中的中世纪狂欢民俗已然遥远，还因为当今之人对当时文人的审美与创作追求缺乏了解。写作之初，拉伯雷将《巨人传》定义为"消遣之作"，这背后不仅有时代的因素，还隐藏了作家的匠心。以消遣之名，拉伯雷使《巨人传》深入世俗文化之中又超乎其上：一方面将文人的博学、幽默与市井的粗俗戏谑相结合，创造了畅销的神话；另一方面借消遣行为中蕴含的颠覆性力量，伸张创作的自由，并树立积极、乐观的文人精神，使之成为时代的经典。巨人的笑声既突破了希腊式微笑所追求的典雅，也冲破了中世纪严肃、刻板的面孔，是文艺复兴时期美学的体现，并对法国的政治文化话语产生了深远影响。
【关键词】拉伯雷；消遣；世俗文化；颠覆性写作

劳伦斯的"完整自我"探析

【作　者】高速平
【单　位】河北经贸大学
【期　刊】《外国文学》，第 6 期，2017 年，第 41—48 页
【内容摘要】劳伦斯的"完整之人"是直觉感知和理性认知都能充分发挥各自作用、能够与他人、万物乃至宇宙本源建立一体连接并进行能量交换的人。这一概念的部分内涵来自他的直接表述，部分推自他对人之存在、人之价值和人之意识的探究。这一"完整自我"不只是"身体自我"与"理性自我"的和谐相洽，也是与外部世界的活动的连接，因此既克服了西方传统哲学长期秉持的身心对立，也克服了主客两分。理解劳伦斯的这一"完整自我"，可以更好地把握其思想和作品。
【关键词】D.H.劳伦斯；完整自我；血性意识；头脑意识

勒克莱齐奥小说人物论

【作　者】高方[1]；许钧[2]

【单　位】高方[1]，南京大学外国语学院

　　　　　许钧[2]，浙江大学外语学院

【期　刊】《南京大学学报（哲学·人文科学·社会科学）》，第 54 卷，第 4 期，2017 年，第 123－133 页

【内容摘要】勒克莱齐奥的小说创作具有介入的立场，直面人的存在、人的苦难，尤其关注处于主流文明之外的世界，关注生活在这个世界上的弱势群体与边缘人。对人之存在的关注与关怀，构成了勒克莱齐奥写作的一个基点。勒克莱齐奥在小说书写中格外注重人物的塑造，人物的塑造不仅起到推动叙事的作用，更承载了作家对人类文明的思考。本文拟对勒克莱齐奥的小说进行整体考察，梳理其中多种多样且极具个性的人物形象，将其中的代表人物分为三类：坚守、传承传统的老人，个性觉醒的女性，以及与他者相遇的行者。本文旨在通过考察分析三类人物的个性、追求与价值，揭示作家对弱小人物命运的深刻关注，展现作家对人类必定走向和平与自由的坚定信念。

【关键词】勒克莱齐奥；弱小人物；人类文明

勒克莱齐奥早期作品中的现代都市神话

【作　者】张璐

【单　位】南京大学外国语学院法语系

【期　刊】《当代外国文学》，第 38 卷，第 4 期，2017 年，第 85－92 页

【内容摘要】在勒克莱齐奥的早期小说中，都市神话书写显示为一大特色。本文从其神话原型的类型、神话要素的变形和都市空间神话的构建等方面入手，考察勒克莱齐奥都市神话书写的特征，揭示其神话书写与文学想象的互动与演变，展示其神话思维和神话语言对社会现实的反思以及对真实的追寻。

【关键词】勒克莱齐奥；都市神话；神话思维；神话语言

黎塞留主政时期的法国国家文人保护制度

【作　者】陈杰

【单　位】复旦大学外文学院

【期　刊】《外国文学评论》，第 3 期，2017 年，第 105－121 页

【内容摘要】作为 17 世纪早期法国王权绝对化的重要推动者，红衣主教黎塞留在文化上也遵循了同样的思路。在他的授意和主导下，主流文人们争相献作，为刚刚重塑权威的王权歌功颂德，促成了两部官方诗集的出版；而巴黎几位知名文人之间原本私密的聚会也被纳入王权的保护体系，进而演变为后来大名鼎鼎的法兰西学院。当然，文人的忠诚除了赢得地位的提升之外，也换来了经济上的利益。本文从宣传、建制、资助三个维度对这套 17 世纪 30 年代首度确立的法国国家文人保护制度进行阐述和分析。

【关键词】黎塞留；文人；年金；法兰西学院

理性意志与自由意志之争——《国王之歌》的文学伦理学解读

【作　者】张成军

【单　位】江苏师范大学文学院

【期　刊】*Interdisciplinary Studies of Literature*，第 1 卷，第 1 期，2017 年，第 99－108 页

【内容摘要】长诗《国王之歌》作为丁尼生最富雄心的作品，内蕴丰富，学者们有各种阐释。本文认为，在长诗中，亚瑟王是人的理性意志与人性因子的化身，圆桌骑士是自由意志与兽性因子的象征，"亚瑟誓言"则代表着伦理意识或理性。亚瑟王与圆桌骑士之间的冲突形象地展示了人的理性意志与自由意志的矛盾、斗争。圆桌骑士团悲剧性的结局既揭示了自由意志力量的强大与难以控制，又昭示了自由意志完全脱离理性意志的可悲后果。这令人警醒、深思。

【关键词】《国王之歌》；理性意志；自由意志；伦理意识

历史演绎与世俗戏谑的空间表征——莎士比亚历史剧《亨利四世》的中国化空间叙事

【作　者】李伟民

【单　位】浙江越秀外国语学院；四川外国语大学研究生院

【期　刊】《国外文学》，第 2 期，2017 年，第 35－40、157 页

【内容摘要】上海国际莎士比亚戏剧节的开幕大戏——《亨利四世》，在深沉的历史叙述中以恢宏大气和富有生活气息的空间叙事，为我们完整再现了英国封建割据时期围绕权力斗争所呈现出来的刀光剑影与五光十色的世俗社会。该剧以尊重原作精神和内容为宗旨，通过恢宏的空间叙事建构了青年君王在权力斗争中成长的历程，血雨腥风与世俗乡野的空间叙事成为塑造人物形象的重要手段，反映了在通向权力巅峰的过程中人性的复杂。全剧以深沉的理性思考和张扬的世俗风情叙事阐释了原作的美学意蕴。苏乐慈导演的《亨利四世》以创造性的空间叙事成为中外莎剧舞台上改编莎氏历史剧的一部成功之作。

【关键词】莎士比亚；《亨利四世》；空间叙事

利维斯的诗歌语言观

【作　者】熊净雅

【单　位】中国科学院大学外语系

【期　刊】《外国文学评论》，第 1 期，2017 年，第 194－206 页

【内容摘要】弗·雷·利维斯的语言观是其诗歌批评的核心，也是支撑其批评大厦的支柱。通过考察利维斯对英国诗歌史的"重新评价"，尤其是他为帮助英语现代主义诗歌在理论上摆脱维多利亚时代诗歌遗风的桎梏所进行的批评实践，本文分析了利维斯所提倡的理想的诗歌语言即口语化和生活化的"鲜活的语言"的内涵和特征。通过将语言与生活相联系，利维斯发展出了融合道德、哲学和文化元素的整体语言观。

【关键词】利维斯；诗歌语言观；诗歌批评；艾略特

利维斯与《细察》

【作　者】曹莉

【单　　位】清华大学外文系；清华大学欧美文学研究中心
【期　　刊】《当代外国文学》，第 38 卷，第 4 期，2017 年，第 109－115 页
【内容摘要】无论是考察利维斯的批评生涯，还是评价剑桥批评传统，都绕不过一个重要的里程碑，那就是《细察》。作为剑桥批评传统不可复制的重要组成部分，《细察》是认识和了解利维斯文化观、文学观和教育观的一面镜子。本文从《细察》诞生的背景以及《细察》的宗旨与意义两个方面论述《细察》对英国文学批评的价值和贡献。
【关键词】利维斯；《细察》；剑桥英文；文学批评

刘易斯与乔伊斯的"反合作"关系

【作　　者】周汶
【单　　位】浙江大学宁波理工学院外国语学院
【期　　刊】《外国文学》，第 3 期，2017 年，第 8－17 页
【内容摘要】刘易斯与乔伊斯这对文坛上的"死敌"之间的"反合作"关系既对立又合作，是两次世界大战之间英美现代主义文学发展过程中不同理念和路径的强力碰撞。乔伊斯从刘易斯对自己作品的无情鞭挞中听到了不同的声音，看到了不同的视角，这对其提高和完善写作技巧不无益处；乔伊斯作为反击而在《芬尼根的守灵夜》中大量影射、戏仿刘易斯的哲学理念和作品内容，不仅丰富了该小说的写作素材，也提升了其思想深度；刘易斯的乔伊斯评论，不仅激发了乔伊斯的创作灵感，也提出了诸多后人无法回避的观点，更首创了对乔伊斯作品进行文化批评的视角和方法，在客观上为打造一个开放、包容的乔伊斯研究空间奠定了基础。
【关键词】刘易斯；乔伊斯；"反合作"关系；现代主义

伦敦塔、录事与恺撒：《理查三世》的历史书写

【作　　者】徐嘉
【单　　位】北京理工大学英语系
【期　　刊】《外国文学评论》，第 3 期，2017 年，第 66－84 页
【内容摘要】本文从《理查三世》中三个看似毫不相关的细节——伦敦塔的初建、录事的记录和恺撒的名誉——入手，讨论莎士比亚对伊丽莎白时期历史书写方式的呈现和反思，认为该剧不仅参与了都铎时期英格兰精神共同体的建构，还通过征引劳斯、维基尔、莫尔、霍尔、霍林谢德等人的历史记录，质疑并拆解了"都铎神话"。该剧对历史编纂方式的质疑、对历史和传说同构性的展示、对历史大因果论的多维思考，显示出莎士比亚超越时代的"元历史"意识。通过考察伊丽莎白一世治下不同时期以理查三世为题材的历史剧，可以发现，理查三世是都铎王朝历史编纂的最大受害者，对他的不同呈现方式也体现了社会能量流通、交换与协商的整个过程，折射出伊丽莎白一世后期的社会焦虑。
【关键词】理查三世；伦敦塔；录事；都铎神话

论"即时经验"与《尤利西斯》的结构

【作　　者】吕国庆
【单　　位】陕西师范大学文学院
【期　　刊】《国外文学》，第 4 期，2017 年，第 129－135、157 页

【内容摘要】休·肯纳（Hugh Kenner）是一位影响深远的乔学家，尤其对乔伊斯小说文本的结构肌理有着深刻的洞见。本文是针对休·肯纳剖析《尤利西斯》中"即时经验"所做的再观察——评述他的分析议论，增补他的分析语境，并做出接续的阐发。本文的论述重心是：《尤利西斯》中的细节是人物主观知觉的对象；细节秩序性地依存于人物的即时经验；即时经验通过叙述语言形成秩序性结构。
【关键词】乔伊斯；休·肯纳；细节；即时经验

论《大闪蝶·尤金尼亚》中知识分子的身份焦虑

【作　者】李立新
【单　位】山东大学外国语学院
【期　刊】《东岳论丛》，第 38 卷，第 1 期，2017 年，第 145－151 页
【内容摘要】英国当代作家 A. S.拜厄特在《大闪蝶·尤金尼亚》中探索的主要内容是知识分子的身份焦虑问题。知识分子的身份焦虑由经济焦虑、社会地位焦虑和理想焦虑三个方面构成。经济焦虑是知识分子身份焦虑的基础，表达出维多利亚时期英国知识分子阶层经济物质层面的生活特征；社会地位焦虑是知识分子身份焦虑的核心，反映出英国知识分子阶层社会文化层面的真实面貌；而理想焦虑是知识分子身份焦虑的关键，透视出英国知识分子阶层游离于现实与理想两个世界之间的尴尬的生存状态。
【关键词】《大闪蝶·尤金尼亚》；身份焦虑；经济焦虑；社会地位焦虑；理想焦虑

论《另一个世界》里战争创伤的代际传递

【作　者】刘胡敏
【单　位】广东外语外贸大学英文学院
【期　刊】《华南师范大学学报（社会科学版）》，第 3 期，2017 年，第 156－160 页
【内容摘要】英国现当代著名作家帕特·巴克（Pat Barker）自 20 世纪 80 年代以来，一直在其小说中致力于各类精神创伤的叙写。在其后期作品《另一个世界》里，巴克描写了战争创伤患者加迪通过代际传递把梦魇般的创伤记忆从自己身上"移植"到孙子尼克身上。透过战争创伤传递的抒写，巴克揭示了战争给英国民众带来的难以言说的心灵创伤，并暗示了创伤可以通过代际传递成为一个民族或国家的集体创伤记忆。
【关键词】战争创伤；代际传递；集体创伤记忆

论《失乐园》对战争的戏仿

【作　者】吴玲英；易鸣
【单　位】中南大学外国语学院
【期　刊】《中南大学学报（社会科学版）》，第 23 卷，第 4 期，2017 年，第 165－171 页
【内容摘要】描写战争是自荷马以降史诗史上的一个重要传统。弥尔顿在《失乐园》里延续这一传统，将天庭之战置于史诗中心，以细数撒旦军及其战争武器之名录为史诗开篇，尤其设计了三个分别发生在地狱、伊甸园和天堂里的代表性战斗场面。然而，弥尔顿将无以匹敌之体格神力、战争武器以及好战精神赋予恶魔撒旦及其之流，其战斗场面亦并非史诗传统的战争场面，而是对战争的戏仿。这并不是因为弥尔顿不擅长书写传统的经典战争，而是因为弥尔顿在《失

乐园》里将史诗主题从"战争"改写为"人的堕落和再生"。此乃弥尔顿对史诗传统的初步创新。

【关键词】《失乐园》；战争；戏仿

论 18－19 世纪中期英国小说中劳工阶级对塑造中层人物的道具作用

【作　者】苏耕欣
【单　位】复旦大学英文系
【期　刊】《山东社会科学》，第 6 期，2017 年，第 77－82 页
【内容摘要】从 18 世纪到 19 世纪中期，英国小说中的劳工阶级几乎始终是一种被牺牲、被利用的角色。从菲尔丁和盖斯凯尔等人的作品中可以看到，底层人物在推进小说情节和表现主要人物的品质方面起着关键作用，但令其发挥这种关键作用的正是其无足轻重、任人随需"捏"造的实际情况。劳工阶级屡被牺牲的窘境与其社会地位无关，而主要是由小说读者群体的阶级分布造成的；对劳工阶级的同情也未必体现于正面描写，而更在于真实展现其生活的逻辑。
【关键词】菲尔丁；盖斯凯尔；英国小说；劳工阶级

论当代英国动物诗歌

【作　者】何宁
【单　位】南京大学英语系
【期　刊】《当代外国文学》，第 38 卷，第 2 期，2017 年，第 79－86 页
【内容摘要】动物主题诗歌在英国诗歌传统中具有不可忽视的地位。在关注自然与环境的当代，动物诗歌成为当代英国文学的重要元素。约翰·伯恩赛德、艾丽斯·奥斯瓦尔德和凯瑟琳·杰米的诗歌创作，多层次、多侧面地思考人类与动物之间的关系，打破了将动物意象作为人类社会现象的隐喻和转喻这一长期的传统，建构了将动物生活与人类生活放在同等重要、同样价值的观念体系，将动物生活作为人类生活的比邻与参照，提出人类与动物平等相处、相互启发，与自然和谐共生的新型关系。英国当代的动物诗歌，深入思考当代日益严峻的生存环境，颠覆了以往习以为常的人与动物之间的鸿沟，突出在当代生态环境下动物及其生活方式对人类的启示，提出人与动物的关系也是人与自然关系的核心与出发点。英国当代动物诗歌的创作与书写，既是对英国动物诗歌传统的承继和创新，也是对社会、生态和人类中心主义的思考和超越。
【关键词】英国；动物诗歌；自然

论多丽丝·莱辛的殖民地他者书写

【作　者】张琪
【单　位】湖南科技大学外国语学院
【期　刊】《湖南科技大学学报（社会科学版）》，第 20 卷，第 4 期，2017 年，第 39－44 页
【内容摘要】多丽丝·莱辛一直关注他者，其作品中殖民地的黑人与流散白人女性，都是殖民地他者。《野草在歌唱》是莱辛以非洲为背景的重要作品，从文化身份视角解读该作品中黑人及白人女性的身份困惑、追寻与越界，来探讨莱辛笔下被殖民他者与女性他者的身份认同，剖析他们在异质文化冲突与融合下的文化身份嬗变过程中所遭遇的身份问题；揭示殖民地他者的生存困境与精神痛苦及殖民地深刻的权力关系，为全球化境遇下的身份认同提供启示。
【关键词】多丽丝·莱辛；《野草在歌唱》；他者；文化身份；越界

论霍加特的工人阶级文化研究及其意义

【作　者】韩昀
【单　位】华侨大学马克思主义学院
【期　刊】《外国文学》，第 6 期，2017 年，第 137－147 页
【内容摘要】理查德·霍加特作为文化研究的奠基人，终生致力于研究和维护英国的工人阶级文化。20 世纪中期，他通过《识字的用途》一书展现了第一次世界大战至 20 世纪 50 年代的英国工人阶级文化面貌，从而开启了以阶级为维度的文化研究。其后，在八九十年代之交出版的《生活与时代》三部曲中，霍加特更是系统地梳理了 20 世纪英国工人阶级文化的存在、发展状况，展望了其未来前景。同时，随着英国 80 年代以后社会语境的变化，他开始坚持不懈地与相对主义做斗争，以此来维护工人阶级的文化防线。及至 90 年代中期，霍加特则将对相对主义的批判与对当今英国工人阶级文化存在状态的思考融合在《小镇风物》中。霍加特的工人阶级文化研究虽有不足，但其研究的对象、视角、方法等方面值得我国的文化研究学者反思和借鉴。
【关键词】理查德·霍加特；工人阶级文化；文化研究

论康拉德小说中的帝国幻象

【作　者】李长亭
【单　位】南阳师范学院
【期　刊】*Interdisciplinary Studies of Literature*，第 1 卷，第 2 期，2017 年，第 111－120 页
【内容摘要】康拉德在小说中通过对帝国幻象的书写揭示出殖民主体在殖民过程中的异化和死亡。作为欲望主体的殖民者在帝国幻象的指引下，以西方的认知方式来"定义"和"改造"非洲和美洲这些"蛮荒"之地。但这些程式化的判断路径不但歪曲现实，而且还不断神秘和强化二元对立。其带给欲望主体的不是成功，而是使他们不能适应新的象征秩序，陷入虚幻状态，造成最后的异化和死亡。文章通过对《黑暗的心》《诺斯托罗莫》及《进步前哨》中的欲望主体在非洲和美洲的行为分析指出，他们在帝国幻象的驱使下满怀发扬帝国荣光的欲望，运用他们认为合理的方法和手段，对殖民国家进行抽象的解构和重写，最后他们的遭遇代表了帝国幻象的破灭。
【关键词】康拉德；帝国幻象；主体；虚幻

论莱辛《金色笔记》中的话语形式

【作　者】章燕
【单　位】南京大学文学院；滁州学院外国语学院
【期　刊】《国外文学》，第 3 期，2017 年，第 78－85、158 页
【内容摘要】《金色笔记》一改莱辛前期作品的现实主义叙事，采用元小说的形式，呈现故事嵌套故事的结构，具有鲜明的互文性特色。莱辛的形式变革具有深刻的思想根源，是她对现代性话语不断反思的结果。话语体现人们建构的现实图景，其差异折射出不同的思维模式。莱辛从主人公安娜的叙述视角审视话语所塑造的不同故事，她通过重写突显了现代性话语的悖谬性，认为只有突破同一性的话语循环，打破陈旧僵化的思维模式，才能解构普遍存在于人们意识的"思想包"。新话语通过让弱者发出"微小的个人声音"来恢复被宏大叙事遮蔽的、多元异质的

现实世界。

【关键词】多丽丝·莱辛；《金色笔记》；现代性话语；形式；互文性

论马丁·麦克多纳《利南三部曲》对西部田园的黑色书写

【作　者】王晶
【单　位】北京科技大学外国语学院
【期　刊】《国外文学》，第 4 期，2017 年，第 136－143、157 页
【内容摘要】在爱尔兰文学中，爱尔兰西部一直占有独特的位置，被叶芝、辛格等作家视为最具爱尔兰性、民族性和诗性的田园神话。与这种浪漫主义的西部想象不同，当代剧作家马丁·麦克多纳在其代表作《利南三部曲》中从后现代的视角走进西部神话主题，为世人刻画了一幅家庭空间破碎、殖民阴影困扰和信仰坍塌的当代爱尔兰西部图景，以一种黑色田园意象消解了传统的西部浪漫叙事，构建了一个介于过去与现在、真实与想象之间的阈限性西部社会，一个另类的爱尔兰西部文学景观。

【关键词】马丁·麦克多纳；爱尔兰西部；浪漫田园；黑色书写；阈限性

论麦克尤恩《星期六》中的"后 9·11"式崇高

【作　者】但汉松
【单　位】南京大学外国语学院
【期　刊】《湖南科技大学学报（社会科学版）》，第 20 卷，第 1 期，2017 年，第 44－49 页
【内容摘要】麦克尤恩的"后 9·11"书写有着典型的欧洲风格，它既浸润着马修·阿诺德的文化批判精神，带有 19 世纪资本主义美学中"崇高"概念的印记，同时又深切地关注着全球"反恐战争"阴霾下的末日想象。《星期六》的奇特之处，在于它试图以一种寓言式写作，揭示科学和文学张力之下的"后 9·11"式崇高。这种承接了"奥斯维辛"之后的后现代"崇高"不仅构成了对恐怖主义的一种话语批判，而且也试图对主流"反恐"叙事进行某种文学意义上的解构。

【关键词】恐怖；后 9·11；崇高

论毛姆短篇小说对人性的探索

【作　者】吴迪龙[1]；罗鑫[2]
【单　位】吴迪龙[1]，长沙理工大学外国语学院
　　　　　罗鑫[2]，湖南工业大学外国语学院
【期　刊】《当代文坛》，第 6 期，2017 年，第 127－130 页
【内容摘要】毛姆是一位被评论界忽视的作家。他虽然在长达 60 多年的创作生涯中为我们带来了大量的优秀作品，但长期以来在文学史上被认为只是一名迎合大众的二流作家。评论界一直认为毛姆是通过长篇小说赢得了世界性的声誉，但事实上，他的短篇小说创作更为出色。毛姆的短篇小说故事性强，结构精妙，语言生动，人物形象鲜活，而且常常在客观冷静的叙述中，包含着对人性的深入探索。笔者通过对他的几篇短篇小说名篇的分析，详细探讨了其短篇小说中对人性扭曲、虚伪与迷失的思考与关切。

【关键词】毛姆；短篇小说；人性；探索

论弥尔顿的札记书

【作　者】郝田虎

【单　位】浙江大学外国语言文化与国际交流学院

【期　刊】《国外文学》，第 1 期，2017 年，第 19－26、156－157 页

【内容摘要】弥尔顿的札记书是其雄辩的源泉之一，具有多方面重要性。学者一般认为札记书对其散文创作有显著影响，实际上对其诗歌创作的影响也不容忽视。弥尔顿的札记书为其文学创作准备了条件。通过研究弥尔顿的阅读和写作之间的关联，我们可以看出这位早期现代经典作家工作的方式，即札记式写作。弥尔顿对引文进行创造性转化，把别人的东西化为自己的；他的原创性保证了其借用和札记式模仿不是剽窃。

【关键词】弥尔顿；札记书；札记式写作

论萨克雷与英国新门派犯罪小说

【作　者】陈后亮；贾彦艳

【单　位】华中科技大学外国语学院

【期　刊】《外国语文》，第 33 卷，第 4 期，2017 年，第 1－6 页

【内容摘要】在新门派犯罪小说的鼎盛时期，萨克雷一直都是其最主要的反对者。萨克雷与新门派作家的主要分歧在于相异的小说观念和伦理追求。在前者看来，小说的本质就是对客观事实的记录，其基本功能则是道德教化。他在《凯瑟琳的故事》中试图用戏仿手法对新门派进行讽刺和颠覆，但由于在模仿程度上过犹不及，未能阻止新门派的流行。19 世纪初期的英国小说正在经历成熟前的快速发展，不同作家都在各自道路上尝试不同美学选择。如果说新门派作家更重视小说娱乐功能的话，萨克雷更关心小说的道德价值，两者各有偏废。只有真正把两者结合起来，小说才会有更好的发展，而这可能正是现实主义小说在 19 世纪后半期取得成功的最主要原因。

【关键词】萨克雷；新门派；《凯瑟琳的故事》；犯罪小说

论萨特存在主义的文学观及其剧作

【作　者】王锺陵

【单　位】苏州大学东吴国学研究院

【期　刊】《学术月刊》，第 49 卷，第 5 期，2017 年，第 116－127 页

【内容摘要】因为存在主义"是一个行动的学说"，所以，萨特阐发了一种"介入"文学观。"介入"文学观的要旨有三：什么是写作？为什么写作？为谁写作？在萨特看来，"什么是写作"，就是"通过揭露而行动"，而"揭露就是变革"。对"为什么写作"这一问题，萨特是从作者与读者的辩证关系上加以解说的。萨特的论述，有着现象学美学的明显成分，他的独特之处，在于他将他的自由理论运用到作者与读者的关系中。对第三个问题"为谁写作"，萨特通过回顾文学史，明白了作品有其时效性，作家有其主要的、特定的读者群，作家及其创作在不同的时代处于不同的历史状态中。这样他虽仍然坚持文学是对自由的召唤，但社会的、历史的因素却是大大地增强了。他在《什么是文学？》中提出了"处境小说"与"处境戏剧"的概念。这可以说是他对介入文学的具体设计。萨特的"介入文学"观，其主要的缺点在于：一是不正确地将

诗排斥在外；二是它的目的是狭隘的——凭借揭露引起变革，只能是文学的一个目的。萨特在其思想历程的第二个阶段中，亦即他的存在主义哲学观形成并通过他的哲学及文学作品产生很大影响的阶段，共创作了六个剧本。综观萨特这六个剧本，可以用三个词对其加以概括：观念化、处境剧、介入文学。观念化，又决定了其剧作的人物必然具有或浓或淡的抽象性。

【关键词】萨特；存在主义；介入文学；处境戏剧；观念化

论约翰·邓恩对托马斯·艾略特创作的影响

【作　者】胡伶俐
【单　位】湖南科技学院外国语学院
【期　刊】《湖南师范大学社会科学学报》，第 46 卷，第 2 期，2017 年，第 121－127 页
【内容摘要】以约翰·邓恩为代表的玄学派诗歌具有形式新颖、意象奇特、理性与感性相统一的特点。玄学派诗歌的这些特性对英美现代派诗歌产生了重要的影响，尤其是对托马斯·艾略特早期的诗歌创作和诗论的形成都产生了积极的影响。研究约翰·邓恩对托马斯·艾略特的文学影响，有利于发现后世诗人对玄学思想和艺术的传承、创造和发展。

【关键词】约翰·邓恩；托马斯·艾略特；文学影响

模仿的暴力与他者问题——勒内·基拉尔新解

【作　者】李雪[1]；毕晓[2]
【单　位】李雪[1]，复旦大学中文系
　　　　　毕晓[2]，华东师范大学思勉人文高等研究院
【期　刊】《文艺理论研究》，第 37 卷，第 4 期，2017 年，第 143－150 页
【内容摘要】法国文学批评家、人类学家勒内·基拉尔（René Girard）通过一些经典的文学文本对人类的欲望进行分析，总结出了"模仿的欲望"学说：一个人的欲望作为欲望的主体，通常总是要模仿欲望介体的相似的欲望。基拉尔将这一类欲望模式分为"内中介"与"外中介"两部分，并得出了"内中介"的模仿机制因为欲望主体与欲望介体的竞争而必然会导致暴力的结论。本文参考罗兰·巴特的"神话修辞术"，指出"外中介"的模仿机制所产生的现代神话同样会导致暴力。基拉尔的理论涉及经典的"他者问题"，故而文章的最后一部分将巴赫金与基拉尔隐秘的对话关系揭示了出来。一方面，巴赫金在"自我与他者关系"这一问题上的努力，指出了对话与共情的重要性，这能够处理"内中介"的模仿机制导致的暴力；另一方面，在"巴赫金主义"的视角下对以赛亚·伯林的多元主义进行阐发，也能够在某种程度上消除"外中介"的模仿机制导致的暴力。

【关键词】模仿的欲望；暴力；他者；巴赫金

那边我们谁都没去过：论雪莱之死

【作　者】刘晓春
【单　位】淮海工学院外国语学院
【期　刊】《国外文学》，第 4 期，2017 年，第 34－40、154 页
【内容摘要】雪莱之死目前主要有死于非命、自杀和暗杀等三种说法。雪莱溺死于地中海毫无疑问是学术界的主流判断。然而由于资料有限，学术界对雪莱之死的研究并不是很多。本文试

图从心理学的角度，结合诗人的人生经历及思想变化还原雪莱的真正死因。雪莱之死是基于他长期的压抑和潜意识，在遇到紧急境况时这位敏感的诗人做出了一种冲动式的自杀行为，地中海的暴风雨正好是这样一个引子和契机，成全了他去赴那"灿烂的死"。

【关键词】雪莱；自杀；灵魂

佩·菲茨杰拉德早期文学思想中的共同体意识

【作　者】李菊花
【单　位】南京大学外国语学院；湖南科技大学外国语学院
【期　刊】《外国文学》，第 3 期，2017 年，第 147－155 页
【内容摘要】佩内洛普·菲茨杰拉德是英国一位重要女作家，她对经历社会变革群体以及人们对变革做出的反应格外关注，忧思共同体文化的未来。论文以菲茨杰拉德的早年经历、成年后的《世界评论》办刊经历与撰写的评论、早期创作的短篇故事为研究素材，阐释她早期文学思想中的共同体意识，认为其经历了三个阶段的发展轨迹：培育小而意义重要的精神共同体；重建和复兴战后英国共同体；憧憬建构一个深度共同体。
【关键词】菲茨杰拉德；共同体；早期文学思想

评《艺术与道德的冲突与融合：王尔德研究》

【作　者】聂珍钊
【单　位】建国大学
【期　刊】*Interdisciplinary Studies of Literature*，第 1 卷，第 1 期，2017 年，第 144－148 页
【内容摘要】《艺术与道德的冲突与融合：王尔德研究》（刘茂生著，社会科学文献出版社，2016年）主要以文学伦理学批评为研究方法，结合英国维多利亚时期的历史、政治、社会背景，在文本细读的基础上，系统地论述了王尔德创作的伦理思想在其艺术实践中的形成与发展过程，揭示了王尔德艺术实践中的伦理内涵及其内在关联，着重探讨了艺术与伦理道德既冲突又互相融合的具体特征。该著坚持了文学伦理学批评方法所倡导的重视文本分析，突出文学批评方法的实践性特点，分析科学，解释辩证，说理充分，结论客观。无论是从方法论上看，还是从研究中得出的观点和结论看，都具有突出的创新意识，是一项王尔德研究的开拓性成果，为重新认识与反思王尔德及其在英国文学史中的重要地位提供了成功的研究范例。
【关键词】王尔德；文学伦理学批评；唯美主义；刘茂生

启蒙运动以来的法国文学与别国文学

【作　者】阿兰·弗德迈；谢阶明
【单　位】瑞士弗里堡大学文学院
【期　刊】《国外文学》，第 4 期，2017 年，第 12－22、153 页
【内容摘要】法国文学在世界文学史上一直占据重要地位。启蒙运动以来，法国文学一直与欧洲其他国家乃至欧洲以外地区如近东、远东、非洲和美洲的文学保持密切联系。本文通过丰富翔实的材料介绍了前现代时期与现代世界中法国与其他国家和地区在语言表达、文学形式、哲学思潮、艺术流派等诸多层面的对话、交流、互动以及相互影响，勾勒出世界文学融合发展的若干侧面与脉络。

【关键词】法国文学；世界文学；交流互动

浅析帕斯卡·基尼亚尔的历史书写

【作　者】王明睿
【单　位】南京大学
【期　刊】《外语学刊》，第 1 期，2017 年，第 121－126 页
【内容摘要】帕斯卡·基尼亚尔是法国当代的重要作家之一，著作等身且屡获文学大奖。基尼亚尔经常书写历史，但书写的方式与大部分作家不同，不仅选取的历史年代较为久远、青睐的历史人物几乎不为人所知，而且呈现出的文字往往令人迷失在其中。结合具体的文本分析可知，这些特征使得基尼亚尔的历史书写具有梦境一般的效果，他追求的并非历史的真相，而是通过书写来阐释自己对某些问题的思考。
【关键词】帕斯卡·基尼亚尔；历史；语言；音乐

乔叟“梅利比的故事”的言说策略与伦理意图

【作　者】肖丰
【单　位】东北师范大学文学院；吉林师范大学文学院
【期　刊】《文艺争鸣》，第 8 期，2017 年，第 160－164 页
【内容摘要】学界一直致力于从来源、年代、类型、结构、主题、风格等不同角度对乔叟《坎特伯雷故事》中的“梅利比的故事”进行探究，到 20 世纪 90 年代，研究者们则更多聚焦于“梅利比的故事”在结构上对坎特伯雷故事整体的功能意义，并集中对“梅利比的故事”主旨进行多元解读与阐释。朱迪斯·佛斯特从历史主义视角出发，认为故事是对国王理查二世的忠告，还有学者通过对故事主题的政治性阐发，挖掘“审慎”夫人和乔叟双重规劝的意义及价值，却鲜有学者关注“梅利比的故事”利用冗长陈辞进行道德教诲的言说策略，以及作者借此展现的道德理想与伦理意图。
【关键词】无

乔治·艾略特《亚当·贝德》中的生态意识

【作　者】李华
【单　位】郑州大学西亚斯国际学院外语学院
【期　刊】《郑州大学学报（哲学社会科学版）》，第 50 卷，第 1 期，2017 年，第 96－98 页
【内容摘要】作为 19 世纪英国著名女作家，乔治·艾略特的名著《亚当·贝德》蕴涵着丰富的生态意识。乔治·艾略特在作品中对英国工业社会对自然生态环境的破坏和人际关系的异化进行了批判和反思，认为只有返回自然，重建人与自然的和谐关系，才能拯救自然，拯救人类。乔治·艾略特的生态思想对我们认识当前的生态危机、反思人与自然的关系、解决生态问题与生存问题都有启发意义。
【关键词】乔治·艾略特；亚当·贝德；大地伦理；生态责任

乔治·艾略特笔下的犹太复国主义

【作　者】赵婧
【单　位】福州大学外语学院；福州大学福建省跨文化话语研究中心
【期　刊】《安徽大学学报（哲学社会科学版）》，第 41 卷，第 2 期，2017 年，第 59－66 页
【内容摘要】复国主义思想在犹太族群内部存在分歧，他们无法就锡安山建国是否符合上帝旨意达成一致。《丹尼尔·德隆达》未强调犹太族群内部之异见，未展现业已居住在耶路撒冷的巴勒斯坦人和犹太人利益。艾略特在小说的文本场域中行使权力，有意识建构了犹太复国主义主题，反映了 19 世纪欧洲民族统一和民族国家建立这一政治风向，反拨了当时欧洲社会流行的反犹思潮，强调各民族和谐共存的政治理想。不可否认，小说家无法彻底摆脱现实中的帝国思维影响，但后世评论家不应就此批判艾略特滥用犹太复国主义主题，苛责其对巴以冲突等 20 世纪国际政治环境变化推波助澜。
【关键词】乔治·艾略特；《丹尼尔·德隆达》；犹太复国主义；巴勒斯坦；帝国主义

让无声的古瓮发出声音——济慈《希腊古瓮颂》的艺格敷词与想象

【作　者】章燕
【单　位】北京师范大学外国语言文学学院
【期　刊】《外国文学评论》，第 2 期，2017 年，第 167－182 页
【内容摘要】济慈的《希腊古瓮颂》被认为是艺格敷词的经典范例，引发了众多批评家的分析和研究。斯皮策、克里格和赫弗南的三篇文献分别从视觉艺术向听觉艺术的转换、时间艺术向空间艺术的转换和视觉艺术再现之文学再现的角度对该诗作展开了批评。笔者认为，三位批评家提出的艺格敷词中的艺术转换和再现均为济慈的创造性想象提供了可能，而想象又是这三者存在的前提条件，由此构成了济慈《希腊古瓮颂》独特的艺格敷词美学。
【关键词】艺格敷词；《希腊古瓮颂》；空间；再现

人格的多面性及其内在张力——试论 17、18 世纪法国文学中的浪荡子形象

【作　者】杨亦雨
【单　位】华东师范大学外语学院
【期　刊】《华东师范大学学报（哲学社会科学版）》，第 49 卷，第 3 期，2017 年，第 125－131 页
【内容摘要】浪荡子在西方文化中一直是一个引人关注的文学形象。17、18 世纪的法国文坛曾出现过"浪荡子"热的现象，众多的文学作品中都不约而同地出现了浪荡子的形象。这些浪荡子形象有若干共性，但也有其复杂面，包括自由与征服、虚情与真情、放纵与忧愁等。在更深层的意义上，人格这种多重性，既反映了浪荡子心理世界中情与理的张力，又折射了其所处时代的复杂性。
【关键词】浪荡子；自由；虚伪；多重性

人类自我认同焦虑：基于《弗兰肯斯坦》《莫罗博士之岛》的分析

【作　者】周琦

【单　位】北京大学中文系比较文学与比较文化研究所
【期　刊】《求索》，第 6 期，2017 年，第 163－167 页
【内容摘要】19 世纪，欧洲自然科学的兴起对人类的自身定位和自我认同提出有力质问。《弗兰肯斯坦》和《莫罗博士之岛》作为早期科幻小说的代表性作品，在生物学维度上将肉体性作为人类的本体论存在基础，在伦理学维度上以行为和思想划分人兽界限，在人类学维度上探讨人类本质的丰富内涵，映射出了 19 世纪新兴的自然科学和传统的宗教神学之间的激烈博弈以及人类自我认同焦虑的宏大主题。至此，人类的自我认同已经脱离了传统的"神－人"二元视域，而是在"神－人－兽"的三元结构中不断游移，在神学和自然科学的夹缝中，寻找人类定义的落脚点。
【关键词】弗兰肯斯坦；莫罗博士之岛；认同焦虑

人性的荒岛：《莫罗博士的岛》中人与兽的文学伦理学阐释

【作　者】王晓惠
【单　位】广西大学外国语学院
【期　刊】*Interdisciplinary Studies of Literature*，第 1 卷，第 1 期，2017 年，第 45－54 页
【内容摘要】人与兽的本质区别在于人有人性，兽没有。人的人性有时会表现为匮乏或倒退，如《莫罗博士的岛》中莫罗博士在荒岛上肆意解剖动物，把兽变成兽人，他的科学选择说明他对待动物缺乏人性；蒙哥马利把自己降低为兽人，用兽人的伦理来指导自己的伦理选择，他的人性发生倒退。科学选择不能代替自然选择和伦理选择。兽人没有取得人的形式，它是兽，不是人，它的选择不属于伦理选择，虚伪的人性成为兽人的枷锁和痛苦之源。在荒岛的伦理环境中，人不会退化成兽，但兽人会退化成兽。在人类的伦理环境中，人一旦失去道德，活得就像兽人一样。小说渗透着作者威尔斯对人类社会伦理乱象的深恶痛绝和困惑无奈。人性不是天生的，是经过后天的伦理教诲获得的，书是人类获得伦理教诲的最佳途径。只有人类获得理性和人性，人类社会的前途才会令人憧憬。
【关键词】《莫罗博士的岛》；威尔斯；人性；兽；兽人

莎士比亚悲剧中的"国家"意识

【作　者】李正栓；关宁
【单　位】河北师范大学外国语学院
【期　刊】《外语教学》，第 38 卷，第 1 期，2017 年，第 97－101 页。
【内容摘要】作为欧洲文艺复兴时期杰出的戏剧家，莎士比亚超越时代，魅力永存。他的作品不但呈现出各种栩栩如生的人物形象，而且还折射出当时的时代面貌，蕴含着多层次的思想内涵。不可否认，莎士比亚所处的伊丽莎白统治时期，君主的主要任务是运用多种手段维护自己的王权以巩固统治。因此，莎士比亚的作品中带着较强的政治色彩。这里通过选取莎士比亚的四大悲剧来进行探究，分析各剧本中悲剧产生的原因与社会大背景的密切关系，进而剖析莎士比亚在四大悲剧中所体现的国家意识，以深化对莎士比亚四大悲剧的理解。
【关键词】莎士比亚；悲剧；国家意识

莎士比亚罗马剧中的战争

【作　者】彭磊
【单　位】中国人民大学古典文明研究中心
【期　刊】《国外文学》，第 4 期，2017 年，第 51—60、154 页
【内容摘要】莎士比亚的三部罗马剧《裘力斯·恺撒》《科利奥兰纳斯》《安东尼与克莉奥佩特拉》相继展现了罗马从共和到帝国的转变。通过考察三部剧对战争、战争伦理以及战神形象的不同呈现，可以把握这一转变的精神内涵。具体而言，罗马经历了从外战到内战、从陆战到海战、从战争到和平的演变，科利奥兰纳斯式的公共精神也转变成文提狄乌斯式对私人名誉的追求，最能代表罗马的战神形象也经历了从科利奥兰纳斯到安东尼再到渥大维·恺撒的衰变。
【关键词】罗马剧；战争；《裘力斯·恺撒》；《科利奥兰纳斯》；《安东尼与克莉奥佩特拉》

莎士比亚作品中的中国人形象——莎剧中"Cataian"汉译的文化考察

【作　者】张之燕
【单　位】华东理工大学外国语学院
【期　刊】《戏剧（中央戏剧学院学报）》，第 5 期，2017 年，第 16—26 页
【内容摘要】George Steevens 等莎学专家将莎士比亚作品中的"Cataian"一词与"小偷"和"骗子"等联系起来，这不仅影响了几个世纪西方莎学界对中国人形象的负面解读和由此带来的偏见，甚至也导致了中国译者对此词的片面翻译。事实上，无论是基于历史语境对"Cataian"汉译的文化考察，还是基于莎士比亚作品对文本语境进行细致分析，结果都表明部分西方学者将莎士比亚作品中的中国人形象与"小偷"和"骗子"等负面形象联系起来是荒谬的、断章取义的和不符合史实的，乃至不无种族中心论基调，这在新的时代也不利于文化交融和平等对话。
【关键词】莎士比亚；中国人；契丹人；小偷；骗子

社会问题小说抑或侦探小说——P. D. 詹姆斯对传统的继承与创新

【作　者】袁洪庚
【单　位】兰州大学外国语学院
【期　刊】《当代外国文学》，第 38 卷，第 4 期，2017 年，第 44—51 页
【内容摘要】本文旨在探讨现代与后现代语境下 P. D. 詹姆斯侦探小说的特色与创新。她的创新以继承传统为基础，师法维多利亚时代以降某些英国小说家在探讨社会问题的作品中植入神秘的犯罪案件以吸引读者的技巧。她的侦探小说实为社会问题小说，犯罪—探罪只是名义上的主题。在视侦探小说写作与阅读为游戏的英国经典派炙手可热之际，她创造性地引领社会派侦探小说的复苏，厥功甚伟。无论以"主流文学"还是侦探小说的标准审视，她在主题嵌入、环境烘托、情节铺陈、以心理现实主义为依据的人物塑造方面均有不俗的独到贡献。
【关键词】P. D. 詹姆斯；侦探小说；社会问题小说

社会新闻改编的小说中的伦理话语——以卡雷尔的《对手》为例

【作　者】赵佳

【单　位】浙江大学外语学院
【期　刊】《南京大学学报（哲学·人文科学·社会科学）》，第 54 卷，第 4 期，2017 年，第
　　　　　134－142 页
【内容摘要】法国作家卡雷尔的小说《对手》系由真实发生的社会新闻改编。在这个新闻事件
中，围绕罪犯的形象产生了众多的伦理话语，而每种话语都在依照自身的伦理体系描述"恶"、
定义"恶"：司法伦理运用理性驯服非理性的"恶"；新闻伦理凭借"客观性"原则，用语言制
造"恶"的叙事；基督教伦理将"恶"放在关于上帝的总体性话语中，视"恶"为实现"善"
的途径；文学伦理悬置对"恶"的判断，用代入的方法体会罪犯的"恶"。作者将所有道德主体
呈现在同一文本中，让它们在叙事的过程中进行碰撞，显示它们各自的有效性和局限性。在与
其他伦理话语交锋的过程中，文学伦理则在现实和虚构交叠的道德世界中探索自己的位置。
【关键词】卡雷尔；《对手》；社会新闻；伦理

身体的僭越之旅：《新夏娃的激情》中的物质性身体政治解读

【作　者】程毅
【单　位】扬州大学文学院
【期　刊】《外国文学》，第 5 期，2017 年，第 154－162 页
【内容摘要】在践行自己的女性主义身体政治时，英国作家安吉拉·卡特一方面秉承文化建构
论的身体观，另一方面进一步将批判视野拓展到女性身体的物质性层面。在小说《新夏娃的激
情》中，她不仅检视了消费神话、母权神话以及父权神话等文化话语对女性身体的诸种塑形，
指出女性身体是神话话语实践其理念的观念化产物，而且借艾弗林性别变异之旅，展布了身体
多元化的感觉经验，在物质性身体政治的基础上开掘了女性身体的僭越潜能，瓦解了西方传统
文化话语对女性的思想殖民。
【关键词】《新夏娃的激情》；神话；物质性；身体政治

审美同情的想象空间与爱略特的现实主义书写

【作　者】温晓梅；何伟文
【单　位】上海交通大学外国语学院
【期　刊】《河南大学学报（社会科学版）》，第 57 卷，第 6 期，2017 年，第 94－101 页
【内容摘要】乔治·爱略特将"面纱"的浪漫诗学意涵与哥特式认知隐喻进行气质杂糅，在其
现实主义小说作品中呈现浓郁的文化"精神分裂气质"。她通过呈现面纱在审美和认知之间所形
成的认知迷雾，质询绝对的认知模式并认可他者的不可尽悉，进而呼吁审美同情的干预。凭借
审美同情的想象空间，人遵循审美诉求判别自我与他者的差异以及实现自我与自我的和解，并
依靠关系、链接的驱动来整合自我和他者的关系，从而推动个体人到社会人的转型。与揭露"事
实"相比，此认知模式展现的是基于想象而改变的"可能性"，因此更益于人际关系的形成和社
会共同体的构建。这使爱略特在受认知焦虑困扰的维多利亚时代得以重申艺术和文学在人类探
索真理的过程中无可取代之地位。
【关键词】乔治·爱略特；面纱；审美同情；想象；现实主义书写

生态关怀：济慈诗作中的自然主义向度

【作　者】田瑾
【单　位】西北大学外国语学院
【期　刊】《外语教学》，第 38 卷，第 2 期，2017 年，第 110－113 页
【内容摘要】时代使然，济慈诗作具有生态关怀的自然主义向度。这种生态情愫不是以娇柔的显白方式抒唱的，而是以隐微的诗意铺陈的。在济慈诗作中，自然在最平常处透射出人性的光辉；生灵在主体性悄退的哲思中自由跃动；而生活只在物我相和的自然环境中抵进真善美的统一。在诗学史上，济慈自然情调追求与生态和谐憧憬，影响宽广，启迪悠长。
【关键词】济慈；诗歌；生态关怀；自然主义

生态批评与莎士比亚：至 2016（英文）

【作　者】西蒙·埃斯托克
【单　位】韩国成均馆大学
【期　刊】《文艺理论研究》，第 37 卷，第 1 期，2017 年，第 105－124 页
【内容摘要】生态批评是较新的研究领域，拓展迅速，但又不乏争议。其理论构建颇有论争，而文学研究的传统领域也不总是能完全接纳。因此，把生态批评理论引入莎士比亚研究（其本身已是一个小产业）值得从文本和理论角度认真讨论。本文主要涵盖生态批评介绍、生态批评的理论与实践（包括其问题与前景）以及莎士比亚与生态批评三大方面。生态批评理论越是与其他行动主义理论融汇则对其本身越好。莎士比亚及其对某种反自然伦理（我称之为"生态恐惧"）的呈现可作为生态批评理论与其他理论交融的基础，而这正是本文要义。生态恐惧并不是莎士比亚所代表的唯一的伦理范式，本文也没有在任何层面给出这种暗示。同样，生态批评与生态恐惧范式没有，而且也不能提供所有的答案，但此二者对我们寻找答案都助益良多。
【关键词】生态批评理论；绿色莎士比亚；生态恐惧；行动主义理论

诗画互文：拉斐尔前派插图与题画诗中的创新策略

【作　者】慈丽妍
【单　位】浙江大学人文学院比较文学与世界文学研究所；沈阳工业大学外国语学院
【期　刊】《国外文学》，第 3 期，2017 年，第 35－42、157 页
【内容摘要】拉斐尔前派是一个从绘画向诗歌延伸的艺术团体，一些成员的诗人画家身份使他们既能够为诗歌插图，又能够为画作题诗。在拉斐尔前派所作的插图和题画诗中，诗歌与绘画之间呈现出改写、增补、模仿等互文性关系。拉斐尔前派的插图通过与诗歌文本之间的差异与矛盾来构成诗画文本之间的对话，促成诗画文本意义的更新。他们的题画诗则表现为对绘画文本的增补与模仿，通过在时间和空间上拓展绘画文本的表现范围来丰富诗画作品的意义，同时通过对绘画表达方式的模仿而使诗歌的意义呈现不确定性与多元性。诗画互文是拉斐尔前派突破学院派僵死的艺术规则、焕发艺术活力、进行艺术创新的有效途径。
【关键词】拉斐尔前派；插图；题画诗；互文性

世界视阈：以《中外文学交流史·中国－法国卷》为例

【作　者】袁筱一
【单　位】华东师范大学外语学院

【期　刊】《跨文化对话》，第 37 辑，2017 年，第 163－172 页

【内容摘要】《中外文学交流史》在其总序中已经给出了一个直面比较文学困境之后的回答："它的宏愿不仅在描述中国与世界主要国家的文学关系，还在以汉语文学为立场，建构一个文学想象的世界体系。"所谓"以汉语文学为立场，建构一个文学想象的世界体系"，在我看来，可能涉及建构中外文学（文化）交流史在视阈与方法上的改变。也就是说，中外文学交流史将不再囿于不同文学之间显性的或者隐性的"点"的描述，而是将不同文学之间的接触当作"世界体系"的一部分来对待，和世界体系的其他部分一样，自有其经纬。

【关键词】《中外文学交流史》；世界视阈

世俗与神圣——《麦克白》剧中的时间

【作　者】肖剑
【单　位】中山大学中文系

【期　刊】《中山大学学报（社会科学版）》，第 57 卷，第 4 期，2017 年，第 53－63 页

【内容摘要】自柯勒律治开始，莎士比亚《麦克白》一剧即被阐释者认为极富形而上学意味。传统的阐释通常将该剧目为善与恶的斗争。《麦克白》剧中频繁出现的时间意象亦折射莎士比亚所处文艺复兴晚期欧洲人之时间观——中世纪"神圣时间"与现代"世俗时间"的对峙。通过将《麦克白》一剧展现为"神圣时间"的最终胜利，莎士比亚接续西方古典戏剧诗人之诗教传统与中世纪道德剧模式，重启"诗之正义"。

【关键词】《麦克白》；时间；诗之正义

试论康拉德小说中的"意外"死亡

【作　者】李长亭
【单　位】南阳师范学院

【期　刊】《外国文学》，第 2 期，2017 年，第 151－158 页

【内容摘要】本文旨在运用拉康的主体分析理论揭示康拉德作品中主体人物"意外"死亡所蕴含的道德寓意。笔者认为，作者通过这些主体人物的悲剧命运试图表明，死亡是主体幡然醒悟、窥见实在界面庞的关键时刻，而"意外"死亡既表明了主体生命旅程中的偶然性因素，同时也揭示出这些看似"意外"的结果其实是由虚无和异化的象征秩序等必然因素造成的。在这样的社会秩序中，主体自身难以把持自己的命运，这体现出作者本人的人生态度和社会立场。

【关键词】康拉德；主体；"意外"死亡；必然性

试论勒克莱齐奥的文学观

【作　者】张璐
【单　位】南京大学

【期　刊】《外语学刊》，第 1 期，2017 年，第 114－120 页

【内容摘要】法国当代作家勒克莱齐奥的文学观主要体现在对文学本质、文学功能的认识与文学创新 3 个方面。勒克莱齐奥理解的文学本质是从个体历险走向集体历险，最后走向多元文化的呈现；而文学的主要功能，一是解决作家的生存危机，二是构建全新的伦理价值体系，三是通过拯救和复兴异质文化，促进世界多元文化的相互认同和融合；至于创新，其边缘性写作是一种创新性选择，从语言创新到形式创新，打破语言、艺术和文化的壁垒。勒克莱齐奥的文学观表现出开放和自由的特点，具有超越文学界限的革命性。

【关键词】勒克莱齐奥；文学本质；文学功能；文学的创新

试论让-菲利普·图森"玛丽系列"小说中的时间－影像

【作　者】史烨婷
【单　位】浙江大学外语学院
【期　刊】《外语教学》，第 38 卷，第 5 期，2017 年，第 105－109 页
【内容摘要】20 世纪法国文学自新小说以来就体现出一种与电影艺术融合的探索趋势。文学与电影的关系早已不再是单纯的改编与被改编。两者的关系发展成为一种更加深入的相互关联和影响。从创作理念到艺术手法，电影的视角、语言渗透在文学中，形成文学中的"电影感"（cinématographicité）。图森小说的"电影感"体现在他对经典小说叙事的消解，体现在他对非时序性时间的把握和构建。这些特征很好地吻合了德勒兹为现代电影分析奠定基调的"时间-影像"理论，也印证了当今法国文学创作中文学与其他艺术交融的多元化特征。

【关键词】图森；德勒兹；时间-影像；电影感

述略蒙田《旅行日记》

【作　者】黄晞耘
【期　刊】《读书》，第 2 期，2017 年，页码不详
【内容摘要】1580 年，《随笔集》（Essais）的前两卷出版后，米歇尔·德·蒙田（Michel de Montaigne，1533－1592）开始计划一次长途旅行。这位 16 世纪法国的著名作家、思想家、人文主义者、《随笔集》的作者及欧洲"随笔"体裁的开创者，非常喜欢外出旅行。此次选择意大利为目的地，原因再简单不过：那里既有罗马帝国留下的辉煌遗产，还是天主教教廷的所在地。
　【关键词】无

谁是《彼得·潘》的读者：儿童小说之成人书写

【作　者】张军平
【单　位】郑州大学外语学院
【期　刊】《外国文学评论》，第 4 期，2017 年，第 178－192 页
【内容摘要】儿童小说顾名思义是写给儿童看的小说，但儿童小说的书写对象其实并非现实中的儿童读者，文本世界中的"儿童"也仅仅是成人理想化的建构。这是西方儿童文学研究者之所以提出儿童小说不可能存在的主要原因。在此基础上，本文结合对《彼得·潘》的重新思考，从文本世界的"儿童"建构、"童年"的隐喻、"儿童话语"的纯洁性三方面出发，分析儿童小说的成人书写现象，提出成人对儿童的训诫性言说、对童年的理想化描写以及对儿童话语的童

趣化模仿构成了儿童小说世界的成人话语，并使成人以此为载体实现了对自身利益的诉求。

【关键词】儿童小说；成人书写；儿童；童年；儿童话语

斯帕克《精修学校》的元小说策略

【作　者】戴鸿斌
【单　位】厦门大学外文学院英语系
【期　刊】《国外文学》，第 1 期，2017 年，第 125－132、160 页
【内容摘要】缪里尔·斯帕克的收官之作《精修学校》为她的创作生涯画上一个圆满的句号，其后现代主义特征主要体现在它集众家之长的元小说策略，表现为"小说中的小说"套盒叙事、小说虚构性的呈现、小说中谈论小说理论以及跨体裁文本和互文性等四个层面。斯帕克凭借这部完美之作为当代英国小说注入新的活力，再次赢得读者与学界的瞩目和尊重。它雄辩地证明，缪里尔·斯帕克是当之无愧的当代英国著名的后现代派小说家。

【关键词】斯帕克；《精修学校》；元小说策略

碎片与和谐整体——从"侨易学"的观点看普鲁斯特"和而不同"的审美观

【作　者】涂卫群
【单　位】中国社会科学院外国文学研究所
【期　刊】《山东社会科学》，第 4 期，2017 年，第 33－41 页
【内容摘要】在法国新批评开启的普学研究中，批评家们十分重视对《追寻逝去的时光》的碎片、碎裂、散逸、离心、碎片化等现象的研究。如果我们换一个角度，从"侨易学"的观点重读普鲁斯特的小说，那么我们会发现一个相反的现象，小说家对碎片的连缀，对碎片化的反抗与超越。而这一切，与他"和而不同"的审美观和形成这一审美观的开放与兼容并蓄的文化环境密不可分。小说中存在不同等级的"侨易现象"，从资产者沙龙出于附庸风雅需要的对异国情调的追求，到艺术家对包括中国艺术在内的异文化艺术因素的吸纳，普鲁斯特以自己小说中出现的来自不同文化的物品，试图拼接出一幅人类文化在漫长的"侨易"活动里互相启迪影响的整体画面。

【关键词】侨易学；碎片；普鲁斯特；异文化物品；和而不同；审美观

逃避还是反抗？——阿尔贝·加缪《来客》中的荒诞哲学

【作　者】南健翀[1]；贾宏涛[2]
【单　位】南健翀[1]，西安外国语大学英文学院
　　　　　贾宏涛[2]，西安外国语大学研究生院
【期　刊】《外语教学》，第 38 卷，第 1 期，2017 年，第 105－109 页
【内容摘要】阿尔贝·加缪长久以来被认为是法国文坛颇负盛名的文学巨匠，在他的作品中，文学与哲学的完美结合，不仅加深了读者对文学作品的理解，而且还阐明了深奥的哲学。在他的哲学思想中最有价值的部分是他提出的荒诞哲学思想。本文以分析加缪的荒诞哲学思想在其短篇小说《来客》中的体现为线索，力图揭示其荒诞哲学思想的内涵及其对现代人的启示。

【关键词】加缪；荒诞；反抗；《来客》

图森小说中的异国情调和自我书写

【作　者】赵佳；许钧

【单　位】浙江大学外语学院

【期　刊】《文艺争鸣》，第 12 期，2017 年，第 75－80 页

【内容摘要】当代法国作家图森说过，他的每一部小说都带有自传的影子，所以我们可以把他所有的作品串联起来看作作者对自己所描绘的一幅自画像。《自画像（在国外）》是图森唯一的一部明确冠以自传之名的作品，本文将以这部介于自传和虚构之间的作品为例，解析图森的自我书写策略。这部书汇集了图森在国外的旅行见闻，尤其是在亚洲国家的见闻。图森承认这首先是一本游记，而书的题目是之后才想到的。因此，图森的自我书写和旅行紧密联系在一起。借由旅行，或者说借由对外物的描写来框定自我的轮廓是现代游记的走向。在经历了"发现和占领""技术和文献"后，西方文学中的游记变成了"旅游和想象"的产物。游记的变迁向我们展示了表现重心的变化：从对外部世界的展现转向对个人世界的发现。本文将探讨的是：作者如何描写在短暂时空变迁中出现的陌生景观来勾勒自我？如此勾勒出来的自画像在多大程度上代表了作者真实的自我？反讽如何在自我书写中起作用？

【关键词】无

威廉·莫里斯与唯美主义研究

【作　者】吴樯

【单　位】北京大学外国语学院

【期　刊】《外国文学》，第 5 期，2017 年，第 137－145 页

【内容摘要】威廉·莫里斯是维多利亚时代著名的诗人、装饰艺术家和社会主义者。他在唯美主义研究中的地位经历了许多起伏。在 20 世纪的大部分时间里，他被排除在唯美主义研究之外，这在很大程度上缘于 20 世纪上半叶莫里斯作为诗人的重要性急剧下降，而其作为社会主义者的声誉日益上升。然而在 1990 年左右，莫里斯又重新被纳入了唯美主义研究，这与唯美主义定义的扩大密不可分。回顾这段历史不仅能够揭示出唯美主义研究本身在 20 世纪后期的转向，进而厘清唯美主义的内涵，同时还能够加深对社会主义者莫里斯的理解。

【关键词】威廉·莫里斯；唯美主义；唯美主义研究；生活艺术化；社会主义

文化抵抗：卡莱尔的"工作福音"及其同路人

【作　者】唐立新

【单　位】深圳大学外国语学院

【期　刊】《外国文学》，第 1 期，2017 年，第 158－166 年

【内容摘要】托马斯·卡莱尔在 19 世纪英国维多利亚王朝属于另类的文化英雄，他激烈批判当时社会的黑暗和腐败，并指出伴随工业革命出现的"工具理性"和"现金关联"是黑暗和腐败的根本。卡莱尔为此开出了"工作福音"，为时代"疗伤"。紧随卡莱尔的作家和文人，一边承续卡莱尔的"工作福音"，一边开掘理想生活的新境界。乔治·爱略特补缺卡莱尔的"工作包涵休闲"的理念，将理想生活在她的小说创作中具体化；约翰·罗斯金将"工作福音"过渡到"艺术福音"；威廉·莫里斯进一步推进"艺术福音"，提出"艺术地生活"，从而构成了"工作－艺

术－生活"的三位一体。

【关键词】卡莱尔；工具理性；现金关联；工作福音；艺术福音

文化地理与植物诗学——北爱尔兰当代诗歌中的花木书写

【作　　者】孙红卫

【单　　位】解放军理工大学理学院

【期　　刊】《国外文学》，第 1 期，2017 年，第 27－36、157 页

【内容摘要】当代北爱尔兰诗坛繁盛于 20 世纪 60 年代，在其政治动乱之时百葩争艳，出现了谢默斯·希尼、迈克·郎利、麦芙·麦克古肯与保罗·马尔登等一批出色的诗人。花木意象在他们的诗中或为主体，或为点缀，或寄托情思，或讽喻政治，或哀悼逝者，或感怀乡土。本文以此为切入点，尝试解读他们的诗歌创作，分析其植物书写所构建的文化景观，并由此振叶寻根，探求当代北爱尔兰诗学沿革的轨迹。

【关键词】北爱尔兰；政治；自然；植物；诗歌

文化即秩序：康拉德海洋故事的寓意

【作　　者】殷企平

【单　　位】杭州师范大学外国语学院

【期　　刊】《外国文学》，第 4 期，2017 年，第 104－111 页

【内容摘要】康拉德作品的文化意义远远超出了阿契贝、赛义德和伊格尔顿等人的研究所见。从 18 世纪以来，英国文坛一直在讨论社会/国家秩序的传统，而康拉德的写作可以看作这一传统的延续，其间不无对秩序话语的改写。如果不着眼于这一传统，就无从深入理解康拉德的文化思想，也无从解读其海洋故事背后的文化语境。从康拉德对"混乱的废铁堆"的拒斥中，我们可以瞥见他对秩序/文化的向往，对"治理"与"合作"的向往，而这在他的《台风》《阴影线》《"水仙号"》中都得到了生动的体现。

【关键词】文化；秩序；治理；合作；自律；海洋故事

文学作品"历史解读"的机遇与陷阱：以莎士比亚《辛伯林》的研究为例

【作　　者】陈星

【单　　位】南京大学外国语学院英语系

【期　　刊】《外国文学评论》，第 2 期，2017 年，第 220－237 页

【内容摘要】在英国文艺复兴文学研究领域，结合史实进行文本解读已是基本模式，但近年来此研究范式被认为抹杀了文本的文学特征，因而不断受到质疑。然而，需要明确的是，"历史解读"原则本身无可指摘，文学的"文学属性"与"历史属性"并非二元对立，而是相辅相成，应该纠正的是在错误的"历史解读"认识指导下进行的具体文学研究实践。本文以莎剧《辛伯林》的解读为例指出，在平衡文学的两种属性的基础上进行的文本解读，可以表明剧本对创作时期历史事件的映射帮助构建了对莎士比亚戏剧主题的体验，体现了文学创作中历史观照和文学考量的有机统一。

【关键词】历史解读；文学性；莎士比亚；《辛伯林》

沃波尔的焦虑和愿景：《奥特朗托城堡》中哥特想象的政治解读

【作　者】陈姝波
【单　位】首都师范大学英文系

【期　刊】《外国文学评论》，第 1 期，2017 年，第 169－180 页

【内容摘要】霍勒斯·沃波尔的《奥特朗托城堡》问世于英国社会急剧转型的 18 世纪中后期，它融古代传奇与"现代"写实小说两种文体于一炉，开启了哥特小说创作的先河，其中的哥特元素形象地表现了以作者为代表的中产阶级的焦虑。本文从政体、身份、性别三方面解读该作品，探讨作者重建理想社会形态的乌托邦冲动以及自我舒缓焦虑的策略。
【关键词】霍勒斯·沃波尔；《奥特朗托城堡》；哥特想象；社会转型

乌托邦与启蒙精神的矛盾运动及其当代性反思

【作　者】高伟光
【单　位】福建师范大学文学院

【期　刊】《福建师范大学学报（哲学社会科学版）》，第 1 期，2017 年，第 95－100 页

【内容摘要】以托玛斯·莫尔的《乌托邦》为标志的乌托邦思想是欧洲社会现代化和世俗化进程中出现的一种精神形态，这种精神形态与欧洲启蒙运动时期的启蒙精神具有紧密的相关性。首先，乌托邦是启蒙精神的发端，而启蒙精神则是乌托邦思想的完善和深化，其超越性和内在精神是一致的；其次，乌托邦和启蒙精神同样是欧洲社会世俗化的结果，它们都与宗教改革密切相关，因而是宗教理念在现代社会的表现形式。但是，乌托邦与启蒙精神毕竟是人类精神领域中两个不同的层面，乌托邦精神侧重于反抗、对立和超越，启蒙精神则侧重于启发、照亮和理性的指导。通过启蒙可以克服乌托邦精神层面中的破坏性因素，也可以通过乌托邦精神克服人们对理性的盲目崇拜。欧洲现代社会的历史进程表明，乌托邦与启蒙精神是在相互矛盾的运动中完善自身的，当代社会正是在这种矛盾运动中超越旧制度的桎梏，创造出新的社会形态。
【关键词】乌托邦；启蒙运动；启蒙精神；理性

现代性与主体性：英国旅行文学研究新视角——评张德明教授的《从岛国到帝国——近现代英国旅行文学研究》

【作　者】刘敏华
【单　位】华中师范大学文学院

【期　刊】*Interdisciplinary Studies of Literature*，第 1 卷，第 2 期，2017 年，第 178－182 页

【内容摘要】英国旅行文学研究已成为新世纪世界文学研究的热点和焦点，然而中国的"英国旅行文学"研究还处在一个起始阶段。张德明教授的著作《从岛国到帝国——近现代英国旅行文学研究》从西方现代性的独特视角开拓了近现代英国旅行文学研究的新领域，本书的创新之处在于通过对旅行文学的研究将文学研究与文化研究结合在一起，并对现代性的展开、现代性主体意识的形成等一系列前沿问题展开了深入细致的考察，从文学与西方现代性的角度，揭示了英国从岛国到帝国的发展过程。
【关键词】英国旅行文学；现代性；主体性

寻求本真的自我——论马丁·艾米斯小说中人物的双重本性

【作　者】魏新俊；张国申

【单　位】中国药科大学外语学院

【期　刊】《当代外国文学》，第 38 卷，第 2 期，2017 年，第 104－111 页

【内容摘要】马丁·艾米斯的创伤小说有一个共同主题就是爱情。创伤和爱情形成一种凄美的耦合，暗示着爱情与痛苦的紧密相伴，生命和死亡、在场和缺失、真实和虚幻在一个阈限空间内密集存在。创伤与爱情的交织、个体与集体的契合，使艾米斯的小说创作颠覆了传统文类的书写模式，背离了道德主题的表现常规；自恋与分离的连接、自我与他者的融合，揭示出暴力与反抗的行为动机，还原了人物自我分裂的双重本性。小说中的叙述者既是犯罪者和受害者，又是幸存者和见证人。从《时间之箭》中的大屠杀，经过《夜车》中的离奇死亡，到《会客房》中的西伯利亚集中营，艾米斯借助叙述者之口，追踪不为人知的心酸往事、救赎麻木与忏悔的心灵以及解脱已知与未知之间的困惑，在支离破碎的故事讲述中进行漫游式的探索，在大量的扩张之后得以最终实现对本真自我的寻求。

【关键词】马丁·艾米斯；双重本性；创伤；爱情；自我；他者

寻找英伦的神话：《霍华德庄园》中的"英国问题"和国民性

【作　者】纳海

【单　位】北京大学英语系

【期　刊】《外国文学》，第 4 期，2017 年，第 14－26 页

【内容摘要】本文通过对福斯特小说《霍华德庄园》文本和相关历史材料的细读，仔细梳理了该小说与维多利亚时期反映劳资矛盾的"英国问题小说"这一文学传统的继承和区别。《霍华德庄园》继承了"英国问题小说"所具有的强烈社会关怀，同时又引入了对国民性的讨论。联系福斯特在他本人其他作品中对意大利和东方的想象，本文认为福斯特对"国家"和国民性的分析是他为"英国问题"这一概念所引入的新的内涵。福斯特借德国思想家施莱格尔兄弟之名，塑造了具有理想主义情怀的施莱格尔姐妹，特别是姐姐玛格丽特这个人物，从而含蓄地指出，受经验主义和拜金主义影响的英国中产阶级需要放开心胸，借鉴德国思想中对至真至善理念的追求。从这一角度来看，福斯特拓宽了"英国问题小说"的外延。

【关键词】福斯特；《霍华德庄园》；英国问题；国民性；施莱格尔；神话；联结

一个维多利亚绅士的进化之路——再论《法国中尉的女人》中的进化主题

【作　者】金冰

【单　位】对外经济贸易大学英语学院

【期　刊】《外国文学》，第 6 期，2017 年，第 109－116 页

【内容摘要】作为"历史编撰元小说"的代表性作品之一，约翰·福尔斯的《法国中尉的女人》一书无疑体现了后现代历史想象所具有的实验性与颠覆性等特征，但与此同时，《法国中尉的女人》一书及其历史观照又建立在对维多利亚时代风貌逼真而精确的重现之上。本文正是在这种双重性基础之上，聚焦于小说男主人公查尔斯·史密森的自我进化历程，分析福尔斯如何从当代视角对 19 世纪的进化主题进行重构，并将其置于存在主义语境中进行观照，从而揭示福尔斯

笔下自由、自我与进化的真谛。

【关键词】福尔斯；《法国中尉的女人》；绅士；进化；存在主义；自由

伊恩·麦克尤恩《赎罪》中的创伤心理分析

【作　者】杨澜

【单　位】河南农业大学外国语学院

【期　刊】《郑州大学学报（哲学社会科学版）》，第 50 卷，第 4 期，2017 年，第 97－102 页

【内容摘要】青少年的成长一直都是麦克尤恩关注的主题。同样地，在《赎罪》中，作者真正的关注焦点是主人公布里奥妮在成长过程中经历的种种创伤——不完整的家庭秩序、亲情缺失、代际间幽灵创伤等因素都在布里奥妮心中留下了阵阵隐痛。整部小说都围绕着主人公布里奥妮在十一岁的夏天犯下的"罪行"及其持续多年的后果展开，以塔利斯一家人为切入点、在分析布里奥妮心理机制的同时管窥出一段动荡的岁月。通过将个体创伤书写与成长主题的成功链接，麦克尤恩把对人性的洞察、对传统伦理的呼唤、对现代权力话语机制的谴责在作品中相互交织，使《赎罪》成为一部虚构与现实互相影射、家庭对子女造成的无形创伤与战争对个体造成的身心重创遥相呼应的杰作。

【关键词】伊恩·麦克尤恩；《赎罪》；青少年成长；创伤心理

伊格尔顿对《麦克白》的政治符号学解读

【作　者】张薇

【单　位】上海大学文学院

【期　刊】《国外文学》，第 4 期，2017 年，第 41－50、154 页

【内容摘要】伊格尔顿的《莎士比亚与社会》和《威廉·莎士比亚》从政治符号学的维度论述了《麦克白》。他精辟地指出，名分标志着人在共同体中的位置，"不合身的长袍"的隐喻对麦克白而言意指名分的僭越，麦克白篡权夺位，从原来的共同体中坠落进邪恶和无名分的地带；女巫、麦克白夫人是麦克白僭越的怂恿者。伊格尔顿把这种越界联系到当今社会，如麦克白一样，资产阶级不断越界，孕育了自己的掘墓人，但资产阶级也会像麦克白一样负隅顽抗。伊格尔顿从本义与喻义两个层面诠释了《麦克白》中能指与所指的意义，从本义层面看，麦克白误读了女巫的预言，注定失败；从喻义层面看，语言身体是能指，现实政治是所指。这些分析体现了后结构主义和文化唯物主义的倾向。

【关键词】伊格尔顿；《麦克白》；名分；能指；所指

英格兰"古今之争"的宗教维度与斯威夫特的《木桶的故事》

【作　者】时霄

【单　位】中国人民大学文学院

【期　刊】《外国文学评论》，第 1 期，2017 年，第 136－153 页

【内容摘要】17 世纪末英格兰文化史上的"古今之争"涉及多个学科，本文将追溯和考察其中的宗教维度，并在此语境中分析斯威夫特的讽刺作品《木桶的故事》。"古今之争"双方的几位重要参与者都在教会中担任圣职，对宗教议题极为敏感；其关键分歧在于，崇今派教士试图借助现代学问去确证基督教并反驳自然神论者，而包括斯威夫特在内的崇古派则看出该方法的内

在危险。就此而言，斯威夫特正是在此宗教论争语境中以戏仿的方式在《木桶的故事》中对"学问的败坏"与"宗教的败坏"进行了讽刺。

【关键词】古今之争；《木桶的故事》；自然神学；自然神论

英国女性"中额"小说中的性别话语与伦理悖论

【作　者】金小天
【单　位】西南财经大学英文系
【期　刊】《外国文学评论》，第 1 期，2017 年，第 221－238 页
【内容摘要】两次世界大战之间的英国社会是女性身份发生剧变的社会，无论在现实还是各种媒介再现中，现代女性成了众人瞩目的焦点，同时也是性别焦虑的根源。究竟何为现代女性气质？在传媒、女性主义、文学想象的话语中，现代女性如何被建构？本文以三部女性"中额"小说《永恒的宁芙》《街上的天气》《危险年龄》为例，剖析它们在一战后的伦理环境和多重性别话语中对现代女性的想象。这三部小说所表现的不同女性气质反映了媒体话语中的性别之争和现代女性的困境，并折射出兼具保守与进步色彩的伦理悖论和现代性。

【关键词】女性气质；"中额"小说；伦理悖论；现代性

英国维多利亚时期的医学伦理小说——以乔治·爱略特的《米德尔马契》为中心

【作　者】李增
【单　位】东北师范大学外国语学院
【期　刊】《江西社会科学》，第 37 卷，第 4 期，2017 年，第 86－96 页
【内容摘要】英国维多利亚时代，医学科学、医疗技术和医疗事业取得很大的发展，给小说家们提供了丰富的创作题材。他们的小说不仅刻画了许多医生形象、描写了他们的医学实践活动，而且还不同程度地触及当时行业面临的一个重要问题——医学伦理。小说家们通过对医德现象与医德关系的描写，批评了从医人员将个人利益凌驾于患者利益之上的医学道德滑坡现象，赞赏了有志之士推动医疗改革的勇气与毅力，肯定社会、科学与医学发展之间的相互影响作用。其中的医学伦理问题具有普遍性，有一定的参考价值。

【关键词】维多利亚小说；《米德尔马契》；医学伦理问题

英国新古典主义诗歌的主体性思辨

【作　者】石华
【单　位】吉林大学公共外语教育学院
【期　刊】《文艺争鸣》，第 8 期，2017 年，第 165－169 页
【内容摘要】艾布拉姆斯在《镜与灯》中，提出每件艺术品总要涉及四个要素，即艺术家、作品、世界和欣赏者，并以作品为中心，提出任何理论都会考虑到这几个要素，但也都会有所侧重。放入文学范围内，文学理论家总会倚重其中一个要素，去界定、划分和剖析作品。评价作品大致有四种方向，作品与其他三个要素的关系构成三种方向，作品本身独立存在构成第四种方向。按这种理论模式观照诗歌，即有诗人、诗歌、世界和读者四要素，能与主体性有涉的便是诗人和读者，本文即探讨诗人主体性问题。

【关键词】无

用故事建构历史——格雷厄姆·斯威夫特《洼地》的新历史主义解读

【作　者】王艳萍

【单　位】集美大学外国语学院

【期　刊】《国外文学》，第 3 期，2017 年，第 103－111、159 页

【内容摘要】斯威夫特的《洼地》在历史与故事之间自由穿梭。在叙事内容上，作者选取童话、民间传说与侦探故事等。在叙事形式上采用"连环结构"、叙事时间闪回、互文及多种叙事体裁等策略。以故事为切入点，作者对传统历史叙事提出了挑战，不但可以拓宽读者看待历史的空间和维度，还可以帮助迷惘的当代人在流动不羁的历史语境中思考和探索生活的本质。

【关键词】斯威夫特；《洼地》；历史；故事

优生学与帝国政治——伍尔夫作品中的优生叙事

【作　者】朱海峰

【单　位】东北师范大学外国语学院

【期　刊】《外国文学评论》，第 3 期，2017 年，第 157－172 页

【内容摘要】本文通过解读伍尔夫的日记、书信、传记，考证她未曾生育这一史实与英国当时盛行的优生学之间的关联，并结合伍尔夫的小说和随笔，挖掘其中较为隐匿的优生叙事策略及政治动机，进而探究优生学如何被挪用到帝国政治中成为规训异己的政治话语。伍尔夫通过文学叙事手段揭示了大英帝国利用优生学对所谓的精神病人、下层阶级和其他族裔的规训，再现了对待优生学的不同观点在当时社会所引发的话语交锋，展示了她对优生学的反思和对大英帝国统治的批判。

【关键词】弗吉尼亚·伍尔夫；优生叙事；帝国政治

约翰·邓恩《早安》的生态主义解读

【作　者】李正栓[1]；孙蔚[2]

【单　位】李正栓[1]，河北师范大学

　　　　　孙蔚[2]，邢台市第十中学

【期　刊】《外语学刊》，第 3 期，2017 年，第 115－120 页

【内容摘要】约翰·邓恩诗歌中的奇思妙喻早已得到学界的一致认可，然而其作品中丰富的生态思想和智慧至今未得到应有的重视。《早安》一诗不仅批判受历史文学和文艺复兴思潮影响的"人类中心主义"，同时也展示出邓恩的"生态整体主义"观念。邓恩把肉体与精神对比，反映他在人与自然关系上拒绝一味压榨自然、主宰自然的生态构思，主张"整体和谐"的理念。他的生态意识虽然立足于当时，却与现在生态主义者倡导的思想相吻合，对今天的生态文明建设具有启示意义。

【关键词】邓恩；《早安》；生态意识

约翰·多恩的奇幻诗歌

【作　者】罗朗

【单　位】西南大学外国语学院
【期　刊】《当代文坛》，第 2 期，2017 年，第 137－139 页
【内容摘要】近年来英国玄学派诗人约翰·多恩的诗歌在中国开始译介和传播，但是许多读者不能理解他语言的奇幻特点，影响了对其诗歌的理解。本文采用文本细读的方法，仔细分析其诗歌的三个特点：突兀的效果、转折的力量、奇特的意象。通过这些分析，让更多的读者能够领略约翰·多恩奇特的语言风格，理解其诗歌的丰富含义，欣赏其神奇变化的表达方式。
【关键词】约翰·多恩；诗歌；奇幻；语言风格

约翰·福尔斯的《收藏家》与英国的"两种文化"之争

【作　者】刘亚
【单　位】山东师范大学文学院
【期　刊】《海南大学学报（人文社会科学版）》，35 卷，第 4 期，2017 年，第 80－87 页
【内容摘要】在分别以斯诺和利维斯为代表的英国"两种文化"论争中，福尔斯反对斯诺偏袒科技的功利观点，支持利维斯的人文立场。他在小说《收藏家》中通过男女主人公的不同价值取舍隐喻英国由来已久的科学与人文之争：一方面以无节制地追求物化消费满足的"收藏家"克雷戈的形象，嘲讽斯诺笔下的"新人"，对科技话语日渐扩张的趋势进行人文批判；同时又借被囚禁的米兰达始终秉持的"艺术生活"理念，对英国上层知识分子的贵族化、精英化生活姿态背后的阶级偏见和文化优越感进行道德反思。《收藏家》隐含的"两种文化"之争不仅有深远的历史背景，还指涉英国现实政治语境中的社会分层问题和不同阶层身份认同诉求的复杂性。
【关键词】约翰·福尔斯；《收藏家》；"两种文化"

战役重写与国家认同——英国宗教改革语境中的《马耳他的犹太人》

【作　者】陶久胜
【单　位】南昌大学外国语学院
【期　刊】《国外文学》，第 4 期，2017 年，第 61－70、154－155 页
【内容摘要】学界一直从形式主义、后殖民主义或表演政治等视角研究马洛的《马耳他的犹太人》，忽视了该剧上演时英国面临西班牙军事威胁的历史语境。从英国宗教改革语境出发，发现本剧基于 1523 年马耳他抵御奥斯曼帝国入侵的罗兹岛战役失利，重写了 1565 年马耳他保卫战，暗示英格兰与马耳他类似，在 1587－1588 年间经受的罗马教廷和西班牙"无敌舰队"的军事威胁。通过战役重写，马洛把巴拉巴斯和芬尼兹分别隐喻西班牙间谍和罗马教廷权贵，让英格兰人认清天主教的撒旦本质，以"树敌"方式使英格兰人与新教实现国家认同，帮助女王完成民族身份构建之理想。
【关键词】战役重写；国家认同；宗教改革；《马耳他的犹太人》

折翅的自由——拜厄特《巴别塔》对自由乌托邦的批判

【作　者】杨琳
【单　位】南京大学文学院；广西民族师范学院外国语学院
【期　刊】《国外文学》，第 1 期，2017 年，第 72－81、158 页
【内容摘要】拜厄特在《巴别塔》中以圣经故事里的巴别塔为核心意象，将其变形新编为文中

文《胡言塔》里的布吕亚德塔，通过书写法国大革命失败后一帮自由主义者企图创建一个言论与生活自由、身体解放、孩子接受集体教育的乌托邦乐园，却最终将其演变为成就个人私欲而摧毁他人爱欲、毫无言论自由却又随心所欲、性欲泛滥、暴力残酷的人间巴比伦城的故事，深刻批判该乐园建构背后崇尚绝对"个人主义""科学理性"与自由解放的启蒙思想根源，并将其作为一个当代寓言，以20世纪60年代西方盛行的各种自由主义思潮为大背景，提示基于个体欲望轴心的绝对自由和解放的乌托邦追求可能带来的不良后果，从文学角度呈示有限度和某种终极基础的自由的必要性。

【关键词】《巴别塔》；巴别塔；自由；启蒙；乌托邦；寓言

震古烁今，引领风潮——试论《变》的主题思辨与艺术之魅

【作　者】杨柳
【单　位】中南财经政法大学外语学院
【期　刊】《当代外国文学》，第38卷，第3期，2017年，第90－95页
【内容摘要】文学界把米歇尔·布托尔视为法国"新小说"之父，并将之与另外一位"新小说"主将罗伯·格里耶相提并论，他们引领了小说界的文学范式革命。其中，布托尔的理论创新体现在小说《变》上，从情节内容、语言技巧和主题思潮三方面奏响了"新小说"运动的高潮。借作家辞世之机，我们回顾作家文学艺术手法，追思其艺术哲学玄思，更好地指导中国当代的文学创作与研究。

【关键词】布托尔；《变》；新小说；叙事

政治寓言中的"他者"形象和西方的危机——评乌勒贝克的《屈从》

【作　者】赵佳
【单　位】浙江大学外语学院
【期　刊】《当代外国文学》，第38卷，第2期，2017年，第145－152页
【内容摘要】当代法国作家乌勒贝克的新书《屈从》引起了世界范围内的广泛争议。该书是一个政治寓言，虚构了某教政权上台后的法国社会。作者不仅探讨了法国主流社会和作为"他者"的某教之间的关系，更展现了当代法国社会自身所面临的各种症结。假想中的某教政权体现了处于危机中的西方在面对"他者"时的复杂情感。本文以某教政权为切入点，分析法国社会目前所面临的政治危机和文明困境，以及两性、政治和宗教所折射出来的力量对比关系。

【关键词】乌勒贝克；《屈从》；政治寓言；他者形象；西方的危机

作为大都市里的游牧民存在的"远方来朋"——乔纳森·泰尔的北京叙事

【作　者】宋赛南
【单　位】天津科技大学外国语学院
【期　刊】《外国文学》，第6期，2017年，第148－159页
【内容摘要】乔纳森·泰尔的短篇小说集《无限可能的北京》讲述了"远方来朋"们在北京的生存故事。本文围绕《无限可能的北京》《大猩猩年》《周公解梦》三个"人生成动物"的故事，引入当代思想家德勒兹和加塔利的"生成""逃逸线""解辖域化""颜貌化"等概念，发现泰尔的北京叙事肯定了"远方来朋"们的生存智慧，一种富有流动性的、以"变"为核心的"美猴

王"式生存智慧，这些人也因此成为德勒兹和加塔利意义上的大都市里的游牧民。本文还将探讨泰尔在叙事中流露出的对中国传统文化的向往和叙事的全球化意识。

【关键词】游牧民；"远方来朋"；乔纳森·泰尔；北京叙事

作为隐喻的"王后"与"花园"——罗斯金《王后的花园》的另一种解读

【作　者】黄淳

【单　位】北京大学外国语学院英语系

【期　刊】《国外文学》，第 1 期，2017 年，第 54－62、157－158 页

【内容摘要】《王后的花园》是英国文艺家兼社会批评家约翰·罗斯金脍炙人口的演讲词。因其对女性形象的强烈关注，文章通常被认为是维多利亚时期探讨"性别问题"的代表作品。但事实上，女性形象的高度"形式化"十分值得注意；《王后与花园》和罗斯金其他作品（如《近代画家》)中一脉相承的对美感的关注，以及作者本人的说明，都提示着从性别之外的角度解读文本的可能性。新的视角下，"王后"与"花园"成为 19 世纪英国工业时代大背景下一个有关审美情感之重要性的绝佳隐喻。

【关键词】《王后的花园》；约翰·罗斯金；女性；花园；审美

（三）东欧、北欧文学研究论文索引

Representation of Hybrid Identities in Contemporary Latvian Literature

【作　者】Ilze Kacane；Alina Romanovska
【单　位】Institute of Humanities and Social Sciences，Daugavpils University
【期　刊】*Forum for World Literature Studies*，第 9 卷，第 2 期，2017 年，第 217－234 页
【内容摘要】Latvian literature，by revealing the most significant tendencies of the state development，contributes to the discourse of cultural diversity，simultaneously boosting the idea of national unity. The aim of the paper is to investigate the expressions of hybrid identities in Latvian contemporary literature. In the research，cultural-historical aspects that determine the representation of intercultural dialogue in literature are outlined. Contemporary Latvian literature reflects processes related to existence of people among different cultures. Such interaction results in the development of dialogic relations，which characterize individual's simultaneous belonging to different cultures，and contributes to the creation of a new，namely，hybrid identity.
【关键词】dialogue；local；global；hybrid identity；Latvian contemporary prose

"俄国想象"与近代中日对俄罗斯文学的引介

【作　者】王胜群
【单　位】浙江大学世界文学与比较文学研究所
【期　刊】《外国文学研究》，第 39 卷，第 6 期，2017 年，第 63－72 页
【内容摘要】近代中日两国对俄罗斯文学的引介，都内置于与西方错综复杂的关系之中，并且紧密关联着各自的现代化焦虑及其影响下的"俄国想象"。在明治时期的日本，俄国作为西方之外的另一个他者，提供了对西方现代性的补充乃至反思、抵抗的想象；而俄罗斯文学因其在西方的影响力成为明治日本的关注对象，又在其西式现代化道路上被引为象征性的补偿。相较于此，五四时期的中国知识分子将西方视为绝对他者，通过中俄"相似性"话语的生产与反复，构建了一种"镜像化"的俄国想象；由此俄罗斯文学获得了合法性，成为被积极引介的外来文化资源。要而言之，中日在各自的现代化转型期，面对强势的西方他者，以截然相异的方式借

助了对俄国这一对抗性话语的挪用，尝试在西方现代性之外探寻新的路径与可能性。

【关键词】俄罗斯文学；明治日本；俄国想象；现代性

"含泪的笑"之"形而上的意蕴"——果戈理艺术"肖像"剪影

【作　者】周启超
【单　位】浙江大学人文学院
【期　刊】《外国文学研究》，第 39 卷，第 6 期，2017 年，第 46－55 页
【内容摘要】经由一代又一代批评家对果戈理文学遗产的持续开采，果戈理之丰厚与多彩的艺术"肖像"被多维度地展现出来。果戈理艺术之最大的闪光点，就是他善于对存在的形而下与形而上层面予以双向度呈现,善于对现实生活令人发怵的被肢解与被分化过程予以艺术的揭露，善于对完整生命令人震惊的被碾碎被窒息过程予以生动的展示，善于对生存意义之荒诞可怖的被僵化被阉割过程予以形象的叙写。这"含泪的笑"比幽默讽刺要广博得多，它具有形而上的意蕴，能鞭挞庸俗净化灵魂。正是这葆有形而上意蕴而"含泪的笑"，召唤着一代又一代读者沉潜于果戈理的文学世界。

【关键词】果戈理；艺术"肖像"剪影；形而下讥讽；形而上意蕴

"局外人"与"热带鸟"：巴别尔的身份认同与伦理选择

【作　者】王树福
【单　位】华中师范大学文学院；黑龙江大学俄罗斯语言文学与文化研究中心；湖北文学理论与批评研究中心
【期　刊】《外国文学》，第 2 期，2017 年，第 44－54 页
【内容摘要】20 世纪俄国作家巴别尔的身份认同与伦理选择，体现出典型的多元性和矛盾性特征。以《希伯来圣经》《塔木德》为代表的犹太文化与以古典文学为主流的俄国文化，构成其身份谱系中的两大主要渊源；以法国文学为核心的西方文化与以口头文学为表征的民间文化，则构成其身份谱系中的次要渊源。面对任何一种文学传统和文化身份，巴别尔并非全盘接受和完全认同，而是接受中有舍弃，认同中有否定，其伦理选择体现出明显的跨界性。四种文化因素彼此融汇，矛盾统一，构成巴别尔的多元身份认同和多元伦理坐标。

【关键词】巴别尔；身份认同；伦理选择；犹太文化；俄国文化；西方文化；民间文化

"女性心灵"：艺术世界图景的语言文化场分析——以乌利茨卡娅小说《美狄亚和她的孩子们》为例

【作　者】刘宏；曹慧琳
【单　位】大连外国语大学
【期　刊】《俄罗斯文艺》，第 4 期，2017 年，第 96－104 页
【内容摘要】乌利茨卡娅的《美狄亚与她的孩子们》这部小说主题反映女性生活和女性话题，关注普通女人的生活遭遇与生活状态。本文尝试建构作为艺术文本的小说《美狄亚与她的孩子们》的语言文化场，分析艺术文本中能揭示"女性心灵"的文化观念，通过对"道德""家庭""爱情""责任""聚和性"等文化观念的深入剖析，阐释作家建构的文艺世界图景的同时，揭示作品中强调的俄罗斯民族历史的女性道德语言世界图景和作品中蕴含的民族文化内涵。

【关键词】语言文化场；文化观念；女性心灵

"漂泊"与"禁忌"：屠格涅夫小说的基督教命题

【作　者】王志耕
【单　位】南开大学文学院
【期　刊】《外国文学研究》，第 39 卷，第 4 期，2017 年，第 92－101 页
【内容摘要】在具有浓厚的宗教文化底蕴的俄罗斯文学之中，屠格涅夫的小说从表面上看基督教色彩不浓厚，但实质上，其作品蕴含着潜在的基督教（东正教）命题。就其主要代表作品来看，基督教命题集中体现为两种文化表征——"漂泊"与"禁忌"。漂泊是东正教徒的理想生命形态，也是逃离世俗功业牢笼的途径；而禁忌则是为通向世俗功业所设置的障碍，也是使人保持在漂泊状态的保障。漂泊是屠格涅夫本人一生的追求与实践，从而塑成了他笔下的人物的漂泊品性，在这种漂泊品性中则隐含着作家对"英雄"的基督教式理解，即不以世俗功业、而以精神苦修论英雄。但按照这一标准塑造的"英雄"罗亭却被解读为"多余人"，所以屠格涅夫再次塑造了另一个"行动"着的英雄——英沙罗夫，然而这种"行动"却违背了作家内在的英雄观，所以，他通过让人物跨越"禁忌"而受到"惩罚"的过程，消解了他的"行动"的意义，最终重新使之回归于"活在信念"中的英雄。
【关键词】屠格涅夫；基督教；漂泊；禁忌；英雄观

《卡拉马佐夫兄弟》中的异度空间——论卡拉马佐夫三兄弟的梦

【作　者】张磊
【单　位】南京师范大学文学院；安徽师范大学文学院
【期　刊】《俄罗斯文艺》，第 2 期，2017 年，第 44－51 页
【内容摘要】《卡拉马佐夫兄弟》的精神空间是一个集合众多人物形象的完备体系，在展现人物精神样态时，梦境描写是陀思妥耶夫斯基常用的艺术手段之一。卡拉马佐夫三兄弟的梦境就与各自的生命体验相关联，既是对现实时空进行必要补充的异度空间，也是具有特殊叙事功能的时空体。
【关键词】陀思妥耶夫斯基；空间；梦境；生命体验

《帕特里克手记》：《日瓦戈医生》的前阶

【作　者】汪介之
【单　位】南京师范大学文学院
【期　刊】《俄罗斯文艺》，第 1 期，2017 年，第 52－58 页
【内容摘要】《帕特里克手记》是帕斯捷尔纳克全部中短篇小说创作中的最后一部，它在时空背景、人物设置和主体意识的渗透等方面，都为《日瓦戈医生》的写作提供了必要的铺垫，从而成为他的早期散文作品和《日瓦戈医生》之间的一种中介。体现于这部作品中的书写俄罗斯一代知识分子的命运、把一代人"归还给历史"的意向，更成为《日瓦戈医生》的主题动机。在这篇小说中业已形成的"诗意的现实主义"的艺术风格，在《日瓦戈医生》中获得了更鲜明的体现。
【关键词】帕斯捷尔纳克；《帕特里克手记》；《日瓦戈医生》

《水印：魂系威尼斯》：一封布罗茨基写给威尼斯城的情书

【作　者】张艺
【单　位】南京理工大学外国语学院
【期　刊】《俄罗斯文艺》，第 4 期，2017 年，第 119－128 页
【内容摘要】评论家普遍认为，在美国乃至整个西方文学界，布罗茨基传播最广、更受推崇的不是他的俄语诗歌，而是他的英语散文。布罗茨基唯一单独成书的散文作品——《水印：魂系威尼斯》堪称"20 世纪所有有关威尼斯的记述中最为优美而又经典的一部书"，尤其拓展了布罗茨基俄罗斯域外散文写作的地理和时空。诗人用印象主义的散文讲述着他与威尼斯城的 17 年长恋，开启作家给自己心爱之城书写情书的旅行随笔模式。本文以解读布罗茨基情书的钥匙打开《水印：魂系威尼斯》的经典创作空间，呈现这封"匿名情书"所系的布罗茨基与威尼斯城的情之所起、痴迷、忠贞到所终的一世爱恋，聆听和理解布罗茨基缘何倾情这座有着"时间之城""目光之城""水上之城"以及"命运之城"称谓的威尼斯城。
【关键词】《水印：魂系威尼斯》；约瑟夫·布罗茨基；威尼斯城；情书

《伊凡·杰尼索维奇的一天》的叙事艺术与劳改营书写

【作　者】汪磊 [1]；王加兴 [2]
【单　位】汪磊 [1]，南京大学外国语学院
　　　　　王加兴 [2]，南京大学俄罗斯学研究中心；南京大学外国语学院俄语系
【期　刊】《外国文学研究》，第 39 卷，第 5 期，2017 年，第 99－108 页
【内容摘要】索尔仁尼琴在《伊凡·杰尼索维奇的一天》中大量运用准直接引语进行"复调"叙事，通过独特的叙事视角和精湛的叙事手法，在高度浓缩的艺术时空中充分揭露"痛苦的历史"。作家不但勇敢地描绘现实中令人匪夷所思的监狱生活景象，而且重新阐释囚徒在监狱困境下的身份建构及其伦理选择，以此展现俄罗斯的民族精神和道德信念。小说继承俄罗斯经典文学的人道主义传统，以纪实性写作手法开创苏联"劳改营文学"，张扬俄罗斯民族自豪感和斯拉夫民族优越感，蕴含着作家此后所倡导的"新根基主义"及"新斯拉夫主义"思想，为苏联知识分子思考祖国的历史和命运，找寻国家未来的出路指示了方向。
【关键词】索尔仁尼琴；《伊凡·杰尼索维奇的一天》；叙事艺术；劳改营；新斯拉夫主义

《罪与罚》与东正教——从第四部第四章说起

【作　者】徐凤林
【单　位】北京大学哲学系；北京大学外国哲学研究所
【期　刊】《俄罗斯文艺》，第 2 期，2017 年，第 16－23 页
【内容摘要】《罪与罚》的思想体现在两个层面，即法律层面和观念层面。第一个层面是法律意义上的罪与罚。小说第四部第四章索尼娅给拉斯柯尔尼科夫读《约翰福音》，这一情节中并没有表现出东正教精神对拉斯柯尔尼科夫的触动和教益。不是索尼娅的宗教说教，而是她的爱情，是促成拉斯柯尔尼科夫自首的重要因素。第二个层面，他的自首和服罪并没有解决观念上的认罪问题。直到最后，拉斯柯尔尼科夫的内心也没有真正认罪和忏悔。道德问题和自由问题本身在陀思妥耶夫斯基那里没有终极答案。陀思妥耶夫斯基不仅是一位基督教思想家，更是一位具

有现代理性思想和自由意识的俄国哲学家。

【关键词】东正教；认罪；自由

19 世纪俄罗斯文学中的"女性出轨"

【作　者】孙影
【单　位】黑龙江大学
【期　刊】《俄罗斯文艺》，第 2 期，2017 年，第 115－121 页
【内容摘要】普希金笔下的达吉雅娜因忠于婚姻被誉为俄罗斯文学的女性典范，但她的忠贞是以"你－我－他"的三角关系为前提的。悬而未决的"出轨"难题在 19 世纪俄罗斯文学中另外两位践行出轨的女性身上得以展开，即《大雷雨》中的卡捷琳娜和《安娜·卡列尼娜》中的安娜。此所谓 19 世纪俄罗斯文学的"女性出轨"母题。本文分析了该母题的文化语境、主体诉求和典型模式－语句。对该母题的阐释不仅有助于进一步把握俄罗斯文学的规律性和民族性特征，更可为解读类似文学形象和情节提供一个新的视角。

【关键词】俄罗斯文学；女性出轨；母题；达吉雅娜

19 世纪上半期俄国人来华行纪与俄国人中国观的转向

【作　者】阎国栋；梁中奇
【单　位】南开大学外国语学院
【期　刊】《俄罗斯文艺》，第 1 期，2017 年，第 118－126 页
【内容摘要】19 世纪上半期俄国人的中国观发生了显著改变。这一时期有多位来华俄国人在其行纪中就中国的历史与文化、政治与法律、社会与风俗运用了不同于 18 世纪的负面评价套语。中国由 18 世纪令人艳羡的文明国度沦落为停滞、腐朽、落后的代名词。欧洲社会的进步、黑格尔等人的历史哲学、英国马戛尔尼使团成员的来华行纪深刻影响了来华俄国人关于中国的书写倾向并与后者共同促成了 19 世纪上半期俄国人中国观的转向。

【关键词】俄国人；行纪；中国观转向

20 世纪俄罗斯"文化神话"的终结之链——从列米佐夫的"猿猴议会"到"谢拉皮翁兄弟"

【作　者】张煦
【单　位】上海外国语大学
【期　刊】《俄罗斯文艺》，第 3 期，2017 年，第 93－104 页
【内容摘要】"文化神话"是一个比较宽泛的概念，从其诞生源头来看，俄国象征主义者的参与起到了重要的作用。如果说"普希金神话"及其相关的"黄金时代神话"是俄国象征主义者最初制造的"文化神话"，那么，由象征主义作家列米佐夫所组建的文学团体"伟大而自由的猿猴议会"与脱胎于其中的"谢拉皮翁兄弟"便共同构成了这一链条的终结。本文从神圣的命名、入侵的历史以及虚构的作者形象三个层面，围绕"日常生活与艺术创造的关系"问题对上述两个文学团体进行了对比和分析，揭示了在这条终结之链上艺术家对待文本、世界与自身的态度发生的微妙变化，并在此基础上进一步探索了"文化神话"的内涵在 20 世纪初期的流变及其终结的必然性。

【关键词】文化神话；列米佐夫；谢拉皮翁兄弟；象征主义

阿法纳西耶夫与《俄罗斯民间故事》中的神话思想

【作　者】王树福

【单　位】华中师范大学文学院；华中师范大学湖北文学理论与批评研究中心；黑龙江大学俄罗斯语言文学与文化研究中心

【期　刊】《长江大学学报（社会科学版）》，第40卷，第4期，2017年，第1—6、13页

【内容摘要】在俄罗斯民间故事学、神话学和民俗学学术史上，А.Н.阿法纳西耶夫整理编撰的《俄罗斯民间故事》被视为俄罗斯神话资料与民间故事的集大成之作，具有十分重大的意义与价值。总体说来，该故事集体现出比较强烈的比较神话学派特色，蕴含着至少三种比较明显的神话学思想：民间故事是神话思想的重要物质载体，神话气象说是民间故事的内在本质，斯拉夫民族意识是民间故事的思想核心。总之，《俄罗斯民间故事》中的神话学思想资源、类型化叙事艺术和多元化艺术修辞，对俄罗斯神话学、民间口头创作和近现代文学产生了持久而深远的影响。

【关键词】阿法纳西耶夫；俄罗斯民间故事；神话思想；比较神话学

阿克梅派在中国的译介和接受

【作　者】熊辉；徐臻

【单　位】西南大学中国新诗研究所

【期　刊】《广东社会科学》，第3期，2017年，第70—74页

【内容摘要】阿克梅派是俄罗斯现代主义诗歌的重要构成元素，目前中国学界主要对其诗歌主张、诗歌文本以及生平遭遇等内容进行了概述性研究。而从译介学的角度出发，在呈现阿克梅派短暂历史的基础上，重点探讨阿克梅派在中国翻译介绍的历程、中国对阿克梅派诗歌的接受和评价，并突出了该派重要诗人阿赫玛托娃在中国的译介，则是独辟蹊径，希望引起更多译者和研究者关注阿克梅派及其诗歌作品。

【关键词】阿克梅派；诗歌创作；诗歌翻译；时代语境

阿列克谢耶维奇作品中的叙事策略及生命书写

【作　者】高建华；曹爽

【单　位】哈尔滨师范大学文学院

【期　刊】《俄罗斯文艺》，第3期，2017年，第77—84页

【内容摘要】白俄罗斯女作家阿列克谢耶维奇因在其纪实文学作品《切尔诺贝利的回忆》中对时代苦难的复调式书写而获得了2015年的诺贝尔文学奖。在创作中，阿列克谢耶维奇将视角聚焦到了普通人的经历与话语上，展现出了平等的生命意识与崇高的道德关怀。本文试从阿列克谢耶维奇的纪实文学作品着手，探讨其非虚构写作中呈现出的叙事策略，以及其对普通人情感与生命状态的关注和悲悯情怀。

【关键词】阿列克谢耶维奇；叙事策略；人性维度

安·比托夫和他的《普希金之家》

【作　者】王加兴
【单　位】南京大学俄语系
【期　刊】《俄罗斯文艺》，第 2 期，2017 年，第 122－128 页
【内容摘要】被称为俄罗斯后现代小说开山之作的《普希金之家》，1978 年在苏联敌对阵营的资本主义国家美国首次出版。其作者安·比托夫一生跌宕起伏，经历多次磨难。1979 年作家因"非法"出版《大都会》丛刊而被禁止发表作品，1986 年才被"解禁"。值得注意的是，《普希金之家》初稿的完成时间（1971 年）与终稿的审定年份（1999 年）分别属于迥然相异的两个时代。正因为这一修订工作具有著名文艺理论家巴赫金所说的"外位性"，作家便赋予小说的艺术世界以更加深刻的内涵。本文通过对小说故事情节的概括和梳理，指出小说具有唯智论倾向，作家所倡导的是文化崇拜，而这一点与苏联官方宣传工具向人们灌输的个人崇拜恰好形成鲜明对比。
【关键词】安·比托夫；《普希金之家》；俄罗斯后现代主义文学

奥维德与俄国流放诗歌的双重传统

【作　者】李永毅
【单　位】重庆大学语言认知及语言应用研究基地
【期　刊】《俄罗斯文艺》，第 4 期，2017 年，第 42－49 页
【内容摘要】古罗马诗人奥维德是俄国流放诗歌的源头，不断返回这个源头，寻找新的灵感，构成了从普希金到曼德尔施塔姆再到布罗茨基的一个传统。在此过程中，后代诗人不仅与奥维德对话，也与前代诗人对话，由此形成流放诗歌的本土传统。俄国诗人正是在这双重传统的框架中，审视政治秩序，反思各种文学、艺术和社会的陈规，并重塑自己的身份。
【关键词】流放；诗学；俄国诗歌；奥维德

巴别尔短篇小说的写景策略

【作　者】刘文飞
【单　位】首都师范大学外语学院
【期　刊】《外国文学评论》，第 4 期，2017 年，第 193－205 页
【内容摘要】巴别尔在短篇小说中对景色的描写是其风格的主要构成之一。本文试图归纳出其在景色描写方面的几种策略，如被描写客体的主体化、景色描写的隐喻性以及景色描写的结构功能等。巴别尔短篇小说独特的写景策略在一定程度上也是作家的创作个性与其所处历史语境相互作用的结果。
【关键词】巴别尔；短篇小说；景色描写；叙事策略

巴赫金审美活动主体"非复调"对话关系视角下的《防守》解析

【作　者】谢明琪
【单　位】南京师范大学外国语学院

【期　刊】《俄罗斯文艺》，第 2 期，2017 年，第 137－143 页

【内容摘要】评论界普遍认为巴赫金和纳博科夫的文艺美学思想存在一定差异性。巴赫金对复调小说推崇备至，而纳博科夫则认定作者的绝对权威。然而，巴赫金对审美活动的"他者"与"我"，即作者和主人公的对话模式分析是动态而多元的。如果说巴赫金在《陀思妥耶夫斯基诗学问题》中侧重于作者和主人公的平等对话关系，那么在《审美活动中的作者和主人公》中则强调了作者对主人公和作品整体性的超视建构，彰显了审美主体间的非平等、"非复调"关系。而在纳博科夫声明作者始终在场的同时，自然也指明了作者与主人公的强弱对立。可以说，就探讨审美活动主体关系性这一问题，巴赫金与纳博科夫的思想是共性中存在差异，差异中又存在共性。鉴于此，本文试图以巴赫金审美主体非平等对话视角来分析纳博科夫小说《防守》中作者与主人公的博弈关系，以期拓展对巴赫金理论和纳博科夫创作的阐释空间。

【关键词】巴赫金；纳博科夫；《防守》；审美事件；主体对话性

白银时代俄国的"反契诃夫学"

【作　者】徐乐
【单　位】中国社会科学院外国文学研究所
【期　刊】《外国文学研究》，第 39 卷，第 3 期，2017 年，第 60－70 页

【内容摘要】完整意义上的"契诃夫学"应当从正反面加以建构。在俄国文学史上，白银时代的文化领袖们流露出反契诃夫的集体情绪，而安年斯基、阿赫玛托娃、梅列日科夫斯基、吉皮乌斯等则是"反契诃夫学家"的主要代表人物。从文学批评、美学范式、社会评价、精神价值角度，剖析白银时代文学精英排斥契诃夫遗产的深层原因，可以更深刻地领悟契诃夫的创作特质，反观白银时代的时代主题和审美诉求。

【关键词】"反契诃夫学"；白银时代；契诃夫

白银时代宗教哲学批评视阈下的果戈理研究

【作　者】宋胤男
【单　位】北京师范大学
【期　刊】《俄罗斯文艺》，第 1 期，2017 年，第 82－87 页

【内容摘要】本文在梳理白银时代宗教哲学家对果戈理研究的同时，试图对其反思，与之对话。第一，本文认为批评家从宗教哲学角度阐释果戈理的生平及创作，显然准确捕捉了果戈理的主要特质，然而，对于果戈理的神秘性这一问题，依旧值得深入探析；第二，批评家解读了果戈理善恶观中形而上的普遍意义与普适价值，不过，笔者认为，果戈理在创作中也刻画出了人性之善以及善之可能；第三，批评家指出了果戈理的艺术创作中的实验性、立体性和象征性的特点，更多地阐析了果戈理创作中的非现实主义特征，丰富了对果戈理的研究成果。

【关键词】白银时代；宗教哲学；果戈理

被删除与被遮蔽的政治实践——论《地下室手记》的被审核及其对作家意图的颠覆

【作　者】杨洋
【单　位】南京大学文学院
【期　刊】《俄罗斯文艺》，第 3 期，2017 年，第 52－58 页

【内容摘要】《地下室手记》应被视作陀思妥耶夫斯基表达其根基主义立场的政治实践，但沙俄的书报审查对文本的删减阻碍了作家主导思想的表达，颠覆了作家的政治意图。被审核的文本成为 20 世纪宗教哲学家和文学评论家建构《地下室手记》世界文学史意义的物质基础，而其中最具影响力和代表性的解读策略是用尼采和存在主义哲学分析"地下室人"的话语。这两种解读方法存在着思想史发展脉络的合理性；但由于忽视文本被删减的历史事实，这两种阐释都误解并遮蔽了作家原本的政治意图。

【关键词】《地下室手记》；根基主义；书报审查；尼采；存在主义

被忘记的苏联文学及其历史遗产

【作　者】科尔帕基季 [1]；田洪敏 [2]
【单　位】科尔帕基季 [1]，俄罗斯"算术"学术出版社
　　　　　田洪敏 [2]，上海师范大学比较文学与世界文学研究中心
【期　刊】《外国文学研究》，第 39 卷，第 6 期，2017 年，第 39-45 页
【内容摘要】苏联文学是一种特殊的文学、美学和社会历史现象。作为苏联时代的主要文学流派，社会主义现实主义美学具有独特的历史渊源与阶段变迁，这直接决定了它对国家文学进程的影响。作为一种历史文化现象，苏联文学建构了属于自己的文学经典。高尔基、马雅可夫斯基、阿·托尔斯泰、法捷耶夫、肖洛霍夫、特瓦尔多夫斯基、西蒙诺夫等人，成为今天讨论苏联文学必须面对的作家。苏联文学传统中的科学创新性、反精英品格、非商业性以及现实主义和浪漫主义的融合性，已经成为 20 世纪俄罗斯文学的历史遗产。

【关键词】苏联文学；社会主义现实主义；文学中心主义；世界文学史

不一样的"战壕真实"：巴布琴科的战争小说

【作　者】胡学星
【期　刊】《读书》，第 1 期，2017 年，第 13-20 页
【内容摘要】阿尔卡季·巴布琴科（1977-　）是第一位以车臣战争为创作素材的俄罗斯作家，他以充满人文情怀的笔法，将自己亲历的战壕生活展现给读者，其创作风格让人一下子就联想到 20 世纪五六十年代的"战壕真实派"。在苏联时期的战争文学领域，继老一辈作家法捷耶夫、肖洛霍夫、西蒙诺夫之后，出现了"战壕真实派"。该派作家大多是在前线打过仗的年轻军官，他们结合自己在战场上的所见所闻，创作出一批堪称经典的战争文学作品，包括邦达列夫的《最后的炮轰》、巴克兰诺夫的《一寸土》、贝科夫的《第三颗信号弹》等。

【关键词】无

阐释俄国文学作品中潜文本现象的文本分析模型

【作　者】胡谷明；刘早
【单　位】武汉大学
【期　刊】《俄罗斯文艺》，第 3 期，2017 年，第 113-121 页
【内容摘要】潜文本所具有的隐性含义是文本内容、语用功能和作者交际意图的重要组成部分。在俄国文学作品的解读中，利用文本分析手段，主动搜寻并阐释每一处潜文本是"合格"读者的重要任务之一。文章从潜文本产生的原因、分类、构建手段着手，引入文本分析的各类因素，

包括与交际者相关的因素以及与文本相关的因素，尝试构建一个定位于俄国文学作品中潜文本阐释的文本分析模型。

【关键词】文本分析；潜文本；俄国文学

承载文化记忆的诗意应答——论"俄罗斯教士"之于"宗教大法官"的意义

【作　者】张磊
【单　位】南京师范大学文学院
【期　刊】*Interdisciplinary Studies of Literature*，第 1 卷，第 2 期，2017 年，第 121－133 页
【内容摘要】陀思妥耶夫斯基长篇小说《卡拉马佐夫兄弟》中的"俄罗斯教士"一卷针对"宗教大法官"提出的质询做出了艺术性的应答，这对于理解作家创作理想和文化观念、纠正以往研究中对"宗教大法官"的误读有重要意义。"俄罗斯教士"以圣像画式的包孕性画面述说了佐西马长老的尘世体验，运用多重时空组合艺术成功地再现了生活的完整性，并以此涵容理性至上的局限。艺术地延传俄罗斯民族的文化记忆则是"俄罗斯教士"成功应答"宗教大法官"之问的关键。

【关键词】陀思妥耶夫斯基；时间；空间；圣像画；文化记忆

从《樱桃园》阐释史看经典的艺术张力

【作　者】董晓
【单　位】南京大学文学院
【期　刊】《南京大学学报（哲学·人文科学·社会科学）》，第 54 卷，第 5 期，2017 年，第 141－149 页
【内容摘要】俄罗斯杰出剧作家契诃夫的最后剧作《樱桃园》，自问世以来就一直是人们阐释的对象。这部奇特的"四幕喜剧"的百年阐释史，经历了多元化—单一化—多元化的历程。不同时代的阐释者以各自的审美情趣与契诃夫进行着精神上的对话，多视角地展现出《樱桃园》的艺术韵味和审美特质；而《樱桃园》所蕴含的艺术张力，则为不同时代的阐释者提供了足够的阐释空间，并总能激活阐释者所处时代的时代精神。由此足见，《樱桃园》不愧为戏剧史上永恒的具有当代意义的经典。

【关键词】《樱桃园》；樱桃园情结；契诃夫；艺术张力

从社会历史到日常生活：当代俄罗斯戏剧的时代特征

【作　者】王树福
【单　位】华中师范大学文学院
【期　刊】《当代外国文学》，第 38 卷，第 2 期，2017 年，第 128－135 页
【内容摘要】当代俄罗斯戏剧的时代特征有四：以意识觉醒与个性价值为核心的历史逻辑性与思想性，以现实主义与"新戏剧"为主的渐次开放性与多样性，以传统承继与先锋解构为表征的矛盾性态势，及以政治诉求与亚文化反思为症候的社会意识性。四者相互交叉关联，不可分割的逻辑关系构成纠葛的网状结构，分别指向当代俄罗斯戏剧的内在基点、外在表现、审美表征和社会功能，呈现为同一对象的不同维度与不同层次。

【关键词】当代俄罗斯戏剧；时代特征；历史逻辑性；矛盾性态势；社会意识性

从文学文本到文化文本——彼得堡文艺学派的民族性诉求

【作　者】杨明明
【单　位】上海交通大学人文艺术研究院；上海交通大学外国语学院

【期　刊】《当代外国文学》，第 38 卷，第 4 期，2017 年，第 116－122 页

【内容摘要】彼得堡文艺学派于 20 世纪 60 年代崛起于苏联文艺学版图，其代表人物有利哈乔夫、潘琴科、洛特曼、弗里德兰德、瓦楚罗、叶戈罗夫等。在其方法论形成的过程中，不仅受到其本土的历史诗学、文本学、宗教哲学、文化诗学的影响，胡塞尔的现象学更是赋予了其广阔的文化视野。苏联科学院四卷本《俄国文学史》（1980－1983）作为彼得堡文艺学派的集大成之作，全方位展现了俄国文学的精神旨归与文化谱系，充分体现了学派的特色与追求。利哈乔夫、洛特曼等人更是以高度责任感，对俄罗斯民族文化认同与国家发展道路选择等问题进行了深入的探索，其学术遗产值得我们深入研读与借鉴。

【关键词】彼得堡文艺学派；文化现象学；民族性；《俄国文学史》；洛特曼

当代俄罗斯文学中的物性书写：以弗·马卡宁为中心

【作　者】田洪敏
【单　位】上海师范大学比较文学与世界文学研究中心

【期　刊】《外国文学研究》，第 39 卷，第 6 期，2017 年，第 56－62 页

【内容摘要】灵魂书写是俄罗斯文学的自觉选择，这种选择远大于其他国家。寻找新的文本批评，审视文学阅读中关注重大历史事件与文学之间的事实关系研究，从文学本身出发寻找新的批评方法成为当代俄罗斯文学进程中的一种趋向，并且最终在 20 世纪 90 年代苏联解体后，西方文学理论集体涌进新俄罗斯的语境下得到言说。文本新力量的来源之一被认为是来自文本的物质性，也即物性，是世界文学图景的一部分，是沉默事实。当代俄罗斯作家放大文本物性旨在刻意放大一种思索的方式，作家笔下的"物"是自主性现实，而且在叙述中影响着叙述本身，承担作家自觉分给它的角色。它的基本要义是物质记忆所带来的思想的活跃，是本体论叙事，而不是隐喻或者潜在文本。

【关键词】当代俄罗斯文学；物；物性；马卡宁

当代俄罗斯戏剧的构成态势与研究策略

【作　者】王树福
【单　位】华中师范大学文学院；黑龙江大学俄罗斯语言文学与文化研究中心；湖北文学理论与批评研究中心

【期　刊】《俄罗斯文艺》，第 3 期，2017 年，第 4－14 页

【内容摘要】宏观而言，在构成方式、构成角度和构成话语等方面，当代俄罗斯戏剧具有多重维度和多重态势。它既与当代俄罗斯文学有不可分割的审美性关联，又与当代俄罗斯艺术有不可忽视的戏剧性联系；既与当代俄罗斯社会历史有密不可分的发生学联系，又有与众不同的独立存在的本体性规范。由此，当代俄罗斯戏剧研究应将微观诗学分析、舞台剧场考察与宏观历史把握结合起来，在文本细读中把握文学的审美特质和艺术特征，在审美观照中阐释作家的艺术创作和思想呈现，在舞台演剧中呈现戏剧的导演理念和剧场特色，进而从文本之内的形式分

析走向文本之外的思想探讨，从剧作文本的舞台阐释走向导演理念的话语建构，形成文本承继与作家嬗变、导演理念与演剧变异、传统变迁与时代更迭彼此融合的历史脉络。

【关键词】当代俄罗斯戏剧；构成态势；构成话语；戏剧研究；研究策略

独角剧《我是如何吃狗的》中的认同危机与身份建构

【作　者】刘溪
【单　位】北京师范大学外国语言文学学院俄文系
【期　刊】《俄罗斯文艺》，第 3 期，2017 年，第 23－30 页

【内容摘要】当代俄罗斯剧作家格里什科维茨的独角剧《我是如何吃狗的》描述了主人公对其身份无力把握的焦虑和对个体存在的艰难建构。主人公经历的两次共同体的骤然瓦解毁灭了他连贯一致的关于过去身份的意识，也使其无法与特定的社会文化身份相认同，从而停留在了碎片的身份状态中。格里什科维茨试图从家、童年等家庭范畴和以苏联国家为代表的民族范畴中汲取精神凝聚的力量，重建个人身份认同与民族共同体。但上述策略或是退行到过去，或是上升到抽象层次，均不能在当下现实中克服身份认同的危机。

【关键词】当代俄罗斯戏剧；格里什科维茨；身份认同危机；身份建构

俄罗斯扎博洛茨基研究：百年回顾与前瞻

【作　者】董春春
【单　位】江苏师范大学外国语学院
【期　刊】《俄罗斯文艺》，第 3 期，2017 年，第 85－92 页

【内容摘要】随着对普适价值的追求和推行，以美启真的经典作品日益受到世人珍视，俄罗斯近年来出现的扎博洛茨基研究浪潮证实了文学研究面向本真的回归。本文重点梳理了俄罗斯扎博洛茨基研究近百年来由批判到重新认识再到今天的方兴未艾之势的曲折历程，择要总结了扎博洛茨基研究者和两次国际学术会议的主要研究成果，并在此基础上反思俄罗斯扎博洛茨基研究中存在的研究重心的失衡、着力点的偏差等问题，同时以中国的扎博洛茨基研究为例阐释了俄罗斯扎博洛茨基研究中跨文化研究视角的不足。这些问题的存在蕴藏了可待开发的空间，隐含了新的研究趋向。对俄罗斯扎博洛茨基研究的考察可以为我国的俄罗斯诗歌研究和接受提供有益的参考意见和研究视角。

【关键词】俄罗斯；扎博洛茨基研究；回顾；问题；前景

仿写与改写：被误读的苏联无产阶级文化派

【作　者】白杰
【单　位】太原师范学院文学院；南开大学文学院
【期　刊】《俄罗斯文艺》，第 1 期，2017 年，第 142－144 页

【内容摘要】十月革命前后，无产阶级文化派一度把持苏联文坛，但因部分主张违背了马克思主义文艺的基本原则，且与苏维埃政权在文化领导权上发生争执，最终走向衰落。然而茅盾却误将无产阶级文化派视作苏联文艺政策的执行者而盲目崇奉。这对此后中国左翼文艺的发展产生了一些负面影响。但在看似机械刻板的照搬、仿写中，早期译介者对无产阶级文化派也进行了不同程度的改写，曲隐表达了个体认识和本土语境要求。茅盾仿照波格丹诺夫《无产阶级的

艺术批评》而完成的《论无产阶级艺术》，就在一系列的细微"误读"中显示出某种本土转化的努力，尽管其中仍有不少误区。

【关键词】无产阶级文化派；波格丹诺夫；《论无产阶级艺术》；《无产阶级的艺术批评》

高加索的山风——法济利·伊斯坎德尔论

【作　者】刘早
【单　位】武汉大学外国语言文学院
【期　刊】《江汉论坛》，第 6 期，2017 年，第 85－89 页
【内容摘要】法济利·伊斯坎德尔（1929－2016）是俄罗斯当代著名经典作家，苏俄魔幻现实主义文学的奠基人。作家独树一帜，将高加索山民的风俗、俄罗斯民族的传统与现实的历史层面结合在一起，构建出怪诞的乌托邦土地。论文从分析伊斯坎德尔的主要作品、核心角色、写作风格、艺术表现手法入手，尝试厘清作家写作生涯的心路历程和创作主旨。

【关键词】法济利·伊斯坎德尔；狂欢；怪诞；乌托邦叙事；乡土叙事

哥萨克民族性认知与族群关系书写

【作　者】王立；施燕妮
【单　位】大连大学语言文学研究所
【期　刊】《学术交流》，第 8 期，2017 年，第 161－167 页
【内容摘要】《伊戈尔远征记》《往年纪事》等显示出罗斯人商业思维模式，与游耕哥萨克形成风习各异的社会结构和伦理规范。他族话语权力掌控者文本异化，使追逐生命自由价值、丛林法则的哥萨克历史性地蜕变为"边缘族群"。《塔拉斯·布尔巴》远距离书写哥萨克族群生存艰难，《上校的女儿》《哥萨克》以贵族"他者视角"、差等民族意识，在怜悯同情的阶级隔阂中，加深了哥萨克族群性的形而上固化。《静静的顿河》以本族内视角主体性地体味与审视哥萨克族群的保守、生存权抗争及多神教与基督教并行的开放性特征，族群间关系的历史积淀、"边缘族群"的工具功能成为有效提升其话语权与政治认同感的动力。

【关键词】哥萨克；"边缘族群"；政治认同；《静静的顿河》

古罗斯文学的品性

【作　者】兰钦
【单　位】罗蒙诺索夫莫斯科国立大学语文系；上海师范大学比较文学与世界文学研究中心
【期　刊】《外国文学研究》，第 39 卷，第 6 期，2017 年，第 29－38 页
【内容摘要】古罗斯文学是一种特殊的现象，其特点是不注重美学功能以及作者的自我表达，不刻意美化个人写作风格、个人修养以求显示文风高雅，拒绝虚构与发笑。而且从严格意义上来说，在古罗斯文学中并不存在世俗文学体裁，古罗斯文学并非一个囊括各类艺术体裁的体系。其特殊性还在于它是被作为一种同神有关的语言被了解，作者类似于"抄书吏"，其任务就是将东正教的意义阐明公开。而自 19 世纪中叶以来，持续复兴古罗斯文学传统可以作为一种俄罗斯文学精神价值来源不断在文学经典中加以阐释与生发，圣经教义成为其书写对象之一，这一现象的出现也同对古罗斯文学象征美学的持续认知相关。

【关键词】古罗斯文学；文学的品性；文学的连续性

哈尔姆斯的时空观及其表现

【作　　者】米慧
【单　　位】首都师范大学
【期　　刊】《俄罗斯文艺》，第 4 期，2017 年，第 90－95 页
【内容摘要】哈尔姆斯以纯理性推演的方式分析了哲学意义上的时空关系，认为时间与空间相对于彼此而存在，二者具有共生关系。为了展现位于时空交点上的事件，他在小说中精心设计了多种时空类型。本文以其中的"临窗"时空和虚拟时空为例，通过文本分析论证了作家的时空观在其小说中的表现。
【关键词】哈尔姆斯；奥贝利乌；时空观；先锋派

基于民间故事文本的俄罗斯家庭观念研究

【作　　者】徐佩；常颖
【单　　位】哈尔滨理工大学
【期　　刊】《外语学刊》，第 5 期，2017 年，第 117－122 页
【内容摘要】民间故事是民族精神文化的重要组成部分，是民族世界观和价值观的集中体现。观念是民族世界图景的语言单位，承载着民族的知识、经验、情感与评价，构成民族心智世界的基本文化内核。本文以俄罗斯民间故事中的核心观念——家庭为切入点，通过对家庭的词源追溯、故事文本所呈现的家庭图景，揭示俄罗斯传统家庭观念的民族特性。
【关键词】俄罗斯民间故事；家庭；观念

机制与记忆：《当代英雄》艺术构造的东正教解读

【作　　者】秦彩虹；张杰
【单　　位】南京师范大学外国语学院
【期　　刊】*Interdisciplinary Studies of Literature*，第 1 卷，第 3 期，2017 年，第 133－142 页
【内容摘要】19 世纪俄罗斯作家莱蒙托夫的代表作《当代英雄》是我国俄罗斯文学研究界关注的重要作品之一。长期以来，学界主要关注的是文本反映的社会历史生活以及如何反映的机制，几乎很少关注作家的遗传基因、个人情结以及意义再生机制本身的历史文化烙印。其实，《当代英雄》的意义再生机制是由作家的创作个性、东正教精神与 19 世纪上半期历史文化的影响所决定的，具体表现为"个性"与"精神"相融合的"三位一体"的艺术形象塑造、"善恶"与"救赎"融于一体的"神人合一"的艺术表现方式以及"宿命"与"自由"矛盾交织的"体验式的叙述结构"。
【关键词】莱蒙托夫；《当代英雄》；东正教

加兹达诺夫小说的时空特征

【作　　者】杜荣
【单　　位】北京外国语大学外国语言文学学院；新乡学院外国语学院
【期　　刊】《东北师大学报（哲学社会科学版）》，第 2 期，2017 年，第 28－32 页

【内容摘要】加兹达诺夫小说时空组织的发展明确揭示了一个复杂的趋势，小说中各种时空的结合揭示了时间图景的属性和存在之普遍法则，在其矛盾中观察主人公所处的世界。在多数情况下，加兹达诺夫从文本伊始就对地理空间进行限制，使其成为小说的空间材料，各种人物进行的始终是各具特色的巴黎之旅，而一些主人公在俄罗斯的似水年华只在其回忆的空间中存在，作者在这两种空间中塑造了一系列具有时代特征的艺术形象。

【关键词】时空特征；时间图景；空间材料；存在法则；艺术形象

历史文化语境中的别尔戈丽茨列宁格勒围困主题创作

【作　者】杨正
【单　位】南京大学外国语学院
【期　刊】《俄罗斯文艺》，第 1 期，2017 年，第 43－51 页
【内容摘要】苏联战争文学中的列宁格勒（现名为圣彼得堡）围困主题长期以来是一片禁区。无论在战时还是战后，凡涉及列宁格勒围困的文学作品都受到了特别"照顾"。通过整理分析目前已解密的档案材料和文学史资料，结合对苏联女诗人别尔戈丽茨的《被囚禁的日记》的解读，列宁格勒围困文学存在的历史文化语境得以初步重现。而后，在这个历史文化语境中我们对别尔戈丽茨的有关生平与创作进行重新审视后发现，诗人的身份也跟着发生了变化：她从过去那个歌颂列宁格勒围困、歌颂英雄主义的现实主义经典女诗人、"被围之城的缪斯"变成了另一个视围困为人道主义灾难的见证人和无法说出全部真话的"被囚禁的缪斯"。进而，别尔戈丽茨的列宁格勒围困主题创作在新的时空视域中被赋予了新的现实意义，即由对战争创伤的记忆转化为对生命价值的观照。

【关键词】别尔戈丽茨的创作；列宁格勒围困主题；历史文化语境；生命价值观照

两个时代，两个海鸥——阿库宁对契诃夫《海鸥》的再创作

【作　者】马卫红
【单　位】浙江外国语学院西方语言文化学院
【期　刊】《俄罗斯文艺》，第 1 期，2017 年，第 37－42 页
【内容摘要】契诃夫的戏剧作品不仅是"新戏剧"的典范，而且因其具有很强的可辨识性、潜在的未完成性、结尾的开放性和复杂的思想内涵，而成为许多后现代主义作家进行改写和再创作的对象。这其中，阿库宁对《海鸥》的再创作可谓别具特色，他将一部抒情哲理剧改造成"谁是凶手"的杀人游戏，其文本融合了后现代主义创作手法、侦探小说、戏剧、电影蒙太奇等多种元素，在原作的象征意象、人物形象和主题思想等方面进行了大胆的解构和重构，旨在于荒诞戏谑中对当代社会中道德沦丧、人性缺失进行反思与批判，同时也为在新的历史语境下重读经典提供了新的思考视角。

【关键词】《海鸥》；契诃夫；阿库宁；改写；象征；艺术风格

量子意识视域下的《夏伯阳与虚空》的后现代空间叙事

【作　者】傅星寰；李俊学
【单　位】辽宁师范大学文学院
【期　刊】《俄罗斯文艺》，第 1 期，2017 年，第 29－36 页

【内容摘要】在维克多·佩列文的后现代主义经典之作《夏伯阳与虚空》中，其多时空交错的结构和碎片化叙述，是这部后现代主义小说引起学界普遍关注的重要特征之一。若从量子力学的角度考量，这些繁复的时空交错和碎片化叙述，其实只显现出两种空间维度的本质，即现实空间和非现实空间，它们具有不确定性和相对性。"现实空间"指的是当下的空间载体，是意识主体临时寄居的客观的空间场所，具有短暂的真实性。"非现实空间"是相对于"现实空间"的"意识空间"，指的是在当下的现实空间中意识主体的精神场域，也可以说是意识主体临时的记忆空间，具有短暂的虚幻性，它们始终处于"叠加"与"坍缩"的动态隐含和凸显之中。本文尝试运用后现代主义空间理论、量子力学原理及量子心理学对这一现象进行探究，考察游移在两个空间维度中的书中人在空间迷失下的身份、信仰和精神的迷失状态，以及作者对当代俄罗斯的命运和俄罗斯的精神归属问题的深度思考。

【关键词】夏伯阳与虚空；后现代；空间理论；量子意识

列夫·托尔斯泰的自然观与其小说中的人物形象

【作　者】张兴宇
【单　位】华东师范大学；青岛科技大学
【期　刊】《俄罗斯文艺》，第 3 期，2017 年，第 67－76 页
【内容摘要】列夫·托尔斯泰赋以大自然完美、至善的意象，张扬人与自然的和谐及大自然对人的道德情感的激发作用。在托尔斯泰的笔下，下层人民和正面贵族女性形象往往与大自然保持着密切无间的联系，通过他们，作家表达了对素朴的生命理想和自然生存方式的推崇；同时，借助大自然这一与人自身自然本性和社会物质文明相对比的意象，作家亦揭示了人被社会化后的精神异化现象及文明对人物内在精神层面的消极影响；作为托尔斯泰笔下著名的人物群像，"忏悔贵族"们无一例外受到大自然的感召，在心中意识到原本善的自我，进而确立了其生命意义，并走向了其人生道路上自我完善的新阶段。

【关键词】自然观；大自然；列夫·托尔斯泰；人物形象

论 Ф.М.陀思妥耶夫斯基的根基主义思想

【作　者】康斯坦丁·巴尔什特 [1]；许金秋 [2]
【单　位】康斯坦丁·巴尔什特 [1]，俄罗斯科学院俄罗斯文学研究所
　　　　　许金秋 [2]，吉林大学东北亚研究院
【期　刊】《甘肃社会科学》，第 3 期，2017 年，第 70－74 页
【内容摘要】陀思妥耶夫斯基的根基主义旨在建议宗教改革，视耶稣基督为人类道德的理想和精神追求的终极目标，希望在新基督教基础上使俄罗斯和全世界实现宗教复兴。善良、美好和慈爱的道德理想，即陀氏心目中的基督教的旨趣，能够团结和拯救世界。这种宗教的价值不在于正确执行教规礼仪，而在于生动地感受基督所遗训的兄弟般的友爱，使这种友爱贯穿人类在现实社会生活中的所有思想和行为。陀氏认为，正是这一点将是对俄罗斯和整个世界的救赎。

【关键词】根基主义；耶稣基督；道德理想；道德完善

论茨维塔耶娃诗歌中"潜藏的身体"

【作　者】李蓉

【单　位】浙江师范大学人文学院
【期　刊】《外国文学研究》，第 39 卷，第 4 期，2017 年，第 102－111 页

【内容摘要】茨维塔耶娃持有明确的精神高于身体的"身心二元"观念，对永恒的精神世界的追求构成了其诗歌价值的核心，然而，这并不意味着她诗歌中"身体"就消失了，实际上，她的诗歌所表现出的强烈反叛的个性，以及那火焰般的激情都是以身体为源的，也正是身体的存在保证了其诗歌的伟大和独异之处。从成因上来说，彼岸世界的理想必须以世俗生活为依托才能显示出其价值和意义；同时，肉体的受难也是精神飞升的前提条件；再者，没有生命激情的引领和带动，精神也难以高飞，精神的每一次飞升都需要以肉身为依据，否则"飞升"就变成了虚空和高蹈，也难以获得持久的动力。

【关键词】茨维塔耶娃；诗歌；身体；精神；爱情

论马姆列耶夫的形而上学现实主义诗学

【作　者】戴卓萌
【单　位】黑龙江大学俄罗斯语言文学与文化研究中心
【期　刊】《俄罗斯文艺》，第 4 期，2017 年，第 73－81 页

【内容摘要】尤里·马姆列耶夫是俄罗斯形而上学现实主义文学流派的创始人。他将隐喻性、形而上学和富含象征意蕴的因素以传统现实主义小说的形式融入自己的创作中。他的作品不仅凸显现实生活的特征，还涉及无法为视觉所感知的人之心路历程和当今世界与另一种现实相连的隐秘的一面，以及纯思辨的形而上学的实在诸如虚无、超自然的"我"等。马姆列耶夫继承了陀思妥耶夫斯基的传统，其小说情节怪诞，人物言行不囿常规，被誉为俄罗斯的卡夫卡。本文通过对《黑镜子》《墓穴人》《我非常满足！》等小说的分析，以揭示马姆列耶夫创作诗学的某些特点。

【关键词】形而上学现实主义；非存在；陀思妥耶夫斯基传统

论夏济安与陀思妥耶夫斯基

【作　者】龚刚
【单　位】澳门大学人文学院
【期　刊】《中国比较文学》，第 3 期，2017 年，第 146－159 页

【内容摘要】俄国小说巨匠陀思妥耶夫斯基对中国文艺界的影响是一个关乎中国文学以至中国文化的自省与革新的重大问题。陀氏小说所彰显的通过文学叙事深思人类本性与生命价值的创作取向与严肃态度，既与海外华文文学批评界的代表人物夏济安的心性相契合，也一举奠定了夏济安文艺价值观的思想基础。事实上，即使在当代中国文坛，也迄未出现陀氏小说式的博大、厚重、深邃的"道德反思之作"与"哲学化小说"。本文从夏济安对陀思妥耶夫斯基的接受与评价、陀思妥耶夫斯基对夏济安文艺观的影响、陀思妥耶夫斯基对夏济安创作倾向及生活态度的影响等三个方面，较全面地探讨陀氏对夏济安的影响，并对陀氏的美学精神、宗教精神对中国文学的启示意义略加申说。

【关键词】夏济安；《夏志清夏济安书信集》；陀思妥耶夫斯基；宗教精神；中国现代文学的缺陷

罗蒙诺索夫"文体三品说"诗学价值重议

【作　者】蒙曜登

【单　位】石河子大学外国语学院；北京大学外国语学院

【期　刊】《俄罗斯文艺》，第 2 期，2017 年，第 92－100 页

【内容摘要】罗蒙诺索夫于 1758 年提出的"文体三品说"，由"词汇三品说"和"体裁三品说"构成，公认深刻影响了现代俄罗斯标准语及诗学的形成与发展。相比之下，对俄语的影响讨论较多，对诗学（文学理论）的影响却很少有专题研究。本文梳理"文体三品说"国内外研究现状，根据罗蒙诺索夫传记溯源该理论与古希腊、罗马的修辞学、诗学的学理关联，从诗学角度分析该理论与 18 世纪俄罗斯修辞学、古典主义文学及俄语文学语言的关系，探讨该理论对古典主义文学的影响及其之后的演变，借此管窥俄罗斯古典主义诗学面貌，以助益俄罗斯古典主义文学及其后民族诗学之形成的探索。

【关键词】俄语；文学；修辞；诗学；"文体三品说"

罗赞诺夫对陀思妥耶夫斯基的继承与超越

【作　者】吴琼

【单　位】黑龙江大学俄语学院

【期　刊】《俄罗斯文艺》，第 2 期，2017 年，第 66－75 页

【内容摘要】罗赞诺夫对陀思妥耶夫斯基创作的继承不可否认，但其在继承基础上的创新性更具特色。目前学界大多着眼于承继而忽略创新，这种单一视角势必难以挖掘罗氏文体的独特魅力。本文通过对二者的异同进行对比研究，试图解读罗氏创作中对"非文学的文学"形式的探索，对新文体中复调的建构，断续思想的特点以及作者形象与狂欢化。

【关键词】罗赞诺夫；陀思妥耶夫斯基；新文体；"三部曲"

洛谢夫象征美学理论与陀思妥耶夫斯基的艺术世界

【作　者】刘锟

【单　位】黑龙江大学

【期　刊】《俄罗斯文艺》，第 2 期，2017 年，第 52－58 页

【内容摘要】俄罗斯 20 世纪最后一位唯心主义哲学家洛谢夫一生发表和出版了大量的美学领域的重要著述，其思想体系具有深刻的哲学内涵和辩证法特征。而象征是洛谢夫哲学美学理论中的重要概念，这一概念不但融汇在其整个理论探索和逻辑分析之中，而且也融汇在后期的理论建构中。洛谢夫认为，象征是世界存在本质最直接和必不可少的表达，这种象征理论对于揭示陀思妥耶夫斯基创作和艺术世界的奥秘是一个具有重要价值的视角和方法。

【关键词】洛谢夫；陀思妥耶夫斯基；象征

曼德尔施塔姆诗集《石头》的"世界文化"网络

【作　者】王永

【单　位】浙江大学外国语言文化与国际交流学院

【期　刊】*Interdisciplinary Studies of Literature*，第 1 卷，第 4 期，2017 年，第 120－131 页
【内容摘要】"对世界文化的眷恋"是俄罗斯诗人曼德尔施塔姆提出的阿克梅派的创作理念之一。这一理念充分体现在其第一部诗集《石头》中。本文从俄罗斯国家语料库提取该诗集相关词汇的数据，以此为线索，揭示出其"世界文化"网络构成的三大特征：1）诗集的 "世界文化"网络，是一个涵盖了上下数千年、纵横几万里的巨大网络，其中体现欧洲文化的节点最为密集；2）在诗集的"世界文化"网络中，古希腊罗马文化占有独特地位，其中罗马构成了"世界文化"的核心；3）在"世界文化"网络中，文学艺术构成其中至关重要的节点。这些特征既同诗人的生活经历有关，又反映出诗人对人类文明及俄罗斯文化的深层思考。
【关键词】曼德尔施塔姆；《石头》；统计分析；"世界文化"；网络

梅杜萨之筏：评《德军占领的卢浮宫》

【作　者】张晓东
【单　位】教育部区域和国别研究培育基地北京师范大学俄罗斯研究中心；黑龙江大学俄语语言文化研究中心
【期　刊】《俄罗斯文艺》，第 4 期，2017 年，第 4－11 页
【内容摘要】亚历山大·索科洛夫的电影《德军占领的卢浮宫》讲述了二战期间卢浮宫艺术品的命运。但电影中的卢浮宫更像是俄罗斯的镜像，是电影作者吟诵的一阕挽歌：这是传统的俄罗斯知识分子为旧世界的欧罗巴吟诵的挽歌。影片从一个俄罗斯知识分子的视角，通过"艺术品与权力"等命题的思考，表达了作者对人文主义、人道主义理想在当代世界所遭遇危机的深度焦虑，对欧共体理想的深度思考，并与欧盟、俄罗斯的"当下文本"产生了很多耐人寻味的思想碰撞。
【关键词】亚历山大·索科洛夫；镜像；卢浮宫；欧洲共同体；知识分子；科耶夫

梦境与呓语——果戈理创作中的"个体世界"初探

【作　者】徐晓宇
【单　位】南京大学文学院
【期　刊】《俄罗斯文艺》，第 2 期，2017 年，第 101－108 页
【内容摘要】果戈理在《可怕的复仇》《维》《狂人日记》等七篇作品中高度统一地构建了一个模式化的世界：主人公无父无母孤身一人，由于某种激情而被恶魔力量引诱开始堕落，堕入一个隔绝而激荡的时空内不能自拔，最终精神错乱而死。梦化的超自然历险、梦境与呓语是这一时空的外在形式，而双重意识的消长斗争是其内在的运行机制。这一时空似乎就是一个外化的心理时空，或者说，是个体心理在现实世界的投影。因而，它被称为"个体世界"。
【关键词】果戈理；个体世界；《可怕的复仇》；《维》；《狂人日记》

民族精神的铸造：东正教与俄罗斯文学

【作　者】张杰
【单　位】南京师范大学外国语学院
【期　刊】《江海学刊》，第 4 期，2017 年，第 191－197 页
【内容摘要】任何一个民族的文学既是现实生活的形象反映，更是民族精神的艺术弘扬。19 世

纪以来，俄罗斯文学在相当长的历史时期中，是东正教与俄罗斯社会现实相互对话的产物。"弥赛亚"和"聚和性"等意识，作为俄罗斯民族东正教文化的本质特征，一方面极大提升了俄罗斯文学经典的思想内涵，使得西欧知识界对俄罗斯的认知发生了巨大的转变；另一方面又深刻影响着俄罗斯文学的艺术创作形式，特别是诗歌、小说等的诗学结构。同时，俄罗斯文学经典的创作，也在很大程度上不断丰富着东正教的内涵和表现形式，拓展了东正教文化的阐释空间，促使着东正教文明的发展。这种精神与现实、思想与艺术之间的对话与交融，形成了俄罗斯文学文本和艺术形象的意义再生机制。

【关键词】东正教；俄罗斯文学；民族精神

纳博科夫与什克洛夫斯基诗学对话探微

【作　者】赵晓彬
【单　位】哈尔滨师范大学俄罗斯文化艺术研究中心
【期　刊】《外国文学研究》，第 39 卷，第 1 期，2017 年，第 140－149 页
【内容摘要】纳博科夫和什克洛夫斯基同为 20 世纪 20 年代柏林的俄侨作家和批评家。二人在侨居生活与文学活动上有着近似的命运和际遇，在具体创作与诗学探索上则构成潜在的诗学对话与交流，这在短篇小说"柏林向导"和自传体小说《动物园》有具体而微的呈现。这种诗学对话表明，在呼应什克洛夫斯基陌生化审美原则的同时，纳博科夫更多的是对形式主义诗学的继承性超越。

【关键词】纳博科夫；什克洛夫斯基；诗学对话；"柏林向导"；《动物园》

欧亚主义的哲学与文学之源

【作　者】杨明明
【单　位】上海交通大学人文艺术研究院；上海交通大学外国语学院
【期　刊】《俄罗斯文艺》，第 4 期，2017 年，第 59－65 页
【内容摘要】俄罗斯与西方和东方、欧洲和亚洲的关系问题一直是俄罗斯社会思想与历史文化领域的一个"斯芬克斯之谜"。欧亚主义作为一个兴起于 20 世纪 20 年代俄国侨民界的政治思想与历史哲学流派，在继承和发展俄罗斯社会思想传统的基础上，对其给出了自己的答案。本文从哲学与文学的角度阐析了欧亚主义的思想来源，探讨了俄罗斯地缘位置与历史发展进程的独特性、斯拉夫主义这一俄罗斯传统的社会思想语境、斯宾格勒的西方危机理论以及俄罗斯文学千年来对"西方还是东方"这一命题的书写与回答等因素对欧亚主义的形成所产生的影响，多方位地考察了欧亚主义的历史文化根基。

【关键词】欧亚主义；俄罗斯文学；斯拉夫主义；丹尼列夫斯基；斯宾格勒

批评之镜：陀思妥耶夫斯基作家经典在俄国的生成

【作　者】顾宏哲
【单　位】辽宁大学外国语学院
【期　刊】《俄罗斯文艺》，第 2 期，2017 年，第 76－84 页
【内容摘要】本文试图通过批评之镜透视陀思妥耶夫斯基作家经典在俄罗斯的生成之路。陀思妥耶夫斯基无疑是一位伟大的作家，但其经典生成之路十分曲折，而批评界在其中扮演着十分

重要，但远非友好的角色。由于创作的超前性、创新性和深刻性，更由于总是为穷人说话，作家生前很少得到批评界的理解和赞美，得到的更多是批判与不解。作家去世之后，评论界的态度悄悄地发生了变化，尽管仍是褒贬不一，但已经开始将陀思妥耶夫斯基与托尔斯泰等大家相提并论。苏联官方评论对作家先抑后扬，最终于 20 世纪 60 年代末期正式确立了陀思妥耶夫斯基经典作家的地位。如今，陀思妥耶夫斯基已经成为全世界公认的最好的作家之一。

【关键词】批评；经典生成；超前性；创新性；深刻性

普希金《别尔金小说集》的文学伦理学批评审视

【作　者】吴笛
【单　位】浙江大学世界文学与比较文学研究所
【期　刊】*Interdisciplinary Studies of Literature*，第 1 卷，第 4 期，2017 年，第 61－69 页
【内容摘要】本文从文学伦理学批评的视野审视俄国著名作家普希金后期的重要作品《别尔金小说集》。全文主要从两个方面展开。一是审视爱好决斗的主人公西尔维奥在决斗过程中所体现的正直与英勇，以及对生命意义的尊崇；二是审视在这部小说集中具有突出意义的"独生女儿"形象，探究三个来自不同阶层的"独生女儿"因为家庭教育而引发的悲剧事件以及所涉及的伦理教诲等命题。

【关键词】普希金；文学伦理学批评；《别尔金小说集》

身份焦虑与身份认同——也谈《地下室手记》

【作　者】曾思艺
【单　位】天津师范大学文学院；北京第二外国语学院陀思妥耶夫斯基研究中心
【期　刊】《俄罗斯文艺》，第 2 期，2017 年，第 24－33 页
【内容摘要】《地下室手记》包含了相当丰富而现代的思想内涵，可以从身份焦虑和身份认同角度揭示这部小说所蕴含的现代意义或当代意义。身份焦虑是指人的内心所潜藏的对自己身份的一种担忧或焦虑；身份认同主要指追求与他人相似（有哪些共同之处）或与他人相异（有哪些区别）。小说中的无名主人公因自幼父母双亡寄居远亲家里，有着强烈的身份缺失和身份焦虑感，学校同学们的嘲笑和淡漠进一步加重了其身份焦虑感。小说更通过三个具体的事件，生动地刻画出了主人公强烈的身份焦虑及突出的身份认同困境：第一件事是与一位军官的较量，主要表现身份焦虑；第二件事是参加同学送别宴会，主要表现身份认同；第三件事是与妓女丽莎的交往，主要表现保持身份的困境。经历了这三次事件后，主人公只有与世隔绝，躲进地下室中，最终成了人们口中所说的那种典型的矛盾体，永远无法摆脱身份焦虑，更无法找到身份认同，连自己是怎样的人都无法搞清。这样，作家就超前地表现了现代人才有的那种身份焦虑与身份认同的困境，使作品独具现代性甚至当代性。

【关键词】身份；身份焦虑；身份认同；地下室手记

什克洛夫斯基与"谢拉皮翁兄弟"

【作　者】赵晓彬；刘淼文
【单　位】哈尔滨师范大学斯拉夫语学院
【期　刊】《俄罗斯文艺》，第 2 期，2017 年，第 85－91 页

【内容摘要】什克洛夫斯基是 20 世纪 20 年代俄国著名形式主义文艺学派"奥波亚兹"的重要代表，也是同时代俄苏著名文艺团体"谢拉皮翁兄弟"的精神导师和灵魂人物。"奥波亚兹"与"谢拉皮翁兄弟"是两个志趣相通的文艺先锋队。"兄弟们"的小说实验与什氏的"陌生化"小说理论之间有着互通、互验的关系。

【关键词】什克洛夫斯基；"奥波亚兹"；陌生化；"谢拉皮翁兄弟"；小说实验

世纪的苦难：诗的见证：试论《没有主人公的叙事诗》

【作　者】曾思艺
【单　位】天津师范大学文学院
【期　刊】 *Interdisciplinary Studies of Literature*，第 1 卷，第 3 期，2017 年，第 122－132 页
【内容摘要】本文在国内外关于《没有主人公的叙事诗》的论述外，提出了新的见解。该诗的三部以不同的内容从不同的角度表现了 20 世纪的苦难：第一部《一九一三年》（《彼得堡故事》）主要写知识分子的悲剧——孤独与死亡（自杀），展示 20 世纪的人在精神上的苦难；第二部《硬币的背面》，表现苏联 20 世纪 30 年代社会生活的负面问题，主要写人在一个不正常的社会里所受的苦难；第三部《尾声》，进一步写 20 世纪全人类的苦难——战争给所有人带来的不幸、死亡和毁灭。而这些，通过诗的艺术表现出来，新颖而独特，具体表现为：第一，大度跳跃；第二，文本间性；第三，多样合一；第四，史诗特征。

【关键词】阿赫玛托娃；《没有主人公的叙事诗》；诗歌；20 世纪；苦难

试论契诃夫晚期小说的开放式结局

【作　者】何冰琦
【单　位】南开大学
【期　刊】《俄罗斯文艺》，第 2 期，2017 年，第 109－114 页
【内容摘要】契诃夫在创作晚期采用"留白"的艺术手法设置了不少戛然而止却意味深长的开放式结局，通过"完形心理学"（格式塔心理学）理论作用于读者。故而其开放式结局实现了作家的文学使命。本文归纳了契诃夫晚期小说的开放式结局，总结了开放式结局的表现，从社会及个人两个方面分析了开放式结局的成因，最后从文学以及社会评价的角度解读开放式结局的意义。

【关键词】契诃夫；晚期小说；开放式结局

试论契诃夫小说中的物象反复

【作　者】郑晔 [1]；王加兴 [2]
【单　位】郑晔 [1]，南京大学外国语学院
　　　　　王加兴 [2]，江苏师范大学外国语学院
【期　刊】《俄罗斯文艺》，第 1 期，2017 年，第 67－73 页
【内容摘要】契诃夫的小说拥有独特的文体风格，而"反复"的巧用是形成其风格特征的重要因素。在契诃夫笔下，物象的反复表现得尤为突出，它成了作家小说叙事的有效策略。本文以细读文本为基础，探讨了物象的反复在契诃夫小说中所具有的三种主要功能：衍生象征意义、刻画人物形象、推动情节发展。

【关键词】契诃夫小说；物象；反复

思辨与契合——约瑟夫·布罗茨基与苏珊·桑塔格论"美"

【作　者】张艺
【单　位】南京理工大学外国语学院
【期　刊】《俄罗斯文艺》，第 1 期，2017 年，第 59－66 页
【内容摘要】说到对"美"的复杂思绪梳理最深刻的人，约瑟夫·布罗茨基与苏珊·桑塔格可说是其中的翘楚。他们跨越不同的文化传统和语言背景，在论"美"问题上的接触、相遇、碰撞与契合，这一过程给我们提供了提出"布罗茨基与桑塔格"意义上的美的艺术哲学是否存在的逻辑前提，包含了对自然之美与艺术之美的思辨、新历史主义背景下对消费主义的应对、强烈经验的情感对"美"的等级制与美的理想的统一、美学与伦理的关系问题的重新思索四个方面。尤其有研究价值的是布罗茨基对桑塔格的美学探索航程的转舵作用，他提出"美将拯救世界"的著名命题以及高于创造性写作的"美"的人道主义和世界主义运动的重要地位。
【关键词】约瑟夫·布罗茨基；苏珊·桑塔格；论"美"思辨；契合

索洛维约夫的文化本体论

【作　者】弗·波鲁斯[1]；张百春[2]
【单　位】弗·波鲁斯[1]，北京师范大学俄罗斯研究中心
　　　　　张百春[2]，北京师范大学哲学学院
【期　刊】《俄罗斯文艺》，第 1 期，2017 年，第 145－151 页
【内容摘要】索洛维约夫生活在欧洲文化危机的时代。大部分欧洲思想家开始对文化自身进行批判，甚至有人否定文化的意义。与此不同，索洛维约夫承认文化自身的意义，并为文化寻找本体论基础，建立一切统一的哲学，把文化纳入存在的统一之中。他的神权政治社会理论具有明显的乌托邦性质，最终他自己也对这个乌托邦感到失望。但是，他始终没有对文化自身丧失信心，一生都在对抗文化的危机。
【关键词】索洛维约夫；文化；存在；索非亚；乌托邦

塔尔图符号学视阈下的翻译研究：从现实到历史的回归——析《城堡》主人公马尔措夫的形象

【作　者】闫吉青
【单　位】河南大学外语学院
【期　刊】《俄罗斯文艺》，第 4 期，2017 年，第 105－111 页
【内容摘要】马尔措夫是 2016 年"俄语布克奖"获奖作品《城堡》的主人公，他是一个热忱的考古学家、历史学家，对考古事业无限忠诚，最终为捍卫他心中神圣的城堡而殉命。小说标题具有鲜明的象征意义，"城堡"不仅指已经成为古迹和废墟的形而下的实际的城堡，更重要的是指人的形而上的精神、意志和信仰的"城堡"。马尔措夫这一形象的塑造体现出作家阿列什科夫斯基对俄罗斯民族命运和前途的深切关注与忧虑。作家希望人们通过理解历史，反省历史，更好地认识现实，直面现实中的困境，从而不断地趋近真理。
【关键词】现实；历史；《城堡》；马尔措夫的形象

陀思妥耶夫斯基长篇小说中的世界信息图景——映像的结构与诗学（以《罪与罚》为例）

【作　者】帕·福金[1]；陈思红[2]

【单　位】帕·福金[1]，俄罗斯陀思妥耶夫斯基故居博物馆
　　　　　陈思红[2]，北京大学外国语学院俄语系

【期　刊】《俄罗斯文艺》，第 2 期，2017 年，第 10－15 页

【内容摘要】陀思妥耶夫斯基是最早将信息空间视为人的社会存在之最为重要的因素与产物的人之一，其作品呈现出信息空间的多样性与复杂性。陀思妥耶夫斯基在对信息对象和信息传播过程的描述及研究中，基于自己的发现创建了新的艺术手段与艺术形式。其小说的叙事结构与高度组织的信息空间直接相关。陀思妥耶夫斯基的主人公们持续活跃地进行着不同程度、不同目的的信息产品的创造、发展和分配。费·米·陀思妥耶夫斯基艺术地发现了信息现实并创建了独特的再现信息现实的诗学。本文以长篇小说《罪与罚》为例，展现了陀思妥耶夫斯基艺术地再现信息现实的诗学特点。

【关键词】陀思妥耶夫斯基；《罪与罚》；诗学；信息空间；信息产品；证据；口供

陀思妥耶夫斯基的心智事件

【作　者】沃尔夫·施密德[1]；张变革[2]

【单　位】沃尔夫·施密德[1]，德国汉堡大学
　　　　　张变革[2]，北京第二外国语学院陀思妥耶夫斯基研究中心

【期　刊】《俄罗斯文艺》，第 2 期，2017 年，第 4－9 页

【内容摘要】事件是叙事作品的核心内容，是指内在状态和外在状态发生的改变。陀思妥耶夫斯基的长篇小说《卡拉马佐夫兄弟》中充满人物发生精神转变和思维方式改变的心智事件。本文探讨这些转变发生的具体情况以及引发人物思维方式改变的因素，认为促成这种心智事件的决定因素是良心之声。文章探寻心智事件的典型特征及其相伴现象，进而分析其带来的思维方式及行为方式的变化，说明心智事件对主人公生活产生的深刻影响。

【关键词】事件；心智事件；转变

陀思妥耶夫斯基的自由问题："人神"还是"神人"？

【作　者】罗妍

【单　位】中国人民大学文学院

【期　刊】《俄罗斯文艺》，第 2 期，2017 年，第 59－65 页

【内容摘要】陀思妥耶夫斯基作品的主人公有人神和神人两个基本类型，前者是富于理性精神和自由意志的现代思想者的精神群像，后者是基督教传统中以基督为典范的理想人格的代表。通过这两类人物的对比，陀思妥耶夫斯基探讨的是自由问题：人神以独立自由的思想武装自己，试图按自由意志改造世界，把人类的生存建立在理性规划的基础上，看似是追求人类的自我解放，但最终会走向专制和不自由。反之，类基督的神人通过效法基督的虚己，以自由之爱取代理性权威和强制性，才是自由精神的真正化身。

【关键词】自由；人神；神人；基督

陀思妥耶夫斯基与卡特科夫

【作　者】朱建刚
【单　位】苏州大学外国语学院

【期　刊】《俄罗斯文艺》，第 4 期，2017 年，第 50－58 页

【内容摘要】在陀思妥耶夫斯基的创作生涯里，卡特科夫的作用不容小觑。作家从 19 世纪 60 年代与之争论开始，到 1880 年在普希金纪念碑落成仪式上的惺惺相惜，其间走过了一段争论与合作的时期。全文通过两方面揭示卡特科夫对陀思妥耶夫斯基创作的意义：一方面是 19 世纪 60 年代卡特科夫与作家在《现代人》问题、"女性解放"等问题上持有的不同看法；另一方面则是两人关于《罪与罚》和《群魔》创作过程中的一些争论。本文认为，卡特科夫对陀思妥耶夫斯基的创作总体来说起到了积极推动的作用，根本原因在于两人在思想倾向上的一致。这一点是此前陀学研究较少涉及的。

【关键词】陀思妥耶夫斯基；卡特科夫；《时报》；《俄国导报》

陀思妥耶夫斯基作品中作为创作手法的"主人公的错误"

【作　者】塔·卡萨特金娜[1]；张变革[2]
【单　位】塔·卡萨特金娜[1]，俄罗斯科学院世界文学研究所
　　　　　张变革[2]，北京第二外国语学院；陀思妥耶夫斯基研究中心

【期　刊】《俄罗斯文艺》，第 3 期，2017 年，第 41－51 页

【内容摘要】陀思妥耶夫斯基作品中总是存在着由文本空间、潜文本空间或外文本空间构成的维度，与此相关，作品中主人公的"偏离"和"错误阐释"，如果没有被直接纠正，就被确定为曲解和错误。本文要说明的是，这个维度在不同情形中是如何被陀思妥耶夫斯基确立的，以及这个维度是如何以作品整体性的方式被确立。乍看起来，这个维度与作品中主人公包含错误的简短言论毫无共同之处——然而，这些错误几乎总是带有主人公世界观的基本特征。

【关键词】陀思妥耶夫斯基；19 世纪俄罗斯文学；作者叙事策略；主人公的错误；文学技巧

万比洛夫在中国的传播与接受

【作　者】王树福
【单　位】华中师范大学文学院；华中师范大学湖北文学理论与批评研究中心；黑龙江大学俄罗斯语言文学与文化研究中心

【期　刊】《山东外语教学》，第 38 卷，第 1 期，2017 年，第 75－83 页

【内容摘要】在跨语际实践和跨文化语境中，万比洛夫在中国主要呈现出三种别样的维度：其一是以译介为主，注重剧作的文本维度，体现出译者的主动性和审美性，凸显的是文本之美和译介之功；其二是以舞台为主，注重剧演的舞台维度，侧重出导演的二度创作和美学认知，凸显的是演剧之美和导演之力；其三是以研究为主，注重学理的思想维度，展示出学者的深度和主体的眼光，凸显的是思想境界和他者眼光。万比洛夫在当代中国的传播接受，与当代中国的社会政治态势、中俄文化关系、文学总体态势以及时代主流话语等不同因素密切相关。由此，万比洛夫在中国的传播与接受，成为管窥当代中俄戏剧关系、当代俄罗斯戏剧研究和当代中国戏剧转型的一个范例标本和典型缩影。

【关键词】万比洛夫；译介传播；舞台剧演；学理研究；当代俄罗斯戏剧

王西里的《中国文学史纲要》与近代欧洲东方学及其中国观

【作　者】李群
【单　位】湖南大学文学院
【期　刊】《俄罗斯文艺》，第 1 期，2017 年，第 127－134 页
【内容摘要】王西里的《中国文学史纲要》的诞生，与近代实证史学对王西里的深刻影响密切相关。但考察王西里研究中国文字的思路和方法，剖析其评论中国文明的观点，他深受近代欧洲东方学的思想和研究方法的影响。《中国文学史纲要》的问世，还与沙皇俄国对中国的殖民政策，以及俄国人的东方观息息相关，其中俄国人的双重民族性格是此期俄国东方学研究兴盛的潜在动力。《中国文学史纲要》对中国宗教、中国文字、文学的研究和认识，在世界汉学史上占有重要地位。其中透露出的王西里的中国观，值得我们重视和研究。
【关键词】王西里；《中国文学史纲要》；欧洲东方学；中国观

围绕《克莱采奏鸣曲》的一场家庭文学之争

【作　者】吴允兵
【单　位】对外经济贸易大学外语学院
【期　刊】《俄罗斯文艺》，第 3 期，2017 年，第 59－66 页
【内容摘要】列夫·尼古拉耶维奇·托尔斯泰在创作出《克莱采奏鸣曲》之后，其夫人索菲娅·安德烈耶芙娜·托尔斯泰娅和儿子列夫·利沃维奇·托尔斯泰各自创作出文学作品对其进行回应，这构成了世界文学史上极为少见的现象。本文将对这场文学之争及三部作品做出较为详细的分析。
【关键词】《克莱采奏鸣曲》；列夫·托尔斯泰；索菲娅·托尔斯泰娅；列夫·利沃维奇·托尔斯泰

文学接受的不同文化模式——以俄罗斯文学在中国的接受为例

【作　者】汪介之
【单　位】南京师范大学文学院
【期　刊】《江西社会科学》，第 37 卷，第 11 期，2017 年，第 82－87 页
【内容摘要】世界各国、各地区、各民族和各语种文学之间的交流史清晰地显示出，对于同一文学的接受往往会呈现出不同的文化模式。这一现象，在中国学界对俄罗斯文学特别是 20 世纪俄罗斯文学的接受中，体现得特别明显。纵观进入 20 世纪以来中国文学对于俄罗斯文学的接受史，不难看出这种接受主要显示为三种不同的文化模式，三种不同的思路与取向。系统梳理俄罗斯文学在中国的接受史，深入考察这三种模式，对于我们总结接受外国文学的历史经验，具有重要的学术意义。
【关键词】文学接受；文化模式；俄罗斯文学

西方文论关键词：欧亚主义

【作　者】王希悦
【单　位】东北农业大学俄语系
【期　刊】《外国文学》，第 3 期，2017 年，第 72－83 页
【内容摘要】欧亚主义是 20 世纪 20 年代出现于俄侨知识分子阶层的一种思想潮流，它从自然－地理前提出发，广延至历史、文化、经济、政治、文学及宗教等诸多领域。欧亚主义者根植于本国土壤，强调俄罗斯的独特性，提出许多颇有见地的思想和主张，积极为转型中的俄罗斯发展探求道路。在同期文学创作中，欧亚主义思想亦有萌生和书写。我们在梳理该思想产生的社会背景、理论渊源及核心内容基础上，着重分析维·伊万诺夫、勃洛克、别雷以及阿·托尔斯泰、皮里尼亚克、普拉东诺夫等作家创作中的欧亚主义观念。借助"东方与西方""民族与世界""传统与现代"等主题，诠释欧亚主义思想与文学创作的相互丰富作用。欧亚主义是俄罗斯民族意识增强的一种彰显，亦是俄罗斯思想发展的一个不可或缺的重要环节。
【关键词】欧亚主义；民族自觉意识；俄罗斯思想；文学创作

系统·多元·先锋：中国契诃夫戏剧研究（2004－2015）

【作　者】张凌燕[1]；凌建侯[2]
【单　位】张凌燕[1]，西安外国语大学俄语学院
　　　　　凌建侯[2]，北京大学外国语学院
【期　刊】《南京大学学报（哲学·人文科学·社会科学）》，第 54 卷，第 5 期，2017 年，第 130－140 页
【内容摘要】"契诃夫"是一个永恒的话题，各个时代都有对其创作的独特阐释。2004 年至 2015 年对中国的契诃夫研究者来说是具有特殊意义的十二年，其间举办了许多纪念活动，对契诃夫戏剧的关注度持续上升。本文基于这一时期国内契诃夫戏剧研究相关文献，从翻译、论著、舞台实践三个方面进行梳理与评析，分别呈现其蕴含的系统性、多元性和先锋性特质，以期厘清近十几年来中国契诃夫戏剧研究的演进脉络，对考察经典重释在中国戏剧研究和舞台实践中的当代意义有所裨益。
【关键词】契诃夫；戏剧；文本研究；舞台实践

新世纪文化转型中的中国陀思妥耶夫斯基译介与研究

【作　者】刘娜
【单　位】中国社会科学院研究生院
【期　刊】《俄罗斯文艺》，第 1 期，2017 年，第 145－151 页
【内容摘要】进入新世纪后，中国学术界在文化转型中迎来了陀思妥耶夫斯基新的研究热潮，在广度和深度上都取得很大的进步。一系列作家作品、传记、国外的优秀研究成果被译成中文并出版，中国学者也纷纷从文学、美学、宗教、哲学、历史等角度采用多种研究方法来探讨陀思妥耶夫斯基创作的丰富性。国际学术会议的召开和"中国陀思妥耶夫斯基研究中心"的成立为中国的陀氏研究学者提供了交流的平台。本文在梳理新世纪十五年间中国陀思妥耶夫斯基译介与研究成果、学术活动和组织情况的基础上，总结其主要特点，并在与国际陀学界的比较中

对接下来的研究方向和前景进行展望。

【关键词】陀思妥耶夫斯基；中国；译介与研究；新世纪；文化转型

新文化生态与文学批评实践——当代俄罗斯文学批评话语转型研究

【作　者】姜磊
【单　位】浙江大学外国语言文化与国际交流学院

【期　刊】《俄罗斯文艺》，第 1 期，2017 年，第 14－21 页

【内容摘要】社会主义现实主义文学、后现代主义文学、后现实主义文学等文学批评话语的相互角力贯穿于后苏联文化空间。新文化生态中，俄罗斯文学批评话语的生成、发展和更迭，不仅映射了俄罗斯社会文化的当代化转型历程，且其自身正是这一历程中重要、不可或缺的组成。时代文化范式之间的激烈冲突具象化为不同代际的批评家们之间的更新换代，批评话语的转型表现为批评理念的革新及主导批评话语权的更替。批评话语转型是反观俄罗斯历史进程和俄罗斯文化生态演变的一面镜子，而把握转型期俄罗斯社会文化生态特质，是深入探究后苏联文学批评的有效路径。

【关键词】文学批评；话语；转型；文化生态

一个岛能有多少名字

【作　者】卜键

【期　刊】《读书》，第 6 期，2017 年，第 58－68 页

【内容摘要】契诃夫笔下的库页岛，是俄据后辟为苦役地的萨哈林岛。它由昔日的僻远宁谧之地，变成悲怆喧嚣、满布疮痍与罪恶的地方。到处是犯罪和受罪，犯罪的也难免受罪，受罪的往往更为卑劣凶残。很多的人没有自由与尊严，很少有人会施以同情和互助，暴虐欺凌存在于所有的村屯场监。就连文中不多的景物描写，那自然而及的抒情笔墨，都如同笼罩着一层层凄迷之雾。

【关键词】无

一种文学边界——弗·索罗金空间书写中的中国形象

【作　者】田洪敏
【单　位】上海师范大学人文与传播学院

【期　刊】《当代外国文学》，第 38 卷，第 2 期，2017 年，第 122－127 页

【内容摘要】当代俄罗斯作家索罗金是时代的反叛者，其写作是一种空间诗学观念的生发。苏联时期的文化空间是其内部空间，具有文化同一性，是自我界定的文化先进地带，是一种被迫的自我隔离，是拟建立平均主义的等级制度和帝国综合症候。而当代俄罗斯文学正在进入一个新的文化空间，索罗金的中国书写使得这一空间建构成为一种文学的可能。中国形象作为一种文学边界，在作家笔下呈现出一定的物质存在，是俄罗斯文化的一种现实，而非他者书写，是索罗金对俄罗斯新文化空间的未来写作，是克服俄罗斯文化时间断裂，建构空间永恒性的尝试。

【关键词】弗·索罗金；空间书写；中国形象；文学边界

仪式在俄国象征主义戏剧场面中的功能和形式

【作　者】姜训禄

【单　位】中国石油大学

【期　刊】《俄罗斯文艺》，第 3 期，2017 年，第 31－40 页

【内容摘要】场面是戏剧的基本组成单位，是一定时间、一定环境内人物、行动的组织方式。俄国象征主义戏剧的最高目标是"创造生活"，即通过戏剧建构理想世界的典范。仪式的功能与俄国象征主义戏剧的"创造生活"诉求不谋而合，成为剧作家开掘戏剧场面的组织形式。仪式化场面呈现出独特的人物关系和世界秩序，是剧作家戏剧思想的直观注解，是对个体存在的别样思考。

【关键词】仪式；俄国象征主义戏剧；场面；合唱

英语世界的《宗教大法官》研究

【作　者】侯朝阳

【单　位】信阳师范学院文学院；北京第二外国语学院陀思妥耶夫斯基研究中心

【期　刊】《俄罗斯文艺》，第 2 期，2017 年，第 34－43 页

【内容摘要】百余年来，英语学界对《宗教大法官》进行了全面、充分的阐释，涉及长诗的背景设置、文体特征、材料来源、形象解读、主题思想和诗学等各方面内容，成果丰硕，见解独到，对深入理解陀思妥耶夫斯基具有重要的借鉴意义。

【关键词】陀思妥耶夫斯基；《宗教大法官》；英语世界

与世界对话：小说《从莫斯科到佩图什基》的对话性论略

【作　者】皮野

【单　位】山东大学外国语学院

【期　刊】《俄罗斯文艺》，第 4 期，2017 年，第 82－89 页

【内容摘要】俄罗斯当代文学经典《从莫斯科到佩图什基》的体裁命名（поэма）源于果戈理传统。无论是在篇章的组织形式上，还是在作品的主题思想上，《从莫斯科到佩图什基》都彰显出鲜明的对话性。从根本上说，"维涅奇卡"从莫斯科前往佩图什基的旅行是具有共在之意的事件，它促成了俄罗斯民族宏大的"不停歇之旅行"文本的聚合，这是一次动态的、开放的、没有终结的互动式对话。

【关键词】《从莫斯科到佩图什基》；体裁；对话性

彰显的与遮蔽的：《生死疲劳》俄译名考辨

【作　者】王树福

【单　位】华中师范大学文学院；华中师范大学湖北文学理论与批评研究中心；黑龙江大学俄罗斯语言文学与文化研究中心

【期　刊】《中国俄语教学》，第 36 卷，第 1 期，2017 年，第 51－57 页

【内容摘要】在跨文化语境中，如何正确翻译书名，不仅涉及读者接受和阅读期待，也关涉叙述方式和小说题旨，更涉及翻译修辞与接受效果。文学文本翻译不应仅仅以语言学和翻译学为

中心，关注以语义内涵为坐标的线性序列状态，也要以文艺学和文化学为中心，注重话语的分散特性和知识的断裂传统，将两者有机结合起来。

【关键词】《生死疲劳》；译名考辨；翻译修辞；阅读期待

中国俄侨作家巴维尔·谢维尔内中短篇小说创作论

【作　者】李新梅
【单　位】复旦大学外文学院俄语系
【期　刊】《俄罗斯文艺》，第 4 期，2017 年，第 112－118 页
【内容摘要】"流亡"是贯穿中国俄侨作家巴维尔·谢维尔内中短篇小说创作的一根主线。作家笔下流亡中国的俄罗斯侨民对母国的文化记忆，在流亡地的现实生活、情感遭遇、本土印象和文化碰撞等，无不带有深刻的流亡印迹。谢维尔内的创作基调是现实主义的，但他的作品注重人物的内心感受和精神思索，颇具意识流特色，整体上充满静态的、孤独的、忧伤的审美氛围。
【关键词】流亡；谢维尔内；中短篇小说；俄罗斯侨民

中国在华俄罗斯侨民文学研究 25 年

【作　者】王亚民
【单　位】华东师范大学外语学院
【期　刊】《解放军外国语学院学报》，第 40 卷，第 5 期，2017 年，第 150－158 页
【内容摘要】中国在华俄侨文学研究自 20 世纪 90 年代开始，已走过大约 25 年的历程，大致经历了 3 个主要发展阶段，形成了相对固定的研究群体和成果发表阵地，研究内容呈现纵深化和多元化的特征。这些成果不仅丰富了全球俄侨文学的研究，也拓展了中国现代文学研究的版图。本文对我国 25 年来的相关成果进行统计，并加以分析与研究，总结已取得的成绩和特点，发现存在的问题，以期为今后的中国在华俄侨文学研究探明方向。
【关键词】俄侨文学；中国现代文学；俄罗斯文学

宗教视阈下中俄圣愚形象比较研究

【作　者】唐逸红[1]；徐笑一[2]
【单　位】唐逸红[1]，辽宁师范大学外国语学院
　　　　　徐笑一[2]，辽宁师范大学国际教育学院
【期　刊】《东北师大学报（哲学社会科学版）》，第 6 期，2017 年，第 10－15 页
【内容摘要】"圣愚"一词源于古斯拉夫语，指为了基督的愚痴或苦行的圣者。圣愚是宗教信仰与世俗社会融合的产物。圣愚外表邋遢、行为怪诞，但内心纯洁、信仰坚定，具有济世度人的情怀和预测未来的能力。圣愚形象也体现了人类对摆脱世俗生活羁绊、涤净心灵污垢、追求道德完善的渴望。俄罗斯的东正教和中国的佛教在两种截然不同的文化背景中催生出了一种既相似又不同的圣愚形象，并通过两国丰富多彩的文学作品表现出来。对根植于宗教土壤上的圣愚形象进行对比研究，既可以诠释古老圣愚传统所具有的现实意义，也可以为圣愚形象研究提供新的视角。
【关键词】圣愚；中俄文学；比较；宗教渊源

走近俄罗斯先锋诗歌

【作　者】荣洁
【单　位】黑龙江大学俄语学院

【期　刊】《中国比较文学》，第 4 期，2017 年，第 51－58 页

【内容摘要】20 世纪初，在俄罗斯独特的历史背景下，俄罗斯先锋文学"应运"而生。具有批判精神的马雅可夫斯基等未来派诗人向理性、秩序等发出挑战，要把"普希金、陀思妥耶夫斯基和托尔斯泰等从现代生活的轮船上扔下去"。诗人以"阶梯诗""无意义语"等打破诗歌创作的惯性思维和诗艺；诗中有画、画中有诗、理论和实践共存于同一个美学空间是俄罗斯先锋诗歌的主要特征。他们的一些观点为其后形成的俄国形式主义奠定了理论基础。

【关键词】俄罗斯先锋诗歌；现实艺术协会；哈尔姆斯；无意义语

（四）中欧、南欧文学研究论文索引

Boris Pahor's *Necropolis* and World Literature

【作　者】Alenka Koron
【单　位】Institute of Slovenian Literature and Literary Studies
【期　刊】*Forum for World Literature Studies*，第 9 卷，第 1 期，2017 年，第 8－24 页
【内容摘要】The present contribution addresses the question of how the novel *Necropolis* (1967) by Boris Pahor，a Slovenian minority author (with Italian citizenship) born in 1913 and living in Trieste，is placed in world literature. It sheds light on the novel's path from the semi-peripheral Slovenian literary system to the canonical works of Slovenian (national) literature via various actors in the informal social networks of the globalized literary market and through its consecration in one of the prestigious intellectual and artistic centres of the world literary system (Paris)，as well as through the mediation of translations into the dominant world languages. Attention is also given to the uniquely poetic character of this novel of memory about life in a concentration camp，which is a glocalized version of one of the world's major literary testimonies of the Shoah.
【关键词】Slovenian literature；novel of memory；testimony；concentration camp literature

Dialogism in Contemporary Slovenian Poetry： Aspects of External Dialogization

【作　者】Varja Balžalorsky Antić
【单　位】Department of Comparative Literature and Literary Theory，Faculty of Arts University of Ljubljana
【期　刊】*Forum for World Literature Studies*，第 9 卷，第 1 期，2017 年，第 85－105 页
【内容摘要】This paper presents an introduction to a broader project that deals with the articulation and configuration of subjects in contemporary Slovenian poetry. In the theoretical introduction，I provide a brief outline of the different aspects and forms of dialogism defined by Mikhail Bakhtin and put forward some conclusions reached after my re-reading of Bakhtin's thoughts on the monological nature of poetry. In the empirical section，I situate the chronological landmarks of the

increased use of dialogism in recent Slovenian poetry and list the key authors involved. An introductory difference is made between the dialogic strategies that concern the structuration of the poetic discourse and its subjects on different levels of discourse (the speaking positions and the position of the enunciative subject) on the one hand，and representations of the decomposition of the "hard" conceptions of the (philosophical) category of the subject and/or the (sociological) category of the individual by using monological procedures in the structuration of the poem on the other. From the standpoint of poetic strategies，recent phenomena of dialogism on the level of the poem is often incorporated into the apparent monologic model of the subject configuration：the plurality of the poetic subject is introduced above all in the macro-system of the book and less in the micro-system of the poem or even the utterance. From the standpoint of the difference between *external dialogism* as the emergence of polyphony through the introduction of speaking characters，and *internal dialogism* where different strategies of the multiplication of point of views and voices occur within an apparently single，but decentered，speaking position，the former prevails in recent Slovenian poetry to the extent that we can speak of a strong current of polyphony. The remainder of the paper presents some examples of *external dialogism* that，according to Bakhtin's typology，would be considered the external type of the *two-voiced word*：the introduction of the persona poem and the dramatic monologue (especially prevalent in women's writing). It seems that the emergence of *external dialogism* is often a strategy used in the engaged thematic exploration of the intimate and social habitus that were kept in silence，while the very gesture of acquiring voice undertaken by until now "fragile" subjects－women，animals and even plants－is endowed with the symbolic value of subversive and transformative impulse.

【关键词】Slovenian poetry；Bakhtin；dialogism；persona；dramatic monologue；écriture féminine

Interrogating Modernity：Hermann Broch's Post-Romanticism

【作　者】Galin Tihanov
【单　位】Department of Comparative Literature，Queen Mary University of London
【期　刊】*Forum for World Literature Studies*，第 9 卷，第 2 期，2017 年，第 186－204 页
【内容摘要】The present article makes an original and wide-ranging contribution to scholarship by examining，for the first time comprehensively and in the context of what the author defines as the "post-romantic syndrome"，Hermann Broch's position vis-à-vis Romanticism. The focus is on Broch's trilogy "The Sleepwalkers"，but the article also considers the relevant essays on Hofmannsthal，on kitsch，and on myth and late style.

【关键词】Hermann Broch；post-romanticism；modernity

Otherness and the Contemporary Slovene Novel

【作　者】Alojzija Zupan Sosič
【单　位】Department of Slovene Studies，Faculty of Arts，University of Ljubljana
【期　刊】*Forum for World Literature Studies*，第 9 卷，第 1 期，2017 年，第 38－51 页
【内容摘要】In this paper，three contemporary Slovene novels are discussed in which the otherness of the literary figure is closely linked to the otherness of the literary language used：Vitomil Zupan's

Journey to the End of Spring，Berta Bojetu-Boeta's *Filio Is Not at Home* and Lojze Kovačič's *Childhood Things*. The otherness of these novels is not only confirmed primarily within the context of the contemporary Slovene novel，but also in comparison with the world stage，where the Slovene novel represents a minority literature. The novel *Journey to the End of Spring* is different because of the main character Tajsi，who is an erotomaniac，a compulsive writer and a picaresque figure；as well as the otherness of the protagonist，the dynamics of the poetics is also shaped by the modernist narrative connected with the universal category of the neo-picaresque. The contribution of the novel *Filio Is Not at Home* to the sense of otherness lies in the generic syncretism of dystopia，as well as in the eponymous female character whose name，Filio，indicates a vision of the female and male principles being brought together. In the new millennium，the greatest sense of otherness has been brought to the Slovene context by the autobiographical novel *Childhood Things*，particularly the child's perspective，the unreliable narrator and enigmatic descriptions. The very technique of this autobiographical novel is also different，combining realist and modernist poetics into realistic modernism；this connects smoothly with the difference of the main character Bubi，who in spite of his young age (from newborn to eleven years old) expresses himself with merciless candour，an innovative critical stance，radical provocation and consistent nonconformism.

【关键词】otherness；contemporary Slovene novel；erotomaniac；dystopia；autobiographical novel

Slovenian World Literature after 1960：An Introduction

【作　者】Darja Pavlič
【单　位】Department of Slavic Languages and Literatures，Faculty of Arts，University of Maribor
【期　刊】*Forum for World Literature Studies*，第 9 卷，第 1 期，2017 年，第 1—7 页
【内容摘要】In this article，I present a brief outline of Slovenian literature，combining its history with the history of Slovenians. Although the generally accepted theses referring to the development of Slovenian literature include the lateness thesis，its development has nonetheless proceeded in the same rhythm as that of the rest of Europe. After 1960，the main literary movement became modernism，which was followed by postmodernism and，after 1990，a period of diverse authorial poetics. In Slovenian literary history，Goethe's concept of world literature has been discussed since the first decades of the 20th century. Today，there is a growing belief that synthetic presentations of world literature are impossible.

【关键词】Slovenian literature；world literature；Johann Wolfgang von Goethe；Anton Ocvirk

The Dialectics of Interculturality：Aleš Debeljak's Cosmopolitanism

【作　者】Krištof Jacek Kozak
【单　位】Faculty of Humanistic Studies，University of Primorska
【期　刊】*Forum for World Literature Studies*，第 9 卷，第 3 期，2017 年，第 381—400 页
【内容摘要】In the present，the concepts of *local* and *global* are being used in sundry circumstances，which is why they have acquired many meanings. They may mean much and，precisely because of that，very little at the same time. The question appears even more evidently when applied to culture，which can be neither limited to nor contained within national or state borders. In this article the

author attempts，on the basis of the literary and essayistic work of the late Slovenian public intellectual Aleš Debeljak，to delineate a novel approach to this question，namely to reintroduce a concept of cosmopolitanism，for which Debeljak and others opted. Debeljak，a child of the former Yugoslavia，developed as a poet in its last plentiful and relatively happy decade，the 1980s，and in addition to Slovenia，adopted the broader country as his own. When he moved to the USA to earn a doctorate in social thought，the USA became his third home base. With his opening towards the world，Debeljak also connected his idea of belonging，that is，the concept of identity. This article discusses the juxtaposition of the concept of identity with the positions of local，global and in-between.

【关键词】local；global；Aleš Debeljak；cosmopolitanism；identity

The Influence of Authorities on Writers in a Society：Censorship Rules and Challenges Faced by Dissident Writers with Reference to Remarque's *All Quiet on the Western Front*

【作　者】Jasmine Jose；V. Rajasekaran
【单　位】School of Social Sciences and Languages，VIT University－Chennai Campus
【期　刊】*Forum for World Literature Studies*，第 9 卷，第 2 期，2017 年，第 293－301 页
【内容摘要】Censorship rules and laws are important in a society to avoid the circulation of objectionable or offensive contents. Whereas misusing such laws to suppress the nonconformist artists is unjustifiable and is an instance of exploitation and manipulation of law and principle by those in power. The anticipation of persecution discourages writers or the artists even to think against the authorities. Eric Maria Remarque is just one among the writers who have undergone the grave situations for raising a separate voice through his novel *All Quiet on the Western Front*. This paper analyses the workings of ideologies and use of laws as means to suppress the revolutionaries. It also analyses how history is also manipulated and a fictitious version of history is propagated by the authorities by suppressing the dissident ideas with reference to the novel *All Quiet on the Western Front*.

【关键词】censorship；power；dissident authors；history；ideology

The Innovative Dramatic Works of Simona Semenič

【作　者】Mateja Pezdirc Bartol
【单　位】Department of Slovene Studies，Faculty of Arts，University of Ljubljana
【期　刊】*Forum for World Literature Studies*，第 9 卷，第 1 期，2017 年，第 68－84 页
【内容摘要】Simona Semenič is a female Slovene playwright whose dramatic writing can be compared on the international level with Sarah Kane，Elfriede Jelinek，Anja Hilling and Ulrike Syha. They all have in common the search for linguistic and formal originality of expression，they strive for innovation in their dramatic writing，which will be heard in our world of media-shaped culture and bring an immanent theatrical solution. The paper includes three no longer dramatic texts by Simona Semenič：1) *The Feast or the Story of a Savoury Corpse or How Roman Abramovič，the Character Janša，Julia Kristeva，Aged 24，Simona Semenič and the Initials z.i. Found Themselvesin a Tiny Cloud of Tobacco Smoke*；2) *Sophia or While I Almost Ask for More or a Parable of the Ruler and*

Wisdom；and 3) *7 Cooks*，*4 Soldiers*，*3 Sophias.* The main characters of all three are tormented and abused women，victims of religious and political wars，and of patriarchal patterns and imposed social roles；thanks to their thematic and formal similarities，the three selected dramas could form a trilogy. The fates of the women，which are based on real people，are presented in a fragmentary way within a timeless fictional frame，while Semenič，through innovative textual strategies，achieves artistic effects and contemplates ethical aspects from a universal perspective，and so her works are relevant everywhere. Her writing is characterised by the undermining of established reading conventions (absence of capital letters or punctuation，writing in verse form，etc.)，whereby the reader is included more closely in the process of decoding and interpreting the text. The division between primary text and ancillary text is transcended，since the stage directions are more than just guidelines for staging and become an equal part of the text，with an emphasis on their narrative function (comment on what is happening，narration of events separated by space and time，a means of communicating with the audience，etc.). The addressee of the dramatic text must thus think about the basic relations，who is speaking and to whom，as well as about the status of the author，the dramatic characters and their own position. The reader/spectator is emotionally and cognitively more involved in what is happening and becomes to a large extent a participant and consequently shares responsibility for the state of society and the world. Although Semenič breaks the basic dramatic conventions，she at the same time relativises and revitalises them in metadramatic form，while the new textual strategies are most closely connected with the questions of reception and the power of theatre in today's world.

【关键词】Slovene drama；Simona Semenič；dramatic form；stage directions；spectator

The Performative and (No-Longer) Dramatic in the Theatre of Dušan Jovanović and Matjaž Zupančič

【作　者】Tomaž Toporišič
【单　位】Academy of Theatre，Radio，Film and Television，University of Ljubljana
【期　刊】*Forum for World Literature Studies*，第 9 卷，第 1 期，2017 年，第 52－67 页
【内容摘要】This paper will examine how a text rhizome replaced the traditionally understood physicality of the book in the contemporary drama and theatre of two prominent Slovene theatre and drama (post)dramatists，Dušan Jovanović and Matjaž Zupančič. Both have demonstrated with their plays that the Slovene writing for the theatre was also headed for the waters disturbed by both the postdramatic turn and the performative turn. They bear witness to the fact that after these two turns，theatre texts tend to be in perpetual motion，in the process of semiosis. Therefore，nowadays the text in the theatre represents one of the elements in the weaving of various intertexts into a rhizome-like structure within the semiosphere of literature，theatre，and culture. The work of Jovanović and Zupančič thus played a significant role in the deconstruction of the so-called literary or drama theatre and in the manifestation of the performative turn.

【关键词】Slovene drama and theatre；post-dramatic turn；performative turn；deconstruction of drama theatre；Dušan Jovanović；Matjaž Zupančič

The Presentation of the Mind in Dane Zajc's Lyric Poetry

【作　者】Darja Pavlič

【单　位】Department of Slavic Languages and Literatures，Faculty of Arts，University of Maribor

【期　刊】*Forum for World Literature Studies*，第 9 卷，第 1 期，2017 年，第 25－37 页

【内容摘要】Dane Zajc，one of the most prominent Slovenian poets of the 20th century，repeatedly thematized man's solitude，desperation，and other states of mind. This paper analyzes three selected poems by Zajc. In "The Giant Black Bull" he combined two types of speech，which could be ascribed to one or two different speakers. The main character，the bull，is characterized with a single act that invites different interpretations. In the fourth poem from the cycle "Two"，narration is combined with direct speech；again，characters and their dispositions，revealed by actions，speech，and figurative descriptions，are essential for understanding the poem. The poem "The Ear of the Mountain" diverges because the speaker's consciousness tries to merge with some mysterious force that surrounds and transcends it. This article applies some narratological findings about the presentation of the mind in novels to lyric poetry through the study of Dane Zajc's poetry. Traditionally，interpreting lyric poems includes (re)construction of the speaker，and narratology can provide useful tools to broaden the analysis. I propose that studying the presentation of the mind in lyric poetry raises two questions：1) Who attributes states of mind to whom? and 2) What techniques are used to attribute states of mind? In lyric poetry，(implied) authors，speakers，and (implied) readers usually attribute states of mind to speakers；compared with narrative fiction，characters' consciousness seems to be represented less often in lyric poetry (most obviously in dramatic monologues)，and it is not usual for characters to attribute states of mind to other characters. Regarding techniques，one should observe categories for discourse presentation and the use of figurative or literal expressions.

【关键词】lyric poetry；narratology；mind；Slovenian poetry；Dane Zajc

"疯狂"与"黄金中道"：贺拉斯的伦理智慧

【作　者】李永毅

【单　位】重庆大学外国语学院

【期　刊】《四川师范大学学报（社会科学版）》，第 44 卷，第 4 期，2017 年，第 101－105 页

【内容摘要】贺拉斯心目中的诗艺绝不仅指艺术技巧，而是指诗人的一切修养，其中伦理智慧尤为重要。他早期的《讽刺诗集》和晚期的《书信集》都是以伦理探讨为主的作品，即使以抒情为主的《颂诗集》也渗透了他的伦理思想。贺拉斯从"黄金中道"的观念出发，讽刺了人类在对待财富、权力、宗教等问题时的疯狂与愚蠢，这种伦理观念的最终目的是达到伊壁鸠鲁哲学追求的"不动心"状态，在一个动荡无常的世界中实现心灵的独立与自由。

【关键词】贺拉斯；贺拉斯诗学；黄金中道；伦理

"荒诞人"遭遇"阿尔扎马斯的恐惧"——《一个陌生女人的来信》中小说家 R 的形象分析

【作　者】裴丹莹

【单　位】东北师范大学文学院

【期　刊】《文艺争鸣》，第 11 期，2017 年，第 183－190 页

【内容摘要】中篇小说《一个陌生女人的来信》是茨威格心理激情小说的名篇，评论界对文中男主人公 R 的形象研究相对较为单一。通过文本细读，可以打破以往对 R 意识形态的批判，重新审视该形象在 20 世纪的丰富意蕴，从而挖掘其美学内涵。首先，R 是一个典型的荒诞人，即"唐璜"和"创造者"；其次，历经"美杜莎的注视"下的"石化"体验之后，"荒诞人"将遭遇死亡恐惧；再次，历经"阿尔扎马斯的恐惧"之后，R 必然要面对向死而生的抉择。由此，人到中年的小说家 R 所面临的心理危机可促成该形象前瞻性的丰满，就此勾勒出一个现代男性的心路成长历程。而结合茨威格生平和创作意图的分析，又可以得出二者同影异象的结论。

【关键词】无

"开明专制"的内在矛盾——试析维兰德小说《金镜》（第二版）的"宫廷谈话"情节

【作　者】邓深
【单　位】清华大学外国语言文学系
【期　刊】《国外文学》，第 1 期，2017 年，第 82－90、155 页

【内容摘要】德国作家维兰德的小说《金镜》（第一版 1772/第二版 1794）所探讨的核心政治问题之一是作为 18 世纪下半叶欧洲范围内重要历史事件的"开明专制"运动。本文聚焦于《金镜》第二版的"宫廷谈话"情节，经分析认为：该情节中的叙事情境文学化地演示出了 18 世纪，尤其是"开明专制"时期欧洲/德国的启蒙运动与君主专制政权之间的互动关系；维兰德借该情节中哲学家与君主人物的视角，批判性地探讨了建构于该情节中的启蒙理性对专制权力的"规劝"模式的实践效果；该情节对"开明专制"内在矛盾性的鲜明的文学化演示，折射出维兰德在 18 世纪末期对于"开明专制"运动的一种明确的质疑与反思立场，这一立场不仅体现在小说结尾，还贯穿于该情节的始终。

【关键词】维兰德；《金镜》；开明专制；启蒙运动

"名哲"还是"诗伯"？——晚清学人视野中歌德形象的变迁

【作　者】谭渊
【单　位】华中科技大学外国语学院
【期　刊】《中国比较文学》，第 2 期，2017 年，第 59－70 页

【内容摘要】德国文学巨匠歌德为中国学者所了解始于晚清。外交官李凤苞和学者辜鸿铭、王国维、赵必振、鲁迅等人最早写下了有关歌德的介绍。但歌德并非从一开始就以文豪的形象出现在国人视野中，李凤苞日记中的政治家"果次"、辜鸿铭译著中的"名哲俄特"、王国维论文中振兴国运的诗人形象先后出现在中国学人视野中。直至 1903 年赵必振从日文翻译出《德意志文豪六大家列传》，才使读者对歌德生平及作品有了全面了解，作为"全才"的歌德形象也开始为鲁迅等人所接受。本文通过盘点歌德在中国的早期接受史，对各具特色的"歌德形象"的产生进行了分析，揭示了形象建构背后的深层社会历史原因，同时也指出了以往研究中的一些误区。

【关键词】歌德；接受史；形象；辜鸿铭；王国维

"你"听到了什么——《国王在听》的听觉书写与"语音独一性"的启示

【作　者】傅修延

【单　位】江西师范大学叙事学研究中心

【期　刊】《天津社会科学》，第 4 期，2017 年，第 108－124 页

【内容摘要】人际听觉沟通中传递的声音与气息发自肺腑深处，带有强烈的个性色彩和感性特征，是文学艺术研究应当特别关注的对象。卡尔维诺小说《国王在听》中的听觉书写，对应了声学家和符号学家总结的三种倾听模式——因果倾听、语义倾听与还原倾听。用第二人称"你"来讲述这个故事，既有利于彰显听觉感知的模糊性，又有暗示每个读者都是小说中主要人物的用意。将倾听者设定为国王，乃是出于"居高听自远"的叙事策略——没有谁会比高高在上的国王更在意来自四面八方不利于己的响动。以屏蔽了具体语义的女子歌声来唤醒国王，则是为了突出"语音独一性"的魅力，作者此举被认为是颠覆了西方形而上学传统或曰逻格斯中心主义的奠基石——迄今为止的研究只关注普遍的语音，而忽略了语音是独一无二的这一简单事实。文学界虽然早就认识到"文学即人学"，但在对具体人物的认识上仍未摆脱形而上学的偏见，虽然罗兰·巴特称语音为人的"分离的身体"，但许多人还未深刻认识到具体的语音与语音后面的"活人"之间的联系。卡尔维诺揭示的"语音独一性"，在中外叙事作品中都有形形色色的反映和流露。

【关键词】听觉书写；倾听模式；语音独一性

"中国"的多重面相——卡夫卡作品中的"中国"空间

【作　者】孙纯[1]；任卫东[2]

【单　位】孙纯[1]，北京外国语大学外国文学研究所

　　　　　任卫东[2]，北京外国语大学德语系

【期　刊】《国外文学》，第 5 期，2017 年，第 128－136 页

【内容摘要】1900 年前后欧洲现代化进程和末世情结的语境中，以中国为代表的东方文化再次引起了欧洲知识界的关注。卡夫卡在其书信日记中对中国的叙述，与他在文学作品中塑造的中国形象之间，存在着巨大的反差。福柯的乌托邦和异托邦概念，为阐释卡夫卡的中国形象提供了新的可能性：一方面，中国作为美好幻想的载体，呈现出乌托邦性质；另一方面，中国被建构成一个杂糅无序的空间，折射出在秩序被抽空、真理被消解的现代社会中人的恐惧和无所适从。

【关键词】卡夫卡；中国；异托邦；乌托邦

《奥狄浦斯王》中"晦暗的东西"

【作　者】赵山奎

【单　位】浙江师范大学人文学院

【期　刊】《国外文学》，第 1 期，2017 年，第 46－53、157 页

【内容摘要】拉伊奥斯被杀事件是《奥狄浦斯王》中"晦暗的中心"，而文本对这一事件的叙述也足够晦暗。伊奥卡斯特和奥狄浦斯分别提供了关于此事的两个版本，令人疑心他们所说的并非同一回事；伊奥卡斯特的叙述还出现了两个不能兼容的时间顺序，使得《奥狄浦斯王》几乎成了荒诞剧。但可以认为，索福克勒斯在这段文本中有意安排了一个时间的"分岔口"，以与地点的"分岔口"构成互涉关系。这个"时间分岔口"也暗合了传说中的第二个斯芬克斯之谜，即时间的"白天"与"黑夜"。从"黑夜时间"角度来理解，奥狄浦斯"杀父娶母"就具有了更切身的意义。

【关键词】索福克勒斯；《奥狄浦斯王》；时空分岔口；斯芬克斯之谜

《浮士德》中的善恶二元论

【作　者】谭渊
【单　位】华中科技大学外国语学院
【期　刊】《杭州师范大学学报（社会科学版）》，第39卷，第4期，2017年，第113－119页
【内容摘要】本文将《浮士德》放置于孕育它的历史语境框架中进行解读，探索了德国哲学、神学语境转变对作品创作的影响。通过将16世纪德国民间故事、英国作家马洛的悲剧《浮士德博士》与歌德的《浮士德》进行比较，结合对不同《浮士德》故事版本中多次出现但又含义迥异的善恶二元结构的剖析，可以看出不同的社会语境对作品中人物形象的建构与变异产生了何等深刻的影响。特别是斯宾诺莎的泛神论成为了解读歌德版《浮士德》的关键，它引导歌德重新塑造了浮士德故事中"追求知识""善恶二元"等古老元素，也改变了故事的结局。
【关键词】浮士德；马洛；歌德；斯宾诺莎

《米夏埃尔·科尔哈斯》与19世纪初普鲁士改革

【作　者】徐畅
【单　位】中国社会科学院外国文学研究所
【期　刊】《外国文学评论》，第4期，2017年，第5－31页
【内容摘要】本文将克莱斯特的小说《米夏埃尔·科尔哈斯》放置在19世纪初普鲁士改革的社会语境中进行解读，认为当时与改革相关的各种问题和思想理念都在这部小说中获得了形象性的汇聚和表达。小说中科尔哈斯的复仇行动看似是他的特殊性格和命运偶然性共同作用所导致的悲剧，但在很大程度上却是作者虚拟的一场资产阶级革命，意图以此警示改革的必要性；小说后半部分则是在拿破仑入侵普鲁士之后的语境中对改革相关问题进行的进一步的理念探讨。
【关键词】《米夏埃尔·科尔哈斯》；拿破仑战争；普鲁士改革

《我们的祖先》：童话传统的"视象化"与伦理补位

【作　者】王杰泓
【单　位】武汉大学艺术学院
【期　刊】《外国文学研究》，第39卷，第3期，2017年，第84－91页
【内容摘要】卡尔维诺的童话三部曲《我们的祖先》是对其《意大利童话》的改写与创化，潜隐着与传统间内在、深层的关联。通过对意大利传统童话的知识编纂与文字记忆，作家首先从形象性重置出发，分别为三部曲确立了"半身人""树上人"和"隐身人"等想象性的视觉形象，再由形象催生与推动故事。体现在叙事层面，作品引入亲历与旁观并举的双重视角，以简洁而轻快的节奏掌控画面的快慢转换，采借三段式、几何拼图的方式建构全篇，从而使诸种童话模因得到强烈的视觉化复现。该作的这种"视象化"复述是对意大利童话传统的继承与发展，关乎作家借镜童话形式以回应图像时代文学和人文传统双重失落的深层的叙事伦理，体现出作家对小说现代性与现代人生存困境的诗之思。
【关键词】卡尔维诺；《我们的祖先》；童话传统；视象化；叙事伦理

《昨日世界》与茨威格的欧洲观念

【作　者】胡凯

【单　位】上海外国语大学德语系

【期　刊】《北京大学学报（哲学社会科学版）》，第 54 卷，第 5 期，2017 年，第 89－97 页

【内容摘要】《昨日世界》是奥地利著名作家茨威格的自传。茨威格在回顾 1881 年到 1939 年欧洲历史的基础上，对欧洲的前途和犹太民族的遭遇做了深入的思考。他强调欧洲的精神团结，主张欧洲各民族在理解和友谊的基础上实现文化交融，并以此为基础建构欧洲公民的身份。茨威格的文化欧洲观念具有很强的包容性，它尊重欧洲各民族的个性与差异，着重和谐共存而不强求统一。同时，茨威格也希望犹太人能够通过参与欧洲文化建设，作为新欧洲文化的建构者真正掌握自己的命运。通过《昨日世界》解析政治维度的茨威格，分析他对欧洲联合和欧洲文化建设的主张，有助于思考与分析当前欧洲联合进程中暴露出来的如文化认同危机、小众的融入等问题，并寻求解决方案。

【关键词】《昨日世界》；茨威格；欧洲观念；文化欧洲

1842－1919 年德语文学中的三种中国空间形态论

【作　者】叶雨其；赵小琪

【单　位】武汉大学

【期　刊】《贵州社会科学》，第 4 期，2017 年，第 82－90 页

【内容摘要】从 1842 年至 1919 年这一时期，德语文化圈中的知识分子个人与文化共同体、理想与现实、情感与理智之间的矛盾与冲突尤为突出。作为这种矛盾与冲突引发的现代性焦虑的生成物，这一时期的德语作家建构了一种不同于启蒙大发现时期的二重性的中国空间形象。具体而言，它主要表现为：顽固而又滞后的中国政治空间、虚无而又充盈的中国哲学空间、浪漫而又情欲化的中国文学空间。此时期的德语作家企图以这种对于中国政治、中国哲学、中国文学的二重性空间的想象去解决神性祛魅、人性异化的时代弊病与精神困境，然而，无论是哪一种想象，都未能使德语作家如愿获得救赎，反而通过重复性的自我确证，他们最终陷入了自我膨胀的危机之中。

【关键词】德语文学；空间形态；中国形象

奥德修斯的返乡：《奥德赛》中的环境性

【作　者】钟燕

【单　位】中国农业大学人文与发展学院外语系

【期　刊】《外国文学》，第 3 期，2017 年，第 120－130 页

【内容摘要】荷马史诗《奥德赛》以人的智谋及人神关系为主题，同时是以大海为辽阔背景的返乡作品。如对奥德修斯返乡之旅的环境性进行考察，"故乡"与"归途"是环境之眼。主人公对故乡伊塔卡岛的土地依附、岛上亲人对家园的持续守护凸显了故乡环境在想象、记忆和生存现实中的意义。归返途中"群岛"地理构成的欲诱、博物学知识对成功返乡的帮助表明了归途环境与人类的自我约束力及自然智识的关系。本文对《奥德赛》做生态批评解读，指出奥德修斯的返乡是水球环境中人类家园情怀的隐喻。

【关键词】奥德修斯；返乡；环境性；生态批评

布洛克斯自然诗歌中风景的感知、"描绘"和意义

【作　者】陈敏
【单　位】对外经济贸易大学德语系

【期　刊】《同济大学学报（社会科学版）》，第 28 卷，第 2 期，2017 年，第 10－19 页

【内容摘要】德国启蒙诗人布洛克斯的《上帝怀中的尘世福乐》中，大多数自然诗歌都仿佛意在将可感自然视为上帝存在的明证。事实上，它们却不再视抽象的宗教观念为圭臬，而是着力于感知和"描绘"能使人收获尘世幸福感的自然美景。抽象的唯幸福论表现为个体的感性经验和思想冒险，看似讴歌上帝的自然美景也蒙上了一层朦胧的个体色彩。文章将探讨这些诗歌如何在感知自然的基础上"描绘"风景，它们对于人对自身、自然和世界的认知有何意义。

【关键词】布洛克斯；自然诗歌；风景；感知；"描绘"

策兰诗学中不可避讳的爱洛斯主线——策兰诗文《公马》之诠释

【作　者】张建伟
【单　位】华中科技大学外国语学院

【期　刊】《同济大学学报（社会科学版）》，第 28 卷，第 6 期，2017 年，第 18－23，35 页

【内容摘要】德语犹太诗人保尔·策兰诗学中或隐或显地贯穿了一条爱洛斯主线，而在西方学界，尤其是德语学界，这一主题却因政治正确—意识形态而被严重忽视。《公马》便是策兰晚期诗集《线束太阳》中彰显爱洛斯主题的一首诗文。诗中，我们可以看见爱洛斯主题如何在诗文语词、音韵及句法结构的延展。这一诗学个案再次说明，只有在策兰整体诗学的框架中，沿着诗学含义的方向，晦涩难懂的诗学文本才能被理解和解释。

【关键词】保尔·策兰；《公马》；爱洛斯

穿越的旅行：《约翰·浮士德博士的历史》中的时空建构

【作　者】马睿
【单　位】柏林洪堡大学

【期　刊】《外国文学评论》，第 4 期，2017 年，第 32－47 页

【内容摘要】16 世纪德语小说《约翰·浮士德博士的历史》讲述与魔鬼签订灵魂契约的博学家浮士德的生平事迹。本文主要研究该小说的时间结构，分析它对故事叙述节奏的调控作用及其在故事情节中的体现方式，着重从认知学角度探讨时间与内在经验的关系，以阐明浮士德的时间旅行经历对构建知识体系的重要作用，并指出该小说的时间脉络和故事结构之间的内在关联强化了作品对诺斯替主义的否定态度。

【关键词】《约翰·浮士德博士的历史》；叙事时间；认知空间

茨威格在中国的接受

【作　者】张意
【单　位】中国人民大学外国语学院

【期　刊】《北京大学学报（哲学社会科学版）》，第 54 卷，第 5 期，2017 年，第 107－113 页
【内容摘要】茨威格在中国的接受开始于 20 世纪 20 年代，由于不同历史时期的影响，真正的接受热潮始于 20 世纪 80 年代，之后一直经久不衰，具体体现在大量茨威格作品被多次翻译成中文，茨威格也因此成为国内出版发行最多的德语作家。从心理分析大师到和平主义者到最终的反法西斯战士，中国读者对茨威格的认识经历了重大转折。茨威格在中国的接受也从翻译介绍、学术研究发展到跨界接受，呈现多元形式。
【关键词】茨威格；接受；心理分析；反法西斯

从托马斯·曼的创作看其文学观

【作　者】张弓
【单　位】华东政法大学人文学院
【期　刊】《外国文学研究》，第 39 卷，第 2 期，2017 年，第 144－149 页
【内容摘要】托马斯·曼是德国批判现实主义文学的主要代表人物，他的文学观主要表现在他的创作之中。其主要表现为：在对尼采悲观主义的哲学反思之中以自己的现实主义小说来揭露和批判资本主义社会的现实，在极度的悲观绝望之中转化出对未来的乐观希望，这体现出人生的辩证法——向死而生；以艺术家和作家的敏锐感受力体悟到了资本主义社会与诗歌和艺术相敌对的性质，得出了与马克思相同的结论；以文学承载人道主义精神和理想，反思资本主义社会意识形态。他对于产生于 19 与 20 世纪之交的弗洛伊德的精神分析学说、叔本华的悲观主义和尼采的权力意志理论等资产阶级意识形态和思想潮流，不仅在小说创作之中进行了形象化的分析和表现，而且在一些演讲和论文之中也进行了理性分析和阐释，从而对于资本主义社会的意识形态进行了反思和批判，以彰显人道主义思想。
【关键词】托马斯·曼；批判现实主义文学；文学观

当代德国社会与文化的"编年史家"——2015 年毕希纳文学奖获得者格茨创作初探

【作　者】谭渊
【单　位】华中科技大学外国语学院
【期　刊】《外国文学研究》，第 39 卷，第 1 期，2017 年，第 29－38 页
【内容摘要】2015 年毕希纳文学奖获得者赖纳德·格茨是德国后现代文学代表人物。他的初期作品带有自传色彩，此后受社会学家卢曼的影响，转向记录和揭示当代社会文化的戏剧、小说和文学博客创作，将对社会的真实描摹与社会系统理论方面的分析结合起来。格茨尤其深入体验现代电子音乐文化，在《锐舞》等作品中展现了 20 世纪 90 年代以来的德国流行文化，被评论家誉为当代社会与文化的"编年史家"和"速记员"。在戏剧创作中，格茨的后现代戏剧对传统戏剧形式进行了解构和超越，他提出剧作家应展现构建社会的"沟通"，强调戏剧文本的符号性。此外，格茨还在德国文学家中率先开始文学博客创作，对流行文化展开多角度的观察与反思，并对德国的媒体产业进行了揭露。
【关键词】赖纳德·格茨；后现代文学；后戏剧时代；流行文化

德国作家于尔根·贝克尔生态诗歌创作研究

【作　者】谭渊

【单　位】华中科技大学外国语学院
【期　刊】《外语教育》，2015 年，第 00 期
【内容摘要】2014 年德国毕希纳文学奖获得者于尔根·贝克尔因生态诗歌创作而闻名于世。其早期作品以实验派风格的散文和叙事作品为主，成为德国现代文学代表。此后他开始关注工业社会危机的影响，作品突出内心矛盾冲突，捕捉意识的瞬间，创作了一系列有名的生态诗歌。到了后期，贝克尔的文学创作日趋成熟，他更加重视意识的流动和对意识的记录，因此，贝克尔的作品也被誉为"瞬间编年史"，开启了德语散文诗的一个新纪元。
【关键词】于尔根·贝克尔；生态诗歌；实验派；瞬间编年史

对小说艺术的创新与突破——文本论析歌德《少年维特的烦恼》

【作　者】李昌珂[1]；景菁[2]
【单　位】李昌珂[1]，北京大学外国语学院
　　　　　景菁[2]，慕尼黑大学
【期　刊】《杭州师范大学学报（社会科学版）》，第 39 卷，第 3 期，2017 年，第 91－97 页
【内容摘要】歌德《少年维特的烦恼》表现了有关社会和个人的双重主题。小说设置了两条叙事线索，其描写维特作为一个社会人的叙事线索，丰富和深化了小说的社会批评意蕴；其描写维特作为一个个体人的叙事线索，表达了作家对极端自我的深刻隐忧。采用文本论析的方法，有助于展示书中相得益彰的两个主题。小说的思想性与艺术性密切结合，体现了歌德在文本中所实现的对德国小说发展史的多重突破和创新。
【关键词】歌德；《少年维特的烦恼》；德国文学；书信体；狂飙突进

歌德《浮士德》中的斯芬克斯因子与伦理选择

【作　者】谭渊
【单　位】华中科技大学外国语学院
【期　刊】《外国文学研究》，第 39 卷，第 5 期，2017 年，第 90－98 页
【内容摘要】本文从文学伦理学批评视角出发，将歌德的名著《浮士德》置于创作的历史环境中，在 18 世纪德国伦理环境转变的语境中对论题进行研究，解读浮士德的伦理抉择以及作品所体现的人性因子与兽性因子冲突。文中指出，在歌德笔下，浮士德的人生尽管受到"黑暗冲动"（兽性因子）的影响，但自由意志的张扬也带来了对人类未知潜能的充分发掘，催生出更新、更高层次的需求，这必然导致浮士德从低层次的欲望追求走向越来越高层次的人生体验，因而浮士德逐渐超越低层次兽性因子的影响，转而为全人类的福祉而奋斗，使人性因子的内涵获得极大丰富。最终，新伦理下的浮士德战胜了魔鬼的诱惑，为自己赢得了救赎，兽性因子、人性因子则从二元分离重新走向辩证统一，成为更高层次的斯芬克斯因子。通过分析浮士德的这一成长过程，本文不仅揭示出歌德时代的伦理变迁，也开启了对这部经典名著伦理意义的重新解读。
【关键词】歌德；《浮士德》；魔鬼；文学伦理批评；斯芬克斯因子

歌德《浮士德》终场解释——兼谈文学形式、传统与政治守成

【作　者】谷裕

【单　位】北京大学外国语学院
【期　刊】《中国比较文学》，第 1 期，2017 年，第 2—19 页
【内容摘要】歌德之《浮士德：一部悲剧》的主人公是一位学者和知识人。随着时间的推移，歌德对学者的塑造发生变化。第一阶段（18 世纪 70 年代）基本继承中世纪晚期/近代早期的学者讽刺传统，讽刺经院学者的迂腐和骄傲；第二阶段（1800 年前后）着力展示学者如何依靠智识背弃神灵，开始与魔鬼结盟以使膨胀的欲望付诸实现；第三阶段（1830 年前后），学者已成为科学家和学界教皇，僭越造物秩序进行人造人的实验。浮士德学者形象的演变表明，当受激情驱使的欲望取代实践理性，人失去"至高的善"引导，将没有约束的意志付诸行动，则终将导致对权力的无限攫取，走上改造自然和摧毁旧秩序的道路。歌德以人的理性和智识的代表——学者为例，图解了"没有约束的现代性"的前现代渊源。
【关键词】歌德；《浮士德》；学者形象

歌德《西东合集》中的形态学思想

【作　者】莫光华
【单　位】西南交通大学外国语学院
【期　刊】《同济大学学报（社会科学版）》，第 28 卷，第 6 期，2017 年，第 1—8 页
【内容摘要】诗人歌德一生有五十多年在坚持不懈地研究自然并有大量著述，这对他的文学创作产生了或隐或显的影响。他在研究植物形态变化的过程中形成了独特的生物形态学思想。其基本概念"形变"后来成为歌德描述自然界一切形态生成与变化过程的专用术语，成为他解读自然界里一切现象的钥匙。本文初步探析了歌德形态学思想在其晚年杰作《西东合集》的结构和内容上的体现。
【关键词】歌德；形态学；极性；升华；《西东合集》

歌德诗歌的复译与民国译者对新诗的探索——徐志摩《征译诗启》背后的新旧诗之争

【作　者】谭渊[1]；刘琼[2]
【单　位】谭渊[1]，华中科技大学外国语学院
　　　　　刘琼[2]，武汉软件工程职业学院
【期　刊】《解放军外国语学院学报》，第 40 卷，第 3 期，2017 年，第 121—128 页
【内容摘要】歌德的一首诗歌在 1925 年引起了徐志摩、胡适、郭沫若等多位诗人的兴趣，引发了激烈的翻译竞赛和辩论。随着辩论的深入，诗人们对运用新诗翻译外国诗歌取得了更加深刻的认识。这场名家云集的翻译竞赛是新文化运动时期诗歌翻译发展的一个缩影，折射出旧诗与新诗在诗歌翻译方面的竞争，也对中国诗歌翻译事业的发展产生了积极影响。
【关键词】歌德；诗歌翻译；新诗体；徐志摩；征译诗启

歌德小说《威廉·迈斯特的漫游时代》中的"行动"与"断念"观

【作　者】冯亚琳
【单　位】四川外国语大学中外文化比较研究中心
【期　刊】《杭州师范大学学报（社会科学版）》，第 39 卷，第 4 期，2017 年，第 107—112 页
【内容摘要】在歌德老年时期所创作的作品《威廉·迈斯特的漫游时代——或者断念的人们》

中，（人物的）"行动"与"断念"体现了一种既对立又互补的辩证关系，"断念"既是"行动"的前提，也是"行动"的必由之路。作为主题，它们不仅是叙述的缘由，也构成了叙述的内容，作家据此塑造了一批出身不同、形象各异的"断念－行动者"。面对新时代的各种问题和挑战，人只有摈弃旧有，才能投身新的生活。这一语境中的"断念"，并不意味着消极放弃，而是主动应对，是走向"行动"的必由之路。

【关键词】歌德；《威廉·迈斯特的漫游时代》；行动；断念；漫游

歌德小说《维廉·迈斯特的漫游时代》中文化记忆的展演与重构

【作　者】冯亚琳
【单　位】四川外国语大学中外文化比较研究中心
【期　刊】《外国文学研究》，第 39 卷，第 2 期，2017 年，第 123－130 页
【内容摘要】在"现代"萌动的 19 世纪初期，人们有一种强烈的回忆过往的需求，这一点也体现在歌德的老年小说《威廉·迈斯特的漫游时代》中。本文借助文化记忆理论视角，讨论该小说对传统的展演与重构。分析表明，无论是"圣·约瑟夫第二"对基督教记忆图像述行式的模仿，"叔父"对"历史遗物"的储存与归档，还是"教育省"对文化传统按需所取的重新编码和利用，都是文学从"当下"出发对文化记忆的言说。这些传统关联以演示为叙述模式，却不再具有构建延续性和集体同一性的功能，反而不断反衬出所指的移位和传统的断裂。作为一部社会转型时期的小说，《漫游时代》在展示文化记忆重构可能性的同时，字里行间也表达了对传统功能化趋势的不安和疑虑。

【关键词】歌德；《威廉·迈斯特的漫游时代》；文化记忆；展演；重构；功能化

豪普特曼中篇小说《道口工提尔》中人与技术的关系研究

【作　者】唐弦韵
【单　位】西南交通大学外国语学院
【期　刊】《外国文学》，第 3 期，2017 年，第 139－146 页
【内容摘要】蒸汽机的发明使得火车和铁路技术对 19 世纪的欧洲产生了重要的影响。德国自然主义作家、诺贝尔文学奖得主格哈德·豪普特曼在 1887 年以铁路道口看守员与铁路间的关系为主题创作了中篇小说《道口工提尔》。铁路不仅在小说的结构上贯穿始终，它还牢牢地控制并影响着主人公提尔生活的所有层面，最后也如恶魔一般碾碎了提尔的生活。铁路系统改变了原有的人与自然、人与自身的关系。正如德国哲学家海德格尔在《追问技术》一文中所述，在技术时代，人和自然都被卷进现代技术的漩涡之中，技术规定着技术时代的人按照技术的方式去活动。小说主人公提尔的悲剧命运正是现代技术统治下人的主体性丧失的一个缩影。

【关键词】格哈德·豪普特曼；铁路；现代技术；《道口工提尔》

何为哀歌？何为爱？——论汉娜·阿伦特对里尔克《杜伊诺哀歌》的诠释

【作　者】陈芸
【单　位】浙江外国语学院中国语言文学院
【期　刊】《外国文学研究》，第 39 卷，第 5 期，2017 年，第 109－117 页
【内容摘要】里尔克的《杜伊诺哀歌》常被视为有着丰富哲学背景的诗歌，受到许多思想家的

关注。在《里尔克〈杜伊诺哀歌〉》一文中，汉娜·阿伦特的分析主要集中在宗教与爱上。她认为哀歌的本质是宗教的残余，哀歌是失丧本身。不仅如此，她还认为爱是人的本真存在，其中包括了背弃和超越的可能性。通过对阿伦特思想的审视，可以看出她独特的言说思路和方式，她高度赞扬里尔克对爱的观点，并将之视为爱的自我圣化，爱是超越的原则。

【关键词】汉娜·阿伦特；里尔克的《杜伊诺哀歌》；宗教与爱

将神性自然秩序挪迻为人本自由世界——歌德《浮士德》中浮士德的《圣经》"翻译"

【作　者】孔婧倩[1]；吴建广[2]
【单　位】孔婧倩[1]，复旦大学外国语言文学学院
　　　　　吴建广[2]，同济大学外国语学院

【期　刊】《德国研究》，第 32 卷，第 2 期，2017 年，第 110－123、128 页

【内容摘要】歌德诗剧《浮士德》中，作为现代无神论者的主人公浮士德"翻译"《圣经》"约翰福音"，其目的就是试图弃绝神性－自然秩序，否定此在含义，意欲建立一个人本－自由世界，即人本主义的世界。从"夜"场开始对此在境况的抱怨，对传统和权威的彻底否定，到"书斋"中对黑色精灵的主动吁求，试图将神性特征"翻译"到人本层面上来，都是现代人浮士德的主体性诉求，这一主题在戏剧情节结构、诗剧的韵律、节奏中得以彰显。浮士德挪迻《圣经》的行为全喻了现代人走向自我毁灭的悲剧。

【关键词】歌德；浮士德；《圣经》；挪迻；自然秩序；人本自由

卡夫卡《变形记》中的身份困境、伦理悲剧与空间书写

【作　者】方英
【单　位】宁波大学科学技术学院

【期　刊】*Interdisciplinary Studies of Literature*，第 1 卷，第 4 期，2017 年，第 108－119 页

【内容摘要】卡夫卡的一生受到伦理（身份）困境的折磨，其代表作《变形记》以精妙的情节编织和空间书写展现了他对伦理问题的深刻思考。变形后的格里高尔由于身体外形的巨变、语言表达能力的丧失和理性思维的逐渐衰弱而陷入无法解决的身份困境，并导致了家庭内部的伦理混乱。面对此困境，格里高尔与家人做出了不同的伦理选择，这些选择既是对当时伦理语境的不同反应，也是出于格里高尔与家人之间完全冲突的伦理观念。这些无法调和的伦理冲突最终导致家人将格里高尔视为"非人"，排除出人的伦理范围。而"非人"并非格里高尔的身份认同，因而他只能选择死亡以解决变形带来的伦理混乱。小说以格里高尔的身份困境为伦理结，以他和家人的不同伦理选择为伦理线，展现了一场无法避免的伦理悲剧。同时，小说中的身份困境、伦理选择、伦理观念的对立、格里高尔与伦理语境的冲突等，都是在详细的空间书写（对空间知觉、空间对比、边界空间、边界跨越的书写）中展现的，从而揭示了人的伦理存在、社会中的伦理问题与空间的紧密关联。

【关键词】《变形记》；身份困境；伦理选择；伦理语境；空间书写

卡夫卡小说中的"助手"形象探析

【作　者】曾艳兵；李响
【单　位】中国人民大学文学院

【期　刊】《华中师范大学学报（人文社会科学版）》，第 56 卷，第 6 期，2017 年，第 93－102 页
【内容摘要】卡夫卡作为 20 世纪最伟大的作家之一，创作了许多让读者过目不忘的形象。但是，其小说中的"助手"形象却一直没有受到足够的重视。卡夫卡创造的"助手"形象，其渊源恐怕与他观看意第绪戏剧、他的阅读经验以及他对电影绘画的密切关注不无关系。与此相对应，卡夫卡笔下的"助手"身上也呈现出"戏剧性""姿势性"和"主体性"特征。卡夫卡笔下的"助手"形象在文本中具有"中介性"和"生成性"作用。他们身上的喜剧性又让文本充满了恐怖和无意义。"助手"形象内在的"主体性残缺"和由此导致的"主人"形象的"主体性失落"，揭示了现代人无论作为"助手"还是"主人"的生存困境。
【关键词】卡夫卡；助手；主体性；戏剧性；姿势性

论歌德《伊菲革涅亚在陶里斯岛》对古典伦理范本的颠覆

【作　者】余迎胜
【单　位】湖北大学文学院
【期　刊】《外国文学研究》，第 39 卷，第 2 期，2017 年，第 131－136 页
【内容摘要】伦理自信与伦理互信是进行伦理选择的前提，历史语境为伦理选择提供了价值实现的基础。"逼婚"语境在欧洲古典文学中具有代表性，被逼婚者的行动选择往往彰显其伦理观念与伦理法则。在伦理选择中，伦理自信与伦理他信起到关键作用，它们共同决定了主人公会采取何种方式解决冲突或化解矛盾。古典伦理范本往往采用各种优势力量作为武器来处理纠纷，他们信奉的是丛林法则；而歌德《伊菲革涅亚在陶里斯岛》的女主人公，在相同的历史语境中，采取了道德感化的方式，成功化解了尖锐矛盾，取得了敌对双方的伦理共识。伊菲革涅亚形象颠覆了古典伦理范本，并树立了新的伦理形象。
【关键词】歌德；《伊菲革涅亚在陶里斯岛》；历史语境；伦理自信；伦理互信

论赫塔·米勒《呼吸秋千》中的创伤书写

【作　者】余杨
【单　位】广东外语外贸大学德语系
【期　刊】《同济大学学报（社会科学版）》，第 28 卷，第 2 期，2017 年，第 1－7 页
【内容摘要】创伤书写是赫塔·米勒作品的核心主题。文章以长篇小说《呼吸秋千》为例，探讨了她执着于描述创伤的缘由，分析了创伤记忆所具有的向死性、被动性、链式联想性等特征在文本中的具体体现，以及她如何在语言与形式即叙述层面上来精当地展现这一主题，如：自始至终沉降于细节，大量运用超现实主义画面，将死亡与诗意二律背反地并置，以及高频使用简单句与隐喻，借由语言的引导与暗示，言说不可言说之物，来理解创伤的不可理解性。书写创伤同时引发了米勒对写作与回忆二者之间密切关联的深层思考，加深了其对写作动因与本质的认识与反思。
【关键词】赫塔·米勒；《呼吸秋千》；创伤书写；回忆

罗马中心主义抑或种族主义——罗马文学中的黑人形象研究

【作　者】冯定雄
【单　位】浙江师范大学人文学院

【期　刊】《外国文学评论》，第 2 期，2017 年，第 183－204 页

【内容摘要】古罗马文学中对黑人的贬损性描写常被现代种族主义者视为现代种族歧视的古典渊源和传统之一。本文通过比较发现，罗马文学对黑人身体特征的描述既有贬损性，也有褒扬性，并未偏向一方。罗马文学对黑人在罗马社会关系中的角色的定位，其实质是为了维护罗马等级制度和社会秩序。罗马最初的社会等级划分是以血缘关系而非种族特征为基础的，罗马民众对黑人的认识与对其他"外邦人"一样褒贬掺杂；现代种族主义兴起于近代，是现代政治的产物，与古代罗马人对黑人的态度没有历史承续关联。罗马作家对黑人身体特征的或贬或褒的描述、对罗马社会秩序的维护以及罗马国家和民众对黑人的态度，反映的都是以罗马（人）为中心的对外观察，体现的是罗马中心主义而非种族主义。

【关键词】罗马文学；黑人形象；种族歧视；罗马中心主义

略论 2016 年格奥尔格·毕希纳奖获得者马塞尔·拜尔——以其长篇小说《狐蝠》为例

【作　者】谢建文
【单　位】上海外国语大学德语系
【期　刊】《外国文学动态研究》，第 1 期，2017 年，第 39－49 页

【内容摘要】马塞尔·拜尔在现实与历史之间、现实与记忆之间展开其重要的主题范畴：德国历史，尤其是第三帝国历史及其现实关联；在真实与虚构以及想象之间展现其叙事特征：复调性与不确定性，发展其"推测诗学"；在知识诗学的背景前，大量采用声学、解剖学、生理学和动物学等方面的知识和观念，展示其叙事与思想图景的个性：身体性、反思性与象征性；而他与音乐经验间的关系，也影响了他的文学感知方式、对文学创作方式的理解和选择，特别是借助"语言与音乐间的联系"，影响了其诗歌写作形态。此外，拜尔对文学的思考和与文学理论探讨相关的实践活动，也给我们全面理解和评价作家的文学生涯与创作带来了个性化的把握角度。

【关键词】马塞尔·拜尔；格奥尔格·毕希纳奖；《狐蝠》

没有快乐的快感：齐泽克文学观研究

【作　者】赵淳
【单　位】四川外国语大学外国语文研究中心
【期　刊】《外国文学》，第 1 期，2017 年，第 91－100 页

【内容摘要】本文从符号阉割、剩余快感、穿越幻象等三个方面入手，对齐泽克的"快感"范畴进行研究。快感是符号阉割的产物，在认同符号秩序的前提下，只能得到产生于痛苦的剩余快感。在穿越幻象去捕捉快感之际，主体会遭遇死亡驱力。快感给主体的存在提供意义，所以主体期待着被快感愚弄，虽然他总是已经与快感分离。作为一种悖论性存在，快感与快乐无关，而与阉割、痛苦、死亡等相关。正是在对快感的追寻中，文学艺术找到了自己的版图。

【关键词】齐泽克；快感；剩余快感；符号阉割；死亡驱力；穿越幻象；文学

民国时期美狄亚形象的译介及其人文意涵的揭示

【作　者】卢铭君
【单　位】广东外语外贸大学西语学院

【期　刊】《中山大学学报（社会科学版）》，第 57 卷，第 2 期，2017 年，第 35－41 页

【内容摘要】美狄亚源自古希腊神话，极富神奇色彩。她个性鲜明，杀子复仇之举广为人知，是西方文学史上不断被改写的人物形象。美狄亚随着国人对希腊神话的翻译一并介绍入华，因其在文学史上的重要地位成为戏剧研究的讨论对象，成为一大研究焦点。民国时期，美狄亚频频出现在对外国文学的翻译和评论中。以 20 世纪 30 年代中期为界，美狄亚形象在华有前后两种截然不同的接受情况：20 世纪 30 年代中期前，美狄亚普遍被认为是"恶"之化身；30 年代中期之后，美狄亚逐渐褪去"恶"之化身的形象，美狄亚母题中的人文精神逐渐被发掘。美狄亚转变为人文精神的载体，成为激励现代中国女性的文学人物。

【关键词】美狄亚；欧里庇得斯；希腊神话；人文主义

陌生女人与陌生爱情母题的侨易

【作　者】张芸
【单　位】宁波大学外国语学院
【期　刊】《山东社会科学》，第 4 期，2017 年，第 51－57 页

【内容摘要】受资产阶级道德原则的规约，冲破一切樊篱的浪漫主义爱情观自 19 世纪中后叶以来在西方文学中以较为曲折的方式展现出来。作为德语区现代文学中的浪漫作家，茨威格以审美的态度对待人生，将极致浪漫的爱情作为审美对象，通过展示陌生女人的心理空间讲述了一个"你爱我，与我无关"的故事。而一些冒险家则将这类极致的浪漫主义爱情观在异域的文化地理空间展开，如《蝴蝶夫人》《西贡小姐》《情人》等。徐静蕾的电影《一个陌生女人的来信》通过将位于心理空间的爱情社会化，采用影视媒介形式，彻底解构了极致浪漫的爱情话语，通过社会文化、时空和媒介的三重侨易，讲述了一个"我爱你，与你无关"的故事。

【关键词】浪漫主义爱情观；道德准则；异域地理文化空间；侨易

南欧经典文学在当代中国的译介

【作　者】宋炳辉
【单　位】上海外国语大学文学研究院
【期　刊】《学习与探索》，第 1 期，2017 年

【内容摘要】古希腊与罗马文学一直是南欧文学在中国译介与接受的重点，其中尤以古希腊戏剧为最。它伴随整个西方文化在中国的传播而展开，也随着中西交往活动的规模扩大和频率增强而发生一系列传播接受形式的变化。南欧古典文学的传入折射了中西文化交流的历史面貌，也是华夏文化兼收并蓄的优良传统和创造力的体现，与近代南欧文学相比，它在现代中国的译介更体现了一种超越社会动荡的稳定性特征。

【关键词】翻译文学；南欧经典文学；古希腊戏剧；译介

起步中的霍夫曼研究

【作　者】周芳[1]；童真[2]
【单　位】周芳[1]，湘潭大学外国语学院
　　　　　童真[2]，湘潭大学文学与新闻学院
【期　刊】《湘潭大学学报（哲学社会科学版）》，第 41 卷，第 1 期，2017 年，第 128－132 页

【内容摘要】霍夫曼是德国 19 世纪初最具影响的作家之一。中国的霍夫曼研究相比德国和其他欧美国家而言是相对滞后的。霍夫曼研究文献按内容可分为 3 大类，分别评述作家、作品和作品的传播，并有如下 5 个特点：1）20 世纪 80 年代以前，中国的霍夫曼研究基本处于空白状态；2）扎堆霍夫曼代表性的中译作品；3）较多关注其作品的二元对立性而忽视其他特点；4）研究理论和视角亟待扩展；5）研究者从德语专业扩大到了比较文学专业。本文针对这些研究特点进行了原因分析，期待能给研究者以些许启迪。

【关键词】霍夫曼；霍夫曼研究；中国的霍夫曼研究

乔尔乔·瓦萨里：传记写作与历史无意识

【作　者】吴琼
【单　位】中国人民大学哲学院
【期　刊】《中国人民大学学报》，第 31 卷，第 2 期，2017 年，第 108－120 页
【内容摘要】意大利文艺复兴时期传记作家乔尔乔·瓦萨里以其《艺苑名人传》而被人尊称为"艺术史之父"，那么，瓦萨里这本书的重要性到底体现在哪里？我们今天从他的写作中究竟可以看到什么样的历史意志？对文类、地缘政治和叙事模式这三个角度的关注，可以更好地揭示掩藏在书写背后的历史无意识。通过对文类构成的考察，可以透视这一文本书写特定的历史构型；通过对瓦萨里的艺术史叙事做地缘政治的考察，可以发掘其历史架构的意识形态支撑以及由此暴露出来的叙事裂缝；通过对构成个体传记的句法或叙事模式的考察，可以明晰建构其写作的神话结构及其语用功能。

【关键词】文类；地缘政治；叙事模式

情欲的异托邦——试论歌德的《罗马哀歌》与《西东合集》中的空间诗学

【作　者】李双志
【单　位】复旦大学外文学院
【期　刊】《同济大学学报（社会科学版）》，第 28 卷，第 6 期，2017 年，第 9－11 页
【内容摘要】在歌德的创作生涯中，《罗马哀歌》与《西东合集》标志着两次人生与美学上的突围与重生。这两套组诗都将异国他乡作为情欲想象的重要场所，从而建立起了空间、情爱与诗歌本身的密切关联。文章借鉴福柯的异托邦概念，分析诗人在两个诗歌文本中创造异托邦空间的方式，探究他赋予这些地理空间的象征意味，借此阐明作为文学现象的空间书写所包含的美学意义与研究价值。

【关键词】歌德；《罗马哀歌》；《西东合集》；异托邦；空间诗学

权力意志和权力关系的呈现——评伯恩哈德的《鲍里斯的节日》

【作　者】谢芳
【单　位】武汉大学德文系
【期　刊】《同济大学学报（社会科学版）》，第 28 卷，第 4 期，2017 年，第 1－7 页
【内容摘要】伯恩哈德的剧作《鲍里斯的节日》对属于上流社会、拥有巨额财富且时常行善的女主人公的以统治欲和占有欲为体现的权力意志进行了重点刻画，并且突出描写了其在与女仆和丈夫的权力关系中对后二者的指挥、控制、侮辱和折磨，从而使二战之后在奥地利社会重新

占据主导地位并以慈善面目示人的富裕阶层的丑陋本质得以显现。而作者之所以在剧中对人的权力意志和权力关系有上述呈现，一方面是因为其思想受到了尼采的唯意志主义哲学的影响，另一方面也与其家庭出身、生活经历及其文学（戏剧）追求和创作方法密切相关。

【关键词】伯恩哈德；《鲍里斯的节日》；权力意志；权力关系

人本自由摧毁社会秩序——《浮士德悲剧》中瓦伦丁形象之诠释

【作　者】孔婧倩[1]；吴建广[2]
【单　位】孔婧倩[1]，复旦大学外国语言文学学院
　　　　　吴建广[2]，同济大学外国语学院
【期　刊】《杭州师范大学学报（社会科学版）》，第39卷，第3期，2017年，第98－104页
【内容摘要】在追求人本－自由的过程中，浮士德摧毁了神性－社会秩序；在获得所谓"自由"的同时，他却将他人投入牢狱，一路上毁灭了多个生命。与格雷琴一样，她的哥哥瓦伦丁也是浮士德在追求自由过程中所造成的众多牺牲品之一。瓦伦丁的士兵角色象征着他维护既定的社会秩序，听命于神性声音；他对浮士德勾引他妹妹深恶痛绝，这不仅败坏了妹妹的名声，破坏了家族的荣誉，更是触犯了社会秩序，违背了神性意志；格雷琴成为牺牲者并非瓦伦丁所为，而是浮士德追求"人本自由"、毁坏社会秩序的必然结果。

【关键词】歌德；浮士德；瓦伦丁；社会秩序；人本自由

人格的侨易之道——道家哲学与侨易学视角之下的《格林童话》

【作　者】王丽平
【单　位】清华大学外国语言文学系
【期　刊】《同济大学学报（社会科学版）》，第28卷，第4期，2017年，第15－22页
【内容摘要】文章将以道家哲学与侨易学为基础，将格林兄弟的自然观融入与道家哲学相比较的视阈，依据两者的相似之处建构起关涉人格发展的三种基本行为模式。继之以四篇格林童话为例，用三种基本模式为蓝本，模拟出主人公的成长过程图，并用侨易学透视这一过程的规律，得出"合道"是人格发展与幸福的原因所在。这一分析一方面旨在打破西方文论对童话阐释的话语垄断，另一方面为探讨《格林童话》中的普世性行为原则提供新的解释。

【关键词】道家哲学；侨易学；人格；格林兄弟；童话

斯蒂芬·茨威格论死亡与激情

【作　者】张帆
【单　位】上海外国语大学德语系
【期　刊】《北京大学学报（哲学社会科学版）》，第54卷，第5期，2017年，第98－106页
【内容摘要】激情与死亡是贯穿斯蒂芬·茨威格文学创作的重要主题。小说中的"激情受难者"穿梭缠斗于激情的幽暗与人性的善恶之维，多以死亡挣脱激情的宰治告终。在"内心切近者"的人物传记中，茨威格以激越昂扬的笔触谱写出人性与激情角力的命运悲歌，赋予"魔鬼性"的激情毁灭尤其是自杀行为以超人性、超时间的宏大意义。茨威格为抵御战争对心灵的扭曲和精神家园的摧残，以自杀捍卫了内心的自由，具有为理想而殉难的伟大意义，彰显了人性的光辉。

【关键词】斯蒂芬·茨威格；死亡；激情

袭旧与创新——《初忆》与《彼得·潘》的互文性解读

【作　者】张宁宁[1]；王学谦[2]
【单　位】张宁宁[1]，吉林大学文学院
　　　　　王学谦[2]，吉林大学外国语学院
【期　刊】《文艺争鸣》，第 12 期，2017 年，第 137－141 页
【内容摘要】作为西班牙文坛的常青树，安娜·玛丽娅·马图特的作品大都是以童年为题材的儿童视角小说，小说中的主人公往往在恶劣压抑的成长环境中体味到了成人世界的残酷与丑恶，在丧失了天真和童心后，主动或被动地选择了内在成长的停滞，以此抗拒变形，逃离异化。这种对成人世界强烈的抗拒感，一方面受其在内战中成长的童年创伤经验影响，另一方面也来源于塑造了她精神世界的儿童读物——《彼得·潘》。詹姆斯·马修·巴里笔下不虚美不隐恶的儿童形象，似幻似真的奇境冒险，以满纸荒唐言与工业文明对抗的精神和手段，影响并参与了马图特世界观及美学情调的构造。在她的女性成长小说中有大量对《彼得·潘》直接或间接的指涉，从情节构思到人物塑造，马图特在与传统文本对话的过程中，从女性经验出发，对巴里的原作进行了重新阐释，通过置换和变异，突破了传统男权文学的言说模式，强调女性主体性的身份建构。这种糅合了传统与现代，破而后立的互文性手法在其代表作《初忆》中得到了淋漓尽致的体现。通过对《彼得·潘》原型程式的重写与颠覆，马图特用传达着深切痛感的文字，创作出了真实深刻的女性成长故事。
【关键词】无

学术史语境中的卡夫卡"遗嘱"

【作　者】赵山奎
【单　位】浙江师范大学人文学院
【期　刊】《外国文学》，第 4 期，2017 年，第 56－64 页
【内容摘要】卡夫卡的遗嘱问题是卡夫卡学术的真正起点。被视为遗嘱的两个文件，是指令清晰的法律文书，还是像卡夫卡寓言作品一样需要进一步解读的文学文本，一直备受争议。对遗嘱的不同理解，在某种意义上也决定了卡夫卡学者对卡夫卡作品性质和价值的不同判断。亚伯拉罕献祭独子以撒的故事，为理解卡夫卡的遗嘱问题提供了一个富有想象力的参照。最后，卡夫卡是否真心要毁掉自己的作品，布罗德是否为卡夫卡真正的朋友，以及卡夫卡的作品在世间的流传是它们的荣耀还是耻辱，应被置于一个更大的可能世界逻辑框架中加以考量。
【关键词】卡夫卡；布罗德；遗嘱；燔祭

寻找内在的和谐：诺瓦利斯的"走向内心"

【作　者】曹霞
【单　位】湘潭大学外国语学院
【期　刊】《湘潭大学学报（哲学社会科学版）》，第 41 卷，第 4 期，2017 年，第 142－146 页
【内容摘要】作为德国早期浪漫主义文学的代表，诺瓦利斯在其小说《奥夫特尔丁根》《塞斯的弟子们》以及其他作品中不断提出"走向内心"的口号，其目的在于引领人类重归原初的和谐。

诺瓦利斯认为，内心世界与外在世界本是一个整体，情感是人赖以生存的基础，人必须灵性地去感受世界。为此，他认为"渴念""回忆""希望"乃至"情绪"等都是走向内心和谐的途径。诺瓦利斯的这种"向内之路"是对绝对理性之下人的分裂和异化的反思。

【关键词】诺瓦利斯；内心；和谐；浪漫主义

异域光环下的骑士与女英雄国度——德语巴洛克文学中的中国形象研究

【作　者】谭渊
【单　位】华中科技大学外国语学院
【期　刊】《同济大学学报（社会科学版）》，第 28 卷，第 4 期，2017 年，第 23－29 页
【内容摘要】17 世纪耶稣会传教士关于中国的报道对同时代欧洲产生了巨大冲击，唤起了欧洲人对中国的关注，并在德语国家引发了文学家的创作热情。分析 17 世纪后半叶以中国为舞台的四部德语小说可以看出，巴洛克文学对中国形象的建构一方面受到传教士报告影响，将中国塑造为古老、强大、富足的异域国家，另一方面则受到骑士小说传统模式的影响，将中国英雄们塑造成了追逐爱情、游侠冒险的骑士形象。最终，中国在德语巴洛克小说中成为一个带有异域光环的骑士和女英雄国度，从而迎合了欧洲读者对"异国情调"的想象和期待。

【关键词】中国形象；德语文学；巴洛克；骑士小说；女英雄

由雅入俗的克莱斯特——一个侨易个案考

【作　者】卢盛舟
【单　位】南京大学德语系
【期　刊】《同济大学学报（社会科学版）》，第 28 卷，第 4 期，2017 年，第 8－14 页
【内容摘要】海因里希·封·克莱斯特是德语文学史上一个非常典型的侨易个体。可能由于如今克氏之为经典作家的身份，研究往往忽略了他的一段因侨而易、由雅入俗的写作过程。文章欲先落实 1800 年前后德语地区雅俗话语的若干面向，以便以此为据，简要勾勒克莱斯特写作生涯中的两个重要节点以对观之，最后运用侨易学概念，明确这份个案中的侨元四义。

【关键词】克莱斯特；侨易学；雅俗文化

原罪话语的背后——再读《诉讼》

【作　者】方厚升
【单　位】厦门大学外文学院
【期　刊】《兰州学刊》，第 8 期，2017 年，第 62－71 页
【内容摘要】文章从神学视角重读卡夫卡的长篇小说《诉讼》，认为与《美国》《城堡》相比，《诉讼》蕴含的原罪思想主要是基督教式的，而非犹太教。卡夫卡摹写自己的生命体验，揭示现代人的存在状况。在《诉讼》中，这一切也在西方人熟稔的"原罪"逻辑中展开，基督教"原罪－受难－拯救"的结构模式隐然可辨：K 背负的是原罪，与生俱来；他的艰难辩护历程（虚伪的爱情、荒谬的司法、沦落的艺术）象征遭到放逐的人类在世间受难赎罪的命运；他与神父对话、平静受死暗示了最后的审判、蒙恩获救。从中，我们或能侧面感受作为现代人的卡夫卡亲近神性、重建人神和谐以对抗价值虚无的宗教情怀。

【关键词】原罪；救赎；犹太教；基督教；现代性

秩序与自由——歌德《浮士德》之《女巫厨房》诠释

【作　者】孔婧倩
【单　位】复旦大学德语语言文学系
【期　刊】《同济大学学报（社会科学版）》，第 28 卷，第 2 期，2017 年，第 1—9 页
【内容摘要】《女巫厨房》的主题不仅是返老还春，而且也是批判人本主义的综合性主题，其中包括时间失效、亵渎神性、否定自然、摧毁秩序、追求自由等。结构上，《女巫厨房》与《天堂序曲》构成对立关系；引发格雷琴戏剧的开启；同时与《浮士德》第二部有着内在关联的互文性。由此可见《女巫厨房》在《浮士德》中的主题性和结构性上的重要地位。
【关键词】歌德；浮士德；女巫厨房；人本主义批判

作为救赎的音乐——以歌剧《洪堡亲王》的脚本创作为例解读英·巴赫曼的音乐诗学

【作　者】张晓静
【单　位】中国社科院外文所
【期　刊】《外国文学动态研究》，第 6 期，2017 年，第 23—30 页
【内容摘要】本文对奥地利作家英·巴赫曼为歌剧《洪堡亲王》而进行的脚本创作活动进行了详细的考察和分析，从其创作目的、手段和理念等方面展开，探讨了作家对于音乐与文学之间关系的深邃思考。巴赫曼将音乐作为写作者摆脱现代性危机和历史困境的救赎力量，试图通过音乐强大而完整的表达，对传统经典进行改造，让它们重新获得生命力，从"非人"状态再次达到"人性"的本真面貌，从而用审美来拯救陷入危机状态的德语语言与写作。
【关键词】英·巴赫曼；《洪堡亲王》；审美救赎；音乐与文学

（五）非洲文学研究论文索引

"老人与性"之间的形而上学之思——论库切小说《凶年纪事》中的人道主义

【作　者】罗昊；彭青龙
【单　位】上海交通大学外国语学院
【期　刊】《外国语文》，第 33 卷，第 1 期，2017 年，第 12－17 页
【内容摘要】《凶年纪事》展现了库切对"老年与性"这一贯穿全文的主线的形而上学之思。C 先生意识与无意识的分裂映射出西方语言能指和所指的分离，最终解构了以本质主义为核心的西方哲学传统；而由其形而上的耻辱感引出安雅的独自出走，从而重构多元话语机制的新世界。C 先生的性欲折射出其旺盛的生存意志，以及其自身的终极精神救赎。本文以"老人与性"为切入点，分析其在文本中发挥的主线作用，彰显库切深切的人道主义情怀。
【关键词】库切；《凶年纪事》；老人；性；人道主义

贾克斯·穆达《赤红之心》的帝国反写与绿色批评

【作　者】段燕；王爱菊
【单　位】武汉大学外国语学院
【期　刊】《当代外国文学》，第 38 卷，第 3 期，2017 年，第 96－103 页
【内容摘要】贾克斯·穆达的《赤红之心》是当代非洲英语文学的代表作之一，小说自出版后备受学界和社会的广泛关注。作者将故事背景置于殖民主义和全球化语境下的南非，刻画了原住民科萨族的历史伤疤和现代化进程中的新窘境，揭示了殖民主义和帝国主义的本质、种族主义和物种主义的关联、环境和发展之间的悖论等。本文以后殖民生态批评理论为依托，探讨小说中所呈现的殖民活动和帝国主义给南非造成的殖民地社会生态的崩溃、精神生态的错乱和自然生态的危机，揭示其帝国反写与绿色批评的意旨所在。
【关键词】贾克斯·穆达；《赤红之心》；帝国反写；后殖民生态

将陌生的"母语"变为己有——论埃及女作家纳娃勒·赛阿达维对语言的探索

【作　者】牛子牧

【单　位】北京外国语大学阿拉伯学院

【期　刊】《外国文学》，第 3 期，2017 年，第 55－63 页

【内容摘要】埃及女作家纳娃勒·赛阿达维著作颇丰、影响深远，在当代阿拉伯世界颇具争议。她由于在性、宗教和政治等方面的"异见"，一直在阿拉伯世界受到打压，不仅"文学家"的身份得不到承认，甚至连"女性"的身份都遭到质疑。本论文认为，赛阿达维的写作生涯是她反思和探索母语阿拉伯语的过程，她从语法、语言习惯和言外之意等多方面着手，尝试指出和弱化阿拉伯语承载的父权文化色彩和阳性中心主义价值观，驯服这陌生的"母语"，也呼吁女作家和她们的读者通过对语言本身的思考，更加全面地认识自我和世界。

【关键词】纳娃勒·赛阿达维；女性写作；阿拉伯语；父权文化

口述、表演与叙事——非洲书面文学中的口头叙事研究

【作　者】段静

【单　位】长沙理工大学外国语学院

【期　刊】《国外文学》，第 1 期，2017 年，第 37－45、157 页

【内容摘要】自 20 世纪 80 年代以来，随着数位非洲作家问鼎诺贝尔文学奖，非洲文学以其独特的创作风貌和厚重的文化内涵引起了世人的瞩目,其重要特征之一便是口头叙事的大量运用。本文论述了表演理论为书面文学中的口头叙事研究提供的学理基础，并从框架和自反性两个核心概念出发，阐释表演如何连接口述和书面叙事，从而构成文本深层的表演叙事结构，并探讨了表演叙事的文化功能和意义。从表演切入非洲书面文学中的口头叙事研究，对当代非洲文学理论的发展和非洲文学身份的建构，都具有十分重要的意义。

【关键词】非洲书面文学；口头叙事；表演理论

伦理困境中的艰难突围：解读《等待野蛮人》

【作　者】黄晖

【单　位】华中师范大学文学院

【期　刊】《华中学术》，第 9 卷，第 1 期，2017 年

【内容摘要】本文运用文学伦理学批评理论对库切的《等待野蛮人》进行解读，阐释贯穿作品的多个伦理隐喻和伦理话语的建构，解析老行政长官如何陷入伦理困境并最终通过伦理选择走出困境，从而解构老行政长官对文明与野蛮的心理认知过程，揭示作品深层的伦理呼唤和道德教诲。

【关键词】《等待野蛮人》；伦理隐喻；伦理困境

偶像的黄昏：论《神箭》中伊祖鲁的身份危机与伦理选择

【作　者】黄晖

【单　位】华中师范大学文学院

【期　刊】*Interdisciplinary Studies of Literature*，第 1 卷，第 4 期，2017 年，第 79－86 页
【内容摘要】阿契贝的小说创作记录了 20 世纪非洲部族社会的"秘史"。作家侧重于从人物的伦理身份出发，通过展现其被疏离的过程，考察部族社会的变迁尤其是乡村伦理的衰微，进而折射出部族政治和社会机制的变化。本文拟将《神箭》与非洲处于殖民主义时期的伦理、宗教、法律互为参照，通过文本细读和对文本历史语境的考察，以"身份危机"切入，分析伊祖鲁的伦理悲剧，以期阐明该作品所隐含的非洲部族社会的伦理机制。
【关键词】《神箭》；身份危机；伦理选择；伦理悲剧

钦努阿·阿契贝长篇小说中的口述性论析

【作　者】段静
【单　位】长沙理工大学外国语学院
【期　刊】《当代外国文学》，第 38 卷，第 1 期，2017 年，第 116－124 页
【内容摘要】"口述性"是由非洲本土学者提出的一个文学术语，用以描述当代非洲文学中突出的哲思表征和叙事特色。非洲现代文学之父钦努阿·阿契贝是其具代表性的倡导者和实践者。在非洲文化传统中，对声音的亲近和推崇与群体性的自我意识密切相关。阿契贝借助口述性将这种本土的经验与哲思在文学写作中进行了传达。本文以他的长篇小说为对象，借助民俗学表演理论，考察了口述性在文本中的叙事形态和功能，包括口述性表演框架所带入的群体性和新生性特征。口述性所携带的强大的本土文化基因和顺应全球化背景下文化交流需求的建构力，构成了阿契贝重新缔造非洲大陆文学文化传统的思想基础和灵感之源。
【关键词】阿契贝；口述性；表演

三重空间视阈下的非洲书写——以本·奥克瑞《饥饿的路》为中心

【作　者】朱振武[1]；韩文婷[2]
【单　位】朱振武[1]，上海师范大学人文与传播学院
　　　　　韩文婷[2]，上海大学外国语学院
【期　刊】《当代外国文学》，第 38 卷，第 4 期，2017 年，第 60－68 页
【内容摘要】非英美国家英语文学源于英国文学，发展中形成了刻画地域生活、书写民族历史和彰显多元文化等特点。作为非英美国家英语文学的重要分支，尼日利亚作家用英语完成了非洲民族精神的书写。本·奥克瑞及其代表作《饥饿的路》是非洲英语文学的代表。该作品通过现实空间、虚幻空间和第三空间的呈现完成了非洲形象的塑造、非洲梦的憧憬和非洲路的构建。在现实空间中，奥克瑞刻画出殖民前原始非洲形象和具有西方殖民烙印的非洲形象，打破白人作家笔下刻板的非洲印象，从打造出更加丰富多元的非洲形象。在虚幻空间中，作者借幽灵世界、梦境世界和非洲神话完成古老非洲梦的追溯和未来非洲梦的憧憬。在本土文化与西方文化杂糅与碰撞形成的第三空间中，作者以个人出路的探索完成对现实生活中非洲路的探索。
【关键词】本·奥克瑞；非洲形象；非洲路；非洲梦；第三空间

索因卡对《酒神的伴侣》的创造性改写

【作　者】高文惠
【单　位】德州学院文学与新闻传播学院

【期　刊】《外国文学研究》，第 39 卷，第 3 期，2017 年，第 153－160 页
【内容摘要】在悲剧观念上，索因卡师承尼采。但在借鉴尼采悲剧学说的同时，索因卡又努力将本土文化资源融入其中。这种悲剧理念的终极指向是社团的精神健康，而这一目标又与索因卡一贯对社团政治健康的关注交织在一起，使他的悲剧形成一种既具有哲学玄想和神话思维，又具有现实关注的复杂气质。索因卡对于《酒神的伴侣》的改写，主要目的是在对尼采悲剧学说阐释的基础上，借助欧洲的旧故事来表达自己的民族戏剧构想，其《欧里庇得斯的〈酒神的伴侣〉：圣餐仪式》是一种创造性改写。

【关键词】索因卡；《欧里庇得斯的〈酒神的伴侣〉：圣餐仪式》；约鲁巴文化；尼采；创造性改写

文学路的探索与非洲梦的构建——尼日利亚英语文学源流考论

【作　者】朱振武[1]；韩文婷[2]
【单　位】朱振武[1]，上海师范大学人文与传播学院
　　　　　韩文婷[2]，上海大学外国语学院
【期　刊】《外语教学》，第 38 卷，第 4 期，2017 年，第 97－102 页
【内容摘要】尼日利亚英语文学的发展受到非洲文学和非洲英语文学的影响。其发展经历了萌芽期、成型期、发展期和成熟期四个阶段，产生了包括图图奥拉、索因卡、阿契贝以及本·奥克瑞等在内的三代作家。文学是历史的载体，尼日利亚英语文学的发展之路与非洲梦的构建不可分离。非洲现代文学之父钦努阿·阿契贝的尼日利亚四部曲体现了不同时期非洲梦的特点。尼日利亚英语文学见证了尼日利亚的发展历程和非洲梦的历史演变，也加深了人们对"非主流"英语文学的理解。

【关键词】非洲文学；非洲英语文学；尼日利亚英语文学；非洲梦；阿契贝

向善的朝圣——《耶稣的童年》中西蒙的伦理困境与救赎

【作　者】罗昊；彭青龙
【单　位】上海交通大学外国语学院
【期　刊】《上海理工大学学报（社会科学版）》，第 39 卷，第 1 期，2017 年，第 53－58 页
【内容摘要】库切新作《耶稣的童年》不仅将其对主人公伦理困境的关注焦点由前期作品中的社会成因转向个人内在道德缺失，且在更深层次上突出了唯我主义的人类畸形伦理与向善的真实不断朝圣这一救赎方案。小说实际描写了西蒙的伦理成长过程，即由最初习惯于臆想他人的唯我思想所迷惑，至此后由自身伦理反思引发的对他人的关注，最终得以尊重他人主体性，不断趋近善的真实。

【关键词】《耶稣的童年》；库切；伦理；唯我主义；爱欲；性欲；神秘因素

载道还是西化：中国应有怎样的非洲文学研究？——从库切《福》的后殖民研究说起

【作　者】蒋晖
【单　位】清华大学人文与社会科学高等研究院
【期　刊】《山东社会科学》，第 6 期，2017 年，第 62－76 页
【内容摘要】中国为什么要研究非洲文学？它的意义何在？应该用什么样的方法？本文指出，

要回答这些问题，需要询问：一、西方为什么要研究非洲文学以及后殖民理论为什么如此成功？二、20 世纪 60 年代以来社会主义阵营提出的研究方法为什么失败？在此反思基础上，我们可以勾勒出正快速发展的中国的非洲文学研究先天所携带的劣势和未来的可能性。

【关键词】后殖民理论；库切；寄居者文学；佳亚特里·斯皮瓦克；海伦·蒂芬

（六）大洋洲文学研究论文索引

"重写小说"中的"重读"结构——以《杰克·麦格斯》和《匹普先生》为例

【作　者】王丽亚
【单　位】北京外国语大学英语学院
【期　刊】《外国文学》，第 2 期，2017 年，第 3—13 页
【内容摘要】小说范畴的"重写"以经典小说为"前文本"，通过反转人物关系、重塑人物形象、切换视角等叙事策略，使"重写"与"前文本"形成结构差异，引发读者对经典进行重新阅读。这一现象在后殖民文学批评领域被视为对文化帝国主义的象征抵抗。本文认为，"重写小说"的结构方式多种多样，因此，对"重写小说"的解释不能囿于后殖民文学批评长期强调的"帝国逆写"模式。文章以《杰克·麦格斯》和《匹普先生》为例，分析两部作品分别以"作者阅读"和"人物阅读"呈现的不同结构关系。以作家对《远大前程》的"对位阅读"为"重读"立场，《杰克·麦格斯》通过情节重置使"重写"与"前文本"形成"同故事内嵌式"结构；这种"重写"既是作者对"前文本"的"重读"，也是重写文本以互文结构向"作者的读者"发出的阐释召唤。与此不同，《匹普先生》以故事中人物阅读行为，强调经典小说对读者的情感结构的影响。
【关键词】前文本；重写；帝国逆写；互文参照阅读

"国家庆典"与澳大利亚历史小说

【作　者】黄洁
【单　位】苏州大学外国语学院
【期　刊】《外国文学评论》，第 3 期，2017 年，第 122—140 页
【内容摘要】1988 年澳洲殖民二百周年庆是一个具有重大历史意义的事件。该庆典的官方组织者希望这次庆祝活动成为民族自我欢庆的和谐大合唱，可实际上它却成了各种政治势力和利益群体竞技的话语场。凯特·格伦维尔的《琼创造历史》和彼得·凯里的《奥斯卡与露辛达》这两部当年出版的历史小说是典型的"二百周年庆作品"，反映了该时期独特的期待视野、价值观和利益；它们也是作家以写作方式积极参与社会大辩论，表达自己政治立场、历史观和对民族接触问题态度的产物。

【关键词】《琼创造历史》；《奥斯卡与露辛达》；二百周年庆；澳大利亚历史小说

澳大利亚"丛林神话"与"劳森神话"论析

【作　者】张加生
【单　位】南通大学外国语学院；上海交通大学外国语学院
【期　刊】《国外文学》，第 2 期，2017 年，第 51－58、157 页
【内容摘要】澳大利亚是一个有着深刻丛林传统的国家，丛林神话是澳大利亚民族身份建构的重要元素。本文从澳大利亚丛林神话的缘起与发展、丛林神话的城市与丛林之争、丛林现实与劳森神话三方面论述了澳大利亚丛林传统，并深入剖析了劳森丛林书写对澳大利亚丛林神话的续写。本文认为劳森对澳大利亚"丛林神话"的续写和劳森丛林书写的天才创造力共同缔造了澳大利亚文学史上的"劳森神话"。
【关键词】澳大利亚；丛林神话；劳森神话；民族想象

传统目光的颠覆与超越——考琳·麦卡洛小说对凝视问题的思索

【作　者】周启华[1]；徐梅[2]
【单　位】周启华[1]，华中科技大学中文系
　　　　　徐梅[2]，北京京北职业技术学院
【期　刊】《外国文学研究》，第 39 卷，第 3 期，2017 年，第 159－165 页
【内容摘要】在男性依然为"凝视"主体、女性为"凝视"客体的当代文化氛围中，澳大利亚著名女作家考琳·麦卡洛通过小说创作对传统"凝视"模式进行了颠覆性思索，发掘了当今文化中凝视主体的悄然变化，诠释了被传统"凝视"模式忽略的性别美的时代变化和崭新内涵，考量了传统"凝视"模式对性别问题带来的裂痕，思索了新型"凝视"模式带来的机遇和挑战。
【关键词】考琳·麦卡洛；小说；凝视；颠覆；超越

内德·凯利传说的当代阐释：《凯特妹妹》与《凯利帮真史》的比较分析

【作　者】黄洁
【单　位】苏州大学外国语学院
【期　刊】《外国文学》，第 4 期，2017 年，第 36－45 页
【内容摘要】《凯特妹妹》和《凯利帮真史》是澳大利亚当代作家重塑民族集体记忆的典范。二者都旨在重写历史：前者通过赋予女性讲述自己故事的权力，来打破男性主义的历史编纂学对女性的歪曲和压制；后者模拟了 19 世纪澳洲殖民地丛林汉的话语，并通过戏仿和互文手段对历史的虚构性进行反思性再现。二者都具有后殖民批判的维度：前者侧重披露殖民统治的后果，后者则致力于揭示殖民统治阶层对殖民地居民的压制以及受压制方展开的抗争。二者都力图颠覆男性阳刚气质的虚假表象：前者揭示男性阳刚气质的建构和维系需要通过一系列"排他"活动来实现，后者则通过聚焦"异性装扮"来揭示凯利帮男性气质的复杂与含混。对两部作品进行比较分析有助于厘清不同作家重塑民族集体记忆时的关注焦点和颠覆路径。
【关键词】《凯特妹妹》；《凯利帮真史》；凯利；集体记忆

战争与爱情的澳式书写——解读理查德·弗拉纳根长篇小说《曲径通北》

【作　者】徐阳子；彭青龙

【单　位】上海交通大学

【期　刊】《外语学刊》，第 2 期，2017 年，第 115－120 页

【内容摘要】《曲径通北》是一部有关澳大利亚二战记忆的小说，书中所述澳军战俘被日军奴役修建泰缅铁路的经历堪称澳大利亚历史中最残忍的章节之一。本文认为，理查德·弗拉纳根抓住澳大利亚民族记忆的核心，以战争与爱情为主题，深刻透析生命个体在生死存亡状态下的人性抉择，拷问游离于灵与肉、善与恶和爱与恨之间的复杂人性，表达出作家谴责暴力与战争、向往爱情与和平的诉求及人文情怀。

【关键词】理查德·弗拉纳根；《曲径通北》；战争；爱情；人性

（七）美国文学研究论文索引

Green or Greed?：The Irony of Ecology in Jane Smiley's *Good Will*

【作　　者】Wu Limin
【单　　位】Faculty of English Language and Culture，Guangdong University of Foreign Studies
【期　　刊】*Forum for World Literature Studies*，第 9 卷，第 2 期，2017 年，第 278－292 页
【内容摘要】Pulitzer Prize laureate Jane Smiley's novella *Good Will* tells a story of a man named Bob who lives a self-contained as well as self-deceiving life in a valley. His interactions with nature and people are hindered by his greedy anticipation，egotistic imagination and male chauvinist domination. The pastoral life he imagines turns out to be a bubble in the end. Mainly from the eco-ethical and ecofeminism angles，the paper probes into Bob's intentional living a green life and his later failure caused by his greed for absolute personal power over his family and environment；meanwhile，Smiley's ecological poetics can also be discovered through a series of irony of ecology in the story，which is different from the ecological implications in traditional fictions.
【关键词】irony of ecology；nature；imagination；egotism；androcentrism

Langston Hughes's Visit to China：Its Facts and Impacts

【作　　者】罗良功
【单　　位】华中师范大学外国语学院
【期　　刊】*Interdisciplinary Studies of Literature*，第 1 卷，第 4 期，2017 年，第 28－43 页
【内容摘要】This article presents a historical outline of Langston Hughes's only visit to China in 1933，re-examines some important facts including Hughes's meeting with Lu Xun，and corrects some inaccurate account in Hughes's autobiography *I Wonder as I Wander*. Furthermore，this article explores the significance of Hughes' visit to China for Chinese intellectual circles，and the impact of this visit upon Hughes himself as a writer and thinker. It is probable that Hughes's visit demonstrates his favorable views on Marxism and contributes to his using China metonymically as a strategy of political expression.

【关键词】Langston Hughes；China；Lu Xun；Hughes scholarship in China；world view；political expression

On the Critical Representation of the Tough Jew Ideal in Thane Rosenbaum's *Second Hand Smoke*

【作　者】Zhan Junfeng
【单　位】School of Foreign Studies，South China Normal University
【期　刊】*Forum for World Literature Studies*，第 9 卷，第 1 期，2017 年，第 117－131 页
【内容摘要】Thane Rosenbaum's novel *Second Hand Smoke* (1999) depicts Duncan Katz，a son of Holocaust survivors and a federal prosecutor of Nazi war criminals，as an ostensibly tough Jewish man inwardly tormented by rage and distress. This article argues that through its portrayal of Duncan，the novel offers a critical representation of the Tough Jew ideal. Specifically，the novel challenges the Tough Jew ideal for its premises on rage and for its close affinity with gentile masculinity. This article also contends that the novel points to the possibility of sublating the Tough Jew ideal and reshaping Jewish ethnic and masculine identities in the post-Holocaust era.
【关键词】*Second Hand Smoke*；Tough Jew ideal；Jewish masculinity；Jewish ethnic identity

When Ethnic Identity Meets National Identity：An Analysis of the Changing Ethnic Identification in Gloria Naylor's *Bailey's Café*

【作　者】Qi Jiamin
【单　位】Faculty of English Language and Literature，Guangdong University of Foreign Studies
【期　刊】*Forum for World Literature Studies*，第 9 卷，第 1 期，2017 年，第 144－155 页
【内容摘要】Adopting Arnold van Gennep's tripartite model of "rites of passage"，to study Gloria Naylor's *Bailey's Café*，this essay traces Bailey's rites of passage before and during his stay in Bailey's café to unravel his national identity transformation. Before his arrival at the café，he experiences an identity crisis due to his American national identity，particularly with the atomic bombs. It leads him to separate from America and comes to the liminal street of Bailey's café，which constitutes a blues matrix that calls upon the historical sites of the way station，allowing him and other castaways to gather，rest，and transform. Through his encounters with Stanley and Gabe on the street，Bailey is able to gain the affirmative and transformative power of the blues and reintegrate with his American identity. Thus，the essay argues that the ideological aspect of American's national identity requires African Americans to transcend and to dream，and the blues empowers them to do so.
【关键词】American national identity；rites of passage；the blues；*Bailey's Café*；Gloria Naylor

"不变的/是变的意志"：评查尔斯·奥尔森的投射诗《翠鸟》

【作　者】黄宗英
【单　位】北京联合大学应用文理学院
【期　刊】《外国文学》，第 5 期，2017 年，第 14－26 页

【内容摘要】《翠鸟》是奥尔森早期最杰出的诗作，也是他投射诗诗学理论最成功的一次创作实验。虽然仍受庞德和艾略特的影响，但奥尔森更加注重威廉斯的诗歌风格，不仅对自己成长的故土充满信心，而且不遗余力地去挖掘美国本土的、具体的、地方性的文化内涵。本文从赫拉克利特关于唯有变才是不变的辩证法观点切入，紧扣该诗的主题"不变的/是变的意志"，通过诗歌文本的深度释读，分析投射诗诗歌语言、表现形式和主题呈现的基本特征，揭示奥尔森寻求变革后现代主义时期美国诗歌的理论与实践。

【关键词】查尔斯·奥尔森；《翠鸟》；投射诗

"丰裕社会"中的"另一个美国"——从《霍默和兰利》看当代美国城市贫困

【作　者】徐在中
【单　位】南京邮电大学外国语学院；安徽工业大学外国语学院
【期　刊】《国外文学》，第 4 期，2017 年，第 118－128、156 页
【内容摘要】当代美国著名犹太裔作家 E.L.多克托罗的《霍默和兰利》（2009）以 20 世纪 40 年代发生在纽约的科利尔兄弟的故事为素材来进行加工，艺术而又真实地再现了当代美国城市贫困人群在"自助"的文化环境中的悲惨处境，从而构成了对当代美国社会现实的有力批判。通过探讨美国的"自助"文化及其衍生的福利制度，结合作品分析可以发现，《霍默和兰利》揭示了当代美国"丰裕社会"中由城市贫困人群组成的"另一个美国"的真实存在及其被政府和主流社会忽略甚至是"垃圾化"处理的现状，从而使得他们陷入一种贫困亚文化而自生自灭。

【关键词】《霍默和兰利》；"丰裕社会"；"另一个美国"；自助；城市贫困

"塞勒姆猎巫"的史与戏：论阿瑟·米勒的《坩埚》

【作　者】但汉松
【单　位】南京大学外国语学院英文系
【期　刊】《外国文学评论》，第 1 期，2017 年，第 62－90 页
【内容摘要】1692 年的"塞勒姆猎巫"是美国史研究中最具争议的话题之一。在复杂的历史记忆场与文学再现的张力下，"塞勒姆猎巫"作为事件的意义并未静止于过去，而是在后世的叙事中不断地生成、变换和重返。阿瑟·米勒通过历史剧《坩埚》将这个古老村庄的集体癫狂转换为戏剧性的历史叙事，并以文学事件的方式在历史内部完成了一系列的创造和改变。通过史料与戏剧的多层互读，本文揭示出米勒创作《坩埚》时所受的 19 世纪史学话语的影响，并认为他追求的现代悲剧模式与其自由主义史观之间存在深刻的紧张关系。

【关键词】塞勒姆；猎巫；历史；阿瑟·米勒

"时空旅行"、解构"时空旅行"与创伤叙事的互文性建构——论库尔特·冯尼古特的《五号屠场》

【作　者】田俊武
【单　位】北京航空航天大学外国语学院
【期　刊】《国外文学》，第 1 期，2017 年，第 117－124、159－160 页
【内容摘要】冯尼古特的《五号屠场》表面上看是一部"时空旅行"小说，讲述主人公毕利·皮尔格利姆在过去、现在和 541 号大众星之间的旅行。但是，通过元小说和互文性叙事策略，作家实际上也同时解构了毕利的"时空旅行"，使之成为主人公精神错乱的表征。通过这种建构和

解构主人公"时空旅行"的过程，作家试图表现创伤、反战和重建人类精神家园等主题。

【关键词】时空旅行；元小说；互文性；创伤

"文如其城"——约翰·多斯·帕索斯《曼哈顿中转站》空间叙事的背后逻辑

【作　者】刘英
【单　位】南开大学外国语学院
【期　刊】《国外文学》，第 3 期，2017 年，第 62－68、158 页
【内容摘要】评论界一致认同，《曼哈顿中转站》的主要特色是空间化叙事，但对于采用空间化叙事的动因、来源和目的却各执一词。本文由此出发，探讨《曼哈顿中转站》空间化叙事的背后逻辑，揭示去中心的空间化叙事形式与重建中心的现代主义诉求之间的悖论关系，论证《曼哈顿中转站》一方面彰显了现代主义重建中心的审美诉求，另一方面也实现了现代主义新批评所倡导的意义与形式的有机结合。

【关键词】《曼哈顿中转站》；空间化叙事；现代主义

《阿巴拉契之红》中的文化空间

【作　者】陈海容
【单　位】浙江大学外国语言文化与国际交流学院
【期　刊】《当代外国文学》，第 38 卷，第 2 期，2017 年，第 159－166 页
【内容摘要】没有绝对意义上的物理空间，安德鲁斯在《阿巴拉契之红》中对监狱、果园、双城三个空间的勾勒、描绘、渲染，都指向了美国南方种族权力的运作与实践。监狱的诞生方式、运行机制揭示了监狱如何将种族暴力合法化，构成南方种植园的现代隐喻。果园作为黑人的工作场所，其管理、运行及秩序井然的效果呈现了白人如何通过对黑人意识形态的控制，使黑人不自觉地成为被种族政治消费的对象。双城展现了建立在肤色基础上的种族秩序如何参与黑人的日常行为以及审美认知的塑造，造成黑人内部空间的分层。安德鲁斯对空间的塑造消解了有关黑人自由的官方历史话语，表明种族空间的移花接木，以及种族主义意识形态对黑人内部空间的铭刻，使得种族主义体系在 20 世纪民权运动前的美国南方社会以一种更为隐蔽、稳定的方式继续存在。

【关键词】雷蒙德·安德鲁斯；《阿巴拉契之红》；文化空间；身体

《曾经的应许之地》中的文明冲突

【作　者】李青霜
【单　位】南京大学外国语学院；南京审计大学英语系
【期　刊】《湖南科技大学学报（社会科学版）》，第 20 卷，第 2 期，2017 年，第 44－49 页
【内容摘要】阿拉伯裔美国作家莱拉·赫拉比的《曾经的应许之地》，是一部关注阿拉伯－穆斯林身份困境的后"9·11"小说。该小说通过伊斯兰文化的代表符号"水"传达出亲近自然、适度消费的和谐生态理念，同时以消费文化的象征"真丝睡衣"昭示出控制自然、过度消费的人类中心主义思想，隐喻西方基督教文明奴役、统治自然的傲慢态度。小说借"水"表现出伊斯兰文化的积极内涵，通过"水"与"真丝睡衣"的矛盾，展演了伊斯兰与西方在另一个层面的矛盾冲突，进而揭示了后"9·11"语境下"文明"西方的暴力机制。

【关键词】《曾经的应许之地》；和谐；暴力；文明冲突

《褐姑娘、褐砖房》中开放的场所精神

【作　　者】胡俊
【单　　位】北京语言大学英语学院
【期　　刊】《外国文学评论》，第 2 期，2017 年，第 205－219 页
【内容摘要】在《褐姑娘、褐砖房》中，非裔美国女作家葆拉·马歇尔力图通过人和场所的并置重新探讨场所精神。一方面，她承认场所精神的重要性，因为这是人们对于存在意义的追求，她尤其通过敏感多思的黑人少女赛琳娜的经历凸显了具有离散背景的巴巴多斯裔美国人对于场所精神的探索；另一方面，她又质疑单一、封闭以及静止的场所精神，借女主人赛琳娜在不同场所中的体验（包括在褐砖房、工厂、公寓等的经历）揭示出场所精神的复杂多变，并通过赛琳娜对于街道这一场所的认同表明她渴望开放的空间，更希望能够参与到场所精神的制造中。在创造新的场所精神的过程中，巴巴多斯裔美国人也在书写新的身份，一种同样处在变化和建构中的身份。
【关键词】葆拉·马歇尔；《褐姑娘、褐砖房》；场所精神

《橘子回归线》中后现代社会景观的流动性

【作　　者】胡俊
【单　　位】北京语言大学英语学院
【期　　刊】《当代外国文学》，第 38 卷，第 1 期，2017 年，第 5－11 页
【内容摘要】日裔美国作家山下凯伦的代表作《橘子回归线》凸显了后现代社会景观的流动性，这种流动性表现为多样的以及变化的景观。多样的景观取决于多元化的人群，变化的景观反映的则是景观的建构性。通过景观的流动性，山下凯伦揭示出后现代社会的特点，那就是人员的频繁流动，正是人们的流动让景观变得丰富多彩；而山下凯伦尤其赋予流动性以深意，期待人们不断塑造新的景观，最终能够建构一个多元和开放的空间。
【关键词】山下凯伦；《橘子回归线》；景观；流动性；后现代社会

《上帝拯救孩子》的创伤叙事与创伤治疗

【作　　者】言捷智[1]；吴玲英[2]
【单　　位】言捷智[1]，衡阳师范学院外国语学院
　　　　　　吴玲英[2]，中南大学外国语学院
【期　　刊】《当代文坛》，第 6 期，2017 年，第 123－126 页
【内容摘要】本文旨在探讨《上帝拯救孩子》的创伤叙事，通过分析创伤治愈的方法再现莫里森小说的艺术价值和现实意义。莫里森在这部以创伤为主题的小说中用多重叙事声音、非线性时间描述等大量的叙述策略呈现了饱受家庭创伤、社会创伤和文化创伤的各色人物故事。在莫里森看来，无论是暴力发泄、书写和言说，还是爱的给予都能使精神和心灵的创伤淤积得到释放和治疗。
【关键词】托妮·莫里森；《上帝拯救孩子》；创伤叙事；创伤治疗

《维兰德》：美利坚早期共和国的文化政治再思考

【作　者】金璐
【单　位】厦门大学外文学院

【期　刊】《外国文学评论》，第 4 期，2017 年，第 88－108 页

【内容摘要】《维兰德》是美国作家查尔斯·布朗出版于 1798 年的哥特小说，讲述了同名主人公受神秘怪声蛊惑、手刃至亲的家庭悲剧。本文拟从詹姆逊的"政治无意识"阐释出发，探索小说文类形式和叙事机制下隐蔽的意识形态矛盾，揭示作者对早期共和国复杂政局的深刻反思。由于《维兰德》的哥特主题复现了美国建国初期的党派斗争，文本的叙事策略流露出作者对民粹主义政治的愤懑，小说的求爱叙事副线则折射出作者试图破解新旧生产方式冲突的乌托邦投影。该作品超越了一般的个体家庭悲剧，既勾勒出新兴共和国社会转型时期的尖锐政治危机，亦构成布朗无意识地参与国家政治讨论、隐秘地表达其政治态度、想象性地解决社会矛盾的重要场域。

【关键词】《维兰德》；"政治无意识"；党派斗争；民粹主义政治

《自由之魔法师：一个荒野贵族的部落后裔》中的文学阈限性

【作　者】王微
【单　位】中国人民大学外国语学院

【期　刊】《外国文学研究》，第 39 卷，第 1 期，2017 年，第 31－40 页

【内容摘要】美国本土裔作家杰拉德·维兹诺作品在反映印第安文化与民族身份特点的同时具有阈限性特征，即作品寓意呈现模糊、混杂又界限不明但有迹可循的介于多种维度之间的临界状态。临界性、异质性、混杂性和矛盾性是文学中阈限性的哲学维度，体现文学与文化实践中的思想敏锐度，探讨身份话语建构问题。这种文学阈限性能够在无限的文化差异上实现某种有限接合，从而弥合二元对立之间的各种不可调和张力；这也是阈限性用以阐释与解构维兹诺作品的动力之一，以此探索美国本土裔作家在沉重民族历史背景下走出生存困境、冲破世界主义与民族主义藩篱的表意突破。本文以小说《自由之魔法师：一个荒野贵族的部落后裔》为例，在深入文本解读基础上阐释维兹诺作品的阈限性特点以例证文学阈限性的主要理论特征。

【关键词】《自由之魔法师：一个荒野贵族的部落后裔》；阈限性；临界性；异质性；混杂性；矛盾性

20 世纪 80 年代美国同性恋群体的伦理困惑与伦理选择：以《天使在美国》为例

【作　者】李顺亮；苏晖
【单　位】华中师范大学文学院

【期　刊】 *Interdisciplinary Studies of Literature*，第 1 卷，第 3 期，2017 年，第 34－46 页

【内容摘要】美国剧作家托尼·库什纳于 20 世纪 90 年代创作的戏剧《天使在美国》是一部交织着艾滋病、同性恋和政治等当代美国重要问题的作品。本文从剧中人物约瑟夫·皮特（Joseph Pitt）这一同性恋角色的性倾向和他所具有的传统宗教、家庭和政治伦理观念之间的冲突造成的伦理困惑入手，分析梳理他从为建构异性恋伦理身份做出拯救异性教徒、忠于妻子、奉公守法三重伦理选择，到对现实失望和内心欲望冲击时抛弃传统伦理责任、建构同性恋伦理身份，到最后因伦理责任缺位导致所有建构伦理身份的努力均告失败的过程，探讨其前后三次建立伦理

身份的尝试和结果，表现 20 世纪 80 年代美国同性恋群体面临的伦理困惑和他们做出的伦理选择，探究作者传达的对同性恋追求个人幸福过程中应当勇于承担相应伦理责任的期许。

【关键词】托尼·库什纳；《天使在美国》；伦理身份；伦理选择

20 世纪初的英美诗歌：美学追求和商业市场之间的博弈与协调——从芝加哥《诗刊》草创时期办刊策略说起

【作　者】王庆[1]；董洪川[2]
【单　位】王庆[1]，重庆师范大学外国语学院，北京外国语大学英语学院
　　　　　董洪川[2]，四川外国语大学
【期　刊】《外国文学研究》，第 39 卷，第 6 期，2017 年，第 73－84 页
【内容摘要】20 世纪初，英美文学发展处在一个急剧变化的历史转型时期，数以百计的先锋文学"小刊物"应运而生。这些"小刊物"在英美文学现代性的展开中发挥了至关重要的作用，成为这个时期文学变迁境况的晴雨表。1912 年创刊于芝加哥的《诗刊》，作为英美现代主义诗歌的前沿阵地，在"小刊物"中最具有代表性。但是，作为"小刊物"的《诗刊》只是少数文学精英经营的高雅艺术场所，它如何在商业大地化的世界里获得一席安身立命之地？如何既保持独立的审美品格，又融入以交换为核心价值观的现代世界？《诗刊》草创期的办刊历史展示出 20 世纪初英美诗歌发展的艰难步履——在美学追求和市场经济之间艰难寻求生存空间。这实际上深刻地体现了现代性的矛盾性：审美现代性与社会现代性之间既相互对立又互为依存的复杂关系。

【关键词】《诗刊》；美学追求；商品市场；博弈；协调

20 世纪美国女性主义戏剧的文化价值

【作　者】张生珍；姜泰迪
【单　位】江苏师范大学外国语学院
【期　刊】《当代外国文学》，第 38 卷，第 2 期，2017 年，第 57－62 页
【内容摘要】文化多样化是美国戏剧最好的精神。美国戏剧通过文化多样性来获得活力。在一个多民族的国家，所有少数群体都应该是其文化的组成部分。20 世纪的女性主义戏剧不仅为美国文化多样化做出了重要贡献，而且彰显出独特的文化价值，主要体现在对商业主义戏剧的抵抗、批判戏剧界的精英主义思潮、倡导包容多元的文化等层面。女性主义戏剧对美国文化的发展，尤其是美国戏剧的重生和多元化发展做出了持久的努力。

【关键词】女性主义戏剧；文化价值；文化多样化

埃德加·斯诺与"西方的中国形象"

【作　者】李杨
【单　位】北京大学中文系
【期　刊】《天津社会科学》，第 5 期，2017 年，第 115－127、134 页
【内容摘要】在历史悠长的"西方的中国形象"或"西方的中国观"中，始于 20 世纪 30 年代的以斯诺的《西行漫记》为代表的红色中国书写具有全新的范式意义。不同于同时期的赛珍珠、弗莱明等人的中国书写对"老中国"的表现，斯诺描绘了"活的中国"与现代世界的互动。斯

诺式的中国书写不仅反映出注重古典研究的欧洲汉学向关注现代中国的美国中国学的演变，同时也再现了第一次世界大战后世界政治结构的变化以及"世界意识"的生成对人文学的深刻影响。斯诺的中国书写虽然未能改变"西方"的历史，甚至未能真正改写"西方的中国观"，但他改变了"中国"的历史，并且由此改写了"世界史"。

【关键词】西方的中国形象；老中国；活的中国；世界意识

爱德华·阿尔比戏剧研究的创新视角：《身份困惑与伦理选择：爱德华·阿尔比戏剧研究》评介

【作　者】邹惠玲
【单　位】江苏师范大学外国语学院
【期　刊】*Interdisciplinary Studies of Literature*，第 1 卷，第 3 期，2017 年，第 177－181 页
【内容摘要】张连桥的《身份困惑与伦理选择：爱德华·阿尔比戏剧研究》将爱德华·阿尔比的戏剧创作置于特定历史阶段的伦理现场之中，运用文学伦理学批评方法，探究阿尔比戏剧作品中蕴含的伦理意旨，揭示剧作家对美国社会转型时期伦理环境的反思与批评，在纵深开掘阿尔比伦理诉求的同时，梳理归纳出阿尔比戏剧作品的伦理叙事特色。该书为阿尔比戏剧研究提供了一个崭新的视角，是一部具有独创性的学术专著。

【关键词】张连桥；阿尔比研究；文学伦理学批评

爱德华·阿尔比戏剧中的伦理悖论

【作　者】张连桥
【单　位】江苏师范大学文学院
【期　刊】*Interdisciplinary Studies of Literature*，第 1 卷，第 1 期，2017 年，第 55－63 页
【内容摘要】爱德华·阿尔比通过极端地书写有关家庭生活的矛盾，探讨有关忠诚、背叛、隔离、虐待等伦理问题，而这些伦理问题往往以悖论的方式展现。伦理悖论是阿尔比戏剧中伦理问题的核心。其一，在阿尔比戏剧中，伦理悖论作为一种价值判断，不同的作品有着不同的伦理悖论，其所表达的价值意义也有所不同；其二，阿尔比戏剧中的伦理悖论源自戏剧人物面临伦理矛盾时所做出的伦理选择，没有伦理选择就没有伦理悖论，伦理悖论是伦理选择的结果；其三，阿尔比戏剧中伦理悖论的解决取决于"伦理结"是如何解开的，在戏剧人物伦理选择的过程中，伴随着伦理矛盾或化解、转移或终结，伦理悖论最终都得到了解决。总之，阿尔比在其戏剧作品中精心设置各种伦理悖论，体现剧作家对美国转型时期有关婚恋、家庭与性爱问题的反思与批判。

【关键词】文学伦理学批评；爱德华·阿尔比；伦理悖论

奥古斯特·威尔逊《篱笆》的心理空间建构策略

【作　者】吕春媚
【单　位】大连外国语大学英语学院
【期　刊】《当代外国文学》，第 38 卷，第 2 期，2017 年，第 20－26 页
【内容摘要】心理空间的建构是戏剧阐释的重要策略之一。非裔美国戏剧家奥古斯特·威尔逊的《篱笆》突破传统戏剧空间的艺术手法，通过视觉化、图像化、隐喻化和诗意化策略构建了非裔美国人异化的心理空间。舞台内空间（舞台场景、戏剧物体）和舞台外空间（碎片化记忆、

布鲁斯音乐）的并置呈现了地理空间的迁移和高度隔离化的空间环境给非裔美国人在心理空间层面带来的无法治愈的伤痛和情感上的疏离。

【关键词】奥古斯特·威尔逊；《篱笆》；心理空间；戏剧空间

鲍勃·迪伦、离家出走与 60 年代的"决裂"问题：欧茨《何去何来》中的家庭系统

【作　者】顾悦
【单　位】上海外国语大学英语学院
【期　刊】《外国文学》，第 5 期，2017 年，第 60－68 页
【内容摘要】欧茨题献给鲍勃·迪伦的短篇小说《何去何来》看似奇异，却是一个典型的 20 世纪 60 年代美国青少年离家出走的故事。以家庭系统理论的视角去审视，不健康的家庭模式、病态的家庭情感场域导致了主人公康妮低下的自我价值感与低水平的自我分化程度，也使得她极为渴望从家庭以外的"重要他人"处获得自我价值的确认以及亲密关系。恰如同时期诸多同类作品中的青少年一样，她一方面选择与原生家庭"决裂"，另一方面又匆忙投入（有害的）两性关系之中。这篇小说是 20 世纪 60 年代"决裂"文化的典型表征，以文学叙事的方法书写了那个年代的心态史，亦揭示出嬉皮士与反文化运动的心理线索。终究，这篇小说之缘何献给迪伦也迎刃而解。

【关键词】欧茨；60 年代；家庭系统；嬉皮士；鲍勃·迪伦

鲍勃·迪伦、仪式性与口头文学

【作　者】于雷
【单　位】北京外国语大学外国文学研究所
【期　刊】《外国文学》，第 5 期，2017 年，第 48－59 页
【内容摘要】继鲍勃·迪伦荣获诺贝尔文学奖之后，国内外学者似乎不得不面对文学的边界问题，但那一极易为理论相对主义所侵袭的学术争议显然忽略了另一个更为实质的（同时也是更为实际的）文学现象——仪式性的唤醒。面临媒体技术无孔不入的威胁，现代书面传统在其看似繁荣的表象之下掩蔽着文学读写时代的自闭症，而在其呈现出历史性的低迷之际，迪伦的"闯入"事件恰恰为我们提供了一个"意外"的合理答案：文学的存活亟待回归其元初的仪式召唤，重新弥合书面叙事与口头传统之间、精英文化与大众需求之间的断裂。鉴于此，本文尝试搁置传统上围绕迪伦的"诗人"身份抑或"歌手"身份所展开的彼此孤立的研究，转而借助相关仪式理论的透镜着重聚焦于迪伦的文化身份、舞台表演以及民谣程式等三方面内容；并在此基础上，进一步探析迪伦的民谣音乐与口头文学传统之间在仪式层面上的基因关联，从而说明迪伦对于现代文学发展的重大贡献与其说是在于"为伟大的美国歌曲传统创造了新的诗性的表达"，不如说是在于他为悠久的书面诗歌传统找回了更为古老的口头文学的仪式性表达。

【关键词】鲍勃·迪伦；仪式性；民谣音乐；口头文学；程式

鲍勃·迪伦事件与文学边界

【作　者】马汉广
【单　位】黑龙江大学文学院
【期　刊】《探索与争鸣》，第 12 期，2017 年，第 158－166 页

【内容摘要】按照齐泽克阐述事件的观点，鲍勃·迪伦获奖就是一个事件，它引发了人们关于文学观念的新思考。诺奖评委会在对鲍勃·迪伦的评价中，第一次提出了当下文学观念发生了根本性变化，这也表现了诺奖评委们与时俱进的品格。从事件的观点去看鲍勃·迪伦获奖以及它的影响：第一，他不仅是个诗人，且作为美国 20 世纪 60 年代反文化运动的旗手和标志被人们认同；第二，他的作品并不是独立存在的，而是与爵士音乐和现场演唱密切相关。这些都指向文学之外，表现着某种外界的思想和经验，因而对文学划界的对象、内容的确定和研究方式产生深远影响。

【关键词】鲍勃·迪伦；事件；文学间性；文学边界

鲍勃·迪伦早期音乐的说唱传统与诗性特征

【作　者】王丹
【单　位】温州医科大学外国语学院
【期　刊】*Interdisciplinary Studies of Literature*，第 1 卷，第 2 期，2017 年，第 161－170 页
【内容摘要】20 世纪 60 年代是鲍勃·迪伦音乐生涯的高峰期，他从民谣到摇滚的转型获得了巨大成功。迪伦受到伍迪·格思里的启蒙，继承了民谣的说唱传统和叙事特征，他将这些词曲创作的品格带进摇滚乐，极大地丰富了摇滚乐的内涵，在美国歌曲传统中开拓出了新的诗意。音乐跟诗歌有共通之处，从古希腊到庞德到金斯堡都是如此。鲍勃·迪伦所创作的文字文本不仅可以被视为配上曲调演唱的歌词，其中一些文字在创作初期就具备了诗性特征，以诗歌的形式存在。从民谣到摇滚，鲍勃·迪伦变化的是音乐表演风格，不变的是他对说唱传统和叙事的偏好。他创作的《暴雨将至》和《犹如滚石》等一系列重要歌曲成为那个时代反主流文化运动的标志作品。

【关键词】鲍勃·迪伦；诗性特征；说唱；叙事

本世纪以来中国对当代美国文论的接受特征与启示

【作　者】胡燕春
【单　位】首都师范大学文学院
【期　刊】《社会科学》，第 10 期，2017 年，第 176－184 页
【内容摘要】21 世纪中国文论处于世界文论体系的动态嬗变过程中，其与国际学界的直接学术对话业已成为全球化文论发展历程中的重要趋向之一，而美国文论则凭借其作为独特媒介的重要学术地位在其间发挥着不可或缺的作用且在诸多层面显现出对中国学界的影响。与之相应，中国针对新世纪以来美国文论的接受可谓成绩与局限并存，其间既暴露出某些偏颇或缺憾，又显现出诸种可供探求的空间。因此，通过梳理数位美国文学理论家与批评家的学术著述、论文及其相关观念在中国的传播轨迹、媒介空间、接受境遇与影响情况可以发现，其中展现出接受的直接与深入以及中美双方之间冲击与回应、共识与论争等繁复学术联系。基于此，遵循批判与吸收并举的原则检视既有接受过程中的某些误区与限域、探求其对当下若干问题的启示价值，无疑不仅有利于中国文论自身的合理建构，而且有助于其有效汲取他国文论，进而渐趋实现平等对话。

【关键词】21 世纪中美文论；接受与反思；互动与影响；问题及启示

比较文学和世界文学视野下的纳博科夫文学理论研究

【作　者】汪小玲

【单　位】上海外国语大学培训部与海外合作学院

【期　刊】《外语教学》，第 38 卷，第 1 期，2017 年，第 101－104 页

【内容摘要】本文将纳博科夫的文学理论研究置于比较文学与世界各大经典文论的动态语境中进行考察，论证纳氏文论对世界各大文论思潮的继承与发扬，从而发掘纳博科夫文学思想及其对未来文学理论的诗学启示与深远影响。

【关键词】纳博科夫；文学理论；比较文学；世界文学

毕晓普诗歌中同性情感的"中介性"研究

【作　者】张跃军

【单　位】厦门理工学院外国语学院；厦门大学外文学院

【期　刊】《国外文学》，第 1 期，2017 年，第 63－71、158 页

【内容摘要】本文立足于德里达和西苏的"中介"理论，并参照拉康和美国女同性恋诗人里奇的观点，从毕晓普的《组诗四首》等作品入手，解读其对同性情感的表现。该类作品中主人公的性别常难以界定，但通过特定意象清晰有力地表达同性情爱，同时由于大量使用比喻与象征，该表达又是抽象和艺术的，甚至是唯美的，表现了诗中人物的"中介"状态，并借此传达出诗人对于情感与伦理的形而上思考。

【关键词】伊丽莎白·毕晓普；同性恋情；中介性；情感与伦理

表意的儿童：评《被窃的儿童：1851－2000 年间美国文学中的美国身份和童年表征》

【作　者】楼育萍；黎会华

【单　位】浙江师范大学外国语学院

【期　刊】*Interdisciplinary Studies of Literature*，第 1 卷，第 4 期，2017 年，第 173－179 页

【内容摘要】《被窃的儿童：1851－2000 年间美国文学中的美国身份和童年表征》是波兰学者索菲娅·科尔巴思夫丝卡研究美国文学的专著。该书紧跟当下童年研究的热潮，从文学中的儿童人物出发探讨了美国文学中的美国身份和童年表征。科尔巴思夫丝卡认为美国的身份叙事离不开童年表述；每当国家陷入文化危机或处于文化转折关头，文学中的儿童人物就会凸显。她认为美国文学中的儿童在巩固美国天真、纯洁和平等的国家叙事的同时把美国身份中那个黑暗的自我给暴露了出来。

【关键词】儿童；美国身份；国家叙事；童年表征

沉默之声：从动物诗看默温的生态伦理结和诗学伦理结之解

【作　者】朱新福[1]；林大江[2]

【单　位】朱新福[1]，苏州大学外国语学院

　　　　　林大江[2]，华东政法大学外语学院

【期　刊】《外国文学研究》，第 39 卷，第 4 期，2017 年，第 26－35 页

【内容摘要】哈罗德·布鲁姆曾经批评默温的早期诗作徒有末日之忧而不具超验之明。本文聚焦默温的动物诗，通过梳理贯穿默温创作生涯的生态和诗学两条伦理主线及相应的生态和诗学两个伦理结先后形成、消解和统一的完整历程，指出默温在生态伦理上所持的生态整体立场与布鲁姆"有益于人类"的伦理出发点不同。在诗学伦理上，默温坚持诗歌是见证的艺术，诗歌形式是对一种听见当下生命经历的方式的见证。而默温一以贯之的诗艺探索和实践恰也见证了默温一生对人类破坏力的深刻反思、对自然世界绝对存在的笃信不疑、对诗歌艺术召唤沉默之声的毕生追求，以及诗内诗外知行合一的伦理操守。

【关键词】默温；动物诗；生态；诗学；伦理结

重访后现代主义——弗雷德里克·詹姆逊访谈录

【作　者】尼克·鲍姆巴赫[1]；戴蒙·扬[2]；珍妮弗·余[3]；陈后亮[4]
【单　位】尼克·鲍姆巴赫[1]，美国哥伦比亚大学
　　　　　戴蒙·扬[2]，美国加州大学伯克利分校
　　　　　珍妮弗·余[3]，美国新学院大学尤金朗学院
　　　　　陈后亮[4]，华中科技大学外国语学院
【期　刊】《国外理论动态》，第 2 期，2017 年，第 1—13 页
【内容摘要】文化研究季刊《社会文本》（*Social Text*）在 2016 年 6 月出版的第 127 期上发表了尼克·鲍姆巴赫（Nico Baumbach）、戴蒙·扬（Damon R. Young）和珍妮弗·余（Genevieve Yue）三位学者对弗雷德里克·詹姆逊的访谈文章，访谈时间 2014 年 3 月 13 日恰逢其著名的《后现代主义，或晚期资本主义的文化逻辑》一文在《新左翼评论》发表 30 周年。

【关键词】无

重组芝加哥：拉图尔行动者网络理论视阈下的《克莱伯恩公园》

【作　者】朱雪峰
【单　位】南京大学外国语学院
【期　刊】《外语教学》，第 38 卷，第 2 期，2017 年，第 99—103 页
【内容摘要】本文以布鲁诺·拉图尔的行动者网络理论（简称 ANT）观照 2011 年普利策奖剧作《克莱伯恩公园》再现的芝加哥，认为此剧在美国政治正确风潮中的接受悖论在于剧作家布鲁斯·诺里斯如实近距离描述了芝加哥城市地理的流变复杂性，其政治相关性在于它没有给出关于芝加哥社会的明晰解释或批评，而是通过不断追踪新问题新联合来重组社会，以貌似传统的新现实主义风格突显了戏剧可以作为一种 ANT 写作的社会学价值。

【关键词】布鲁斯·诺里斯；《克莱伯恩公园》；芝加哥；布鲁诺·拉图尔；行动者网络理论

从《亲缘》探析巴特勒笔下的仿真叙事与时空跨越

【作　者】庞好农
【单　位】上海大学外国语学院
【期　刊】《中南大学学报（社会科学版）》，第 23 卷，第 1 期，2017 年，第 154—160 页
【内容摘要】巴特勒在《亲缘》里采用时间旅行的超现实主义表现手法，揭露奴隶制的黑暗，抨击种族压迫的反人性。她把现实与幻想有机结合起来，消除了外祖母悖论、双向时差悖论和

跨时空物品悖论可能引起的逻辑混乱和思维紊乱，继承和发扬了黑人神话传说、民间故事、宗教习俗等方面的传统。巴特勒还把意念和时空转换做了能动的结合，在小说中设置了非控制式时空转换、能动式时空转换和意念冲突式时空转换。此外，巴特勒还采用了警方介入、目睹体验和史实呼应的策略，冲破传统现实主义的樊篱，精心建构其时空转换的可信性，从主观内省的角度，展示跨时空的超现实场景。

【关键词】奥克塔维亚·巴特勒；《亲缘》；仿真叙事；时空跨越；超现实主义

从《直到我找到你》看鲍勃·迪伦的音乐对嬉皮士身份认同的影响

【作　者】赵雪梅
【单　位】广州大学人文学院
【期　刊】《外国文学研究》，第 39 卷，第 5 期，2017 年，第 127－136 页
【内容摘要】《直到我找到你》是美国当代知名作家约翰·欧文的第 11 部小说，塑造了一系列嬉皮士形象，堪称一面折射嬉皮士文化的镜子。其中，2016 年诺贝尔文学奖得主、美国著名摇滚明星鲍勃·迪伦的音乐如一条主旋律贯穿整部小说。迪伦的音乐不仅成为解读这部小说的重要切入点，也是我们了解嬉皮士这一群体，进而管窥整个嬉皮士文化的重要途径。以鲍勃·迪伦的音乐为代表的嬉皮士文化，既是确认嬉皮士身份的重要标志，也是嬉皮士的重要生活方式之一，更是嬉皮士仰仗终身的精神家园。
【关键词】《直到我找到你》；约翰·欧文；鲍勃·迪伦；嬉皮士；摇滚乐

从陆地到海洋：库柏小说中的"边疆"及其国家意识的演变

【作　者】段波
【单　位】宁波大学外国语学院
【期　刊】《外国文学研究》，第 39 卷，第 3 期，2017 年，第 92－103 页
【内容摘要】探讨詹姆斯·库柏的西部小说或海洋小说时，"边疆"始终是一个无法绕开的话题。历史地看，库柏的西部小说正是美国史学中影响深远的"边疆假说"的文学注解；同其扎根于"边疆"传统的西部小说一样，库柏的海洋小说，通过建构美国的太平洋、大西洋国家叙事来拓殖太平洋、大西洋"边疆"；西部小说和海洋小说不仅充实、强化了"边疆假说"，而且还进一步拓展了美国的疆域意识和国家意识，使其从西部陆地延展到浩瀚的蓝色海洋。
【关键词】库柏；边疆；海洋荒野；太平洋书写；大西洋书写；国家意识

从模式视角看美国西部通俗小说的发展和衍变

【作　者】司新丽
【单　位】首都经济贸易大学文化与传播学院
【期　刊】《国外社会科学》，第 5 期，2017 年，第 93－98 页
【内容摘要】美国通俗小说中最具模式化的小说是西部通俗小说，从模式视角看美国西部通俗小说的发展和衍变，可将其分为四个阶段：西部冒险小说、廉价西部小说、牛仔西部小说、历史西部小说。西部冒险小说标志着美国西部通俗小说模式的确立，廉价西部小说和牛仔西部小说对美国西部通俗小说的发展做出了贡献，新型历史西部小说的出现完成了美国西部通俗小说的衍变。

【关键词】通俗小说；冒险小说；历史小说；美国西部；美国文学

从女权视阈看美国言情小说模式的衍变

【作　者】司新丽
【单　位】首都经济贸易大学文化与传播学院
【期　刊】《外国文学》，第 5 期，2017 年，第 146－153 页
【内容摘要】19 世纪初到 20 世纪七八十年代，横跨近两个世纪的美国言情小说的变化发展都受到女权主义运动的影响。美国言情小说的开端是 19 世纪初的引诱言情小说，经过半个多世纪的辉煌后，又派生出以快乐、历史、色情、哥特等为特征的言情小说。20 世纪七八十年代，言情小说创作出现回归传统的特征，衍变为新女性言情小说。各个不同时段出现的女性言情小说具有各自的政治与文化背景，从侧面反映了美国女权主义的发展走向。另一方面，这个类型的通俗小说具有明显的消费主义倾向和文学上的局限性。
【关键词】女权视阈；美国；言情小说；衍变

从现代美学的四个论争看鲍勃·迪伦艺术

【作　者】陶锋
【单　位】南开大学哲学院；南开大学文学院
【期　刊】《外国文学》，第 5 期，2017 年，第 69－79 页
【内容摘要】鲍勃·迪伦获得诺贝尔文学奖，引起了极大争议。本文试图从现代美学关于艺术的四个重要论争的角度来讨论迪伦的艺术。首先，萨特、巴特关于艺术的介入和非介入之争，本文认为迪伦从民谣到摇滚的转变正是这种介入理论论争的体现。其次，艺术标准应该是美还是真，本文指出迪伦强调艺术的真实性，但是其更偏重于艺术的审美感受。再次，法兰克福学派关于大众文化和精英艺术之争，本文认为迪伦的作品在一定程度上结合了大众性和创新性。最后，迪伦的艺术还体现了当代艺术从独立走向综合的倾向。
【关键词】鲍勃·迪伦；阿多诺；介入；大众文化；真实内涵

翠茜·史密斯的魔灵诗艺：从挽歌到科幻

【作　者】林大江
【单　位】苏州大学外国语学院；华东政法大学外语学院
【期　刊】《外国文学》，第 3 期，2017 年，第 27－36 页
【内容摘要】2012 年普利策诗歌奖得主翠茜·史密斯是当代诗坛不容忽视的诗人。她把诗歌当作探索个人信仰和未知世界的魔灵艺术，将意象、形式、音乐和出发确定为诗歌的四个核心气质。她从英语诗歌悠久的挽歌传统和非裔美国诗歌丰富的想象传统中汲取养分，开创性地将挽歌和科幻相结合，对人类的生存命运做出了独特的反思。
【关键词】翠茜·史密斯；诗歌；魔灵；挽歌；科幻

大团圆：霍桑的历史哲学与现实关怀

【作　者】方文开[1]；刘衍[2]

【单　位】方文开[1]，江南大学外国语学院

刘衍[2]，江南大学语言认知与技术创新应用研究中心；（香港）全球英语文学研究中心
【期　刊】《外国文学研究》，第 39 卷，第 2 期，2017 年，第 101－111 页
【内容摘要】霍桑在《带七个尖角阁的房子》中通过书写大团圆结局，不仅表达了其罗曼司的想象维度，并据此提出了他的历史哲学：表面上迂回曲折的历史会在上帝的指引下呈现出一个更高层次的连贯秩序和幸福美满的发展模式，只有回归对上帝的信仰并成为能动的历史主体，人类才能推动历史在渐进的基础上实现螺旋式的辩证发展；而且表达了其罗曼司的现实维度：在内战阴云的笼罩下，南方和北方只有回归体现上帝意志的美国宪法，才能避免可能出现的国家分裂和民族危机。

【关键词】霍桑；历史哲学；辩证发展；美国内战

大众传媒与美国小说的演进

【作　者】朱振武[1]；周博佳[2]
【单　位】朱振武[1]，上海师范大学人文与传播学院

周博佳[2]，南京大学外国语学院
【期　刊】《外国语言与文化》，第 1 卷，第 1 期，2017 年，第 89－97 页
【内容摘要】就美国小说的发展历程来看，大众媒介形态的变化在美国本土小说的兴起和繁荣中扮演了重要角色。大众传媒不仅影响了民族文学所赖以存在的传播条件，而且随着大众传媒自身形态的变化，小说的诸种审美要素也在不断地运动和重组。不仅如此，大众传媒本身的一些特性如受众广、商业性和娱乐性强等特点也给小说创作带来了一定的导向作用。当下电子媒体时代的到来给人们阅读和思维的方式带来了巨大的变革，而美国小说也在传统与革新中继续引领世界文学的创作潮流。

【关键词】大众传媒；美国小说；电子传媒

大众文化视阈下的文化现代性反思——以厄普代克"兔子"系列为中心

【作　者】任菊秀
【单　位】首都经济贸易大学外国语学院
【期　刊】《山东大学学报（哲学社会科学版）》，第 6 期，2017 年，第 157－163 页
【内容摘要】20 世纪后半叶，文化现代性在美国先后经历了先锋派民权运动、消费主义媚俗文化和新保守主义文化思潮三个阶段。美国当代知名作家厄普代克的代表作"兔子"系列小说是对这一时期美国中产阶级文化的集中呈现。从大众文化的视角，以该系列小说为中心，对美国中产阶级文化进行分析研究，可以很好地阐释与反思文化现代性在美国中产阶级文化变迁中的影响及困境。

【关键词】美国中产阶级；文化现代性；媚俗文化；新保守主义；厄普代克；"兔子"系列

当代美国战争小说中的跨国景观与政治

【作　者】曾艳钰
【单　位】湖南师范大学外国语学院
【期　刊】《外国文学》，第 1 期，2017 年，第 120－131 页

【内容摘要】在意象统治一切的景观社会里，人们往往会沉迷在景观的被制造性中，进而遗忘自己的本真社会存在。本·方丹、凯文·鲍尔斯及菲儿·克雷的当代战争小说就为读者展现了这样一个景观社会。他们的笔下既有可视的客观景象，也有由意象和幻觉主导的主体性景观，在"凝视"的主观选择中，这种主体性景观已包含着一种无法摆脱的视觉政治，成为一种消费符号，成为权力和意识形态的直接表征。本文以这三位作家的伊拉克战争小说为研究对象，即《比利·林恩的漫长中场行走》《黄鸟》以及《重新部署》，分析这三部小说中作为权力文化实践的跨国景观中的创伤英雄、战争景观中的跨国创伤，以及被消费的战争景观及战争英雄。
【关键词】跨国景观；当代美国战争小说；创伤英雄；景观消费

当历史的重负成为过去——《古巴之王》中的"反流亡"书写

【作　者】李保杰
【单　位】山东大学外国语学院
【期　刊】《当代外国文学》，第38卷，第2期，2017年，第27—34页
【内容摘要】《古巴之王》是古巴裔美国作家克里斯蒂娜·加西亚的近作。小说塑造了侨居迈阿密的古巴流亡者和身处哈瓦那的统帅这两个人物，书写了半个多世纪以来古巴流亡者的历史。加西亚没有遵循古巴裔文学中流亡小说的书写范式，而是通过戏仿重写了流亡模式，对"流亡"的宏大主题进行了解构，实现了对流亡主题的逆写。这种书写范式具有开拓意义，可算得上是古巴裔美国文学中"反流亡"小说。
【关键词】克里斯蒂娜·加西亚；《古巴之王》；古巴裔美国文学；流亡模式；"反流亡"书写

德里罗《大都会》车的空间意象

【作　者】张琦
【单　位】南京大学外国文学研究所
【期　刊】《当代外国文学》，第38卷，第3期，2017年，第35—42页
【内容摘要】本文讨论了唐·德里罗小说《大都会》中车的空间意象，认为通过表现主人公埃里克豪车的三个特征——冷漠无情的庞然大物、虚拟/虚幻的封闭空间、"车轮上的国家"的隐喻，小说不仅塑造了丰满立体的人物形象，而且对当前的美国社会进行了反思。虽然这些思考或许没有完全触及问题的根本，但体现了作者深切的人文关怀和忧患意识。
【关键词】唐·德里罗；《大都会》；空间意象

反恐话语与伊战的本体论批判：《尸体清洗者》中的反战书写

【作　者】陈豪
【单　位】上海对外经贸大学
【期　刊】《外国文学研究》，第39卷，第4期，2017年，第125—133页
【内容摘要】塞南·安图恩的小说《尸体清洗者》对战乱中的伊拉克人民投以本体论的关注，为伊战文学打开了新视角。小说批判了美国反恐话语的暴力本质，及对待外族的他者化标准。小说诠释了日常生活和艺术观念如何作为非暴力抵抗手段推进反战的理论和实践。死亡叙事由尸体清洗仪式延伸开去，表现了战争对存在本体的毁灭性打击，而死亡又以其辩证否定过程重新唤起主体的觉醒，解决了反战艺术的内在悖论，对由战争引起的"根本恶"的蔓延起到了一

定遏制作用。

【关键词】《尸体清洗者》；伊拉克战争；反战文学；反恐话语

佛教、中国功夫与美国种族问题——评约翰逊在《中国》里对东方文化的创造性使用

【作　者】陈后亮
【单　位】华中科技大学外国语学院
【期　刊】《中国比较文学》，第 3 期，2017 年，第 79－88 页
【内容摘要】作为一名深谙中国文化的虔诚佛教徒，美国非裔作家约翰逊毕生都在思考佛教如何给黑人带来精神启示，进而有益于改善当今黑人生活。在他看来，黑人在今天的糟糕生存状况既有政治和历史的原因，也有文化和心理的原因。只有在这两方面的"革命"齐头并进，才能让黑人得到真正解放。在短篇故事《中国》里，约翰逊用鲁道夫的故事阐释了以佛教为代表的传统东方文化如何可以帮助黑人战胜心中种族主义的痼疾，以一种更加积极、平和的心态去认真过好每一个当下。通过向东方古老智慧学习，鲁道夫打开了看待黑人生活的新视野。他自己获得了新生，也为他人带来了启示。

【关键词】查尔斯·约翰逊；美国黑人文学；佛教；种族主义

福克纳叙事探赜：基于期待视域的图文缝合效应索解

【作　者】周文娟
【单　位】南通大学外国语学院
【期　刊】《国外文学》，第 4 期，2017 年，第 110－117、156 页
【内容摘要】图像与语言作为人类思想文化的表述与识记符号，图文之间存在着相互渗透、互为表里、有机联系、相得益彰的缝合关系。基于"期待视域"的"图文缝合"叙事效应，成就了作者对作品主题的有效把控，因此造就了福克纳这样一类跨越时空的伟大作品与作家。然而，这一重要的文学现象未得到应有的关注，以至于"图文缝合"概念隐约，其效应指向也未被研究揭示。因此，本文以福克纳叙事探赜为契机，对基于"期待视域"的"图文缝合"效应进行求索解析，以期拓展文学语图互文研究视域，促进文学叙事理论的完善与发展。

【关键词】福克纳；期待视域；图文缝合；效应索解

古巴的华裔家族传奇——《猎猴记》中的离散身份政治与空间表征

【作　者】黄怡
【单　位】杭州师范大学外国语学院
【期　刊】《当代外国文学》，第 38 卷，第 3 期，2017 年，第 73－80 页
【内容摘要】古巴裔美国作家克里斯蒂娜·加西娅的华裔家族传奇《猎猴记》以非洲黑奴制与亚洲劳工制的历史联结为背景，以华工陈潘只身移民古巴为原型，再现了华工背井离乡来新世界谋生的移民史，以及其后代更复杂的空间位移所折射出的华人离散史。通过描写陈潘在不同场域的生活，加西娅将古巴殖民社会不平等的种族关系以及非裔与华裔群体的联合以空间表征的方式呈现出来，在批判（新）殖民权力的同时，呈现出历史性、社会性和空间性的三元统一。陈潘后代所做的跨越太平洋以及横亘美洲的空间位移则把空间想象与情感归属纳入了离散身份构建的语境，从而解构了母国和移民国之间的二元关系，表明离散者日益增强的流动性使离散

身份面临更复杂的构建过程。

【关键词】克里斯蒂娜·加西娅；《猎猴记》；离散；身份政治；空间表征；（新）殖民主义

古巴移民文学和古巴裔美国文学中的流亡主题：源流和嬗变

【作　者】苏永刚；李保杰
【单　位】山东大学外国语学院
【期　刊】《山东大学学报（哲学社会科学版）》，第 6 期，2017 年，第 147－156 页
【内容摘要】流亡主题是旅美古巴移民文学和古巴裔美国文学中的重要主题，这类流亡文学发端于 20 世纪 60 年代，流亡作家的书写以政治诉求为主要目的。到八九十年代，第二代移民作家将流亡主题和个人成长结合起来，通过生命书写建构历史的"真实"，成为古巴裔美国文学的主流。同时，古巴裔作家也开始从不同的角度对流亡主题进行重写，对流亡经历和书写的真实性进行了解构，表明在"流亡者"身份以外，古巴裔美国人还可以有不同的身份构建方式。
【关键词】古巴流亡者；流亡文学；古巴移民文学；古巴裔美国文学

观亦幻：约翰·阿什伯利诗歌的绘画维度

【作　者】张慧馨；彭予
【单　位】北京航空航天大学外国语学院
【期　刊】《外国文学研究》，第 39 卷，第 2 期，2017 年，第 12－19 页
【内容摘要】美国当代诗人约翰·阿什伯利把对现实的思考建基于对艺术世界的沉思上。他的诗很难带有非个人化、政治化、情感化的倾向，他的很多诗都是艺术化的结果，其中尤以绘画为重。他的诗歌创作与绘画犹如孪生，水乳交融，但并不止于对绘画形式天真般的模仿，而是超越了模仿，展示出与绘画相似的审美意境，其中隐藏着从抽象表现主义画派提取的对无意识的追寻，文本表面的视觉性实为无意识幻觉的呈现，直接指向现实中意义的破碎和主体性的丧失。
【关键词】约翰·阿什伯利；绘画；视觉；幻觉

荷索《热浪》中的人类纪、超物件和气候伦理学

【作　者】蔡振兴
【单　位】淡江大学
【期　刊】*Interdisciplinary Studies of Literature*，第 1 卷，第 2 期，2017 年，第 134－147 页
【内容摘要】20 世纪 60 年代气候小说的再现中，巴拉德（J. G. Ballard）的小说《淹没的世界》（*The Drown World*）想象出一个由地球南北极磁场失衡导致的暖化世界；相反的，70 年代的暖化小说家荷索（Arthur Herzog）的《热浪》（*Heat*），则是第一本以科学研究为依据，讨论二氧化碳所引起的暖化灾难——金星状态（Condition Venus）的小说。小说的主要人物皮克（Lawrence Pick）是一位麻省理工学院毕业的科学家。为了解决全球暖化的政治、社会和伦理等问题，他和危机工作小组（CRISES, Crisis Research Investigation and Systems Evaluation Service）的成员，共同致力于灾害防治。晚近，生态学者莫顿（Timothy Morton）提出"超物件（hyperobject）"概念来重新思考全球暖化议题，并将全球暖化视为一种"超物件"。对莫顿而言，超物件有五大特色：黏稠、非定域性、时间振动、阶段性发展、互物性。本论文试图以荷索的《热浪》为例，

以超对象为方法论，重新探讨人类纪、生态危机、风险理论和气候伦理学等相关的新物质主义生态论述。

【关键词】荷索；《热浪》；莫顿；超物件；人类纪；气候伦理学

黑色维纳斯之旅——论《黑色维纳斯之旅》中的视觉艺术与黑人女性身份建构

【作　者】王卓
【单　位】山东师范大学外国语学院；外国文学与文化研究中心
【期　刊】《当代外国文学》，第 38 卷，第 2 期，2017 年，第 35－42 页
【内容摘要】美国黑人女诗人罗宾·路易斯的处女诗集《黑色维纳斯之旅》斩获 2015 年美国国家图书奖。取材于版画作品的标题、以视觉艺术品的名字命名的诗歌、以视觉艺术史架构的诗集都表明，这部作品以独特的方式与视觉艺术发生着千丝万缕的联系。路易斯把黑人女性的种族身份、性别身份和文化身份置于西方视觉艺术品、视觉艺术史和视觉文化三个维度之中加以审视，生动揭示了黑人女性刻板形象生产的元形象——考古发现的史前黑色维纳斯的生成机制、历史沿革和美学意义。

【关键词】罗宾·路易斯；《黑色维纳斯之旅》；视觉艺术；黑人女性；身份建构

后现代城市意象与小说《大都会》的反商业化写作

【作　者】佘军
【单　位】南通大学外国语学院
【期　刊】《南通大学学报（社会科学版）》，第 33 卷，第 5 期，2017 年，第 81－87 页
【内容摘要】当代美国作家唐·德里罗的小说《大都会》通过主人公的纽约城内一日行展现了纽约第 47 大街高耸的建筑、拥堵的交通、抗议全球化示威游行、都市葬礼、电影街拍现场等多个典型的后现代城市意象。最高公寓楼与白色豪华轿车隐喻了难以抑制的后现代都市商业欲望；交通拥堵与街头骚乱暗指拥簇无序的后现代都市商业文明；而街头葬礼与电影街拍则揭示后现代商业化都市灵魂无处安放的本质。在这些后现代城市意象描写的字里行间，德里罗表达了强烈的反商业化思想。小说《大都会》揭示了德里罗反思后现代城市文明的人文主义情怀，寄予了德里罗对后现代城市文明未来走向的忧思，体现了德里罗的后现代现实主义创作思想。

【关键词】唐·德里罗；《大都会》；后现代城市；反商业化；后现代现实主义

记忆与召唤——论罗伯特·白英的中国日记写作

【作　者】汪云霞
【单　位】上海交通大学人文学院
【期　刊】《社会科学》，第 11 期，2017 年，第 183－191 页
【内容摘要】身兼作家、记者与学者多重身份的西方观察者白英，在他有关中国的诸多著述中，尤为值得关注的是《永恒的中国》与《觉醒的中国》两卷本日记。这两本写于 1941－1946 年的日记与同时期外国来华人士的日记相比，时间跨度更长，视野更开阔，其主体性自我也更为强烈。白英的自我表现为他的中国情结、悲悯情怀与诗人气质，这决定了其中国叙事充满了个人的情感温度。白英日记最富感召力的是他关于中国文化的想象与表达，其间他建构了自己心中的异国形象：一个历经战争与苦难却始终充满希望与力量的中国，一个文化与审美意义上的"永

恒的中国"。白英摒弃了某些西方学者的欧洲中心主义观，客观审视东西方文化的优劣，他的立场与胸襟为当今全球化语境下的中西文化交流与对话提供了重要启示。

【关键词】罗伯特·白英；日记；跨文化；《永恒的中国》；《觉醒的中国》

家庭伦理视域下卡勒德·胡塞尼作品的创伤叙事

【作　者】刘靖宇
【单　位】河南农业大学外语学院
【期　刊】《河南大学学报（社会科学版）》，第 57 卷，第 2 期，2017 年，第 102－108 页
【内容摘要】阿富汗裔美籍作家卡勒德·胡塞尼的作品是以战乱为背景、以家庭为载体、以生命为维度的创伤叙事。作品展现了主人公自幼因亲情缺失而遭受创伤、在追寻亲情的过程中因伦理困境被迫回溯当年的创伤记忆；对创伤记忆的回访帮助主体寻回创伤的意义与个体身份，而后又在亲情的抚慰下获得救赎并完成创伤的疗治。从文学伦理学视角看，胡塞尼的创伤叙事蕴藏着深刻的伦理内涵：个体创伤记忆、集体创伤历史的形成与治愈主人公伦理身份的缺失—追寻应有的伦理身份—伦理身份的获得这条主线紧密交织在一起。作为一位视角独特的作家，胡塞尼从个体创伤的视角窥见家庭、从家庭的角度洞察社会，既反映了作者对人生的深刻洞察，也表达了他对家庭伦理关系的独特见解。

【关键词】卡勒德·胡塞尼；家庭伦理；创伤记忆；创伤叙事；伦理身份

解读《铁蹄》中的帝国话语

【作　者】马新[1]；王喆[2]
【单　位】马新[1]，东北大学外国语学院，中国人民大学外国语学院
　　　　　王喆[2]，安徽建筑大学外国语学院
【期　刊】《东北大学学报（社会科学版）》，第 19 卷，第 1 期，2017 年，第 104－110 页
【内容摘要】杰克·伦敦的《铁蹄》是一部无产阶级革命作品，体现了以埃弗哈德为代表的无产阶级推翻资产阶级实现"大同世界"的理想。作品中对白人埃弗哈德男性气概的塑造、对美国"铁蹄"统合全球的构想、对美国社会主义者作为"大同世界"主宰力量的暗示受到了 20世纪初美国海外扩张、民族主义意识形态的影响，隐含了作者对种族、民族与阶级等问题的思考。通过将《铁蹄》置于历史和地缘政治视域下，探讨世纪之交帝国话语政治对作家身份、民族叙事的塑形作用，追溯伦敦社会主义思想的局限性之源。

【关键词】杰克·伦敦；《铁蹄》；帝国话语

经济转型与都市空间建构——20 世纪美国转型期都市戏剧管窥

【作　者】陈爱敏[1]；陈一雷[2]
【单　位】陈爱敏[1]，南京师范大学外国语学院
　　　　　陈一雷[2]，南京晓庄学院，南京艺术学院
【期　刊】《外国文学研究》，第 39 卷，第 3 期，2017 年，第 122－128 页
【内容摘要】20 世纪美国经历了三次大的经济转型，对城市化尤其是大都市空间建构带来了直接影响。城市发展的同时，种族、阶级、性、性别、身份等问题随之凸显。本文聚焦 20 世纪美国转型期中具有代表性的戏剧，分析经济转型与都市空间建构间的关系，揭示都市空间格局演

变所带来的社会空间变形及其舞台空间寓意的复杂多样性，以期为中国城市化过程中都市空间规划以及都市戏剧的变革提供参考。

【关键词】经济转型；美国戏剧；都市空间

兰斯顿·休斯与埃兹拉·庞德的诗学对话（英文）

【作　者】罗良功

【单　位】华中师范大学外国语学院

【期　刊】《外国文学研究》，第39卷，第3期，2017年，第16－24页

【内容摘要】对兰斯顿·休斯与埃兹拉·庞德进行对比性研究是十分有益的。本文基于对这两位20世纪美国伟大的诗人之间的个人交往进行历史考证，探讨两者之间在文化、政治、诗学观念上的对话，认为这两位诗人所展开的诗学对话揭示了两者之间既对抗又同盟的关系，勾勒了各自通向美国诗学的不同道路。

【关键词】兰斯顿·休斯；埃兹拉·庞德；对话；诗学；政治；文化

灵知中的"真理"探寻——《供水系统》中灵知主义下的后现代伦理表述

【作　者】赵丽

【单　位】中国人民大学外国语学院

【期　刊】《东北大学学报（社会科学版）》，第19卷，第4期，2017年，第436－441页

【内容摘要】美国后现代作家E.L.多克特罗的创作具有浓重的伦理意识。在《供水系统》中，作者对"美国梦"下的社会问题进行了伦理反思，认为在文化和价值取向中占有主导地位的理性主义，是诱发一系列道德难题的症结所在。在灵知主义的启示下，多克特罗探究灵知主义与后现代伦理观的思想契合之处，以"灵知"作为一种道德知识来建构后现代伦理观。作者希冀借助灵知主义，将后现代伦理打造成为普适道德观，以探寻道德真理存在的可能性。

【关键词】埃德加·劳伦斯·多克特罗；《供水系统》；灵知；灵知主义；后现代伦理

刘易斯的"巴比特文学地图"与美国城市的空间生产

【作　者】张海榕

【单　位】河海大学外国语学院

【期　刊】《外国文学评论》，第2期，2017年，第111－127页

【内容摘要】本文将美国作家辛克莱·刘易斯作为其《巴比特》等作品中人物活动的"想象空间"的"巴比特文学地图"置于空间生产批评和文学地图学的研究视野中，考察其中的泽尼斯城、办公大楼和近郊别墅参与美国城市空间生产的过程，以此架构起美国资本主义社会形态和阶级化的空间生产之间的深层逻辑联系，进而挖掘刘易斯"巴比特文学地图"的特质及其文化意蕴。

【关键词】辛克莱·刘易斯；《巴比特》；巴比特文学地图；空间生产

流动性与现代性——美国小说中的火车与时空重构

【作　者】刘英

【单　位】南开大学外国语学院
【期　刊】《南开学报（哲学社会科学版）》，第 3 期，2017 年，第 137－144 页
【内容摘要】流动性是现代性的标志，火车作为 19 世纪新型机械化移动工具，使流动性达到前所未有的水平。火车意象贯穿于 19 世纪后期到 20 世纪初期的美国小说，这一时期的美国小说全面考察了火车流动性的多个维度，展现了现代性的多重影响，主要表现在：一方面，火车带来时间的标准化、空间的秩序化、地域的全球化等一系列现代性特点。另一方面，火车也显现出现代性的悖论——火车既是自由和进步的象征，也是束缚和压迫的途径；既是各个阶级和种族相互争夺的空间，也是不同阶级展开对话的平台。因此，美国文学对火车流动性的表征做出了两大独特贡献：流动性的具身性和反思的现代性。
【关键词】流动性；现代性；火车；美国小说

流浪与追寻：鲍勃·迪伦的诗意想象

【作　者】刘岩
【单　位】广东外语外贸大学英语语言文化学院；外国文学文化研究中心
【期　刊】《外国文学》，第 6 期，2017 年，第 58－66 页
【内容摘要】作为歌手和诗人的鲍勃·迪伦是美国 20 世纪 60 年代的文化符号，其音乐作品中彰显出鲜明的美国神话的精髓，这与他本人的经历和探索方式密不可分。他的漂泊和流浪铭刻着美国历史和文化的核心精神，他在歌词中大量运用典故、改写、戏拟等手段承继并发展了文学传统，形成了文学的另类想象，以此改变了文学经典的内涵，同时也拓展了诗歌的表现空间，加强了诗歌的表现力度。
【关键词】鲍勃·迪伦；流浪；追寻；美国神话；诗意想象

伦理、情感和历史的关系：论《天使在美国》中的非自然叙事

【作　者】郑杰
【单　位】广东外语外贸大学
【期　刊】*Interdisciplinary Studies of Literature*，第 1 卷，第 1 期，2017 年，第 64－73 页
【内容摘要】无论是历史背景设置、人物设定还是戏剧主题，美国当代剧作家托尼·库什纳的戏剧《天使在美国》似乎延续了文学现实主义传统，直面美国 20 世纪 80 年代艾滋病疫情的爆发这一社会问题以及在同性恋团体内部乃至整个社会所引发的相关伦理、政治、宗教问题。然而，戏剧的现实主义题材和形式上"非自然叙事"的交织无疑向读者／观众提出了极大的挑战。反模拟（antimimetic）的戏剧叙事结构促使我们思考如下问题：在后现代语境中，作家如何探索超乎当前认知限度的"伦理身份"和"伦理情感"？而在这一过程中，如何在重新定义的伦理关系中确立道德价值体系和情感关系？笔者认为，通过戏剧中不可能场景的设置，库什纳在探讨伦理身份和情感问题时，最终指向的是伦理和历史的关系，即从伦理的角度来解释历史。普莱尔和鬼魂艾塞尔在非自然叙事中伦理身份的转换和伦理情感的认知，使他们从被历史控制和压抑的客体变成了主动改变历史轨迹的主体。
【关键词】非自然叙事；伦理身份；伦理情感；认知；《天使在美国》

伦理与审美互彰：族裔美国作家陈美玲与梁志英作品解读（英文）

【作　者】张敬珏
【单　位】加州大学洛杉矶分校英语系

【期　刊】《外国文学研究》，第 39 卷，第 5 期，2017 年，第 9－25 页

【内容摘要】本文以陈美玲与梁志英的四部作品为例，通过族裔美国作品讨论文学伦理学批评。自 20 世纪六七十年代的民权运动以来，伦理成为促进族裔文学创作的强烈驱动力。笔者认为大部分伦理或文学标准都受到民族、性别、阶级、政治与宗教的影响，因而对绝对"客观"的文学伦理学批评提出怀疑，强调伦理与美学的相辅相成与不可分割性。少数族裔作家笔下的阶级剥削、同性恋仇视、性骚扰批判、与族裔文学边缘化等话题也被本文纳入文学伦理学批评的范畴。

【关键词】文学伦理学批评；美国族裔文学；审美学；华裔美国文学；性骚扰

伦理责任与日常生活——《菲丝与好东西》的文学伦理学批评

【作　者】陈后亮
【单　位】华中科技大学外国语学院

【期　刊】《山东外语教学》，第 38 卷，第 2 期，2017 年，第 70－75 页

【内容摘要】约翰逊的处女作《菲丝与好东西》表达了作者在此后的文学生涯中持续关注的很多基本主题，其中之一就是人们在日常生活中的伦理责任问题。在约翰逊看来，无论人们想要追求什么目标，都不能以背弃自己在日常生活中的伦理责任为代价。小说女主人公菲丝带着关于"好东西"的疑惑不断追问，先后经历十多位代表不同人生观的人物，并对他们各自信奉的伦理价值进行检验，最终才明白真正的"好东西"不在生活之外，恰在最平凡的日常生活之中。只要认真履行好自己的日常伦理责任，在自己的伦理位置上好好生活，就一定可以找到属于自己的"好东西"。

【关键词】查尔斯·约翰逊；《菲丝与好东西》；伦理批评

论《白鲸》的民族形象与帝国意识形态的同构

【作　者】毛凌滢
【单　位】重庆大学外国语学院

【期　刊】《国外文学》，第 3 期，2017 年，第 94－102、159 页

【内容摘要】1919 年麦尔维尔的《白鲸》开启了其经典化的历程，在之后将近一百年的时间里，小说不仅被批评界广泛接受，而且小说中的人物形象包括白鲸的形象早已渗透进美国大众文化、商业领域和社会生活之中，该小说已成为美国民族文化记忆和美国身份认同的来源之一。作为经典名作，国内外对《白鲸》的解读与阐释已经十分丰富，从宗教的、象征的、生态批评的视角的解读到人物形象和主题的分析，各种评论见仁见智，甚至结论完全相反。本文试图立足 19 世纪小说产生的历史和文化语境，分析麦尔维尔在貌似传奇与宗教寓言的海洋叙事中对新兴的美国民族形象和民族性格的刻画，揭示隐匿在民族形象书写背后的帝国意识形态及其与美国民族性格的同构。

【关键词】《白鲸》；海洋叙事；民族形象；帝国意识

论《迷失城中》的时空叙事特征

【作　者】刘白
【单　位】湖南师范大学外国语学院；湖南科技大学外国语学院
【期　刊】《当代外国文学》，第 38 卷，第 2 期，2017 年，第 43—49 页
【内容摘要】当代美国非裔作家爱德华·琼斯在他的第一部小说集《迷失城中》里按"童年、青少年、成年和老年"的人生阶段进行叙事，运用时间与空间之魔力探寻人类生存的境遇。琼斯充分运用第一人称回顾性叙事、倒叙、循环时间叙事等多种时间叙事艺术再现人生所处的各个阶段所面临的精神困境。当代非裔美国人虽然生活在都市，却又游离于都市。而作为他们最亲近的"家"——却因为关系的紧张或破裂无法提供精神的补给，以至于他们迷失在都市中。
【关键词】爱德华·琼斯；《迷失城中》；时空叙事

论《日落公园》中保罗·奥斯特的纽约书写

【作　者】丁冬
【单　位】上海财经大学外国语学院
【期　刊】《湖南科技大学学报（社会科学版）》，第 20 卷，第 2 期，2017 年，第 50—55 页
【内容摘要】当代美国作家保罗·奥斯特 2010 年出版的小说《日落公园》延续了作家持续关注的城市主题，但写作风格较之前的作品有很大不同。奥斯特在小说中以现实主义的笔调再现了政治、经济危机侵袭之下城市所暴露出的问题，并强调个体应通过艺术和身体感知来认识自我、体知生存的意义。小说对纽约的再现反映出奥斯特意识到"9·11"事件和金融危机过后归属感、个人与空间相对稳固的关系是纽约市民的心理需要，因而企图在叙事上缓释由于失业、失去住房、安全隐患所引发的创伤，以巩固纽约民众对城市的认同。
【关键词】《日落公园》；保罗·奥斯特；城市；空间

论《诗歌的黑音》中伯恩斯坦的先锋诗学（英文）

【作　者】黎志敏
【单　位】广州大学外国语学院
【期　刊】《外国文学研究》，第 39 卷，第 2 期，2017 年，第 5—11 页
【内容摘要】本文以对伯恩斯坦的新著《诗歌的黑音》的评论为契机，反思并总结了作为美国语言诗派领头羊的伯恩斯坦的三大先锋诗学原则，分析了其对于西方先锋诗学之重大贡献。本人认为伯恩斯坦的三大先锋诗学原则是：其一，永不停息的探索。伯恩斯坦在诗坛已经功成名就，不过他不改初衷，指出先锋诗歌的旅程"没有终点"，仍然继续着自己的诗学探索。其二，重视组织诗学。伯恩斯坦认为组织是一种"诗学实践"，在其一生中，他花了大量时间从事诗歌组织工作，帮助其他诗人，充当了先锋诗人群体的"黏合剂"，切实地促进了先锋诗歌队伍的壮大。其三，不断扩大语言诗派家族体系。伯恩斯坦被公认为语言诗派的奠基人，一路陪伴语言诗派的发展壮大。有趣的是，他自己甚至并不认为存在所谓"语言诗"，原因在于他并没有将自己的诗歌主张强加于其他诗人，而是赋予了其他人充分的创作自由，从而使语言诗派呈现出一种异彩纷呈的生动局面。伯恩斯坦的这三大先锋诗学原则对于中国现代诗歌的发展具有重大借鉴意义。

【关键词】查尔斯·伯恩斯坦；先锋诗；语言诗；诗学原则

论《手势人生》中的音乐叙事与"他者"政治

【作　者】张磊
【单　位】中国政法大学外国语学院
【期　刊】《外国语言文学》，第 34 卷，第 1 期，2017 年，第 64－70 页
【内容摘要】作为当今美国中生代的韩裔作家，李昌来以多部获奖小说蜚声文坛。他的作品几乎无一不在深刻地探索着少数族裔群体与白人主流社会之间复杂的互动关系，这也使得他在相当一段时间颇受文学批评家，尤其是后殖民主义批评家的广泛关注。其中，《手势人生》以老年男性富兰克林·秦为叙述视角，集中展示了他身上兼有的韩、日、美三重身份之间极为脆弱的张力，为批评家们提供了尤为广阔的阐释空间。然而，大多数批评家往往都忽视了小说中一个非常重要的方面，那就是西方古典音乐在多处颇为微妙的在场。事实上，正是在聆听、演奏这些充满丰富叙事性的音乐时，小说男主人公隐藏、压抑的真实身份才与他现在建构的各种人格面具产生了一系列激烈、深刻的对抗与对话，并最终促成他完成从"他者"到"自我"的精神成长之旅。
【关键词】《手势人生》；李昌来；古典音乐；他者；自我

论《说谎》中隐喻的心理真实

【作　者】汪雅君
【单　位】南方医科大学外国语学院
【期　刊】《湘潭大学学报（哲学社会科学版）》，第 41 卷，第 3 期，2017 年，第 156－160 页
【内容摘要】罗伦·史蕾特的《说谎》是一部打破规则、颠覆传统的当代自传。作者以虚构的事件来隐喻心理之真实，打破谎言与实话、虚构与真实之间的二元对立，模糊两者之间的界限。聚焦《说谎》中的隐喻事件，讨论分析作者借此表达的真实心理成长。据此，作者认为当代西方某些自传的真实与虚构之间并不是非此即彼的关系，而是存在一个连续体。
【关键词】当代自传；真实与虚构；《说谎》

论阿米力·巴拉卡的大众文化诗学

【作　者】罗良功
【单　位】华中师范大学外国语学院
【期　刊】《外国语言与文化》，第 1 卷，第 2 期，2017 年，第 33－41 页
【内容摘要】阿米力·巴拉卡是 20 世纪重要的美国非裔作家和社会活动家。尽管他的政治观念多次变化，但大众文化诗学贯穿其文学生涯始终，只是在不同阶段其大众文化诗学的关注点有所变化，早期关注美国大众文化，黑人艺术运动时期关注美国黑人文化，随后又回归到对包括美国黑人文化在内的美国大众文化的关注。巴拉卡在不同阶段的政治观念推动了他的大众文化诗学关注点的变化，而他对文学促进变革的文学功能的信念帮助他不断地在大众文化中寻找最合适的政治表达形式。
【关键词】阿米力·巴拉卡；美国非裔文学；大众文化诗学；政治

论保罗·奥斯特《玻璃城》中经验的毁灭与追寻

【作　者】王星明；杨金才
【单　位】南京大学外国语学院
【期　刊】《外语研究》，第 34 卷，第 4 期，2017 年，第 94－97、112 页
【内容摘要】保罗·奥斯特的《玻璃城》运用了多种后现代创作手法，为人们熟知，而小说中的现实主义关怀却常常被忽视。本文认为，《玻璃城》描绘了后现代社会中经验贫乏的现象，以及由此引发主体性危机。小说主人公奎恩在生活中无法积累经验，因而走上了不断模仿他者或曰欲望中介的道路。而模仿对象的幻变，也使构建身份的过程变成了延宕的欲望链条，让主体身陷不断模仿的危机。同时，小说中侦探和被侦查者以各自的方式展开了对经验的追寻，两者都传达了一种对真实经验的渴望。《玻璃城》蕴含两种追寻经验的路径，深刻揭示了美国后现代社会的主体性危机。
【关键词】《玻璃城》；欲望中介；经验的追寻；主体性危机

论菲利普·罗斯《鬼退场》中的老年人自我发现之旅

【作　者】朴玉
【单　位】吉林大学公共外语教育学院
【期　刊】《湖南科技大学学报（社会科学版）》，第 20 卷，第 5 期，2017 年，第 42－47 页
【内容摘要】菲利普·罗斯在《鬼退场》中展现主人公祖克曼在都市中的自我发现之旅。重返纽约的祖克曼见证后"9·11"时代的都市景观，并与不同人群交往，引发关于身体自我、精神自我以及社会自我等问题的思考；基于对自我的全面审视，祖克曼决定从城市"撤退"，回到适合自己的生活空间。作品中老年人以居室美化、物品收藏和创意写作等实践活动建构精神空间，对于后现代语境下都市人追寻理想自我具有启示意义。
【关键词】菲利普·罗斯；鬼退场；老年人；自我

论福克纳小说时间主题与奥古斯丁时间观的契合

【作　者】王钢
【单　位】吉林师范大学文学院
【期　刊】《外国文学研究》，第 39 卷，第 5 期，2017 年，第 137－144 页
【内容摘要】对时间问题的高度重视构成了福克纳小说叙事的重要组成部分。考辨福克纳小说时间主题及其艺术呈现方式，其中不乏与奥古斯丁时间观的契合之处：一方面，福克纳将奥古斯丁的主观时间观与自己的心理现实主义小说技法融合，借助记忆这一心理纽带，在小说时空跳跃等叙事策略方面进行了有益的探索和尝试；另一方面，福克纳通过发掘奥古斯丁时间观的内在结构形式特征，探索其时间向度变化和内在心灵时间的体悟方式，将时间的心灵和生命属性赋予其小说情节结构安排和人物形象塑造，从而传达出美国南方独特的"固恋过去"的历史观念，表达了强烈的救赎意识；此外，我们还可以看到，福克纳对永恒时间观念的理解与奥古斯丁如出一辙。
【关键词】威廉·福克纳；小说；时间主题；奥古斯丁；时间观

论胡赛尼小说《追风筝的人》的认同政治

【作　者】曲琳琳
【单　位】吉林大学文学院；长春大学外国语学院

【期　刊】《文艺争鸣》，第10期，2017年，第200－203页

【内容摘要】《追风筝的人》是美籍阿富汗裔作家卡勒德·胡赛尼的处女作和成名作，他被人称作文学界的一匹黑马，该小说一经出版，国内外读者的情绪高涨，迅速掀起一股热潮。这是一部典型的成长小说，它以主人公阿米尔的成长经历为主线，围绕童年往事对其的影响逐步展开故事情节，叙写了他犯错、背叛、悔过、生存和赎罪的所有经历，逐步建构出主人公的心理救赎路径。作品展现给世人的是20世纪70年代阿富汗的政治动荡与社会变迁，主人公阿米尔在这种压抑与扭曲的年代中生存，他试图寻求身份认同。他在不同文化背景、不同身份之间挣扎、摸索、斡旋、成长。他历尽艰辛，从最初的自我怀疑，逐步达到自我肯定，并最终完成了自我认同。这也在一定程度上体现了作为阿富汗裔美国作家的胡赛尼的认同政治。

【关键词】无

论惠特曼诗歌中的"大路旅行"意象

【作　者】田俊武
【单　位】北京航空航天大学外国语学院

【期　刊】《外语教学》，第38卷，第3期，2017年，第100－104页

【内容摘要】旅行是贯穿惠特曼《草叶集》始终的意象，这种旅行意象既有外在的地理意义上的旅行，又有内在的、心理意义上的旅行。与讴歌这种旅行意象相适应，惠特曼主要采用罗列式的写作手法。惠特曼矢志不渝地讴歌"大路旅行"，是因为"大路旅行"表征着美国人民的生活，是"美国梦""天定命运"以及美利坚民族成长之路的体现。

【关键词】惠特曼；《草叶集》；大路旅行；美国史诗

论丽塔·达夫诗歌中"博物馆"的文化隐喻功能

【作　者】王卓
【单　位】山东师范大学外国语学院

【期　刊】《国外文学》，第1期，2017年，第97－108、159页

【内容摘要】"博物馆"这个时空交错的文化空间吸引了众多英美诗人的目光。然而就"博物馆"这一意象所承载的文化重量而言，美国黑人女诗人丽塔·达夫的诗集《博物馆》无疑是最具代表性的。在这部诗集和此后以该意象为中心创作的诗歌中，"博物馆"以特有的文化承载量，转化成为她阐释历史观、种族观和美学观的文化隐喻。

【关键词】丽塔·达夫；博物馆；文本隐喻；叙事隐喻；文化隐喻

论美国犹太小说的叙事主题与叙事模式

【作　者】乔国强
【单　位】上海外国语大学英语学院

【期　刊】《当代外国文学》，第38卷，第3期，2017年，第59－65页
【内容摘要】本文拟结合小说文本，详尽阐释美国犹太小说中的主题与叙事模式问题。美国犹太小说的叙事主题主要有"同化""受害者""大屠杀"等。大体说来，与其相对应的叙事模式表现为与"同化"主题相关的"多元叙事模式"，与"受害者"主题相关的"反讽叙事模式"，以及与"大屠杀"主题相关的"创伤叙事模式"。当然，这三种模式并非总是泾渭分明地存在于三种叙事主题之中，实际上，作家在具体写作中会特别注意将多种叙事模式巧妙地同时运用以服务于自己所表达的主题。
【关键词】犹太小说；同化；受害者；大屠杀；叙事模式

论纳博科夫文学创作中的世界主义倾向与文化立场

【作　者】王丹
【单　位】北京师范大学文学院
【期　刊】《西南大学学报（社会科学版）》，第43卷，第3期，2017年，第125－134页
【内容摘要】从俄裔美籍作家纳博科夫创作中的文化动因出发，从文学与文化的层面，探讨基于全球化的时代背景所形成的新的世界主义，可以发现纳博科夫的创作目的在于寻求一种人类理想化的存在空间，并在此过程中形成其创作的文化立场和世界主义倾向。纳博科夫的多元文化背景使他能够结合自身流亡经历，更好地展现后现代社会中具有普遍性的文化错位问题与身份认同危机，从而具备了世界性的文学视野和民族文化站位中的超然立场。因此，将世界主义视角引入对纳博科夫的研究，将有助于理解跨民族、跨文化文学交往过程中的"他性"和"差异"。
【关键词】纳博科夫；世界主义；文化立场；彼岸世界

论诺曼·麦克林恩《大河奔流》中的景观与记忆之共生性

【作　者】龙娟
【单　位】湖南师范大学外国语学院
【期　刊】*Interdisciplinary Studies of Literature*，第1卷，第3期，2017年，第143－156页
【内容摘要】诺曼·麦克林恩的小说《大河奔流》是一部蕴含深刻生态思想内涵的自传体小说，堪称绿色经典之作，其重要主题之一就是表现景观与记忆之共生关系。具体地说，小说中呈现的三种景观分别与记忆的三个维度相互关联。作为承载丰富记忆的具象，"大黑脚河"景观的变迁就像一面"记忆之灯"，映照出自然环境的变迁以及交错复杂的人类社会之观念流变。值得注意的是，作家在小说中成功地运用了"越界"这种艺术形式，诗意地呈现出一种构想的景观——作为"想象的共同体"之景观，不仅探讨了如何构建一种以平等友爱为基础的人际交往新范式，还描绘了一幅人与自然和谐共生的诗意蓝图，预示着记忆的未来。
【关键词】诺曼·麦克林恩；《大河奔流》；共生关系；记忆；景观

论汤亭亭《女勇士》的跨民族书写

【作　者】高奋
【单　位】浙江大学外国语言文化与国际交流学院
【期　刊】《当代外国文学》，第38卷，第4期，2017年，第28－34页

【内容摘要】跨民族书写是美国华裔作家汤亭亭的《女勇士》的主要原创特性，主要体现在两个方面：其一，用双向对话结构表现华裔与中国、华裔与美国之间既相互独立又相互依存的对话关系，展现身处中美文化联结处的华裔的情感、梦想、态度和生存状态、蜕变历程。其二，用虚实相生叙事模式将中国和美国互为映衬，以虚明实，揭示华裔的生命力。
【关键词】汤亭亭；《女勇士》；跨民族性

矛盾中前行：鲍勃·迪伦的创作与时代

【作　者】李保杰
【单　位】山东大学外国语学院
【期　刊】《外国文学》，第 6 期，2017 年，第 67－77 页
【内容摘要】2016 年诺贝尔文学奖得主鲍勃·迪伦是一位跨越音乐和文学两界的艺术家，他的获奖激发了学术界对文学之边界的讨论，延展了文学研究的疆域。迪伦的职业生涯及文学创作是半个多世纪以来美国社会历史的反映。他的成名得益于民谣的政治化和商业化，但他同时也为商业化和消费主义所累，因而不断地变幻身份建构方式以躲避公众的窥视。正是在商业化和反商业化的抗衡中，迪伦充分演绎了艺术的表演性，诠释了兼收并蓄的"美国精神"。
【关键词】鲍勃·迪伦；文学边界；商业化；表演性

美国"后 9·11"战争书写的真实阈限与伦理可能——论菲尔·克莱的《重新派遣》

【作　者】但汉松
【单　位】南京大学外国语学院
【期　刊】《当代外国文学》，第 38 卷，第 4 期，2017 年，第 20－27 页
【内容摘要】菲尔·克莱在短篇小说集《重新派遣》中展现了后"9·11"语境下美国战争书写的一条独特进路：不再重复奥布莱恩、海明威等人战争文学正典中的"绝望"和"创伤"程式，也拒绝将当代伊战的个体经验贴上"不可言说性"的神秘主义封条，而是以一种更为实用主义的伦理表达，寻求战争经验和日常生活的最大通约性，从而寻求两者的交流潜能与道德对话。
【关键词】菲尔·克莱；《重新派遣》；战争故事；后"9·11"

美国当代戏剧中"9·11"事件的在场与缺席

【作　者】施清婧
【单　位】华东师范大学外语学院
【期　刊】《外国文学动态研究》，第 6 期，2017 年，第 39－48 页
【内容摘要】"9·11"事件发生后，美国戏剧界涌现出一批以"9·11"及其后续事件为主题的严肃政治戏剧，对美国人民在"9·11"中的反应进行了描绘，也对该事件及其后续影响进行了反思和讽刺。然而这些戏剧或囿于美国国内政治戏剧不受重视的传统，或囿于未尽人意的艺术水准，或囿于美国国内政治走向，或囿于演出场所条件有限，没能够在主流戏剧奖项中取得瞩目的成绩，其实际影响力往往只局限于少部分观众、对美国戏剧比较关注的专业剧评人以及高校戏剧专业的师生等，因而迄今未能在美国形成如同"9·11 小说"那样具有命名性质的文艺潮流。
【关键词】"9·11"文学；美国当代戏剧；政治戏剧

美国非裔文学：2000－2016

【作　者】罗良功
【单　位】华中师范大学外国语学院
【期　刊】《社会科学研究》，第 6 期，2017 年，第 168－176 页
【内容摘要】21 世纪之初，美国国内一系列重大事件改变了美国非裔文学的语境。论文对新世纪之初的美国非裔文学进行了全面考察，认为新世纪之初美国文化界关于非裔文学的多次论争巩固了美国非裔文学作为民族文学和美国文学的独特部分的身份共识，美国的社会现实加强了美国非裔文学现实关怀的社会责任与文学传统。论文还认为，新世纪美国非裔文学作家身份更加丰富，当下意识更加凸显，这使得其文学结构趋向多元；在艺术方面，美国非裔作家为了建立自己的艺术个性，同时融合黑人性、美国性、世界性和当下性，与美国非裔文学传统和其他文学传统进行对话，展开了多样化的艺术创新，展现出更大的民族自信和艺术自信。
【关键词】美国非裔文学；文学身份；文学责任；文学结构；文学创新

美国数字文学述评

【作　者】李洁
【单　位】宁夏大学外国语学院
【期　刊】《国外社会科学》，第 5 期，2017 年，第 77－84 页
【内容摘要】20 世纪中叶至今，美国在计算机技术、信息数字化和互联网等领域引领了一系列革命，受此影响的美国文学衍生出了新型的文学种类——数字文学，它随着数字技术的发展和演变经历了交互式作品、多线性超文本作品、视觉与互联网作品、动态 Flash 作品和文学性游戏五个历史阶段。一方面，数字文学将文本、图形、声音和图像等多种模式聚合于一个"平面"，承载着符号互戏的最终结果，被广泛地视为实验叙事的延续；另一方面，数字文学是技术的产物，是一种新型的创作手段，并不是印刷文学的对立面或替代物。美国文坛这种新媒体创作表明，世界步入高速发展的后工业化时代以来，计算机技术的运用带来了知识总图景的变化，科学技术转变为一种话语渗入文学创作的诸多方面。
【关键词】数字文学；超文本；互联网；数字化；电子叙事

美国文学中的摩门文化与摩门形象

【作　者】袁先来
【单　位】东北师范大学文学院
【期　刊】《外国文学研究》，第 39 卷，第 6 期，2017 年，第 104－113 页
【内容摘要】经过 180 多年的发展，摩门教已经从一个美国本土宗教逐渐发展成具有世界性影响力的宗教文化，而且一直都是美国文学中的焦点话题。丰富文学史料的解读，显然有助于对摩门教与美国主流社会之间漫长而动荡的关系的理解：摩门教最初所挑战的不仅是清教传统与宗教现状，更是当时资本主义市场经济与民主政治所带来的社会分化困境，然而受到主流文化操控的 19 世纪的流行虚构形象、叙事模式，在迎合了美国民众恐惧与焦虑的心理需求之时，却掩盖了摩门教作为一场社会运动的重要特质。进入 20 世纪，摩门文化不断地自我调整、修正保持独特性与归入主流文化之间的结构性矛盾，加上美国文化自身的发展，使得美国主流文化与

文学对其态度经历了从逐渐减少敌视到有限认同的转变。与其他少数族裔叙事相比，研究摩门文化与摩门形象叙事的成见、冲突与流变，对理解美国文化的性质与未来走向有着独特的认知价值。

【关键词】摩门文化；摩门形象；摩门教

美国先锋戏剧里的道禅思想与美学：一种跨文化谱系考察

【作　者】朱雪峰
【单　位】南京大学外国语学院

【期　刊】《当代外国文学》，第 38 卷，第 4 期，2017 年，第 35－43 页

【内容摘要】20 世纪 60 年代是美国文化史上最具戏剧性、表演性的时期，各种反体制、反文化运动风起云涌，美国先锋戏剧潮流随之高涨，世纪初欧陆历史先锋派的政治与美学得以复兴。但 60 年代的美国先锋戏剧还可以追溯至一种"东方"神秘主义倾向：道家及深受道家影响的禅宗既是儒家文化的逆流，也是中国美学的主要源泉，经欧陆历史先锋派理论和美国战后反文化运动的传播，其回声也激荡于美国先锋戏剧。后者通过误读或化用汲取呼应了道禅思想，借此突破欧美戏剧传统和主流文化的困围。本文从反、易、观、真四个维度追溯道禅思想及美学与美国先锋戏剧的联系，通过系统梳理贯穿于美国先锋戏剧巅峰时期的一支深潜源流，试图描绘美国先锋戏剧理论与实践的一种跨文化谱系，并以此为视角探讨美国先锋戏剧的历史意义。

【关键词】美国先锋戏剧；道家；禅宗；20 世纪 60 年代；反文化运动

迷惘与失落：《人的污点》的伦理学阐释

【作　者】张龙海[1]；赵洁[2]
【单　位】张龙海[1]，厦门大学外文学院
　　　　　赵洁[2]，贵州师范大学大学外语教学部

【期　刊】《外国文学研究》，第 39 卷，第 2 期，2017 年，第 38－45 页

【内容摘要】美国当代作家菲利普·罗斯在创作中注重对艰难生存环境下的人物命运进行反思。《人的污点》以美国当代历史事件为背景，通过笔下人物的遭遇和思考，深刻揭露了当今美国的社会现状和底层人物在伦理困境中的挣扎与辛酸。而文学伦理学批评关注文学文本的伦理道德主题，通过解析文本中的各种伦理现象，重新审视人性和社会现实。本文从身份、欲望和死亡三个伦理角度出发，分析作者对少数族裔在多元文化整合过程中的异化现象和自我命运在阶级社会中生存的哲学思辨，揭示作者对整个人类与自然、与社会，以及人与人之间诸多问题的伦理反思。

【关键词】菲利普·罗斯；《人的污点》；伦理；身份；欲望；死亡

密码：化解文化冲突的"醒世恒言"——丹·布朗的《达·芬奇密码》中所蕴含的现代文化智慧

【作　者】刘建军
【单　位】东北师范大学文学院

【期　刊】《当代外国文学》，第 38 卷，第 3 期，2017 年，第 5－10 页

【内容摘要】当代社会不同文化间的各种矛盾冲突日益强烈。如何处理不同文化乃至不同教派之间的矛盾冲突，使不同文化之间和谐相处是当前世界性的难题。《达·芬奇密码》通过一个虚

构的基督教历史上的两派之争，提出了当代"文化冲突"的本质是被一些别有用心的人利用的结果，并提出了相互尊重、彼此宽容是实现文化和谐的真正密码。

【关键词】丹·布朗；《达·芬奇密码》；女性崇拜；男性霸权；和谐相处之道

莫里森《慈悲》对西方传统女性气质的伦理反思

【作　者】隋红升
【单　位】浙江大学外国语言文化与国际交流学院
【期　刊】《外国文学研究》，第 39 卷，第 2 期，2017 年，第 93－100 页
【内容摘要】在莫里森的小说《慈悲》中，主人公弗洛伦斯曲折的成长历程一直倍受关注。已有的文献更多地聚焦于女主人公弗洛伦斯成长困境的内在因素，对影响和制约其思想和行为的外在社会文化因素则缺乏足够的关注。本文认为，西方传统女性气质这一伦理身份在弗洛伦斯的自我迷失及其成长困境中扮演着重要的角色，而破除该女性气质神话的迷雾、重构自我主体意识则是弗洛伦斯走出成长困境的关键环节，同时也构成了该作品的主体叙事结构。一方面，小说通过主人公的内心独白对这一过程进行写实性再现，另一方面，小说通过"鞋子"这一中心意象对这一历程进行隐喻性和反讽性书写，两者一虚一实，对西方传统女性气质展开了深刻的反思。
【关键词】莫里森；《慈悲》；女性气质；文学伦理学批评；伦理身份

纳博科夫与当代英美校园小说刍议

【作　者】肖谊
【单　位】四川外国语大学研究生院
【期　刊】《当代外国文学》，第 38 卷，第 3 期，2017 年，第 51－58 页
【内容摘要】纳博科夫的一些作品已被确认为校园小说经典。他在校园小说作为亚文类的形成过程中起到了先锋作用并促成这一亚文类形式发展为后现代文学时期的主流写作形式。本文对纳博科夫的校园小说写作进行系统梳理，突出纳博科夫在英美校园小说发展史上的作用，旨在进一步演示纳博科夫校园小说写作对英美小说实验潮流的影响。
【关键词】纳博科夫；英美校园小说；先锋

纳博科夫作品中的仪式话语初探

【作　者】郑燕
【单　位】西安外国语大学英文学院
【期　刊】《当代外国文学》，第 38 卷，第 3 期，2017 年，第 43－50 页
【内容摘要】纳博科夫创作成熟期的三部作品《斩首之邀》《塞巴斯蒂安·奈特的真实生活》《说吧，记忆》，是作家在虚构与"真实"、过去与现在、历史与文学等两界交融态势下实践其文学相对独立性与自主性主张的力作。在这三部作品以及其他同样重要的作品中，纳博科夫通过重复社会仪式、积极构建作为个体的反仪式行为，力图重现希腊悲剧话语，扭转柏拉图话语，建立历史权威话语，进而实现作家权力，以此唤醒、引导和控制文学文本所要达到的情感力度。他书写仪式/反仪式话语的努力，为其打开了通向自主的、开放的、想象的"俄罗斯"的象征性出口。

【关键词】纳博科夫；《斩首之邀》；《塞巴斯蒂安·奈特的真实生活》；《说吧，记忆》；仪式话语；反仪式话语

庞德《第 49 诗章》背后的"相关文化圈内人"

【作　者】钱兆明
【单　位】美国新奥尔良大学
【期　刊】《外国文学评论》，第 1 期，2017 年，第 91－102 页
【内容摘要】庞德《第 49 诗章》源自日本艺术家《潇湘八景》册页的诗、画和湖湘教育家兼诗人曾宝荪的读解。在这部现代主义佳作中，庞德通过文字、图像和文化学之所谓"相关文化圈内人"三种媒介所认知的"潇湘八景"传统，用英文再现"潇湘八景"蕴涵的寂然世界，影射西方政治、经济、文化弊病。20 世纪对该诗章的研究偏重于互文性，21 世纪初的评论又集中于图像的影响。本文试图从以希利斯·米勒为代表人物的文化学理念切入，把作品置于图、文和"相关文化圈内人"的大氛围内，重新梳理庞德构思此作的过程。
【关键词】庞德；《第 49 诗章》；潇湘八景；曾宝荪

乔纳森·萨弗兰·福厄《特别响，非常近》中的历史书写

【作　者】许希夷；杨金才
【单　位】南京大学外国语学院
【期　刊】《湖南科技大学学报（社会科学版）》，第 20 卷，第 5 期，2017 年，第 48－53 页
【内容摘要】美国犹太裔青年作家乔纳森·萨弗兰·福厄的小说《特别响，非常近》将后"9·11"时代的恐怖阴影与二战历史紧密相连，在历史书写的深度上饱受质疑。从作品的后现代历史编撰元小说特征入手，可看出福厄对文本化的历史、主体性和作者身份拥有别样的体悟，看似光明的结局并未止步于亲情的回归，而是通过言说和交流的失败让读者体验到作者对创伤的理解以及对共情的质疑。
【关键词】"9·11"；历史编纂元小说；历史书写

商业竞争与适者生存——大卫·马梅特《拜金一族》的伦理批评

【作　者】王羽青；陈爱敏
【单　位】南京师范大学外国语学院
【期　刊】《当代外国文学》，第 38 卷，第 4 期，2017 年，第 12－19 页
【内容摘要】大卫·马梅特的戏剧《拜金一族》体现了作者对竞争日趋激烈的商界中伦理缺失的焦虑。剧中的推销员在利益驱使下为赢得竞争不择手段，这种做法表面上看是个体伦理的缺失，实质上却揭示了资本主义商业运作过程中权力的滥用与动物界"适者生存"法则在社会中的体现。本文从伦理批评视角出发，通过对剧中人物的分析，旨在揭示：协作是人类社会发展的基石，人类既要适度竞争又要彼此肩负责任，同时要遵循人类社会赖以生存的公平原则。
【关键词】大卫·马梅特；《拜金一族》；伦理批评

身体消费与"灰姑娘"的童话梦——解读欧茨小说《浮生如梦》

【作　者】李庆；杨革新
【单　位】华中农业大学外国语学院
【期　刊】《当代外国文学》，第 38 卷，第 2 期，2017 年，第 63－70 页
【内容摘要】欧茨的小说《浮生如梦：玛丽莲·梦露文学写真》从女性心理的角度重构了玛丽莲·梦露这一历史人物。本文将小说纳入消费文化的语境，分析诺玛·珍成名背后，身体被消费文化规训和符号化建构的过程，以及对她的命运造成的影响。消费文化借助电影媒介的意识形态操控作用和资本的权力运作，营造童话梦境、规训女性身体，将诺玛·珍的身体打造成一个消费品符号；然而身体消费的现代性悖论最终造成她自我认同的混乱和爱情、家庭、事业梦想的破灭。
【关键词】欧茨；《浮生如梦》；女性身体；童话；消费文化

诗与城：玛丽安·摩尔的纽约叙事

【作　者】刘秀玉
【单　位】辽宁大学外国语学院
【期　刊】《中南大学学报（社会科学版）》，第 23 卷，第 6 期，2017 年，第 145－151 页
【内容摘要】美国现代文学与城市发展有着密切的关联，文学家、作品与城市的关系成为美国现代文学史上一个特殊命题。美国现代主义女诗人玛丽安·摩尔一生中创作了一些有代表性的纽约诗作，文章将其划分为具有不同叙事倚重的三个阶段：1）积极寻求都市身份定位的早期叙事；2）充分展现现代审美多元性的中期叙事；3）与城市精神融为一体的晚期叙事。摩尔的纽约叙事既是创作者个体城市经验的提炼与升华，也寄寓了一个时代的现代主义诗歌理想，丰盈和拓展了美国城市文学的表达空间，同时也为正处于城市化进程中的中国文学创作提供了参考范例。
【关键词】玛丽安·摩尔；纽约叙事；身份认同；城市精神

十字路口的印第安人——解读阿莱克西《保留地布鲁斯》中的生存与发展主题

【作　者】赵文书[1]；康文凯[2]
【单　位】赵文书[1]，南京大学外国语学院
　　　　　康文凯[2]，南京邮电大学外国语学院
【期　刊】《外国文学研究》，第 39 卷，第 1 期，2017 年，第 20－30 页
【内容摘要】在现代化进程中，生存和发展是发展中国家和民族面临的普遍问题，对传统的态度是解决这个问题的关键之一。本文研究阿莱克西《保留地布鲁斯》中的生存与发展主题，希望借此讨论化解社会发展过程中传统与现代性矛盾的路径。在这个主题上，安德鲁斯认为，小说欲为保留地印第安人找到一条"新路"，但这条路是个"死胡同"，因为小说陷入了摩尼二元论。本文借鉴多元现代性理论，从传统与现代性的关系入手，解读小说中印第安人与白人、印第安文化与西方文化之间的矛盾，尝试超越这些矛盾之间的二元对立，认为这条"新路"没有被堵死。小说充满希望的结尾至少暗示着年轻一辈印第安人有望走出保留地，走向大世界，带着传统，走向具有印第安特色的现代性或后现代性。
【关键词】美国印第安文学；阿莱克西；《保留地布鲁斯》；传统；现代性

思辨实在论与《隐者的故事》的后自然书写

【作　者】唐伟胜
【单　位】广东外语外贸大学英语语言文化学院
【期　刊】《当代外国文学》，第 38 卷，第 3 期，2017 年，第 11－18 页
【内容摘要】当代美国声名渐起的自然书写作家瑞克·巴斯的自然想象体现了与之前生态文学的特异性，这与西方近年兴起的"思辨实在论"异曲同工。《隐者的故事》集中体现了他"思辨实在"式的后自然想象：自然有其逻辑系统不依赖人类意识而存在，人类作为自然的组成部分也是超越理性的物性存在。巴斯的"思辨实在"式后自然想象召唤读者走进"实在"的自然，从而有别于传统生态文学。
【关键词】思辨实在主义；后自然书写；瑞克·巴斯；《隐者的故事》

思想与智慧的碰撞，学术与文献的交融——评王卓教授新著《多元文化视野中的美国族裔诗歌研究》

【作　者】尚必武
【单　位】上海交通大学外国语学院
【期　刊】《解放军外国语学院学报》，第 40 卷，第 4 期，2017 年，第 155－158 页
【内容摘要】《多元文化视野中的美国族裔诗歌研究》一书按照从一般到具体、从宏观到微观的研究路径，既突出美国族裔诗歌的多元文化属性，又兼顾诗人个体的个性化特征。除在整体层面上透视和论述多元文化与美国族裔诗歌之间的关系外，该书通过对大量美国印第安诗歌、美国犹太诗歌、美国非裔诗歌文本的深入解读，分析考察了美国族裔诗歌与主流话语之间的对话和互动，在细微之处发掘美国族裔诗歌的多元文化属性。
【关键词】多元文化视野中的美国族裔诗歌研究；王卓；族裔诗歌

田纳西·威廉斯戏剧中的"疯癫"

【作　者】胡玄
【单　位】南京大学外国语学院
【期　刊】《江苏社会科学》，第 38 卷，第 1 期，2017 年，第 180－187 页
【内容摘要】田纳西·威廉斯是美国二战后最著名的戏剧家之一。他以美国南方为背景，通过刻画一系列在现实社会中遭遇打击而走向毁灭的人物形象，展现了处于转型期和文化断层期的南方社会现实。对于这些被社会毁灭的人物的塑造，威廉斯在他熟悉的"疯癫"中找到了合适的表达方式。威廉斯在创作中以"疯癫"与南方文化之间的动态型关系作为观照点进行现代性批判，对"疯癫"主题的探索彰显了威廉斯对理性主体、无意识非理性主体和主体间性在现代语境中的人文关怀。
【关键词】田纳西·威廉斯；疯癫；美国南方文化

同情的困境：《同情者》中的世界主义伦理与反讽主义实践

【作　者】孙璐

【单　位】上海外国语大学英语学院
【期　刊】《外国文学研究》，第 39 卷，第 3 期，2017 年，第 112－121 页
【内容摘要】美国哲学家奎迈·安东尼·阿皮亚的世界主义伦理和理查德·罗蒂的反讽主义哲学均在以"个体"为终极关怀的基础上，探讨自我与他人的关系，为实现跨越社群、超越国界的人类团结提供了一种思路。在荣获 2016 年普利策小说奖的《同情者》中，身为越战难民、后移居美国的作者阮越清呈现了一种世界主义反讽的越战叙事。通过刻画拥有"双面身份"的主人公在越战期间及逃亡美国后的传奇经历与情感纠葛，小说不仅审视了美、越两个国家以及越南革命，同时阐释了世界主义对话与反讽主义质询对理解他人和完善自我的作用，以及"爱有等差"的认同伦理对构建自由主义的世界乌托邦的意义。
【关键词】《同情者》；阮越清；世界主义；反讽主义

物性："博因顿珍藏品"的三次转移

【作　者】程心
【单　位】上海外国语大学英语学院
【期　刊】《外国文学评论》，第 4 期，2017 年，第 109－130 页
【内容摘要】詹姆斯《博因顿珍藏品》的真正情节中心是"博因顿珍藏品"之争的缘起、衍变和终结，三次转移背后的纠葛是解码《博因顿珍藏品》的关键。藏品的第一次转移针对的是"谁拥有藏品"即所有权问题，对应于维多利亚后期的"已婚妇女财产法案"论争。藏品的第二次转移指向有关"如何对待藏品"的审美问题，蕴含着詹姆斯对市侩品位的担忧。藏品的神秘毁灭（即第三次转移）代表着作者对"藏品之于人的意义"的思考。"博因顿珍藏品"中暗含的历史感和文明意识体现着阿诺德式的文化理想。
【关键词】《博因顿珍藏品》；亨利·詹姆斯；物；品位；阿诺德

西奥多·德莱塞的城市道德书写——以《堡垒》为例

【作　者】张祥亭
【单　位】山东工商学院外国语学院
【期　刊】《文艺争鸣》，第 7 期，2017 年，第 182－186 页
【内容摘要】《堡垒》与德莱塞之前的小说形成了巨大的反差，甚至是天壤之别。其故事情节没有《欲望三部曲》跌宕起伏，少了城市的喧嚣和欲望的展演，也没有《嘉莉妹妹》中的传奇色彩，而是在平淡的生活中多了一份浓浓的温情与温暖，一股澄明与清新的气息凝铸与浸透整部小说。马蒂森指出："《堡垒》与德莱塞的其他任何小说不同，读起来并不像一部自然主义小说，反倒像一个寓言故事，充满了象征意义。"德莱塞将小说《堡垒》的故事放在美国的一个小城杜克拉，在时代生活的变迁中对苏伦一家的生活进行书写与考察，把时代与人生、历史与现实、精神与存在、人性的审视与精神家园的寻找等话语交织、融汇在一起，呈现出苏伦这一高大和淳美的人物形象，寄寓了他对城市道德的关注与思索。
【关键词】无

异化与救赎：《铁厂生活》与 19 世纪美国工业化社会

【作　者】金莉

【单　位】北京外国语大学英语学院
【期　刊】《外国文学》，第 5 期，2017 年，第 3－13 页
【内容摘要】丽贝卡·哈丁·戴维斯所著的《铁厂生活》是第一部描写了 19 世纪美国工业化进程中工人阶级悲惨命运的文学作品。作为美国工业化社会的真实写照，它披露了工业资本主义私有制对移民工人灵魂与肉体的摧残以及对自然的踩躏，抨击了工业化所造成的人与劳动、人与人、人与自然之间的异化，提出了对于这些社会问题的宗教改良和回归自然的可能救赎方式。戴维斯本人也因对美国工业化社会的现实主义刻画被誉为美国现实主义文学的先驱。
【关键词】丽贝卡·哈丁·戴维斯；《铁厂生活》；工业化；异化；救赎

异质空间中的本土特质——评《踩影游戏》的空间叙述

【作　者】陈靓
【单　位】复旦大学外文学院
【期　刊】《当代外国文学》，第 38 卷，第 2 期，2017 年，第 5－12 页
【内容摘要】《踩影游戏》是一部以时间性为线索，致力于异质空间构建的作品。小说通过空间并置、叙述视角以及故事情节嵌套等叙事手法，将女主人公艾琳置于肖像－阴影以及蓝色日记－红色日记所分别构建的多维空间中，立体展示艾琳女性意识之内的激烈冲突。此外，异质空间在内部结构和内涵上均借用了奥吉布瓦族的文化元素，赋予了作品鲜明的本土族裔性。
【关键词】《踩影游戏》；路易斯·厄德里克；空间构建；族裔性

喻众象殊，相持并存——论亨利·詹姆斯小说理论的隐喻特征

【作　者】陈秋红
【单　位】青岛大学文学院
【期　刊】《国外文学》，第 4 期，2017 年，第 23－33、153 页
【内容摘要】隐喻思维和隐喻语言是詹姆斯文体的一个显著特征。对詹姆斯小说理论中的隐喻进行梳理和分析，将会对其文本的模棱两可或晦涩难懂有更合理的理解和解释。本文以詹姆斯的小说理论术语为对象，从故事基础、精神过程、批判思维、审美理想和小说的建制四个方面展开分析，梳理其语言风格与哲学、符号学语言哲学之间的关联，发现隐喻语言对于詹姆斯理论建构的关键作用。
【关键词】隐喻；经验；印象；意识；想象

再现黑人经验的"完整视野"——论查尔斯·约翰逊的黑人哲理小说观

【作　者】陈后亮；贾彦艳
【单　位】华中科技大学外国语学院
【期　刊】《中南大学学报（社会科学版）》，第 23 卷，第 5 期，2017 年，第 160－165 页
【内容摘要】当代美国非裔作家查尔斯·约翰逊的黑人哲理小说观既受到约翰·加德纳的道德小说观的影响，同时又融合了他自己的哲学和宗教思想。在约翰逊看来，20 世纪 70 年代的黑人文学已经陷入停滞状态，在形式和内容上都需要一些变革方能继续向前发展，而他所说的黑人哲理小说能够让黑人文学重新焕发生机。他拒绝把黑人小说简化为哲学公式或政治宣传工具，反对带着任何先入为主的观念去"嵌套"写作对象，也反对从本质主义的视角出发关注狭隘的

种族政治问题，而是倡导从多元文化中吸取营养，开创一种再现黑人生活经验的"完整视野"。

【关键词】查尔斯·约翰逊；黑人哲理小说；种族政治；黑人美学

詹姆斯·韦尔奇《愚弄鸦族》中的"解域化"语言与黑脚部落文化的重构

【作　者】徐谙律
【单　位】上海外国语大学国际关系与公共事务学院；上海外国语大学博士后流动站
【期　刊】《国外文学》，第 2 期，2017 年，第 129－137、160 页
【内容摘要】美国印第安黑脚部落作家詹姆斯·韦尔奇的历史小说《愚弄鸦族》虽然以英语为书写语言，但是通过"操纵"英语语言的常规模式，文本在英语读者中产生了陌生化的效应。本文探究《愚弄鸦族》语言陌生化呈现的目的，分析小说语言模式的特征，认为小说以"解域化"的语言模式挑战英语作为美国现实世界中主导语言的优越性，打破英语主导话语的秩序，反转英语和黑脚部落语言的权力强弱格局，彰显与强化了黑脚部落的价值观念。在书写部落历史的同时，作品试图在英语语境中重塑黑脚部落的"语言身份"，并且重构该语言所承载的部落文化。

【关键词】詹姆斯·韦尔奇；《愚弄鸦族》；"解域化"语言；部落文化重构

战争，创伤与身份认同——评荣格尔的《部落：论回家与归属》

【作　者】胡亚敏
【单　位】解放军外国语学院英语系
【期　刊】《外国文学》，第 2 期，2017 年，第 167－175 页
【内容摘要】美国作家塞巴斯蒂安·荣格尔 2016 年发表《部落：论回家与归属》，深入探讨了战争创伤的形成，认为美国老兵们遭受战争创伤与其说是因为在战场上受到的震撼和冲击，不如说是因为回国后感受到了异化与冷漠。荣格尔极力强调士兵在战斗中结成的紧密"共同体"，对印第安部落文化倍加推崇，而对美国现代社会进行了诸多批评。该书让我们认识到，美国老兵们遭受的战争创伤与其身份认同危机息息相关：他们原本认为自己是英雄、是正直善良的人，美国则是一个高尚无私的国家，但战争完全颠覆了这些战前的观念。正是这种身份认同危机，导致了老兵们深重的战争创伤。而要治愈创伤，则需要社会帮助老兵们再次找到对美国社会和民族的认同感，确定他们的个人身份和民族身份。

【关键词】荣格尔；《部落：论回家与归属》；战争；创伤；身份认同

种族、暴力与抗议：佩特里《大街》研究

【作　者】方红
【单　位】南京大学外国语学院
【期　刊】《当代外国文学》，第 38 卷，第 1 期，2017 年，第 20－26 页
【内容摘要】本文从暴力视角研究美国黑人女作家安妮·佩特里的《大街》，探究了种族暴力与性暴力、暴力书写与社会抗议的关系。佩特里的自然主义暴力书写揭示黑人社会性暴力的根源是美国社会的种族暴力，黑人女性以暴抗暴的反抗是对其人格、尊严、母性的否定。佩特里在作品中呼吁黑人从心理上抵御种族社会的文化暴力，学会在社会夹缝中求生存，避免走上以暴抗暴的不归之路。

【关键词】暴力；种族；女性；佩特里；《大街》

种族立场冲突背后的理智与情感之争——沃尔夫《说"是"》中的隐性叙事运动

【作　者】安帅
【单　位】北京大学英语系
【期　刊】《外国文学研究》，第 39 卷，第 3 期，2017 年，第 104－111 页
【内容摘要】当代美国作家托拜厄斯·沃尔夫的短篇小说《说"是"》看似情节明朗、人物关系简单、主题突出。现有的阐释大多聚焦于小说中夫妻双方在种族立场上的冲突，并未充分挖掘出这篇堪称当代极简主义风格代表作的丰富内涵。倘若将目光投向情节之外的"隐性叙事进程"，就会发现还有另一种理智与情感的冲突贯穿始终，并且很可能是小说中这场婚姻风波真正的症结所在。隐性进程中由理智到情感维度的转向既是作为短篇小说大师的沃尔夫赋予小说人物"顿悟"的途径，又反映出作为天主教徒的沃尔夫对于平衡世俗婚姻中的权力分配格局的思考以及对于人类道德选择的一贯关切。

【关键词】沃尔夫；《说"是"》；情节发展；隐性进程

注视与超越——《无声告白》中的存在主义思想解读

【作　者】王芳
【单　位】青海师范大学外语系；中央民族大学
【期　刊】《当代外国文学》，第 38 卷，第 3 期，2017 年，第 81－89 页
【内容摘要】美国华裔作家伍绮诗的小说《无声告白》描述了 20 世纪 70 年代美国华裔在白人社会"凝视"下的存在危机，揭露了种族和家庭社会等外在压力对人的异化作用，但小说也强调了个人主体建构中的主观能动性，考察了自我与他人的关系，以及族裔和谐共存策略。本文拟从"凝视"的理论视角，分析凝视的作用机制、自为存在的超越性以及凝视压力的消解等问题，解读小说对于主体建构和种族问题的哲学性思考。

【关键词】存在主义；凝视；存在；主体超越性

转型期社会中的"存在之思"——论李翊云短篇小说中小人物的伦理困境与伦理选择

【作　者】王璐
【单　位】暨南大学外国语学院
【期　刊】*Interdisciplinary Studies of Literature*，第 1 卷，第 2 期，2017 年，第 148－160 页
【内容摘要】李翊云是著名的美国华人新移民作家，目前出版了两部短篇小说集、两部长篇小说和一部回忆录，获得多项重要英语文学奖项和提名，在当代英语写作世界占有一席之地。李翊云的短篇小说细致入微地描写了处于社会转型期的当代中国的平凡小人物多样的生活状态和丰富的精神世界。本文运用文学伦理学批评方法，将李翊云两部短篇小说集中悲剧式小人物所面临的生存困境、身份困境、精神困境等典型伦理困境进行分类阐述，并探讨这些非英雄式主人公们在不同伦理环境之中，在理性意志与自由意志的多轮博弈之下做出的理性或非理性的伦理选择。通过对当代中国转型社会中小人物群像伦理境域的客观描写，李翊云向西方读者展现了美国华人新移民作家如何借助英文小说对母国文化和历史进行跨时空的观照和反思，如何以跨文化视角和世界公民意识对不同文化生态中的政治、权力、变革进行思考，如何对孤独、疏

离、焦虑等人类深层文化心理进行个性化表达。

【关键词】李翊云；《千年敬祈》；《金童玉女》；伦理困境；伦理选择

走向沉寂——《死亡之匣》中的熵化人生

【作　者】任晓晋；张莉
【单　位】武汉大学外国语言文学学院英文系
【期　刊】《外国文学研究》，第39卷，第6期，2017年，第85—94页
【内容摘要】本文以"熵"这个描述封闭系统中有效能量不断转化为无效能量、有序状态不断趋向于混乱的热力学第二定律，分析桑塔格的小说《死亡之匣》中主人公迪迪的生命历程，解读其中反映出来的20世纪60年代美国人"一切都垮掉"的熵化人生。外部生存环境的高熵状态迫使迪迪退入封闭的内心世界，高度熵化的信息增加了迪迪封闭的心理系统中的不确定感。迪迪意识到自己心理的高熵状态，通过毁灭他者和毁灭自我的方式来获得生存的确定感，重建信仰，却因意识活动的激增和恶化最终加速了心理熵化过程，从而走向沉寂——走向精神的消亡、身体的衰竭，走向亦死亦生、无声无息的疑似生存状态。桑塔格笔下的生活方方面面的熵化状态，正是美国60年代的生存图景，她对于迪迪走向沉寂的熵化人生的展示因而具有了启示录式的意义。

【关键词】苏珊·桑塔格；《死亡之匣》；熵化人生；沉寂

族裔经验的"潜叙述"——华裔美国文学梦境叙事研究

【作　者】许双如
【单　位】暨南大学外国语学院
【期　刊】《当代外国文学》，第38卷，第1期，2017年，第27—35页
【内容摘要】梦境叙事是华裔美国文学常见的叙事手法。本文以《女勇士》《唐老亚》《家园》三部代表性小说进行分析，讨论梦境叙事在华裔美国文学中的艺术形式和内涵特征，揭示梦境叙事的审美价值。本文认为，这三部作品以梦境这一超现实叙事形式，以潜叙述的方式意指美国华裔的族裔经验，以虚拟的符号文本与现有生活文本和历史话语展开对话，揭示生活现实，钩沉族裔历史，帮助主人公实现文化身份意识的觉醒和族裔主体性的建构。

【关键词】华裔美国文学；梦境叙事；族裔经验；族裔历史；主体性建构

作为世界文学研究的美国华裔英语文学批评

【作　者】杨明晨
【单　位】香港中文大学文化及宗教研究系
【期　刊】《湖南大学学报（社会科学版）》，第38卷，第4期，2017年，第105—112页
【内容摘要】自20世纪60年代美国华裔英语文学批评在美国民权运动语境下兴起以来，中美两国学者的批评研究集中呈现出一种"国家/族裔"视角与"世界"想象之间的矛盾。21世纪西方学界对"世界文学"问题的重新思考以及由此渐成气候的世界文学理论在一定程度上可以作为启发美华英语文学批评的新资源借鉴，从而使得美华英语文学的世界性文化潜质得以更加充分发挥，并由此解决国族与世界两种话语逻辑的混乱。

【关键词】美国华裔文学；族裔文学；国家文学；世界文学

（八）加拿大及其他美洲国家文学研究论文索引

Joan Crate，Indigenous Identity，and the Reach of Global Colonialism in *Foreign Homes*

【作　者】Christian Riegel

【单　位】Department of English，Campion College，University of Regina

【期　刊】*Forum for World Literature Studies*，第 9 卷，第 3 期，2017 年，第 443－460 页

【内容摘要】Canadian Metis author Joan Crate explores the fraught existence of those with Indigenous ancestry within the Canadian nation in her volume of poems，*Foreign Homes*. The definition and understanding of multiply constituted identities，the tenuous position－socially and politically－of indigenous Canadians，and the uncertain narrative of indigeneity in contemporary Canada are examined in her volume as is consideration for how indigenous identities are formed globally，shaped through colonial contact and the imperialistic ambitions of European powers. The volume's title reflects this tension of identity and place in its invocation of a home that is signalled by its otherness as foreign space. This tension is particularly liminal，suggesting that an individual's status as an indigenous person within the Canadian nation is bounded by global－and thus foreign－forces that disrupt a sense of rootedness in place，a disruption that spans centuries.

【关键词】colonialism；liminality；indigenous identity；poetry；postcolonialism

《恰似水之于巧克力》中属下女性主体意识的构建

【作　者】张沁园

【单　位】山东大学文学院；山东大学外国语学院西班牙语系

【期　刊】《外国文学研究》，第 39 卷，第 4 期，2017 年，第 161－167 页

【内容摘要】墨西哥女作家劳拉·埃斯基韦尔的代表作《恰似水之于巧克力》再现了大革命时代下墨西哥女性的生活图景，聚焦种族、阶级、性别差异下的属下女性，在反思父权文化和种族文化对女性的利用与压迫中表现出作者对弱势女性主体意识构建的思考。小说将厨房设置为小说的中心场景，颠覆了菲勒斯中心主义对"厨房"空间秩序的定义，凸显女性对家庭空间的全新认知。作家在巧妙运用具有地域色彩的美食来隐喻女主人公百味人生的同时，采用魔幻手

法赋予食物消解父权文化的本源动力，使之成为女性表达情感和阐发心声的独特符号，并借印第安食谱来记录女性情感经历，构建超越种族阶级的女性历史系谱。

【关键词】《恰似水之于巧克力》；属下；女性主体意识

不确定的美学：波拉尼奥小说《2666》的时空结构解析

【作　者】晏博
【单　位】北京外国语大学西葡语系
【期　刊】《外国文学》，第 1 期，2017 年，第 39—47 页
【内容摘要】波拉尼奥的叙事作品在艺术手法和创作思想上体现出强烈的后现代色彩，但并不拘泥于此，而是糅合了作者对早年创伤记忆的缅怀与反思、对当今世界危机与隐疾的观察和描述，以及对人类未来命运、文学艺术意义与使命的探讨和追寻。出版于 2004 年的长篇小说《2666》是波拉尼奥的遗作，小说篇幅宏大，全景式地展现了 20 世纪末拉美社会人们的生存状态，描述了当今世界复杂多变的面貌，从全世界、全人类的高度揭示了身处这一时代的人们各自的惶恐、失落与期许。流动、碎片化和不确定的特质充溢着整个文本，构成了波拉尼奥叙事作品独特的美学风格，而多向度、弹性化的叙事时间和犹如黑洞般的叙事空间是了解这种"不确定美学"及其思想内核的重要切入点。

【关键词】波拉尼奥；《2666》；时空结构；不确定性

从《办公室》看门罗早期创作中的先锋性特征

【作　者】王岚[1]；黄川[2]
【单　位】王岚[1]，上海外国语大学英语学院
　　　　　黄川[2]，解放军外国语学院英语系
【期　刊】《中国比较文学》
【内容摘要】门罗的早期作品《办公室》不是一篇通常意义上的"女权主义"短篇小说。该故事不仅展现了叙述者女性意识萌动、追寻主体身份的艰辛历程，也揭示了其在社会和生活压力下的困惑和焦虑。作品中的人物行为确实彰显了与特定时代相呼应的女性意识，但是结局的反转又突出了作者对女性身份和主体性的思考。尽管门罗并没有在写作内容和人物形象上进行新颖或实验性的创作，但是她仍借助互文、戏仿等手段，实现了对传统女权主义作品的传承与超越。其先锋意识以润物无声的探索性和开拓性，积极推动了当时仍在摸索发展之中的加拿大英语文学。

【关键词】门罗；《办公室》；先锋性；互文；戏仿；女性意识

从洛特曼文化符号学视域看《霍乱时期的爱情》

【作　者】丁楠
【单　位】南京师范大学外国语学院
【期　刊】《俄罗斯文艺》，第 4 期，2017 年，第 152—158 页
【内容摘要】加西亚·马尔克斯的经典长篇小说《霍乱时期的爱情》具有独特的六弦吉他般的艺术结构。作者通过使用多相性的创作语言以及构造多指向性的空间关系等艺术手法拨动琴弦，弹奏出一组组优美的和弦，构成一曲关于爱情和死亡的哥伦比亚民间歌舞曲班布科。本文基于

塔尔图符号学派的代表人物洛特曼的文化符号学理论，从文本的信息生成功能、创造性功能以及空间模拟功能三个方面，对小说进行深入的文本分析，阐释小说的文本意义再生和空间模拟机制。

【关键词】加西亚·马尔克斯；《霍乱时期的爱情》；洛特曼；文化符号学

加拿大想象和想象加拿大：加拿大文学批评的嬗变

【作　者】丁林棚
【单　位】北京大学外国语学院
【期　刊】《国外文学》，第 2 期，2017 年，第 25－34、156－157 页
【内容摘要】本文探讨了加拿大文学批评史的嬗变轨迹，论述了加拿大文学批评、文学经典化过程以及国家想象之间的互动过程。加拿大文学批评曾一度成为"加拿大批评"的代名词。加拿大文学批评是一个集历史、社会、文学、政治等多维度为一体的综合批评范式，经历了现代主义、后现代主义、民族主义、多元文化主义等历史发展阶段，并以文学审美价值的大讨论以及如何想象和再现加拿大为主线。后民族主义时代的加拿大文学批评逐渐转向民族的想象构建，在超文化主义的背景下，逐渐转向世界性的表达，勾勒出关于加拿大想象的一个升华过程。
【关键词】加拿大想象；加拿大文学批评；身份；民族主义；多元文化主义；超文化主义

论《少年派的奇幻漂流》的空间想象与后殖民生态意识

【作　者】江玉琴
【单　位】深圳大学文学院
【期　刊】*Interdisciplinary Studies of Literature*，第 1 卷，第 3 期，2017 年，第 157－170 页
【内容摘要】20 世纪空间研究的逐渐热化及后殖民生态批评对空间研究的重视，为理解《少年派的奇幻漂流》开拓了新的视角。《少年派的奇幻漂流》以空间演进建构了表面的人与动物之情感关系、内在的东－西方之文化关系。其中本地的动物园以人与动物的伊甸园般生活再现了后殖民文学中固有的西方对东方的想象，遮蔽了这一幻象背后动物园本身存在的人与动物之权力宰制、西方对东方之统治关系；海上救生艇上派与孟加拉虎之领地之争表征了人与动物之异托邦、西方对东方的动物贱民喻指，本质上贯彻了西方殖民扩张过程中鲁滨逊驯服土地、建构西方秩序之精神主旨；多伦多作为西方都市之表征，成为东方流散者的幸福之地，完美再现了东方对西方的皈依，成年派在多伦多的东方怀旧再现了生活于西方世界的东方流散者内化的东方主义倾向。三个空间的社会文化隐喻也反映了作者本质上的东方主义观念。因此《少年派的奇幻漂流》中人与动物关系的生态指涉仍然无法逃脱后殖民批评中西方对东方的教化与统治。
【关键词】《少年派的奇幻漂流》；东方幻象；异托邦；重新东方化；东方主义

论拉丁美洲后现代主义文学的独特性

【作　者】归溢 [1]；胡全生 [2]
【单　位】归溢 [1]，苏州大学外国语学院
　　　　　胡全生 [2]，上海交通大学外国语学院
【期　刊】《当代外国文学》，第 38 卷，第 3 期，2017 年，第 157－164 页
【内容摘要】拉丁美洲后现代主义文学相较其他国家和地区呈现其独特性。本文紧密结合拉丁

美洲地区的历史进程和历史状况，从多角度展开对拉美后现代主义文学独特性的讨论，认为：因其历史进程和文学传统，拉美国家对待后现代主义多采取温和型态度；又因其独特的区域性，其后现代主义文学具有明显的政治性、历史性和多样性等特征。该文学的特征不是对欧洲和美国后现代主义文学的模仿，没有明确的现代主义和后现代主义的界线，故而是一种与其他国家不同的后现代主义文学。

【关键词】后现代主义文学；拉丁美洲；独特性；多样性

浅议门罗叙事策略观照的女性观

【作　者】耿力平
【单　位】北京外国语大学
【期　刊】《当代外国文学》，第 38 卷，第 1 期，2017 年，第 125－130 页
【内容摘要】加拿大诺贝尔文学奖获得者艾丽斯·门罗创作的唯一一部小说是其 1971 年发表的《少女和妇人的生活》。在这部小说中，作者采用第一人称叙事，从貌似主观、片面的当事人角度还原黛儿从少女到成年女性的成长历程，再现了女主人公应对加拿大朱比利小镇保守社会环境挑战的全过程。阅读体验表明，这种限制性叙事手法为作者生动、真实地传递其耐人寻味的非传统女性主义的女性观发挥了重要作用。读者在了解男性主导的加拿大朱比利小镇生活的同时，感受到黛儿·乔丹从幼稚女孩到成熟女性这一快乐而痛苦的蜕变过程中所表现出的自然而复杂的心态以及所释放的日渐独立的女性思维。

【关键词】艾丽斯·门罗；《少女和妇人的生活》；叙事；女性观

书写魁北克性——米歇尔·特朗布雷笔下的魁北克文化风景

【作　者】陈燕萍
【单　位】北京大学外国语学院法语系；北京大学加拿大研究中心
【期　刊】《外国文学》，第 5 期，2017 年，第 120－127－34 页
【内容摘要】魁北克当代著名作家、戏剧家米歇尔·特朗布雷的作品带有鲜明的魁北克属性。他以极具魁北克特色的语言和富有代表性的人物和主题，通过大量的戏剧和小说，讲述特定历史时期的魁北克故事，真实而生动地展示了魁北克社会独特的文化风景。特朗布雷这种彰显魁北克性的书写表现出一种对文化差异的诉求和强烈的文化身份认同意识。本文主要以特朗布雷的戏剧《妯娌们》和小说《隔壁的胖女人怀孕了》为例，通过创作语言的选择和作品所表现的重要主题，从宗教、家庭、心理、地理空间等方面解读特朗布雷笔下呈现的平静革命前夕、处于传统与现代之间的魁北克社会的重要文化特征，并且从历史、政治、社会等视角探讨其形成原因。

【关键词】米歇尔·特朗布雷；魁北克；文化认同；宗教；家庭

逃离：后女性主义的自我探索

【作　者】朱晓映
【单　位】华东师范大学外语学院
【期　刊】《外国文学动态研究》，第 4 期，2017 年，第 13－22 页
【内容摘要】加拿大女作家艾丽丝·门罗的短篇小说多以小镇上的女人为主人公，讲述她们生

活中一些微小事件和存在瞬间，展现平静生活表面下的暗流，揭示生活中的危机与绝望。她笔下的小镇女人们看似乖巧、顺从，实则敏感、多变，她们戴着面具，过着"双重生活"：一种生活是公众视野中的表演，另一种生活则隐藏在个人的内心。在门罗作品中女人们的身上，印刻了后女性主义的时代印记：在女性被彻底解放并被允许以多元方式生活的时代，逃离成为女性探索自我和表达自我的一种方式，成为她们实现自我救赎与自我完善的一条路径。

【关键词】艾丽丝·门罗；《逃离》；后女性主义

挖掘被隐藏的阿根廷"肮脏战争"——侦探型读者对皮格利亚《人工呼吸》的解码

【作　者】楼宇
【单　位】北京外国语大学西葡语系
【期　刊】《外国文学》，第 1 期，2017 年，第 57－66 页
【内容摘要】长篇小说《人工呼吸》是阿根廷作家里卡多·皮格利亚的代表作，发表于阿根廷军政府独裁统治下的"肮脏战争"时期。作家借鉴侦探小说追踪解谜的结构，将自己真正想叙述的故事层层编码，设置成谜团隐藏于小说的"可见故事"中。我们试图效仿侦探型读者，追踪作家留在文本中的蛛丝马迹，解密小说的"隐藏故事"，挖掘发生在"肮脏战争"时期的"肮脏故事"。

【关键词】皮格利亚；《人工呼吸》；侦探型读者；阿根廷"肮脏战争"叙事文学

（九）文艺理论与批评研究论文索引

"Contextualized Poetics" and Contextualized Rhetoric：Consolidation or Subversion?

【作　者】申丹
【单　位】北京大学外国语学院
【书　名】*Emerging Vectors of Narratology*. Ed. Per Krogh Hansen，et al. Berlin and Boston：De Gruyter，2017 年，第 3—24 页

【内容摘要】The relation between form and history has been a hot topic for debate in the field of narratology since the 1980s. Classical narrative poetics，because of its decontextualization，has been criticized by contextualist approaches. Rhetorical narrative theory，although figuring as a postclassical approach since the 1990s，has likewise been criticized for neglecting sociohistorical context. But if we examine contextualist narratological challenges to formal narrative poetics，we may find that the efforts to contextualize poetics actually come up with decontextualized structural distinctions，since the investigation of generic structures requires，by nature，leaving aside varied specific contexts. In the case of rhetorical narrative theory，contextualist challenges also function to bring into play the historicizing potential in the theory itself. That is to say，the contextualist challenges function to consolidate rather than to subvert the fundamental principles of formal narrative poetics and rhetorical narrative theory. In effect，in various contextualist approaches themselves，form and history can exist in a harmonious relation between decontextualized poetics and contextualized criticism；and in rhetorical narrative theory，form and history can enjoy a balance since the theory has in essence a textual emphasis and a historical emphasis.

【关键词】formal narrative poetics；rhetorical narrative theory；contextualization；consolidation；harmonious relation

A Diachronic and Synchronic Study of American Ethical Criticism：A Review of *American Ethical Criticism：A Survey*

【作　者】Liao Heng

【单　位】School of Foreign Languages and Literature，Wuhan University；School of Foreign Languages，Huazhong Agricultural University

【期　刊】*Forum for World Literature Studies*，第 9 卷，第 2 期，2017 年，第 333－340 页

【内容摘要】*American Ethical Criticism：A Survey* by Professor Yang Gexin is a pioneering monograph that studies the rise，development and demise of American ethical criticism diachronically and synchronically. It argues that the American ethical criticism since the 1980s has inspired and enriched the contemporary ethical literary criticism，which ultimately transcends the limitations of the former as an established literary approach. Besides evaluating the merits and demerits of American ethical criticism，the book illustrates how it is critically integrated into the contemporary ethical literary criticism. Based on the study，the book also outlines the current problems and future direction of ethical literary criticism. This paper firmly believes that the monograph will open up a new territory for literary studies in China and beyond.

【关键词】Yang Gexin；*American Ethical Criticism：A Survey*；ethical literary criticism

A New Direction of Ethical Criticism：A Review of *American Ethical Criticism：A Survey*

【作　者】苏坤
【单　位】上海交通大学外国语学院
【期　刊】*Interdisciplinary Studies of Literature*，第 1 卷，第 4 期，2017 年，第 166－172 页
【内容摘要】American ethical criticism has enjoyed a long history of about forty years since the ethical turn in the 1980s，but there was no Chinese monograph addressing the topic. This situation had not changed until Professor Yang Gexin published his *American Ethical Criticism：A Survey* in 2016，filling in the gap. The Survey not only presents a lucid narrative of the evolution of American ethical criticism but also provides incisive analyses of the forms and nature of the dialogues and debates among the critics in American ethical criticism，and of the reconstruction and improvement of American ethical criticism in the Chinese context. The Survey is really the first torch shining brightly for the Chinese readers who are in the dark labyrinth of their investigations of ethical criticism.

【关键词】ethical criticism；ethical turn；ethical literary criticism；*American Ethical Criticism：A Survey*

An Eco-critical Cultural Approach to Mars Colonization

【作　者】Alessandra Calanchi[1]；Almo Farina[2]；Roberto Barbanti[3]
【单　位】Alessandra Calanchi[1]，Dept. of Science of Communication，Humanities，and International Studies，University of Urbino
Almo Farina[2]，Dept. of Basic Sciences and Foundations，University of Urbino
Roberto Barbanti[3]，Département Arts plastiques (UFR 1)，Université Paris 8
【期　刊】*Forum for World Literature Studies*，第 9 卷，第 2 期，2017 年，第 205－216 页
【内容摘要】Colonization is a term common to many disciplines，from political science to anthropology，from sociology to microbiology. In all of these cases it has evidence-based historical or scientific roots. On the contrary，when this term is referred to the Outer Space，its use still draws from the realms of imagination，since no colonies exist as yet outside planet Earth. Nevertheless，we

know that this might happen soon，and believe that the realms of imagination have played－and are playing－a fundamental role in the matter.

It is the object of this essay，the authors of which belong to three different disciplines (Anglo-American Literature and Culture，Ecology，and Philosophy)，to discuss and problematize the cultural，environmental，and ethical implications of the project of Mars colonization，a project which is rooted in politics and economics.

It is not our aim to advance any doubts about the consistency of the current agenda concerning the mission of colonizing Mars. However，we want to underline the absolute necessity of adopting a truly sustainable and multidisciplinary vision which involves a deeply ethical，ecological，and cultural approach. By *ethical* we mean that we ought to be aware that a new phase in the Anthropocene has come，since we are challenged to enlarge the semiosphere so as to include the Outer Space，which means proposing new ecosophic paradigms；by *ecological* we mean that owing to a change in our *Umwelt* we should follow an ethical management of the environment，that is respectful of Mars territories as well as of those we will continue to inhabit on Earth；by *cultural* we mean that it has to take into account all of the following：the literary narrations of the past，both utopian and dystopian；the intuitions of Sci Fi fandom and scholarship；and the perspective of post-colonial studies，which problematize the cultural legacy of colonialism and imperialism and analyze the consequences of external control and economic exploitation of people and lands.

【关键词】Mars colonization；ecology；ecosophy；literature；culture

Anthologizing World Literature in Translation：Global/Local/Glocal

【作　者】Theo D'haen
【单　位】English Department，KU Leuven/University of Leuven
【期　刊】*Forum for World Literature Studies*，第 9 卷，第 4 期，2017 年，第 539－557 页
【内容摘要】Anthologizing world literature and translation are inseparable from one another：most texts selected will always be inaccessible in the original to most readers. Translation，however，always brings with it the danger of "naturalizing" the foreign as domestic，and of appropriating the world to the target language culture. As anthologizing always presumes selection，the latter moreover risks being steered by target culture conventions or expectations. At the same time，anthologies，especially when overlapping，also－willingly or inadvertently－work towards a world literary canon. As such，anthologies in "world languages"，and in our day primarily in English，not only influence the idea of what the canon of national literatures other than English is for both native speakers of English but also for "third"-language and culture readers. In fact，they even cannot help but influence how non-English national literature readers come to consider their own national canon in a world literature perspective，possibly leading to a radical dissociation of an "internal" and an "external" canon of their literature. Concomitantly，the "national" literature of the anthologizing culture assumes almost inevitably greater weight and centrality in the thus-created world literature canon. A possible balancing act might consist in performing similar operations from other language cultures upon both English-language and third-culture literatures，effectively "glocalizing" world literature.

【关键词】world literature；anthologies；global；local；glocal

Complexities and Limits of Ethical Literary Criticism

【作　者】Tomo Virk

【单　位】Department of Comparative Literature and Literary Theory，University of Ljubljana

【期　刊】*Interdisciplinary Studies of Literature*，第 1 卷，第 1 期，2017 年，第 1—16 页

【内容摘要】Although the so-called ethical turn in literary studies happened in the eighties and nineties of the 20th century in North America，the topic "Literature and Ethics" in its various forms and denominations has been present since the beginnings of the reflection on literature. This treatise summarizes the most prominent research directions of this topic and attempts to point out their strengths and weaknesses. As the most burning deficiency，it identifies the so-called cacophony of ethical approaches to literature (mostly in Western literary criticism，but also globally；Nie Zhenzhao's well elaborated proposal of ethical literary criticism seems to be a bright exception in this respect)，characterized by the lack of theoretical and methodological self-reflection. In order to overcome this deficiency，it proposes to scrutinize some basic concepts and relations of ethical literary criticism，such as the range of terms "ethics" and "literature"，the relation between ethics and morality and between ethics and politics，the problem of aesthetic autonomy in relation to the ethical evaluation，the problematic issue of aesthetic re-evaluation on the ground of ethical evaluation，etc. In the conclusion，the treatise stresses the general importance of ethical research in literary studies and points out (the ethical) obligations of researchers engaging in ethical literary criticism.

【关键词】ethical literary criticism；literature and ethics；ethics and morality；literature and politics；aesthetic autonomy and ethics

Discontinuity and Continuity：Literary History According to Foucault

【作　者】Alen Širca

【单　位】Department of Comparative Literature and Literary Theory，University of Ljubljana

【期　刊】*Forum for World Literature Studies*，第 9 卷，第 2 期，2017 年，第 235—248 页

【内容摘要】The paper is focused on detailed reading of Foucault's chief methodological work *The Archeology of Knowledge*. Analysis show that Foucault never prioritizes discontinuity over continuity，but rather thinks of the conditions from which they both arise. This approach is called quasi-transcendental since it eludes any binary oppositions. For example，what Foucault calls *episteme* is in fact historical *a priori* of an epoch (which can be，then，thought of either as necessary historical unity or as partial social construct). Structurally，it can be demonstrated that this reasoning，although somewhat paradoxically，has affinity with Heidegger and other phenomenological and hermeneutic oriented philosophers of history.

Such a philosophy of history breaks neither with continuity nor teleology：what it breaks with is merely the romantic illusion that the final subject may be positioned in the place of the absolute subject. The lesson for contemporary literary history is that it should be written from fundamental hermeneutic and ethical perspective：literary historian is led to an understanding of his own position and to opening up the space of freedom，to conceiving his ever new unstable subjectivations. And，moreover，literary history should not be subordinated to cultural history (or any other histories). The history of literature *qua* literature should advocate that it is literature that somehow produces culture and not the other way around. Or，as Walter Benjamin lucidly put it：literature should be an "organon of history" and not its mere material.

【关键词】literary history；discontinuity；teleology；episteme

Ethical Literary Criticism and Comparative Literature：An Interview with Professor Dorothy M. Figueira

【作　者】Li Jing
【单　位】School of Foreign Languages，Zhongnan University of Economics and Law
【期　刊】*Forum for World Literature Studies*，第 9 卷，第 3 期，2017 年，第 347－354 页
【内容摘要】Dorothy M. Figueira (Email：figueira@uga.edu) is professor of comparative literature at the University of Georgia. She has published extensively in the field of comparative literature，whose books include *Translating the Orient* (1991)，*The Exotic：A Decadent Quest* (1994)，*Otherwise Occupied：Theories and Pedagogies of Alterity* (2008) and *The Hermeneutics of Suspicion：Cross Cultural Encounters with India* (2015). She has served as the editor of *The Comparatist* (2008－2011) and is currently editor of *Recherche litteraire/Literary Research*. Professor Figueira is an Honorary President of the International Comparative Literature Association，and has served in the past on the boards of the American Comparative Literature Association and the Southern Comparative Literature Association. She has held fellowships from the American Institute for Indian Studies，Fulbright Foundation，and the National Endowment for the Humanities. She has been a visiting professor at the University Lille (France)，Jadavpur University (Kolkata)，and the Indira Gandhi National Open University (New Delhi).

【关键词】ethical literary criticism；comparative literature；critical theory

Ethical Literary Criticism and Ethical Narratology：An Interview with Prof. Wolfgang G. Müller

【作　者】Zhang Tian
【单　位】School of Foreign Languages，Central China Normal University
【期　刊】*Forum for World Literature Studies*，第 9 卷，第 2 期，2017 年，第 179－185 页
【内容摘要】Wolfgang G. Müller (Email：womu@gmx.de) is retired Professor of English Literature at the Friedrich-Schiller University of Jena. He received his academic education at the universities of Mainz，Manchester，and Leicester. He taught as professor at the universities of Mainz，Leicester and Jena. His book-length publications include *Rilke's "Neue Gedichte"* (1971)，*The Lyric Self* (1979)，*The Political Speech in Shakespeare* (1979)，*Theory of Style* (1981)，*English and Scottish Balladry* (1983)，*Dialogue und Conversational Culture in the Renaissance* (2004)，*Edition of Shakespeare's Hamlet* (2005)，*Don Quixote's Intermedial Afterlives* (2010) and *Genre in Shakespeare* (2015). He published articles on rhetoric in Renaissance literature，the tradition of Don Quixote in English literature，narratology，intertextuality，iconicity，the letter as a genre，ethics in literature and detective fiction. At present he runs a research group on the flaneur in English and American literature. On behalf of *Forum for World Literature Studies*，Dr. Zhang Tian，when attending the 6th Conference of

Ethical Literary Criticism，Comparative Literature and World Literature (Oct.，2016，Tartu，Estonia)，interviewed Professor Wolfgang G. Müller on the issues concerning ethical literary criticism and ethical narratology.

【关键词】ethical literary criticism；ethical narratology；ethics

Ethical Literary Criticism：Critical Reception and Theoretical Impact

【作　者】杨柳
【单　位】南京大学海外教育学院
【期　刊】*Interdisciplinary Studies of Literature*，第 1 卷，第 3 期，2017 年，第 171－176 页
【内容摘要】Nie Zhenzhao's "Ethical Approach to Literary Studies：A New Perspective" (2004) marked the establishment of ethical literary criticism as a critical theory in Chinese academia. In 2014，Nie published his *An Introduction to Ethical Literary Criticism*，which stood out as a milestone for the construction and practice of literary critical system. In the book，Nie made systematically a comprehensive and deep exploration of ethical literary criticism. This book traced literary criticism to its source，profoundly rethought the ideas and made detailed inquiries of traditional literary concepts，advancing entirely different academic views and ideas with considerable confidence.

【关键词】ethical literary criticism；moral enlightenment；theoretical kernel；influence

From Shanghai Modern to Shanghai Postmodern：A Cosmopolitan View of China's Modernization

【作　者】王宁
【单　位】上海交通大学人文艺术研究院
【期　刊】*Telos*，2017 年秋季刊，第 87－103 页
【内容摘要】Chinese scholars have published very little internationally，let alone influencing international scholarship. Thus to discuss cosmopolitanism should also be associated with the issue of modernity in the Chinese context. In my view，we should focus on a specific case study，in the process of which we may well reach a reconstruction of an alternative modernity of oriental or Chinese characteristics. As Shanghai has been a cosmopolitan metropolis since the beginning of the 20th century，and in recent years playing an increasingly vital role in China's process of modernization as well as the broader context of the global economy and culture，the present essay will therefore focus on the modernity and cosmopolitanity of Shanghai in an attempt to reach both a deconstruction and reconstruction of global modernity with concrete Chinese practice.

【关键词】cosmopolitanism；global modernity；Shanghai；modernization

Gender Studies in the Post-Theoretical Era：A Chinese Perspective

【作　者】王宁
【单　位】上海交通大学人文艺术研究院
【期　刊】*Comparative Literature Studies*，第 54 卷，第 1 期，2017 年，第 14－30 页

【内容摘要】After the decline of literary and cultural theory in the West，it has witnessed the coming of a post-theoretic era in which there is no such thing as a dominant theory as it used to be. The same is true of China where theory，especially that from the West，was extremely popular among Chinese literary and cultural theorists. But contrary to the situation in the West，some Western theories are still attractive to Chinese literary and cultural theorists，such as gender theory. In this article，the author argues that when theory travels to other places，its function and significance would change more or less，and sometimes，a different phenomenon would appear，which manifests itself in the continuous popularity and flourishing of theory in China in the past decades. Even in such a post-theoretical era，various theoretical and cultural trends still function in a limited sphere. But Western theory could function effectively in China only when it is contextualized. That is，it should be relocated in the Chinese context. This has been particularly proved by the popularity of gender theory，especially that of Judith Butler，and gender studies in present day China.

【关键词】post-theoretical era；gender theory；gender studies；Judith Butler；Chinese literature and culture

Historicalness，Comprehensiveness，and Innovativeness：The First Companion to Stylistics

【作　者】申丹
【单　位】北京大学外国语学院
【期　刊】*Style*，第 51 卷，第 1 期，2017 年，第 88－100 页
【内容摘要】With its historical emphasis，comprehensive coverage of some spheres，and innovative exploration of various issues，*The Bloomsbury Companion to Stylistics*，the first companion in the field，constitutes an important contribution to this interdiscipline，which is developing with new impetus in the 21st century. The companion consists of four parts："The Discipline of Stylistics"，"Theoretical Approaches and Research Methods"，"Current Areas of Research"，and "Genres and Periods". This essay analyzes the emphasis and characteristics of each part，pointing out in what ways the investigation is valuable and innovative，and in what ways certain parts of the discussion leave room for improvement. The essay also tries to clarify some relevant issues，such as the relation between stylistics and narratology and how the distinction among stylistic approaches is based on different criteria.

【关键词】*The Bloomsbury Companion to Stylistics*；emphasis；characteristics；merits；demerits

Joint Functioning of Two Parallel Trajectories of Signification：Ambrose Bierce's "A Horseman in the Sky"

【作　者】申丹
【单　位】北京大学外国语学院
【期　刊】*Style*，第 51 卷，第 2 期，2017 年，第 125－145 页
【内容摘要】In some fictional narratives，literary significance resides in two parallel trajectories of signification. They at once contradict and need each other in conveying the thematic message of the text. Going along only one of the two trajectories will result in a partial understanding not only of the thematic message but also of the character images and the aesthetic value of the narrative. The

gradual perception of the two coexisting trajectories increasingly complicates the response to the verbal choices in the narrative. Such dual signification is essentially different from previously investigated complicated meanings of literary texts. This essay explores how the same verbal choices take on different degrees of importance and generate conflicting thematic meanings in the dual trajectory of signification in Ambrose Bierce's "A Horseman in the Sky"，which forms an implicit yet sharp contrast with the single trajectory in Bierce's "The Affair at Coulter's Notch". Based on the analysis，the essay will discuss how to uncover the dual trajectory which has so far eluded critical attention.

【关键词】dual signification；conflicting thematic meaning；complicated response；discovering methods；"A Horseman in the Sky"

Literature，Ethics，and Medical Education：An Interview with Professor Ronald Schleifer

【作　者】Chen Qi[1]；Ronald Schleifer[2]
【单　位】Chen Qi[1]，College English Department，East China Normal University
　　　　　Ronald Schleifer[2]，University of Oklahoma
【期　刊】*Interdisciplinary Studies of Literature*，第 1 卷，第 3 期，2017 年，第 1—11 页
【内容摘要】Ronald Schleifer is George Lynn Cross Research Professor of English and Adjunct Professor in Medicine at the University of Oklahoma. He served as editor-in-chief of the journal *Genre：Forums of Discourse and Culture* for more than twenty years，and as interim co-editor of *Configurations：A Journal of Literature，Science，and Technology*. The author of *Pain and Suffering* (Routledge 2014)，*The Chief Concern of Medicine：The Integration of the Medical Humanities and Narrative Knowledge into Medical Practices* (co-authored with Dr. Jerry Vannatta，Michigan 2013)，*Modernism and Popular Music* (Cambridge 2011)，*Modernism and Time* (Cambridge 2000)，and *Intangible Materialism：The Body，Scientific Knowledge，and the Power of Language* (Minnesota 2009)，most recent of more than twenty books he has written，edited，and translated，Schleifer engages in a number of research areas，including criticism and theory，20th-century literature，literature and medicine，semiotics，and cultural study. (His first book，*A. J. Greimas and the Nature of Meaning*，was republished by Routledge this year.) Dr. Chen Qi，when attending the 6th Conference of Ethical Literary Criticism，Comparative Literature and World Literature (Oct.，2016，Tartu，Estonia)，interviewed Professor Schleifer on a wide range of issues concerning literature and ethics in medical education，such as the definition of empathy，the reading and teaching of literature and ethics to physicians，and narrative transportation theory.

【关键词】literature；ethics；medical education；ethical literary criticism

Local and Global Contexts：Some Aspects of Neo-Latin Poetics

【作　者】David Porter
【单　位】上海交通大学外国语学院
【期　刊】*Forum for World Literature Studies*，第 9 卷，第 3 期，2017 年，第 401—423 页
【内容摘要】David Porter argues for the inclusion of neo-Latin，as a transnational language，in the corpus of world literature. He discusses two poems by the 16th-century Northern humanist Jacobus

Susius，Francis Paget's 19th-century Lucretian poem，Sol Pictor，in comparison with Pope Leo's epigram on the art of photography and finally an elegiac satire Adolf Eichmann by Harry C. Schnur in order to show how Latin literature was adapted to divergent contexts and milieus and functions both as part of a specific local and historical context and as part of an established literary tradition. Emphasis is placed on these works of well-known but technically accomplished poets in order to highlight the large corpus of neo-Latin works available and their critical neglect in non-specialist literary studies.

【关键词】Neo-Latin；translation；poetics；epigrams；classical tradition

Mapping Ethnicity and Its Representation in the Global Context

【作　者】Liu Yan
【单　位】Faculty of English Language and Culture，Guangdong University of Foreign Studies
【期　刊】*Forum for World Literature Studies*，第 9 卷，第 1 期，2017 年，第 106－116 页
【内容摘要】The essay begins by mapping the multiplicity of cultural identity in the global context，drawing from different scholars on the issue to reveal that identity has become a hybrid construct. As such，identity relies heavily on discursive representations in literary and cultural texts. Studies of ethnic identities，therefore，concern how people of different cultural backgrounds interact with each other，how the migrating experiences are narrated and represented，and how such representations reflect the life experiences of the migrants. As a result of the complicated diasporic experiences against global migration，ethnic identity has become an ethical issue which governs human interaction，thus shaping people's understanding of themselves，of others，and of the world.

【关键词】ethnicity；representation；cultural identity；ethics；globalization

Reconsideration of Mimesis in Drama through the Perspective of Mirror Neurons

【作　者】He Huibin
【单　位】School of International Studies，Zhejiang University
【期　刊】*Forum for World Literature Studies*，第 9 卷，第 4 期，2017 年，第 618－629 页
【内容摘要】Mirror neurons are active both when an action is performed and when one is observing another's action. They can simulate the perceived action as mirrors. Mimesis in drama，based on mirror neurons and connected with the basic instincts，provides much pleasure. Mirror neurons form the basis for understanding and learning in drama and make empathy possible，with some other neurons separating the action of one's own from the action of others. Inspiration comes when someone's action is mainly directed by mirror neurons；inner feelings and outer expressions are closely connected；drama purifies the feelings of the audience in the short-term，but strengthens them in the long-term.

【关键词】mirror neurons；drama；mimesis

Self-referential Aspects of Ethical Literary Criticism

【作　者】Knut Brynhildsvoll

【单　位】University of Cologne
【期　刊】*Interdisciplinary Studies of Literature*，第 1 卷，第 1 期，2017 年，第 17－26 页
【内容摘要】In the discussions about the role of ethics in literary texts，one has frequently focused on the content of the texts and the attitudes of the involved figures. In my paper，I intend to turn my attention to the self-referential components of literary representation and consider their role as constitutive factors in establishing a "good" work of art. Hereby I take my point of departure in the contradiction "good"/"bad"，which are terms adopted from moral philosophy and used as criteria in the evaluation process. It is my intention to show that when ethical categories like "good" or "bad" are applied to artistic writing，they turn into aesthetical designations which function according to changing taste systems. Furthermore，my paper discusses the role of self-referential judgements in the establishing and maintenance of canonical formation. With reference to Immanuel Kant's and David Hume's conceptions，I finally conclude with statements，due to which the evaluation of art works is reductive if one limits the judgement to the self-referential aspects and neglects that works of art are interacting with a variety of other functions such as contextual，designative and cognitive.
【关键词】self-referential；good；bad；moral philosophy；code switching；canonical formation

The Local and the Global：Introduction

【作　者】Jonathan Locke Hart
【单　位】上海交通大学外国语学院
【期　刊】*Forum for World Literature Studies*，第 9 卷，第 4 期，2017 年，第 525－538 页
【内容摘要】The local and the global are not as clear-cut terms as they might appear to our common sense or everyday use. But once we understand that where we stand or sit is part of the globe，we see that the globe is made up of many locales and that each depends on point of view，the vantage of the person that is in his or her locale. So the global is local，and the local global，even if we know that one is at the extreme of the other. Rather than try to impose anything on the issue，I have sought to open up vistas，so that the contributors can explore their interests and speak to the theme in this context. The Introduction briefly presents a few voices to suggest that the local and the global are still open for debate in various fields and not simply in literary studies. The literary，then，is just one field with which to examine questions of the local and the global，often under the guise of globalization. World literature will be the context in which this special issue explores the local and the global and related matters.
【关键词】global；local；globalization；world literature；postcolonial

The Local and the Global：Poetry，Philosophy and History

【作　者】Jonathan Locke Hart
【单　位】上海交通大学外国语学院
【期　刊】*Forum for World Literature Studies*，第 9 卷，第 3 期，2017 年，第 355－380 页
【内容摘要】In literature，the fictional worlds of William Faulkner，Margaret Laurence and others are about local places but seem universal to readers of different places，cultures and later times. The poetry of Homer and the Greek tragedians like Aeschylus，Sophocles and Euripides are rooted in

their time and place，but have had a "universal" appeal in the West despite all its changes in culture，beliefs and language. Homer wrote about heroic Greece，and Socrates and Plato questioned his universal appeal，his knowledge，his wisdom，partly because of mimesis or representation or imitation. Though he agreed with Plato that philosophy is more universal than poetry，Aristotle analyzes the work of Greek tragedy and epic poetry and also discusses history；he finds poetry inferior to philosophy precisely because poetry is more particular. Not only William Blake，but also many literary critics from the 1960s onward in the West，have rebelled against universals and，in an age of globalization，have often sought particulars or a rhetoricization or historicization of philosophy and poetry to try to act against grand narratives，universals and idealism. Jean François Lyotard is a case in point. By analyzing the relations among poetry，philosophy and history，this article will examine the ground of this dispute between the local and the global，the particular and the universal，and will show the importance of both.

【关键词】local；global；poetry；philosophy；history

The Transfigurations of Cosmopolitanism

【作　者】Vladimir Biti
【单　位】Faculty for Literary and Cultural Studies，University of Vienna
【期　刊】*Interdisciplinary Studies of Literature*，第 1 卷，第 2 期，2017 年，第 44－66 页
【内容摘要】Despite habitual assumptions，cosmopolitanism is a deeply divided phenomenon，carried either by the dominant or dominated agencies. If it is launched by the first carrier group，it is self-asserting and self-expanding，if by the second，it is other-related and interlocking，i.e. looking for allies in order to strengthen its carriers' aspirations. In political terms，the first kind of cosmopolitanism is usually interpreted as colonial or hegemonic，the second as postcolonial or liberating. In psychoanalytical terms，the theorists speak of an "appropriative" identification of the other as the self's object vs. "non-appropriative" identification with the other as the self's model. The other figures either as an object for the self's assertion or as an invitation to the self's exemption from his or her given identity. Because one kind of the self's relationship to the other disconcerts the other as its uncanny shadow，cosmopolitanism is doomed to a persistent transfiguration. The paper presents three historically successive cases in point. The first is the relationship between Greek and Roman cosmopolitanism，the second that between French Enlightenment and German Romanticist cosmopolitanism and the third the relationship between literary theory's cosmopolitanism and literary history's nationalism.

【关键词】cosmopolitanism；nationalism；French Enlightenment；early German Romanticism；modern literary theory

The Un/Worlding of Letters：Literary Globalization's "Zones of Indistinction"

【作　者】Vladimir Biti
【单　位】Faculty for Literary and Cultural Studies，University of Vienna
【期　刊】*Forum for World Literature Studies*，第 9 卷，第 4 期，2017 年，第 558－582 页
【内容摘要】Connected with the rise of Western modernity，globalization is an equivocal project. As it eliminates one set of inequalities，it deepens another. A considerable number of its

participants are thus relegated to "zones of indistinction" (Agamben 63)，the non-juridical states of exception that sentence them to inarticulate lives. Nonetheless，according to Agamben，their exclusion makes the citizens' articulate lives possible. Following him，I propose these conjoined disjunctive realms of Western modernity，which not only condition but subvert and dislocate each other，to be taken as the point of departure for recent discussions of the "globalization of literature". In my interpretation，traumatic constellations that violently separate their authors from their familiar community by directing them toward a new，remote one on the world's looming horizon， nurture ethico-politically committed modern literary works. They open themselves to distant otherness in order to heal the traumatic experience of indistinction characteristic of their authors' dispossessed present. To demonstrate the manner of this opening，I attentively reconstruct Benjamin's idea of the traumatized subjects' interlocking memory chips. Such involuntary globalization counters the dominant systemic models of today，which render globalization a Western strategical project. In such a way，the model of globalization from below，which characterizes alternative，postcolonial or post-traumatic conceptualizations of world literature，opposes the model of globalization from above，which characterizes the large-scale systemic paradigms. In the final part of my paper，however，I interrogate this rigid opposition itself.

【关键词】world literature；globalization；zone of indistinction；traumatic constellation；memory

Toward a Comparative Narratology：A Chinese Perspective

【作　者】尚必武
【单　位】上海交通大学外国语学院
【期　刊】*Comparative Literature Studies*，第 54 卷，第 1 期，2017 年，第 52－69 页
【内容摘要】As a rejoinder to Susan Stanford Friedman's call for a transnational turn in narrative theory，this article attempts to draw attention to a comparativist turn in current narrative studies，addressing three broad questions：why compare，what to compare，and how to compare. A comparative narratology is expected to decolonize and to subvert the hegemony of European and Anglo-American narrative theory，and thus both paves the way for the rise of those marginalized narrative theories and draws attention to those neglected and peripheral narratives. Apart from presenting a Chinese counterpart of Western narrative theory，it tries to specifically engage with newly developed unnatural narrative theory by analyzing Chinese ghost stories，a particular type of unnatural narrative in Chinese literature，so as to display its unnatural features as well as its challenges to existing Western unnatural approaches.

【关键词】oomparative narratology；postclassical narratology；Chinese narratology；unnatural narratology

Translation Ecologies：A Beginner's Guide

【作　者】Thomas Beebee[1]；Dawn Childress[2]；Sean Weidman[3]
【单　位】Thomas Beebee[1]，Pennsylvania State University
　　　　　Dawn Childress[2]，University of California，Los Angeles
　　　　　Sean Weidman[3]，Pennsylvania State University

【期　刊】*Interdisciplinary Studies of Literature*，第 1 卷，第 4 期，2017 年，第 1－14 页

【内容摘要】This article applies basic concepts of ecology to the cultural environments of literary translation，arguing that the duality of source-target twin texts should be considered within contexts corresponding to the different cultural systems of increasing complexity that are nested within one another：populations，communities，ecosystems，and biomes. The ecological-systemic approach to translation combines polysystem theory with social network analysis and the possibility that a digital humanities accounting of metadata signaling the overall environment for translation in the US may provide insight. The article ends with a discussion of the authors' current project to make a Big Data approach to translation operative.

【关键词】translation studies；world literature；literary polysystem；digital humanities；social network analysis

"后理论时代"的西方文论本体阐释问题考辨

【作　者】王进
【单　位】暨南大学外国语学院
【期　刊】《云南社会科学》，第 4 期，2017 年，第 173－177、188 页
【内容摘要】当代西方文论的各种理论危机可谓层出不穷，共同推进了"后理论时代"的范式转型。回到"理论之后"的历史现场，西方文论的本体问题及其强制阐释开始受到中外学界的普遍关注。围绕当代西方文论的本体阐释和接受方式问题，可以从以下几个问题进行研究，即从理论对象层面考察以不同形式出现的本体论危机，从研究方法层面分析文学文论本体阐释的认识论困境，从理论旅行范式反思文化本位意识的对话论问题，从阅读接受过程探讨理论再生产的存在论转型。同时，梳理当代西方文论本体阐释的问题史，探讨作为文化经验的文论话语，显然可以为当代中国文论重建本体阐释话语体系提供一个新的理论基点。
【关键词】后理论时代；西方文论；强制阐释论；本体阐释；存在论转型

"将理论继续下去"——近二十年来国内"后理论"研究综述

【作　者】陈后亮
【单　位】华中科技大学外国语学院
【期　刊】《四川大学学报（哲学社会科学版）》，第 3 期，2017 年，第 89－98 页
【内容摘要】近二十年来，随着"理论终结"的声音被传递到中国，后理论研究渐成学界热点话题。人们似乎普遍认为理论在西方大势已去，中国的理论研究者也必须重新检视我们在过去追随西方理论话语的得失，一方面为国内理论研究谋求新的发展方向，另一方面也为中国文论的国际化寻找契机。国内后理论研究主要可被划分为五个话题，包括什么是理论、理论是否已经终结、如何克服文学研究或理论的危机、后理论时代的理论走向以及中国文论国际化等。对现有成果的综合考察可以为国内文学理论的研究和未来走向提供思路。其实，无论是倡导推进文化研究还是回归文本分析，是继续理论的政治化还是回归学术本位，都是把理论进行下去的不同方式，都是在深化理论的反思行为、补偏救弊，让它更好地适应变化了的文学与社会现实。
【关键词】后理论；理论的终结；文化研究；中国文论国际化

"卡塔西斯"：一种亚里士多德式的政治叙事

【作　者】王文惠
【单　位】华中师范大学外国语学院
【期　刊】《外语教学》，第 38 卷，第 1 期，2017 年，第 109－112 页
【内容摘要】"卡塔西斯"是亚里士多德在《诗学》中引入的概念，古今中外学者从医学、艺术、伦理、宗教等视角对其内涵进行了多种阐释。本文着力探讨"卡塔西斯"与亚里士多德的古典叙事理论之间的关系，探索"卡塔西斯"的政治意识和叙事智慧以及其艺术魅力与社会功用等等"卡塔西斯问题"。通过"卡塔西斯"，文学作品的艺术魅力与社会功用，政治意识和叙事智慧较为完美地统一起来，于古，有利于希腊奴隶制国家的乱中求治；于今，对构建社会主义和谐社会具有较为重要的现实意义。
【关键词】卡塔西斯；亚里士多德；《诗学》；政治叙事

"理论的过去表明理论具有未来"——"后理论"背景下的理论反思

【作　者】陈后亮
【单　位】华中科技大学外国语学院
【期　刊】《国外文学》，第 1 期，2017 年，第 1－8、156 页
【内容摘要】自 20 世纪 80 年代末以来，有关"理论的终结"的论断越来越多，更有很多人认为当前已经处于所谓的"后理论时代"。曾经辉煌一时的理论现在被视为一场失败的学术冒险，偏离了文学研究应有的轨道，因此很多人呼吁终结理论，回归文学批评的传统模式。本文通过反思理论在四个方面的特性，即理论的跨学科性、理论的政治性及其与现行体制的关系、理论的效果问题、理论的学术化和公共职责等，以期为我们思索未来寻找启示。只有在兼顾社会文本的同时不忽视文学文本，在抽象思辨的同时不脱离具体实践和读者大众，理论才有可能间接地带来它希望产生的那些在文学阅读和社会生活方面的改变，而这也正是理论在将来能否更好地存在下去的关键。
【关键词】后理论；理论的终结；跨学科性；理论的效果

"世界文学"何以"发生"：比较文学的人文学意义

【作　者】杨慧林
【单　位】中国人民大学文学院
【期　刊】《北京大学学报（哲学社会科学版）》，第 54 卷，第 1 期，2017 年，第 111－115 页
【内容摘要】从"世界文学"讨论比较文学的人文学意义，似乎已经陷入悖论，且难逃由来已久的争议。如果说这在中国学界可能还较多关联于某种学科划分的历史纠葛，那么当一些西方学者重提"世界文学"（world literature）的时候，所引出的却是更为尖锐的质疑；乃至这一概念有时不得不被刻意回避，或者干脆替换为复数形式的"世界的文学"（literatures of the world）。然而如果暂时搁置这些太过急切的争议，这一对概念也许恰好可以凸显比较文学的人文学意义。
【关键词】无

"文化转向"与视觉方法论研究

【作　者】肖伟胜
【单　位】西南大学文学院
【期　刊】《学术月刊》，第 49 卷，第 3 期，2017 年，第 131－140 页
【内容摘要】"文化转向"作为 20 世纪六七十年代西方人文科学领域衍生兴起的思想潮流，它是"语言学转向"的直接效应和典型表征。这种思潮在其发展的两个阶段基础上，建立起了以"语言学模型"为基础、"文化"范畴为中心的研究范式，这种"文化主义"研究范式，一方面冲击了传统既有学科的陈旧框架，迫使它们集体性地"转向文化"，另一方面也随之衍生出包括视觉文化在内的新兴学科。为了把握"文化转向"之后作为概念与实践的文化，法国（后）结构主义者运用"语言学模型"解读和阐释从原始社会到当下的各种文化现象，在此基础上提炼和创建出结构人类学、符号学、文本理论、话语分析，以及精神分析学等方法，这些衍生的方法不仅为视觉研究奠定了坚实的学科发展基础，无疑也促成了这一门跨学科的日趋成熟。
【关键词】"文化转向"；语言学转向；"文化主义"范式；（后）结构主义；视觉方法论

"我"之生成的时间动因与系统性误认——解析拉康的《逻辑时间与预期确定性的判定：一种新的诡辩》

【作　者】于洋
【单　位】北京师范大学外文学院
【期　刊】《外国文学》，第 3 期，2017 年，第 94－101 页
【内容摘要】主体的时间性是雅克·拉康的精神分析式主体理论的重要组成部分，但批评界鲜少关注。因此，本文通过分析拉康早期论述时间问题的代表作《逻辑时间与预期确定性的判定：一种新的诡辩》，一方面说明主体的时间性的内涵和特点以及逻辑时间对群体中的主体生成所发生的建构作用，另一方面结合史实阐明主体的系统性误认与群体逻辑之间的必然关联，进而彰显拉康对社会现实的忧思与批判。
【关键词】逻辑时间；"我"之生成；群体逻辑；系统性误认

"我是谁？"——朱迪斯·巴特勒主体哲学的伦理反思

【作　者】王慧
【单　位】南京师范大学泰州学院
【期　刊】《当代文坛》，第 4 期，2017 年，第 24－27 页
【内容摘要】朱迪斯·巴特勒为伦理主体提供了一个富有挑衅性的批评框架，将"我是谁"作为伦理实践的出发点，认为与生俱来的脆弱无知特质不但构成了人类原初褫夺的生存处境，同时也成为责任伦理的基础和起点。在批判吸收列维纳斯"他者伦理"的基础上，巴特勒提出"非暴力伦理"，并将成为"人"之政治的思考置于国际政治的框架之下，关注那些被政治主体规范排除在外的岌岌可危的"赤裸生命"，以实现主体自我与他者和谐共存的相处之道。
【关键词】朱迪斯·巴特勒；主体；他者；非暴力伦理

"乌托邦"幸福的伦理之维——评《美丽新世界》《一九八四》和《华氏 451》

【作　者】周小川
【单　位】武汉大学外国语言文学学院
【期　刊】《湖北大学学报（哲学社会科学版）》，第 44 卷，第 6 期，2017 年，第 21－27 页
【内容摘要】反乌托邦小说是对人类"乌托邦"幸福美丽畅想的反思和批判。从西方伦理学的感性主义幸福观和理性主义幸福观来看，小说《美丽新世界》《一九八四》和《华氏 451》全方位地展现了乌托邦社会的感性主义幸福伦理观快乐至上原则和理性主义幸福伦理观德性至上原则之间的矛盾。从感性主义幸福伦理观看，乌托邦个体片面追求肉体之乐或精神之乐，使得灵肉之乐偏执一端导致个体德性无以形成，因而个体在似乎幸福的幻境中过着不幸的生活，谓之乌托邦的似"幸福"；而从理性主义幸福伦理观看，乌托邦个体的快乐又受制于集体德性的领驭，是一种被源于国家权利和意识形态的德性因势利导而最终服从和服务于集体意志的暂时满足状态，换言之，是一种乌托邦的被"幸福"。因此，反乌托邦小说更多的是基于对"乌托邦"幸福伦理的反思来引发读者对现实世界幸福存在的理性主义认识和回归。
【关键词】反乌托邦小说；西方伦理学；似"幸福"；被"幸福"

"向死而生"——布朗肖与朗西埃论文学

【作　者】臧小佳
【单　位】西北工业大学外国语学院
【期　刊】《当代外国文学》，第 38 卷，第 4 期，2017 年，第 123－129 页
【内容摘要】作为 20 世纪法国最重要的思想家、文学批评家，莫里斯·布朗肖与雅克·朗西埃分别提出了独特的文学见解，二者通过作者的消亡、文学的空间、死亡与沉默等问题产生了某种理论关联。从布朗肖到朗西埃，文学似乎从趋向"未来"走向了"精神"世界。布朗肖与朗西埃的思想，共同激起了有关"文学"的矛盾性，区别与关联之中亦有深刻的历史必然及辩证相通。
【关键词】莫里斯·布朗肖；雅克·朗西埃；沉默；死亡；"马拉美事件"

"原罪"抑或"合法性偏见"——当代西方自传批评辨析

【作　者】梁庆标
【单　位】江西师范大学当代形态文艺研究中心
【期　刊】《国外文学》，第 2 期，2017 年，第 16－24、156 页
【内容摘要】自传依然是处于争议之中的文类，20 世纪后期以来，西方文学批评中对自传的质疑乃至解构，涉及"美学的、认知的、伦理的和政治的"等层面，主要表现为：从"诗性"角度对其修辞过度或不足的批判；后现代主义语言批判下"自传之死"的判决。与此相对，本文提出以下观点为自传辩护：自传的真实是"结构性真实"；自传的人本主义本质不容抹杀；"谁在说话"至关重要；自传主体是多面自我。在此前提下探讨自传中的"意图""身份"和"叙述"及其复杂关系，有助于理解我们的"自传式生存"状态。
【关键词】自传；解构；结构性真实；主体；身份

"症候解读"的理论谱系与文学归趋

【作　者】姚文放
【单　位】扬州大学文学院

【期　刊】《文艺理论研究》，第 37 卷，第 2 期，2017 年，第 118－128 页

【内容摘要】从谱系学的角度着眼，阿尔都塞关于"症候解读"的创见可以追溯到弗洛伊德和拉康。弗洛伊德是从过失、梦以及神经病的症候之中解读出意义来。拉康借助哲学、心理学和语言学对于精神分析学进行重建，用科学的、系统的理论对弗洛伊德关于"症候是有意义的"思想进行重构。而这恰恰为阿尔都塞的"症候解读"奠定了理论基础。阿尔都塞是从黑格尔逻辑学的否定性形式中获得了方法，从弗洛伊德和拉康关于精神病心理机制的研究中找到了概念，从马克思《资本论》关于剩余价值的研究中发现了问题，从而铸成"症候解读"的理论。阿尔都塞将"症候解读"视为一种生产，它借助自身的证伪、校正功能倒逼和反推知识增长和理论跃迁。此后"症候解读"理论向文学归趋，为文学研究开辟了新的理论空间，马舍雷将之引向文学批评，而卡勒则进一步将之引向了文化研究。

【关键词】症候解读；理论谱系；文学归趋；艺术生产；文学批评；文化研究

"主义"的纠结与纠缠：现实主义与自然主义之内涵及关系论辨

【作　者】蒋承勇
【单　位】浙江工商大学西方文学与文化研究院

【期　刊】*Interdisciplinary Studies of Literature*，第 1 卷，第 3 期，2017 年，第 74－82 页

【内容摘要】由亚里士多德"模仿说"所奠定的"写实"传统，在 19 世纪浪漫主义文学之前一直是西方文学的主导传统，被后来的西方文学史家称之为"模仿现实主义"。受科学主义思想的影响，这种古已有之的"现实主义"创作倾向于 19 世纪格外盛行，人们将它视为一种"文学思潮"，而实际上它只是以古希腊的理性主义哲学传统为思想核心，经由西方叙事文学传统逐步锤炼的"模仿现实主义"的新形态，依然属于一种创作倾向而非文学思潮。由于自然主义也强调"写实"与"真实"，因而在当代中国的文学理论与文学史表述中，它总是与现实主义"捆绑"在一起，或说它是"现实主义的极端化"，或说它是"现实主义的发展"，或说它是"现实主义的堕落"。事实上，自然主义与现实主义两个术语的内涵与外延迥然有别。自然主义强调"体验"的直接性与强烈性，主张经由"体验"这个载体让生活本身"进入"文本，而不是接受观念的统摄以文本"再现"生活，从而达成了对传统"模仿/再现"式"现实主义"的革命性改造。因此，自然主义文学思潮是一种有自己"新质"，不同于传统"模仿现实主义"和作为创作倾向的"现实主义"的现代文学形态。

【关键词】现实主义；自然主义；模仿说；文学思潮；创作倾向

阿甘本文论视野中的诗与哲学之争

【作　者】蒋洪生
【单　位】北京大学中文系

【期　刊】《文艺理论研究》，第 37 卷，第 2 期，2017 年，第 129－140 页

【内容摘要】长期以来，诗和哲学的分离在西方文化中被视为一种自然的事情，但阿甘本认为

两者的分裂造成了严重的问题，是西方文化精神分裂症的表现：主体无法"完全拥有知识之客体"，无法经验人性的完整性，从而导致了自我和文化的异化。为了处理诗与哲学交恶的问题，阿甘本致力于倡导一种融批评与创造为一体的创造性批评，以此来重新恢复西方文化中碎片化语词的统一性。汇聚包括诗和哲学在内的所有人文科学，促成一种没有特定研究客体的"跨学科的学科"，在阿甘本心中，是来临中的一代人的重要文化任务。

【关键词】阿甘本；诗与哲学之分；精神分裂症；界阈；创造性批评

阿姆斯特丹文化分析学派的历史记忆诗学考辨

【作　者】王进
【单　位】暨南大学外国语学院
【期　刊】《湘潭大学学报（哲学社会科学版）》，第41卷，第3期，2017年，第106－110页
【内容摘要】后现代文化理论在当代学界的持久影响不断催生出各种历史虚无主义的文化现象，逐步消解文学研究与文学理论本应具有的历史维度。当代批评理论领域的"普遍历史转向"，接连造就出无数版本的"新"历史意识，但是根本上是不断回到社会批评的"旧"历史问题。以新历史主义理论视角为起点，通过考察荷兰文论家米克·巴尔的"后置历史"理论构想，以及其与格林布拉特的新历史主义、海登·怀特的"元历史"与安柯斯密特的"叙述史"之间的理论对话，在此基础上探讨阿姆斯特丹文化分析学派的历史记忆诗学，显然可以对当代中国文论的历史诗学重建提供理论借鉴。

【关键词】历史虚无主义批判；文化分析学派；米克·巴尔；后置历史；历史记忆诗学

巴赫金与卡尔维诺民间文学思想比较

【作　者】罗文彦
【单　位】天津师范大学文学院；西华大学外国语学院
【期　刊】《当代文坛》，第1期，2017年，第41－44页
【内容摘要】文艺学家巴赫金和文学家卡尔维诺均有其独特的民间文学思想。在他们的民间文学思想中对轻松、诙谐和宇宙观等主题提出了相同或相异的思考和阐释，体现了自由、平等、宽容的共同理想和追求。通过比较巴赫金和卡尔维诺的民间文学思想，可以了解和揭示民间文学在文学创作中的多元影响。

【关键词】巴赫金；卡尔维诺；民间文学思想；比较研究

悖论修辞与悖论式思维

【作　者】郑燕
【单　位】西安外国语大学英文学院
【期　刊】《外国文学》，第5期，2017年，第80－88页
【内容摘要】悖论修辞或悖论式思维不仅是英美新批评派倡导的诗歌结构原则，也是重要的现代美学思维方式，它通过推演知识体制中的"虚无"来证明唯一的真相是能指的狂欢这一后现代表达形式。悖论开放性地吸收他者话语，颠覆了文本与现实稳定的内部结构，为后现代主义理论的生成与发展建立了形式上的基础，对解构启蒙以来的主体论功不可没。当代批评理论的先驱及其继承者一再声称真理和知识体系实质上是由悖论式反讽的修辞语言架构起来的，相对

于这些体系，在当代语境下展开的叙事性、修辞性研究，有助于将全社会范围内的各层级话语打通，并让我们充分意识到悖论修辞与悖论式思维的功用。

【关键词】悖论修辞；悖论式思维；他者；美学判断

比较诗学跨文化阐释之路

【作　者】野草[1]；杨红旗[2]

【单　位】野草[1]，西华师范大学新闻传播学院

　　　　　杨红旗[2]，四川大学文学与新闻学院

【期　刊】《当代文坛》，第 5 期，2017 年，第 20—25 页

【内容摘要】本文以张隆溪的经历为例，探讨从比较文学到比较诗学、从文学比较到文化比较的学术研究之路；探究阐释学理论视域中的比较研究拓展，从历史学平台走向阐释学平台的跨文化研究理路，并进一步迈向世界文学的学术新论域。致力于跨越学科、语言及文化传统界限的文化交流，构建了超越现代分化式的文化阐释与知识整合之路。

【关键词】比较诗学；跨文化阐释；知识整合

别尔嘉耶夫的文艺复兴论

【作　者】李一帅

【单　位】北京大学艺术学院

【期　刊】《俄罗斯文艺》，第 4 期，2017 年，第 66—72 页

【内容摘要】本文以别尔嘉耶夫对文艺复兴的全面论述为基础，分析了别尔嘉耶夫定义的文艺复兴精神——人的创造力的解放。同时本文也分析了别尔嘉耶夫对文艺复兴时期艺术和艺术家的评论的公允性和偏颇性。通过别尔嘉耶夫对意大利文艺复兴和俄罗斯白银时代的论述，找到两个民族文化巅峰时期的相似文化特征。

【关键词】别尔嘉耶夫；文艺复兴；白银时代

场景、模仿与方法——从奥尔巴赫《模仿论》的视觉艺术特征谈起

【作　者】金铖

【单　位】吉林大学文学院

【期　刊】《文艺争鸣》，第 7 期，2017 年，第 121—126 页

【内容摘要】奥尔巴赫（Erich Auerbach，1892—1957）在《模仿论》（*Mimesis：The Representation of Reality in Western Literature*，German in 1946，English in 1953）的开篇即展示出一个"场景"，引领读者进入凝神观看的状态——"读过《奥德赛》的人一定记得第十九章那个经过充分酝酿、激动人心的场景"。"场景"一词在《模仿论》中频频出现，奥尔巴赫更多时通称他所引用的作品段落为"场景"而不是"文本"，这或许意味着文本描述被类比为绘画、舞台造型等现代专业领域意义上的视觉艺术。哥伦比亚大学的沙伦·马库斯（Sharon Marcus）教授从新近发表的文章《尾声》中引出一种猜想：《模仿论》的批评方法近似于视觉呈现技术，这大概是缘于奥尔巴赫受到了 20 世纪前期已在欧美大学里普遍应用的幻灯片教学的影响，"如同艺术史家一边将透明的小画片放置在幻灯机上一边进行着自己的演讲，奥尔巴赫为他的西方文学史观众提供了大约 40 幅小插画"。本文由此提示出发，尝试对《模仿论》极具视觉特征的批评方法进一步观察，

进而探求其与"模仿"的关系，以及奥尔巴赫的批评方法带给当代文学批评的一些思考。

【关键词】无

超越"简化"，摈弃"放大"——关于当代中国的外国文论引介的一点反思与探索

【作　者】周启超

【单　位】浙江大学人文学院

【期　刊】《人文杂志》，第 4 期，2017 年，第 69－73 页

【内容摘要】当代中国对国外文论的接受与研究格局大体上是："三十年河东"，言必称希腊；"三十年河西"，言必称罗马。这也意味着我们的"外国文论"研究是相当粗放的。基于"在梳理中反思问题，在反思中探索战略"的建设性动机，本文倡导在当代中国的外国文论引介方面，研究者应立足国内文论的当下生态，多方位吸纳，有深度开采，有针对性地反思轴心问题，积极有效地介入当代中国的文论建构，参与当代中国的文化建设。

【关键词】外国文论；简化；放大

超越末日论：城市生态批评的复归与未来

【作　者】马特

【单　位】中央财经大学外国语学院

【期　刊】《华南师范大学学报（社会科学版）》，第 5 期，2017 年，第 182－188、192 页

【内容摘要】近年来，生态批评虽已成为文学理论界的显学，但其城市维度一直没有受到研究者的重视。尽管近三年国外学界的城市生态批评研究出现了复归之势，但是研究视角与认知逻辑依然存在局限。城市生态批评不应依赖末日论式的修辞话语或反城市的感伤情绪，而应置身于城市自然的视域之内，彻底解构和超越自然与城市二元对立的研究范式，重新建构并定位城市的生态功能，厘清城市文学的生态脉络。在新世纪生态批评发展的关口，城市生态批评研究不仅是其中不可替代的组成部分，也具有重要的现实与文化意义。

【关键词】城市生态批评；自然；生态功能；末日论；复归

沉默的抵抗与精神的在场——论雅克·朗西埃的文学"沉默"观

【作　者】臧小佳

【单　位】西北工业大学外国语学院

【期　刊】《南京社会科学》，第 9 期，2017 年，第 126－131 页

【内容摘要】雅克·朗西埃在对文学与其自身理念之间复杂关系的梳理中，从历史与现在、真实与虚构、多语与沉默等多角度，完成了对文学的意义、流变及矛盾的观念建构。通过对文学理论及文学作品的解读，揭示出文学的意义之所在，以及抵抗文学矛盾的方式，即用"沉默的言语"提供世界的真理并确证精神的行为。

【关键词】雅克·朗西埃；文学；沉默；言语

重新认识比较文学的意义——从奥尔巴赫的一段引文说起

【作　者】张辉

【单　位】北京大学中文系

【期　刊】《北京大学学报（哲学社会科学版）》，第 54 卷，第 1 期，2017 年，第 120－122 页

【内容摘要】在一篇德语文章中，不加翻译地特别征引一段西方古代时期的国际性语言——拉丁文作结，奥尔巴赫显然是在提示我们格外注意其中的深意。至少，这段文字规定了我们对待世界的三种境界。境界一，就是熟悉自身的文化和文明，并对之褒爱有加；境界二，不仅熟悉并褒爱自身的文化和文明，而且能够努力了解他者、关注他者甚至融入他者；境界三，完全跳出既有文化和文明的限制，将整个世界视为一个我们所渴望理解的他者，充满着未知与"奇迹"的他者。

【关键词】无

从"两个转向"到"两种批评"——论叙事学和文学伦理学的兴起、发展与交叉愿景

【作　者】尚必武
【单　位】上海交通大学外国语学院

【期　刊】《学术论坛》，第 40 卷，第 2 期，2017 年，第 7－12 页

【内容摘要】论及叙事学和文学伦理学的兴起与繁荣，"叙事转向"和"伦理转向"是无法绕过的话题。什么是"叙事转向"？什么是"伦理转向"？"叙事转向""伦理转向"的具体内涵及其之于叙事学和文学伦理学的发展有何作用与影响？文章在回答上述问题的基础上，考辨两大批评派别的兴起、发展与互涉，并尝试性地探讨诞生于中国语境的文学伦理学批评与叙事学之间的互补性。文章认为，考察文学作品的意义与价值，既要有内容的研究，又要兼顾形式的考察，二者不可偏废一方、顾此失彼。就此而言，以作品内容为中心分析伦理特性的文学伦理学与以作品形式为中心分析叙事特征的叙事学之间，颇有双向交流、相互借鉴的必要与可能。

【关键词】"叙事转向"；"伦理转向"；叙事学；文学伦理学

从"碎微空间"到"分形空间"：后现代空间的形态重构及美学谱系新变

【作　者】裴萱
【单　位】河南大学文艺学研究中心

【期　刊】《福建师范大学学报（哲学社会科学版）》，第 5 期，2017 年，第 86－101 页

【内容摘要】在后现代语境中，空间的碎微化特质成为空间形态的主导表征形式，影响到主体的生存方式与审美体验，成为当代美学和文化研究领域新的理论生长点。碎微空间的生成来自新媒体的信息革命和社会化"微媒介"传播手段的提升，呈现出"微叙事"的艺术文本审美特质，并以"仿像""瞬间失意"等方式促使后现代主体审美体验和存在观念的变革。而其深层原因则是后现代社会和主体物质生产方式的调整带来新一轮的空间生产和空间压缩。与空间碎微化进程同时出现的，则是建立在"自相似"和"自生长"基础上的分形空间，它以动态的交往原则和自由的信息流动，完成后现代空间形态的重构，并以审美共通感促使美学话语的再次释放。从碎微空间到分形空间所表征出来的艺术实践成为切入美学研究的重要视角，美学也呈现出流动性和"游牧性"的多元景观。通过对主体感性能力的确证和对总体化权力的反思，美学本体走出一条从审美文化到美学意识形态的理论谱系。

【关键词】碎微空间；分形；微叙事；"自相似"；美学意识形态

从电子媒介看文学知识的演变

【作　者】易晓明

【单　位】首都师范大学文学院

【期　刊】《外国文学》，第 6 期，2017 年，第 117－127 页

【内容摘要】电子媒介（电媒）以特殊的信息生产形式，与文化生产、文化产业形成密不可分的关系，形成电媒时代的新型文化。而这种电媒文化又直接影响了文学知识范型的转换、扩大与更新。电媒技术感知与电媒环境中文学的艺术感知同形同构，显现为现代主义文学内部的各种创作方法与艺术形式为电媒所塑造，它们与电媒属性存在对应关系。电媒带来文学知识改变的这一认知路径，有助于深入理解 20 世纪文学文化现象及其背后的动能与结构。

【关键词】电子媒介；新型文化形态；文学知识演变；文学形式的对应性

从精神分裂到数字矩阵——弗雷德里克·詹姆逊的后现代书写逻辑及延伸

【作　者】李洁

【单　位】中南大学外国语学院；宁夏大学外国语学院

【期　刊】《国外文学》，第 2 期，2017 年，第 1－8、156 页

【内容摘要】"书写"是詹姆逊提出的后现代文化特性之一，是与各个时代的历史、经济和科技等因素密切相关的叙事形式。詹姆逊以符号学，即意符与指符的关系为衡量标准，兼顾社会发展的背景，尤其是科学技术对文化事业的深远影响，由现实主义的线性书写入手，分析了从现代主义有目的的蒙太奇拼贴到后现代主义无目的的大杂烩这一精神分裂式书写产生的过程。值得注意的是，詹姆逊还密切地洞察到自己所处时代科技发展的最新动向，将自己的书写逻辑由印刷的平面空间延伸至互联网世界的虚拟空间。虽然社会的进步远胜于理论构建的速度，但詹姆逊的书写理论仍然给当今新媒体叙事研究带来了灵感和启示。

【关键词】詹姆逊；书写；精神分裂；矩阵

从伦理批评到文学伦理学批评：《美国伦理批评研究》序言

【作　者】聂珍钊

【单　位】韩国建国大学

【期　刊】*Interdisciplinary Studies of Literature*，第 1 卷，第 2 期，2017 年，第 171－177 页

【内容摘要】从 20 世纪 80 年代至 21 世纪初，文学研究中出现伦理转向，首先在美国形成伦理批评的潮流。但是，对于西方文学中这段影响了文学批评进程的历史，却缺少应有的研究。可以说，杨革新这部著作是系统研究西方伦理批评的第一部学术专著。首先，作者梳理了"伦理批评"作为批评术语的演变过程，分析了自古至今文学与伦理学之间的紧密联系和文学批评中深厚的道德批评土壤，进而论证伦理批评的必然性和有效性。其次，作者用反证的方法进一步论证了伦理批评的必然性。最后，作者对伦理批评在中国的接受与传播进行梳理的基础上，重点探讨了伦理批评在中国文学批评语境中的重构以及新发展。作者在书中指出，中国学者提出的文学伦理学批评在理论上有了创新，如文学起源的"伦理需求论"和文学价值的伦理论，文学功能的教诲论等新观点。

【关键词】伦理批评；文学伦理学批评；道德批评；伦理转向；《美国伦理批评研究》

从趣味分析到阶级构建：布尔迪厄的"区分"理论

【作　者】刘晖
【单　位】中国社会科学院外国文学研究所
【期　刊】《外国文学评论》，第 4 期，2017 年，第 48－67 页

【内容摘要】布尔迪厄在对法国 20 世纪六七十年代日常生活方式的社会学调查和统计学分析基础上，揭示出趣味的产生根源和社会用途。他以（习性）（资本）+场＝实践这个生成结构主义公式，把趣味从审美维度扩展到社会维度，把康德建立的"纯粹趣味"与"野蛮趣味"的对立合并到"自由趣味"与"必然趣味"的对立范畴中，对康德的判断力批判进行社会批判，提出趣味的区分功能是阶级划分的基础，分类斗争就是阶级斗争，为马克思的阶级斗争补充了分类斗争的维度，创立了文化社会学的阶级理论。趣味分析显示出布尔迪厄将美学、伦理、政治一体化的总体社会学抱负以及对异化问题的重新思考。

【关键词】区分；场；习性；资本；趣味

从缺席到在场：生态批评的城市维度

【作　者】马特
【单　位】中央财经大学外国语学院
【期　刊】《外国文学研究》，第 39 卷，第 4 期，2017 年，第 54－62 页

【内容摘要】生态批评研究自 20 世纪 90 年代出现至今，其研究角度虽然越来越多样化，但城市维度始终处于缺失的状态。在生态批评的多次发展浪潮中，本应成为重要一环的城市生态批评虽然曾浮现过短暂的涟漪，但更多偏向于社会学研究，而且在之后也陷入了漫长的断层与沉寂期。长期以来，无论是阐释作为文本的城市，还是在文本中再现的城市，城市与自然一直处于分离甚至对立的状态之中，导致城市成为自然书写中的一种空隙。在这一背景下，我们有必要重新发现和认知城市自然，对自然的概念进行再定义，将环境研究、文化研究与城市研究联系起来，完成生态批评的城市维度从缺席到在场的转变。

【关键词】城市生态批评；缺席；在场；城市自然；文学想象

从先知末世论到启示末世论——《圣经》末世论神学思想的嬗变研究

【作　者】杨建
【单　位】华中师范大学文学院；湖北文学理论与批评研究中心
【期　刊】《华中学术》，第 9 卷，第 4 期，2017 年

【内容摘要】《旧约》启示末世论萌芽于先知末世论，当先知的预言时代在第二圣殿时期结束后，启示末世论随即取代先知末世论，逐渐成为主流。犹太教圣典《旧约》中的先知末世论和启示末世论又被初期基督教继承并引申发展，最终演变为《新约》中的启示末世论。《旧约》末世论与《新约》末世论有以下异同点：1）都极力渲染末世预兆之黑暗、恐怖、惨烈，但后者比前者范围更广、灾难更重；2）都有末日审判思想，末日审判不仅是审判刑罚的日子，也是拯救申冤的日子，但后者已有耶稣出生、受难、升天、再临做王、末日审判、建立永恒天国的思想；3）都有救世主，但后者已从犹太教的弥赛亚发展为基督教的耶稣基督；4）都有死与来世、复活永生、天堂地狱观念，但后者强化宣扬来世思想，强调精神复活，复活在天堂；5）都寄希望

于未来，但后者不再对现世抱有任何希望和幻想，反而急切盼望神的干预终结人类的历史，进入"新天新地"。

【关键词】《圣经》；末世论；神学；犹太教；基督教

对话与认同之际：比较文学的人文品格与当代使命

【作　者】宋炳辉
【单　位】上海外国语大学文学研究院
【期　刊】《北京大学学报（哲学社会科学版）》，第 54 卷，第 1 期，2017 年，第 116－119 页
【内容摘要】以语言、文化、国族、学科等跨越性研究为宗旨的比较文学，从其萌生期开始就始终面临着差异与普遍、多元与整体的形而上命题的挑战。克服差异、寻找相似、发现类同，乃至提升普遍性，从来就是这个学科最基本的运思逻辑。这种运思逻辑其实包涵了"显异"和"求同"两个向度：一方面，面对文化差异，理解、阐释异文化的文学对象是它的天命；另一方面，从差异中发现相通、相似，并试图进一步做出概括性提升，也是它最基本的理论诉求。正是在这跨越差异、寻求认同的过程中，比较文学承担了与人类命运共同体具有根本关联的人文学术的使命。但比较文学人文使命的思考，不能限于对这一学科的内涵式理解，即不能把迄今为止对这一学科性质的理解作为比较文学人文价值体现的认识框范。

【关键词】无

凡人的辛酸：西方现代悲剧之审美倾向

【作　者】丁尔苏
【单　位】香港岭南大学英文系
【期　刊】《国外文学》，第 3 期，2017 年，第 16－25、156－157 页
【内容摘要】自约瑟夫·伍德·克鲁契 20 世纪初发表《悲剧性谬误》以来，宣布悲剧已经死亡的评论家不乏其人。本文持相反观点，认为悲剧作为一门舞台艺术在现代社会依然存在，只不过它们在语言风格、情节结构、人物塑造、创作题材、思想主题等具体细节上与古典悲剧有所不同。就作品题材而言，古希腊悲剧侧重展现半神半人的传奇人物命运，文艺复兴悲剧侧重描写宫廷内部的倾轧与争斗，法国古典主义悲剧既讲神话故事，又写帝王历史，现代悲剧则将目光投向中产阶级和小市民的日常生活。现代悲剧与古典悲剧的另一个重要区别在于，现代作家对人性的理解更为宽容。在思想主题方面，现代悲剧还可以进一步划分为"社会悲剧"和"私人悲剧"两大类，它们以不同的形式继续讲述人类的悲剧故事。

【关键词】悲剧；悲剧死亡论；现代悲剧；资产阶级悲剧；普通人悲剧；社会悲剧；私人悲剧

复调：巴特与巴赫金理论上的对话

【作　者】徐雁华；王永祥
【单　位】南京师范大学外国语学院
【期　刊】《俄罗斯文艺》，第 1 期，2017 年，第 105－109 页
【内容摘要】罗兰·巴特是法国著名的文学理论家与批评家、符号学家；米哈伊尔·巴赫金是著名文艺学家以及世界知名的苏联解构主义符号学的代表人物之一。两人同为 20 世纪著名的符号学家、理论家，巴特的文本分析理论与巴赫金的对话理论都给后人留下了许多宝贵的理论财

富，多年来吸引着无数国内外学者对其理论进行探究及引申应用。由于两人来自不同的国度，且研究的方向也不尽相同，因此多年来研究巴特和巴赫金两位大师的学者虽不计其数，但将两位大师的理论进行比较联系与分析的却不多。本文力图寻找巴特文本分析理论与巴赫金对话理论之间的关联性，从而揭示巴特的文本分析理论中的复调性，并进一步探讨复调性对巴特文本理论之启示。

【关键词】复调；巴特；巴赫金；符号学；对话

复调理论与现象学：巴赫金思想方式探源

【作　者】黄世权
【单　位】广西师范学院文学院
【期　刊】《俄罗斯文艺》，第 3 期，2017 年，第 105－112 页
【内容摘要】巴赫金的复调理论，历来以其对陀思妥耶夫斯基小说的独创性阐释而驰誉世界。其实，复调理论的提出是建立在意识哲学的基础上，确切地说是借鉴了现象学对自我意识与他人意识的规定而得出来的。复调理论的逻辑起点和核心概念都与现象学有着深刻的关联。复调理论从现象学出发，并对现象学的主体间性概念做了重要的推进，开创出对话理论，在对话理论中突出了人的充分价值和人类心灵的奥秘，把现象学的认识论命题转换为存在论命题，实现了对现象学的超越。

【关键词】复调；巴赫金；现象学；自我意识；对话；主体间性；共同存在

复杂而多义的"颓废"——19 世纪西方文学中"颓废"内涵辨析

【作　者】杨希[1]；蒋承勇[2]
【单　位】杨希[1]，四川大学文学与新闻学院
　　　　　蒋承勇[2]，浙江工商大学人文与传播学院
【期　刊】《浙江社会科学》，第 3 期，2017 年，第 115－121、159 页
【内容摘要】西方作家与评论家对 19 世纪文学中"颓废"现象的诸种界定，以及对世纪末颓废派文学价值等问题的讨论，与当时主流话语体系对"颓废"内涵的粗浅解读与伦理化攻击形成鲜明对照，并在很大程度上决定了此后西方学者对颓废派文学核心话题的理解与建构。本文基于对诸多关于"颓废"内涵之评析的梳理与辨析，对 19 世纪西方文学中的"颓废"概念做出两点界定：首先，"颓废"指一种独特的美学选择，或者说是古老文明即将从成熟走向衰败之时的一种独特的文学模式；其次，关涉"退化"观念之"颓废"的美学选择，最终在文学创作层面带来了文学风格与文学主题的革新。

【关键词】西方文学；颓废派；"颓废"

告别"大理论"，转向"小叙事"

【作　者】李俐兴
【单　位】浙江大学人文学院
【期　刊】《福建师范大学学报（哲学社会科学版）》，第 5 期，2017 年，第 102－108 页
【内容摘要】理论与叙事的关系是当前西方学术界的热点问题。一方面，曾经风靡一时的大理论在当代文化中遭到了抵制和质疑；另一方面，叙事重新回归到人文学科的话语中心地位，人

文科学正在经历着一场"叙事转向"。本文在分析了大理论的弊病和大叙事的危机之后，指出普遍化和统一化的研究范式已失效，取而代之是具体化、情境化、多元化的小叙事。小叙事不仅可以为理论提供合法化的元叙事话语，并且可以克服理论自身无法摆脱的总体化的困境。以叙事的方式来谈论理论自身，也许是后理论时代理论研究的最佳途径之一。

【关键词】大理论；大叙事；合法化；小叙事；转向

国际后现代主义文学刍议

【作　者】胡全生
【单　位】上海交通大学外国语学院
【期　刊】《外语学刊》，第 4 期，2017 年，第 115－121 页
【内容摘要】黑格尔曾称美国为"未来国土"，此称如今有了回声，即意味后现代主义文学里美国声音最大的"美国中心主义"。但是这种"主义"不应使我们看不见这个事实：后现代主义文学是国际性的，各国若有也只有自己的后现代主义文学，因为任何文学总是被该国的历史进程影响、决定。粗略地考察一下各国不同的后现代主义文学便可看到，正是这些不同形成多样的国际后现代主义文学。

【关键词】后现代主义文学；美国中心主义；历史进程

国外 21 世纪以来诗歌叙事学研究述评

【作　者】谭君强；付立春
【单　位】云南大学文学院
【期　刊】《外语与外语教学》，第 4 期，2017 年，第 127－134、151 页
【内容摘要】作为叙事学跨文类研究的重要方向，诗歌叙事学在 21 世纪前后逐渐进入了国内外研究界的视野。欧洲、美国和其他国家的诗歌叙事学研究逐渐从对这一特定研究的呼唤，探讨其研究的必要性与合理性，到以涉及该领域诸多方面的具体研究而呈现在学界的面前。对国外诗歌叙事学这一研究的梳理，有助于及时了解相关研究状况及最新的研究动态，汲取国外的研究经验和成果，提供必要的借鉴和参照，以进一步促进国内外诗歌叙事学研究的发展。

【关键词】跨文类研究；诗歌叙事学

汉英翻译文学批评的困惑及其哲学思考

【作　者】王思科
【单　位】贵州师范大学外国语学院
【期　刊】《外国语》，第 40 卷，第 2 期，2017 年，第 73－80 页
【内容摘要】某些汉语文学作品的英译本在西方的接受情况与我国许多批评者的高度赞赏并不相符，对此翻译界鲜有系统、令人信服的反思。本文借鉴价值哲学理论，从价值主体的确定、评价主体与价值主体的关系、评价尺度的来源等三个方面予以分析，指出翻译文学批评中价值主体的错位、评价主体与价值主体的混淆导致评价尺度的误判，进而造成评价结论的偏颇；除此之外，翻译文学批评中过分强调译者传递源语文化的责任而忽视译本审美功能的做法，是十分明显的评价尺度错位，同样带来评价结果的偏误。

【关键词】翻译文学批评；价值主体；评价主体；评价尺度；价值哲学

何谓"情动"？

【作　者】汪民安

【单　位】首都师范大学文学院；北京师范大学文艺学研究中心

【期　刊】《外国文学》，第 2 期，2017 年，第 113－121 页

【内容摘要】多样的情感形式诞生于身体的感触经验，因际遇不同，情感总在悲苦与快乐间变化流转，这种情感的流变即是"情动"。本文从斯宾诺莎的相关论述出发，结合尼采、德勒兹等人的观点，旨在探究情动与身体、力、欲望、生命之间的复杂关系。事实上，情动作为存在之力或活动之力的变化，表明了情感与身体的力量的密切关联，重新勾勒了人作为情感主体的生存样式，其中既有对笛卡尔身心二分的批评，也有与结构主义者、福柯和阿尔都塞的差别。在情动、权力意志、欲望机器的亲密谱系中，身体和心灵并未彼此分离，生命之力尽管以各异的形式呈现，却总是发出持续的呼唤：让我们坚持一种快乐的唯物主义伦理学。

【关键词】情动；德勒兹；斯宾诺莎；身体；伦理学

后现代生态思想的构建——生态后现代主义理论再审视

【作　者】王小会

【单　位】中国人民大学外国语学院

【期　刊】《东北大学学报（社会科学版）》，第 19 卷，第 5 期，2017 年，第 545－550 页

【内容摘要】生态后现代主义理论是当代文学批评中又一重要理论贡献，它源于对后工业社会中人类命运与生存状况的省思，深刻批判了积弊良久的现代性思维模式，主张建立生态整体思想和真实的世界观，传承拯救人类的共同体精神。它试图重构一种和谐、民主和生命之间相互关爱的生态社会，恢复人与人、人与世界之间的相互联系。生态后现代主义理论不仅构建了一种崭新的后现代生态思想体系，丰富和推进了后现代文学理论，而且对于生命共同体"共同福祉"蓝图的实现具有重要的现实意义。

【关键词】生态后现代主义；文学批评；生态思想；生态社会

回到巴尔特：涵指、元语言、神话与意识形态几个概念的关系厘清

【作　者】李玮

【单　位】西北大学新闻传播学院

【期　刊】《西北大学学报（哲学社会科学版）》，第 47 卷，第 6 期，2017 年，第 128－135 页

【内容摘要】涵指、元语言、神话与意识形态几个概念的关系，即便在学者约翰·费斯克和教授隋岩那里，也呈现出一定程度的混乱使用或错用误用。通过回溯到罗兰·巴特，对这几个概念之间的关系进行梳理后，本文认为：第一，涵指与神话，是能指的形式，隶属于将文化自然化的意义编织过程，体现为一系列修辞方式的总和；第二，元语言与意识形态隶属于将自然文化化的意义解析过程，是所指的形式，本质是一系列解释规则、评价规则、思维方式和价值理念的总和；第三，涵指－神话与元语言－意识形态两组关系与两个过程，如同一个硬币的两面，存在着互融与共生。

【关键词】涵指；元语言；神话；意识形态；关系

回到哪个"古希腊"？——西方文学史中的"古典"迷误

【作　者】陈倩
【单　位】中国人民大学文学院
【期　刊】《江汉论坛》，第 4 期，2017 年，第 101－105 页
【内容摘要】古希腊作为西方文明的源头之一，对后世文学产生了深远的影响。当人们阐释经典、梳理文化接受史之时，往往习惯于未加细辨地使用笼统的"古希腊"概念，仿佛后世文本的原型意象、美学观念、叙述模式等均可回溯到一个规整的"希腊传统"。有着强大"古典学"根基的欧美学界尚无法完全避免此种迷误，中国社会对它长期的模糊处理犹甚。文章通过三个具体案例，说明希腊文明的核心价值以及由此衍生的各种母题、观念和学说在每个时代、不同学派之间大相径庭，并非一成不变、高度统一。后世文本对它们也进行了完全不同的美学或伦理"选择"，从而形成各自的时代风尚。正本清源，或能促使我们更深入地理解西方文学史和文明接受史。
【关键词】古希腊；西方文学；古典学；阐释史；接受史

急迫、建基与敞开：海德格尔对诗的沉思

【作　者】支运波
【单　位】上海戏剧学院艺术研究所；南京大学哲学系
【期　刊】《社会科学》，第 9 期，2017 年，第 184－191 页
【内容摘要】海德格尔对诗的看法形成于 20 世纪 30 年代，是在对本有思想的沉思一道获得发展而成型的。依据他对时代本质的把握，从本有出发，海德格尔认为诗承担了三重主题：第一，诗为"急迫"创造了一个自由的空间，使真理得以在其中发生；第二，诗为人提供了与存在建立始源性关系的最佳场所，并使其所承担的拯救职责得以奏效；第三，诗的诗意栖居的时空之所决定了其乃是人－神游戏的存在之本质，而这一存在之本质必须在"另一开端"中赢得。故此，时间－游戏－空间的运作正是本有主导的在"另一开端"中的本质现身。
【关键词】诗；本有；急迫；开端；空间；历史

技术时代的诗学——对马里内蒂的海德格尔式批判

【作　者】杨文默
【单　位】南京大学哲学系
【期　刊】《外国文学》，第 3 期，2017 年，第 102－110 页
【内容摘要】诗歌和技术是在海德格尔的后期思想中被反复讨论的两个主题：技术在现代世界居于危险的统治地位，而诗歌包含着从这一危险当中获救的可能性。未来主义运动的领袖马里内蒂就诗歌与技术的关系则给出了不同的理解，认为这两者服从于同一种不断提高自身的意志，即对速度的追求。在海德格尔开启的问题里对马里内蒂有关语言和抒情的理论进行批判性的诠释，或许能让我们对诗歌在现代技术的统治下究竟处于何种状况进行一番别样的思考。
【关键词】诗歌；技术；速度；海德格尔；马里内蒂

建构女性权利的中国话语——评《中国女权主义的诞生》

【作　者】刘岩
【单　位】广东外语外贸大学英语语言文化学院
【期　刊】《妇女研究论丛》，第 3 期，2017 年，第 123－128 页
【内容摘要】由刘禾、丽贝卡·卡尔和高彦颐合作翻译、注释并编辑出版的《中国女权主义的诞生：跨国理论的重要文本》（哥伦比亚大学出版社，2013 年）汇集了何震的六篇女权主义著述的英译文，同时收录了梁启超和金天翮的两篇女权主义论述的英译文，以追寻和挖掘中国本土女性权利与性别平等话语的历史及特点，分析"男女有别""生计"等核心概念的理论意义，并与西方女权主义相关概念进行比较，阐述何震妇女解放思想的历史贡献。但是，片面夸大何震的历史贡献将会忽视同时期许多中国思想家和实践者的集体努力，也难以洞察 20 世纪初年中国女权主义第一次浪潮丰富而复杂的思想资源。
【关键词】女权；中国话语；男女平等

接合理论与文化研究本土化实践

【作　者】孔苏颜
【单　位】福建社会科学院
【期　刊】《福建论坛》，第 1 期，2017 年，第 159－165 页
【内容摘要】"接合"是当代文化研究中最具生产性的概念之一。与其说"接合理论"是从拉克劳、墨菲到霍尔等人所力图建构的一种理论范式，不如将其视为探索文化研究接合实践的一种情境化介入。论文以"接合理论"为主题，考察并梳理其理论发展谱系，着力思考"接合理论"在文化研究理论旅行中的"翻译"与跨语境转换问题，为文化研究的本土化实践与有效介入提供一个新的论述空间。在中国当代社会历史结构之中，文化研究形成了特定的问题场域与发展形态，而接合理论及其实践则为阐释"中国问题"提供了新的可能性。
【关键词】文化研究；接合理论；翻译；跨语境转换；中国问题

结构主义：从布拉格走向世界

【作　者】彼得·斯坦纳 [1]；陈涛 [2]
【单　位】彼得·斯坦纳 [1]，美国宾夕法尼亚大学
　　　　　陈涛 [2]，中华女子学院
【期　刊】《中国比较文学》，第 3 期，2017 年，第 8－15 页
【内容摘要】结构主义范式在语言学、文学批评与社会研究中的形成与散播，是学术史也是思想史研究中的一个重要课题。1929 年，雅各布森首次提出"结构主义"这一概念，用来描述布拉格语言学小组（1926－1949）的语言学与文学研究新途径。不同于浪漫主义与实证主义的语文学，布拉格语言学小组视文化现象"不是机械的集合而是结构的整体"，努力"揭示系统的内在规律——无论是历时的还是共时的"，这些规律是由"它们所提供的功能"决定的。布拉格学派是如何偏离了索绪尔语言学的教义的？这一学术运动大致可划为几个阶段？布拉格学派的学术思想在第二次世界大战之后又是如何流行而最终引发全球结构主义范式的兴起？本文以新的视角对这些问题予以梳理。

【关键词】结构主义；布拉格语言学小组；索绪尔；雅各布森

镜子神经元视野中的文学模仿

【作　者】何辉斌
【单　位】浙江大学外国语言文化与国际交流学院
【期　刊】《文艺理论研究》，第37卷，第6期，2017年，第186－193页
【内容摘要】意大利科学家里左拉蒂等发现，人脑中有一种神奇的镜子神经元，它不但在自己身体运动的时候处于兴奋状态，而且在观察他人行动的时候也同样处于活跃状态。由此镜子神经元就像镜子一样把他人的动作在脑中进行模仿，读者与人物之间有一种"运动对等"。这种模仿可以分为简单模仿与复杂模仿，也可以分为内容的模仿与形式的模仿，往往带有人类中心主义和自我中心主义的特点。通过镜子神经元原理可以把西方文学的模仿从作家对现实的模仿延伸到读者对人物动作的模仿。
【关键词】镜子神经元；模仿；文学

具身的信任——论洛克特尼茨的《相信表演：认知视野中的戏剧具身》

【作　者】何辉斌
【单　位】浙江大学外国语言文化与国际交流学院
【期　刊】《文化艺术研究》，第10卷，第3期，2017年，第43－53页
【内容摘要】《相信表演：认知视野中的戏剧具身》是洛克特尼茨将认知科学运用于戏剧研究的新成果。她认为，理性往往导致怀疑，而通过具身的直觉和领悟容易建立起信任。她还指出，戏剧表演和欣赏需要借助身体，虽然常常涉及离奇的情节，但容易建立起信任感。她列举了四部典型的戏剧展开讨论：莎士比亚以《冬天的故事》对抗怀疑主义，斯托帕德用《滑稽模仿》挑战相对主义，韦坦贝克把《为了我们的家园》作为对付冷漠和不信任的手段，考夫曼将《33个变奏》视为超越死亡之绝望的杰作。
【关键词】具身；信任；戏剧

客体化、反象征和面向他者的真诚：客体派诗学的后现代伦理面相

【作　者】杨国静
【单　位】上海财经大学外国语学院
【期　刊】《外国文学评论》，第4期，2017年，第68－87页
【内容摘要】"客体化"和"真诚"原则的提出反映了客体派诗人对以象征诗学为代表的西方诗学传统及其深层伦理危机的反思和应对。借助创新的客体化形式深挖语言的物质性并遏制移情机制和修辞话语，客体派试图削弱主体意识对意义生成机制的统制，重建语言与世界的直接性，以挑战形而上学传统下西方诗学话语的主体意识崇拜及其工具化语言观。这不仅是客体派诗人探索美学创新的需要，更是他们倡导真诚原则的伦理实质。基于特定社会语境及自身的阶级、族裔认同，客体派诗人更早地意识到主体意识崇拜所隐含的对他者的话语暴力，从而意在通过客体化策略探索一套新的话语模式，以建构一种疏离主体意识、尊重他者异质性的真诚表达。
【关键词】客体派诗学；客体化；真诚；象征；伦理

伦理视野中的小说视角

【作　者】江守义
【单　位】安徽师范大学文学院
【期　刊】《外国文学研究》，第 39 卷，第 2 期，2017 年，第 20－28 页
【内容摘要】小说视角有其伦理内涵。就对视角的关注而言，视角的关注过程同时也是伦理选择的过程；就视角的意图伦理而言，不同视角的运用是为了不同的伦理效果；就视角的接受伦理而言，视角的"装饰性""沟通性"和"劝说性"等修辞意义都与伦理有关；就视角价值的实现而言，作者和读者基于意识形态上的认同，表现为意图伦理和接受伦理的互动，表现为一种伦理交流。
【关键词】视角；伦理；叙事

论"第二波后殖民批评"：全球化语境下的后殖民生态批评

【作　者】江玉琴
【单　位】深圳大学文学院
【期　刊】《广东社会科学》，第 5 期，2017 年，第 145－152 页
【内容摘要】后殖民理论的发展在 21 世纪的第一个十年中导致了极大的争论，"后殖民主义终结论"与"后殖民主义存在论"针锋相对。在辨析这一争论之后，回应"第二波后殖民批评"论，提出 21 世纪的后殖民主义发展正好呈现为第二波后殖民批评发展趋向，即突破 20 世纪 90 年代的历史分析模式，走向全球化研究语境下的后殖民生态批评研究。
【关键词】后殖民批评；终结论；存在论；全球化；生态批评

论多勒泽尔的文学虚构与可能世界理论

【作　者】张瑜
【单　位】浙江工商大学人文与传播学院
【期　刊】《文艺理论研究》，第 37 卷，第 3 期，2017 年，第 130－140 页
【内容摘要】卢伯米尔·多勒泽尔是英语世界文学虚构与可能世界理论的重要代表之一，他运用可能世界框架取代传统的虚构研究的单一世界框架，认为文学虚构世界是一种特殊的可能世界，为叙事学和虚构理论提供了新的思路。在《异宇宙：虚构与可能世界》一书中，他集中阐释了由文学文本建构投射的虚构世界和影响虚构世界建构效果的话语方式。本文全面评述了多勒泽尔的可能世界理论体系，认为对我国的文学理论研究的立足点、视点和文学性质理解上都具有重要的启发意义。
【关键词】多勒泽尔；可能世界；虚构；叙事；单一世界框架

论翻译文学的发生——以傅译《约翰·克利斯朵夫》为例

【作　者】杨维春
【单　位】湘潭大学外国语学院
【期　刊】《湘潭大学学报（哲学社会科学版）》，第 41 卷，第 3 期，2017 年，第 111－114 页

【内容摘要】傅译《约翰·克利斯朵夫》在中国的经典化历程，论证了实现翻译文学及其经典化的可能性。根据语言这一特性，文学可分为本语文学、外语文学和翻译文学三种形式。翻译文学是本语文学和外语文学之间文字、文学和文化译介实现的特殊文学形式，是译介主体、内容、途径、受众和效果五种因素共同作用的结果。只有那些内容忠实、表达地道、影响深远的优美译文才能称之为翻译文学的经典。明确翻译文学的定义和发生过程，厘清和认识翻译文学、本语文学和外语文学的辩证关系，凝练出译界优良传统的永恒价值，对认识翻译文学的重要性和发展我国译论有着重要意义。

【关键词】翻译文学；本语文学；外语文学；傅译；《约翰·克利斯朵夫》

论朗吉努斯"崇高"视域下的艺术"想象"

【作　者】温晓梅；何伟文
【单　位】上海交通大学外国语学院
【期　刊】《安徽大学学报（哲学社会科学版）》，第41卷，第2期，2017年，第67-74页
【内容摘要】朗吉努斯吸收古希腊哲学领域认识论范畴的想象概念，结合雄辩术修辞学发展的时代契机，在《论崇高》中从文学修辞手段的角度重新考察和界定了艺术想象。他将想象认定为诗人和演说家使用语言呈现意象的能力，并将之视为构建文学艺术崇高风格的重要途径；在"崇高"视域下，想象与创作主体崇尚伟大理念、仰视真理的思想以及真挚强烈的感情密不可分；想象的介入使文学艺术呈现一种"诗性之真实"的同时也拓宽了其审美维度，从而激发读者和听众的情感。这一古典思想将艺术创作变成一种基于读者反应的表达过程，为以后的文艺理论深入探讨想象概念奠定了基础。

【关键词】朗吉努斯；想象；崇高；模仿

论诗歌的叙事研究

【作　者】乔国强
【单　位】上海外国语大学英语学院
【期　刊】《外语与外语教学》，第4期，2017年，第127-134、151页
【内容摘要】当前，国内外学者在讨论诗歌叙事研究时，或从"跨文类""跨学科"等角度来看，或把诗歌叙事研究作为一个特殊叙事文类对待，拘泥于诗歌文本本身的叙事性研究，而缺乏一种较为宏观的研究框架。本文试从中国叙事研究的传统出发，把古代哲人有关"道"与"理"和"元"与"宗"的理念运用到诗歌叙事研究中，并在此基础上提出"元""宗""道"一体的研究框架。

【关键词】歌；叙事研究；道；理；元；宗

论韦努蒂的翻译思想及其对我国翻译教育的启示

【作　者】蒋童
【单　位】首都师范大学外国语学院
【期　刊】《东岳论丛》，第38卷，第8期，2017年，第169-173页
【内容摘要】异化翻译、将译作读作译作以及构建一种翻译文化，是韦努蒂翻译思想的三个重要方面。三者在翻译思想上相互关联、逐级提升、层层深入，对于我国翻译教育事业中如何培

养学生、译者，构建适应中国的翻译文化，都有着深远的启示意义。

【关键词】韦努蒂；异化翻译；将译作读作译作；翻译文化

论希腊神祇"文明性"与"野蛮性"的双重神格——一种原始"秩序导力"视角

【作　者】林玮生
【单　位】广东外语外贸大学外国文学文化研究中心
【期　刊】《陕西师范大学学报（哲学社会科学版）》，第 46 卷，第 6 期，2017 年，第 117—123 页
【内容摘要】希腊诸神的神格常常呈现为两个面孔：一面是高级的"文明性"（神职的精细分工），一面是低级的"野蛮性"（神祇的粗野兽性）。在中国伦理文化语境下这一悖谬现象使人迷惑不解。这一悖谬现象是希腊神话世界的"秩序导力"——"命运"（主导力）与"力、欲/美"（次导力）层叠共存而衍化的结果。也即是说，在"命运"监督下涌动的崇"力"因素形成了诸神的"野蛮性"；崇"力"延伸至崇"知"促成了诸神的"文明性"。希腊诸神的悖谬神格经过悠久历史的承袭与传延，最终演化为现代西方"法律与战争"的文化基因。

【关键词】"秩序导力"；命运；希腊神话；神话世界

论现代主义文学批评两次转向的文化政治

【作　者】王江
【单　位】北京外国语大学博士后科研流动站
【期　刊】《国外文学》，第 3 期，2017 年，第 9—15、156 页
【内容摘要】以胡伊森为代表的一批后现代主义者质疑现代主义文学一致排斥大众文化的笼统化表述。然而，他们为划清与现代主义的界限，再次陷入主流或所谓"高级"现代主义一致排斥大众文化的两极分化逻辑。艾略特、乔伊斯、伍尔夫和庞德等是这种现代主义的典型代表，但他们都变成了陪衬后现代主义的稻草人。正是在这样的学术背景下，21 世纪之交又悄然兴起重新审视现代主义艺术与大众文化的新现代主义研究。新近研究摒弃精英/大众文化，或高级/低俗文化的便利二分法，不再坚持现代性文化自我分裂的意识形态观，从而实现了从文化分裂观念到文化物质主义的第二次研究转向。

【关键词】现代主义；新现代主义研究；大众文化；高级现代主义

论詹赛恩的《我们为什么阅读虚构作品》

【作　者】何辉斌
【单　位】浙江大学外国语言文化与国际交流学院
【期　刊】《英美文学研究论丛》，第 1 期，2017 年，第 356—366 页
【内容摘要】美国认知文学批评家詹赛恩在《我们为什么阅读虚构作品》中指出心灵阅读是人的基本生存技能，小说能够训练并挑战这种技能，所以受到人们喜欢；小说可以把多层次的意向性嵌入作品，制造出意向性的迷宫，丰富作品的内涵；小说也可以通过控制表象后面的元表象，使信息的源头出现错乱，考验读者的元表象能力；普通不可靠叙事往往鼓励读者相信叙述者，但读者后来又出乎意料地发现有些地方并不正确，侦探小说从一开头就提倡怀疑叙述，属于典型的元表象游戏。

【关键词】小说；心灵理论；嵌入式意向性；元表象

论作为文学空间的世界文学

【作　者】姚孟泽

【单　位】北京师范大学文学院

【期　刊】《文艺理论研究》，第 37 卷，第 1 期，2017 年，第 209－214，57 页

【内容摘要】世界文学具有多重含义。学界在讨论世界文学时，往往并没有注意区分学科设置中的世界文学、实际教研中的世界文学和作为前沿学术问题的世界文学。就最后一层含义来说，国际学界对这一问题的思考主要针对世界文学机制，而非世界文学作品。这种思考源于 20 世纪 70 年代以来学者们对世界的重新认识，而这种机制实际上是世界机制。但这一世界并不完全等同于现实世界，而是独特的文学世界，即一种空间。这种空间里的实质内容，是更加复杂和精微的文学关系。因此，作为空间的世界文学，是文学研究的新范式，也是比较文学研究的新课题。

【关键词】世界文学；机制；空间；关系；比较文学

马克思"世界文学"观念的新阐释

【作　者】张荣兴[1]；方汉文[2]

【单　位】张荣兴[1]，苏州大学外国语学院

　　　　　方汉文[2]，苏州大学文学院

【期　刊】《苏州大学学报（哲学社会科学版）》，第 38 卷，第 4 期，2017 年，第 165－172 页

【内容摘要】美国"反世界文学"批评家曲解马克思的"世界文学"，将其看作"世界权力中心观念"，这种说法完全有悖于这一观念的能指与所指。马克思的"世界文学"不同于歌德创造的"世界文学"。马克思的"世界文学"明确了工业化的世界市场使各国文学变为世界的"公共财产"，这是世界文学的本体论观念。世界文学并非削弱各民族主体性，而是强调各民族文学精神财产的共享。马克思指出，世界市场所形成的民族文学之间的"互相往来与互相依赖"，所"依赖"的正是民族文学的独立主体性。这对全球化时代中马克思"世界文学"的阐释具有宝贵的现实价值，尤其是对世界文学的"互相依赖"与"互相往来"所形成的融新以及世界文学服务于人类命运共同体的美学作用具有重要意义。

【关键词】马克思"世界文学"；公共财产；互相往来；互相依赖；人类命运共同体

马克思主义文学批评中的人类学形态概观

【作　者】王庆卫

【单　位】华中师范大学文学院；华中师范大学湖北文学理论与批评研究中心

【期　刊】《外国文学研究》，第 39 卷，第 4 期，2017 年，第 43－53 页

【内容摘要】伊格尔顿概括了马克思主义文学批评的四种形态，并将"人类学批评"置于首位，称其为"雄心最大、影响最远"的一种。这一论断，为探讨马克思主义批评的形态类型的相关研究提供了重要参照。虽然人类学思想在马克思主义中的地位尚有争议，但当前有越来越多的学者关注二者的关系，把人类学思想看作马克思主义的重要来源。本文认为，承认二者的关联并不意味着主张马克思晚年有一个独立于唯物史观之外的"人类学阶段"，也不应把马克思的人类学思考笼统地称为"人类学转向"，而应当将其视为马克思主义社会研究的一部分，视为唯物

史观在人类学领域的延伸和拓展；同时，我们也没有理由拒绝把马克思主义的相关研究置于人类学的视角之下进行审视。本文力图探究马克思主义理论中人类学思想的发生和嬗变过程，剖析其理论动机和功能特征，并以人类学学科的自身发展轨迹为参照，从方法、问题域和理论目的等角度呈现马克思主义人类学批评的理论概貌。

【关键词】人类学；马克思主义文学批评；批评形态；文化批评

米·爱普施坦的后现代主义批评话语构图

【作　　者】宋羽竹
【单　　位】黑龙江大学俄语学院
【期　　刊】《俄罗斯文艺》，第 1 期，2017 年，第 22－28 页
【内容摘要】后现代主义作为俄罗斯 20 世纪 70 年代以来的新文化现象已经为诸多批评家所关注。爱普施坦通过三角形构图法、集心构图法、辐射构图法等建构了其俄罗斯后现代主义批评话语，所呈现的后现代主义模态具有散点透视的特征。爱普施坦后现代主义批评话语对构图法的引入，既有建模的抽象化效果，又植入了历史的动态演变，有助于对俄罗斯的后现代性进行多维解读。

【关键词】米·爱普施坦；《后现代在俄罗斯：文学与理论》；后现代主义批评；话语构图

莫莱蒂"形式的唯物主义"探析

【作　　者】钱春蓉
【单　　位】四川大学文学与新闻学院
【期　　刊】《文艺理论研究》，第 37 卷，第 6 期，2017 年，第 204－210 页
【内容摘要】弗兰克·莫莱蒂直接受到德拉－沃尔佩的实证主义马克思主义的影响，追求文学研究的客观性和科学性。他使用计量方法是最具体的体现。当然，阿尔都塞的结构主义马克思主义是莫莱蒂的整个思维的主要语境。虽然接受了卢卡奇的命题"文学中真正的社会因素是形式"，但与之前的马克思主义者相比，莫莱蒂对该命题的思考体现出三个特色：第一，形式不是概念性的、抽象的存在，或者是为了理论的需要性存在，他将其落实为文体理论和文体实践与样式；第二，对形式的认知不是采用形而上学的演绎方式和经验论的归纳模式，而是直面文体形式的数量态、时间态、历史态和地理空间态；第三，他对文体形态的剖析使用了跨学科的综合性方法。应该说，其马克思主义立场就体现在不断地使用和贴近文体的物态或者物质性。这就是他的"形式的唯物主义"这个总命题所涵盖的方面和指向的内容。

【关键词】莫莱蒂；形式；唯物主义；计量

脑文本和脑概念的形成机制与文学伦理学批评

【作　　者】聂珍钊
【单　　位】浙江大学外国语言文化与国际交流学院
【期　　刊】《外国文学研究》，第 39 卷，第 5 期，2017 年，第 26－34 页
【内容摘要】文学伦理学批评认为，所有的文学都有文本。口头文学的本义是一种通过口头流传的文学，在口头表达之前已经存在，它的文本存储在人的大脑里，称之为脑文本。脑文本是存储在人的大脑中的文本，是人类在发明书写符号并以书写方式存储信息之前的文本形式。书

写符号出现以后，脑文本仍然存在。与脑文本类似的文本是书写文本和电子文本。所有的脑文本都是由脑概念组成的。脑概念从来源上说可以分为物象概念和抽象概念两类。脑概念是思维的工具，思维是对脑概念的理解和运用，运用脑概念进行思维即可得到思想，思想以脑文本为载体。脑概念组合过程的完成，意味着人的思维过程的结束，思维过程的结束产生思想，形成脑文本。脑文本是决定人的思想和行为的既定程序，不仅交流和传播信息，也决定人的意识、思维、判断、选择、行动、情感。脑文本决定人的生活方式和道德行为，决定人的存在，决定人的本质。什么样的脑文本决定什么样的思想与行为，什么样的脑文本决定什么样的人。

【关键词】文学伦理学批评；口头文学；脑文本；脑概念

女性主义对作者身份的建构

【作　者】刁克利
【单　位】中国人民大学外国语学院
【期　刊】《中国人民大学学报》，第 31 卷，第 2 期，2017 年，第 121－127 页
【内容摘要】女性主义的历史很大程度上是重新发现和建构女性作者身份的历史。女性主义既可以看作是生理表征、一种文化现象，也可以看作是意识形态的斗争。通过对女性主义经典理论著作的解读，可以发现女性主义与作者理论的密切联系。探讨作者身份对于女性的含义，借以阐明女性主义为建构作者身份而进行的抗争、局限和贡献。在文本中心和作者之死的理论潮流中，女性主义对作者身份的建构得以重申并凸显了作者的主体性和作者理论的重要意义。

【关键词】女性主义；作者身份；性别研究；文学理论

女性主义赛博朋克小说的具身认知研究

【作　者】芈岚
【单　位】北京第二外国语学院英语学院
【期　刊】《南开学报（哲学社会科学版）》，第 3 期，2017 年，第 145－151 页
【内容摘要】女性主义赛博朋克风潮出现于 20 世纪 90 年代，其相关作品在主体的存在方式、身体与身份之间的关系，以及主体身份建构模式和内涵方面均同此前的第一代赛博朋克小说有着明显的区别。女性主义赛博朋克主张以一种更为成熟的观点来看待人与科技的关系，强调主体的具身化存在以及具身身份所表征的多维社会性关联。

【关键词】女性主义；赛博朋克；具身；身份建构

评巴尔默的《拼接断编残简：翻译古典诗歌，创造当代诗歌》

【作　者】张娜
【单　位】中国社会科学院外国文学研究所
【期　刊】《外国文学》，第 4 期，2017 年，第 155－163 年
【内容摘要】约瑟芬·巴尔默的《拼接断编残简》一书论述的是古典诗歌的翻译与研究、当代诗歌的创作，以及两者的关系。作者系统阐述了翻译西方古典诗歌的特殊困难所在、重译西方古典诗歌的必要性、翻译西方古典诗歌应如何处理创造性与学术性的关系，以及西方古典诗歌翻译对当代英语诗歌创作的促进作用等诸多问题。巴尔默通过她本人的翻译和创作实践重新划定了翻译与创作的界限，她的诗歌作品不仅展现了古典诗歌的永恒生命力，也增强了当代诗歌

创作的表现力。此书对于我们思考翻译的本质以及如何做到古为今用都有很好的借鉴作用。

【关键词】巴尔默；《拼接断编残简》；翻译；古典诗歌；当代诗歌

启蒙神话的话语情境及其批判性反思

【作　者】文巧平；伍敬芳
【单　位】湖南城市学院外国语学院
【期　刊】《当代文坛》，第6期，2017年，第119－122页
【内容摘要】法兰克福学派在马克思主义立足实践、抨击资本主义政治经济文化制度的基础上，专注于意识领域的批判。对法兰克福学派的启蒙思想进行审视，可以发现，启蒙反而走向了自己的反面，启蒙从内部瓦解演变为外部神化，从而一步步走向异化之路。从审美乌托邦和异化的角度去批判法兰克福学派启蒙神话的本质，这也是当前学界的主要批评倾向。

【关键词】法兰克福学派；《启蒙辩证法》；启蒙神话；批判性反思

穷竭与潜能：阿甘本与德勒兹论内在性

【作　者】蓝江
【单　位】南京大学哲学系与马克思主义社会理论研究中心
【期　刊】《安徽大学学报（哲学社会科学版）》，第41卷，第2期，2017年，第24－32页
【内容摘要】德勒兹和阿甘本同时都谈到了实现生命的潜能需要穷竭，即悬置一切意义、一切语言、一切感觉的纯粹的生命的可能。在悬置了一切之后所剩余的纯粹生命的界面，就是内在性的界面。在内在性的界面上，德勒兹认为我们可以通过分子革命的方式去生成一个无羁绊的生命，无羁绊的生命被视为在穷竭了一切可能之后的希望。而阿甘本否定了这种返回到纯粹生命的可能，因为这种纯粹生命是比当下的生存性生命更为恐怖的赤裸生命。赤裸生命不是解放，而是生命的耗竭。阿甘本提出生命不可能脱离形式，而真正的态度是在当下实现穷竭式的"最高的贫困"，在规则和法律的裂隙中，让创造性的生命形式涌现出来。

【关键词】穷竭；潜能；阿甘本；德勒兹；内在性

人的语言使用行动是理性的吗？

【作　者】夏登山
【单　位】北京外国语大学英语学院
【期　刊】《东北大学学报（社会科学版）》，第19卷，第5期，2017年，第539－544页
【内容摘要】理性原则、关联理论和面子理论等经典语用学理论都假定人的语言使用行动是理性的，但是对理性和语言使用行动这两个概念的辨析否证了这一命题。无理性和非理性的区分表明理性具有第一理性和第二理性两种含义。从第一理性的角度来看，语言使用行动是有理性的；而从第二理性的角度来看，语言使用行动中的理性有程度高低的区分。语言使用行动可以划分为策略行动和话语行动两种类型。从Weber所界定的四种社会行动来看，不论是话语行动还是策略行动，都可以包含工具合理性行动、价值合理性行动、情感行动和传统行动中的一种或多种类型，因此语言使用行动既可能是第二理性的，也可能是有限理性或非理性的。

【关键词】第一理性；第二理性；语言使用行动；策略行动；话语行动

认知边缘之文学秘密——德里达与莫里森

【作　者】孙杨杨
【单　位】中国药科大学外语系
【期　刊】《外国文学》，第 5 期，2017 年，第 89－97 页
【内容摘要】本论文并读德里达与莫里森，讨论两人一系列与"秘密"相关的著述，希望能重新理解"秘密"的含义，并进而思索"文学"与"秘密"相生共济的关系。论文主张，不管是莫里森提出"戏耍黑暗中"的文学创作概念，还是德里达强调文学作品之动能与"单一效应"，两人都不以"秘密"为认知障碍或思考局限；相反，莫里森关注文学想象如何接受"秘密"召唤，在"秘密"意义晦暗不明的时空中"流变探索"，而德里达更清楚地主张文学"源出秘密"、文学"回应秘密"，以指向未知、即将到来的思维向度。
【关键词】秘密；文学；认知；德里达；莫里森

认知视角对深化"文学性"研究的意义

【作　者】邓忠；刘正光
【单　位】湖南大学外国语学院
【期　刊】*Interdisciplinary Studies of Literature*，第 1 卷，第 3 期，2017 年，第 83－95 页
【内容摘要】"文学性"在近几十年成为文论研究的一个热点问题，但其定义尚处在含混多义的状态。本文认为当前的语义含混在一定程度上与脱离语言分析和语言学研究范式的文学研究传统有关。以此为基础，本文从形式主义对"文学性"的定义出发，重点阐述认知视角下文学性的含义，提出文学性是文学语言－概念化－哲学探索的连续统这一新解读。本文认为，这样的解读同时可以良好回应、澄清或印证传统文论的某些看法，因此为打破学科间壁垒、推动文学研究的深入发展提供可行思路。
【关键词】文学性；认知视角；概念化；哲学探索

萨特文学介入理论的困境及其解决

【作　者】郑海婷
【单　位】福建社会科学院文学研究所
【期　刊】《东岳论丛》，第 38 卷，第 7 期，2017 年，第 145－151 页
【内容摘要】整体化是萨特文学介入理论的关键点，后期萨特指出介入就是对整体性承担责任。但是，脱离了具体的行动和政治指向以后，介入同时也走向了泛化和虚无化。为解决这一问题，萨特的《辩证理性批判》把整体化落实到具体的境况中，并且把境况和运动、实践结合起来，重新赋予介入以具体性。
【关键词】萨特；文学介入理论；整体化；境况

什么是叙事的"不可能性"？——扬·阿尔贝的非自然叙事学论略

【作　者】尚必武
【单　位】上海交通大学外国语学院

【期　刊】《当代外国文学》，第 38 卷，第 1 期，2017 年，第 131－139 页

【内容摘要】扬·阿尔贝是当代西方非自然叙事学阵营中最为活跃、最有建树的理论家之一。尽管受到布莱恩·理查森的激发和影响，但阿尔贝无论在非自然叙事的概念界定、特征描述还是在阐释策略方面都与理查森有着明显的不同。在概念层面上，阿尔贝把非自然叙事界定为物理上、逻辑上、人类属性上不可能的场景与事件；在特征描述上，他主要聚焦于非自然的叙述者、非自然的人物、非自然的时间和非自然的空间；在阐释策略上，他倡导以认知方法为导向的自然化解读策略。本文在评述阿尔贝非自然叙事学理论的基础上，有针对性地指出：关于非自然叙事的界定与判断至少涉及"程度"与"层面"两个问题，而对非自然叙事特征的考察需要扩大至更多的类别与内容，如非自然的聚焦、非自然的心理以及非自然的情感等；在非自然叙事的批评实践上，所谓的自然化解读与非自然化解读不是"非此即彼"的关系，而是一种"两者皆可"的选择，即我们应该在有效保留非自然叙事之"非自然性"的同时，对其做出合理的阐释。

【关键词】不可能性；非自然叙事；非自然叙事学；扬·阿尔贝

审美同情：萨特传记批评的主体间性

【作　者】冯寿农[1]；项颐倩[2]
【单　位】冯寿农[1]，中国人民大学中法学院
　　　　　项颐倩[2]，厦门大学外文学院

【期　刊】《厦门大学学报（哲学社会科学版）》，第 6 期，2017 年，第 119－125 页

【内容摘要】存在主义精神分析是萨特进行传记批评的基本方法，该方法深受现象学影响，主要表现为对他人经验的理解。萨特的存在主义精神分析继承了胡塞尔的"同感"理论，并发展成为具有主体间性的"审美同情"。存在主义精神分析通过对个体命运进行追溯和还原，努力实现对他人经验进行整体化研究的目的。萨特撰写的精神分析传记作品开辟了作家研究的独特视角，为文学批评提供了崭新思路。

【关键词】存在主义精神分析；传记批评；主体间性；同情

审美与政治：当代西方美学的政治转向及其理论路径

【作　者】段吉方
【单　位】华南师范大学文学院

【期　刊】《外国文学研究》，第 39 卷，第 6 期，2017 年，第 151－160 页

【内容摘要】当代西方美学的政治转向研究是当代美学研究基本问题域的深化和拓展，是现代性审美关系的另一种理论表达。从马克思美学遗产出发的西方马克思主义文化政治学、葛兰西的文化领导权理论、雅克·朗西埃及其"后阿尔都塞学派"的美学政治学、齐泽克的"后政治的生命政治"理论构成了当代西方美学政治转向的主要理论路径。这些理论路径在感性学的维度进一步强调美学研究的现实感和问题意识，研究重心集中于审美话语的现代性意义、历史衍变与现实表达，其中所探究的理论问题既是当代美学新的理论面向，又是对现代性社会发展中审美与政治、审美与社会、审美与伦理之间关系的一种重新梳理。

【关键词】审美；政治；政治转向；审美现代性

生命与政治的悖论：阿甘本"赤裸生命"概念的三个源头

【作　者】姚云帆

【单　位】上海师范大学中文系

【期　刊】《安徽大学学报（哲学社会科学版）》，第 41 卷，第 2 期，2017 年，第 42－48 页

【内容摘要】意大利哲学家阿甘本对生命与政治关系的洞察来源于阿伦特、本雅明和福柯三位思想先驱。阿伦特通过对"政治生命"和"单纯生命"概念的区分，试图将政治共同体奠基于单纯的政治实践。这一思考产生了单纯生命的悖论：单纯生命既构成政治共同体的基础，又是消解政治共同体的根本因素。本雅明利用"牺牲"概念和犹太－基督教神学传统，消解了阿伦特的悖论，却将政治行动转化为维护律法的暴力行为，并在献祭－净化的循环中，将纯粹生命本身转化为律法实施的最高目标。阿伦特和本雅明的哲学和神学反思最终在福柯对现代政治技术的分析中，呈现为现代生命政治内在的实践逻辑，人的自然生命成为政治的目标，却在被政治技术的抽象化利用过程中，转化为"赤裸生命"。借助于三位思想家的论述，阿甘本重建了生命哲学和政治哲学的关系，他认为，赤裸生命就是人类生命的"门槛"（threshold）：它处于生命的存在和消亡之间，将政治权力最为悖谬的两种功能，即捍卫生命和威胁生命同时表征出来。

【关键词】单纯生命；纯粹生命；生命政治；牺牲

诗歌话语对话性：巴赫金对话理论的一个重要维度

【作　者】汪小英

【单　位】湖南师范大学外国语学院；湖南财政经济学院外国语学院

【期　刊】《求索》，第 1 期，2017 年，第 176－181 页

【内容摘要】巴赫金对话理论具有哲学和美学意义，但巴赫金本人的文学批评实践集中在小说话语研究，对诗歌话语对话性没有给予足够重视，相关论述也多有矛盾之处。事实上，诗歌话语既有一切话语本质上的内在对话性，也表现出与诗歌体裁密切相关的特殊性，蕴含着说话人、诗人、言说对象、读者、社会语境以及文学文化传统等不同主体、不同层次、不同形式的对话。因此，诗歌话语对话性是巴赫金对话理论的一个不可忽视的文学批评实践维度，对诗歌研究的发展具有重要意义。

【关键词】巴赫金；对话理论；诗歌话语对话性；双声；复调

诗歌是语言的艺术吗？——英语诗歌文本初论

【作　者】罗良功

【单　位】华中师范大学外国语学院

【期　刊】《山东外语教学》，第 38 卷，第 3 期，2017 年，第 62－69 页

【内容摘要】20 世纪以来，"文本"作为文学研究的核心概念，其意义发生了戏剧性变化，导致其内涵的模糊性和文学研究对象与疆界的不确定性。本文对英语诗歌文本的质地与结构进行考察，认为：诗歌文本不仅仅由语言构成，诗歌也不仅仅是语言的艺术，构成诗歌文本的元素既有语言符号、语言的物质材料，也有非语言材料；诗歌文本实际上由三个次文本构成，即文字文本、声音文本、视觉文本。诗歌的三重文本各自的建构策略及其相互关系反映了传统诗歌与现当代诗歌的美学分野，重新审视诗歌文本及其三重次文本的关系，既是理论创新，也是诗

歌研究的必然，有助于重新审视和书写诗歌史。

【关键词】英语诗歌；文本；文字文本；声音文本；视觉文本

诗人天职与生态伦理——海德格尔《诗人何为》重读

【作　者】赵奎英
【单　位】南京大学艺术研究院
【期　刊】《文艺理论研究》，第 37 卷，第 3 期，2017 年，第 141－148 页
【内容摘要】海德格尔的"诗人何为"虽然经常被人提起和套用，但这一追问本身的意义仍需进一步探讨。"诗人何为"关注的核心问题是在技术时代的暗夜诗人与自然的关系。这里的"自然"也是存在，是存在者整体，它可以显现为物，并以语言作为存在的区域。在海德格尔看来，人随制造意愿而行的冒险，使人站立在世界的对立面，把物，把自然，把存在者整体，以至把人，都视作对象加以算计和制造，以致物面临着消逝，存在者整体缩小，天地万物共同的原始自然基础被破坏，不仅物而且人神的存在都趋于一种"不在家"状态。这时诗人的天职正在于反思人的制造意图，参与物的拯救，创建存在的"球体"，回归心灵内在空间，通过在语言中的冒险，实现人与天地万物在存在家园中亦即在"完满的自然"中的安居。由于"生态"与"伦理"的原义都是"家""栖居地"，它关心人在大地上的诗意栖居问题，诗人的天职也可以说是基于存在之天命，思入澄明之处所，承担原初的生态伦理之要求。

【关键词】海德格尔；诗人何为；生态伦理；完满的自然

施勒格尔浪漫主义反讽理论的形成

【作　者】张世胜
【单　位】西安外国语大学德语学院
【期　刊】《外语教学》，第 38 卷，第 4 期，2017 年，第 107－110 页
【内容摘要】德国早期浪漫主义文学理论家施勒格尔起初在断片中对反讽进行探讨，然后在哲学中为反讽找到依据——反思，最后在文学作品中找到各种实例依托，进而将浪漫主义反讽定义为"自我创造和自我毁灭的经常交替"。本文拟依循施勒格尔理论思想形成的轨迹，尝试论述"浪漫主义反讽"概念的美学内涵，从而展现德国浪漫主义反讽理论形成的曲折历程。

【关键词】浪漫主义反讽；"自我创造和自我毁灭"；文学反思；先验文学

事件文学理论探微——"理论之后"反思文学研究的重建

【作　者】尹晶
【单　位】清华大学外交学院英语系
【期　刊】《文艺理论研究》，第 37 卷，第 3 期，2017 年，第 209－216 页
【内容摘要】特里·伊格尔顿（Terry Eagleton）在《理论之后》中对曾盛极一时的各种后理论进行了批判，提出文学理论要重新回归文学本体，要在道德和伦理等宏观问题上进行建构性的反思。本文试图在伊格尔顿提出的"文学伦理学"的基础上，在其理论反思所凸显的"事件"的基础上，将吉尔·德勒兹和阿兰·巴迪欧的"事件"哲学概念结合起来，继续推进伊格尔顿对理论的反思，尝试发展出一套行之有效的事件文学理论。事件文学理论关注的是作家作为事件的忠诚主体通过语言事件表现生命事件，关注的是读者作为事件的忠诚主体接受这些生命事

件，通过自己的生成让它们颠覆日常生活中的规则、习惯、风俗、标准等等。因此可以说，这正是伊格尔顿所期待的"文学伦理学"。

【关键词】事件；小民族语言；生成；忠诚主体；事件文学；小民族文学

事件性视野中的文学伦理学批评

【作　者】刘阳
【单　位】华东师范大学中文系
【期　刊】《外国文学研究》，第 39 卷，第 6 期，2017 年，第 10－18 页
【内容摘要】事件集中了文学伦理，因为事件作为叙述与被叙述之事的张力，是主体意识到视点相对性而走出大叙事的产物，它只在文学思想方法的运作中才实现，并由此因视点的受限及其在限制中的文学创造而必然触及伦理。晚近人文学术的事件性视野，不仅与文学伦理学批评的精神相通，而且被后者进一步激活与创造。视点的纵向受限层次与横向受限类型，都为此提供了可以结合丰富实例加以阐释的理据。沿此更可发现，"如何活才更好"的伦理选择，与"如何活才是人"的生存根据不再分离为两个问题，文学伦理学批评的前沿意义正是顺应了价值论与本体论的深刻现代联系。

【关键词】事件性；叙述；视点受限；语言符号；文学伦理学批评

事件与文学理论生产

【作　者】刘岩 [1]；王晓路 [2]
【单　位】刘岩 [1]，广东外语外贸大学英语语言文化学院
　　　　　王晓路 [2]，四川大学文学与新闻学院
【期　刊】《外国文学研究》，第 39 卷，第 6 期，2017 年，第 19－28 页
【内容摘要】"何谓文学"和"何谓阐释"是位于文学研究核心的两个基本问题，各种文学理论的旨归均试图回答上述问题。由于文学自身的变化以及批评视角的转移总是与某一历史时段的社会文化语境相关，因此，社会文化中的各种"事件"往往成为文学理论生产和文学批评实践的重要结点。将文学批评置于"事件"的视阈中加以透视，可以打破孤立看待批评理论现象的范式，揭示批评实践与历史时段中诸种事件之间的有机联系，尤其是体察"事件"如何与文学批评互为结构，并由此推进并引导文学批评的走向。在西方批评理论的本土化实践过程中，"事件"同样有助于建立文学阅读和文学阐释与社会文化之间的生产性关联。

【关键词】事件；文学；文学批评；批评范式；理论生产

世界文学的困境与前景——跨文明研究视域与世界文学研究

【作　者】曹顺庆；张越
【单　位】北京师范大学文学院
【期　刊】《求是学刊》，第 44 卷，第 4 期，2017 年，第 135－141 页
【内容摘要】世界文学在当代是一个欢呼与质疑并存的话题，当今西方中心论视域下的世界文学观念受到越来越多学者的质疑。而跨文明研究视域下的世界文学理论与实践能够对现有世界文学研究的局限性进行补益。它注重在"求同存异"的基础上研究不同文明文学间的关系和变异现象，这种研究方法正在研究实践中得到逐步落实，达姆罗什的世界文学理论研究与实践为

跨文明的世界文学研究提供了范式和前景。

【关键词】世界文学；跨文明；变异；达姆罗什

世界文学中的苦力贸易和契约华工

【作　者】李保杰
【单　位】山东大学外国语学院
【期　刊】《广东社会科学》，第 5 期，2017 年，第 167－175 页
【内容摘要】开始于 19 世纪中期的苦力贸易是欧洲殖民帝国对中国进行剥削和掠夺的证明。上百万中国青壮年劳动力被贩运到拉丁美洲和加勒比海地区，失去了人身自由，成为"契约华工"。契约华工在拉丁美洲的流散已经成为作家进行文学书写的重要题材，文学想象在很大程度上弥补了契约华工在历史中的缺位和消音。虽然作家的书写角度和立场各不相同，但是这些文学作品都从不同的角度反映了苦力贸易的残酷性，对契约华工的海外流散及话语建构发挥了重要作用。文学书写通过人物塑造将宏大历史个体化，从契约华工的经历反映苦力贸易，体现出文学叙事的社会历史使命。
【关键词】苦力贸易；契约华工；流散；世界文学

试论 20 世纪以来语言批评的文化转向问题

【作　者】李文英
【单　位】信阳师范学院传媒学院
【期　刊】《福建师范大学学报（哲学社会科学版）》，第 5 期，2017 年，第 109－114 页
【内容摘要】20 世纪以来，语言批评逐渐从原来的形式批评转向语言的文化研究。其文化转向基本表现为：由内部研究转向外部研究、由语言静态研究转向语言动态研究、由语言工具论转向"语言本体论"。当语言进入文化转向后，语言批评的功能被扩大化的同时，语言的话语批评局限性随之凸显，具体呈现为语言表征难度加大，对语言的过度释放和自由拼贴引发文学批评的反思，以及不可言说的思想与意义被普遍忽视，致使语言批评面临表述的困境。
【关键词】语言批评；文化转向；话语；语言本体论

述行的魔法，抑或主体的诅咒——阿甘本《语言的圣礼》的拓展性诠释

【作　者】姜宇辉
【单　位】华东师范大学哲学系
【期　刊】《安徽大学学报（哲学社会科学版）》，第 41 卷，第 2 期，2017 年，第 33－41 页
【内容摘要】在《语言的圣礼》中，阿甘本结合誓言的考古学线索，最终回到述行式这个当代语言哲学中的重要问题。结合从奥斯汀到塞尔一脉对述行问题的相关讨论来考察《语言的圣礼》，不仅可以充分揭示阿甘本文本中所潜藏着的问题环节和论证思路，更能开启新的思索可能。而经由保罗·德曼对尼采文本的解构式分析，述行式本原处的诅咒之力以及由此衍生的主体的自我设定问题，皆足以成为对阿甘本的论证的重要补充乃至引申。
【关键词】阿甘本；述行式；主体；物质化

数字文化的道德伦理——评《数字化时代的后现代性》

【作　者】林青
【单　位】中国数字图书馆有限责任公司
【期　刊】《外国文学》，第 2 期，2017 年，第 159－166 页
【内容摘要】道德和伦理在每个时代都有其特定的内涵。传统的道德和伦理随着数字化社会大规模的再造也在悄无声息地发生变化。多元文化和网络中的部落形态正在改变着以一致性和二元对立为核心的理性观念，以往道德和伦理的界限模糊了。包容共存的理念被越来越多的人所接受，逐渐成为数字化社会具有道德含义的行为准则，而网上部落社群的兴起也随之带来不同伦理之间共处的问题，以"对立偶合"的视角看待数字化社会的矛盾现象不失为一种智慧的策略。《数字化时代的后现代性》的作者米歇尔·马菲索利和爱尔威·菲赛尔对上述社会和文化现象的分析具有借鉴意义。
【关键词】马菲索利；数字化社会；后现代性；道德与伦理；包容共存

泰戈尔与郭沫若的诗歌精神

【作　者】孙宜学；周青
【单　位】同济大学国际文化交流学院
【期　刊】《同济大学学报（社会科学版）》，第 28 卷，第 5 期，2017 年，第 98－103 页
【内容摘要】最早接受泰戈尔影响又最早抛弃泰戈尔的郭沫若，其诗歌创作和诗歌理论既具有鲜明的泰戈尔色彩，又表现出独特性，代表了中国新诗从接受外来影响到走向自觉的过渡性特征。文章细致梳理了郭沫若诗歌创作初期所受泰戈尔的影响以及出于自身思想变化而对泰戈尔的弃绝，并指出：泰戈尔诗歌作为一种精神存在，实际上已成为郭沫若诗歌及人格的内在要素了。在中国现代文学与外国文学的时代交集中，郭沫若与泰戈尔的文学关系具有鲜明的典型性。
【关键词】诗歌；精神存在；典型性

替罪羊原型：屠龙故事真相新探

【作　者】李永平
【单　位】陕西师范大学文学院
【期　刊】《外国文学研究》，第 39 卷，第 1 期，2017 年，第 119－129 页
【内容摘要】"屠龙"是早期人类文明的集体记忆，因此也就成为一个具有世界性的神话故事类型。为了生存或者禳除灾祸，世界早期文明体屠杀的集合体"龙"或者以"替罪羊"的形式献祭的象征性集合体"龙"，因地域环境不同而又种类繁多。在这个过程中，不同文明之间发生了偏移：被剪除和镇压的集合体龙和受焦虑困扰而作为替罪羊的龙逐渐分离，形成文化演进的分岔。中国连续性文明作为一个参照系，以二希为代表的文明是一个"镜像"，西方对屠龙英雄的崇拜替代了对"象征性集合体"龙的崇祀，并固化为二元对立的结构模式，龙成了英雄的对立面。反观中国，在萨满教传统中，万物有灵，象征性集合体"龙"的牺牲挽救了族群，对"龙"牺牲的感恩，翻转为对龙神崇祀。以中国为代表的文明寻求天人合一，协和万邦，成就合作共赢的"命运共同体"。
【关键词】屠龙；龙；象征性集合体；文明分岔

为了另一种小说——浅谈博尔赫斯对卡尔维诺小说观念的几点影响

【作　者】陈曲

【单　位】北京邮电大学民族教育学院

【期　刊】《当代文坛》，第6期，2017年，第33－36页

【内容摘要】豪尔赫·路易斯·博尔赫斯与伊塔洛·卡尔维诺同为世界级的小说家。这二者为我们留下的不仅仅是丰厚的小说作品，更多的是小说观念的刷新。二者的小说美学有很多相似之处，卡尔维诺曾多次在自己的作品中谈及博尔赫斯对自己小说美学的影响。这种影响表现在：短篇小说形式的重新定义、智性参与下的小说写作及深层宇宙观对小说书写的重大意义等。这不仅是对小说外观、技巧，也是对小说本体存在的一种新思索，而这些新思索恰恰都打上了博尔赫斯对卡尔维诺影响的痕迹。

【关键词】博尔赫斯；卡尔维诺；短篇样式；智性；深层宇宙观

为诗辩护：锡得尼与雪莱基于希腊的诗学理想

【作　者】李咏吟

【单　位】浙江大学人文学院

【期　刊】《浙江学刊》，第3期，2017年，第152－161页

【内容摘要】锡得尼与雪莱的《为诗辩护》，一方面致力于对诗歌与诗人的本质理解，另一方面则致力于希腊诗歌所代表的西方传统的本源价值探索。自希腊以来的伟大诗歌传统，强调诗与思的古老联系，强调诗歌创作的自然主义传统，强调诗在文明生活中的积极作用，因此，从希腊诗性理想意义上说，诗人与诗歌就是未来美好生活的伟大立法者。

【关键词】为诗辩护；锡得尼；雪莱；希腊价值

文本的可能与批评的双重维度——评法国"可能性文本理论"

【作　者】曹丹红

【单　位】南京大学外国语学院法语系

【期　刊】《当代外国文学》，第38卷，第1期，2017年，第140－147页

【内容摘要】近年来，法国文学批评界积极探索，不断突破，形成了"可能性文本理论"，且影响渐盛。该理论由法国学者马克·埃斯科拉、苏菲·拉博等学者在米歇尔·夏尔、皮埃尔·巴雅尔、雅克·杜布瓦、斯坦利·费什等人的学说基础上形成，包括一系列理论主张及其指导下的批评实践，它再次对作者权威性和文本同质性提出了质疑，主张从"可能性"角度而非现实角度去考察文本，将阅读与批评的重心从论证文本必要性转移到拓展文本和文学潜力上来，强调文学批评活动具备元文本与超文本双重维度，为审视作者、文本、读者、创作、批评之间的关系提供了不同视角，有可能对文学理论研究、文学批评实践甚至写作实践都产生不可忽略的影响。

【关键词】可能性文本理论；埃斯科拉；文本潜力；批评双重维度

文化的政治批判导论

【作　者】尼克·鲍姆巴赫 [1]；戴蒙·扬 [2]；珍妮弗·余 [3]；王亚萍 [4]；陈后亮 [5]

【单　位】尼克·鲍姆巴赫[1]，美国哥伦比亚大学
　　　　　戴蒙·扬[2]，美国加州大学伯克利分校
　　　　　珍妮弗·余[3]，美国新学院大学尤金朗学院
　　　　　王亚萍[4] 陈后亮[5]，华中科技大学外国语学院
【期　刊】《国外理论动态》，第 11 期，2017 年，第 51—61 页
【内容摘要】在我们最需要对文化进行政治批判的时候，当今文化理论的表现却令人倍感失望。它过于专注本体论和形而上学的方法，却忽视历史、文化的特异性和历史分期等问题。本文以纪念弗雷德里克·詹姆逊的后现代主义作品问世 30 周年为契机，试图反思当今人文学科的批判功能。作者认为，詹姆逊在 30 年前提出的观点仍未过时，而且依然具有活力，并为我们提供了重建马克思主义文化分析模式的可能性。
【关键词】詹姆逊；文化逻辑；政治批判；后现代主义

文学的发生——"文学一家言"之一

【作　者】杜书瀛
【单　位】中国社会科学院文学研究所
【期　刊】《文艺理论研究》，第 37 卷，第 1 期，2017 年，第 6—17 页
【内容摘要】以往关于文学艺术发生（"起源"）的各种假说，最著名的如"模仿"说、"劳动"说、"巫术"说、"游戏"说等，的确从某些方面对文学艺术发生的研究做出了各自的贡献，但是又都不能完全令人信服。而且学界还忽视了一位颇有成就的重要学者俄罗斯的维谢洛夫斯基，更遗忘了中国学者如陆侃如冯沅君等人的独特建树。在艺术起源的研究上，其实最接近真理的是 18 世纪意大利的维柯，他著有《新科学》，他的许多观点至今富有启示。本文作者提出自己的假说：文学（诗）是人的历史实践的产物，是应人的内在的本性欲求和诉求自然而然发生的，也是必然发生的。最早的语言文字显现出诗的最原初的本性，诗就是在语言文字中发生的；最初的语言文字本身就是最原始的诗，就是最早的原始形态的文学。
【关键词】维谢洛夫斯基；陆侃如；冯沅君；维柯；语言文字；文学发生

文学空间的殖民/后殖民阐释——以詹姆逊对现代主义文学的批评为例

【作　者】黄汉平；王希腾
【单　位】暨南大学文学院
【期　刊】《广东社会科学》，第 5 期，2017 年，第 160—166 页
【内容摘要】19 世纪之前的西方思想史一直与时间主题相关联，而 20 世纪则被视为空间时代的到来，特别是 70 年代的"空间转向"思潮后，文学的空间阐释取得了极大的进展。詹姆逊正是继承此传统（尤其是马克思主义空间阐释传统）而展开文学空间的殖民/后殖民阐释。在对西方帝国主义阶段的现代主义文艺作品批评中，他从殖民/后殖民的视角发掘了华莱士·史蒂文斯、兰波等人作品中帝国主义殖民者的身份意识，从而确证了文艺创作中"政治无意识"的存在。
【关键词】詹姆逊；殖民/后殖民阐释；文学空间；现代主义文学；马克思主义

文学史与边界

【作　者】米歇尔·艾斯巴涅[1]；萧盈盈[2]

【单　位】米歇尔·艾斯巴涅[1]，法国社会科学研究院

萧盈盈[2]，南京师范大学文学院

【期　刊】《南京师大学报（社会科学版）》，第 3 期，2017 年，第 145－152 页

【内容摘要】以国家民族或语言来划分的传统文学史观与现当代文学史的发展已无法兼容。异国文学早已进入本国文学万神殿，拥有多种文化背景或以多种语言书写的作家越来越常见，离散书写现象不仅已经成为当代文学的焦点之一，而且重新将我们引向了文学和空间的链接问题。因此在多元文化和去中心化的语境下重写文学史非常具有必要性。

【关键词】文学万神殿；离散文学；去中心化

文学作品中情感翻译效度研究

【作　者】霍跃红；邓亚丽

【单　位】大连外国语大学英语学院

【期　刊】《大连理工大学学报（社会科学版）》，第 38 卷，第 3 期，2017 年，第 150－155 页

【内容摘要】文学作品除了蕴含大量文化信息，还具有浓厚的抒情特征。文学界、翻译界对于文学作品及其翻译研究通常围绕作品的叙事性、思想性展开，抒情性研究往往滞后。随着翻译研究的多元化发展，文本情感分析引起越来越多学者们的兴趣。文章以霍达的代表作英译为例，基于翻译文体学，以句子为单位，研究该部小说原文本中习俗文化和玉器文化内容抒情性表达的英译，分析作品中相关语句所表达情感的翻译效度，探究译者对源语文本情感色彩的把握情况。研究发现译作中重新构建的语句不多，情感翻译效度高，与原文情感倾向基本契合，但也存在部分偏差。

【关键词】文学翻译；情感翻译效度；翻译文体学

我们需要怎样的现实主义文学——雅克·朗西埃论文学共同体

【作　者】郑海婷

【单　位】福建社会科学院文学研究所

【期　刊】《文艺争鸣》，第 12 期，2017 年，第 89－94 页

【内容摘要】雅克·朗西埃是这些年来相当活跃的思想家，他的思想贡献在于重新思考了政治和美学的互动关系。基于对资本主义发展现状的观察与分析，朗西埃认为，美学革命可以实现可感性的生活经验的共享，形成一个感知共同体，从而催生出行动的主体，推动解放的共同体的到来。社会革命是美学革命的产物，这种观念属于德国古典美学中审美解放思想的后现代形式。他延续了康德和席勒审美解放的设想，思考美学革命和政治解放的问题；同时又接受了福柯和德勒兹的后现代思想，从域外开始思考不可能成为可能的策略。在此基础上，朗西埃的解放设想是一个以平等为前提的歧义共同体，而艺术恰恰是当前最适合政治操演的领地。落实在现实主义小说文本的解读上，朗西埃十分关注底层解放的政治议题。

【关键词】无

物质女权主义

【作　者】方红
【单　位】南京大学外国语学院
【期　刊】《外国文学》，第 6 期，2017 年，第 100－108 页
【内容摘要】物质女权主义以波瑞德的物质自在性、艾雷默的跨躯体性、伯耐特的物质力为核心概念，提出物质、自然、人体因其内在的物质话语实践而具有自在性，表明有毒物质在不同类型躯体间的传递显现出人与环境之间的跨躯体性，倡导策略、谨慎对待环境的跨躯体物质伦理。物质女权主义因其独特的自然观、身体观与环境伦理观成为引领生态批评第四次浪潮的重要环境理论。
【关键词】自在性；自然；跨躯体性；生态批评；伦理

西方悲剧美学的现代发展与变异

【作　者】何双；修倜
【单　位】华中师范大学文学院
【期　刊】《江西社会科学》，第 37 卷，第 1 期，2017 年，第 125－131 页
【内容摘要】19 世纪末 20 世纪初是西方文化的转型期，在新的文化视野中，现代悲剧美学表现出对传统悲剧美学的颠覆与反叛。现代悲剧在以下方面呈现了对传统悲剧的发展与变异：悲剧人物由英雄人物转向日常普通人；悲剧冲突由从关注外在社会转向人类内心观照，由情节冲突转向精神冲突；悲剧旨归由道德教育和社会批判转向文化批判和人类的终极关怀；悲剧效果由审美教育走向反审美；悲剧精神由悲剧精神降格为悲剧感；悲剧实质由外在实体悲剧走向内在哲学悲剧，体现出现代悲剧现代主义色彩的嬗变。
【关键词】现代悲剧；传统悲剧；颠覆；反叛；悲剧感

西方文论关键词：地方

【作　者】陈浩然
【单　位】首都师范大学大学英语教研部；北京外国语大学英语学院
【期　刊】《外国文学》，第 5 期，2017 年，第 98－108 页
【内容摘要】作为重要的跨学科关键词，"地方"的历史悠久。开端于古希腊哲学，"地方"批评在 20 世纪以来呈现出多元化的发展态势。现象学派、人文地理学家以及部分生态学家主张将"地方"看作带给人地方感、具有明显边界和稳定特征的固定场所；然而，马克思主义社会建构论者与后现代批评家们认为"流动的地方"早已取代"固定的地方"成为现代社会的发展趋势。他们认为"固定的地方"概念过于保守，具有浓烈的排斥他者的动机，主张在"时空压缩"的现代社会中，具有混杂身份的人们应该不受约束地以"迁移式的"形式去适应"流动的地方"。"固定的地方"面临现代社会变革的冲击，而"流动的地方"也极易沦为资本主义追逐价值的工具。更严重的是，"流动的地方"会成为霸权地方政策威胁他者"阶级""民族"甚至是"国家"边界的借口。由此可知，"地方"在现代社会背景下并不只是地理学的范畴，也不限于生态批评的领域，而是涉及政治纲领、民族处境以及经济行为的混合体。
【关键词】地方；地方转向；地方批评

西方文论关键词：罗曼司

【作　者】董雯婷

【单　位】南京大学文学院

【期　刊】《外国文学》，第 5 期，2017 年，第 109－119 页

【内容摘要】由于"罗曼司"冗杂、包容的特性和广泛、长期的创作与流传，西方学界对罗曼司这一术语一直没有权威的界定。梅丽莎·弗罗在 2009 年出版的《罗曼司的期待——中世纪英格兰对一种文类的接受》一书中提出了一种文类体系的主张，再次引发了有关罗曼司概念的讨论。历史上，关于罗曼司特性的认知也一直在流变，一方面它是"非现实"的虚构文学，另一方面又有大量学者强调它所蕴含的意识形态性和历史真实；这实际上反映出罗曼司"超越性"和"现时性"相融合的特点。本文梳理了罗曼司的起源及其传统，明确了罗曼司的特性及其与其他文类的区别，分析了罗曼司的中文释义问题及其语义泛化趋势中隐含的西方霸权色彩。

【关键词】罗曼司；虚构；超越性；现时性；传奇

西方文论关键词：命名时段

【作　者】张颖

【单　位】陕西师范大学文学院

【期　刊】《外国文学》，第 2 期，2017 年，第 93－101 页

【内容摘要】朱莉娅·克里斯蒂娃的符号学理论，建构于 20 世纪六七十年代，以建立一种新的符号意指形式为旨归，是法国 1968 年五月革命的产物，具有很强的政治性意蕴。克里斯蒂娃通过将胡塞尔现象学的意义论与弗洛伊德的无意识理论引入符号学研究，来进一步具体化命名的生成过程。作为意义生成的门槛，命名时段联系无意识与意识两大领域，形成的标志是主体的确立以及随之产生的对象的确立。在精神分析学视阈下，命名时段历时地包含了镜像阶段和阉割焦虑两个过程。命名时段对先锋诗歌、精神分析活动、女性主义理论产生广泛的影响，其动态的运作模式体现了互文的阐释方式和价值意识在克里斯蒂娃的理论进路中的贯穿。

【关键词】朱莉娅·克里斯蒂娃；符号学；命名时段；主体；意义生成

西方文论关键词：情感文学

【作　者】耿力平

【单　位】北京外国语大学英语学院

【期　刊】《外国文学》，第 1 期，2017 年，第 71－80 页

【内容摘要】"情感文学"作品刻意突出描写主要人物的情感起伏、悲伤离合，引发读者的情感宣泄，达到作者所期望的同情或同感叙事效果。这一文学现象集中出现在 17、18 世纪的欧洲文坛，特别是小说和戏剧领域，并由此派生出情感主义。情感文学乃至情感主义的出现有其深层的哲学和社会基础，由此开展研究可使我们更深刻地理解其特定的文学表现形式和发展路径，更全面地了解其由兴至衰的历史沿革。情感文学及情感主义在 18 世纪英国文坛、特别是小说领域的思想基础及文学表现与欧洲文坛的发展息息相关。结合欧洲的历史文化背景，解读它们在英国文学史的出现和发展，可以为读者了解英国 18 世纪的文学与文化提供有益的帮助。

【关键词】情感文学；情感主义；启蒙运动；英国小说

西方文论关键词：身份伪装叙事

【作　者】张卫东

【单　位】南京理工大学外国语学院

【期　刊】《外国文学》，第 4 期，2017 年，第 86－95 页

【内容摘要】"身份伪装叙事"是西方文学理论与社会学视阈中的一个关键概念，涉及种族、性别等身份的认同与归化的问题。它发源于美国黑人离散文学，20 世纪以来，随着民权运动与性解放等文明政治的推进，逐渐成为文学作品书写与人文科学研究的热点话题。然而，在文化多元的当代语境下，身份伪装的概念框架随着"人"的身份的细化而拓展，不断丰富了原初的含义。本文从种族身份伪装、性别与性向身份伪装、残障与社会阶层身份伪装等方面梳理身份伪装叙事在当代文化语境中的具体表征。

【关键词】身份伪装；种族；性别；性向；残障

西方文论关键词：田园诗

【作　者】张剑

【单　位】北京外国语大学英语学院

【期　刊】《外国文学》，第 2 期，2017 年，第 83－92 页

【内容摘要】田园诗作为一个文类，有着悠久的发展历史，并在发展过程中逐渐形成了不同种类。田园诗之所以在当代成为一个理论话题，是因为背后隐藏了许多历史和文化因素，如工业革命、圈地运动、乌托邦思想、原始主义、复乐园情结等等。当代读者越来越意识到田园诗的隐退倾向和田园理想的建构性质，从而倾向于从阶级、性别、种族、生态等视角去解读其意义及背后的意识形态。

【关键词】阿卡迪亚；引退；田园主义；反田园诗；新生态美学

西方文论关键词：物转向

【作　者】韩启群

【单　位】南京林业大学外国语学院

【期　刊】《外国文学》，第 6 期，2017 年，第 88－99 页

【内容摘要】物的话语内涵在当下语境中的演变及拓展构成了当前很多学科领域"物转向"的核心推力。来自文学研究领域的学者们从"物转向"话语中汲取丰富的理论滋养，推动了文学批评领域的"物转向"，并逐渐形成具有独特研究旨趣与范式的"物转向"批评话语。本论文主要从西方哲学社科领域"物转向"研究起源与概念假设入手，重点探寻当代西方文学批评领域"物转向"擢升衍进的话语背景，并通过梳理新世纪以来西方学者的文学研究实践归纳了"物转向"批评话语的主要议题与路径、研究范式与特点，思考"物转向"批评话语如何有效拓展与塑造当代西方文学研究空间，以期为国内同行及同类研究提供借鉴与参考。

【关键词】当代西方；文学批评；"物转向"

西方文论关键词：忧郁

【作　者】何磊

【单　位】首都经济贸易大学文化与传播学院
【期　刊】《外国文学》，第 1 期，2017 年，第 81－90 页
【内容摘要】"忧郁"本是西方古代医学哲学概念，却随着现代科学的发展而逐渐式微，其医学地位早已由"抑郁"取而代之。弗洛伊德的《哀悼与忧郁》开启了现代忧郁理论，忧郁概念再度获得哲学关注，并在巴特勒的社会政治批判中达到新的高度。从精神分析概念、社会政治概念到抗拒现代性的文化批判概念，本文梳理了忧郁在现代背景中的重生、绽出与迷失。
【关键词】忧郁；失去；精神分析；性；现代性

西方文论关键词：有机整体

【作　者】张欣

【单　位】北京外国语大学英语学院
【期　刊】《外国文学》，第 3 期，2017 年，第 84－93 页
【内容摘要】"有机整体"概念的基本内容是，诗应如植物生长般有其内在目的性，其各部分也应如植物的各部分一样为整体服务，使整体与部分互为目的和手段。有机整体概念成型于 18 世纪末以降的浪漫主义时期，是浪漫主义文论以植物生长喻比文艺创作的产物。进入 20 世纪，英美新批评理论家围绕有机整体概念提出了更为具体的批评术语和批评手段，使有机整体成为一个指导文学批评的根本原则。有机整体不仅是一个诗学概念，也是一个反映文艺作品与社会生活密切关系的文化概念。对有机整体概念的梳理，不仅能丰富我们对西方诗学的理解，还有助于我们从总体上把握文学与社会之间的复杂关系。
【关键词】有机整体；诗学；浪漫主义；新批评；文化批评

西方文论关键词：中性

【作　者】金松林

【单　位】安庆师范大学文学院
【期　刊】《外国文学》，第 4 期，2017 年，第 75－85 页
【内容摘要】"中性"这个术语源自叶姆斯列夫和布龙达尔的结构语言学，罗兰·巴特经过创造性的转换将它确立为自己的方法论。从他的首部著作《写作的零度》开始，一直到晚期研讨班，"中性"贯穿始终。巴特运用"中性"的策略颠覆了萨特"介入论"的文学观以及传统的性别建制，重新描述了个体生存的图景。他努力的目的在于消除隐藏在这些对象中的意识形态，进而打造一个带有乌托邦色彩的美丽新世界。
【关键词】中性；巴特；写作；性别；个体生存

西方文学中的审美现代性主题评述

【作　者】顾梅珑

【单　位】江南大学人文学院
【期　刊】《外国文学》，第 2 期，2017 年，第 102－112 页
【内容摘要】现代社会与思维体系充满了审美特质，文学世界也沉淀着丰富的审美元素。审美现代性建立在宗教图景崩溃、凡俗文化成型时期，审美化生存成为重要文学主题，各类审美人频频登场，表达着不甘平庸拒绝异化的自我，情爱、漫游、成长均具有了审美意蕴；在与启蒙

现代性分庭抗争之中，审美以独特的批判视角丰富文学的反叛主题，凸显现代自由，产生令人震惊的阅读效应，促进了现代伦理重构进程；它崇尚"瞬间"价值，力图构筑艺术的"永恒之境"，探索着救赎之路。这些主题包容审美正负两极内容，触及了人性秘密、生存困境、人类命运等文学本质性问题，丰富了西方文学的精神园地。

【关键词】西方文学；审美现代性；主题场域；评述

西方现代主义文学中的圣杯原型

【作　者】高红梅[1]；魏琳娜[2]
【单　位】高红梅[1]，长春师范大学文学院
　　　　　魏琳娜[2]，东北师范大学文学院
【期　刊】《东北大学学报（社会科学版）》，第 19 卷，第 6 期，2017 年，第 16－21 页
【内容摘要】圣杯原型作为西方文学最重要的原型之一，发展与繁盛于中世纪，是基督的象征。但是，现代主义使得圣杯原型的宗教内涵发生了断裂，并彻底走向世俗化。圣杯原型也从天堂走向人间，从神性回归人性，从象征信仰转向隐喻现实人生，与普罗大众融为一体。作为一种文学隐喻，圣杯原型凝结着西方文学对某种可望而不可即的理想境界的追求。圣杯原型精神象征的变异，不仅体现了西方文学与文化追求向上飞升的超越精神，而且展现了西方文学象征手法的变迁，具有重要的审美价值。
【关键词】圣杯原型；现代主义；世俗化；隐喻

现代主义·触觉·自我——论加令顿的《触觉现代主义》

【作　者】申富英
【单　位】山东大学外国语学院
【期　刊】《外国文学》，第 3 期，2017 年，第 156－166 页
【内容摘要】触觉器官是我们最大的感觉器官，但人类对触觉的研究大多停留在医学、生物学、哲学、文化学、心理学等层面，在文学研究领域鲜有专门系统的研究。加令顿的《触觉现代主义》可谓这方面富有创新价值的成果。在这部专著中，加令顿较深入系统地研究了现代主义文学中的触觉，特别是人手与阶级、地位、大众消费、心理欲望、性别关系、自我认知、认知能力拓展、人际交流、时间与空间定位等的关系，探讨了文学中的触觉与视觉、嗅觉、味觉、听觉之间的美学关系，并在此基础上探察了现代主义文学触觉转向背后的社会学、心理学、哲学和科技等方面的动因。同时，她还探讨了人手与身体分离后的种种可怕后果。
【关键词】加令顿；《触觉现代主义》；触觉；社会地位；记忆；自我

象牙塔的陷落？——英美学界小说研究

【作　者】肖楚楚；樊星
【单　位】武汉大学文学院
【期　刊】《江汉论坛》，第 7 期，2017 年，第 78－82 页
【内容摘要】二战后英美大学、学界生态、学者处境的风云变化反映在文学中便是学界小说主题的不断深化和拓展。脱胎于校园小说的文学传统，学界小说多以讽刺的基调反映大学校园及学界的各种乱象，揭露肮脏的学术政治、荒唐的情爱逸事和学者生活的个人悲剧，戳破人们对

学者、学界、大学的乌托邦想象，却也严肃甚至忧伤地探讨着个人生命意义、学术自由及教育困境等现实问题。走出坍塌的象牙塔，褪去神圣光环，人们才能对学者、学界、大学有更多期待。面对现实世界中暗潮涌动的高等教育和学界风云，学界小说虽有局限，却充满生机，依然具有无限可能。

【关键词】学界小说；大学；学界；想象的乌托邦

新实践美学与乌托邦精神

【作　者】张弓
【单　位】上海华东政法大学
【期　刊】《福建论坛》，第 1 期，2017 年，第 148－158 页
【内容摘要】"乌托邦"一词产生以来，不同政治倾向的人利用它的词义二重性，分别采取了赞赏和反对的态度，从而形成了不同历史时期的乌托邦、反乌托邦、后乌托邦等思想潮流。马克思主义创始人既批判了乌托邦的空想主义，又继承了它的理想主义。因此，新实践美学应该批判继承乌托邦的批判和创新精神。美学和文艺的本质就是意识形态的创造，柏拉图和亚里士多德的《理想国》和《诗学》《政治学》都从美学和文艺方面开启了乌托邦的批判和创新精神，席勒的"审美王国"最为完善地以乌托邦精神描绘了审美教育的美好理想王国——人性完整的人类自由王国。马克思主义实践美学，以革命和创新的实践观点创建了共产主义审美王国和艺术世界，为培养自由全面发展的人，建立自由人联合体而努力奋斗。新实践美学应该在当今中国特色社会主义建设实践中，发扬乌托邦精神，批判旧世界，建设新世界，以融合真善美的审美教育培育社会主义新人，为实现中华民族伟大复兴的中国梦而贡献力量。

【关键词】乌托邦精神；新实践美学；批判；创新

新世纪以来中国巴赫金研究的现状及其问题

【作　者】曾军；李维
【单　位】上海大学文学院
【期　刊】《人文杂志》，第 2 期，2017 年，第 69－78 页
【内容摘要】新世纪中国的巴赫金研究随着《巴赫金全集》中文版的出版、巴赫金研究学会的成立获得了长足的进展，其中 2004－2005、2008－2009 年度，中国学者有关巴赫金研究的成果推出较为集中，形成两次高潮。中国学者对俄苏和欧美巴赫金研究的现状了解不深，引述范围也不够广泛，表明了中国的巴赫金研究还未能达到与外国巴赫金研究对话的程度。在巴赫金思想的研究中，中国学者主要围绕"巴赫金思想体系研究""巴赫金语言理论研究""对话、狂欢和复调的理论论争""文化理论视角下的巴赫金"等几个焦点展开。将巴赫金置于俄苏和欧美文学和文化理论的学术史中展开研究是新世纪中国巴赫金研究较为突出的一个特点，中国学者围绕巴赫金与俄罗斯文艺思想的渊源、与法国理论、与英美文化理论以及与德国传统等方面展开研究，但冷热不均，成果亦不均衡。

【关键词】新世纪；巴赫金；学术史

想象·空间·现代性——福柯"异托邦"思想再解读

【作　者】贺昌盛；王涛

【单　位】厦门大学中文系
【期　刊】《东岳论丛》，第 38 卷，第 7 期，2017 年，第 137－144 页

【内容摘要】作为一个自创的概念，福柯所谓的"异托邦"特指区别于实存的物理空间及虚幻的"乌托邦"的某种主要由语言符号建构起来的"异在"的"空间"形式，这一概念对于矫正现有历史学研究的偏执及重新理解"现代性"的"空间"意味均有着深刻的原创性意义。从书写层面上讲，"异托邦"主要由"地方志""外来者"与"居在者"的三种想象性书写交织构建而成；"异托邦"以其"居在者"对于边缘性"异在"特质的认同及与作为"他者"的"中心"的关系作为确认"自我属性"的依据；"异托邦"之"多元并置"的"共在"形态比常规空间的秩序化形态更能够显示"现代性"对于"时间/历史"维度的抵抗。
【关键词】福柯；"异托邦"；空间；现代性

形而上学的衰落与 20 世纪西方文论话语形式

【作　者】汪洪章
【单　位】复旦大学外文学院英文系
【期　刊】《南京社会科学》，第 8 期，2017 年，第 50－57 页

【内容摘要】本文将西方传统形而上学的衰落，置于西方社会发展史和东西文化交流史中来加以考察。作者认为，西方社会民主化进程中，政治、文化权力渐次下移，是导致形而上学理论话语衰落的主因；而 19 世纪以来东方的道佛思想之影响，则助推了形而上学的消解过程。20世纪后半期以来，西方理论生产速度快、产量高，理论性质也有所改变，这与形而上学解体、学术人口膨胀及社交伦理中的"政治正确"等因素关系密切。文章还结合中国现当代学术文化史上对待"中学""西学"的态度，探讨了理论的生产和消费等相关问题。
【关键词】形而上学；道佛思想；理论生产；文化影响

叙事建构论的四重关系

【作　者】王正中
【单　位】浙江大学人文学院
【期　刊】《当代文坛》，第 4 期，2017 年，第 19－23 页

【内容摘要】现今，叙事研究已然遍及人文学科各个领域。不同学科的叙事研究，实际上是以人类文化中普遍存在着叙事结构为基础的。同时，人类文化又是人类主体活动的结果。因此，人类文化中的叙事结构是来源于人类主体本身的叙事结构。叙事建构论主要研究的则是叙事在主体建构中所起到的作用。本文主要综述叙事建构论的四重关系，即：叙事与人类思维方式之间的关系、叙事与现实的关系、叙事与自我的关系及个体叙事和群体叙事的关系。通过这四重关系的研究，剖析叙事在主体建构中的作用。
【关键词】叙事建构论；主体叙事学；叙事研究；人文科学

叙述学发展的诗歌向度及其基点——关于构建诗歌叙述学的思考

【作　者】李孝弟
【单　位】上海大学文学院
【期　刊】《外语与外语教学》，第 4 期，2017 年，第 135－145、151 页

【内容摘要】叙述学理论与批评已经拓展至不同学科、不同媒介与不同文体。这种一方面为叙述学理论的发展提供了丰富的批评实践空间，因此会反过来促进涉及不同领域分支叙述学的形成与发展；另一方面，则会促使学界对叙述学理论自身的发展进行反思。以小说文体为基础发展起来的叙述学理论必须在各个方面做出调整，在寻求与其他领域叙述理论最大理论公约数的前提下来发展分支叙述学理论。诗歌叙述学的建构与发展即是如此。诗歌叙述学要以诗歌文本特征为基础，借鉴保留叙述学理论与方法中适合于诗歌叙述分析的成分，在如下三个方面加以突出：取消抒情与叙事的二分对立，重新界定内容与形式所指，注重诗歌的隐喻思维特征。这或许是构建诗歌叙述学的起步之基。

【关键词】叙述学理论与批评；诗歌叙述学；文本分析；抒情与叙述；隐喻思维

伊格尔顿后现代主义批判的理论旨归

【作　者】胡大芳
【单　位】牡丹江师范学院应用英语学院
【期　刊】《学术交流》，第 8 期，2017 年，第 168－173 页
【内容摘要】20 世纪后半期，后现代主义迅速崛起，成为战后世界的重大思想事件。虽然后现代主义以挑战传统思想的斗士形象出现，但伊格尔顿看到了其深陷西方传统思想之中的痼疾。自古希腊起的西方理论话语就存在着一种神话倾向，存在着用第二秩序语言形式遮蔽现实世界的问题。后现代主义借助传统的概念对传统进行批判的理论道路是行不通的。因此，伊格尔顿指出，马克思既认识到了人的文化属性，也重视人的自然属性。他从政治经济学批判入手，通过对资本主义生产方式的分析开辟出了一种重建世界秩序的可能性。对照后现代主义和马克思主义理论的优劣，突出马克思主义在解释世界、改造世界方面的理论力量，是伊格尔顿批判后现代主义的理论旨归。

【关键词】伊格尔顿；马克思主义；后现代主义；神话语言

伊格尔顿身体美学的古典源头与现代意义

【作　者】阴志科
【单　位】浙江师范大学人文学院
【期　刊】《新疆大学学报（哲学·人文社会科学版）》，第 45 卷，第 2 期，2017 年，第 112－117 页
【内容摘要】受笛卡尔身心二元论的影响，现代人往往视身体为财产，可以任由自我处置，伊格尔顿借助亚里士多德的身体/灵魂与质料/形式学说对此进行了反驳，他认为如何使用肉体决定了人的价值。所谓美学的身体要让有限的身体屈从于无限的意志，这种唯心主义观念既厌恶身体又迷恋身体，试图把身体视为不生不灭的艺术品。而在唯物主义者伊格尔顿看来，其实身体才是人类进行沟通与合作的本质语言，身体和艺术所要表达的意义就在自身的呈现之中，要理解这种身体美学观必须返回亚里士多德的古典伦理学思想。在如何施展人的本质力量问题上，伊格尔顿推进了当代马克思主义的美学与伦理学研究。

【关键词】伊格尔顿；亚里士多德；身体美学；艺术品；美德

异域光环下的骑士与女英雄国度——德语巴洛克文学中的中国形象研究

【作　者】谭渊

【单　位】华中科技大学外国语学院
【期　刊】《同济大学学报（社会科学版）》，第 28 卷，第 4 期，2017 年，第 23－29 页
【内容摘要】17 世纪耶稣会传教士关于中国的报道对同时代欧洲产生了巨大冲击，唤起了欧洲人对中国的关注，并在德语国家引发了文学家的创作热情。分析 17 世纪后半叶以中国为舞台的四部德语小说可以看出，巴洛克文学对中国形象的建构一方面受到传教士报告影响，将中国塑造为古老、强大、富足的异域国家；另一方面则受到骑士小说传统模式的影响，将中国英雄们塑造成了追逐爱情、游侠冒险的骑士形象。最终，中国在德语巴洛克小说中成为一个带有异域光环的骑士和女英雄国度，从而迎合了欧洲读者对"异国情调"的想象和期待。
【关键词】中国形象；德语文学；巴洛克；骑士小说；女英雄

由"普夏之争"论普实克文学研究的科学化路径及其理论价值

【作　者】刘云
【单　位】安徽大学学报编辑部
【期　刊】《中山大学学报（社会科学版）》，第 57 卷，第 2 期，2017 年，第 42－53 页
【内容摘要】普夏论争的焦点在于文学研究是否属于科学研究。普实克认为文学研究是科学研究之一种，而夏志清则否认文学研究的科学性。普实克在具体的文学研究实践中为我们提供了文学研究的三个科学化路径：第一，文学研究的目的是发现客观真理；第二，文学研究的态度是克服个人偏见；第三，文学研究的方法是历史视角和系统分析。从此路径出发，普实克力图系统而科学地演绎中国现代文学发生的历史过程，并在纷繁的历史表象中寻绎出一条清晰明了的发展线索。他的建基于科学研究视野的文学研究方法论，为其中国现代文学研究提供了持续而有效的支持，使其能够以独到的眼光发现并提出许多深具启发性的论题，深刻影响了 20 世纪末期以后的中国现代文学研究的发展历程。
【关键词】普夏之争；文学研究科学性；历史视角；系统分析

语言选择、思维风格与小说中的自闭症人物塑造

【作　者】程瑾涛[1]；刘世生[2]
【单　位】程瑾涛[1]，北京交通大学语言与传播学院
　　　　　刘世生[2]，清华大学外文系
【期　刊】《当代外国文学》，第 38 卷，第 2 期，2017 年，第 87－96 页
【内容摘要】本文以两部以自闭症患者为第一人称视角的最新获奖英文小说为语料，对主人公的交际及叙事语言选择进行了全面系统的分析，结论认为，其语言选择是思维风格的表征，其特点主要表现在以下五个方面：在交际过程中的非故意的不合作、非故意的不礼貌、叙事中语言的单一逻辑、对感官感受的过度细节性描述以及对隐喻的理解困难。类似的语言选择在两部小说中频繁出现，表征着主人公异于常人的思维风格，塑造了社交和认知异常的自闭症患者形象，也强化了人们对自闭症的认知。
【关键词】语言选择；思维风格；自闭症；小说

语言与话语：从"无法言说之物"到"被排斥的人"

【作　者】肖炜静

【单　　位】南京大学文学院
【期　　刊】《内蒙古社会科学》，第 38 卷，第 2 期，2017 年，第 169－175 页
【内容摘要】语言中无法言说之物"指的是无法用现实语言描述的缥缈哲思，"现实世界中被排斥的人"指的是无法受到社会规则系统保护的人，也就是阿甘本意义上的"神圣人"或福柯笔下的"疯狂者"。将二者放在 20 世纪西方文论由"语言"到"话语"的转向之中审视，会发现其中诸多的同构性与异质性。首先，"道可道、非常道"的逻辑矛盾依旧存在，但是被批判的对象由语言的固有缺陷转化为对社会权利系统的批判。其次，二者之间的转换并不是硬性牵强的，而是由语言内部的形式分析到语用学意义上的信息传递，进而过渡到整个文化系统的话语分析实践。最后，由对"无法言说之物"的苍白指认转化为对"边缘群体"的特殊关注，并赋予其理论上的革命反叛性，甚至试图颠倒社会规则与"异在之物"的"主奴关系"，只不过，这种"反抗性"也很容易被收编。
【关键词】语言；话语；实在界；神圣人

约翰·罗斯金《前拉斐尔主义》中的生态思想

【作　　者】张远帆

【单　　位】南通大学外国语学院
【期　　刊】《南通大学学报（社会科学版）》，第 33 卷，第 6 期，2017 年，第 61－67 页
【内容摘要】罗斯金的艺术演讲集《前拉菲尔主义》以艺术的形式阐释了他对自然生态的见解、环保理念及简单生活观。虽然罗斯金主张艺术的主体审美价值和情感迁移效应，即"神视"与"情感迁移"作用，但在字里行间却渗透出深刻的生态思想和忧患意识。作者通过研究《前拉菲尔主义》中关于建筑与绘画的演讲，运用"神视焦虑"和"情感谬误"等视角，探究其艺术文本中的"隐性环境文本"，揭示其"重返自然""回归人的自然天性""诗意的生存"等生态思想的成因时，发现罗斯金在文化的空间里重新思考自然的位置，思考人类与自然以及文化与自然的关系，并以高超的演讲才能和十足的感召力投射出强烈的生态意识和文字呼唤。
【关键词】约翰·罗斯金；生态观；《前拉斐尔主义》

粤剧在夏威夷的传播与接受：1879－1929

【作　　者】陈茂庆

【单　　位】华东师范大学外语学院
【期　　刊】《戏曲艺术》，第 38 卷，第 3 期，2017 年，第 124－134 页
【内容摘要】本文以华人戏院为主线，研究 1879－1929 年粤剧在夏威夷的传播与接受。1879 年夏季，夏威夷第一家华人戏院落成，五年后拆除。尔后，两家华人戏院开张。粤剧表演不仅吸引了大批华人观众，也受到许多白人和夏威夷土著居民的追捧。另一方面，锣鼓等乐器产生的巨大声响经常遭到附近居民的投诉，被警方突袭。1900 年的大火焚毁了两家戏院。嗣后，两家更大的华人戏院建成，并展开激烈的竞争。同时，粤剧服装、音乐和做工与英语对白相融合的戏剧形式出现在夏威夷的舞台上。粤剧表演不再是纯粹的商业性娱乐活动，而逐渐被赋予多种社会功能：呼应国内反抗清王朝的斗争，参与公益筹款活动，彰显华人民族身份，塑造夏威夷的多元文化。
【关键词】粤剧；夏威夷；传播；接受

再谈斯坦尼斯拉夫斯基戏剧观念的现实主义性

【作　者】董晓

【单　位】南京大学文学院

【期　刊】《俄罗斯文艺》，第 4 期，2017 年，第 34－41 页

【内容摘要】斯坦尼斯拉夫斯基戏剧体系作为世界两大戏剧体系之一，以鲜明的现实主义倾向著称于世。这既成为斯坦尼斯拉夫斯基戏剧体系的标志，亦成为后来多次被人诟病的主要原因。在 20 世纪以来的对斯坦尼斯拉夫斯基戏剧观念的诸多批评中，有一种观念比较普遍，即认为斯坦尼斯拉夫斯基的表演艺术理念局限于现实主义艺术观念，因而显得过于陈旧。但是，斯坦尼斯拉夫斯基的现实主义戏剧表演艺术理念并非如人们所想象的那样保守和陈旧，它所秉持的一些戏剧艺术理念不仅代表了现实主义戏剧理念，更包含了戏剧表演艺术的根本性的、实质性的理念，体现了戏剧艺术的基本的、本质的特征。此外，斯坦尼斯拉夫斯基的戏剧表演艺术理念具有开放性特质，这与后来人们对它的种种批评并不相符。真正理解斯坦尼斯拉夫斯基的戏剧表演艺术观念，必须矫正以往对它的种种误解。这是深入研究斯坦尼斯拉夫斯基戏剧表演艺术理念，以实现戏剧艺术的真正发展和创新的前提。

【关键词】斯坦尼斯拉夫斯基体系；现实主义；体验说

再现、跨界、拟态与整合：跨学科视域中的"电影风景"

【作　者】陈涛

【单　位】中国人民大学文学院

【期　刊】*Interdisciplinary Studies of Literature*，第 1 卷，第 4 期，2017 年，第 132－144 页

【内容摘要】针对"电影风景"的概念与研究范式，本文从四个方面进行跨学科梳理与整合，并提炼和解析重要的问题意识。"再现"指明电影风景的实质，从本体的角度说明电影风景表现为一种客观现实风景的"再现"而非"反映"，并不断建构观众的身份认同。"跨界"归纳电影风景在叙事上的表现与功能，它不仅同电影的风格与剧作法密切相关，而且风景的跨界打破了叙事结构的惯例。"拟态"阐述电影风景在文本之外的构成方式，证明电影风景的"参考物"特征，并指出其背后是电影制作的资本逻辑。"整合"则探讨后现代社会中电影风景对于现实的改造作用，令其变为一种混杂性的空间，这同当代电影产业与旅游产业的交织与互动息息相关。

【关键词】电影风景；再现；认同；景观；跨界

詹姆逊的"国族讽寓"论在中国的错译及影响

【作　者】王希腾

【单　位】暨南大学文学院

【期　刊】《当代文坛》，第 2 期，2017 年，第 27－30 页

【内容摘要】对詹姆逊"国族讽寓"论的研究，见证了中国现代化与世界全球化进程中包括理论译介、民族身份认同、世界文学建构等问题的出现与应对，也直观地反映了中国文学、文化的复兴和后殖民阶段第三世界国家话语权的强化。由 National Allegory 这一概念的不可通约性导致了不可译性，"错译"的"民族寓言"概念伴随着第三世界文学、文化的阐释深刻地影响了中国当代学术话语范式的转型。然而，这种"被动"转型并未改变业已存在的文化身份"焦虑

症"和"失语症"。虽然国内的研究已比较全面地发掘了"国族讽寓"在具体文学、文化现象上的积极联系，但探析其概念的本质意蕴和批判其理论的文化逻辑及重构仍道远路长。

【关键词】詹姆逊；国族讽寓；不可通约性；第三世界文学理论；世界文学

中俄青年文学认同现状研究

【作　者】姜训禄
【单　位】中国石油大学（华东）俄语系
【期　刊】《国外社会科学》，第 5 期，2017 年，第 85－92 页
【内容摘要】文学作为中俄两国文化交流发展进程的重要领域，是两国民众互相了解的途径之一。随着社会生活的发展变化，文学在青年读者中的地位也发生着改变，文学认同问题在中俄两国青年群体中表现出新特征。尽管近些年来两国频繁互动，但青年一代的文学互识度却与两国的合作愿景不符。青年群体对两国文学的相互认知存在不小差异，进而衍生出一些问题。深刻认识相关问题并积极寻求解决方案，对有效促进两国人文交流以及推进两国合作关系深入发展大有裨益。
【关键词】文学认同；俄罗斯；中国；青年

种族批判理论导论

【作　者】多里安·麦考伊 [1]；德克·罗德里克斯 [2]；陈后亮 [3]
【单　位】多里安·麦考伊 [1]，美国田纳西大学教育领导与政策研究系
　　　　　德克·罗德里克斯 [2]，加拿大多伦多大学
　　　　　陈后亮 [3]，华中科技大学外国语学院
【期　刊】《国外理论动态》，第 8 期，2017 年，第 32－38 页
【内容摘要】种族批判理论是一种基于种族的批判话语，它挑战的是欧美白人中心主义的价值体系，其源头可被追溯到 20 世纪 60 年代的美国民权运动和 70 年代的批判法学研究。它关注社会正义、解放和经济赋权问题，并试图揭示白人霸权及其对有色群体的压迫是如何被确立起来并延续下去的。它关注权力和资源分配在政治、经济、种族和性别方面的不平等，试图为包括有色人种在内的一切边缘群体带来社会正义，并最终消除以种族、性别、阶级和宗教等为基础的一切压迫形式。
【关键词】种族批判理论；种族主义；社会正义；利益趋同

主体建构的叙事时间化——基于弗洛伊德精神分析理论的阐释

【作　者】王正中
【单　位】浙江大学人文学院
【期　刊】《中南大学学报（社会科学版）》，第 23 卷，第 1 期，2017 年，第 148－153 页
【内容摘要】人作为主体，是被建构出来的，而叙事时间化则是主体建构的主要方式之一。由于叙事时间化的作用，弗洛伊德的本我才转化为现实中的自我；本我中起支配作用的快乐原则才转化为自我中现实原则支配下的快乐原则。而主体的叙事时间化则是通过叙事认同而获得的，换言之，正是在叙事认同的作用下这种叙事时间内化为主体的叙事身份。而叙事认同发生的动力则来自叙事力，即叙事中所包含的主体需求。简言之，通过叙事力而发生叙事认同，通过叙事认同而获得叙事时间，通过叙事时间主体获得了现实形式。
【关键词】主体建构；叙事时间；叙事认同；叙事力；弗洛伊德

主体性与真理——福柯论"关心自己"

【作　者】杜玉生
【单　位】南京信息工程大学语言文化学院
【期　刊】《外国文学》，第 6 期，2017 年，第 78－87 页
【内容摘要】从 1980 年开始，福柯将理论触角延伸至早期基督教、希腊化罗马及古希腊世界。在 1981－1982 年法兰西学院课程讲座《主体解释学》中，福柯分析了主体与真理的关系、"关心自己"与"认识自己"的调转、古代哲学精神生活修行到现代科学理性理论认知的推进等问题。福柯晚期以"关心自己"这一概念对古代哲学展开全面质询，考察了古代世界围绕着"关心自己"所采取的诸种实践、形成的知识形式以及弥漫于这一概念中的真理体验，福柯将这一体验称作"精神性"。福柯正是从"精神性"这一哲学传统出发理解及阐释古代哲学真理主体化的生活实践，其最终目的是塑造一种精神品性，而不仅仅关涉一种形而上学的沉思与知识获取。
【关键词】晚期福柯；关心自己；主体性；真理

作为道德实践的文学——论伊格尔顿对文学道德性的阐释

【作　者】吴雨洁
【单　位】四川大学文学与新闻学院
【期　刊】《当代文坛》，第 4 期，2017 年，第 28－32 页
【内容摘要】在《文学事件》一书中，伊格尔顿重新讨论了"文学是什么"的问题。他试图调和唯名论和实在论之争，借用维特根斯坦的"家族相似理论"提出了文学的五个构成因素：虚构性、道德性、语言性、非实用性和规范性，认为文学就是"事件"，即不断生成意义和产生影响的动态过程；文学理论的相似之处在于将作品视为一种"策略"。本文通过梳理《文学事件》中伊格尔顿对文学合法性问题的新看法，分析伊格尔顿对文学道德性这一特征的详细论述，探究他重建政治批评与道德价值的热切希望。
【关键词】伊格尔顿；文学；事件；家族相似；道德性

作为人文学科核心的比较研究

【作　者】张隆溪
【单　位】香港城市大学中文及历史系
【期　刊】《北京大学学报（哲学社会科学版）》，第 54 卷，第 1 期，2017 年，第 108－111 页
【内容摘要】现代学术的发展，一方面分科愈来愈细，另一方面又越来越强调跨学科的比较和整合研究。所以，就研究的基本方法而言，比较并不是比较文学所独有的。不过，比较文学从一开始就被定义为跨语言、跨民族文学传统的研究，也就从一开始就具有开放性，具有自觉意识的跨越性。
【关键词】无

作为文学批评视角的世界主义——评帕泰尔的《世界主义与文学想象》（英文）

【作　者】杨金才

【单　位】南京大学外国文学研究所

【期　刊】《外国文学研究》，第 39 卷，第 3 期，2017 年，第 61－164 页

【内容摘要】近年来，世界主义又成为一个前沿理论话题。从世界主义的视角讨论文学作品可以重新审视文学传统，并在全球化语境下观照文学想象的世界主义元素。帕泰尔的专著《世界主义与文学想象》就是其中之一，该书成功地展示了作为文学批评视角的世界主义研究范式及其意义。

【关键词】帕泰尔；世界主义；文学想象

作者弗洛伊德——福柯论弗洛伊德

【作　者】张锦
【单　位】中国社会科学院外国文学研究所

【期　刊】《国外文学》，第 4 期，2017 年，第 1－11、153 页

【内容摘要】福柯在讲稿《什么是作者？》中主要论说了"作者"概念是以何种功能、方式与现代社会的运行体制相关的，即"作者"是怎样被资本主义社会建构和命名的，它又在资本主义社会的这种发明中起到什么样的维系现有文化机制的作用。福柯否定了"作者"这一概念的自明性，他没有在纯文学的意义上分析"作者"问题，正如齐格尔所说，他将文学与作者问题提升到"自我批判"而不是内部批判的层次上。除此之外，福柯还在该文讨论了不同于文学作品"作者"的另一种"作者"概念，如科学的奠基者和"话语性的创始人"，并明显将后者的位置置于前者之上，马克思和弗洛伊德都是福柯意义上"话语性的创始人"。本文将结合福柯几本重要著作，论述福柯为何在上述讲稿中认为弗洛伊德是他所理解的"作者"，即"话语性的创始人"，以丰富我们对"作者"这一概念的认识。

【关键词】作者；话语性；福柯；弗洛伊德

二、专著索引

20 世纪 90 年代社会文化语境下的文学理论转型

【作　者】肖明华
【单　位】江西师范大学当代形态文艺学研究中心
【出版信息】北京：中国社会科学出版社，2017 年第 1 版
【内容简介】该书以 20 世纪 90 年代社会文化语境下的文学理论转型问题为研究中心，既对其作宏观描述，又对它展开细部考察。作者认为，20 世纪 90 年代文学理论并非一种单一的存在，而是由一些具体而有差别的学术话语和知识事件所构成。但是，由于大众文化兴起、现代性反思发生和身份政治凸显等原因，当代文学理论又表现出了一定的共性，以致在研究对象、研究方法、价值取向、身份认同、功能定位等等方面，都发生了转型。"大文学理论"，可以借以作为转型之后的文学理论知识型。理论的批评化、文化研究、文化诗学、后殖民批评、女性主义批评等具体理论话语都要置于此一知识型中才有可能获得切实的理解。"大文学理论"转型的合法性和正当性论证，依然是一个需要文学理论界予以关注的基本问题。一定意义上，它将持久地影响当下乃至未来文学理论的文脉与走向。

20 世纪德国象征主义与批判现实主义文学思想史

【作　者】张弓
【单　位】华东政法大学人文学院
【出版信息】北京：社会科学文献出版社，2017 年第 1 版
【内容简介】不同于传统的德国文学史的写法，张弓的《20 世纪德国象征主义与批判现实主义文学思想史》突出了对于两大文学思想史的梳理，聚焦了 20 世纪最重要的两个文学思潮——象征主义和批判现实主义思潮在德国文学中的历史发展，从宏观的概念史的角度来观照德国文学思想史中的象征主义和批判现实主义文学的特性与共性，对有关作家的文学思想进行了较为详细的梳理和介绍。

20 世纪俄苏文学批评理论史

【作　者】张杰
【单　位】南京师范大学外国语学院
【出版信息】北京：北京大学出版社，2017 年第 1 版
【内容简介】《20 世纪俄苏文学批评理论史》是我国第一部对 20 世纪俄苏文学批评理论进行系统研究的学术专著，较为全面地论述了原苏联版图内和流亡海外的各主要俄苏文学批评理论流派。本书重点研究了 34 位理论家，分为三编，列 36 个专章。

本书认为，20 世纪俄苏文论主要由三股潮流汇集而成：一是以文学的信仰探索为主要功能的宗教文化批评，这主要在"宗教编"中加以论述，如白银时代宗教文化批评理论流派的主要

批评理论家们；二是强调文学社会功能的以社会现实批评为主要特征的流派，被归入"现实编"，它主要是由马克思主义、现实主义（写实派）、庸俗社会学、无产阶级文化派、拉普、社会主义现实主义等流派所构成，也包括把反映现实作为文学主要任务的理论家们；三是强调文学的审美功能、重艺术形式研究的审美批评，这在"审美编"重点阐述，该流派主要有俄国形式主义、布拉格学派、审美学派、莫斯科－塔尔图符号学派和历史诗学等。"宗教""现实""审美"三股潮流的此起彼伏便形成了 20 世纪俄苏文论发展的轨迹。

　　在原苏联本土的文学批评理论思潮的发展，经历过三次重大的研究重心转向。第一次转向发生在苏联建立前后，由宗教文化批评、艺术审美批评转向社会现实批评，即"社会现实转向"。这一次转向的完成以 1934 年社会主义现实主义地位的确立为标志。第二次转向则是发生在 20 世纪 50 年代的"审美批评转向"，从 1956 年的艺术审美本质的大讨论开始，几乎贯穿了整个 20 世纪的后半期。第三次转向则主要表现在苏联解体前后的文化批评转移以及宗教文化批评理论的复苏。显然，这种转向仅仅是指理论界关注焦点的转移，并非指其他批评理论的消亡——几乎各种批评思潮都以不同的方式或明或暗地存在着、变化着、发展着。自 20 世纪后半期以来，俄苏文学批评理论界呈现出三大明显的发展趋向，即文学形式研究由语言符号向文化符号的转向、文艺本质认识由意识形态本质论向审美本质论的转向、社会历史批评由现实世界向宗教世界的转向。当然这仅仅是就主要趋向而言，并不排除还存在着其他现象。

　　本书所描绘的三股潮流的此起彼伏、三次研究重心的转向和 20 世纪末的三大发展趋向，均体现了客观史实与撰写者研究个性的融合，历史现象是客观存在的，也许本身是纷繁复杂的、无序的，但是我们可以使之秩序化，可以概括和总结。这样的《文论史》也许才更具有可读性，更能够为我们文学理论建设提供有价值的参考。

21 世纪外国文学研究新视野

【作　者】杨金才
【单　位】南京大学外国语学院
【出版信息】南京：南京大学出版社，2017 年第 1 版
【内容简介】《21 世纪外国文学研究新视野》通过对 21 世纪外国主要作家的研究，运用新的理论视角解读 2000 年以来世界主要国家的文学作品。《21 世纪外国文学研究新视野》不仅研究内容新，而且研究视角新，与时俱进，凸显 21 世纪以来外国文学的发展趋势。《21 世纪外国文学研究新视野》为外语学科专业的师生、爱好者和研究者提供理论参考和方法借鉴。

巴赫金学派马克思主义语言哲学研究

【作　者】张冰
【单　位】北京师范大学外文学院
【出版信息】北京：北京师范大学出版社，2017 年第 1 版
【内容简介】《巴赫金学派马克思主义语言哲学研究》全书分上、下编。上编 4 章，下编 5 章，外加前言和结语。全书书末有 3 个附录：雅各布逊年谱、奥波亚兹年表、巴赫金小组年表。本著作是作者历时 11 年苦心钻研巴赫金学派的心血结晶，它努力把握学科前沿，充分吸收国内外最新研究成果，观点鲜明，材料丰富，叙述流畅，在许多问题上取得突破，代表了同类研究著作的较高水平。本著作以巴赫金学派主要代表人物之一的瓦连金·沃洛希诺夫的《马克思主义与语言哲学》这部重要著作为线索，在努力探索其内容的基础上，尽量把该书的思想与整个

巴赫金学派成员的思想，与整个席卷俄苏的俄国形式主义运动，与捷克布拉格学派、塔尔图学派代表人物米·尤·洛特曼的思想进行纵、横向比较，给予巴赫金学派以准确、科学的定位，还原历史的真实面目，清理历史遗留的问题。

　　作者认为，在巴赫金的全部思想体系中，起着整合所有范畴之统合作用的核心范畴，是话语及话语哲学即超语言学。作者在论证这一点的过程中，对学术界历来关注的许多问题做了力所能及的解答，从而也突显了这部专著的特点：突破了就巴赫金谈巴赫金的理论范式，把巴赫金思想与其所从属的巴赫金学派、与之紧密应和的奥波亚兹学派、布拉格学派、塔尔图学派等在对话语境里进行还原，力求揭示历史的真实和真值。作者看出以上各派之间观点和理论同中有异，异中有同，作者符合历史实际的评述体现了历史和逻辑统一的原则。

贝尔纳诺斯小说中的圣洁观（法文）

【作　者】董艳丽
【单　位】华中科技大学外国语学院法语系
【出版信息】武汉：武汉大学出版社，2017年第1版
【内容简介】法文专著《贝尔纳诺斯小说中的圣洁观》主要运用主题学的研究方法，同时参考神学理论、社会学理论以及哲学理论，诠释法国作家贝尔纳诺斯小说中涉及的"圣洁"主题。本书系统研究了贝尔纳诺斯的小说创作，把这位作家的所有作品视为一个不可分割的整体，以"圣洁"为切入点，运用互文性理论，结合文本分析，重点挖掘了作品之间的内在联系。

缠绕的诗学：德勒兹思维方法研究

【作　者】秦兰珺
【单　位】中国文联文艺资源中心
【出版信息】北京：中国文联出版社，2017年第1版
【内容简介】吉尔·德勒兹是20世纪法国最重要也是最难定位的思想家之一，虽然他在中国通常被认作是艺术作品的评论者和研究者，但其一生最重要的贡献是借助研究古典哲学而发明的哲学阐释方法——差分化。他的艺术阐释实践就是这个方法在具体艺术文本中的应用。本书分为差分化方法的呈现、实践与方法的反思三个部分。在"方法的呈现"部分，借助德勒兹思想成熟期的两部著作即《差异与重复》《斯宾诺莎和表现的问题》，分析德勒兹如何使用"差分化"的方法。把建构在同一上的系统改造为建构在差异上的"活"系统。在"方法的实践"部分，借助"差分化"方法的应用案例，即对刘易斯·卡罗尔文学文本的阐释中，展示这一思维方法的解释能力。在"方法的反思"部分，引入了生命哲学的坐标，探讨了"差分化"双重思维结构的"活力论"来源，以及"差分化"方法的局限。

从巴赫金到哈贝马斯：20世纪西方话语理论研究

【作　者】刘晗
【单　位】吉首大学文学与新闻传播学院
【出版信息】成都：西南交通大学出版社，2017年第1版
【内容简介】本书遵循历史与逻辑相一致的原则，以俄罗斯的巴赫金、英国的奥斯汀、法国的福柯、德国的哈贝马斯等四位在20世纪西方理论上有着显著影响的理论家为研究对象，以理论

发展的"语言学转向"为背景，从四位理论家纷繁复杂的思想中梳理和勾勒出他们的话语理论，分析了他们话语理论产生的文化动因，聚焦的主要问题以及给 20 世纪西方理论发展带来的主要影响和现实意义。本书对于学界系统了解 20 世纪西方话语理论的多维性和多面性，揭示 20 世纪西方理论发展的历史走向具有重要的学术参考价值。全书共分为四章：第一章"话语的对话性：巴赫金的话语理论"；第二章"话语与行为：奥斯汀的话语理论"；第三章"话语与权力：福柯的话语理论"；第四章"话语与共识：哈贝马斯的话语理论"。

从解构到建构：后现代思想和理论的系谱研究

【作　者】张良丛
【单　位】长江师范学院文学院
【出版信息】北京：社会科学文献出版社，2017 年第 1 版
【内容简介】本书在综合考察后现代发展的基本线索、分析各种代表性流派的基础上，提出以建设性后现代主张的问题意识为基础，秉承建设性后现代"在现代世界彻底自我毁灭和人们无能为力之前，在人与自然、人与人、人与文化、人与哲学、哲学与文学之间的关系上，重构一个新的美好的世界"的宗旨，力图从后现代思想理论中，挖掘其创造性的存在物、本体论的平等观、生态主义、有机整体性、过程性、对话、他者圣性等富于建设性的理论话语，为今天的人类社会提供正确的新理性。全书共分为九章，依次为：第一章"尼采：虚无主义中的建构"；第二章"本雅明：星丛诗学的建构"；第三章"福柯：用系谱学开启历史"；第四章"梅洛-庞蒂：身体理论的建构"；第五章"德里达：延异的颠覆与建构"；第六章"罗蒂：新实用主义真理观"；第七章"舒斯特曼：实用主义理论复兴的建构"；第八章"鲍德里亚：消费社会理论谱系的建构"；第九章"伊格尔顿：走向政治批评的后现代之路"。

从形式主义到历史主义：晚近文学理论"向外转"的深层机理探究

【作　者】姚文放
【单　位】扬州大学文学院
【出版信息】北京：北京大学出版社，2017 年第 1 版
【内容简介】20 世纪文学理论以形式主义为主流，从 20 世纪 10 年代到 80 年代，形式主义在文学理论领域雄霸了大半个世纪。俄国形式主义将语言形式的"陌生化"奉为文学之为文学的标准，将"文学性"归结为不断延续的语言形式创新问题，在当时为文学本质的本体论研究打开了新的思路，此后英美新批评、结构主义文论、现象学文论、接受美学、解构主义文论等都是沿着这一路子往前走的，由此激荡而成百年文学理论的形式主义大潮。然而到了 20 世纪 80 年代，后现代主义兴起，文化研究日渐挤占了文学研究的地盘，文学理论发生了从形式主义走向历史主义的转向，如果说当年形式主义的勃兴是朝着语言、形式、文本"向内转"的话，那么在经过七八十年"与世隔绝"的状态以后，文学理论又折返回来，朝着社会、历史、现实"向外转"了，其表征就是新历史主义、女性主义、后现代主义、后殖民主义、生态主义、审美文化研究、媒介研究等新潮理论的风靡一时，而在 90 年代以后，这些新潮理论又纷纷涌入国门，带来了巨大的冲击和震荡，导致国内文学理论的观念、方法、路径、模式发生了重大的转折，呈现出与旧时迥然不同的格局，带来了诸多前所未有的问题，但也提供了千载难逢的契机。

该书致力于对晚近文学理论从形式主义走向历史主义的路径进行勾勒，对于这一"向外转"趋势的深层机理做出深入、全面的探究。概括言之，可以归结为问题、观念、概念、论争、理

论、方法、基础、动向、宗旨等九个方面，论及文学性的变异、"理论"的横空出世、文化政治的兴起、文学经典之争、话语理论的新视野、症候解读的生产性、美学的重构、回归文学理论、回到中国问题等。上述理论探讨旨在为今后一段时期我国文学理论的发展，为建构具有中国特色和中国气派的文学理论体系提供必要的学术参照。特别要指出的是，我国当代文学理论具有丰厚的历史主义传统，在今天新的时代条件下，总结和整合百年中外文学理论的学术资源，将历史主义传统进一步发扬光大，进而助推我国文学理论新的跃迁，这无疑是一项特别有意义的工作。

当代美国青少年文学研究

【作　者】芮渝萍
【单　位】宁波大学英语文学研究所
【出版信息】杭州：浙江大学出版社，2017 年第 1 版
【内容简介】《当代美国青少年文学研究》介绍了当代美国青少年文学的发展轨迹和现状，即第二次世界大战后的迷茫时期、问题小说时期和多元化发展时期，探讨了当代美国青少年小说中的文化意识形态和表现方式、青少年亚文化和青少年话语、青少年人物塑造、青少年小说的叙事策略和技巧等专题，并对具有较高知名度的当代美国青少年文学奖项及其评价标准做了简要介绍。本书旨在为我国青少年文学作家和研究者、青少年工作者、中小学教师和教育管理者提供域外信息和国际视野，推动我国青少年文学的创作和研究。本研究成果能对我们引进和评价当代美国青少年文学优秀作品，并促进中美青少年文学交流和对话发挥积极的作用。

当代西方文论批判研究

【作　者】张江
【单　位】中国社会科学杂志社
【出版信息】北京：中国社会科学出版社，2017 年第 1 版
【内容简介】本书从几个代表性理论主张和思想特征切入，对当代西方文论自身存在的问题和局限进行梳理和辨析，揭示其本质特征及流弊所在。本书借此强调：对待当代西方文论，必须克服以西方文论为准则的现象，重视和加强对中国文艺发展经验、民族文论传统的总结和研究，努力建构坚守中华文化立场、立足当代中国实践，具有中国特色、中国风格、中国气派的文艺理论。

德国文学中的中国女性形象

【作　者】谭渊
【单　位】华中科技大学外国语学院德语系
【出版信息】武汉：武汉大学出版社，2017 年第 1 版
【内容简介】《德国文学中的中国女性形象》主要研究 17 世纪至 20 世纪上半期的中德文学关系，重点分析德国文学家对中国女性形象的接受、解读和文学再创造，同时探索东学西渐和中国文化软实力对德国文学发生影响的机制。全书紧扣德国文学家笔下的中国"她者"这一独特视角，着重分析了德国文学家塑造的"中国亚马孙人（女英雄）""中国公主""中国女诗人""政治女强人""觉醒的女性""四川好人"等具有典型意义的中国女性形象。书中从分析德国作家

笔下中国女性形象的演变与同时代文坛论争、社会讨论的联系入手，指出中国女性形象在德国文学世界中曾被寄托了男女平等、女性自由、女性觉醒等价值观念，并被塑造为女性解放运动代言人、欧洲女性文学和德国工人运动的榜样，进而成为东西方共同的精神财富和中德文学相互融合的光辉典范。

在研究方法创新方面，该书打破了传统的"影响史述"研究思路，大量借鉴形象学、译介学、变异学、侨易学的新成果，将德国文学中的中国女性形象放入历史话语分析的框架中，改变了将"时代"视为文本生成"背景"的传统研究方式，转而将"她者"的塑造视为作家参与同时代社会活动、热点论争的一种独特方式，通过深入历史语境中去认识作家所涉足的社会论争，探讨"她者"形象在异域语境发生变异的内因，从而用一条社会功能史的红线将不同时代的中国"她者"形象紧密贯穿在一起。

德国战后文学中"自然与人"关系反思

【作　者】施显松
【单　位】同济大学外国语学院
【出版信息】上海：同济大学出版社，2017 年第 1 版
【内容简介】《德国战后文学中"自然与人"关系反思》从文化生态学角度研究战后德国被政治、军事、经济、生物伦理等技术干预的"自然"如何在文学文本中得以呈现，德语文学如何表达现当代自然语境下人的震惊、抗争直至群体与个体间的关系。战后有影响的作家无不涉及反映失去原本意义"自然"之中人的挣扎与反观。这些现象在工业发展和思想深度较其他西方国家更超前的德国尤其突出，其经验对于我们正在谋求发展的新兴国家在实践和理论上都有借鉴意义。对德国战后生态反思文学的研究关键，恰恰是把握这种转变的过程与轨迹的关键。

俄罗斯文学批评史研究

【作　者】程正民
【单　位】北京师范大学
【出版信息】北京：中国社会科学出版社，2017 年第 1 版
【内容简介】《俄罗斯文学批评史研究》是"程正民著作集"之一。本集收入作者研究俄苏文学批评史的成果：第一部分"在历史和形式之间——考察 19－20 世纪俄罗斯文论的一个视角"选自作者不同专著的一些章节和刊物发表的论文，但总的构思是新的，服从于新的构想，也新写了"总论"和五个新的章节，并附了五篇相关的论文；第二部分"20 世纪俄国马克思主义文论的发展"选自《20 世纪俄国马克思主义文艺理论研究》一书中作者撰写的"总论：20 世纪俄国马克思主义文论的发展和特点"，各个年代的概述（19 世纪末 20 世纪初的崛起、20－30 年代的确立和内部对话、50－60 年代的反思和拓展、70－80 年代的新趋势），并选了两篇相关的论文；第三部分"苏联当代文艺学的新进展"选自《20 世纪俄苏文论》。

弗里德里希·荷尔德林和谐观研究

【作　者】赵蕾莲
【单　位】中国人民大学
【出版信息】北京：中国人民大学出版社，2017 年第 1 版

【内容简介】弗里德里希·荷尔德林是德国文学史、哲学史的重要人物，在世界哲学史上也占有重要的一席之地，特别是在海德格尔发表著作《荷尔德林诗的阐释》之后，荷尔德林研究的热度一直不减。而和谐观又是荷尔德林研究中的重要一环。本书从"和谐"概念的古希腊源头开始，追本溯源地探究荷尔德林和谐观的文化历史渊源及其在他毕生中的产生与发展历程，并以"和谐"为视角，研究体现和谐观的全部荷尔德林典型作品、理论残篇和书信。在荷尔德林的哲学思想方面，作者准确地将荷尔德林的泛神论思想作为基本出发点，从赫拉克利特到斯多亚学派的泛神论特征出发，考察荷尔德林的人文主义哲学思想形成的源头。作者清晰地对德国古典哲学中的"唯心主义"概念做出了"理想主义"的解读，不仅大胆地对德国古典哲学提出了自己的见解，也为荷尔德林和谐论思想的生成找到了德国古典主义哲学这个温床。

海登·怀特的元史学理论与当代中国文艺研究

【作　者】杨杰
【单　位】中国传媒大学艺术研究院
【出版信息】北京：中国文联出版社，2017 年第 1 版
【内容简介】本书较为全面地阐释了当代美国著名学者海登·怀特的元史学理论。作为新历史主义理论代表人物的海登·怀特，在历史学、文学以及思想史等诸多领域颇有理论建树，引领了 20 世纪中后期的元史学研究的语言学转向。他的文史相济、综合互补的史学观念与研究方法对当代中国文学理论建构具有积极的借鉴意义，同时，也启迪我们重新思考文艺与历史等维度之间的辩证关系。本书总结新时期以来中国文艺学研究的经验和教训，借鉴怀特研究方法的综合性、互补性的特点，对中国文艺研究中出现的将文艺的特质简单地归结于某一方面的特性的片面思想具有纠偏意义。对海登·怀特新历史主义理论对中国文艺理论研究与文艺创作造成的负面影响予以澄清。

刘意青英语教育自选集：徜徉书间

【作　者】刘意青
【单　位】北京大学
【出版信息】北京：外语教学与研究出版社，2017 年第 1 版
【内容简介】本书为刘意青教授有关英美文学批评、加拿大文学批评、《圣经》文学批评、英语和英语教学等方面的研究论文精选，凝聚了她多年的治学心得，体现了她对我国教育事业的热爱，以及为推动外国文学研究以及英语教学与科研所做的不懈努力。

马克思主义与形式主义关系史

【作　者】杨建刚
【单　位】山东大学文学院
【出版信息】北京：人民出版社，2017 年第 1 版
【内容简介】马克思主义和形式主义是两种完全异质的理论思潮，在问题意识、研究方法和价值立场等方面都有所不同。从它们在 20 世纪的发展来看，从苏联到西方，二者之间经历了一个从对抗到对话的发展过程。本书主要对二者之间的关系史进行详细考察，分析这一发展的内在逻辑，着重研究二者在苏联、欧洲和英美的不同的政治、历史、地域和文化语境中进行对话所

关注的不同问题、采用的不同方法，并分析其利弊得失，以及对中国当前的文学理论建设的借鉴和启示意义。此项研究采用历史与逻辑、历时研究与共时研究、问题研究与个案研究相结合的方式，以马克思主义与形式主义各自不同的方法论特征为逻辑起点，以二者之间在 20 世纪的关系史为经，以不同的时间阶段和地域空间上这种对话所关注的不同问题和采用的不同方法为纬，展开具体分析和深入阐发。

本书第一章对马克思主义和形式主义文学理论的发展历程及其主导性理论话语和方法进行了比较性研究，第二章分析了二者之间从对抗到对话的发展过程及其内在逻辑，第三章至第八章主要对二者对话过程中的重要问题及重要理论家的学说进行了分析。书中对马克思主义与形式主义的对话过程的分析涉及了文学研究中的内部研究与外部研究的对立、文学的自律与他律的关系、文本形式的意识形态、马克思主义与结构主义和符号学的对话、马克思主义的语言哲学问题等诸多非常重要的理论问题。巴赫金、阿多诺、马尔库塞、萨特、巴特、斯特劳斯、阿尔都塞、霍尔、本尼特、伊格尔顿、詹姆逊、鲍德里亚和哈贝马斯等的思想是重要的理论节点，书中从马克思主义与形式主义的对话关系的角度对这些理论家的思想进行了深入的分析、阐发和反思。在研究马克思主义与形式主义在西方的关系史的基础上，本书在第九章转向了新时期以来中国马克思主义与形式文论的对话关系的讨论，并提出了尚待进一步研究的诸多重要问题。通过对马克思主义和形式主义文论在 20 世纪的关系史的考察，作者认为，理论在对话中前行，对话思维应该成为理论创新的基础。马克思主义之所以取得了重大成就，除了它所具有的实践性品格之外，非常重要的一点就是它的开放性和包容性。它可以在对话与融通中将其他甚至异质的理论和思潮中有价值的观念和方法吸收进来，从而使自身保持理论的活力，提高对社会现实和文学艺术的解释力。

美国 19 世纪经典文学中的旅行叙事研究

【作　　者】田俊武
【单　　位】北京航空航天大学外国语学院
【出版信息】北京：中国人民大学出版社，2017 年第 1 版
【内容简介】本书将美国 19 世纪经典文学中的旅行叙事作为研究对象，探寻旅行与文学的起源关系、经典文学中旅行叙事的美学特征，全面梳理美国 19 世纪经典文学中旅行叙事的文化渊源、旅行范式和基本主题，详尽阐释詹姆斯·费尼莫·库柏的"西部旅行"、赫尔曼·麦尔维尔的"大海旅行"、纳撒尼尔·霍桑的"黑夜旅行"、沃尔特·惠特曼的"大路旅行"、马克·吐温的"大河旅行"和亨利·詹姆斯的"欧洲旅行"等叙事，揭示旅行叙事在美国 19 世纪经典作家的小说和诗歌中的典型呈现。

日本近现代文学研究

【作　　者】陈多友
【单　　位】广东外语外贸大学东方语言文化学院
【出版信息】上海：上海交通大学出版社，2017 年第 1 版
【内容简介】本书在继承、借鉴前人优秀研究成果的基础上，以历史的眼光重新梳理自明治时代以来长达 150 余年的日本近现代文学发展历程，聚焦各个时代具有感召力和代表性的作家，做比较深入的个案分析，以求点面结合，做到既全面又能够深刻地呈现其风貌及精彩之处。本书适合日本近现代文学的研究者阅读。

弱势民族文学在现代中国：以东欧文学为中心

【作　者】宋炳辉

【单　位】上海外国语大学文学研究院

【出版信息】北京：北京大学出版社，2017 年第 1 版

【内容简介】《弱势民族文学在现代中国：以东欧文学为中心》旨在立足于中国现代文学的主体立场，系统回顾东欧文学在中国的百年历史以及中国视域中的东欧文学内涵。本书具体探讨了东欧文学在一个多世纪历史中在中国的译介、研究及其影响，对昆德拉、裴多菲、伏契克、布莱希特等作家进行了个案分析，还对世界语在这一特定中外关系中的中介性文化功能做了分析，展开了中外文学关系中的"东欧文学"研究，以期在与中西文学关系的对照中，揭示东欧文学对中国现代文学的建构意义，从而完整探讨现代中外文学关系、中国文学与文化的发生和转型与外来资源之间的复杂关系。

时空体叙事学概论

【作　者】孙鹏程

【单　位】温州大学人文学院

【出版信息】北京：中国社会科学出版社，2017 年第 1 版

【内容简介】《时空体叙事学概论》试图回答申丹教授面对国际学术界的发问："为什么语境叙事学和形式叙事学需要彼此？"这个学术目标是通过建构一种历史认知叙事学来达成的。《时空体叙事学概论》以戴维·赫尔曼的一个理论影响关系确认失误讲起，将叙事学史上溯到俄罗斯历史诗学（也就是俄罗斯形式主义、普洛普、巴赫金诗学共同的来源），并在这个影响研究基础上，从巴赫金时空体理论（作为一种历史诗学或曰历史比较文艺学）的语言学模型，也就是从历史语言学、认知语言学模型入手，深入时空体理论的内在肌理，通过抽取语言学模型中的历史认知科学基本原则，补述并论证其诗学的断裂跳跃之处，进而将时空体理论转换成一种历史认知叙事学。从时空体理论最基本的要素开始，作者逐次剖析叙事语义与叙事语法的交互关系、"叙"与"事"的交互认知等层面，揭示内含的社会历史因素和叙事学化潜势，在与结构主义叙事学的比较中凸显历史认知叙事学的思路，试图在界面研究的视野中，剥露出蕴含其中的历史认知叙事学雏形。除了对诗学的语言学模型的探索之外，作者还试图在人与环境交互论视野中，借助一种广义模态逻辑的基础方法，即情境语义学，为历史认知方法提供哲学基础，试图回答结构主义叙事学基于传统形式逻辑（一阶逻辑）对历史叙事学的质疑。

苏格兰小说史

【作　者】王卫新

【单　位】上海对外贸易学院国际商务外语学院

【出版信息】北京：商务印书馆，2017 年第 1 版

【内容简介】本书主要阐述单独撰写一部独立于英国文学史的苏格兰小说史的必要性，并且全面展示了苏格兰小说的发生、发展和演变的历史过程，清晰地勾勒出苏格兰小说的全貌。采用了史料考据和文献阅读相结合的方法，重新发现和评价了被英国文学史主流叙述忽略了的一些苏格兰小说家和小说流派，资料丰富，论述清晰，引证规范，具有一定的学术价值。

外国文学史（上下册）

【作　者】蒋承勇

【单　位】浙江工商大学

【出版信息】北京：北京师范大学出版社，2017 年第 1 版

【内容简介】本套书以"回到原典""贴近文本"理念为指导，在简明扼要地梳理东西方文学发展脉络、阐述基本规律的基础上，有重点地分析经典文本，引导学生研读文学原著。为提高学生对外国文学经典的鉴赏与理解能力，培养阅读经典的兴趣与习惯，《外国文学史》对重点分析的文本附加了精彩篇章的"选读"；选文重视契合文本分析，且尤为注重中译文的特色与水准。基于诗歌在语言转换过程中的意象变异，诗作选文除了采用不同名家的中文译文，还附有英文原文或英文翻译，便于学生体验经典诗文的原味。此外，《外国文学史》"附录"向学生推荐了100 部外国文学经典名著的名家译本、精选 50 部作家传记和 16 部文学思潮研究著述，以帮助学生"回到原典""贴近文本"。

文化、现代性与审美救赎

【作　者】杨向荣

【单　位】浙江传媒学院文学院

【出版信息】北京：中国社会科学出版社，2017 年第 1 版

【内容简介】基于文学理论、社会学、美学、艺术理论等多学科交融的视角，我们可以在现代性的视域下，从文化诊断、现代性碎片、现代人形象、现代艺术审美之维和审美救赎的角度对齐美尔与法兰克福学派的思想关联展开系统、全面和深入研究。作者认为，齐美尔所讨论的文化悲剧在法兰克福学派学者的眼中则变成了对"文化工业"和"单面人"等的批判，而齐美尔提出的对现代性的距离的审美救赎策略则成了法兰克福学派眼中的审美乌托邦拯救之路。就现代文化诊断与批判而言，齐美尔对现代文化的悲剧诊断及其批判其实质是对工具理性化的文化工业的批判，它引发了法兰克福学派的思想家们对资本主义工具理性与文化工业的批判，如本雅明、马尔库塞、洛文塔尔和阿多诺等。就现代性体验而言，印象主义式的体验源于齐美尔对现代性碎片的审美关注，而关注现代性审美碎片这一主题在卢卡奇、克拉考尔、布洛赫、本雅明、哈贝马斯等学者的思想中得到了延续。就现代人形象而言，齐美尔对"现代人"形象的分析包括对"陌生人"和"都市人"两类形象的剖析。齐美尔的"现代人"形象在克拉考尔的"边缘人"、马尔库塞的"单面人"、阿多诺的"漫游者"和本雅明"游手好闲者"等形象中得到了延续与深化。就现代性都市体验而言，齐美尔对货币、时尚等现代都市生活风格的剖析与批判对法兰克福学派的都市批判理论有着很大的影响，如马尔库塞、本雅明、阿多诺、韦尔施、海默尔、哈贝马斯、比格尔等人就延续与深化了这一主题。就审美救赎而言，齐美尔强调与现实保持距离来实现现代人与现代生存的审美救赎。以距离为核心的审美乌托邦的救赎策略可谓法兰克福学派文艺美学的理论诉求，如马尔库塞、本雅明、阿多诺、哈贝马斯等人都强调通过艺术与现实保持距离，呼吁通过艺术的"异在性"实现对异化人性的审美救赎。可以说，对上述问题展开研究，我们可以建构齐美尔与法兰克福学派文艺美学的思想关联。

文化身份与现当代法国文学

【作　者】刘成富
【单　位】南京大学
【出版信息】南京：南京大学出版社，2017 年第 1 版
【内容简介】文化身份问题与社会文化思潮密切相关。本书对加缪、杜拉斯、昆德拉、勒克莱齐奥、胡方、程抱一、维塞尔以及法国海外文学进行研究和思考，旨在揭示现当代法国文学镜像中的文明与冲突。在这些作家的笔下，文化身份具有流动性、模糊性和不确定性。"文化身份"这一视角，不仅能够有助于我们进一步了解现当代法国文学，感受艺术的和人性的光辉，而且能够让我们清楚地发现，其实，文化身份的认同和建构多半都是乌托邦。

文学修辞学视角下的柳·乌利茨卡娅作品研究

【作　者】国晶
【单　位】天津外国语大学西方语言文学院
【出版信息】北京：北京大学出版社，2017 年第 1 版
【内容简介】柳·乌利茨卡娅作为俄语布克文学奖得主、诺贝尔文学奖候选人，长期以来是俄罗斯当代女性文学的领军人物。当代俄罗斯女性文学是当代世界文学中很特别的存在，它以独特的方式解构了传统所谓"女性文学"的刻板印象，是一场大规模的对当代女性的重新隐喻和象征。这些创新都直接反映在语言描述、内容结构和时空叙述上表现出的跳跃与无序，给读者和研究者正确解读作品内涵造成很大障碍。20 世纪人文研究的"语言学转向"赋予文学的语言学研究以极大的空间。然而由于种种学术壁垒的存在，语言学研究和文学研究长期分离。本系列专著从语言学视角对当代俄罗斯女性文学展开系统研究——从文学修辞学的视角出发，通过文本分析，对乌利茨卡娅小说的辞章面貌和作品的整个艺术表达体系进行了整体把握与考察。

文学叙事与言语行为

【作　者】谢龙新
【单　位】湖北师范大学文学院
【出版信息】北京：中国社会科学出版社，2017 年第 1 版
【内容简介】《文学叙事与言语行为》将言语行为理论引入叙事研究，把叙事看作言语行为，发挥了奥斯汀语言对世界建构性的观点，考察文本话语对故事和读者的建构功能，提出了叙事述行的基本理论框架。从言语行为理论的视角出发，分析了话语对故事的构建作用，从故事的诸要素和文本语言形式两方面，探讨了话语如何构建故事世界，突出了文本内的故事世界与文本外的现实世界的不同。本书是作者主持的国家社科基金项目"文学叙事与言语行为研究"的结项成果，分为上、下两部分。上编是理论研究，主要探讨言语行为理论与叙事研究结合的可能性、言语行为理论在叙事转向中的意义和作用、言语行为理论与经典叙事学和后经典叙事学之间的关系、文学叙事（述行）对故事世界和现实世界的建构作用、以言语行为理论为基点重新思考作者、文本、读者之间的关系等。上编力图建构一个叙事述行的理论框架。下编是实践研究，主要探讨言语行为理论在叙事领域的应用。以巴特勒为例探讨了性别叙事的述行批评，以

卡恩斯为例探讨了修辞叙事的述行批评。同时项目组提供了应用述行批评的两个具体案例。最后提出了"走向建构主义文学研究"的构想。

西班牙 20 世纪诗歌研究

【作　　者】赵振江
【单　　位】北京大学外国语学院
【出版信息】北京：北京大学出版社，2017 年第 1 版
【内容简介】20 世纪的西班牙诗坛是"又一个黄金世纪"。马查多和希梅内斯虽然都受以鲁文·达里奥为代表的现代主义影响，却各领风骚，成为"1998 年一代"和"1914 年一代"的代表人物。"1927 年一代"更是群星荟萃，相映生辉：加西亚·洛尔卡、阿尔贝蒂、阿莱克桑德雷、豪尔赫·纪廉、萨利纳斯、达马索·阿隆索等，共同书写了西班牙当代诗坛一部多姿多彩的神话。他们摒弃法国超现实主义的自动写作，但又注意挖掘传统诗歌中的超现实主义因素，从而使西班牙抒情诗从"纯粹"转向"多元"。1936－1939 年的西班牙内战割裂了西班牙诗坛，"社会诗歌"蓬勃发展。自 20 世纪 50 年代后期起，随着经济的发展、旅游业的兴旺、审查制度的日渐松动、国外文化特别是以电影为代表的北美大众文化的涌入，诗坛日趋活跃起来。经过"1950 年一代"的过渡，至"新锐派"诞生，西班牙诗歌重现了色彩斑斓的局面。《西班牙20 世纪诗歌研究》从理论与实践结合的高度，对 20 世纪西班牙诗歌的发展脉络、流派特征、名家名作进行了较为详尽的梳理和评述。

西班牙与西班牙语美洲文学通史

【作　　者】陈众议
【单　　位】中国社会科学院
【出版信息】南京：译林出版社，2017 年第 1 版
【内容简介】《西班牙与西班牙语美洲文学通史》是一套真正意义上的西语文学通史，且不限于西语。该书所述时间起自西班牙作为相对独立的王国——西哥特，迄今为止，延绵一千五百余年，横跨欧美两个大陆，涉国二十，外加古代玛雅、印加和阿兹台克文明之遗产。通史凡五卷，由《西班牙文学：中古时期》《西班牙文学：黄金世纪》《西班牙文学：近现代》《西班牙语美洲文学：古典时期》《西班牙语美洲文学：近现代》构成。已出版的第一卷《西班牙文学：中古时期》由西哥特拉丁文学、阿拉伯安达卢斯文学、西班牙语早期文学三部分组成，从西班牙王国雏形时期的宗教化文学到"光复战争"后期的世俗化倾向，延伸至"黄金世纪"前夕，经与古代印第安文学碰撞、化合，催生出更加绚烂的景观。

西方现代戏剧叙事转型研究

【作　　者】冉东平
【单　　位】广州大学人文学院
【出版信息】北京：北京大学出版社，2017 年第 1 版
【内容简介】西方现代戏剧叙事范式的转型可追溯到 19 世纪末，其转变是同整个西方现代思想文化观念的转向同步发生的，它打破了自古希腊以来西方传统戏剧倡导的"模仿说"和"情节整一"的叙事原则，叙事范式呈现出多元化发展态势。戏剧功能，如戏剧视角、戏剧语言、戏

剧节奏、戏剧时空、戏剧结构等积极参与戏剧的叙事活动，并发挥着功能性作用，使西方现代戏剧呈现出立体的、动态的、开放的发展态势和象征性、写意性、符号性的叙事特点。叙事范式的转变使西方现代戏剧的叙事形态应运而生，具有动态性、整体性、观念性的特点。在现代戏剧叙事转型的过程中，静止戏剧、悲喜剧、境遇剧、狂欢化戏剧、叙事体戏剧、独白型戏剧、文献戏剧等开始形成，它们不仅是戏剧的物质形态，也是剧作家和舞台导演的精神形态。

西方长篇小说结构模式研究

【作　者】刘建军
【单　位】东北师范大学文学院
【出版信息】上海：华东师范大学出版社，2017 年第 1 版
【内容简介】《西方长篇小说结构模式研究》将传统的社会学批评、形式主义批评以及结构主义批评等叙事理论有机结合起来，观照西方长篇小说的结构问题，提出很多新的见解，具有一种新方法论的意义。该书以叙事传统和结构模式为经，以不同时代、不同流派的作家和小说作品以及文学现象为纬，纵论了西方上至公元前 12 世纪古希腊、下至 20 世纪 90 年代初西方长篇叙事文学和长篇小说的成败得失。在一定意义上讲，该书是一部形式别致的西方小说发展史。

想象不可想象之事：库切的小说创作观及其后现代语境

【作　者】段枫
【单　位】复旦大学外文学院
【出版信息】上海：复旦大学出版社，2017 年第 1 版
【内容简介】《想象不可想象之事：库切的小说创作观及其后现代语境》在前人批评的基础上，依托库切本人的访谈、文学评论和小说创作，结合后现代艺术思潮，从库切的小说创作观和相关文本实践这一创新视角出发，针对库切小说对罪恶场景的特殊叙事手法进行细致深入的文本研究，揭示库切小说创作中的沉重历史关怀和伦理思考，并由此阐明传统再现诗学在库切作品乃至后现代小说创作中被赋予的新形式和新内容。

新中国外国戏剧的翻译与研究

【作　者】何辉斌
【单　位】浙江大学外国语言文化与国际交流学院
【出版信息】北京：中国社会科学出版社，2017 年第 1 版
【内容简介】戏剧在外国文学中，特别在西方文学中，占据了极为重要的地位。虽然到了 20 世纪，戏剧已经有走下坡路的趋势，但总体来说，戏剧在西方史上属于文学的精华，艺术的桂冠。新中国成立之后，国家对外国戏剧的翻译、演出和研究都非常重视。《新中国外国戏剧的翻译与研究》力图把量化研究与质的评价相结合，把总体的研究与个案的探讨相结合，较为全面地展现外国戏剧在新中国的传播史。

叙事逻辑研究

【作　者】刘阳

【单　位】华东师范大学中文系
【出版信息】上海：华东师范大学社，2017年第1版
【内容简介】本书基于国内外学界尚无关于叙事逻辑的专门深入研究，每每局限于从逻辑学角度归并叙事或仅从结构主义立场把握叙事的现状，在梳理中西方传统与现代相关思想基础上，从与人生的深度关联来界说叙事逻辑及其与认知逻辑的异趣，横向地研究叙事逻辑在入场感受、离场反思与联结场内外的想象这三层面上的一系列基本问题，再纵向地研究作为起点的文学叙事、作为扩容的文化叙事与作为转向的理论叙事这三环节中的叙事逻辑，达成共时与历时相结合的辨证考察。依托前沿文献并融合具体例证，对叙事逻辑首次系统进行理论研究，以此展开了晚近"理论"之后方兴未艾的文学走向。全书包括绪论、第一至八章与结语，以43万字篇幅系统深入地研究了叙事逻辑问题。第一、二章首先对中西方传统与现代思想中的零散叙事逻辑观念进行了详尽的梳理。第三、四、五章对文学的叙事逻辑进行较大篇幅的重点研究，澄清文学叙事逻辑的原理，为后续非文学叙事逻辑的研究提供一个稳靠的本体模型。第六章接着论述了文化的叙事逻辑。叙事进一步转向理论领域，理论对叙事逻辑的积极运用，既充满前沿意义也处于方兴未艾的跨学科开放进程中，经由第七、八章得到研究。全书结合具体丰富的个案与实例，在理论阐述中焕发实践品格，涉及中外文参考文献近千种，尤其较多运用了2014年以来国外新出版而国内学界尚未及译介的外文新材料。

书中沿循学理建立起叙事逻辑学体系，论证提出了一些具有积极学术意义的创新思想。如阐释了叙事逻辑的性质、功能与特征等一系列基本问题，进而在叙事与人生的同构中还原"感受－想象－反思"的因缘结构，并论证指出叙事及其逻辑正逐渐成为包括理论研究在内的人文社会科学学术展开与更新自身的动力，而使文学地做理论成为一条新思路，这有望同时走出文学危机与理论强制阐释的困境，兼容两者而有效更新"理论"之后的发展面相。凡此等等，都构成了本书显著的创新点。

叙事学视角下的柳·彼特鲁舍夫斯卡娅作品研究

【作　者】王燕
【单　位】河南大学欧亚国际学院
【出版信息】北京：北京大学出版社，2017年第1版
【内容简介】"当代俄罗斯女性文学的语言学视角研究"丛书选择当代俄罗斯女性文学的代表性作家，如柳·乌利茨卡娅、柳·彼特鲁舍夫斯卡娅、维·托卡列娃的作品为研究对象，揭示了当代女性文学作品在语言手段、叙事风格及语用策略方面的典型特点。研究内容既包括对当代俄罗斯女性文学整体风貌的描述，也涵盖对不同作家独特风格的深入挖掘。该丛书的最大价值在于，它是国内第一部从语言学视角对当代俄罗斯女性文学展开系统研究的丛书，也是国内俄罗斯语言文学界系统深入地对俄罗斯文学进行跨学科研究的首次尝试，为文学研究与语言学研究的有机结合起到一定的示范作用。丛书的三部著作独立成文，并在语言学理论的统括下相互联系，形成彼此有别又整体贯穿的系列著作。在丛书之一的《叙事学视角下的柳·彼特鲁舍夫斯卡娅作品研究》中，作者综合语文学、叙事学、文艺学等相关学科的理论，对女性文学作品中的作者形象问题展开研究，提出了"作者形象复合结构"假说，并在此基础上探讨了彼特鲁舍夫斯卡娅作品的叙事特点。

叙说的文学史

【作　者】乔国强

【单　位】上海外国语大学

【出版信息】北京：北京大学出版社，2017年第1版

【内容简介】本书运用叙述学的基本理念和研究方法，讨论文学史的性质、结构、叙事特点等方面的问题。具体地说，这本《叙说的文学史》就是从文学史文本叙事的角度切入的。它在梳理西方学者文学史观的基础上，分别就文学史叙事的述体、时空和伦理关系、文学史中"秩序"的叙事、文学史的表现叙述、文学史的虚构问题、文学史的三重世界与三重叙述，以及文学史的叙事性等问题进行了讨论。其主要目的是想通过这些讨论来认清文学史叙事的一些带有本质性的问题及其属性。

作者认为，从叙事的角度来看，文学史是一种具有一定叙事性的文本，其本质是一种没有走出虚构的叙事。从文学史文本内部结构来看，文学史文本是由真实世界、虚构世界和由可通达性而构建起来的交叉世界这样一个三重世界构成的。换句话说，文学史的虚构不是一种单维度的虚构，而是至少有三重意义的虚构，即文学史所记载和讨论分析的文学作品的虚构、文学史文本内部构造与叙述层面意义上的虚构，以及文学史中各个相互关联的内部构造与外部其他世界之间关系的虚构。一方面，这种三重世界的存在及其存在方式揭示了文学史文本内部肌理结构所具有的虚构性的一面——文学史文本是由作者按照自己的文学史观、价值取向以及叙说方式将各种同质和异质的史料构建起来的；另一方面，与其相关的三重叙述所采用的叙述策略折射出了文学史虚构性的另一面——这种虚构性具体体现在文学史叙说的整个过程之中，如作者的视角、材料的遴选、篇章结构的安排、对文学史实的阐释、对文学作品的解读、对文学的批评及对相关批评的评价、对读者反应的释说等。

从叙事的角度讨论文学史还有许多其他的路径，如文学史的叙事秩序、文学史的叙事时空伦理、连接的叙事意义、文学史的表现叙事等。国内和西方有关文学史讨论的文献众多，但是，还没有或很少有从叙事的角度来讨论文学史的，也没有讨论文学史的虚构性。出现这一现象的原因有许多，而主要原因恐怕是因为多数学者对文学史叙事性的认识还很不够。当然，这还与体制或文化氛围、意识形态等有关系，因为文学史历来被罩上了权威的光环，怀疑文学史或说文学史具有虚构性不啻对权威的怀疑或挑战，那简直就是在宣扬历史虚无主义，是万万不可容忍的。

本书第一章梳理并且讨论已有的学术成果（如艾略特、韦勒克等人的文学史观，以及西方对文学史写作的讨论）；第二章讨论文学史的虚构问题及其表现形式；第三章讨论文学史叙事的述体、时空及其伦理关系；第四章讨论文学史中的"秩序"问题；第五章讨论文学史的表现叙述问题；第六章讨论文学史的三重世界及其叙事模式。结论部分归纳总结论述的主要观点、方法等。

印度诗学导论

【作　者】尹锡南

【单　位】四川大学南亚研究所

【出版信息】上海：上海古籍出版社，2017年第1版

【内容简介】印度古典诗学的核心即梵语诗学在世界古代文论发展史上独树一帜，限于各种复

杂因素，迄今为止，国内学者对于印度诗学的研究虽有很大进步，但对印度古典诗学或印度现当代文艺理论的翻译和研究仍然存在很多重要的空白。本书结合历史的纵向视角和比较的横向视角，并参考国内外学者的相关研究成果，系统地介绍印度诗学的方方面面。作者以相关的梵文和英文文献、中译文等为基础，首先梳理印度"诗学"概念的产生和演变、印度诗学的发展历程等，然后介绍印度古典诗学的重要范畴与经典命题、主要文体等，接着介绍泰戈尔等印度现当代诗学名家及其理论，并初步考察印度诗学的世界传播和民族特色。对于深入了解印度古典诗学与现当代文论或研究东方文学、印度文学、比较诗学、比较美学、古典艺术理论等领域的学者而言，本书具有重要的参考价值。

英国小说与浪漫主义：意识形态的冲突、妥协与包装

【作　者】苏耕欣
【单　位】复旦大学外文学院
【出版信息】北京：北京大学出版社，2017 年第 1 版
【内容简介】《英国小说与浪漫主义：意识形态的冲突、妥协与包装》研究的对象是英国浪漫主义时期的主要小说以及其后的维多利亚时期涌现的一批带有浪漫主义色彩的小说，涉及的作家包括高德汶、奥斯丁、玛丽·雪莱、司各特、勃朗特姐妹、斯蒂文森和斯托克。这些作品除了其浪漫主义色彩或浪漫主义文化背景，还有一个共同特点，即其主人公大多经历了耐人寻味的地位互换或命运逆转。两个共有特点之间是否存在某种联系？这是贯穿本书具体作品分析的核心问题之一。小说人物地位与角色发生突变，在社会变动时期的文学作品中并不鲜见，这种现象往往反映社会主流意识形态正历更迭，或互不相容的价值观势均力敌，难分高下。在创作层面，这种情节安排为小说作者开辟出一块难得的空间，使其得以在不利的政治与文化条件下表达某些难以见容于时代的思想和价值。

樱园沉思：从夏目漱石到村上春树

【作　者】肖书文
【单　位】华中科技大学外国语学院日语系
【出版信息】北京：中央编译出版社，2017 年第 1 版
【内容简介】本书从宏观出发，先把日本文化放在东西方以及中日对比的大视野中加以定位，然后依次评论了志贺直哉、夏目漱石、太宰治、三岛由纪夫、芥川龙之介、川端康成、村上春树等十几位在日本富有盛名的优秀小说家及其作品。这些评论的一个重要特点在于，作者不限于单纯从文学创作技巧的眼光来分析一个个文本，而是深入到作品中的思想境界和心灵冲突，从而展示出评论者对原作者的内在精神的领悟、理解和挖掘，每每能够带给读者意外的沉思和激动。

　　全书从宏观角度总览日本文学中的文化精神，并将其放置在中日文化对比下重新解读，对日本文学史上的名家名作做出精到评析，挖掘其本源，阐明其脉理，点明其美感与缺失。书中瞄准的很多问题都是日本文学史上的难题，着眼于作品中所体现出来的思想深度和精神形态，在众说纷纭的观点中独辟蹊径，属于对文学作品的思想评论，展示出文学对于文化、历史、民族性的浓缩、凝练与包容。

种族·性别·身体政治：库切南非小说研究

【作　者】史菊鸿
【单　位】兰州大学外语学院
【出版信息】南京：南京大学出版社，2017年第1版
【内容简介】《种族·性别·身体政治：库切南非小说研究》以库切七部南非小说对身体问题的关注为切入点，以作用于身体之上的权力、话语，以及权力操控之下身体的具体遭遇为两大研究维度，剖析库切后现代风格小说的现实观照意义。通过对饥饿、疾病、生育以及身体等问题的关注，库切深入审视了南非殖民主义以及种族隔离制度之下各种冷峻的种族以及性别问题。库切剖析支撑种族隔离制度的身体政治并非单纯为了解构殖民主义的权力和话语生产机制，同时也是通过充分展示主体自身的身体性以及身体的脆弱性本质来唤醒主体的自我关怀意识以及对他者的伦理责任意识，从而为重构后隔离时期多民族共同体提供伦理基础。《种族·性别·身体政治：库切南非小说研究》提出，对身体问题的关注可以让库切著微见幽，使其小说既避开了纠结于形式戏仿的后现代主义窠臼，又避免了传统政治小说为了介入政治而忽视艺术创新的弊端，为其关注社会政治问题的小说注入了人文关怀的温度。

作者能不能死：当代西方文论考辨

【作　者】张江
【单　位】中国社会科学杂志社
【出版信息】北京：中国社会科学出版社，2017年第1版
【内容简介】《作者能不能死：当代西方文论考辨》是张江教授的个人论文集。罗兰·巴特曾说"作者已死"，张江教授却问"作者能不能死"。在当代西方文艺学理论中，作者、文本与读者的关系不仅是一个文艺理论问题，更是一个背景广阔、内涵丰富的认识论问题、哲学问题。全书共包括"当代西方文论的演变与趋向""当代西方阐释：强制与独断""碰撞与论争"三个部分，展示了作者对当代西方文论的思考。作者首先是从整体上指出西方文论的总体缺憾和问题；再通过对"强制阐释论"的若干问题辨析，从细致处指出中国学界对西方文论的接受存在"强制阐释"的问题，这种阐释是独断而偏执的，这些缺陷需要学界的更多参与和反思。最后则是作者与希利斯·米勒、西奥·德汉、哈派姆等当代西方几位著名学者关于中西文论的深入对话，在思想的碰撞中进一步探寻当代中国文论的重建路径。

三、译著索引

爱的设计：卢梭与浪漫派

【作　者】阿兰·布鲁姆

【译　者】胡辛凯

【出版信息】北京：华夏出版社，2017 年第 1 版

【内容简介】《爱的设计：卢梭与浪漫派》是阿兰·布鲁姆《爱与友谊》的第一部分。在本书中，作者解读了卢梭和深受其影响的四位小说家——司汤达、奥斯汀、福楼拜和托尔斯泰。卢梭是爱的现代阐述者与倡导者，他发起了一场爱的运动——浪漫主义运动。这场伟大的运动立志要在孤立的布尔乔亚社会中为人的联合提供一个新基础。在本书中，卢梭与卢梭主义者们扮演了双重角色。他们是爱的伟大见证者，但他们运动的失败与 19 世纪末爱作为一个文学主题的垮台也是密切相关的。

爱的戏剧——莎士比亚与自然

【作　者】阿兰·布鲁姆

【译　者】马涛红

【出版信息】北京：华夏出版社，2017 年第 1 版

【内容简介】《爱的戏剧——莎士比亚与自然》是阿兰·布鲁姆《爱与友谊》的第二部分。作者在本书中细致地解读了莎士比亚的六部戏剧——从《罗密欧与朱丽叶》中青春的爱，到《安东尼与莉奥佩特拉》中成熟的爱，再到《一报还一报》中爱与宗教、政治的复杂交织，以及《特洛伊罗斯与瑞西达》中爱与欺骗的较量、《冬天的故事》中一种自然神学下的爱、《哈尔和福斯塔夫》中一种特具哲学性的爱。莎士比亚是自然很纯粹的声音。他的戏剧向我们展示了多样的爱欲表达。

澳门夜曲

【作　者】玛丽亚·翁迪娜·布拉嘉

【译　者】蔚玲；朱文隽

【出版信息】北京：人民文学出版社，2017 年第 1 版

【内容简介】本书以 20 世纪 60 年代的中国澳门为背景，展现了葡萄牙籍女教师埃斯特尔在澳门工作和生活期间与来自不同国度的同事和学生，与她所暗恋的中国人，与她的朋友们因不同的文化背景、不同的身世而产生的误解、隔阂和情感冲突，并以埃斯特尔的视角，描绘了当时的澳门社会风貌。潮湿的空气，遥远而拥挤的澳门，每个人都想守住自己的秘密，却都想探听他人的隐私。

　　葡萄牙籍女教师埃斯特尔是住在圣达菲女子教会学校教师之家里唯一的外国人。在与中国教师们的朝夕相处中，她与邻居萧和华——一名跟随外婆从内地逃难到澳门的中文教师——成了朋友，两人经常出双入对，几乎形影不离。但是她们之间并非无话不谈，甚至难免互相猜忌。

在埃斯特尔看来，萧和华的难民身世是一个谜，她甚至怀疑萧和华与自己爱慕的中国男人有情感瓜葛。而萧和华对于埃斯特尔只身来到澳门的举动始终不能理解，并最终疏远了外国邻居，选择以不辞而别的方式悄然离开。友谊在猜忌中淡薄，唯墨香不肯辜负，终要离开。

圣达菲学校的教师之家建筑在一口酸水井上，正在发情期的猫到了夜晚便在那里出没徘徊。同样的夜里，埃斯特尔——教师之家里唯一的外国老师——以欣赏陆思远写给她的信作为安慰，然而，她自始至终不知信中写了什么。

被占的宅子

【作　者】胡里奥·科塔萨尔
【译　者】陶玉平；李静；莫娅妮
【出版信息】海口：南海出版公司，2017 年第 1 版
【内容简介】本书收录了《吸血鬼的儿子》《越长越大的手》《从夜间归来》《女巫》《搬家》《论行星间的对称》《手的季节》《被占的宅子》《远方的女人》《公共汽车》《公园续幕》《一朵黄花》《饭后》等短篇小说作品。我们熟悉的世界仍有无数空洞，有待落笔描述。在科塔萨尔笔下，世界宛如一张折纸展开，内里的一重重奇遇让人目眩神迷。噩梦般的气息侵入老宅，居住其中的两人步步撤退，终于彻底逃离；乘电梯上二楼时，突然感觉要吐出一只兔子；遇见一个生活轨迹与自己酷似的男孩，由此窥见无尽轮回的一角……读过科塔萨尔的人，绝不会感到乏味。日常生活里每一丝微妙的体验，都像一场突如其来的即兴演奏，让你循着心底的直觉与渴望，抵达意想不到的终点。《被占的宅子》为科塔萨尔短篇全集第 1 辑，收录《彼岸》《动物寓言集》《游戏的终结》三部短篇集，其中《彼岸》为中文首次出版。《彼岸》轻灵可爱，《动物寓言集》别致精妙，《游戏的终结》深邃离奇，科塔萨尔说："我想创作的是一种从未有人写过的短篇小说。"

本来我们应该跳舞

【作　者】海因茨·海勒
【译　者】顾牧
【出版信息】北京：人民文学出版社，2017 年第 1 版
【内容简介】该书是一部结构独特的末世小说。五个年轻人到山上一座木屋度周末。但周末结束后下山时，却发现整个村庄被烧成废墟，街上尸横遍野，到处是汽车残骸，超市被劫掠一空，村庄没有一丝生命的痕迹。山谷一片死寂。五个年轻人面对的仿佛是世纪末日景象，令人恐怖而战栗。他们突然发现自己无法回到那个熟悉的世界中去。他们试图找到一条路走出山谷。数日徒步跋涉中，他们饥饿、疲惫、恐惧、孤独，充满绝望。本书以丰富的想象力，把读者带入一个无可逃脱的阴沉可怖的世界，将目光聚焦在灾难处境中，人的生存可能性和意义，生命会做出什么样的本能反应。站在被摧毁的现代文明之上，人仿佛突然被打回前文明时代，面临着赤裸裸的生存问题，他们能够依靠的除了彼此，就只剩自己。

编剧有章法：俘获观众与打动买家

【作　者】迈克尔·豪格
【译　者】吴筱

【出版信息】北京：中国华侨出版社，2017 年第 1 版

【内容简介】这是一本指导编剧从开发故事概念到完成剧本版权交易的分步指南。本书将剧本创作的过程分解为一系列成熟的步骤和阶段。作者迈克尔·豪格结合自己作为剧本顾问的多年经验，提供了多种酝酿创意、克服写作瓶颈的技巧。同时，豪格用图表的形式分析了数十部好莱坞经典片例，手把手地教读者遵循、运用卖座剧本中蕴含的经典原则。豪格还准备了一系列在推销剧本与出售版权的过程中必须关注的要点，供有志开启自己职业生涯的年轻编剧们参考。本书为所有对剧本写作有兴趣的读者推开了一扇大门：好剧本其实是有标准的，你不仅有机会知道那些标准是什么，还能够参照这些标准，完成一部广受买家欢迎的剧本！

表达与意义

【作　　者】约翰·塞尔

【译　　者】王加为；赵明珠

【出版信息】北京：商务印书馆，2017 年第 1 版

【内容简介】"言语行为"（Speech Acts）是美国著名哲学家约翰·塞尔（John R. Searle）对语言哲学做出的高度原创性贡献。在《表达与意义》中，约翰·塞尔着力于发展和完善他早先在著作中提出的观点，并将其相关应用扩展到其他类型的话语，如隐喻、虚构、指称和间接言语行为。塞尔对细节明察秋毫，他对言语行为类型进行了大胆而科学的分类，探讨了句子意义与语境之间的关系，其条理清晰的分析大大发展了先前的理论。本书提出了这些问题中固有的一个更大的话题——大脑意向性的某些基本的言语特征问题，甚至更宽泛地说，是语言哲学与大脑哲学的关系问题。

剥肉桂的人

【作　　者】迈克尔·翁达杰

【译　　者】金雯

【出版信息】北京：人民文学出版社，2017 年第 1 版

【内容简介】本书收录了作者跨度达 27 年的诗歌作品，包括《光亮》《驾照申请》《声音的诞生》《燃烧的山岳》《远处》《淘汰舞》《锡屋顶》等，也是迈克尔·翁达杰首部诗集中译本。如果说翁达杰的小说具有诗歌般的凝练和有力的意象，那么他的诗作更是极简叙述，只呈现神秘的本质。这部诗集收录的诗作风格别具，挖掘友谊与激情、家族史与个人神话，令人耳目一新。《剥肉桂的人》的写作时间跨度大，囊括已难寻觅的翁达杰早期诗作，是一部集灵性与热忱于一体的杰作，随处可见沧桑的洞见、对自然的敏感以及对语言由衷的热爱。

柏拉图与荷马：宇宙论对话中的诗歌与哲学

【作　　者】普拉宁克

【译　　者】易帅

【出版信息】上海：华东师范大学出版社，2017 年第 1 版

【内容简介】《柏拉图与荷马》避开传统的研究视角，从柏拉图对话的文学特征入手，厘清柏拉图如何模仿《奥德赛》，从而对柏拉图对话所体现的哲学与政治思想，以及对话之间的关系有了总体解读。作者认为，柏拉图在领会荷马史诗内在含义的基础上重新改写了荷马的诗句，将之

融入自己的"对话"中。作者在书中将荷马史诗《奥德赛》中的数段重要诗句与柏拉图的数篇"对话"做了详细的对比，其中某些对比眼光独到，对我们而言颇具启发意义。本书强调柏拉图对话录的文学、美学特征，倡导像阅读莎士比亚一样阅读柏拉图。本书通过荷马的《奥德赛》来解读柏拉图，这种做法既大胆别致，又开拓了对柏拉图对话录更多的阐释空间，是近年来关于柏拉图研究、荷马研究的不可多得的佳作。

不负责任的自我：论笑与小说

【作　者】詹姆斯·伍德
【译　者】李小均
【出版信息】开封：河南大学出版社，2017 年第 1 版
【内容简介】《不负责任的自我：论笑与小说》是詹姆斯·伍德的第二部文学批评集，曾入围"美国图书评论奖"。这本书再次确认了他的卓越，证明了他不仅是现当代小说的敏锐判官，还是高明的鉴赏者。在这本文学批评集中，伍德通过对当代炙手可热的欧美纯文学作品的评点，饶有趣味地讨论了"文学与笑和喜剧"这个很少有人触及却颇具价值的文学命题。在这 24 篇充满激情、才华横溢的文章里，他举重若轻地将文学经典和文学现场联系起来，既折射了他对文学经典的百科全书式的理解，也反映了他对最受热议的当红作家——如弗兰岑、品钦、拉什迪、德里罗、奈保尔、大卫·福斯特·华莱士和汤姆·沃尔夫——同样迫切且不无见地的看法。《不负责任的自我：论笑与小说》收录了詹姆斯那篇攻击"歇斯底里现实主义"从而引起争议的著名檄文。对于任何关心现代小说的读者来说，《不负责任的自我：论笑与小说》都是必读之物。

不可能性

【作　者】乔治·巴塔耶
【译　者】曹丹红
【出版信息】南京：南京大学出版社，2017 年第 1 版
【内容简介】《不可能性》为法国著名文学家、思想家乔治·巴塔耶（Georges Bataille，1897－1962）论及诗歌的一部重要著作。全书由三个文本构成，分别是《老鼠的故事》《狄安努斯》《俄瑞斯忒斯纪》。这些由日记、小说、诗歌、文论等不同文体混合而成的文本，晦涩难懂，其意义难以把握。在色情而暴力叙述的外表下，巴塔耶似乎围绕"不可能性"这一核心观念论述了其对于诗歌的看法。他认为"唯有欲望与死亡的极端性才能让人获得真相"，"只有仇恨才能抵达真正的诗"，而诗"不是一种对自我的认识，更不是对某种遥远的可能性的经验"，诗的目的在于通过词语，召唤"那些无法企及的可能性"，召唤不可能性，如此诗才具有反抗的暴力。

创水记

【作　者】赛斯·西格尔
【译　者】陈晓霜；叶宪允
【出版信息】上海：上海译文出版社，2018 年第 1 版
【内容简介】赛斯·西格尔在其作品《创水记》中提到，以色列有一种特有的双面性。犹太民族有着悠久的历史，但以色列却是一个新生的国家。漫长的苦难铸就了这个民族对故土的深情，

令他们无法割舍这片气候严酷、地形恶劣的土地。对现状的不安，使得重生的以色列敢于用突破性的新观点应对不断变化的环境。当水资源问题和国家的存亡不可避免地联系在一起，年轻与古老的双面性也充分体现在这个国家的治水之道上——在意识上推崇传统文化，在技术上支持积极创新。这种双面性无法复制，故而以色列治水的过程也难以被完全复制。因为少有国家敢冒如此大的风险尝试新兴技术，也少有国家在节水意识上能时刻紧绷神经。值得庆幸的是，以色列已为我们披荆斩棘，在与水相关的技术和政策上探索出了可行之道。与此同时，"沙漠之国"以色列仅用十多年时间，就成为水资源强国。从前期规划到具体执行，《创水记》详细记录了以色列治水建国的过程。《创水记》讲述了以色列如何从一个孤独的沙漠之国，通过创新、发展以及科技革新转变为如今蓬勃发展、开放宜居的国度。西格尔将不可能变为可能，他详细地撰写了以色列如何一步步脱离水资源稀缺的绝境，这本书值得所有心系资源短缺、心系环境挑战的人阅读。

创造难忘的人物

【作　者】琳达·西格

【译　者】高远

【出版信息】北京：文化发展出版社，2017 年第 1 版

【内容简介】本书为编剧塑造人物提供了体系化的指导和各种有效技巧。从轮廓描写到深入刻画情感层次、心理情结，手把手教你设定人物；妙用辅助人物和次要人物，巧妙编织人物关系，帮你写出有活力的群像戏。本书还打破非现实人物的"次元壁"，解析如何把握幻想人物、非人类人物的性格尺度。书中案例包括奥斯卡获奖剧本《飞越疯人院》《走出非洲》，被艾美奖垂青的热门电视剧《干杯酒吧》《墨菲·布朗》，经典小说《普通人》，美国国民广告"加州葡萄干"，并由参与上述作品的 30 余位编剧、作家、广告创意人亲自分享人物提升秘法。结合每小节末尾的练习，读者可以抓住人物写作的核心问题，循序渐进地提高人物写作能力。

大脑的辉煌与悲怆

【作　者】萨米尔·泽基

【译　者】孟凡君

【出版信息】北京：人民出版社，2017 年第 1 版

【内容简介】科学与艺术是人类精神世界里的双生花。近代以来，学科分野将整体世界切割成科学世界和艺术世界。但是，无论从具体的生活现象，还是从科学家与艺术家的研究实践来看，这两大领域常常跨越自己的边界而互相融入另一个领域——神经美学就是这样的交叉领域。在本书中，萨米尔·泽基主要研究人脑的视觉系统，在此基础之上，分析了一系列人类视觉恢宏、伟大的美术作品，包括塞尚、毕加索、米开朗琪罗的作品等。这些美术史的大师与他们不朽的作品业已被无数艺术理论家、批评家和鉴赏家进行阐释，然而，泽基从神经生物学角度进行的分析别开生面，既有科学的真理性，又有人文的趣味性。本书的研究不止于此，还包含着对人类情感的研究。本书以《神曲》、巴尔扎克、左拉及托马斯曼的小说等为研究对象，总结出了"爱的共同体"概念是人类大脑追求幸福的重要概念，影响着具体的神经生物机制的实施。

德国浪漫主义文学理论

【作　　者】恩斯特·贝勒尔
【译　　者】李棠佳；穆雷
【出版信息】南京：南京大学出版社，2017年第1版
【内容简介】德国浪漫主义文学理论的诞生是文学批评史上的一个重大转折点。这种对文学作品的新视角背离，甚至颠覆了当时主流的古典主义对美学和诗学的理解。浪漫主义文学理论认为体裁具有无限可变性，并坚决维护天才（genius）和创意想象力在文学中的地位。在本书中，贝勒尔教授没有遵循编年史式手法撰述这段历史，而是选取早期德国浪漫主义文学的若干特征、理论及代表人物，用翔实的史料向读者如数家珍般铺陈出那段伟大时期的种种瞬间。他用平实的语言为读者深入介绍了德国浪漫主义文学理论的早期发展及代表人物和作品的特点，其观点不偏不倚，内容易被理解。对于耶拿和柏林浪漫派人物的主要主题、兴趣和研究课题的呈现全面而有充分根据。全书的六个章节对于哲学与文学，古文物研究兴趣与传教士般的热情，以及对具体现实的清楚意识与奇异猜测的混合做出丰富和精细的描绘，因而使早期浪漫主义视角弥漫其中。

动物园长的夫人

【作　　者】黛安娜·阿克曼
【译　　者】梁超群
【出版信息】重庆：重庆大学出版社，2017年第1版
【内容简介】小说主要讲述了一对名为简和安东尼娅的夫妇在纳粹统治下的波兰拯救犹太人的故事。在1939年，德国对波兰发动"闪电战"，波兰举国沦陷。在华沙遭受炮弹轰炸的时候，简正担任华沙动物园的园长，他的妻子则负责在家中照顾受伤和生病的动物。在对城市的轰炸中，动物园也没能幸免，很多动物因此死掉。简极力说服已经投靠纳粹的前助手，让动物园作为一个养猪场继续开放。但实际上，他在暗地里将动物园作为避难所来拯救犹太人，将他们藏在动物们居住的笼子里、洞穴里或者地下室里。在这个的世界里，每当夜幕降临，犹太人就走出黑暗，与动物一同用餐、交谈，偶尔还能来场钢琴音乐会。最终，简夫妇拯救了大约三百多名犹太人。

毒木圣经

【作　　者】芭芭拉·金索沃
【译　　者】张竑
【出版信息】海口：南海出版公司，2017年第1版
【内容简介】本书以20世纪最戏剧化的社会动荡为背景，由普莱斯家族的五位女性轮番担任叙事者，写她们在父权的威迫、复杂陌生的异国文化、危机四伏的内战下的故事。1959年，在刚果人民争取独立的连天烽火之下，浸信会牧师纳森·普莱斯带着妻子和四个女儿来到这蛮荒之地，因为他认为这里满是需要救赎的灵魂。故事就此展开。

对白：文字·舞台·银幕的言语行为艺术

【作　者】罗伯特·麦基
【译　者】焦雄屏
【出版信息】天津：天津人民出版社，2017 年第 1 版
【内容简介】罗伯特·麦基教授在此书中深度剖析了荧幕上、舞台上以及书中人物如何以一种令人信服并且动人的方式说话，并以《麦克白》《绝命毒师》等为例，阐释对白的策略和技巧。他将对白的完整定义扩展至"对别人说""对自己说""对读者和观众说"三个维度，其戏剧性和叙事性的两种类型也在不同故事媒介的分析中得到了清晰的特质呈现。通过揭露"对白是带着特定目的的言语行动"，麦基教授进一步指出常见的对白谬误，并以详细的案例示范出精心设计的对白如何构建人物、引爆冲突、推动场景和实现故事设计。《对白》就像一幅藏宝地图，在影视、戏剧、文学的领域进行深度探索，仿佛戴上一副 3D 的透视眼镜，在不知不觉中就获得了立体的思维方式和故事架构能力。

队列之末

【作　者】福特·马多克斯·福特
【译　者】曹洁然
【出版信息】上海：上海三联书店，2017 年第 1 版
【内容简介】克里斯托弗是个信仰骑士时代的传统道德的贵族绅士，正直隐忍，洁身自好。而西尔维娅是个典型的交际花，有着众多情人的她终口过着纸醉金迷的生活。然而意外的怀孕让她不得不为了挽救名声，嫁给了保守的克里斯托弗。婚后枯燥无味的生活和丈夫的冷漠隐忍都让西尔维娅抓狂，她开始用一切手段来刺激克里斯托弗。西尔维娅与旧情人私奔成了两个人矛盾的开始，然而他们的宗教信仰都不允许其离婚。就这样，这段勉强维持的婚姻让两个人陷入了无尽的折磨中。意外的机会克里斯托弗认识了思想激进，学识深厚的现代女性瓦伦汀，进一步的接触让这两个看似不同世界的人相爱了，可世俗的羁绊却阻挠着两人对这段感情的进一步发展。同时西尔维娅也意识到了婚姻的危机，开始收敛自己的生活，努力地挽救婚姻，向丈夫示好。一战的到来，克里斯托弗参军让这段三角关系爱情面临考验和抉择。

敦刻尔克

【作　者】沃尔特·劳德
【译　者】黄佳瑜
【出版信息】南昌：百花洲文艺出版社，2017 年第 1 版
【内容简介】本书所讲述的敦刻尔克大撤退基于如下历史背景：1940 年 5 月，二战初期，40 万英法盟军在德军快速攻势下崩溃，被围困于法国东北部港口小城敦刻尔克，在德军轰炸机和炮火的猛烈攻击下，9 天之内，30 多万英法盟军安全渡过英吉利海峡，完成了历史上大规模的军事撤退行动，影响了第二次世界大战的未来走向。为还原敦刻尔克大撤退全貌，本书作者走遍了世界各地，亲身采访战争双方上百名军官、士兵、百姓，搜罗各种战争记录、图书馆文献、旧报纸、日记等，提出了当代研究敦刻尔克的新视野。

俄国形式主义：历史与学说

【作　者】V. 厄利希
【译　者】张冰
【出版信息】北京：商务印书馆，2017 年第 1 版
【内容简介】俄国形式主义是 1915 年至 1930 年在俄国盛行的一股文学批评思潮，其组织形式有以雅克布森为首的"莫斯科语言学学会"和以什克洛夫斯基为首的"彼得堡诗歌语言研究会"。其成员大多为莫斯科大学和彼得堡大学的学生。俄国形式主义反对俄国革命前处理叙述材料的传统方式，转而重视艺术语言形式的重要性，认为文学之所以为文学在于它的文学性，而文学性存在于形式之中。这里的形式主要指语言形式。俄国形式主义在文学批评的研究对象、研究方法上都有自己独特的见解，他们对文学批评的原则、功能等问题的看法带有强烈的反传统色彩。俄国形式主义虽存在的时间比较短暂，但影响是深远的。他们不仅对法国结构主义文学批评的影响显而易见，而且在新批评乃至布莱希特的"间离效果"中也可以看到俄国形式主义的先驱意义。

　　本书是对文学理论中的俄国形式主义理论进行历史分析和概念分析的名著，旨在概述俄国形式主义的历史发展过程和评价其批评学说的得失，在文论等领域影响巨大。

俄罗斯文学的哲学阐释

【作　者】尼克利斯基
【译　者】张百春
【出版信息】合肥：安徽大学出版社，2017 年第 1 版
【内容简介】尼克利斯基著、张百春译的《俄罗斯文学的哲学阐释》是"当代俄罗斯哲学译丛"之一。本书对俄罗斯文学中的哲学问题进行了详细的梳理和深层次的解读，既是对文学的一种全新角度的赏析，又拓展了俄罗斯的哲学研究层面，使读者可以深切地感受到俄罗斯文学与哲学之间密不可分的联系。第一章为"俄罗斯世界观的研究对象和方法"；第二章为"普希金创作中的俄罗斯世界观"；第三章为"果戈理：鸟儿般的三驾马车，你飞向哪里？"；第四章为"赫尔岑早期作品中的俄国生活"；第五章为"陀思妥耶夫斯基作品中的'地下室'人现象"。本书宏观上梳理了俄罗斯世界观的研究对象和研究方法，微观上又通过普希金、果戈理、赫尔岑、陀思妥耶夫斯基等作家的作品来反映宏观的俄罗斯的世界观、俄罗斯的社会生活等，在纵横交错中，给俄罗斯的文学创建了一个新的阐释空间。

儿童法案

【作　者】伊恩·麦克尤恩
【译　者】郭国良
【出版信息】上海：上海译文出版社，2017 年第 1 版
【内容简介】女主人公菲奥娜·迈耶是一位高等法院的女法官，向来以睿智、精确、理性和严苛闻名。但是，女法官成功的职业生涯却无法掩盖她家庭的不睦。多年的不育以及丈夫的出轨，导致她长达 30 年的婚姻陷入了危机。17 岁的男孩亚当由于宗教信仰拒绝输血治疗，命悬一线。时间在流逝，控辩双方都给出了理由，为了做出公正合理的裁决，菲奥娜决定亲自前往

医院探望男孩。一番恳谈触动了菲奥娜内心深藏已久的情感，最终，她的裁决将给两个人带来意想不到的后果。这部小说语言凝练有力，情感丰沛。麦克尤恩用诗意的文学语言，糅合精准的法律术语，向读者展现了一个道德与法律的困境：到底是应该尊重宗教信仰、尊重人个人意志，还是应该坚持生命至上的原则？背负着文明社会的沉重枷锁，人性的天平最终将向哪一边倾斜？

法律与文学：从她走向永恒

【作　者】玛丽亚·阿里斯托戴默
【译　者】薛朝凤
【出版信息】北京：北京大学出版社，2017年第1版
【内容简介】本书是法律研究与文学研究领域的力作，为"法律与文学"这一新领域做出了开创性贡献。论著研究语料丰富，包括西方经典戏剧和小说等文学著作、流行音乐、影视作品及南美魔幻现实主义作品；研究对象的时空跨度极大，从远古的希腊神话到当代的文学艺术，从欧洲到美洲。作者对这些对象进行分析，并在此基础上提出了探索法律迷宫的新路径——不将法律作为一个静态存在的事物或终将走向灭亡的事物进行研究，而是从法律的源头开始探索，并对其延续和永恒性寄予期望。本书共11章，主要从女权主义角度分析了西方经典文学艺术作品中的法律思想、法律现象、法律问题及其表达方式，揭示出西方法律一直在为父权法律背书，女性是父权法律得以建立的牺牲品，也是维持同性交往社会关系的交易对象。该书不仅是一部揭示了女性在父权法律社会遭受压抑的"她史"，也是一部研究法律文学发展的鸿篇巨制。

风格与幸福

【作　者】霍拉斯·恩格道尔
【译　者】万之
【出版信息】上海：复旦大学出版社，2017年第1版
【内容简介】诺贝尔文学奖的获得者，是瑞典学院院士集体评议决定的结果。那么，诺奖评委的文学品位如何？他们自己创作的作品是什么风格？他们又是如何解读文学文本的？翻开这本文学评论集《风格与幸福》，你或许可以找到上述问题的答案。本书作者恩格道尔院士用充满哲思的笔触，"高级地分析"了卡尔维诺、爱伦·坡、霍夫曼等人的文字魅力，颇具启发性。本书是"诺贝尔文学奖背后的文学"系列图书之一。该系列图书旨在收录诺奖评委代表性的原创作品（如文学评论、小说、诗歌、散文等），并借此管窥他们的文学世界。让我们换个视角，欣赏诺贝尔文学奖背后的文学。《风格与幸福》是一本颇具个人风格的文学批评论集。透过文本细读与风格阐释，霍拉斯·恩格道尔探讨了诸多文学的本质问题：碎片写作如何体现出时代的失序感，并以简洁形式在瞬间打开真相？E.T.A.霍夫曼小说中观看与被观看的镜像关系，何以起到反思和反讽作用？与"热文学"带给读者的温暖感受不同，爱伦·坡开创了一种"冷文学"并流行至今，其阅读体验何以如此独特？恩格道尔对欧洲文学涉猎广泛，具有广阔的文学视野，其渊博的学识、敏锐的思路、深邃的洞察力会给读者留下深刻的印象。

疯狂的罗兰

【作　者】卢多维科·阿里奥斯托
【译　者】王军
【出版信息】杭州：浙江大学出版社，2017年第1版
【内容简介】书名虽是《疯狂的罗兰》，但罗兰并非唯一的主角，贯穿全书的尚有与罗兰齐名的里纳尔多、际遇不凡的艾斯多弗、英勇多情的罗吉耶洛以及两位不让须眉的巾帼英雄：至情至性的布拉特曼特和威震中东的女战士玛菲莎。这几位主人翁除了拥有过人的武艺及勇气外，在保家卫国、为护教而战的过程中，更不断发生奇遇、冒险、见义勇为、比武挑战、斩妖除魔等事迹。因此《疯狂的罗兰》除了以基督教、伊斯兰教两大阵营的争战作为主线外，其中更有一篇篇精彩有趣、紧张悬疑、拍案叫绝甚而滑稽突梯的故事夹杂。

就故事的体现而言，《疯狂的罗兰》所指涉的非只传奇，它还包含了神话、寓言、魔幻写实、乡野奇谈等。作者所意欲探讨的也不仅是"骑士精神"而已，他在多篇故事里也明确点出了其他主题，比如忠贞、抉择、天意、命运、嫉妒、妇德等。

《疯狂的罗兰》是一本具有史诗格局的传奇，不但有气贯山河的征战、残酷骇人的杀戮，也有缠绵悱恻的爱情、惊心动魄的比武等，情节引人入胜。

弗兰基的蓝色琴弦

【作　者】米奇·阿尔博姆
【译　者】王爱燕
【出版信息】海口：南海出版公司，2017年第1版
【内容简介】本书讲述了弗兰基在九岁那年，为躲避战火被送上前往美国的轮船，他的全部财产只有老师送的吉他和六根价值不菲的琴弦。弗兰基发现，这六根琴弦不但助他弹出绝美的乐章，更充满了魔力。每当琴弦变蓝，就代表有人的命运被他改变。第一根琴弦变蓝时，他陪着一位法国吉他手踏上异国他乡。第二根琴弦变蓝时，他终于和自己的挚爱重逢。第三根琴弦变蓝时，他救了一个生命垂危的老人。第四根琴弦变蓝时，他用吉他为朋友挡下一颗子弹。第五根琴弦变蓝时，他目睹了杀害老师的凶手中枪倒下。当第六根琴弦变蓝，又会有怎样的故事发生呢？

福尔摩斯症候群

【作　者】J.M.埃尔
【译　者】杨松河
【出版信息】上海：上海译文出版社，2017年第1版
【内容简介】本书讲述在瑞士山区的贝克街旅馆，4天前的雪崩切断了旅馆和外界的联系。待消防人员破门而入，只发现11具尸体。死者身份很快被查明，他们是来参加福尔摩斯研讨会的专家。世界上存在着一群奇怪的人，他们都是福尔摩斯的骨灰级粉丝，深信福尔摩斯真实存在。这次齐聚贝克街旅馆，就是要通过发表论文，争得唯一的一个福尔摩斯学教授职位。一场雪崩，一个密室空间，11名福尔摩斯粉，无人生还，凶手到底是谁？

高堡奇人

【作　者】菲利普·迪克
【译　者】李广荣
【出版信息】南京：译林出版社，2017年第1版
【内容简介】"科幻鬼才"菲利普·迪克成长于西方科技文明创造出的崭新辉煌的时代。彼时，人类进入了太空，登上了月球，成功制造出第一台工业用机器人……科技的蓬勃发展也催生出主流科幻小说对人类创造力的无比自信，克拉克、阿西莫夫和海因莱因撑起了西方科幻的黄金时代。可是，迪克却反其道而行之，他的主人公迷惘于亦真亦假的世界上，挣扎于文明的陷落中，充满了对生命的依恋和对人性的追求。《高堡奇人》是菲利普·迪克代表作之一，架空历史的杰出经典，雨果奖最佳长篇小说。小说以《易经》牵引情节，讲述了一种反转过来的"历史"——同盟国在二战中战败，美国被德国和日本分割霸占，集权政治与东方哲学相互碰撞，探讨了正义与非正义，文化自卑与身份认同，以及法西斯独裁和种族歧视给人类社会造成的后果。著名科幻作家韩松撰写长文导读。2015年，这部小说被改编成13集系列剧《高堡奇人》，并在2016年12月出完第二季，再次让这部小说成为话题爆点，引发观众和读者热议：如果同盟国输了二战，世界将变怎样？

跟莎士比亚学编剧：戏剧大师的传世写作诀窍

【作　者】J.M.埃文森
【译　者】黄立华
【出版信息】北京：世界图书出版公司，2017年第1版
【内容简介】埃文森撰写此书的目的，不在于使莎剧成为某种批评理论的试验场，而在于从卖座率高并历久弥新的莎剧作品中寻找并阐释莎士比亚在编剧方面的过人之处，帮助有志于投身文学创作的读者发现增强作品艺术性的诀窍。书中以《哈姆雷特》《罗密欧与朱丽叶》《麦克白》《奥瑟罗》《李尔王》《仲夏夜之梦》《驯悍记》《亨利五世》《尤里乌斯·恺撒》《理查三世》《冬天的故事》《安东尼与克莉奥佩特拉》等脍炙人口的莎剧作品为例，分析了成功剧作的人物塑造要诀、悲剧与喜剧的情节设置关键、动作性对剧作演出效果的重大影响、如何让剧作经得起时间考验等问题。在表述其论点时，埃文森不仅展示出扎实的文本细读功底，还体现出了宏阔的学术视野——她为读者提供了能证明其总结的创作诀窍切实有效的电影作品。

古希腊悲剧研究

【作　者】雅克利娜·德·罗米伊
【译　者】高建红
【出版信息】上海：华东师范大学出版社，2017年第1版
【内容简介】《古希腊悲剧研究》扼要而清晰地梳理了古希腊悲剧这一特殊体裁的诞生、发展、变化和没落过程。作者雅克利娜·德·罗米伊首先阐述了悲剧的起源及其结构，然后具体探讨了古希腊三大悲剧作家各自的创作风格和特点，以及对悲剧这种体裁所产生的影响。在罗米伊的界定下，埃斯库罗斯剧作大多围绕"神圣正义"展开，索福克勒斯悲剧的最大特点是描写在不可抗之命运主宰下的孤独英雄，而欧里庇得斯的悲剧自始至终受人物的激情所影响。从埃斯

库罗斯到欧里庇得斯，神圣的力量慢慢隐退，歌队变得可有可无，而悲剧本身也趋向于情节剧。罗米伊认为，古希腊悲剧之所以在短短百年时间里由盛而衰，与雅典城邦的衰落、公民政治的一蹶不振有很大关系。此外，罗米伊在书中还讨论了悲剧与悲剧性以及希腊精神。

古希腊早期诉歌诗人

【作　者】鲍勒
【译　者】赵翔
【出版信息】北京：华夏出版社，2017 年第 1 版
【内容简介】《古希腊早期诉歌诗人》是鲍勒教授关于古希腊诉歌诗人的著作。古希腊诗歌关涉更多的是什么样的生活方式（政制）问题，而非个人的在世欢欣与病苦。研究古希腊诗歌不是出于文人雅兴，而是为了理解西方文明的根基、品质和源流。隔了遥远的时代阅读这些诗人的作品，会让人情不自禁想起我国的《诗经》，还有《诗经》背后所指向的时代。相比于现代诗歌，他们的诗句并非没有属于个人的在世情绪，并非没有灵魂的孤独和肉身的纠缠，可是，总有更高的维度伴随并引领，比如神，比如德性。

骨钟

【作　者】大卫·米切尔
【译　者】陈锦慧
【出版信息】上海：上海文艺出版社，2017 年第 1 版
【内容简介】1984 年，15 岁少女荷莉为了男友跟妈妈大吵了一架，愤而离家出走；2043 年，荷莉身处爱尔兰西端的羊岬半岛，此时地球气候早已变迁，原油供应断绝，人类末日即将到来……荷莉自小时候就能听到不知来自何方的声音——她将那些声音称作"收音机人"。离家出走那晚，她在英格兰的乡间游荡，一出出巧合与异象如噩梦般接踵而来。原来，荷莉的特异体质吸引了对立数百年的两派人士——借由摄人魂魄维持肉身不死的隐遁士，以及肉身虽死、灵魂却能不断轮回转生的骨钟师——的注意，而她也许就是双方的制胜的撒手锏。自那晚起，荷莉再也逃不开双方的角力斗争……

故事的力量

【作　者】郝思特·孔伯格
【译　者】薛跃文
【出版信息】西安：西安交通大学出版社，2017 年第 1 版
【内容简介】从神话传说到童话故事、寓言故事、民间故事，故事总给人传递一种治愈和教育的力量。它们源于我们的潜意识和想象，给我们以及我们创造的世界一些启示意义。作为作家、诗人、教育家、跨界艺术家、想象力和创造力领域研究者，郝思特·孔伯格的《故事的力量》一书从三个角度对于"故事"本身以一种全方位图景式的方法进行了阐述。第一部分"故事的力量"审视并引用神话故事、圣经故事、童话故事等，让故事自己展现力量与内涵，通过这种方式认识到隐藏在故事表层的第二层故事。第二部分"传统故事及其应用"就如何将故事的影响力应用到幼儿和青少年成长这一问题提出了一些建议方法，凸显了故事的治愈和教育意义。第三部分"故事创编"探讨创编新故事帮助儿童以满足他们特殊需求的艺术性和实践性。

何谓永恒

【作　者】玛格丽特·尤瑟纳尔
【译　者】苏启运
【出版信息】上海：上海译文出版社，2017年第1版
【内容简介】本书是"世界迷宫三部曲"的第三部，讲述了作者母亲去世后父亲的生活，尤其重点描画了母亲的密友让娜与父亲之间错综复杂的感情纠葛。本书是三部曲中与作者的亲身经历结合最紧密的一部，尤瑟纳尔在描写身边至亲至爱的亲人时也遵循她一贯超脱冷静的原则，让笔下的人与事跨越时代和地域的局限，体现了作家对历史和时间的深刻思考，以及对传记体裁的颠覆。作品末尾笼罩不散的战争阴云，也表达了尤瑟纳尔对人类命运深切的忧虑和贴切的喻示。回顾了自己的童年和少年时代，全书写至一战爆发戛然而止。它阐释作者玛格丽特·尤瑟纳尔在大历史背景下叙述家族发展史，在宏观的时空中间刻画历史人物、历史事件的用意和脉络，凸显作家笔下的家族命运就是象征着人类的命运，历史纵然具有作为佐证和鉴赏的力量，但人类总是重复历史的错误，顽固地、不可挽救地走向自我毁灭。作者从对往事的回顾与追叙中，试图找到某种超越历史的同一性。

黑暗的左手

【作　者】厄休拉·勒古恩
【译　者】陶雪蕾
【出版信息】北京：北京联合出版公司，2017年第1版
【内容简介】在寒冷的冬星上，生活着一群无性人，他们可以自由选择自己的性别。在每月的一个特别的日子，他们可以自由地成为男人或女人。一名星际联盟特使被派往冬星，完成一个秘密使命。然而，冬星上的一切——怪异的风俗、古老的传说、混乱的政局，无不冲击着特使固有的观念。面对陌生的一切，孰是孰非，他该如何面对？在宇宙尽头的陌生人身上，他看到了另一个自己。

降临

【作　者】特德·姜
【译　者】李克勤
【出版信息】南京：译林出版社，2017年第1版
【内容简介】本书结集特德·姜早期的八篇作品：电影《降临》原著小说《你一生的故事》，处女作《巴比伦塔》，以及《领悟》《除以零》《七十二个字母》《人类科学之演变》《地狱是上帝不在的地方》《赏心悦目》。

近代文学与性爱

【作　者】摩台尔
【译　者】钟子岩；王文川
【出版信息】上海：上海社会科学院出版社，2017年第1版

【内容简介】《近代文学与性爱》依据民国二十年（1931）开明书店于上海出版的〈美〉摩台尔（A. Mordell）著、钟子岩、王文川译的图书版本为底本影印复制，编入"民国西学要籍汉译文献"的文学艺术系列。《近代文学与性爱》分人生上的性爱、梦与文学、母子错综和兄妹错综、作家常在作品中无意识地曝露自己、文学制作上的无意识的慰藉作用、无意识制作上的作家投影及恶党描写与犬儒主义、当作无意识的所产的天才、文学上的色情与神经病、作家婴儿时代的性生活及其醇化、文学上的性的象征、人肉嗜食和埃德鲁意斯的故事、精神分析与文学批评、箕次的私人的情诗、雪莱的私人的情诗、爱特格·亚伦·坡、小泉八云的思想等 18 章，用精神分析的研究方法、对文学诸现象进行了分析。

鲸背月色

【作　者】戴安娜·阿克曼
【译　者】丰慧；崔轶男
【出版信息】北京：中信出版集团股份有限公司，2017 年第 1 版
【内容简介】本书讲述阿克曼跟随生物学家去大自然中欣赏与研究蝙蝠、鳄、鲸、企鹅这四种动物，在幽深的山洞里观察 2000 万只倒挂着的蝙蝠、在北美古城圣奥古斯丁鳄鱼农场捕捉鳄鱼、在大海里听鲸鱼唱歌、乘船去南极了解通人性的动物——企鹅。戴安娜·阿克曼对生命的激情与活力令我们动容，她遭到过鳄鱼的攻击，游进过鲸鱼嘴里，攀登过峭壁，也尝过极地寒风凛冽的滋味，却仍然认为所有的生命都是那么的迷人，这些经历让她收获了特别的东西，关乎自然，也关乎人类处境。

叩问小说：超越小说理论的若干途径

【作　者】让·贝西埃
【译　者】史忠义
【出版信息】北京：知识产权出版社，2017 年第 1 版
【内容简介】让·贝西埃著的这本《叩问小说：超越小说理论的若干途径》以问题学哲学为指导，重新审视小说这种很庞杂的文学体裁，在检视 19 世纪以来主要小说理论家詹姆斯、卢卡奇、巴赫金、奥埃巴赫、热奈特和昆德拉等人的小说理论中，在逐渐批评卢卡奇和巴赫金所设置的目的化的历史言语、奥埃巴赫以《圣经》视野为基础的模仿理论、远离小说活动方式并可以概括为计算时间能力的叙述学以及本质主义的小说观等的基础上，提炼出关于小说的一系列新的关键词。这些词如下：偶然性、性情、二重性、悖论、思辨性人学、整体化和整体主义、信念、历史性、叩问、情势等。本书关于这一套思想层层深入的论述，超越了此前的小说理论。

酷暑天

【作　者】埃纳尔·茂尔·古德蒙德松
【译　者】张欣彧
【出版信息】北京：人民文学出版社，2017 年第 1 版
【内容简介】本书讲述了 19 世纪当了两个月冰岛国王的一位丹麦人的真实故事。来自不同年代、不同国家的众多历史人物轮番登场，跨越时空在书中际会聚首。它是一部现代的冰岛历史小说，小说的叙事者具有丰富的历史知识和敏锐的观察力，把横跨数世纪的冰岛与世界历史娓

娓道出。作者把虚构与真实、古代与现代、历史与现实、史学与文学融为一炉。作品构思巧妙、情节生动、叙事精彩、语言流畅。

　　这部在北欧读者中有巨大影响的作品，充分体现了作者非凡的语言才华、渊博的知识才能和超群的叙事技巧。它又是一部趣味盎然的小说，关乎雄心、纷扰、缺点、脆弱，关乎爱与激情，关乎倏忽即逝又充满生命力的一切，关乎串联起时间的那些线索。故事带领我们进入酷暑天国王约伦德尔、火焰牧师永·斯泰因格里姆松等人的世界，他们的故事写在文献与资料中，却又成为流传后世的民间传奇。这是一个充满奇遇色彩的故事，而这场奇遇又发生在真实的历史之中：冰岛的火山爆发点燃了法国大革命的火种，革命的影响又蔓延向全世界……过去之于现在的意义，或许比我们想象的更加重要？

拉普拉斯的魔女

【作　者】东野圭吾
【译　者】王蕴洁
【出版信息】北京：北京联合出版公司，2017 年第 1 版
【内容简介】两处温泉地，相继发生硫化氢中毒事件。虽然在教授清江调查后被判定为"不可能人为"而以意外事件结案，然而种种疑点和现场出现的神秘少女令前警察武尾、地球化学教授清江和负责调查事件的中冈始终无法释怀，因此他们决定将这些案件调查到底。"拉普拉斯的魔女"出自法国数学家皮埃尔-西蒙·拉普拉斯的假说——拉普拉斯的恶魔。此"恶魔"知道宇宙中每个原子确切的位置和动量，能够使用牛顿定律来展现宇宙事件的整个过程，过去以及未来。而"恶魔"变成了"魔女"。东野圭吾希望打破过去小说的模式，从而创作了这部《拉普拉斯的魔女》。

浪漫主义革命：缔造现代世界的人文运动

【作　者】蒂莫西·布莱宁
【译　者】袁子奇
【出版信息】北京：中信出版集团股份有限公司，2017 年第 1 版
【内容简介】首先，为什么说浪漫主义的艺术和文化革命缔造了现代世界呢？浪漫主义时代是文化、艺术、社会乃至人性走向现代的一段重要历史：歌剧、音乐会、画展真正成了大众的享受；艺术家成了比王公贵族更显赫的人物，拥有领导时代精神和社会风潮的巨大能量；人们开始为自己的民族语言文化奔走呐喊；大众开始尊敬天才、重视想象力的创造力……文化和艺术，此时开始得到我们如今的意义。其次，如果你有志于阅读拜伦的诗、歌德的《浮士德》、卢梭的《忏悔录》，或者希望了解贝多芬、李斯特、帕格尼尼、瓦格纳的音乐作品背后的精神内涵，这本书一定不容错过。本书另附 16 页全彩插图，配合书中内容展示了浪漫主义时代的代表性绘画和建筑。再次，关于"浪漫"和"浪漫主义"，我们已经听了太多肤浅、庸俗的说法，《浪漫主义革命》将正本清源，讲讲"浪漫"的渊源与真谛。最后，本书为"新思·观察家精选"系列之三。"新思·观察家精选"汇集具有当代回声的历史话题，旨在帮助我们收整见识的碎片，读懂现代世界的由来，反思现代人的生活境况。书的篇幅都在 200 至 300 页之间，外形精巧；这些权威作者所讲述的既是各自非常擅长的话题，也是同一个大时代的不同投影。读者可以通过了解永不止步的时代变迁，增长对未来的远见。

林肯与莎士比亚：一个总统的戏剧人生

【作　者】迈克尔·安德雷格
【译　者】孟培
【出版信息】哈尔滨：黑龙江教育出版社，2017 年第 1 版
【内容简介】本书作者迈克尔·安德雷格通过切实的证据探究了林肯是如何接触莎士比亚的作品的，他读过哪些版本，在当上总统前他曾看过哪些戏剧，他如何将莎士比亚作品中的选段应用在自己的政务工作中，他在去戏院看演出时与莎士比亚戏剧表演艺术家，如爱德华·布斯、夏洛特·库什曼、爱德温·福莱斯特等人有过怎样的接触。作者特别讲述了林肯与当时美国著名演员詹姆士·哈克特之间出人意料的关系，他在百忙之中多次抽空会见这位福斯塔夫的扮演者并与其讨论他想观看的莎翁戏剧应如何表演，哈克特的表演是林肯作为总统所喜欢的为数不多的版本之一。他写给哈克特的信表明了他对莎士比亚的热爱。本书作者同时记录了林肯大量去戏院看演出的经历，并重现了莎士比亚戏剧表演艺术家，如爱德华·布斯、夏洛特·库什曼、爱德温·福莱斯特等人在林肯看到他们时的情况。

灵契

【作　者】萨拉·沃特斯
【译　者】沈敏
【出版信息】上海：上海世纪出版股份有限公司，2017 年第 1 版
【内容简介】一个身陷囹圄的灵媒，一位渴望自由的富家小姐，一群被时代困住的女人。富家小姐玛格丽特见到女囚塞利娜·道斯，惊为天人。玛格丽特唤起了塞利娜对于被囚的痛感，对自由的渴望，对未知生活的向往。玛格丽特无法控制地频繁前往监狱，对塞利娜关照有加，从同情到认同，从共鸣到爱意，玛格丽特对塞利娜的感情一发不可收拾。但是，这个谜一样的女孩，到底是信口雌黄的欺诈犯，还是天赋卓群的奇才？《灵契》是萨拉·沃特斯"维多利亚三部曲"中的第二部。这是一部充满叙述力量和文字力量的作品，对女性身处的情感困境与社会困境做出了深刻而尖锐的揭示。

伦敦文学小史

【作　者】埃洛伊丝·米勒
【译　者】杨献军
【出版信息】北京：中国友谊出版公司，2017 年第 1 版
【内容简介】伦敦，作为世界上最伟大的文学城市之一，每一个角落里都是历史悠久的建筑和故事。《伦敦文学小史》一书贯穿伦敦的各个历史时期，涉及不同的文学体裁，以专题形式生动讲述了诞生在伦敦的多部文学作品背后的秘事内幕，带领读者在最显赫的文学地标上发掘引人入胜的趣闻轶事，同时又走进各家出版社，走进各处咖啡馆、公园，沿着多年来蜿蜒穿过伦敦市内、曾经赋予作家灵感的街道观光游览。你会发现，这是一座充满思潮理念、智慧谋略，人才荟萃的城市。全书共有 14 个章节，分别为文坛开拓者与不朽名著、激进人士与颠覆分子、传教士与皈依宗教者、神秘主义者与巫师术士、日记作者与辞书编撰者、碎语闲言与文坛敌手、浪漫派诗人与死尸、维多利亚时代文坛名家与不为人知的放浪形骸之士、犯罪活动、天网恢恢、

儿童与会说话的动物、现代派与漩涡派、布鲁姆斯伯里团队成员与暗箭伤人者、推杯痛饮与光彩年华青少年往事等。

论普鲁斯特

【作　者】萨缪尔·贝克特
【译　者】陈俊松
【译者单位】华东师范大学外语学院
【出版信息】长沙：湖南文艺出版社，2017 年第 1 版
【内容简介】《论普鲁斯特》是贝克特 1930 年夏天在巴黎时用英语撰写的关于 20 世纪法国最伟大的作家马塞尔·普鲁斯特的长篇评论，于次年出版。这部专著既是作者美学上和认识论上的宣言，又为它表面上的主题大声宣告："我们无法了解别人也无法被别人了解。"《论普鲁斯特》表现了作为年轻学者的贝克特对普鲁斯特的欣赏和崇拜。他用复杂难懂和旁征博引的文字，对影响自己的前辈（特别是德国哲学家叔本华和西班牙剧作家卡尔德隆）表达了敬意，并预示了他后来专注的主题——记忆的法则受制于更为普遍的习惯的法则，并将其运用到对普鲁斯特作品的阐释之中。

在西方现代主义文学运动当中，荒诞派代表人物贝克特深受先行者普鲁斯特的影响，因此，《论普鲁斯特》不仅对理解卷帙浩繁、委婉曲折、细腻难懂的《追忆似水年华》具有指引作用，而且对我们解读贝克特自己的作品也具有参考价值。

曼哈顿的孤独诊所

【作　者】约书业·弗里斯
【译　者】吴文忠
【出版信息】北京：人民文学出版社，2017 年第 1 版
【内容简介】在外人看来，保罗是一名成功的牙医，他却觉得与自己的诊所格格不入：业务经理是不肯与他复合的前女友，护理师总拿过于虔诚的教诲来烦他，他的助手干脆不和他说话。有时保罗觉得，自己是一个人面对整个世界；有时保罗怀疑，一切欢乐只是寂静的幻影；有时保罗会想，自己说的一切根本没人在乎，而他在乎的一切，最终都将离他而去。于是他干脆选择不在周末交际，不信上帝，不肯建立社交网络账号。然而一天，他发现网上有人假借他的身份，到处发表奇怪言论，这个假保罗告诉真保罗，他明白他的迷惘，并将带他找到人生的答案。半信半疑地，保罗踏上了一条与世界和自我和解的旅程……

美国众神

【作　者】尼尔·盖曼
【译　者】戚林
【出版信息】北京：北京联合出版公司，2017 年第 1 版
【内容简介】《美国众神》描写的是影子（Shadow）穿越美国心脏地带的疯狂冒险，他是个刚被释放的罪犯，拥有一身小骗术。在因重伤害罪服刑三年后，影子因为他妻子劳拉的意外死亡被提前两天释放。他失去了家庭、妻子、朋友，也丢了工作——影子发现他的生活不存在任何

回报了。当一位自称星期三（Mr. Wednesday）的陌生老头提供给影子一份跑腿的差使时，他当然没有理由不去接受。不过，星期三很快就显示出并他不是一名普通的好色老头。原来他是奥丁，一位古神。在穿越美国的过程中，他们拜会了诸多来自不同世界地区的古神，他们大多晚景凄凉。因为在这个时代的美国，他们的信徒已然凋零，祭祀当然也终止很长时间了，所以他们都相当地虚弱，已和其他的凡人没有什么区别了。站在其对立面的是新生的美国众神，他们发源自一些现代仪式和我们对日常用品的依赖，诸如媒体之神、科技之神和网络之神。新神依旧忌惮旧神，并不断将旧神逼入死角。星期三想要做个了断，胜者预计将获得远超对手常规的崭新的活力以及力量。

慕尼黑的清真寺

【作　者】伊恩·约翰逊
【译　者】岳韦
【出版信息】上海：上海译文出版社，2017 年第 1 版
【内容简介】本书探索了当代恐怖主义的历史。通过大量的解密档案和实地采访，作者发现，早在二战期间，纳粹德国就有意识地扶持某些激进组织和思想，作为攻击苏联的武器。之后美国接受了这一策略，作为冷战工具。该书追踪了这条历史脉络中的几个关键人物的故事，揭示出一些激进组织逐渐壮大的过程，以及西方社会犯下的错误。

你的名字

【作　者】新海诚
【译　者】枯山水
【出版信息】南昌：百花洲文艺出版社，2017 年第 1 版
【内容简介】在朴素小镇里土生土长的少女三叶，因周围的环境和家传神社加诸的职责等因素心生不满，憧憬着有一天能离开小镇到大都市里生活。某天，她在睡梦中与生活在东京的少年高中生泷交换了灵魂，原本素不相识的少年与少女，在时空奇迹的作用下产生了命运的交集，两人以做梦为契机交换了灵魂，而唯一维系着两人的，便是彼此的"名字"。泷对女孩的身体感到陌生，对未知的乡下生活感到困惑，但还是逐渐习惯了这种感觉。他想更多地了解这具身体的主人——三叶，而"三叶"不同寻常的举止也让身边的人逐渐生疑。

　　《你的名字》是日本著名青年导演新海诚的最新电影作品，影片于 2016 年 8 月在日本首映，一周内创下 25 亿日元以上的票房纪录，并连续 13 周蝉联票房冠军。本书是由新海诚亲笔撰写的原作小说，在影片的基础上进行补充，扩展了故事的可阅性。

怒海救援

【作　者】迈克尔·J.图加斯；凯西·谢尔曼
【译　者】姜忠伟；张丽颖
【出版信息】北京：北京联合出版公司，2017 年第 1 版
【内容简介】本书讲述的是一个真实的故事。男主人公伯尼·韦伯是美国海岸警卫队的工作人员。美国海岸警卫队是一个军事服务部门，负责保卫沿海地区的安全，并对海难事故实施紧急救援。1952 年 2 月 18 日，一艘名叫 *SS Pendleton* 的 T－2 型油轮在开往波士顿的途中，在美国

新英格兰州沿海遭遇了狂风巨浪，被折成两段，随时都有沉没的风险，而船上 32 位船员的生命危在旦夕。在船下沉之前，海岸警卫队的队长伯尼·韦伯带领 4 位队员乘着一艘发动机还有问题的木质救生艇，面对 60 英尺高的滔天巨浪，成功实施了救援。从小在这片海域长大的男主角在生活中是一个极其墨守成规的人，连和女友结婚都必须报告上级批准。别看他面对女友逼婚时显得腼腆、彷徨，当他恪守军令去行动的时候，虽然面对恐怖巨浪的危险也有过犹豫和畏惧，但是品德和人性最终让他坚持了下来。冒着恐怖风浪逆流侵袭，他能理智地算出每波巨浪到来的时间与间隔。最终，这个墨守成规的人以违抗命令的方式挽救了 32 个人的生命。

欧洲文学与拉丁中世纪

【作　者】恩斯特·库尔提乌斯
【译　者】林振华
【出版信息】杭州：浙江大学出版社，2017 年第 1 版
【内容简介】本书全景式地研究了欧洲文学与中世纪文学之间的关联，发掘二者之间的连续性。作者库尔提乌斯认为，以往标准的"古典－中世纪－文艺复兴－近代"的文学划分方法，割裂了这几个时期文学的连续性，因此他将中世纪拉丁文学视为古代文学与后来各民族文学之间不可或缺的过渡，如此一来，便将从荷马到歌德的欧洲文学整合起来。

批评集：1865

【作　者】马修·阿诺德
【译　者】杨果
【出版信息】北京：中央编译出版社，2017 年第 1 版
【内容简介】马修·阿诺德是 19 世纪知识分子中当之无愧的"多面手"，这本论文集集中展示了阿诺德学术批评的"多面性"与综合性。本书是马修·阿诺德第一本直接以"批评"命名的文集，常常被称为《批评一集》（*Essays in Criticism: First Series*），以与后面出版的同名论文集相区分。作为这一系列的开山之作，本论文集围绕"批评何为"这一核心问题，将宏观的整体考察与微观的个案分析相结合，通过对批评在当前的功能、法兰西学院给予文学的影响、宗教情感与文学的关系等问题的抽象思考以及对莫里斯·德·格兰和欧也妮·德·格兰姐弟、海因里希·海涅、儒贝尔、斯宾诺莎、马可·奥勒留其人其作的具体评述，最终从理论和实践两方面确立了"认识和宣传世界上最好的知识与思想"这一批评的宗旨。作者在精英视角与大众情怀的张力中直面苦难，抉发美德，孜孜以求真，砭砭以倡美，这一多元综合的学术批评令后人读来尤觉荡气回肠。

迫害

【作　者】亚历山德罗·皮佩尔诺
【译　者】陈英
【出版信息】北京：人民文学出版社，2017 年第 1 版
【内容简介】莱奥·蓬泰科尔维是一位令人尊敬的儿科医生，他的高超医术似乎为他赢得了一切：尊贵的社会地位、美满的家庭，以及富裕的生活。然而，看似稳固的生活却在不经意间被一桩突如其来的丑闻所摧毁：他被指控勾引他小儿子的女友——年仅十二岁的卡米拉。转瞬之

间，这位受人尊敬的医生、专栏作家、大学教授变成了千夫所指的强奸犯。而他也被自己的家庭所抛弃，最终孤独地在地下室死去。作者以令人信服的笔调，为我们展示了一位中产阶级人士的脆弱与覆灭。《迫害》和《形影不离》（2012 年意大利"斯特雷加"文学奖获奖作品）属于"记忆的误伤"系列。《迫害》于 2010 年首先出版，讲述了名医莱奥·蓬泰科尔维的故事，他在一位严苛的母亲（典型的犹太母亲）教育下成长，经历巴黎自由欢乐的时光，后来被迫回到罗马——因为母亲的恩威并施。他事业一帆风顺，成为医院里的名医，同时在大学里上课。他和一个出身贫寒、品行极好的犹太女人结婚，生了两个儿子，在罗马城郊买了别墅，过着非常精致的生活。但这一切，都被一则他们晚饭时看到的新闻打破：莱奥出现在电视上，被控给未成年人写暧昧的信件。莱奥惹上了官司，从此一蹶不振，"在那个尴尬的时刻，他希望自己从来都没有来到这个世界上"。他和家人的关系也变得极为疏离，他藏身于自家的地下室，经过长时间离群索居的生活，他最后在屈辱中死去。蓬泰科尔维不是轻浮的男人，他没有任何出轨行为，文中通过重彩来描写他的几次自慰，显得细腻、深刻、真实，可以说是小说的典范章节。《形影不离》是蓬泰科尔维故事的后续，依然是围绕着他们的家庭，讲述了莱奥的两个儿子菲利波和撒母耳的故事，当然，父亲的死一直都阴影般笼罩着他们的生活。

七杀简史

【作   者】马龙·詹姆斯
【译   者】姚向辉
【出版信息】南京：江苏凤凰文艺出版社，2017 年第 1 版
【内容简介】人也许不认识人，但灵魂认识灵魂。本书是一部奥德赛一般气势磅礴的现代史诗、包罗社会万象的全景式巨作，讲述的是七次杀戮的故事，是一个时代罪恶、暴力、秘密的编年史。牙买加，1976 年 12 月 3 日，大选在即。7 名枪手闯入一位国民级雷鬼歌手家中疯狂扫射——歌手原定于两天后举办一场和平演唱会。歌手逃过一劫，但身受重伤，枪手则全部逃逸。这一扑朔迷离的真实事件，将通过 76 个虚构角色之口重现。贫民窟的孩子、毒贩、枪手、《滚石》杂志记者、妓女、黑帮老大、中情局特工，甚至鬼魂，开始诉说。

"走进一个局面，你要么拿着注射器，要么拿着枪。有些东西你能治好，有些东西你必须打死。""贫民窟里有一种孩子每天都要奔向大海，只为了一头扎进某个地方然后忘记一切。""你慢慢地会喜欢上永不改变的少数几样东西。""音乐不会带走疼痛，但只要音乐开始播放，我感受到的就不再是疼痛，而是节奏。""我疯狂战斗，直到厌倦为止。"

奇点遗民

【作   者】刘宇昆
【译   者】耿辉
【出版信息】北京：中信出版集团股份有限公司，2017 年第 1 版
【内容简介】本书收录了《异世图鉴》《人在旅途》《真正的艺术家》《单比特错误》《爱的算法》《生活的负担》《天籁之音》《播种》《猴子》等短篇小说作品。《奇点遗民》是刘宇昆最新的短篇小说集，集纳了他的最新力作和经典之作，共 22 篇。"奇点时代"来临，身处一个虚拟数据控制一切的时代，我们平凡的生活将以何种形式继续存在？《奇点遗民》中，每个人都能抵挡抛弃肉身去做数字永生人的诱惑吗？《真正的艺术家》里，没有导演和员工的电影公司究竟以怎样的方式在制造神话？《完美匹配》上演了一场普通人反人工智能的大作战，在必然的事实

面前，适应才是唯独的选择吗？作为一本人文科幻小说，《奇点遗民》融入了科幻艺术最吸引人的几大元素：数字化生命、影像化记忆、人工智能、外星访客……刘宇昆的独特之处在于，他写的不是科幻探险或英雄奇幻，而是数据时代里每个人的生活和情感变化。透过这本书，我们看到的不仅是未来还有当下。

奇迹男孩

【作　者】R.J.帕拉西奥
【译　者】雷淑容；易承楠
【出版信息】北京：人民文学出版社，2017 年第 1 版
【内容简介】奥吉是一个普通却又不普通的男孩。因为有着一张不普通的脸，十岁之前的他从未上过学。但是，十岁这一年，父母为奥吉精心挑选了一所学校——毕彻中学。自此，奥吉开始了异常艰辛的校园生活。他如何与校长图什曼先生、各个科目的老师，以及性格迥异的同学们相处？上学之后的他与家人之间的关系又有何新的挑战？在人群以及各种各样意想不到的冲突中，他该如何往前？

奇径人生

【作　者】杜鲁·马格里
【译　者】王思宁
【出版信息】北京：北京联合出版公司，2017 年第 1 版
【内容简介】一场平行于现实世界的荒诞奇遇；一路惊险，十年不觉。本和妻子以及三个孩子在美国马里兰州过着平淡如水、倒也还算幸福的日子。一次，本离家出差，抵达死气沉沉的度假酒店后，例行给妻子打电话报平安，却因三个孩子的吵闹不得不中途挂断。他发现时间尚早，决定外出散步。出差住宿的酒店外有一条静美的小径是个不错的选择，于是他便沿着这条风景如画的小路缓步而行，可他完全想不到，这条小径通向的是一个超出他想象的平行世界。散步途中，他突然发现手机没有信号了，心中慌乱，准备折返。这时，一个头戴狗脸面具、拖着小女孩尸体的高大男人出现在他面前。本立即撒腿狂奔，大喊"救命"，却听到身后的凶徒举刀狂笑说："自打你出生那天起，我就在等这一刻了。"此时的本还不知道，就连眼前的这条路都是他出生时就注定要走的。

虔诚的回忆

【作　者】玛格丽特·尤瑟纳尔
【译　者】王晓峰
【出版信息】上海：上海译文出版社，2017 年第 1 版
【内容简介】本书是女作家玛格丽特·尤瑟纳尔传记作品代表作"世界迷宫三部曲"第一部，以母亲的家族为叙述线索，从具体到抽象，从个别到一般，编织了共性、共同旅程和共同命运的网络，一如既往地探寻作者孜孜以求的永恒价值。作者从自己的出生开始讲起，以全景式的描写手法回溯了母亲家族的历史，把焦点放在从未谋面的两个舅公奥克塔夫和费尔南，以及因产褥热去世的母亲费尔南德身上。

　　尤瑟纳尔使用大量口述材料、信件、照片、贵族家族年鉴和遗留物品来构筑母亲家族的全

貌，尽可能地追根溯源，上溯到最久远的过去，以冷静客观的笔法让一个个先辈的形象跃然纸上。她不甘于描绘家族里的各色人物，而是试图借此阐明"永恒"这一主题，将世代相袭的家族浓缩为大千世界宏观时空里的一个象征，而她立于时空之外，冷眼观察，抒写人类的命运，揭示亘古不变的历史规律。以无比遒劲的笔力回溯母系血缘绵长悠远的发展脉络，与国家战火和历史的回声同步交织，这些面目模糊的形象在信件、档案和照片中暧昧而真实地存在，与真人真迹的交错交集，如"在时间的大海中沉浮"；纵横捭阖的开阔手笔与闪烁幽微阴暗之美的细节描绘结合，呈现出深厚的历史纵深感，世纪交替中如微尘般的刹那过客，一生的故事浓缩于小小"虔诚的回忆卡"上（书名来源）；尤瑟纳尔的文字辛辣刻薄犀利，思路缜密，如果不是抱着悲悯之心，如果不是怀着爱与同情，又怎会"接近人类这种孱弱的生灵"；最后部分怀想父母初识颇为动人，与《追忆》同期的人物，并数次出现普鲁斯特。

轻舔丝绒

【作　者】萨拉·沃特斯
【译　者】陈萱
【出版信息】上海：上海世纪出版股份有限公司，2017年第1版
【内容简介】因为一朵抛掷而来的玫瑰，海滨少女从此远离家乡，追随心爱的男装丽人；因为一场毫无预料的背叛，演员南希从此堕落沉沦，把自己放逐在伦敦阴暗的街角。在这部关于情欲也关于自由，关于成长也关于蜕变的小说中，萨拉·沃特斯检阅了维多利亚时代的剧院文化、男装丽人风潮、女权运动的雏形、贵族的地下情色会所，再现彼时的伦敦百态。

日本近代文学史

【作　者】高须芳次郎
【译　者】黎跃进；杜武媛
【出版信息】北京：中央编译出版社，2017年第1版
【内容简介】《日本近代文学史》是日本近现代著名评论家、学者高须芳次郎的文学史研究著作。作者以直接参与当时文坛活动的鲜活感受和大量的第一手材料，生动而系统地论述了日本近代（明治、大正）文学的演变和发展，对日本传统文学的近代转型，新文学因素的发生与增长，新文学思潮和运动的展开，近代诗歌、小说、戏剧、散文、翻译文学、文学理论各文类的新倾向和重要作家都做出了富于见地的评述。著作饱含历史见证的激情，同时，文学演进与社会文化互动、学术视野开阔、评价精准确切、文字表达流畅，是一本既有学术深度，又具有可读性的文学史著作。

如何去读一本书：伍尔芙阅读笔记

【作　者】弗吉尼亚·伍尔芙
【译　者】吴瑛
【出版信息】南京：江苏凤凰文艺出版社，2017年第1版
【内容简介】该书是伍尔芙的读书随笔集，她在书中畅谈了她阅读的方法、心得和感想，表达了对诸多作家和作品的见解，在形式上不拘一格，写得看似比较随意，却极为真诚和深刻。很多作家都有写读书随笔的习惯，但是像伍尔芙这般富有洞见，并且笔调活泼洒脱的却很罕见。

所以，她的随笔通常被诸多文学爱好者视为必读文本。翻开伍尔芙的这本书，在她的指引下品读那些名家名作，才发现我们也许从未真正懂得该如何去读一本书。伍尔芙在该书中列举了大量经典的名家名作，并详细阐发了她的独特观点，明晰地表明了她的态度。如《鲁滨孙漂流记》《简·爱》《呼啸山庄》《无名的裘德》等，如简·奥斯汀、勃朗特姐妹、哈代等，伍尔芙对于这些名家名作所表达的观点往往别出心裁，同时也极为深刻，有令人醍醐灌顶之感。

如何邂逅莎士比亚

【作　者】保罗·埃德蒙森
【译　者】王艳
【出版信息】成都：四川人民出版社，2017 年第 1 版
【内容简介】本书为"大家小书"书系中的一本，该书系由英国出版社 Profile 从 2014 年开始陆续出版，内容涉及历史、商业、经济、科学史与传记等等。在《如何邂逅莎士比亚》这本专业而又生动的小书中，保罗·埃德蒙森向读者展现了作为戏剧家和诗人的莎士比亚的全新面貌，并鼓励大家充分发挥主观能动性，尽情阅读和解读莎翁作品。读者能在本书中了解莎士比亚的生活、莎翁丰富的语言遗产和令人震惊的文化遗产。同时也能对莎翁如何写作、其作品对读者和戏剧爱好者有着怎样的影响力有所了解。最重要的是，我们能从中看到一个真实的莎士比亚是如何书写人类最重要的主题：权力、历史、战争和爱的。这本专著将带你重回到埃文河畔的斯特拉特福，邂逅 400 多年前未被文学史层层书写的莎士比亚。

沙丘

【作　者】弗兰克·赫伯特
【译　者】潘振华
【出版信息】南京：江苏凤凰文艺出版社，2017 年第 1 版
【内容简介】哥白尼提出了"日心说"，我们才知道这个世界并不是宇宙的中心；哈勃用望远镜揭开了河外星系的神秘面纱，我们才知道宇宙中还有千亿个银河系；"自由号"发现了黑洞的存在，我们才知道也许宇宙之外还有宇宙，我们只是永恒中一颗微小的沙粒。一切会思考的机器都被摧毁后，宇宙的焦点重回人类之间的争夺。行星厄拉科斯——人类梦寐以求、竞相抢夺的"香料"的产地，在这里上演着权术与背叛、恐惧与仇恨、希望与梦想的太空歌剧。人们常常用另一个名字称呼这颗干旱的星球——沙丘。家破人亡、颠沛流离的少年保罗在这里抗争着他的宿命。在命运面前，他是如此的渺小，却又如此的强大。人类每次正视自己的渺小，都是自身的一次巨大进步。

深暗

【作　者】赫克托·托巴尔
【译　者】卢会会
【出版信息】上海：上海译文出版社，2017 年第 1 版
【内容简介】2010 年 8 月，智利圣何塞矿井的 33 名矿工被困 700 米井下，在经历破纪录的 69 天艰苦等待后，最终奇迹般获救。全世界媒体蜂拥至此报道此事，但很多发生在井下的故事并不被人知晓。本书作者独家探访了获救矿工，并了解了他们的故事。这次救援最终结果堪称奇

迹，而 33 名矿工回忆起当初的场景仍然心有余悸——当他们想到圣何塞矿山，就联想到棺材，还有持续的塌陷，巨大的声响，以及他们所寻找的教堂，而彼时全世界都在地面之上牵挂着他们。本书解读了 33 名勇士及其家庭的故事，并追寻了让人们在这一危险地区坚持工作的神秘而强大的精神支撑力量。

诗歌形式、语用学和文化记忆：古希腊的历史著述与虚构文学

【作　者】克劳德·伽拉姆
【译　者】范佳妮等
【出版信息】北京：北京大学出版社，2017 年第 1 版
【内容简介】本书的主体部分为瑞士古典学家克劳德·伽拉姆教授 2013 年应邀访问复旦大学和北京大学所做的系列学术演讲。在这三篇演讲里，他采用历史的、比较的人类学视角，探讨古希腊的文化记忆、古希腊英雄叙事以及古代宗教史研究等问题。伽拉姆多年来一直倡导"符号学"（semiotics）与"语用学"（pragmatics）的研究路径，将其运用到古希腊文本和文化的阐释当中，取得了举世瞩目的成就。本书的最后一章为一篇访谈录，详细回顾了他的学术经历和生涯。

施尼茨勒作品集

【作　者】施尼茨勒
【译　者】韩瑞祥
【出版信息】北京：人民文学出版社，2017 年第 1 版
【内容简介】本书共三卷，收入了施尼茨勒的绝大部分文学作品，其中包括中短篇小说《死》《小小的喜剧》《告别》《死者无言》《古斯特少尉》《瞎子基罗尼莫和他的哥哥》《陌生的女人》《希腊舞女》《单身汉之死》《卡萨诺瓦还乡记》《埃尔泽小姐》《梦幻记》《拂晓的赌博》等；长篇小说《特蕾莎：一个女人一生的编年史》；戏剧《阿纳托尔》《儿戏恋爱》《绿鹦鹉酒馆》《轮舞》《伯恩哈迪教授》以及箴言《关系与孤独》。作者的小说大都表现出对人的个性经历持久执着的兴趣。爱情与死亡构成了其创作题材的基础，捕捉人物的心理瞬间是他艺术表现风格的根本所在。由于他的艺术注意力更多地趋于再现人的心理感受，崇尚一种在逻辑上无规律可循的心理表现，因此，作者往往以强有力的形象语言、细腻分明的感受和鲜明的价值对比，展现了多愁善感的主人公的回忆、预感和梦境。具体的感受描写往往赢得了相对的独立性，仿似一幅幅若即若离的语言油画。

使馆楼

【作　者】扎迪·史密斯
【译　者】黄昱宁
【出版信息】上海：上海译文出版社，2017 年第 1 版
【内容简介】《使馆楼》是扎迪·史密斯 2013 年发表于《纽约客》的短篇小说。尽管小说起始展现在读者面前的是一个复数的叙事声音——"我们"，但故事真正的主角却是一名来自科特迪瓦象牙海岸的非洲裔女佣，名叫法图。她是伦敦西北区一个巴基斯坦家庭的住家保姆，没有工资，没有过多的个人时间。每周一上午偷偷使用这家人的通行证到一个高档俱乐部游泳，是她

生活中唯一的亮点。她莫名地被位于威尔斯登的柬埔寨大使馆这幢建筑所吸引，时常坐在使馆楼对面的车站观看两名从未露面的羽毛球选手的对抗。此外，每周日上午她与来自尼日利亚的教友安德鲁碰面，接受他馈赠的咖啡和小食，也接受他的说教。两人间存在着某种从未言明的暧昧情愫。

使女的故事

【作　者】玛格丽特·阿特伍德

【译　者】陈小慰

【出版信息】上海：上海译文出版社，2017 年第 1 版

【内容简介】奥芙弗雷德是基列共和国的一名使女。她是这个国家中为数不多能够生育的女性之一，被分配到没有后代的指挥官家庭，帮助他们生育子嗣。和这个国家里的其他女性一样，她没有行动的自由，被剥夺了财产、工作和阅读的权利。除了某些特殊的日子，使女们每天只被允许结伴外出一次购物，她们的一举一动都受到"眼目"的监视。更糟糕的是，在这个疯狂的世界里，人类不仅要面对生态恶化、经济危机等问题，还陷入了相互敌视、等级分化和肆意杀戮的混乱局面。并非只有女性是这场浩劫中被压迫的对象，每个人都是这个看似荒诞的世界里的受害者。《使女的故事》是阿特伍德发表于 1985 年的经典作品，小说中探讨的女性生育自由、代孕、人口衰退、环境恶化等问题在特朗普时代的美国重又引发热议，媒体和公众纷纷宣称，"阿特伍德的小说正在成为现实"。

试刊号

【作　者】翁贝托·埃科

【译　者】魏怡

【出版信息】上海：上海译文出版社，2017 年第 1 版

【内容简介】本书讲述在媒体时代新闻的真实与虚假。1992 年的米兰，几名记者加入一份正在筹备的日报《明天报》，雄心勃勃地要在新的职位上大显身手。在电视和广播兴盛的时代，报纸的滞后性不言而喻，因此，《明天报》立志讲述"明天即将发生的事件"，通过深入调查，在新闻领域拥有某种"预见性"。他们精心研究过去的新闻，试图编出一套试刊号。而在调查过程中，种种现实却不容置疑地跃入眼前。人们都以为墨索里尼已经死了，而自 1945 年以来，意大利发生的每一件大事背后，都飘荡着他的幽灵，一名记者突然提出这样的假设，正当人们怀疑他走火入魔时，一天早晨，他惨遭杀害。

匙河集

【作　者】埃德加·李·马斯特斯

【译　者】凌越；梁嘉莹

【出版信息】北京：人民文学出版社，2017 年第 1 版

【内容简介】本书是美国诗人埃德加·李·马斯特斯的一本著名诗集，全书收录了诗人 246 首诗，除了第一首序诗和最后两首具有总结意味的长诗之外，其他二百多首诗都是以虚构的地名匙河镇的墓中死者自述口吻写成的墓志铭，借此描述了小镇生活的方方面面和芸芸众生，构成了一道美国中西部的小城风情画。《匙河集》是一部大胆创新的诗集，也是一部畅销诗集，在美

国第一版就连续印刷了 19 次之多，创造了当时诗集出版史上前所未有的奇迹。它以平白直叙的墓志铭式的语言描绘出了一幅美国乡村画卷：长眠在墓地里的 250 位村民以自由诗独白的形式诉说他们的秘密、梦想和失败。

守望之心

【作　　者】哈珀·李
【译　　者】张芸
【出版信息】南京：译林出版社，2017 年第 1 版
【内容简介】二十六岁的琼·露易丝·芬奇从纽约回到家乡梅科姆看望病重的父亲阿迪克斯，却发现已与故乡格格不入，而父亲与她青梅竹马的恋人的行为又给了她无比沉重的打击。童年往事如洪水般涌来，坚守的价值观与信仰顿时濒临崩塌，在痛苦与迷惘中，琼·露易丝经历了又一次弥足珍贵的成长。《守望之心》是美国传奇女作家哈珀·李有生之年出版的第二部小说。《杀死一只知更鸟》出版后的五十多年间作家一直拒绝各种采访和社会活动，并宣称不会再写第二本书。2015 年，《守望之心》出版，立刻成为出版界当年的热门话题，创造了销售的奇迹，日销量达 10 万册。据说本书源自作者早年的手稿，李本人以为这份手稿早已遗失。《守望之心》的创作年代早于《杀死一只知更鸟》，其中穿插了很多斯库特童年的回忆。在编辑的建议下，哈珀·李以其中的童年片段为基础，耗费十几年的时间创作了《杀死一只知更鸟》。

庶出的标志

【作　　者】弗拉基米尔·纳博科夫
【译　　者】金衡山
【出版信息】上海：上海译文出版社，2017 年第 1 版
【内容简介】小说的背景置于一个荒诞不经的警察国家，人们信奉埃克利斯主义，追求整齐划一的埃特盟（普通人）式生活，浑噩无知又胡作非为是国民的通性。主人公克鲁格是该国的精英知识分子，享誉海外，为了让他为新政权背书，独裁领导人巴图克百般尝试却不得法，最后挟持了克鲁格幼小的儿子，通过这一小小的"爱的杠杆"，撬动了固执的哲学家。然而，克鲁格的儿子被错认为儿童精神病患者被送到精神病院，被残忍虐杀，就在克鲁格反抗即将面临死亡之时，作者在叙事中出现，并宣布这一人物不存在，书中一切的悲剧也都不存在。

四七社：当德国文学书写历史时

【作　　者】赫尔穆特·伯蒂格
【译　　者】张晏；马剑
【出版信息】上海：东方出版中心，2017 年第 1 版
【内容简介】《四七社：当德国文学书写历史时》中展现了四七社的历史概貌，通过评估很多迄今为止从未公布过的档案资料以及与当时亲历者的对谈，描绘出联邦德国早期历史的一幅生动画面：从扫清纳粹影响的过程中所面临的困难，到持续至今的文学、市场和媒体社会之间新的、棘手的相互关系等。《四七社：当德国文学书写历史时》获得 2013 年莱比锡书展非虚构类／散文书奖。

四十个房间

【作　者】奥尔加·格鲁申
【译　者】戚悦
【出版信息】北京：中信出版集团股份有限公司，2017 年第 1 版
【内容简介】四十个房间，一个女人一生注定要穿越的四十个荒漠，每一个都是一场对灵魂的检验，是一幕袖珍的耶稣受难剧，是一项渺小却重要的选择，是迈向清醒与人性的一步。十七岁，在卧室里与闺密夜谈，一个强烈的念头冒了出来：我不想要渺小的人生，不想要那充满平凡的担忧、普通的期望，写满陈词滥调，充斥着孩子尖叫声的人生。二十三岁，在异国他乡狭小逼仄的出租房里，男友让我在梦想和他之间做出抉择，我忍痛选择了梦想。坐在冰冷的浴室地板上，我笨拙地挣扎，想把臃肿的词句和任性的感情打磨成简练、真实的诗篇。二十八岁，在凌晨四点的厨房里，双脚踩在冰冷的瓷砖地上，我筋疲力尽地为六个月大的宝宝热着牛奶。暂时忘却对永恒不朽的渴望，暂时屈服于偏离命运的必然，听凭身体的软弱掌控一切。三十岁，我住进了梦寐以求的房子，深爱过的男人对我说"跟我走吧"，我知道，在那困惑、放肆、错误的瞬间，我赌上了自己整整十年存在的意义，险些丧失了过往的人生。四十岁，在密不透风的洗衣房里，我用颤抖的双手把丈夫那件衣领上粘着桃红色污渍的衬衫塞到其他衬衫底部，按下了"强力去污"的按钮。在过去的几个月里我拼命作诗，可残酷的真相总是不断逼近。四十六岁，儿子领女友回家。我站在他的房门口，有些悲伤：岁月飞逝，墙皮剥落，曾经住在画着太阳系星辰的房间中的小刺猬如今已无家可归；同时，我也隐隐觉得宽慰，爱闷头读书的儿子已经长大了……四十，很漫长，足以带来一场艰难的考验，但同时又很奇妙，是对生命最深沉的叩问。

通往未来的门

【作　者】凯特·汤普森
【译　者】赵泽宇
【出版信息】南昌：百花洲文艺出版社，2017 年第 1 版
【内容简介】本书为《寻找时间的人》系列之一。此时的吉吉·利迪已经长大成人，并且实现了自己当音乐家的梦想。一年当中，有一半的时间是在世界各地演出。同时他还是四个孩子的父亲了。大女儿海姿尔正处在青春期；二女儿珍妮总是特立独行，按照自己的规则，过着自由自在的生活——不爱上学，不喜欢与人交流，但痴迷于大自然，甚至经常玩失踪；三儿子唐纳尔是个小大人，在这个个性迥异的家庭里最让人放心；小儿子艾登则是个十足的破坏大王。每个孩子都个性十足，麻烦不断，搞得本就矛盾丛生的吉吉与妻子更加焦头烂额。二女儿珍妮一直都是按照自己的规则生活，不知从什么时候开始，孤单的珍妮遇到了一只愿意陪她在山间游荡的白羊，还结识了一个在山顶守护古老石堆遗址、孤独了几千年的男孩。石堆下究竟埋藏着什么？男孩不惜牺牲性命守护的又是什么？为什么白羊认为男孩应该重获自由？为什么白羊与男孩看到的世界不同？命运以一种始料不及的方式让他们交织在一起，却改变了珍妮和整个家庭的生活。

偷香窃爱

【作　者】彼得·凯里
【译　者】张建平
【出版信息】上海：上海译文出版社，2017 年第 1 版
【内容简介】迈克尔·布彻·博恩原本是位知名画家，因盗窃而入狱四年。刑满释放后，他蛰居乡野，一边继续从事绘画创作，一边照顾体重达 220 磅且患有痴呆症的弟弟休。一个暴雨之夜，漂亮的玛琳·莱博维茨闯入了他平静的生活。玛琳的真实身份是已故著名现代派画家莱博维茨的儿媳。她从美国来到澳洲，就是为了寻找公公遗留的价值连城的名画。之后的种种事件令迈克尔始料不及……一场冲突之后，迈克尔带着弟弟休，回到了澳大利亚的内陆小镇，再次过起了平淡无奇的生活。

凯里以"名画"为中心，勾勒了一幅现代人贪婪欺诈、欲壑难填的嘴脸。该书看似是一个发生在绘画艺术界的爱情故事，实际却揭露了画家、收藏家、鉴定家和艺术商人的虚伪、狡诈和贪婪。

外婆的道歉信

【作　者】弗雷德里克·巴克曼
【译　者】孟汇一
【出版信息】天津：天津人民出版社，2017 年第 1 版
【内容简介】本书讲述七岁的爱莎有个古怪又疯狂的外婆，会埋伏在雪堆里吓唬邻居，半夜从医院溜出来带着爱莎翻进动物园，在阳台上用彩弹枪射击推销员，基本上想干什么就干什么。这个四处惹麻烦的外婆却是爱莎唯一的朋友，也是她心中的超级英雄。不管什么情况下，外婆都会站在爱莎这一边，为了她去跟全世界拼命。但外婆就算是超级英雄，也有失去超能力的一天。后来外婆不幸得了癌症去世，留给爱莎一项艰巨的任务——将外婆的道歉信送给她得罪过的邻居。收信人包括一只爱吃糖果的大狗，一个总在不停洗手的怪物，一个管东管西的烦人精和一个酗酒的心理医生。这一趟送信之旅让爱莎渐渐发现：外婆和邻居们的故事，比她听过的所有童话都更加精彩。这是一个关于爱、原谅和守护的故事，读者在合上书之后很久都会难以忘记。

为布莱希特辩护

【作　者】曼弗雷德·韦克维尔特
【译　者】焦仲平
【出版信息】北京：中国戏剧出版社，2017 年第 1 版
【内容简介】这本《为布莱希特辩护》德文版出版于贝托尔特·布莱希特逝世 50 周年之后，其中绝大部分内容都有一种强烈的辩诬的意图，为布莱希特本人，为他的戏剧理论和戏剧创作实践辩诬。本书作者试图梳理布氏晚年的戏剧思考，描述他生命末期的戏剧创作和实践活动，还原日常生活、戏剧创作和排演、社会生活、饮食起居和朋友交往中的布莱希特。书中有很多布莱希特晚年应对现实问题的内容，也有他针对现实状况对自己的戏剧体系总结和反思的内容。这本书还涉及作者的剧评、演剧计划和关于戏剧理论的思考等等。作者是 1989 年推倒柏林墙事

件的见证人，而且他当时还是德国统一社会党中央委员会的成员，因而书中时不时地会出现他对这一事件以及随之而来的一系列相关事件的见闻和思考。为布莱希特辩护，其实是为世界性的共产主义运动辩护，或者用今天的话说，为打破这个世界资本主义一统天下的必然性辩护，为这个世界的多样性辩护，为文化和政治制度和文明延续的多元可能性辩护。

温柔之歌

【作　　者】蕾拉·斯利玛尼
【译　　者】袁筱一
【出版信息】杭州：浙江文艺出版社，2017年第1版
【内容简介】一个仙女般的保姆，为什么杀死她照看的两个孩子？凶杀案背后揭示了怎样的社会现实和女性生存困境？蕾莱拉·斯利马尼违背了侦探小说的一般规律，她从结局起笔："婴儿已经死了"，在无法忍受的案发现场，母亲发出的"母狼般的喊叫"。

米莉亚姆生育两个孩子之后，再也无法忍受平庸而琐碎的家庭主妇生活，她和丈夫保罗决定雇佣一个保姆，路易丝就这样进入了他们的生活。路易丝无所不能、近乎完美，米莉亚姆夫妇总是骄傲地向别人介绍："我家的保姆是个仙女。"随着相互依赖的加深，隔阂与悲剧也在缓缓发酵。路易丝宛如一头绝望挣扎的困兽，她的贫困、敏感、自尊，她对完美的偏执追求和对爱的占有，都在原本固有的阶级差异面前面临溃败。

《温柔之歌》包含了对当代生活的细腻分析。女性生存的艰辛、小人物的命运、爱与教育观念、支配关系与金钱关系，被一一揭示。作者冷峻犀利的笔触中渗透着隐秘的诗意，揭示着优雅生活表象和秩序之下那巨大而复杂的黑洞。

文化政策

【作　　者】托比·米勒；乔治·尤迪思
【译　　者】刘永孜；付德根
【出版信息】南京：南京大学出版社，2017年第1版
【内容简介】本书是文化研究领域针对文化政策所著的第一部综合性的、具有国际视野的专著。两位作者托比·米勒和乔治·尤迪思就全球化引发的广泛议题，如电影、电视、艺术、博物馆、国际组织、公民权、消费、新劳工等做了深入而严谨的调查与分析。本书不是在实践和工具的层面就文化政策的制定与执行做历史性回顾与评价，而是将文化政策置于美学与人类学的接合处，在西方治理性和趣味哲学的历史与社会理论的视阈下，揭示文化政策背后的假设与意识形态。在文化政策这一新兴的研究领域，这部作品是具有里程碑意义的。它是从事文化研究和文化社会学学习的必备读物，并能为跨学科的研究提供助益。与此同时，本书把政治经济学与文化政策结合起来讨论，分析了文化政策的历史演变，详细分析了各种文化机构，对于文化政策制定者和文化产业研究者来说这都是一本很有参考价值的书籍。

文学批评史：从柏拉图到现在

【作　　者】M.A.R.哈比布
【译　　者】阎嘉
【出版信息】南京：南京大学出版社，2017年第1版

【内容简介】本书是从古代到现在的文学批评史指南。全书分为 8 个部分，共 29 章，近百万言，内容从古代希腊一直讲述到今天的新历史主义，结构大体上按年代的先后顺序编排。它不仅提供了文学批评的主要运动、人物和文本的概览，也提供了能使学生们在语境之中去了解的文化、历史和哲学背景。它从对古典文学批评的理解出发，揭示了柏拉图和亚里士多德的重要哲学思想的基础和范畴。同样，就以后的各个时期而言，本书提供了各种背景性信息，无论是关于洛克的哲学、法国大革命的历史、马克思和恩格斯的政治理论，还是弗洛伊德对文明的看法，本书将这些信息与文学批评思想的重要人物和文本结合了起来。在书中，哈比布就文学批评和文学理论中的"理论之死""审美主义"等热点问题提出了自己的看法，明确反对非功利性的"价值中立"的批评史观。他的诸多观点给我们重要启示，值得我们反思。

文学事件

【作　者】特里·伊格尔顿
【译　者】阴志科
【出版信息】开封：河南大学出版社，2017 年第 1 版
【内容简介】本书共分为五章，内容涉及实在论与唯名论、什么是文学、虚构的本质、策略等。在《文学事件》中，伊格尔顿不但喊停文学的边缘化，还力图让文学回到那个重视文学和虚构的本体论和认识论问题的"高理论"时代。因此本书花费大量笔墨和力气逆潮流而行，试图从概念上界定文学，总结出文学的五个特质：虚构性、道德性、语言性、非实用性和规范性。本书另一个逆潮流而行的举动是讨论文学的道德价值，他认为，如今怀疑和颠覆的思维模式已成为新的迷信崇拜，文学宣扬的道德训导和教诲就可能成为新的变革性力量。《文学事件》试图将文学课堂中已被常识化的一些概念和定见重新问题化，让我们看见"文学为何物"和"虚构何以为"这样的基本课题其实直至今天仍然迷雾重重。

与美国的詹姆逊、德国的哈贝马斯并称为当代西方马克思主义理论界三巨头的特里·伊格尔顿虽年逾古稀，反骨的本色丝毫不减，《文学事件》所关注和讨论的问题贯穿了他四十多年的学术生涯，读来乐趣横生。

我的天才女友

【作　者】埃莱娜·费兰特
【译　者】陈英
【出版信息】北京：人民文学出版社，2017 年第 1 版
【内容简介】《我的天才女友》是埃莱娜·费兰特"那不勒斯四部曲"的第一部，讲述了两个女主人公莉拉和埃莱娜的少女时代。故事一开始，已经功成名就的埃莱娜接到莉拉儿子里诺的电话，说他母亲彻底消失了。埃莱娜想起莉拉对自己命运的预言，于是她写下她们一生的故事。莉拉和埃莱娜一起成长于那不勒斯一个破败的社区，从小形影不离，彼此信赖，但又都视对方为自己隐秘的镜子，暗暗角力。莉拉聪明，漂亮。她可以毫不畏惧地和欺凌自己的男生对质，也可以去找人人惧怕的阿奇勒·卡拉奇要回被他夺走的玩具；埃莱娜既羡慕莉拉的学习天赋和超人的决断力，又一直暗暗模仿莉拉。家人不支持莉拉继续求学，因此她到父亲和兄长苦苦维持的修鞋店帮工，又面临几个纨绔子弟的追求。埃莱娜则怀着对朋友的关爱、嫉妒和理解，独自继续学业，却始终无法面对和莉拉竞争的失落。最终，十六岁的莉拉决定嫁给肉食店老板，但在婚宴上，她发现了丈夫的背叛。而埃莱娜也站在成人世界的入口，既为前途担忧，也因对

思想前卫的尼诺产生朦胧好感而彷徨。

现代主义：从波德莱尔到贝克特之后

【作　者】彼得·盖伊

【译　者】骆守怡；杜冬

【出版信息】南京：译林出版社，2017年第1版

【内容简介】萌发于19世纪中期的现代主义运动是对传统审美的全面反叛，小说、绘画、诗歌、戏剧、音乐、舞蹈、建筑、设计、电影，几乎所有艺术形式皆在这场运动中被彻底颠覆。两百多年来，现代主义余韵未消，当年的文化先锋们仍深刻影响着我们今日的文化生活。现代主义运动缘何而起？为何具有如此强大的魅力和能量？在这本关于现代主义的百科全书式著作中，彼得·盖伊将"现代主义"这个看似抽象的概念具象化为一个个现代主义风格代表人物或一件件名垂艺术史的经典作品，他以波德莱尔为这一波澜壮阔的研究揭开序幕，追溯了现代主义最初如何以革命者的姿态出现于巴黎。随后，马尔克斯的小说、毕加索的绘画、斯特拉文斯基的音乐、盖瑞的建筑等轮番出场，盖伊在书中将它们或相互比较，或相互融汇，以博学且风趣的笔触为读者呈现了一场异彩纷呈的盛会，而现代主义发展、壮大直至衰退的过程在其中得以清晰显现。

像与上帝握手：关于写作的谈话

【作　者】库尔特·冯尼古特

【译　者】蒋海涛

【出版信息】开封：河南大学出版社，2017年第1版

【内容简介】本书是美国黑色幽默大师冯尼古特与历经世事、从街头走出来的传奇专栏作者李·斯金格的谈话录。在本书中，这两位年龄、背景、血统和教育截然不同的人，坦率地讲述了自身的生活与艺术的交集，展开了两场有关文学、写作、艺术等方面的精彩对谈，其思考与洞见深刻、犀利、独特。他们指出，文学在注重数字与收益的当下，并不多余。"无论从事何种艺术，都不是旨在赚钱或者博得声望。它是帮助你的灵魂成长的一种途径。所以无论怎样你都应该去从事它。"（冯尼古特语）"写作是一番拼搏，为的是捍卫我们无须变得那么实际的权利。"（李·斯金格语）毫无疑问，写作时刻提醒我们：人会流泪，也会欢笑，人具备做梦的能力。这是一本轻松愉快又富有意义的作品。

　　写作对一个人意味着什么？一种生计，一种爱好，还是其他？文学为何在似乎不再热爱阅读的世界，还能幸存？这本谈话录，也许可以给你带来点启发。

小说鉴史：旧制度与大革命的百年战争

【作　者】莫娜·奥祖夫

【译　者】周立红

【出版信息】北京：商务印书馆，2017年第1版

【内容简介】19世纪的法国，大革命远没有穷尽其动力，革命的激情和幻想萦绕在几代人心中，而与此同时，旧制度复辟的危险时刻存在，旧制度与大革命上演了一场百年战争。在《小说鉴史》中，作者奥祖夫通过分析法国19世纪9位作家的13篇小说，呈现了旧制度与大革命在19

世纪的交锋，考察了新旧原则走向和解的艰难历程。奥祖夫想通过重新阅读在 19 世纪具有界标作用的小说再次呈现那个世界。她从斯塔尔夫人的小说读起，以阿纳托尔·法朗士的小说结束，中间经过巴尔扎、司汤达、乔治·桑、雨果、巴尔贝·多尔维利、福楼拜和左拉的作品。在阅读的过程中，她辨别旧制度遗留给现代法国的遗产，她讲述旧制度继续滋养的希望和幻想，她阐释民主工作孕育的活力、承诺和个人成功，但同时也讲述旧制度隐匿的平庸俗气、千篇一律，有时是幻想破灭。本书考察的旧制度与大革命之间漫长较量最终以妥协收尾，虽有曲折，但人心所向，大势已定。

新名字的故事

【作　者】埃莱娜·费兰特
【译　者】陈英
【出版信息】北京：人民文学出版社，2017 年第 1 版
【内容简介】《新名字的故事》是埃莱娜·费兰特的"那不勒斯四部曲"的第二部，描述了埃莱娜和莉拉的青年时代。本书描述了埃莱娜和莉拉的青年时代。在她们的人生以最快的速度急剧分化的那些年里，她们共同体验了爱、失去、困惑、挣扎、嫉妒和隐蔽的破坏。莉拉在结婚当天就发现婚姻根本不是她想象的那样，她的初夜几乎是一场强奸。她带着一种强大的破坏欲介入了斯特凡诺的家族生意，似乎变成了她和埃莱娜小时候都想成为的那种女人。久未有身孕的莉拉，和埃莱娜去海边度假休养。而在伊斯基亚岛的那个夏天，改变了所有人的一生……出于对莉拉所拥有的爱情的愤怒，"我"（埃莱娜）奋力摆脱这个破败、暴力、充满宿仇的街区。"我"成了街区的第一个大学生，并和一个高级知识分子家庭的男孩订婚，甚至出版了第一本小说。"我"以胜利者的形象回到那不勒斯，却发现告别了丑陋婚姻的莉拉在一家肉食加工厂备受屈辱地打工。当"我"发现自己的小说，其实完全窃取了莉拉交托给"我"的秘密笔记本里那些独特的力量和灵感，"我"被迫面临一个极度痛苦的问题："我"和莉拉，到底谁离开了，又是谁留下了？

新批评之后

【作　者】弗兰克·伦特里奇亚
【译　者】王丽明；王梦景；王翔敏；张卉
【出版信息】南京：南京大学出版社，2017 年第 1 版
【内容简介】本书是美国文学理论家弗兰克·伦特里奇亚继其《批评与社会变迁》后的又一力作，对批评理论在美国 20 世纪 80 年代前 20 年的发展进行了较为客观的阐释和评价。对于像弗兰克·伦特里奇亚写就的《新批评之后》的理论巨著，我们期待已久，伦特里奇亚负载了艰巨的创作使命。在这部巨著中，他详细讨论了后现代批评史以及我们当下所处时代的文艺理论。他厘清了从诺斯罗普·弗莱、弗兰克·克莫德、雅克·德里达、罗兰·巴特、E.D.赫西、保罗·德曼到哈罗德·布鲁姆的文学批评理论发展脉络，涵盖了结构主义、阐释学、符号学和除此之外的许多其他思想，他那精彩纷呈且无可取代的分析，连续不断地深入评析，切中要害，鞭辟入里，发人深思，令读者无法漠视。伦特里奇亚勾勒的历史辩证法非常具有说服力，今后这必将成为那些不将此书作为指点迷津之用的人士所抨击的主要对象。作者虽然总是流露出他对自己所挑战的主要思想家的成就和著作的隐秘赞同，然而，作者仍表现得勇气可嘉，他以嘲讽的笔触和精深的理论阐释，一气呵成，出色地完成了这一杰作。荷马·布朗称，《新批评之后》与维

姆萨特和布鲁克斯的著作、德曼的《盲视与洞见》、詹姆孙的《马克思主义与形式》以及赛义德的《渊始》一道，成为美国学者不可或缺的一本理论专著。

叙述

【作　者】保罗·科布利
【译　者】方小莉
【出版信息】成都：四川大学出版社，2017 年第 1 版
【内容简介】本书是一本关于人类在多个世纪以来，如何通过叙述来理解时间和空间的全面性的指南。致力探讨与之相反的假设，保罗·科布利著的《叙述》认为：即便是最简单的故事也被嵌入了复杂的关系网，这一关系网的复杂性时常令人震惊。这并不是说哪怕是最具学术性的学术头脑都无法理解这些关系，事实恰恰相反，那些最熟悉、最原始、最古老以及看起来最直白的故事往往透露了最深的含义，我们至今都可能尚未参透。我们参不透常常是因为我们没有关注故事存在的关系网，但是这绝不是说我们无法分享这些故事的奥妙和它们产生的潜在愉悦。

到目前为止我们都在说"故事"，但是严格来说，在这个关系网中，我们的主要目标是聚焦于"叙述"（narrative）。它是指一种交流关系，常常与什么是故事的基本认识混为一谈。我们会认识到叙述是实现符号再现的一种特殊形式。在接下来的章节中，我们将要讨论叙述与事件序列（sequence）、时间与空间的密切关系。第二章回顾早期的叙述并处理一些在探索这些叙述中所涉及的棘手问题。第三章和第四章聚焦于小说这种可能是最突出的叙述形式。第五章继续关注印刷的虚构性作品，但讨论的是由跨文化交流、科技以及现代主义的到来所引起的不同意识形式。随后，第六章讨论叙述的另一种体现——电影，讨论电影与现代主义的关系。第七章探讨被称作"后现代主义"的现象，讨论后现代主义如何影响了叙述的表现形式。第八章纵览近来叙述科技的发展，探讨开放与封闭，预测将来叙述符号的研究走向。最后的第九章提出过去几十年间出现的对叙述的一种新认识，促使人们重新思考"什么是叙述"这个问题。

寻路阿富汗

【作　者】罗瑞·斯图尔特
【译　者】沈一鸣
【出版信息】北京：北京大学出版社，2017 年第 1 版
【内容简介】2000 年，27 岁的罗瑞·斯图尔特开始他徒步穿越亚洲的计划，在伊朗、尼泊尔、印度和阿富汗几个国家内分阶段各自走了一部分，全程合计近万公里。《寻路阿富汗》记录的是他 2002 年初穿越阿富汗中央山地的经历。"9·11"之后，随着美军侵入阿富汗以及塔利班政府的垮台，与世界隔绝长达 24 年的阿富汗向西方世界开放了。在阿富汗还未陷入又一段军阀林立的混乱之前，罗瑞·斯图尔特抓住了这个转瞬即逝的历史窗口，开始他长达 36 天、从赫拉特径直向东前往喀布尔的徒步旅行。在穿行途中，斯图尔特不仅要面对山地与暴风雪等恶劣的地理气候条件、遭受营养不良与肠胃感染等病痛折磨，还有可能面临被部落民射杀、被狼群分食的危险。即便存在着各种各样的风险，斯图尔特依然坚持徒步行走，记录下这一在地缘与文明的夹缝中挣扎的国家及其人民的生存状态。本书共分七个部分，包括：胡玛、启程、卡西姆、无人称代词、西部的埃米尔、商队客栈大门、家谱、面包与水、战斗的人一定行、高地建筑、战

犬、埋在土里的遗迹、小小领主、多风之地等内容。

寻找时间的人

【作　者】凯特·汤普森

【译　者】闫雪莲

【出版信息】南京：江苏凤凰文艺出版社，2017 年第 1 版

【内容简介】一桩多年前的家族隐私引起了吉吉的好奇心，但留给少年探寻的时间并不多，因为时间似乎正以不可思议的速度从世界流出，于是为了满足妈妈的心愿，也为了弄清困扰自己的家族秘密，吉吉在安妮的带领下来到了永恒之地，和一个出色的小提琴手、一只受伤的狗，一起踏上只属于他的奇幻旅程。

我们身处不同世界，但成长、亲情与人性，却从来没有什么不同。让我们共享这部关于成长、亲情，还有不断消失的传统的颂歌，与《追风筝的人》等共同荣获美国年度最佳读物，斩获十二项国际大奖的畅销巨作以及《卫报》等众多媒体鼎力推荐的读物吧。

妖猫传

【作　者】梦枕貘

【译　者】林皎碧；徐秀娥

【出版信息】北京：北京联合出版公司，2017 年第 1 版

【内容简介】本书以白居易创作《长恨歌》为背景，由长安城中发生的一些离奇事件开始，引出一段恢弘的大唐故事。这是《阴阳师》作者梦枕貘的又一部重磅作品，是历时 17 年，耗尽 2600 张稿纸而创作完成的鸿篇巨制。"讨栗子的枯手""庭院里的黑猫"梦枕貘在小说中描绘了一个光怪陆离诡谲怪异的世界，编织出一幅历史奇幻大作。《妖猫传（沙门空海大唐鬼宴 4）》讲述：空海东渡，长安城波谲云诡，鬼宴开场。金吾卫刘云樵家的黑猫突然口吐人言。赶去驱除妖怪的道士，被吓得几近疯癫。年轻姣好的刘云樵妻子春琴在众人的目睹中化作鹤发鸡皮的老妇，一边唱起《清平调词》，一边起弄着和杨贵妃相似的舞姿。自日本东渡大唐的高僧空海与寻求《长恨歌》创作灵感的白居易，一同揭开妖魅事件和杨贵妃死亡的谜团。

耶鲁大学公开课：文学理论

【作　者】保罗·弗莱

【译　者】吕黎

【出版信息】北京：北京联合出版公司，2017 年第 1 版

【内容简介】本书由作者在耶鲁大学开设的广受欢迎的文学理论课改写而成，是一门本科生文学理论基础课程的讲稿。他在这本书中带领读者游历了 20 世纪文学理论的主流，讨论的核心是一系列根本问题：什么是文学、它是被如何生产出来的、应该如何理解文学、文学的目的是什么。他在本书中处理了 20 世纪文学理论中的重要主题和潮流，包括阐释学、形式主义、符号学和结构主义、解构主义、心理分析方法、马克思主义和历史主义方法、社会身份理论、新实用主义及理论，并在结尾处提出了自己独特的看法作为全书的逻辑终点。通过哲学和社会视角串联起这些潮流，作者为读者提供了一个整体连贯的语境，就诸多文学理论流派的核心问题给出了审慎的解答，帮助读者深入阅读文学作品。

正如英国布莱顿大学首席文学讲师理查德·雅各布斯（Richard Jacobs）所荐，没有一本理论导论能像弗莱这本既权威、涉及范围广，又好读、引人入胜，经常让读者感到风趣幽默；没有人能够将文学理论的发展与哲学和历史结合得这么好；没有人能以如此熟练的技巧展示理论家之间的联系和分歧；也没有人能够如此自信地在为难度极大的理论观点做出简洁概括和对讨论中的尤其给人启发的理论家的篇章段落进行细致解读之间来回游走。以上几点使读者在阅读这本书时获得了极大的快乐。

夜航西飞

【作　者】柏瑞尔·马卡姆
【译　者】陶立夏
【出版信息】北京：人民文学出版社，2017 年第 1 版
【内容简介】本书以 20 世纪二三十年代的肯尼亚为背景，真实再现了作者在非洲的生活，其中包括她毕生钟爱的两项有趣又传奇的事业——训练赛马和驾驶飞机。作者以动人的文字，铺陈出她在非洲度过的童年、她与当地土著的情谊、她训练赛马的过程，以及从事职业飞行并搜寻大象踪迹的往事，更记录了她在 1936 年 9 月独自驾机从英国飞越大西洋直抵加拿大的经过。

印度古典文艺理论选译

【作　者】宾伽罗等
【译　者】尹锡南
【出版信息】成都：巴蜀书社，2017 年第 1 版
【内容简介】《印度古典文艺理论选译（套装上、下册）》收入《舞论》《诗庄严论》《绝妙诗律吉祥志》《广域乐论》《乐舞渊海》《表演镜》《画经》《工艺宝库》等印度古典文艺理论著作的全译或选译。对于深入了解印度古典文论和古典艺术理论（戏剧、音乐、舞蹈、绘画、雕刻和建筑）或深入研究东方文学、印度文学、比较诗学、比较美学等领域的学者而言，《印度古典文艺理论选译（套装上、下册）》具有重要的参考价值。本书有如下三大特色：一是十余种印度古典梵文文艺理论原典抢先发售汉文迻译，填补学界空白；二是文本翻译辅以相关图示、疏解，内容涉及诗歌、戏剧、音乐、舞蹈、绘画、雕塑（造像）和建筑等领域；三是印度古典文论、古典艺术理论、古典学、东方文学、东方艺术、比较诗学、比较美学理论研究基本材料。

印象与风景

【作　者】费德里科·加西亚·洛尔迦
【译　者】汪天艾
【出版信息】北京：人民文学出版社，2017 年第 1 版
【内容简介】本书收录了《沉思》《阿维拉》《布尔戈斯陵墓》《失落的城市》《格拉纳达》等散文作品。《印象与风景》首次出版于 1918 年，由作家的父亲资助。洛尔迦一路旅行，怀着对家乡风光的丰富情感写下了这些文字，既表达了思考，抒发了情绪，同时也将自己对色彩和音乐的敏感融入其中，让读者从散文中看到诗人洛尔迦的影子。

与普鲁斯特共度假日

【作　者】劳拉·马基

【译　者】徐和瑾

【出版信息】南京：译林出版社，2017 年第 1 版

【内容简介】《追忆似水年华》是一部划时代巨著，是 20 世纪世界文坛最重要的小说之一，与《尤利西斯》并称意识流小说的巅峰。这部小说以清新灵动的独特艺术风格，借助超越时空的潜在意识，使逝去的时光在他笔下重现，从中抒发对故人、对往事的无限怀念和难以排遣的惆怅。安德烈·莫洛亚曾说过："普鲁斯特简单的、个别的和地区性的叙述引起全世界的热情，这既是人间最美的事情，也是最公平的现象。就像伟大的哲学家用一个思想概括全部思想一样，伟大的小说家通过一个人的一生和一些最普通的事物，使所有人的一生涌现在他笔下。"《与普鲁斯特共度假日》是八位学者阅读普鲁斯特小说的心得体会，分为"时间""人物""社交界""爱情""想象的事物""地方""普鲁斯特和哲学家""艺术"八个章节，深入浅出，引人入胜。并附有《追忆似水年华》梗概和精彩片段，绝对是送给普鲁斯特爱好者的一道大餐。

这就是奥斯维辛

【作　者】普里莫·莱维；莱昂纳多·德·贝内代蒂

【译　者】沈萼梅

【出版信息】北京：中信出版集团股份有限公司，2017 年第 1 版

【内容简介】本书是奥斯维辛集中营幸存者的证词合集，由身为化学家的莱维及其奥斯维辛狱友、外科医生德·贝内代蒂共同整理撰写。1945－1986 年间的这些证词来源各异，既有莱维和德·贝内代蒂自己所叙之事实，也有其他被囚禁、迫害者乃至施暴者家属的现身说法，但它们都真实有力地反映了集中营里囚犯们的非人生活。诚如莱维所言，"执着地修正自己可能出的差错，常常会赋予搜寻真相的人一种身份，而它胜过单纯的证人身份"。这些证词是必不可少的记忆，成为我们反思历史和人之价值的依据。

这是一本真实、勇敢的纳粹集中营见证实录，其中收录的证词为纳粹战犯的追责提供了不可或缺的证据，也为后世了解那一段黑暗与恐怖的历史提供了一次珍贵的机会。在书中，见证者们谈到了囚犯工厂、宿舍、医务室、死亡淋浴室与焚尸炉，谈到了集中营里的生活以及战后的省思。即便战争已经过去，对亲历者而言奥斯维辛就像一场如影随形的噩梦，从梦中醒来的唯一办法就是直面那些残酷时刻，不断接近历史真相。

本书揭露了鲜为人知的奥斯维辛真相，解答了普通人关于奥斯维辛的疑问，例如：集中营是否发生过囚犯暴动？囚犯之间如何互相帮助？纳粹军官如何筛选、处死囚犯？战败将至，纳粹怎样以最后的疯狂迁移并屠杀众多囚犯？莱维与贝内代蒂在回答这些问题的同时，揭示了集中营的无边黑暗，直指"人之为人"的本质。

指匠

【作　者】萨拉·沃特斯

【译　者】阿朗

【出版信息】上海：上海世纪出版股份有限公司，2017 年第 1 版

【内容简介】在伦敦郊区的一个大庄园内，居住着李先生和他的外甥女莫德。李先生性格乖戾，驱使莫德终日在图书室里整理和朗读藏书。可怜的姑娘从小到大都未踏出过庄园一步，过着暗无天日的生活。某日，一位陌生人的闯入给莫德干涸已久的心灵带来生机，他就是来教莫德画画的瑞佛士，可他的真实身份竟然是一个贼，他听说莫德有 4 万英镑的嫁妆，便想出骗婚这条生财之道。为了确保成功，瑞佛士又找来盗窃团伙里的苏打下手，经过安排，苏成为莫德的贴身女仆。在一步步精心策划下，事情如瑞佛士所期望的方向发展，但很快急转直下，原来一切都非苏想象的那般简单。十几年前就开始精心酿造的大阴谋在等待所有的人，一个晴天霹雳般的真相已呼之欲出。一部反转又反转的哥特式悬疑，一部充满 19 世纪珍闻的纯文学，一部洋溢着生命体验的女性书写。阴谋浩荡，而希望蠢动；骗局迷离，而爱欲丰盛。

逐云而居

【作　者】杰米娅·勒克莱齐奥；J.M.G.勒克莱齐奥
【译　者】张璐
【出版信息】北京：人民文学出版社，2017 年第 1 版
【内容简介】本书记录了勒克莱齐奥夫妇撒哈拉寻根之旅，见证地球上最后的游牧民族的生活，并表达了他们对撒哈拉人的精神和文化深深的眷恋。勒克莱齐奥的妻子杰米娅来自西撒哈拉，夫妇二人踏上了这趟撒哈拉寻根之旅。他们在沙漠深处寻访杰米娅的祖辈和他们的传奇故事，遍访沙漠中的先民的遗迹和神迹，向读者展现了生活在撒哈拉人的生存环境/文化、历史和信仰。勒克莱齐奥夫妇用诗意的笔触忠实地记录了这次寻根之旅，见证地球上最后的游牧民族的生活，并表达了他们对撒哈拉人的精神和文化深深的眷恋，对沙漠游牧部落在艰苦环境下宁静生活的祝福。

本书是一本文化旅行记，全书彩印，配有彩色照片，获得第九届傅雷翻译出版奖。

自由与僭越：欧里庇得斯《酒神的伴侣》绎读

【作　者】不详
【译　者】罗峰
【出版信息】北京：华夏出版社，2017 年第 1 版
【内容简介】欧里庇得斯（约公元前 480－前 407/6）是古希腊三大悲剧诗人中的最后一位。在他的笔下，悲剧题材明显逐渐远离传统的神话，诸神变得人模人样，传说中的英雄不再是超人而显得过于人性；戏白的内容和表达都更切近时事；不仅如此，悲剧中的角色也大大扩展，不再仅仅是王者或英雄，普通人也能成为主角——凡此都反映了民主政制的文化意识。其实，欧里庇得斯的剧作反映了雅典民主政治走向末途时的文化景象。在其晚期成熟的作品之一《酒神的伴侣》中，欧里庇得斯描绘了一种崇尚平等和自由的生活方式。通过分析这部剧作可以发现欧里庇得斯对人性的独特理解，以及他与现代性的隐秘关联。

本文集收入八篇解读文章，疏解《酒神的伴侣》的不同层面和主题，为一般读者理解本剧以及欧里庇得斯这位悲剧诗人提供门径，也为国内展开欧里庇得斯悲剧研究做积累。

祖列依哈睁开了眼睛

【作　者】古泽尔·雅辛娜

【译　　者】张杰；谢云才

【出版信息】北京：人民文学出版社，2017 年第 1 版

【内容简介】该书以 20 世纪 30 年代的苏联集体化运动为描写对象，女主人公祖列依哈是鞑靼斯坦一个偏僻乡村的农妇，她与数百名移民一同被押上闷罐车送往西伯利亚，在安卡拉河畔，她与各色人等相遇，如知识分子、农民、被镇压的剥削者、刑事犯，他们中有伊斯兰教徒、天主教徒、多神教徒和无神论者，有俄国人、德国人、鞑靼人和楚瓦什人等。这些人在一个天翻地覆的时代、在一块陌生的土地上创造出一个新的世界、一种独特的生活。

该书是一部描写苏联集体化时期的纪实性小说。作为女性作家，作者掌握文学观察的准确性、心理描写的细微性、形象刻画的逼真性，具有真诚和震撼心灵的力量。作者将自己母性的爱与温情融进小说的字里行间，化入涓涓叙述之中，没有丝毫虚伪、生硬和臆造。

四、外国文学大事记

（一）国家社科基金项目

国家社会科学基金 2017 年度项目立项名单			
编号	课题名称	负责人	项目类别
17ZDA280	新世纪东方区域文学年谱整理与研究（2000－2020）	穆宏燕	重大
17ZDA281	当代西方叙事学前沿理论的翻译与研究	尚必武	重大
17ZDA282	现代斯拉夫文论经典汉译与大家名说研究	周启超	重大
17ZDA283	多卷本《俄国文学通史》	刘文飞	重大
17ZDA284	日本民间反战记忆跨领域研究	林敏洁	重大
17AWW001	比较视域中的哥特小说创作传统及其文化意蕴研究	李伟昉	重点项目
17AWW002	卡夫卡与中国文学、文化关系之研究	曾艳兵	重点项目
17AWW003	当代汉学家中国文学英译的策略与问题研究	朱振武	重点项目
17AWW004	《舞论》研究	尹锡南	重点项目
17AWW005	俄国《现代人》杂志研究（1836－1866）	耿海英	重点项目
17AWW006	戏剧表演和观赏的认知研究	何辉斌	重点项目
17AWW007	新世纪美国小说的城市化表征研究	杨金才	重点项目
17AWW008	英国儿童文学中的国族意识与伦理教诲研究	张生珍	重点项目
17AZD033	"海洋强国"语境下的英国 19 世纪海洋文学与国家形象研究	邓颖玲	重点项目
17AZD034	"海洋强国"语境下的英美海洋文学流变研究	王松林	重点项目
17BWW018	西方马克思主义生态批评研究	陈茂林	一般项目
17BWW045	赫拉普钦科马克思主义历史诗学研究	孙伟达	一般项目
17BWW026	东欧社会主义运动史视野下的布拉格汉学派文学研究	刘　云	一般项目
17BWW014	法国《泰凯尔》毛主义研究	徐克飞	一般项目
17BWW062	美国自然诗歌中的生态环境主题与国家发展思想研究	朱新福	一般项目

续表

17BWW020	20 世纪二三十年代美国文学中的中国文化生产研究	钟京伟	一般项目
17BWW041	庄子与韩国现代文学的文化关照研究	丁凤熙	一般项目
17BWW005	佛本生故事与藏族文化关系研究	旦　正	一般项目
17BWW050	多元文化视野下的玛格丽特·劳伦斯研究	施　旻	一般项目
17BWW058	文化记忆与身份认同视角下当代非洲戏剧研究	黄　坚	一般项目
17BWW070	英国现实主义小说中荷兰画派的文化记忆研究	罗杰鹦	一般项目
17BWW074	德语文学的文化学研究	李明明	一般项目
17BWW010	阿甘本对本雅明文艺思想的批评与发展研究	周　丹	一般项目
17BWW013	叙事学视野中的翻译研究	王　浩	一般项目
17BWW001	西方后现代文学转型期"三大开拓者"之"独创诗学"研究	赵　君	一般项目
17BWW011	当代法国诗学研究	曹丹红	一般项目
17BWW012	法国当代哲学的文学化研究	萧盈盈	一般项目
17BWW019	中国文评话语体系下的苏珊·桑塔格研究	郝桂莲	一般项目
17BWW002	道禅视野下的爱默生研究	康燕彬	一般项目
17BWW015	当代英美文论界后理论现象研究	汤　黎	一般项目
17BWW003	女性主义叙事阐释方法研究	程丽蓉	一般项目
17BWW017	民国时期美国文论在中国传播研究	王小林	一般项目
17BWW016	后/印象画派与美国现代派小说的生成、流变及理论建构研究	鲍忠明	一般项目
17BWW004	视觉艺术与美国文学的历史发展与革新研究	毛凌滢	一般项目
17BWW024	英语世界水浒学史研究	谢春平	一般项目
17BWW023	西方浪漫主义与中国现代文学中的民族国家认同研究	尚晓进	一般项目
17BWW021	赛珍珠与中国文学传统研究	张春蕾	一般项目
17BWW022	托妮·莫里森与阿来民族书写比较研究	赵宏维	一般项目
17BWW029	英国汉学编年史	葛桂录	一般项目
17BWW028	以"译者"为中心的文学翻译口述史研究	王改娣	一般项目
17BWW025	《西游记》在英语国家的接受与影响研究	朱明胜	一般项目
17BWW027	以英语文献为中心的近代西南少数民族形象研究	刘振宁	一般项目
17BWW031	近代日本女性作家的"国家"认知研究	曾婷婷	一般项目
17BWW030	八至十世纪初日本文学的思想性研究	尤海燕	一般项目
17BWW033	堀田善卫文学的中日关系史书写研究	曾　嵘	一般项目
17BWW036	日本文人在华活动、对华叙事表象与战争责任研究（1874－1945）	刘振生	一般项目
17BWW034	日本归国作家笔下的"满洲国"记忆研究	于长敏	一般项目

续表

17BWW032	"五四"新文学运动后中国文学在日本的译介研究（1919—2018）	鲍　同	一般项目
17BWW035	日本近现代女性文学的精神记忆与肉体记忆研究	黄　芳	一般项目
17BWW088	朝鲜朝的儒家"情理"观与通俗小说叙述研究	李　娟	一般项目
17BWW039	印度英语小说中的底层叙事研究	杨晓霞	一般项目
17BWW037	《诗经》与阿拉伯蒙昧时期诗歌比较研究	郝桂敏	一般项目
17BWW089	朝鲜朝后期平民汉诗文学发展及其与《诗经》关联研究	李忠实	一般项目
17BWW038	贝西·黑德文学艺术思想研究	卢　敏	一般项目
17BWW090	越南汉文使华文学研究	吕小蓬	一般项目
17BWW040	越南汉文学与民间信仰研究	徐方宇	一般项目
17BWW044	哥萨克文学历史解读	杨素梅	一般项目
17BWW042	白银时代俄罗斯戏剧转型研究（1890—1920）	王树福	一般项目
17BWW046	夏衍翻译与高尔基在中国的传播研究	郭兰英	一般项目
17BWW043	当代俄罗斯文学批评流派研究	郑永旺	一般项目
17BWW048	德莱塞小说的都市景观研究	王育平	一般项目
17BWW051	海明威与美国的现代性问题研究	于冬云	一般项目
17BWW049	杜鲁门·卡波特小说的叙事艺术研究	杜　芳	一般项目
17BWW053	玛丽莲·罗宾逊小说研究	乔　娟	一般项目
17BWW052	康科德作家群研究	杨　靖	一般项目
17BWW047	E.L.多克托罗小说的叙事伦理研究	朱　云	一般项目
17BWW055	空间叙事视域下的詹姆斯·霍格研究	石梅芳	一般项目
17BWW056	媒介传播中的简·奥斯丁意义再生产研究	张素玫	一般项目
17BWW054	亨利·劳森丛林书写与民族想象研究	张加生	一般项目
17BWW006	莎士比亚英国历史剧的历史叙事研究	高继海	一般项目
17BWW007	莎士比亚之前的英国都铎戏剧转型发展研究（1485—1590）	郭晓霞	一般项目
17BWW091	20世纪美国都市戏剧与都市精神研究	陈爱敏	一般项目
17BWW057	当代英国女性戏剧研究	钱激扬	一般项目
17BWW060	达菲诗歌文体研究	周　洁	一般项目
17BWW061	杰里弗·希尔诗歌研究	肖云华	一般项目
17BWW063	文学地理学视域下华兹华斯诗歌的地理书写研究	覃　莉	一般项目
17BWW065	伊兹拉·庞德诗歌创作与神话研究	胡　平	一般项目
17BWW059	艾米莉·狄金森自然的多元视角研究	李　玲	一般项目
17BWW064	叶芝创作中的国家认同研究	何　林	一般项目
17BWW008	维多利亚小说中的现代转型话语研究	高晓玲	一般项目
17BWW071	战后英国学院派小说的公共性研究	王菊丽	一般项目

续表

17BWW066	20 世纪美国小说中恐怖主义问题书写研究	上官燕	一般项目
17BWW069	英国文艺复兴时期大学才子派研究	赵勇刚	一般项目
17BWW068	新物质主义视域下的 19 世纪 20 世纪之交美国小说研究	程　心	一般项目
17BWW067	百年爱尔兰文学在中国的接受研究	曹　波	一般项目
17BWW076	古希腊谐剧世界观与安吉拉·卡特小说诗学研究	庞燕宁	一般项目
17BWW080	现代性视野下德国 20 世纪初对儒学的重估研究	方厚升	一般项目
17BWW079	维吉尔作品翻译、注释与研究	王承教	一般项目
17BWW077	纳丁·戈迪默小说创作中的民族、性别与叙事关系研究	肖丽华	一般项目
17BWW072	《神曲》中的奥古斯丁传统研究	朱振宇	一般项目
17BWW075	古希腊祭歌辑译与研究	王绍辉	一般项目
17BWW078	斯特凡·格奥尔格的诗学研究	杨宏芹	一般项目
17BWW073	德国作家让·保尔研究	赵蕾莲	一般项目
17BWW086	英国曼布克文学的文学生产研究	芮小河	一般项目
17BWW081	19 世纪末 20 世纪初英国小说中的家庭伦理叙事研究	李长亭	一般项目
17BWW082	当代"病志"文学批评研究	师彦灵	一般项目
17BWW084	当代英美后启示录小说诗学研究	陈爱华	一般项目
17BWW083	当代美国或然历史小说研究（1945－2015）	李　锋	一般项目
17BWW085	童话及童话元素在现代德语文学中的运用研究	丰卫平	一般项目
17BWW009	比较诗学视野下"X 一代"亚裔美国诗歌研究	蒲若茜	一般项目
17BWW087	尼日利亚作家沃勒·索因卡研究	宋志明	一般项目
17BWW028	以"译者"为中心的文学翻译口述史研究	王改娣	一般项目
17BWW030	八至十世纪初日本文学的思想性研究	尤海燕	一般项目
17BYY055	中国社会文化新词英译极其接受效果研究	窦卫霖	一般项目
17BYY064	世情小说《金瓶梅》英语世界译介模式研究	赵朝永	一般项目
17CWW001	20 世纪美国生态文学对中国道家思想的接受研究	华媛媛	青年项目
17CWW011	马修·阿诺德的文化保守主义及其中国影响研究	李　威	青年项目
17CWW015	米歇尔·图尔尼埃作品中对西方现代社会价值观的颠覆与重构研究	杜佳澍	青年项目
17CWW003	法语世界的孔子形象研究	成　蕾	青年项目
17CWW002	21 世纪华裔美国文学中的中国形象研究	陈富瑞	青年项目
17CWW004	日本神话与中国古代文学关系研究	占才成	青年项目
17CWW019	海东四家对"中华精神"的重释与文学创作研究	朴雪梅	青年项目
17CWW005	美国占领时期日本文学杂志的中国表述研究	陈童君	青年项目
17CWW007	17－19 世纪韩文长篇小说的中国元素与书写研究	孙海龙	青年项目
17CWW006	"阿拉伯之春"后的埃及小说研究	尤　梅	青年项目
17CWW009	印度早期现代历史进程中的格比尔文本传统研究	张忞煜	青年项目

续表

17CWW008	古印度治术经典《利论》译注及研究	朱成明	青年项目
17CWW010	约翰·巴思的小说创作美学观研究	宋　明	青年项目
17CWW012	莎士比亚语言观研究	陈　星	青年项目
17CWW013	"慰安妇"题材英语文学文本研究	牟　佳	青年项目
17CWW014	霍夫曼斯塔尔作品中的视觉感知与身体表达研究	刘永强	青年项目
17CWW016	当代英语小说中的音乐叙事研究（1990－2015）	张　磊	青年项目
17CWW017	美国后人类科幻小说人文思想研究	郭　雯	青年项目
17CWW018	新西兰毛利小说中个人主体的民族身份问题研究	谭彦纬	青年项目
17CZW068	日本明治时期汉诗文杂志中的清人诗文研究	陈文佳	青年项目
17FWW001	非洲文学史	黄　晖	后期资助
17FWW002	在艺术与政治之间：20世纪美国非裔诗歌史论	罗良功	后期资助
17FWW003	格雷厄姆·格林的国际政治小说研究	房　岑	后期资助
17FWW004	狄更斯城市小说的现代性研究	蔡　熙	后期资助
17FWW005	中国20世纪欧美现代主义诗歌译介史论	耿纪永	后期资助
17FWW006	中外文学中的"罪"研究	袁洪庚	后期资助
17FWW007	蓝芳威朝鲜诗选校考	俞士玲	后期资助
17FWW008	一个别处的世界：梭罗瓦尔登湖畔的生命实验	王　焱	后期资助
17FWW009	丽塔·达夫研究	王　卓	后期资助

（二）教育部社科基金项目

教育部人文社会科学研究 2017 年度项目立项名			
编号	课题名称	负责人	项目类别
17YJA752019	法国当代自撰文学现象研究	杨国政	规划基金项目
17YJA752007	冯内古特小说中的跨物种叙事研究	李素杰	规划基金项目
17YJA752020	物语对中国园林文化要素的接受研究	於国瑛	规划基金项目
17YJA752003	比较视域中的索因卡戏剧研究	高文惠	规划基金项目
17YJA752011	平成年代战争小说的症候式研究	刘　研	规划基金项目
17YJA752006	达尔文主义与文学——"新维多利亚小说"中的进化叙事研究	金　冰	规划基金项目
17YJA752008	戴维·洛奇小说的伦理批评	李　雪	规划基金项目
17YJA752022	罗伯特·骚塞史诗的人物美学研究	赵丽娟	规划基金项目
17YJA752005	法国现当代文学的身体维度	解　华	规划基金项目
17YJA752013	基于伽达默尔哲学解释学的里尔克《杜伊诺哀歌》诠释	聂　华	规划基金项目
17YJA752018	当代美国学院左翼与新马克思主义批评研究	王予霞	规划基金项目
17YJA752004	艾米莉·迪金森与英美文学传统	顾晓辉	规划基金项目
17YJA752010	现代性视域下的英国戏剧研究	刘秀玉	规划基金项目
17YJA752015	五四以来中英文化圈对话与互鉴研究	宋　文	规划基金项目
17YJA752021	英国文艺复兴时期戏剧文本校释语言分析模型的构建与运用	张耀平	规划基金项目
17YJA752016	芝加哥文艺复兴时期的城市书写（1870－1920）	王青松	规划基金项目
17YJA752017	文化批评的核心议题研究	王晓路	规划基金项目
17YJA752014	英国维多利亚时代童话艺术研究	蒲海丰	规划基金项目
17YJA752012	马修·阿诺德在中国的"文化苦旅"研究	吕佩爱	规划基金项目

续表

17YJA752009	唐代小说与日本古代物语文学比较研究	李宇玲	规划基金项目
17YJA752002	梁宗岱诗作英译研究	程家惠	规划基金项目
17YJA752001	20 世纪初美国都市小说的视觉文化与表演研究	曹蓉蓉	规划基金项目
17YJA752023	英语后殖民重写文学研究	朱　峰	规划基金项目
17YJC752013	中国当代新儒学视阈下的库切小说研究	金怀梅	青年基金项目
17YJC752033	司汤达的情感哲学与小说诗学	王斯秧	青年基金项目
17YJC752022	文化记忆视阈下的英国历史编纂元小说研究	罗　晨	青年基金项目
17YJC752039	语言与逻辑：语言转向视域下的拉康中后期思想研究	于　洋	青年基金项目
17YJC752008	西方马克思主义视域下戈迪默小说研究	胡忠青	青年基金项目
17YJC752038	李健吾法国文学译介研究	于　辉	青年基金项目
17YJC752027	作为文学性本源的麦金太尔伦理叙事研究	宋　薇	青年基金项目
17YJC752012	浅井了意假名草子对中国古代文学的接受研究	蒋云斗	青年基金项目
17YJC752001	19 世纪英国文学中的北欧文化因子研究	陈彦旭	青年基金项目
17YJC752010	莎士比亚戏剧的英国儿童文学改编研究（1807—1901）	嵇让平	青年基金项目
17YJC752043	符号学视阈下《荒原》的创作与传播研究	赵　晶	青年基金项目
17YJC752007	红色中国形象塑造：延安时期外国记者作品叙事研究	胡步芬	青年基金项目
17YJC752004	19 世纪美国文学与国家领土空间生产	郭　巍	青年基金项目
17YJC752011	德国"青年保守派"思想家的文学批评研究	姜林静	青年基金项目
17YJC752017	中医典籍在日本所存古本考查以及平安时期中医学传播的研究	李　芊	青年基金项目
17YJC752020	德语文学中美狄亚母题研究	卢铭君	青年基金项目
17YJC752031	《摩诃婆罗多》的"灵肉双美"意识研究	田克萍	青年基金项目
17YJC752032	赖德·哈格罗曼司的非洲想象与身份建构研究	王　荣	青年基金项目
17YJC752009	英国经典文学作品的儿童文学改编历时研究	惠海峰	青年基金项目
17YJC752041	当代美国华裔女性文学的空间诗学	张　琴	青年基金项目
17YJC752014	大西洋叙事：21 世纪初俄裔美国犹太小说研究	孔　伟	青年基金项目
17YJC752021	蒂姆`奥布莱恩小说文本的创伤叙事及文化记忆	卢　姗	青年基金项目
17YJC752018	美国来华传教士作品中的中国女性形象建构研究	李秀梅	青年基金项目
17YJC752006	18 世纪英国文学中的瓷器与自我塑型研究	侯铁军	青年基金项目
17YJC752025	纳博科夫小说叙事的东方元素研究	邱　畅	青年基金项目
17YJC752016	人文社会科学中的文学转向及其意义研究	李　珺	青年基金项目
17YJC752003	当代日本文学的战争记忆危机	冯英华	青年基金项目
17YJC752044	中国当代文学在韩传播生态研究	周　磊	青年基金项目
17YJC752026	近代以降日本汉文学史论研究	沈日中	青年基金项目
17YJC752037	吉川英治《三国志》改写特色研究	武　鹏	青年基金项目
17YJC752030	接受与流变：爱尔兰戏剧运动在中国	田　菊	青年基金项目

续表

17YJC752028	文学市场语境中的华裔美国诗歌创作研究	宋　阳	青年基金项目
17YJC752002	马修·阿诺德批评理论中的权威问题研究	崔洁莹	青年基金项目
17YJC752040	当代美国西部小说中西部神话的改写研究	张健然	青年基金项目
17YJC752036	阿拉伯涉恐小说中的伊斯兰极端人物身份认同研究	吴　昊	青年基金项目
17YJC752035	程抱一诗歌与法国当代诗歌的比较研究	巫春峰	青年基金项目
17YJC752045	基于语料库的霍桑文学作品中的概念隐喻研究	诸葛晓初	青年基金项目
17YJC752005	中日文化的融合与冲突：世阿弥能乐论对日本能剧的影响研究	韩　聘	青年基金项目
17YJC752019	思想史视域下的乔纳森·斯威夫特研究	历　伟	青年基金项目
17YJC752029	他者与责任：欧茨小说的伦理主题研究	唐丽伟	青年基金项目
17YJC752023	18 世纪欧洲法语期刊中的中国形象研究	马　莉	青年基金项目
17YJC752034	普拉斯诗学研究	魏丽娜	青年基金项目
17YJC752024	莎士比亚罗马剧的政治哲学研究	彭　磊	青年基金项目
17YJC752042	启蒙晚期（1770－1830）德语文学中的时间诗学	张珊珊	青年基金项目
17YJC752015	当代美国戏剧的老龄伦理研究	李　晶	青年基金项目
17XJA752003	西方马克思主义小说批评研究	邱晓林	规划基金项目
17XJA752002	当代美国女性自传性书写中的情动机制	李　芳	规划基金项目
17XJA752001	R.S.托马斯诗歌美学研究	蒋　芬	规划基金项目
17XJC752003	阿富汗裔美国作家卡勒德·胡赛尼作品中的文化书写研究	余艳娥	青年基金项目
17XJC752001	村上春树作品中的审父叙事研究	沈丽芳	青年基金项目
17XJC752002	文学经典建构与民族身份书写：美国文学选集研究	史鹏路	青年基金项目
17YJA752005	法国现当代文学的身体维度	解　华	规划基金项目
17YJC880146	博物馆教育中的学科想象——融入中小学学科教学的博物馆教育研究	庄　瑜	青年基金项目

（三）学术会议及其他

1. 国际性会议

【会议名称】第六届英美文学国际研讨会
【会议时间】2017 年 4 月 21 日至 22 日
【会议地点】上海外国语大学
【主办单位】**主办**：上海外国语大学英语学院和文学研究院
　　　　　　承办：英美文学研究中心、《英美文学研究论丛》编辑部
　　　　　　协办：上海外语教育出版社、上海市外国文学学会
【主要议题】**主题**：个体、社区与世界主义
　　　　　　分议题：1）文学中的个体经历与人物塑造；2）文学中的社团与社区；3）文学中的世界主义主题；4）文学的审美与批评；5）英美文学相关名家名作研究；6）英美文学教学研究；7）其他相关议题。

【会议名称】族裔文学与流散文学：第四届族裔文学国际研讨会
【会议时间】2017 年 6 月 2 日至 4 日
【会议地点】华中师范大学
【主办单位】**主办**：华中师范大学外国语学院及英语文学研究中心
　　　　　　协办：《外国文学研究》编辑部、湖北文学理论与批评研究中心、暨南大学、山东师范大学、杭州电子科技大学非洲及非裔文学研究院
【主要议题】**主题**：族裔文学与流散文学
　　　　　　分议题：1）族裔文学与流散文学的理论反思；2）族裔文学的伦理叙事；3）北美族裔文学；4）英国族裔文学；5）大洋洲族裔文学；6）海外华人文学；7）亚裔英语文学；8）非裔流散文学。

【会议名称】第六届英语教学、话语及跨文化交际国际研讨会

【会议时间】2017 年 6 月 6 日至 11 日

【会议地点】澳门理工学院（第一部分）、新疆师范大学（第二部分）

【主办单位】澳门理工学院贝尔英语中心、新疆师范大学组委会

【主要议题】**主题：**国际化进程中的语言与文化：多样性、跨文化性及混杂性

分议题：一、英语：1）全球化及本地化情境中的英语教学与培训；2）国际英语的定义及重新定义；3）交际语言教学（CLT）与跨文化语用能力；4）二语习得、双语及多语习得；5）重谈 ELT/ESP 课堂上的人文主义和其他传统教学方法；6）全球化及本地化情境中的英语写作。二、话语：1）全球化及本地化情境中的电影与媒体研究；2）英语教育中社会、文化及批评的新话语；3）英语文学作品的阅读与教学的新方法；4）语用及话语分析；5）性别、民族及话语研究；6）翻译及口译研究。三、跨文化交际：1）大中华区的语言和文化差异；2）比较文学研究、比较文化研究；3）语言及交际之跨文化对话与批评；4）英语作为全球通用语和汉语及其他非西方语言的未来及传统；5）新媒体技术对跨文化交际的影响。

【会议名称】第二届文学伦理学批评与世界文学研究高层论坛

【会议时间】2017 年 6 月 9 日至 10 日

【会议地点】韩国高丽大学

【主办单位】**主办：**华中师范大学《外国文学研究》编辑部、国际文学伦理学批评研究会（IAELC）

承办：韩国高丽大学文科学院

【主要议题】1）文学伦理学批评理论建构；2）文学伦理学批评与西方文学研究；3）文学伦理学批评与韩国文学研究；4）文学伦理学批评与中国文学研究；5）文学伦理学批评与日本文学研究；6）东西方文学伦理叙事比较研究。

【会议名称】文学伦理学批评与跨学科研究：第七届文学伦理学批评国际学术研讨会

【会议时间】2017 年 8 月 8 日至 10 日

【会议地点】英国伦敦大学玛丽女王学院

【主办单位】**主办：**华中师范大学《外国文学研究》编辑部、国际文学伦理学批评研究会（IAELC）

承办：英国伦敦大学玛丽女王学院

【主要议题】1）文学伦理学批评理论与哲学；2）世界文学中的世界主义与伦理；3）现代主义文学中的美学与伦理；4）当代文学中的文化、政治与伦理；5）文学经典作品中的伦理身份、伦理困境与伦理选择；6）文学伦理学批评与文类研究；7）文学伦理学批评与其他批评理论的融合。

【会议名称】中国比较文学学会第十二届年会暨国际学术研讨会

【会议时间】2017 年 8 月 17 日至 21 日

【会议地点】河南大学
【主办单位】**主办**：中国比较文学学会、河南大学
　　　　　　承办：河南大学文学院及《汉语言文学研究》编辑部
【主要议题】**主题**：比较文学视野下的世界文学
　　　　　　分议题：1）世界文学观念中的区域、民族与文化；2）比较诗学的新问题与新方法；3）比较文学变异学；4）中国译介学与世界文学；5）文学人类学的中国路径与问题；6）全球化时代的世界文学与中国；7）走向世界的中国现当代文学；8）特别专题："一带一路"与中外文化交流；9）特别专题：世界文学与中国河南作家群；10）圆桌会议：宗教研究与比较文学；11）青年论坛。

【会议名称】第 16 届国际巴赫金学术研讨会
【会议时间】2017 年 9 月 6 日至 10 日
【会议地点】复旦大学
【主办单位】**主办**：复旦大学外文学院
　　　　　　协办：中国中外文艺理论学会巴赫金研究分会、中国外国文学学会外国文论与比较诗学分会、英国谢菲尔德大学巴赫金研究中心、英国伦敦大学玛丽女王学院比较文学系及俄罗斯科学院高尔基世界文学研究所
【主要议题】1）巴赫金、哲学阐释学与艺术；2）巴赫金的体裁理论与小说阐释；3）巴赫金的主要理论概念在教育中的文化意义；4）巴赫金及其狂欢化理论回顾；5）巴赫金理论产生的思想学术背景及其在文学研究中的应用；6）巴赫金与阐释学、反科学主义；7）巴赫金与传记、自传写作及小说史；8）巴赫金与教育学：理论与实践；9）巴赫金与人文学科的危机及生态对话理论；10）巴赫金与心理学、美学及政治学；11）教育、媒体话语中的巴赫金及文化研究。

【会议名称】"2017 年《文学之路》"国际学术研讨会
【会议时间】2017 年 10 月 13 日至 14 日
【会议地点】中国人民大学
【主办单位】**主办**：《文学之路》编辑部、中国出版集团·人民文学出版社
　　　　　　承办：中国人民大学外国语学院
【主要议题】文学、语言和媒介中的传记语体。

【会议名称】第六届叙事学国际会议暨第八届全国叙事学研讨会
【会议时间】2017 年 10 月 20 日至 22 日
【会议地点】上海外国语大学
【主办单位】**主办**：中国中外文艺理论学会叙事学分会；叙事学国际研讨会组委会
　　　　　　承办：上海外国语大学英语学院
　　　　　　协办：上海市外国文学学会、上海外国语大学英美文学研究中心、上海外语教育出版社
【主要议题】**主题**：叙事学理论与实践

分议题：1）叙事学前沿理论；2）跨媒介、跨学科叙事研究；3）叙事学视角下的中外叙事作品阐释；4）中外叙事理论比较；5）中国叙事理论建构及发展。

【会议名称】中美诗歌诗学协会第六届年会
【会议时间】2017 年 11 月 3 日至 5 日
【会议地点】云南师范大学
【主办单位】**主办**：华中师范大学外国语学院、云南师范大学外国语学院
　　　　　　协办：华中师范大学英语文学研究中心、《外国文学研究》、《诗歌诗学国际学刊》
【主要议题】1）声音、视觉、表演：诗歌文本研究；2）诗歌与现代科技；3）诗歌的伦理维度；4）诗歌与族群经验；5）云南与中外诗歌交流；6）中美重要诗人研究；7）诗歌理论：传统与现代；8）庞德与中国：专题研讨；9）威廉·燕卜逊在亚洲：专题研讨；10）圆桌讨论：诗人论诗；11）圆桌讨论：翻译家论诗歌翻译。

【会议名称】第三届现当代英语文学国际研讨会
【会议时间】2017 年 11 月 8 日至 10 日
【会议地点】山东师范大学
【主办单位】**主办**：山东师范大学外国语学院、华中师范大学英语文学研究中心、中美诗歌诗学协会、杭州电子科技大学非洲及非裔文学研究院
　　　　　　承办：山东师范大学外国语学院
　　　　　　协办：《山东外语教学》《外国语文研究》
【主要议题】**主题**：现当代英语文学相关热点问题
　　　　　　分议题：1）跨学科视域下的现当代英语文学；2）文学伦理学批评的跨学科研究；3）族裔文化和族裔文学研究；4）跨学科视域下的外国文学史编写；5）文理互渗与 21 世纪外国文学创作与批评；6）认知诗学与英语文学的新发展；7）学术期刊与文学研究前沿；8）其他现当代英语文学前沿议题。

【会议名称】构建蓝色诗学：第二届海洋文学与文化国际学术研讨会
【会议时间】2017 年 11 月 10 日至 12 日
【会议地点】宁波大学
【主办单位】**主办**：宁波大学外国语学院
　　　　　　协办：《外国文学研究》编辑部、宁波大学海洋文学与文化研究中心以及外国语言文化与宁波国际化发展战略研究中心
【主要议题】**主题**：海洋文学、海洋文化与海洋意识
　　　　　　分议题：1）海洋文学文类与范式；2）海洋文学与国家型构之关系；3）海洋、记忆、历史与文化之关系；4）中外海洋文学经典作家及作品；5）中外海洋文学与文化比较；6）海洋文学翻译与教学研究。

【会议名称】俄罗斯文学与俄罗斯思想国际学术研讨会

【会议时间】2017 年 11 月 10 日至 13 日

【会议地点】西南大学

【主办单位】**主办**：中国外国文学学会俄罗斯文学研究分会与西南大学

　　　　　　承办：上西南大学外国语学院和西南大学俄语国家研究中心

　　　　　　协办：上海外语教育出版社、北京大学出版社和外语教学与研究出版社

【主要议题】**主题**：俄罗斯文学与俄罗斯思想

　　　　　　分议题：1）理论研究与比较文学；2 作家综论与创作特色；3）作品解读与文学教学。

【会议名称】外国文学经典生成与传播暨海外华人文学研究

【会议时间】2017 年 11 月 18 日

【会议地点】浙江越秀外国语学院

【主办单位】浙江省比较文学与外国文学学会、浙江省作家协会外国文学委员会、浙江越秀外国语学院

【主要议题】1）历史与文学中的"移民"问题；2）欧美经典文学研究；3）经典传播与文学翻译研究；4）海外华人文学与文学跨文化研究；5）文学批评与西方文论研究。

【会议名称】澳大利亚文学论坛

【会议时间】2017 年 11 月 29 日

【会议地点】华东师范大学

【主办单位】华东师范大学澳大利亚研究中心

【主要议题】**主题**："三人行，必有我诗"

　　　　　　分议题：1）澳大利亚双语文学中的诗歌；2）澳大利亚先锋文学中的诗歌。

【会议名称】"孔子新汉学计划——青年领袖"之青年翻译家项目

【会议时间】2017 年 12 月 3 日至 17 日

【会议地点】华东师范大学

【主办单位】**主办**：中国国家汉语国际推广领导小组办公室

　　　　　　承办：华东师范大学

【主要议题】**主题**：文学翻译

　　　　　　分议题：1）文学创作、介绍；2）中国文翻译学；3）中国文化的全世界传播。

【会议名称】"东亚汉文圈中的日语教育·日本学研究新开拓"国际学术研讨会

【会议时间】2017 年 12 月 23 日至 24 日

【会议地点】暨南大学

【主办单位】**主办**：暨南大学、中国日语教学研究会华南分会、广东省本科高校外语类专业教学指导委员会亚非语言专业分委员会

协办：暨南大学外国语学院日语系、日本语言文化研究所

【主要议题】**主题**：日语教育・日本学研究

分议题：1）日本语言教育；2）日本文学；3）日本历史学；日本美学与艺术学。

2. 全国性会议

【会议名称】"仪式与文学"全国学术研讨会

【会议时间】2017 年 4 月 22 日至 23 日

【会议地点】扬州大学

【主办单位】**主办**：《外国文学》编辑部

承办：扬州大学外国语学院

【主要议题】**主题**：仪式与文学

分议题：1）仪式的历史建构与演变；2）仪式与身体、模仿、记忆、身份认同的关系；3）仪式、表演性与媒介的关系；4）仪式与秩序、权力、暴力的关系。

【会议名称】重庆市莎士比亚研究会第十届年会暨莎士比亚 453 周年诞辰纪念大会

【会议时间】2017 年 4 月 23 日

【会议地点】长江师范学院

【主办单位】**主办**：重庆市莎士比亚研究会

承办：长江师范学院

协办：西南大学莎士比亚研究中心

【主要议题】**主题**：莎士比亚与现代世界

分议题：1）当代中国的莎士比亚翻译；2）莎士比亚研究资源建设：工具书、批评史、教材与课题研究进展；3）莎士比亚形象塑造：中国莎士比亚教学；4）莎士比亚与媒体进化；5）十四行诗中的莎士比亚，传记、伦理与倒莎派的身体诗学；6）演出的莎士比亚，书斋里的莎士比亚 vs 流行作家还是经典作家？7）跨学科的莎士比亚：地理学、拓扑学与传统宇宙论；8）中国儿童世界中的莎士比亚。

【会议名称】中国外国文学学会第十四届年会暨"文学经典重估与当代国民教育"学术研讨会

【会议时间】2017 年 7 月 7 日至 10 日

【会议地点】上海交通大学

【主办单位】**主办**：中国外国文学学会

承办：上海交通大学多元文化与比较文学研究中心、上海师范大学国家重点学科比较文学与世界文学学科点

【主要议题】**主题**：外国文学经典重估与当代国民教育

分议题：1）外国文学经典内涵与时代特征；2）外国文学经典与国民教育；3）外国文学经典翻译与接受；4）外国文学经典出版与传播；5）中外文学经典比较与交流；6）外国文学经典与多元文化；7）外国文学经典与全球化；8）其他。

【会议名称】2017 年中国外国文学学会英国文学分会（全国英国文学学会）第 11 届年会暨学术研讨会

【会议时间】2017 年 7 月 8 日至 9 日

【会议地点】西南交通大学

【主办单位】主办：中国外国文学学会英国文学分会

　　　　　　承办：西南交通大学外国语学院

【主要议题】1）英国文学新思潮、新动向；2）英国文学经典名家、名作；3）英国文学与其他英语国家文学的关系；4）英国文学在中国的教学、翻译与研究；5）英国文学中的中国元素。

【会议名称】江苏省比较文学学会 2017 年年会

【会议时间】2017 年 7 月 10 日至 11 日

【会议地点】泰州学院

【主办单位】主办：江苏省比较文学学会

　　　　　　承办：泰州学院外国语学院和人文学院

【主要议题】主题：世界文学的本地化：阅读、翻译与传播

　　　　　　分议题：1）中外文学与文化关系研究；2）中国文学与"中国文化'走出去'"研究；3）"世界文学"理论热点问题研究；4）当前比较文学学科理论建设与教学实践研究；5）跨文化视野下世界文学经典的重读；6）江苏作家作品的海外译介研究；7）江苏本土作家的跨文化研究；8）海外汉学研究；9）中国现当代文学与拉美文学比较研究；10）"一带一路"战略与外语人才培养。

【会议名称】中国外国文学教学研究会 2017 年年会

【会议时间】2017 年 8 月 5 日至 6 日

【会议地点】苏州科技大学

【主办单位】主办：中国外国文学教学研究会

　　　　　　承办：苏州科技大学外国语学院

【主要议题】主题：外国文学经典重读与大学文学教育

　　　　　　分议题：1）外国文学经典重读与外国文学研究创新；2）外国文学经典重读与外国文学课程教学改革及教材建设；3）外国文学经典重读与大学通识教育；4）外国文学经典传播与移动网络深度融合；5）外国文学经典传播与中华文化创新；6）外国文学经典翻译研究；7）外国文学经典作家作品研究；8）其他相关议题。

【会议名称】2017 年全国西葡拉美文学研讨会

【会议时间】2017 年 9 月 21 日至 24 日

【会议地点】西安外国语大学

【主办单位】主办：中国外国文学学会西葡拉美文学研究分会

　　　　　　承办：西安外国语大学西方语言文化学院

【主要议题】1）西葡拉美文学创作现状与发展趋势；2）西葡拉美文学批评及文学理论研究；

3）西葡拉美女性文学研究；4）跨文化语境下西葡拉美文学教学研究；5）西葡拉美文学作品的译介研究；6）西葡拉美文学与中国文学比较研究。

【会议名称】中国高等教育学会外国文学专业委员会 2017 年学术年会暨"文化自信与外国文学研究"学术研讨会
【会议时间】2017 年 9 月 22 日至 25 日
【会议地点】西北师范大学
【主办单位】主办：中国高等教育学会外国文学专业委员会
　　　　　　承办：西北师范大学外国语学院
【主要议题】主题：文化自信：外国文学研究与教学
　　　　　　分议题：1）文化自信视域中的外国文学理论的中国话语建构；2）文化自信视域中的外国文学与地域文化关系研究；3）文化自信视域中的外国文学作家作品的创新研究；4）文化自信视域中的外国文学史教材建设的创新；5）文化自信视域中的外国文学教学方法创新研究。

【会议名称】"文学经典重估与中外文学关系"学术研讨会
【会议时间】2017 年 9 月 23 日至 24 日
【会议地点】广西师范大学
【主办单位】主办：中国社会科学院外国文学研究所、广西师范大学文学院
　　　　　　承办：广西师范大学文学院、《外国文学评论》编辑部、《世界文学》编辑部、《外国文学动态研究》编辑部
【主要议题】1）外国文学经典中的中国；2）翻译与世界文学；3）中外文学关系；4）文学理论与比较诗学。

【会议名称】河南省外国文学与比较文学学会 2017 年年会
【会议时间】2017 年 9 月 23 日至 24 日
【会议地点】郑州大学
【主办单位】主办：河南省外国文学与比较文学学会
　　　　　　承办：郑州大学外语学院
【主要议题】主题：外国文学经典的接受与传播
　　　　　　分议题：1）外国小说；2）外国文学翻译与教学、比较文学；3）族裔文学、文学理论、文化；4）外国诗歌、戏剧与散文。

【会议名称】"比较视野下的古典与现代，东方与西方"跨文化论坛
【会议时间】2017 年 10 月 14 日
【会议地点】北京语言大学
【主办单位】北京语言大学比较文学研究所
【主要议题】主题：比较视野下的古典与现代，东方与西方

分议题：1）比较文学与古典学；2）跨文化与跨学科研究；3）汉学与中国学研究；4）汉语文学与世界文学研究与对话；5）翻译与形象建构研究；6）比较视野下的文化和文学经典研究。

【会议名称】第四届全国英汉文化对比研究高层论坛
【会议时间】2017 年 10 月 15 日至 16 日
【会议地点】洛阳师范学院
【主办单位】**主办**：中国英汉语比较研究会英汉文化对比学科委员会
　　　　　　承办：洛阳师范学院外国语学院
【主要议题】**主题**："一带一路"战略下的翻译与跨文化研究
　　　　　　分议题：1）"一带一路"战略下的英汉文化对比研究；2）"一带一路"战略下的语言服务研究；3）多元视阈下的英汉语言对比研究；4）英汉文化对比的跨学科研究；5）英汉文化对比的语料库建设与研究；6）"一带一路"文化典籍外译与传播研究；7）"一带一路"翻译特色人才培养研究；8）其他相关议题。

【会议名称】广西外国文学学会认知诗学分会成立大会暨 2017 全国认知诗学研讨会
【会议时间】2017 年 10 月 20 日至 22 日
【会议地点】钦州学院
【主办单位】**主办**：广西外国文学研究会
　　　　　　承办：钦州学院人文学院
　　　　　　协办：上海外语教育出版社、蓝鸽集团有限公司
【主要议题】1）认知诗学原理及方法；2）文学文本的认知分析；3）认知诗学与界面研究；4）认知诗学与文学教学、翻译研究。

【会议名称】中国外国文学学会比较文学与跨文化研究分会成立大会暨中国学术话语体系构建研讨会
【会议时间】2017 年 10 月 27 日
【会议地点】上海交通大学
【主办单位】上海交通大学外国语学院多元文化与比较文学研究中心、上海市外文学会
【主要议题】中国学者的使命：比较文学与跨文化研究的过去、现状与未来。

【会议名称】"美国族裔文学研究：空间拓展与界域重绘"暨全国美国文学研究会第十二届专题研讨会
【会议时间】2017 年 10 月 27 日至 29 日
【会议地点】河海大学
【主办单位】**主办**：全国美国文学研究会
　　　　　　承办：河海大学外国语学院
　　　　　　协办：外语教学与研究出版社、《当代外国文学》编辑部、《外国语言与文化》编

辑部、南京世言外语培训有限公司

【主要议题】**主题**：美国族裔文学研究：空间拓展与界域重绘

分议题：1）美国经典作家作品的边界研究；2）美国文学的跨学科研究；3）美国世界主义文学研究；4）美国文学边界与全球化；5）种族边界研究；6）性别边界研究；7）美国边疆文学，公路文学；8）中美文学比较研究；9）美国地域主义文学研究；10）美国文学的美学边界；11）其他相关问题研究。

【会议名称】江苏省外国文学学会、江苏省作家协会外委会 2017 年年会暨学术研讨会

【会议时间】2017 年 11 月 10 日至 12 日

【会议地点】江苏理工学院

【主办单位】江苏理工学院外国语学院、江苏省外国文学学会、江苏省作家协会外委会

【主要议题】**主题**：外国文学经典与当代中国

分议题：1）国别文学经典研究新趋势；2）外国文学经典研究的范式问题；3）西方文论中的中国问题；4）外国经典作家作品研究；5）外国文学经典翻译与传播；6）外国文学经典与影视改编；7）外国文学的跨界研究。

【会议名称】"2017 年北京十月学术论坛：古典复兴与人文转型"研讨会

【会议时间】2017 年 11 月 11 日

【会议地点】北京云湖度假村

【主办单位】北京第二外国语学院研究生处（学科规划与建设办公室）、科研处、文学院（跨文化研究院）

【主要议题】**主题**：艺术与生成；传统与正德；诗学与论争；古典与爱智；文本与反思；文字与文化

分议题：1）身体美学、生成意志、艺术哲学以及骈文、君子德性和乐论；2）比较诗学、布拉格汉学、和辻哲郎、伊格尔顿、乔伊斯文体以及古今之争、冥界之旅；3）现当代文学之文本、版本、古希腊铭文、福柯以及电影和媒介；4）中国古典文学、现当代文学、美学、诗学与艺术。

【会议名称】中国外国文学学会英语文学研究分会第五届年会

【会议时间】2017 年 11 月 17 日至 19 日

【会议地点】上海外国语大学

【主办单位】**主办**：中国外国文学学会英语文学研究分会

　　　　　　承办：上海外国语大学文学研究院

　　　　　　协办：上海外国语大学英语学院、上海外语教育出版社

【主要议题】**主题**：历史、政治与文学书写

分议题：1）历史小说与历史剧研究；2）政治小说与政治戏剧研究；3）传记和纪实文学研究；4）文学作品的历史、政治解读；5）历史和政治语境中的作家研究；6）历史话语与文学话语的理论探讨；7）历史话语与文学话语的理论探讨；8）现、当代文学的历史回看与政治关注；9）其他相关英语文学研究。

【会议名称】广东省比较文学学会 2017 学术年会

【会议时间】2017 年 12 月 9 日

【会议地点】岭南师范学院

【主办单位】**主办**：岭南师范学院

　　　　　　承办：文学与传媒学院和岭南文化研究院

【主要议题】1）比较文学的影响研究与平行研究；2）比较文学的未来转向；3）比较文学变异学；4）中外文化经典的研究与接受；5）中国现代新诗的可译性；6）西方理论与中国经验；7）少数族裔与身份认同；8）第三世界民族寓言；9）丝绸之路审美文化；10）列强在华殖民文化。

【会议名称】广东省外国文学学会第十二届青年学者论坛

【会议时间】2017 年 12 月 16 日

【会议地点】暨南大学

【主办单位】**主办**：广东省外国文学学会

　　　　　　承办：暨南大学外国语学院

【主要议题】1）世界主义、全球化与国别文学的边界；2）种族、性别、语言、文化与 20 世纪以来的英美文学；3）外国文学经典文本之译本比较研究；4）其他相关问题研究。

【会议名称】"文化对话与外国文学前沿问题研究"学术研讨会暨天津市外国文学学会、比较文学学会 2017 年年会

【会议时间】2017 年 12 月 16 日

【会议地点】天津外国语大学

【主办单位】**主办**：天津市外国文学学会、比较文学学会

　　　　　　承办：天津外国语大学科研处及比较文学研究所

【主要议题】文化对话与外国文学前沿问题研究。

【会议名称】第三届"欧洲古典与中世纪文学"全国学术研讨会会议

【会议时间】2017 年 12 月 16 日至 17 日

【会议地点】浙江师范大学

【主办单位】浙江师范大学人文学院

【主要议题】欧洲古典与中世纪文学。

【会议名称】湖南省比较文学与世界文学学会 2017 年年会暨学术研讨会

【会议时间】2017 年 12 月 23 日

【会议地点】湘潭大学

【主办单位】湘潭大学

【主要议题】1）世界文学视野中的湖南文学；2）比较文学视野中的经典文学。

3. 2017 年度"长江学者奖励计划"特聘教授、讲座教授、青年学者

1）特聘教授：北京师范大学　　　王向远　　　比较文学与世界文学
2）青年学者：华东师范大学　　　金　雯　　　比较文学与世界文学

4. 国家"万人计划"教学名师

大连外国语大学　　　常俊跃　　　英语语言文学

5. 国家"万人计划"青年拔尖人才

上海交通大学　　　尚必武　　　英语语言文学

6. 2017 年全国第四轮学科评估结果

0502 外国语言文学

A+	A	A−
10001 北京大学 10030 北京外国语大学 10271 上海外国语大学	10212 黑龙江大学 10248 上海交通大学 10284 南京大学 10335 浙江大学 11846 广东外语外贸大学	10003 清华大学 10006 北京航空航天大学 10036 对外经济贸易大学 10246 复旦大学 10269 华东师范大学 10319 南京师范大学 10422 山东大学

7. 2017 年国家精品在线开放课程——外国文学类

西方文学经典鉴赏	刘洪涛	北京师范大学	爱课程（中国大学 MOOC）
外国文学史	蒋承勇	浙江工商大学	爱课程（中国大学 MOOC）
文学欣赏与批评	陈国恩	武汉大学	爱课程（中国大学 MOOC）
比较文学	胡亚敏	华中师范大学	爱课程（中国大学 MOOC）
经典导读与欣赏	董小玉	西南大学	爱课程（中国大学 MOOC）
外国文学经典选读与现实观照	邹　涛	电子科技大学	爱课程（中国大学 MOOC）

五、本书条目索引

本索引中英文分别排序。英文条目按首字母顺序编排；首字母相同的，再按第二个字母顺序编排，以此类推。以标点符号开头的条目排在最前面。中文条目按汉语首字拼音母顺序编排；首字相同的，再按第二个字拼音顺序编排，以此类推。以标点符号开头的条目排在最前面，以数字开头的条目紧随其后。

图书在版编目（CIP）数据

中国外国文学研究年鉴. 2017 / 聂珍钊，吴笛，王
永总主编. —杭州：浙江大学出版社，2019.9
　　ISBN 978-7-308-19550-8

　　Ⅰ. ①中… 　Ⅱ. ①聂… ②吴… ③王… 　Ⅲ. ①外国文
学—文学研究—中国—2017—年鉴　Ⅳ. ①I106-54

　　中国版本图书馆 CIP 数据核字（2019）第 197797 号

中国外国文学研究年鉴（2017）
聂珍钊　吴　笛　王　永　总主编

责任编辑	诸葛勤
封面设计	周　灵
责任校对	吴水燕
出版发行	浙江大学出版社
	（杭州市天目山路 148 号　邮政编码 310007）
	（网址：http://www.zjupress.com）
排　　版	浙江时代出版服务有限公司
印　　刷	绍兴市越生彩印有限公司
开　　本	889mm×1194mm　1/16
印　　张	24.25
插　　页	2
字　　数	795 千
版 印 次	2019 年 9 月第 1 版　2019 年 9 月第 1 次印刷
书　　号	ISBN 978-7-308-19550-8
定　　价	98.00 元